한국
근대소설의
형성 과정

지은이 **김영민**(金榮敏, Kim, Young-min)
연세대학교 국어국문학과 교수이다. 연세대학교 국어국문학과와 같은 학교 대학원을 졸업했다. 전북대학교 국문과 조교수와 미국 하버드대학교 옌칭연구소 방문교수, 일본 릿교대학 교환 연구교수를 지낸 바 있다. 연세대학교 학술상과 한국백상출판문화상 저작상, 난정학술상을 수상하였다.
그동안 지은 책으로 『한국문학비평논쟁사』(한길사, 1992), 『한국근대소설사』(솔, 1997), 『한국근대문학비평사』(소명출판, 1999), 『한국현대문학비평사』(소명출판, 2000), 『한국 근대소설의 형성과정』(소명출판, 2005), 『한국의 근대신문과 근대소설』 1-대한매일신보(소명출판, 2006), 『한국의 근대신문과 근대소설』 2-한성신보(소명출판, 2008), 『문학제도 및 민족어의 형성과 한국 근대문학(1890~1945)』(소명출판, 2012), 『한국의 근대신문과 근대소설』 3-만세보(소명출판, 2014), 『1910년대 일본 유학생 잡지 연구』(소명출판, 2019) 등이 있다.

한국 근대소설의 형성 과정

1판 1쇄 발행 2005년 11월 20일
2판 1쇄 발행 2019년 08월 25일
지은이 김영민 **펴낸이** 박성모 **펴낸곳** 소명출판 **출판등록** 제13-522호
주소 서울시 서초구 서초중앙로6길 15, 1층
전화 02-585-7840 **팩스** 02-585-7848 **전자우편** somyungbooks@daum.net **홈페이지** www.somyong.co.kr

값 28,000원 ⓒ 김영민, 2005, 2019
ISBN 979-11-5905-434-1 93810

A Study on the Process of Development of Modern Korean Narratives

한국
근대소설의
형성 과정

김영민 지음

소명출판

책머리에

이 책은 한국 근대소설의 발생 및 변화 과정을 연구 정리한 것이다.

서양의 소설 개념은 우리의 그것과는 많이 다르다. 서양의 소설 개념은 우리 소설사를 이해하는데 부분적으로밖에는 도움이 되지 않는다. 우리 소설사를 이해하기 위해서는 우리 소설 자료를 읽는 일이 가장 절실하다. 그럼에도 불구하고 상당수의 사람들은 서양에서 건너온 개념의 감옥에 갇혀 실제로 존재하는 우리 자료의 가치를 보지 못한다. 서구식 개념을 먼저 익히고 거기에 맞는 자료를 찾아 정리하는 방식으로는 올바른 한국소설사를 기술할 수 없다. 개념을 충족시키기 위해 자료가 존재하는 것이 아니다. 그와는 반대로, 자료들의 집합 속에서 개념이 만들어지는 것이다. 이 지극히 평범한 사실을 마음속에 받아들이고, 아울러 서양의 근대소설이 곧 완성된 근대 서사문학이라는 미몽에서 벗어날 때 우리 자료의 가치를 바르게 볼 수 있게 된다.

이 책은 한국 근대소설의 형성 과정에 대한 나의 관심사를 정리한 두 번째 책이다. 첫 번째 책은 『한국근대소설사』(1997)였다. 거기서 나는 우리 근대소설사 연구가 신문을 비롯한 새로운 매체 및 문화적 환경에 대한 연구와 떨어질 수 없다는 사실을 중시하면서 새로운 소설 양식사를 시도했다. 근대적 매체의 출현이 근대문학 양식의 변화를 가져왔다는 것이 내 소설사의 핵심을 이루는 생각 가운데 하나였다. 이 생각은 이번 책에서도 변함이 없고, 조금은 더 깊이 들어가려고 노력했다. 매체의 변화가 문체 등 표현 방식 및 예술 양식의 변화를 가져오고 있다는 사실은 근대계몽기뿐만 아니라 오늘날의 우리에게도 실감나는 문제로 다가오고 있다.

나의 소설사 연구 작업에 먼저 공감한 것은 새로운 학문 세대들이었다. 그들이 이후 함께 수행한 관련 후속 작업은 내가 이 주제를 지속적으로 탐구하며 오늘까지 오게 한 가장 큰 힘이 되었다. 대중 전달 매체와 문학 양식의 연관성을 구명하는 이러한 방식의 연구는, 문학작품 자체에만 매달리던 기존 연구의 미비점을 분명히 보완해 왔다고 나는 믿는다.

이 책의 제1부는 한국 근대소설의 발생 과정에 대해 정리한 것이다.
여기서는 '서사적논설'을 비롯한 근대 단형 서사문학 자료들과 '역사·전기소설' 등이 조선 후기의 전통적 문학 양식과 어떠한 연관성을 지니는가 하는 문제에 대해 집중 조명했다. 아울러 우리나라의 '소설小說'이 서양의 '소설novel'과 어떻게 다른가를 살피고, 우리 소설만이 지니고 있는 특질과 가치가 무엇인가에 대해서도 논의했다.

제2부는 한국 근대소설의 형성과 전개 과정을 신문이라는 매체를 통해 집근한 것이다.

한국 근대문학 연구가 답보 상태에 머물렀던 중요한 이유 가운데 하나는 단행본 중심의 연구에 치우쳐있었기 때문이다. 근대계몽기 신문은 이 시기 문학 연구를 위한 최대의 보고寶庫이다. 단행본으로 발간된 작품들도 대부분 신문에 연재된 후 출간되는 절차를 밟았다. 물론 신문에 연재만 되고 단행본으로 출간되지 않은 작품의 수 역시 이루 말할 수 없이 많다. 여기서는 근대 신문의 문체 선택이 근대소설의 정착 과정에 어떠한 영향을 주었는가 하는 문제에서부터 시작해, 1890년대에서 1910년대에 이르는 사이 간행된 주요 신문들이 근대소설의 정착 과정에서 구체적으로 어떠한 역할을 했는가 하는 문제들을 주로 다루었다.

제3부는 한국 근대소설과 근대성의 문제를 생각해 본 것이다.

여기서는 소설사에서 드러나는 근대성의 문제를 문체의 변화, 제도의 변화, 문학관과 작가의식의 변화 등의 범주로 나누어 접근했다. 작가 중심의 문체에서 독자 중심의 문체로 변화해 가는 과정은 한국 소설사에서 중요한 근대적 특성이 드러나는 과정이 된다. 『창조』로 대표되는 동인지 제도의 탄생은 문학작품 창작을 활성화시킨다. 하지만 제반 여건이 마련되지 않은 상태에서의 문학전문지 출현은 근본적으로 많은 한계를 지닐 수밖에 없는 것이었다. 공공적 계몽을 중시하는 근대계몽기 문학사에서 개별 작가의 개성을 중시하는 1920년대 문학사로의 변이 과정 역시 근대성을 드러내는 중요한 과정이 된다.

제4부는 임화의 신문학사 정리 작업을 중심으로 근대문학사 연구의 성과와 의미를 짚어본 것이다.

임화의 신문학사 정리 작업은 다양한 해석의 가능성과 많은 논란이 있음에도 불구하고 주목할 만한 문화사적 업적임에 틀림이 없다. 이는 우리가 근대문학사를 연구할 때 꼭 짚고 넘어가야 할 중요한 자료이기도 하다. 임화의 신문학사 정리 작업에 대한 점검을 통해 우리는 '이식'과 '전통'의 문제뿐만 아니라, 한국문학사 연구에서 모두가 유념해야 할 과제가 무엇인가 하는 점들을 다시 생각할 수 있게 된다.

여기에 수록한 글들은 이렇게 몇 개의 범주를 정해 나름대로 기획하고 쓴 것들이다. 그동안 수많은 자료들을 보면서 내가 내릴 수 있었던 잠정적 결론은, 한국 근대문학은 전통에 근거를 두고 변화하는 현실에 지혜롭게 대처해온 문학이라는 것이다. 한국 근대문학은 우리 문학사의 전통 위에 뿌리를 내리고 새로운 것들과 교류하며 성장한 문학이 되는 셈이다.

책 뒤에 덧붙인 「근대 초기 서사자료 총목록」은 1895년부터 1919년 초반까지 발표된 모든 서사자료에 관한 목록이다. 이 목록은 당 시기에 발행된 신문과 잡지를 가능한 한 모두 찾아내 일일이 확인 대조하고, 기존의 목록들에서 잘못 정리되었거나 누락되었던 작품들을 대폭 수정하고 추가 수록한 것이다. 따라서 지금까지 작성된 어떠한 자료 목록보다 정확도가 높을 것이라고 생각한다. 「근대 초기 서사자료 관련 연구서지 목록」은 이 시기 작품과 연관된 연구 서지를 정리한 것이다.

근대계몽기를 포힘한 근대 초기 소설사에 대한 연구는 가아 할 길이 아직도 멀다. 이 시기에 대한 내 연구는 어쩌면 아직도 시작에 지나지 않는 것일 수 있다. 국내외에 흩어진 자료의 지속적 발굴과 체계적 정리 등 앞으로도 해야 할 일이 너무나 많다.

책을 묶으려 하니 떠오르는 얼굴들이 많다.

그 중 한 분. 지난해 세상을 뜨신 아버지께서는 자식이 하는 공부의 구체적 내용에 대해서는 전혀 알지 못하셨다. 단지 믿고 이해해주셨을 뿐이다.

이 책을 그분께 바친다.

책을 꾸며준 소명출판에 감사하며, 그 인연을 소중하게 생각한다.

이 책은 2001년도 연세대학교 학술연구비 지원에 의하여 이루어진 것임을 밝힌다.

2005년 가을 단풍 무렵
김 영 민

차례

2 한국 근대소설의 형성과 근대신문의 역할

3 한국 근대소설과 근대성

4 한국 근대문학사 연구의 성과와 의미

부록

1

한국 근대소설의
발생과 그 특질

한국 근대소설의 발생 과정
조선 후기 야담과 근대계몽기 문학 양식의 연관성

1. 머리말

한국 근대문학사의 기점은 대략 1890년대 무렵이 된다. 몇 가지 이견이 있음에도 불구하고[1] 한국 근대문학의 출발을 1890년대로 보게 되는 가장 중요한 근거는, 이 시기의 새로운 단형 서사문학 양식의 출현이라는 점에 있다.[2]

---

1 한국 근대문학의 기점에 대해서는 대략 다음과 같은 주장들이 있다. 첫째, 갑오경장설. 이는 최초의 국문학사인 『조선문학사』(한일서점, 1922)를 쓴 안자산에 의해 제기되었다. 임화 역시 「개설 신문학사」(『조선일보』, 1939.9.2~11.25)에서 이 시기를 근대문학의 출발기로 보았고, 해방 후 백철과 조연현도 각각 『신문학사조사』(수선사, 1948)와 『한국현대문학사』(현대문학사, 1956)를 통해 이를 주장했다. 둘째, 영·정조설. 18세기설이라고도 불리운다. 이는 김일근이 「민족문학사적 시대구분 시론」(『자유문학』, 1957.7)에서 제기한 이래, 정병욱 등의 논의를 거쳐 김윤식·김현의 『한국문학사』(민음사, 1973)에서 본격적으로 정리되었다. 셋째, 애국계몽기설. 최원식이 「근대문학의 기점 문제」(민족문학작가회의 심포지엄, 1990) 등의 논문을 통해 주장한 것으로, 1905년 이후 1910년 사이의 문학적 성과에 주목하는 이론이다.
2 이 문제에 대한 상세한 논의는 필자의 논문 「한국문학사의 근대와 근대성 - 근대 초기 서사문학 양식의 근대성을 중심으로」, 『20세기 한국문학의 반성과 쟁점』, 소명출판, 1999, 11~34면 참조.

본 연구에서는 '서사적논설'을 중심으로 한말㣅末 근대계몽기 단형 서사
문학의 출현 및 변화 과정을 살펴보고, 그것이 조선 후기 서사문학 양식과
는 어떠한 연관성을 지니고 있는가를 구체적으로 검증해보고자 한다.

이러한 연구는 근대계몽기에 출현한 단형 서사문학 양식들의 문학사
적 의미 확인과 함께, 우리 학계의 중요한 연구 과제 가운데 하나인 소설
사의 계통을 세우기 위한 실증적 작업으로서도 적지 않은 의의를 지니게
될 것이다.

2. '서사적논설'의 출현과 그 특질

1890년대에 나타나기 시작한 '서사적논설'은 근대문학의 출발을 알
리는 과도기적 양식이면서, 아울러 근대소설의 초석이 되는 문학 양식이
기도 하다. '서사적논설'은 1890년대 이후 근대계몽기 신문 논설란에
발표된 단형의 이야기 문학을 지칭하는 용어이다. '서사적논설'은 근대
계몽기 전반에 걸쳐 지속적으로 발표되었다는 점에서 이 시기의 주요한
문학 양식 가운데 하나로 주목할 필요가 있다. '서사적논설'은 『매일신
문』·『독립신문』·『그리스도신문』·『황성신문』·『제국신문』 등 1890년
대 신문 대부분에서 쉽게 발견할 수 있고, 1900년대의 대표적 신문인
『대한매일신보』에서도 적지 않게 발견된다.[3] 드문 경우이기는 하지만

---

3   '서사적논설'을 비롯한 근대계몽기 단형 서사문학 자료의 실체에 대해서는 김영민·구장률·이유미 편, 『근대계몽
기 단형 서사문학 자료전집』(소명출판, 2003)을 통해 확인할 수 있다.

1910년대 신문에서도 이러한 형태의 논설은 발견된다.[4]

　1890년대에서 1900년대에 걸쳐 주로 발표된 '서사적논설'들은 대략 다음과 같은 특징을 지닌다. 첫째, 지은이가 밝혀져 있지 않다. 이는 '서사적논설'들이 주로 신문의 논설란에 발표되었기 때문에 지은이를 밝힐 필요가 없었기 때문이다. 둘째, 우화적이거나 비현실적인 소재를 다루면서도 그것을 이용해 현실의 문제에 깊이 관여한다. 허구를 활용해 현실에 접근하는 방식을 사용하는 것이다. 셋째, 한글로 쓰여진 경우가 대부분이며, 간혹 국한문 혼용으로 된 경우도 있다. 『매일신문』·『독립신문』·『그리스도신문』·『제국신문』·『대한매일신보』 등에는 한글로, 『황성신문』 등에는 국한문 혼용으로 발표되었다. 넷째, 액자 구성의 기법 등 소설의 기법을 다양하게 활용한다. 액자 구성 기법을 활용하는 경우는 꿈을 이용해 이야기 틀과 내용을 가르는 방식을 가장 흔하게 사용한다.[5] 다섯째, 토론체와 문답체 등 다양한 형태로 이야기를 끌어간다.[6] 여섯째, 초기에는 제목이 없이 발표되었으나, 곧 제목이 붙은 작품이 나타났다. 이후 제목이 있는 작품과 없는 작품이 뒤섞여 존재하게 된다. 『매일신문』과 『제국신문』·『황성신문』에는 제목이 없는 작품이 많고, 『독립신문』과 『대한매일신보』에는 제목이 있는 작품이 많다. 일곱째, 초기에는 대부분 한 회에 완결되는 것으로 그 길이가 매우 짧았으나 점차 연재 발표되는 작품도 나타난다.[7] 여덟째, 어떤 형태로든 글쓴이 혹은 편집자의

4　예를 들면, 『신한민보』 1914년 8월 6일 자 논설이 여기에 해당한다. 이날 논설은 「신민보씨의 간절ᄒᆞᆫ 원졍」이라는 제목 아래, 신한민보 자신을 의인화한 글을 싣고 있다.

5　『독립신문』 1899년 7월 7일 자 「일장춘몽」 등을 그 예로 들 수 있다.

6　『독립신문』 1898년 12월 2일 자 「상목지 문답」, 12월 28일 자 「공동회에 딧ᄒᆞᆫ 문답」 등 수많은 작품을 예로 들 수 있다.

7　『독립신문』 1899년 4월 15~17일에 걸친 「지미잇는 문답」 등을 그 예로 들 수 있다.

목소리가 외부로 직접 노출된다. 이는 과도기적 서사 양식으로서의 한계를 드러내는 것이기도 하다.[8]

3. '서사적논설'과 조선 후기 야담의 연관성

신문의 논설이 그 일부 또는 전부를 서사로 채우는 경우, 즉 신문의 논설이 곧 문학 작품으로도 읽힐 수 있는 예는 다른 나라에서는 찾아보기 힘들다. 이는 한국 근대문학사에서만 발견되는 매우 독자적인 현상인 것이다.

그런데, 이러한 '서사적논설'은 뿌리 없이 근대계몽기 들어 갑자기 생겨난 것이 아니다. 그것은 우리 문학사의 전통을 면면히 이어오는 조선 후기 서사문학 양식의 시대적 변용물이라 할 수 있다. 앞에서 살펴본 '서사적논설'의 특질들은 조선 후기 야담, 그 가운데서도 특히 한문단편[9]의 연장선상에서 파악할 수 있는 요소들이 많다. '서사적논설'은 기본적으

---

8 '서사적논설'의 개념과 문학사적 의의에 대한 상세한 논의는 필자의 저서 『한국근대소설사』, 솔출판사, 1997, 23 ~48면 참조. 정선태의 『개화기 신문 논설의 서사 수용 양상』(소명출판, 1999)도 이 방면 연구에 유용하게 활용할 수 있다. 한기형의 『한국 근대소설사의 시각』(소명출판, 1999)에서는 '서사적논설'을 '단편서사물'이라 칭하고 그것을 다시 '시사토론체 단편', '우의체 단편' 등으로 세분화해 다루고 있다. 현대 한국문학 100년 기념 대산문화재단 기획 심포지움에서 발표된 조남현의 논문 「한국 근대소설 형성 과정과 작가의 초상」(『현대한국문학 100년』, 민음사, 1999, 57~100면)에서도 이에 대한 언급이 부분적으로 이루어졌다.

9 다양한 종류의 야담 가운데, 근대소설의 발생 및 발전 과정과 관련하여 특별히 주목할 만한 자료들은 이른바 한문단편(漢文短篇)이라 불리는 자료들이다. 한문단편이란 18세기에 사용되던 패사소품(稗史小品)을 바꾸어 놓은 것인데, 주로 거리의 전기수(傳奇叟)나 사랑방 이야기꾼에 의해 전수된 서민층의 화제를 그대로 옮겨 놓은 것이다(이우성·임형택 편역, 『이조한문단편집』 상, 일조각, 1973, 3면 참조). 이 한문단편은 한문으로 된 단편 산문을 모두 지칭하는 것이 아니라, 우리나라에서 주로 19세기 전후에 지어지고 읽혀졌던 한문단편 문학을 지칭한다(임형택, 「한문단편 형성 과정에서의 강담사(講談師)」, 『창작과비평』, 1978.가을, 105~119면 참조).

로 조선 후기 사회상의 변화를 담아내던 야담이나, 서사를 통해 교훈을 전달하던 한문단편의 정신과 표현법을 취하고 있다. 이에 대한 검증을 이 장에서 구체적으로 수행해 나가기로 한다.

야담은 여러 가지 다양한 형태를 갖추고 있는 이야기 문학 양식이다. 그 다양한 형태 가운데는 중심서사와 작가 해설이라는 방식을 갖추고 있는 작품들 역시 적지 않게 존재한다. 다양한 형태의 야담 가운데서도 특히 중심 서사의 제시와 그에 대한 작가 해설이라는 구성 형식을 갖추고 있는 작품들은, 특별히 근대계몽기 '서사적논설'과 깊은 연관성이 있다. 이해를 돕기 위해 이런 유형의 작품 한 편을 인용하기로 한다.

「宣惠廳 胥吏 妻 : 聽良妻惠吏保令名」

宰相家一傔人 積勤數十年 始得惠廳吏 乃厚料布窠也 吏之妻與夫 相約曰 多年饑寒之苦 政爲此日得力 若不從儉 以致蕩散 則更無餘望 衣服飮食 日用之節 惟尙撙節 以饒産業可乎 夫曰諾 所俸皆付於于其妻 如是七八年 惡衣淡食 而産業終不敷焉 其吏見他吏之甘其食 美其服 貯妓女於華屋之中 日事行樂 而家計日富 反責其妻之疎於治家 妻不答之 家計日敗去益甚 一日大患之 峻責其妻曰 吾厚窠之任 長事苟艱 不敢遊蕩 致富尙矣 反爲困債 是誰之咎也 妻問債錢幾何 曰數千金可以盡償矣 曰休慮 吾將盡賣器皿簪珥之屬 以報之 今日自退吏任也 夫曰自退後 將何以料生乎 妻曰休慮 吾將有妙計也 夫如其言自退

一日 使其夫 募人以來 出坐廳前 指示廳底有錢數萬 皆葉葉錢也 妻曰此吾七八年積苦所聚也 仍作貫積貯之 仍使其夫 求買郊庄於東郭 郊之外良田美畓 背山臨流 果園樹後 場圃築前 宛一樂志論排置 皆其妻之 所指使也 夫治稼穡 妻治紡績 樂莫樂焉 使其夫 更不投足於京中 數年後 惠吏十餘人 以欠逋公錢 堂

上箚奏之 並施刑戮之典 籍沒家産 皆向日行樂於華屋者也

　噫 惠吏之妻 一女子也 智以成俗 儉以尙德 使其夫保終令名 若使生 爲士夫男子 則急流勇退 不足多讓也 其視仕宦之人 不思節用愛民之道 專尙奢侈貪濁之風 鐘鳴漏盡 終至於滅身禍家 而不知止其智愚相懸 奚啻三千里也(海東野書)[10]

　어느 재상가의 한 겸인(傔人)이 수십 년 근고하여 비로소 선혜청(宣惠廳) 서리 임명을 받으니 급료가 후한 자리였다.

　그의 아내가 남편에게 다짐하기를, "우리가 그간 여러 해 떨며 굶주린 고생이 바로 오늘을 있게 한 거예요. 만약 절약하지 않고 흥정망정 탕진하게 되면 다시는 여망이 없으리다. 의복·음식·일용 범절을 아무쪼록 존절히 하여 가산을 넉넉하게 해야겠어요." 남편도, "아무렴!" 하고 급료를 꼬박꼬박 아내에게 맡기었다.

　이처럼 7, 8년을 계속하여 허름한 옷 나물반찬으로 살았으나, 종래 살림이 피이는 기색이 없었다. 그러나 선혜청에 다른 서리들은 호의 호식하며 화려한 집에 기생첩을 두고 날마다 향락을 일삼아도 가세가 날로 부유해가는 것이 아닌가. 이를 본 남편은 자기 아내의 치산에 졸렬함을 책망했으나, 아내는 그에 대한 대꾸가 없었다. 집안 형세가 기울어져 날이 갈수록 더욱 심했다. 하루는 크게 걱정이 된 나머지 준절히 아내를 탓했다. "내가 좋은 자리를 오래 보고 있고, 간구하게 살아 낭비함이 없는데, 부자가 되기는커녕 도리어 빚에 곤란을 당하니, 이게 도대체 누구 잘못이오?" 아내는 "빚진 돈이 얼마죠?" 하고 물었다. "수천 냥이라야 빚을 다 갚을 수 있오." "염려 마세요. 기명과 비녀 등 패물 따위를 모두 팔아서 갚아버려요. 그리고 오늘로 서리 일을 사임하세요." "그나

10 이우성·임형택 편역, 『이조한문단편집』 상, 일조각, 1973, 403면.

마 관두고 무엇으로 살아가게." "걱정 마시라니까. 제게 묘계가 있습니다요." 그는 아내의 말과 같이 선혜청 구실을 사임했다.

하루는 남편에게 일꾼을 모아오게 하고, 대청 앞에 앉아 대청 마루 밑을 가리키는데, 수만 냥이 있어 낱낱이 다 돈이 아닌가. "이게 우리가 7, 8년 고생하여 모은 것입니다." 인하여 꿰미를 지어 저장하고, 남편에게 교외에 농장을 구매하도록 했다. 동쪽 성곽 밖으로 양전 미답(良田美畓)을 사서 산을 등지고 물을 임하여 뒤 안으로 과원을 두고 집 앞에 장포(場圃)를 벌였으니, 완연히 한 「낙지론(樂志論)」을 펼쳐논 것이었다. 이 모두 그 아내가 꾀한 것이었다. 남편은 농사를 힘쓰고, 아내는 방적을 하니, 즐거움이 더할 바 없었다. 남편에게 다시는 서울에 발을 디디지 말도록 당부했다. 수년 후에 선혜청 서리 10여 명이 공금(公金)을 포탈한 일로 해서 당상의 연주(筵奏)로 함께 형륙(刑戮)을 당하고 가산이 적몰되었으니, 모두 전일 화려한 집에서 향락을 일삼던 자들이었다.

슬프다. 이 선혜청 서리의 아내는 일개 아녀자로서 지혜로 가업을 이루고 검소한 덕을 숭상하여 남편의 영명(令名)을 보존케 하였으니, 만일 이 여자가 사부가(士夫家) 남아로 태어났다면 급류 용퇴(急流勇退)를 무난히 해낼 것이라. 저 벼슬아치들이 절용 애민하는 도리는 생각지 않고 오로지 사치와 탐음한 풍조를 숭상하다가, 종이 울리고 누수(漏水)가 다되어 필경 몸을 망치고 집에 앙화를 끼치면서까지 자중할 줄 모르는 것에 비하면, 그 슬기로움과 어리석음의 상거가 어찌 30리만 되리오.[11]

이 글에서는 시작 부분인 "어느 재상가의—"부터 "—향락을 일삼던 자들이었다"까지가 중심 서사를 이루고, "슬프다" 이후 마지막까지가 해설

11 이우성·임형택 편역, 『이조한문단편집』 상, 일조각, 1973, 162~164면.

부분이 된다. 「선혜청 서리 처」의 경우, 바로 이 해설 부분이 논설적 성격을 지니는 것이다. 작가는 중심 서사에서는 지혜로운 인물의 삶의 모습을 흥미롭게 보여주고, 해설 부분에서 본격적인 창작의도를 드러낸다. 이러한 「선혜청 서리 처」와 같은 작품의 구성방식은 '중심 서사와 해설'이라는 형식적 측면에서나, 교훈의 제시와 계몽의 의도 표출이라는 내용적 측면에서 모두 '서사적논설'의 전범이 된다. 비교를 위해 근대계몽기 신문의 '서사적논설' 한 편을 인용하기로 한다.

「쟝수와 난쟝이」

이젼의 셔양에 두 사름이 잇스니 ㅎ나는 신쟝이 십쳑이요 용력이 과인ㅎ야 만부라도 당치못ㅎᄂ 긔운이 잇고 ᄒ나ᄂ 난쟝이라 긔질이 잔약ㅎ나 그 쟝수를 흠모ㅎ야 둘이 언약ㅎ고 셰계를 유람ㅎ야 죵시를 ᄀ치ᄒ쟈 ᄒ고 길을 ᄯ나셔 가다가 몃칠만에 ᄒ 송림을 지날시 도적 몃이 달여 들어 돈을 ᄲ스려 ᄒᄃᆡ 난쟝이가 ᄌ긔의 힘을 혜아리지 안코 그 도적들과 ᄊ호다가 팔 ᄒ나를 즁히 샹ᄒ고 넘어지ᄆᆡ 그 쟝수가 그 도적들과 ᄊ화셔 혹 죽이며 혹 쪼차셔 보낸 후에 그 난쟝이를 이르켜 가지고 다리고 가셔 치료를 식히엿스나 그 팔은 죵시 병신이 되고 다시 ᄯᅩ 집을 ᄯ나셔 가다가 엇던 사름이 욕을 ᄒᄆᆡ 난쟝이가 분히 넉이여 ᄊ호다가 다리를 샹ᄒ즉 그졔야 쟝수가 그 욕ᄒ던 사름을 ᄯ려 ᄶᆺ고 난쟝이의 다리를 치료ᄒ여 주엇ᄂᄃᆡ 졀쑥발이가 되엿스나 난쟝이 ᄆᆞᆷ에 그 쟝수를 더 흠모ᄒ고 감샤ᄒ야 다시 ᄯ라 나셔셔 길을 가다가 빅쥬 대도에 엇더ᄒ 불냥ᄒ 사름이 옥ᄀᆺ한 쳐녀를 억지로 겁탈ᄒ야 가랴ᄒᄂ 것을 보고 난쟝이가 달여들어 그 불냥ᄒ 사름을 치려ᄒ즉 그 사름이 몽동이로 ᄶᆞ려셔 난쟝이의 눈 ᄒ나를 샹ᄒ지라 쟝수가 그 불냥ᄒ 사름을 ᄒ 쥼익으로 ᄶᆞ려뉘이고 그 쳐녀를 구완ᄒᆞ미 그 쳐녀가 그 쟝ᄉᆞ의 용밍을 흠모ᄒᆞ야 ᄀᆞᆺ치 살기를 원ᄒᆞ야 쟝ᄉᆞ와 부부가 되고 난쟝이ᄂᆞᆫ 곰비팔이 되고 결쑥발이 되고 익구눈이 되엿스되 ᄒᆞᆫ가지도 엇은 것은 업고 다만 쟝ᄉᆞ의 죠혼 일만 ᄒᆞᆫ지라 난쟝이가 말ᄒᆞ기를 너를 짜라 단녀도 나ᄂᆞᆫ 몸만 샹ᄒᆞ니 아ᄌᆨ 이만치라도 셩ᄒᆞ엿슬 동안에 나ᄂᆞᆫ 짜로 가셔 놀겟노라 ᄒᆞ고 갓다 ᄒᆞ니 이 이약이ᄂᆞᆫ 본ᄅᆡ 누가 지여낸 말이라 ᄒᆞᆫ번 웃고 그만 둘 일이어니와 우리 집안이 불ᄒᆡᆼᄒᆞ야 가업이 흥치 못ᄒᆞ고 빅폐가 구싱ᄒᆞᆫ 시둙에 집안 사름의 ᄆᆞ음이 흉흉ᄒᆞ야 난을 싱각ᄒᆞᄂᆞᆫ이가 만혼 듯 ᄒᆞ나 이것은 집안 일만 잘 되면 ᄌᆞ연히 침식되려니와 동리 사름들이 혹 우리집안에 ᄌᆞ즁지란이 나기를 ᄇᆞᆯ ᄋᆞᄂᆞᆫ 일이 잇셔셔 ᄒᆞᆫ번만 무슴 일이 잇스면 그 긔회를 타셔 우리 집을 씨져셔 져의 욕심을 치우고져 ᄒᆞ야 우리 집안 사름을 연유ᄒᆞ야 말과 편지로 혹 쇠우며 혹 욕ᄒᆞ며 혹 비우스며 혹 놀니며 혹 위로ᄒᆞ야 아모죠록 무슴 쟉경을 ᄂᆡ여 집안이 요란ᄒᆞ도록 ᄒᆞ니 일이 그럿케 되고 보면 동리 쟝ᄉᆞ들의게ᄂᆞᆫ ᄆᆡ오 죠혼 일이어니와 그 쇠우ᄂᆞᆫ디 ᄲᅢ져셔 집안이 요란ᄒᆞ게 ᄒᆞᄂᆞᆫ 난쟝이들은 필경 병신 구실이나 ᄒᆞ고 집안만 망ᄒᆞ게 홀터이니 엇지 경계치 아니ᄒᆞ리요[12]

이 글에서는 시작 부분인 "이젼 셔양에 두 사름이 잇스니—"부터 "—놀겟노라 ᄒᆞ고 갓다"까지가 중심 서사를 이루고, "—이 이약이ᄂᆞᆫ 본ᄅᆡ 누가 지여낸 말이라" 이후 마지막까지가 해설 부분이 된다. 이야기의 소재만 서로 다를 뿐, 여기에 인용한 두 편의 글은 거의 유사한 형식을 갖추고 있고, 유사한 목적을 갖고 창작된 것임을 알 수 있다. 「선혜청 서리 쳐」나 「쟝ᄉᆞ와 난쟝이」는 중심 서사 부분에서는 모두 인물의 행적에 얽힌 이야

---

12 『독립신문』, 1898.7.20.

기를 다루고 있다. 두 작품 모두 중심 서사에서는 흥미 위주의 글쓰기가 진행되는 것이다. 그러나 이러한 흥미 위주의 글쓰기는 해설 부분으로 들어가면서 변화한다. 그 변화는 인물의 행적에 대한 작가의 가치 평가로 나타난다. 「선혜청 서리 처」에서는 '서리 처'가 긍정적 인물로 그려졌으므로 작가로부터 칭송의 대상이 된다. 그러나 「쟝수와 난쟝이」에서 '난쟝이'는 부정적 인물로 그려졌으므로 경계의 대상이 된다는 점이 다를 뿐이다. 중심 서사에 등장하는 인물의 행적이 칭송의 대상이 되건, 그 반대로 경계의 대상이 되건 작가가 글을 쓴 목적은 같다. 그 목적은 곧 작중 인물들의 행적을 통해 독자에게 교훈을 주려는 데 있는 것이다.

야담에서는 중심 서사와 함께 작가 해설이 들어 있는 경우, 작가 해설은 대부분 작품의 가장 마지막 부분에 들어 있다. 이러한 작가 해설에는 본문에서 전해준 이야기에 대한 후일담이나[13] 본문의 이야기 즉 중심 서사가 지닌 가치에 대한 평가나[14] 혹은 본문에서 전해준 사건을 보는 작가의 심정 토로[15] 등이 들어 있다. 본문의 중심 서사가 지닌 가치에 대한 평가나 본문의 사건에 대한 심정 토로 가운데는 그 이야기가 담고 있는 교훈을 재확인시켜 주는 경우가 많다.

'서사적논설'의 경우 작가 해설 또는 주석은 작품의 처음이나 끝, 혹은 처음과 끝 양쪽에 모두 들어 있다. '서사적논설'의 서두 부분에 달린

13　"이 부인이 침선 방적에 민첩하고 치가 범절(治家凡節)에 규모 있어, 그 부처는 해로하였는데, 자손이 현달했으며 종신 궁핍을 모르고 지냈다고 한다"(「海東野書; 甘草」, 『이조한문단편집』 상, 39면)와 같은 방식의 서술을 예로 들 수 있다.

14　"이 일은 화식전(貨殖傳)에 들어가 마땅하리라"(「紀聞拾遺; 澤寫」, 위의 책, 42면), "당시에 이 이야기를 듣는 이 누구나 상쾌히 여기며 감탄하지 않는 자 없었다"(「靑邱野談; 烟草」, 위의 책, 57면) 등과 같은 방식의 서술을 예로 들 수 있다.

15　"슬프다. 아비와 아들 사이의 관계가 문득 떨어졌다가 다시 금새 합해지다니! 재물상의 이해가 개재되는 곳을 조심하지 않으리오. 허나 시정의 부류이고 양부자(養父子)의 관계니 구태여 심하게 책망할 것은 없겠다"(「靑邱野談; 開城商人」, 위의 책, 91면)와 같은 방식의 서술을 예로 들 수 있다.

해설 또는 주석은 대개 그 이야기의 출처를 밝히는 내용으로 되어 있다. "어제 밤에 본샤 탐보원이 셔촌 흔 친구의 집에 갓더니 뭇춤 유지각흔 四五인이 안져서 공동회 일졀노 슈쟉이 란만흔 것을 듯고 그 죵요흔 것을 뽑아서 좌에 긔지 ㅎ노라"[16]라든가, "외국사롬이 대한 말을 겨오 통ㅎ는 고로 그 문답에 우슈은 말이 만흐나 이샹ㅎ기에 드른딕로 긔지ㅎ노라",[17] "셔울 북촌 사는 엇던 친구 ㅎ나이 어느 시골을 돈여온 후에 즉시 본샤에 와서 신문을 사가면셔 니야기 ㅎ는 말을 드른즉 미우 ㅈ미 잇는 고로 좌에 대강 긔지ㅎ야 경향 대쇼 인민을 경셩코자 ㅎ노라"[18] 등이 그러한 예가 된다. 이런 주석은 '서사적논설' 속에 포함된 이야기, 즉 중심 서사가 논설자의 순수 창작이 아니라, 전해 들은 것임을 밝힌다는 공통점이 있다. 이런 유형의 주석이 달린 경우 논설자는 곧 그 글의 작가이면서 동시에 편집자가 된다. '서사적논설'의 집필자는 창작자이면서 동시에 항간에 떠도는 이야기를 채록해 편집 수록한 인물이라는 점에서, 그가 맡았던 역할 혹은 그가 표방했던 역할은 야담의 집필자가 맡았던 역할과 매우 유사하다.[19]

'서사적논설'의 끝 부분에 나오는 작가 해설에는 중심 서사의 후일담이 들어 있기보다는, 그 중심 서사가 담고 있는 의미에 대한 재해석이나 교훈에 대한 확인이 주종을 이룬다. "이 이약이가 미오 쟈미 잇기에 긔지ㅎ니 우리 신문 보는 이는 그 대한 사룸의 쳐디를 당ㅎ셔 엇더케 쟉뎡홀

---

16 『독립신문』, 1898.12.28.
17 『독립신문』, 1898.1.31.
18 『독립신문』, 1898.11.27.
19 야담의 편집 과정은 이본들에 대한 학계의 연구를 통해 구체적으로 확인된 바 있다. 야담의 편집과 변이에 대해서는 정명기, 『한국야담문학연구』, 보고사, 1996, 24~39면 참조. 단, '서사적논설'은 논설자들이 이야기를 채록해 발표하는 형식을 취하고 있을지라도, 그들 자신이 이야기의 실제 창작자일 가능성이 야담에 비해 매우 높다.

는지를 요량들 하여 보시오"[20]라거나, "우리 대한 형편에 비교ᄒ야 보거드면 나무를 보호ᄒ랴는 마음이나 나라를 경계ᄒ랴는 방침이 일호도 틀닐 것이 업기로 두 친구의 슈작ᄒ던 말을 대강 등긔ᄒ노니 대한 정형을 아는 군ᄌ들은 세 번 싱각들 ᄒ시오"[21] 등이 그러한 예가 된다. 앞에서 전문을 인용한「쟝ᄉ와 난쟝이」의 해설 부분을 보아도, 그 교훈성은 쉽게 확인할 수 있다.

이렇게 '서사적논설'의 작가 해설 혹은 편집자 해설에서 교훈성이 주류를 이루는 것은 '서사적논설'의 창작 목적과 관계가 깊다. '서사적논설'의 창작 목적이 서사의 완성 그 자체에 있는 것이 아니라, 중심 서사를 통한 교훈의 전달과 계몽의 성취에 있는 것이기 때문이다. 이런 점들을 볼 때 일단 '서사적논설'은 중심 서사의 제시와 작가 해설의 결합이라는 조선 후기 야담의 형식을 활용하면서, 야담보다 더욱 직접적으로 교훈성과 계몽성을 강조한 문학 양식임을 알 수 있다.

근대계몽기 '서사적논설'은 기명으로 발표된 것이 아니기 때문에 한 편 한 편의 집필자가 누구인지 정확히 알 수 없다. 그러나 당시 신문 논설은 편집인이나 발행인이 직접 맡아 쓰는 것이 관례였다. 따라서 '서사적논설'의 집필자들은 당시『독립신문』·『매일신문』·『제국신문』·『황성신문』·『그리스도신문』·『대한매일신보』의 편집과 발행에 관계하고 있던 인물이었을 것으로 추정된다.[22] 이들 '서사적논설'의 집필자들은 한 마디로 그 시기를 대표하는 지식인 집단에 속해 있었다. 조선 후기의

---

20 『독립신문』, 1898.1.8.
21 『매일신문』, 1898.11.9.
22 이 시기 신문 발행과 편집에 관여하며 직접 글을 쓴 사람들로는 장지연(張志淵)·남궁억(南宮檍)·나수연(羅壽淵)·류근(柳瑾)·박은식(朴殷植)·신채호(申采浩)·최정식(崔廷植)·유맹(劉猛)·류영석(柳永錫)·양홍묵(梁弘黙) 등을 들 수 있다.

대표적 문학 양식 가운데 하나였던 야담의 편찬 집필자들 역시 대부분 사대부 출신의 지식인들이었다.[23]

근대계몽기 '서사적논설'의 집필자들에게, 야담은 그렇게 낯선 장르가 아니었을 것으로 판단된다. 『동야휘집』의 경우 이원명李源命이 자서自序를 쓴 시기가 고종 6년 즉 1869년이라는 사실을 미루어 본다면, 조선 후기 야담은 1890년대부터 등장하는 '서사적논설'과 시간상으로도 거의 단절되어 있지 않은 문학양식이다.

최초의 야담집인 『어우야담於于野談』에서부터 야담은 사실성事實性 혹은 역사성歷史性에다가 문학적 허구의 요소가 개입된 문학적 흥미성을 결합시키는 방향으로 전개되었다. 이런 요소들의 결합은 야담을 사실의 기록인 정사正史나 야사野史와도 구별짓고, 흥미중심의 이야기에 치우쳤던 전이나 가전假傳 · 전기傳奇 등과도 구별되는 양식으로 자리잡게 한 것이다.[24] 이러한 초기 야담의 특색은 후기로도 대부분 이어진다. 특히 조선 후기의 대표적 야담집 가운데 하나인 『청구야담青邱野談』을 중심으로 살필 경우, 당대 현실을 제재로 채택하고, 중요한 역사현실을 반영하며, 표현의 구체성을 획득하고, 새로운 인간형을 창출하는 측면들이 발견된다.[25]

조선 후기 야담의 이러한 특색들은 개화 초기의 과도기적 문학 양식인 '서사적논설'로 대부분 이어진다. 거기에 '서사적논설'에서는 시사성이 특별히 강화되면서, 문체가 순한문체에서 국한문혼용체 또는 순한글체로 변화한다는 것이 가장 큰 차이점이라 할 수 있다.

---

23 조선 후기 야담의 작가는 신돈복(辛敦復) · 구수훈(具樹勳) · 안석경(安錫儆) · 이옥(李鈺) 등 그 시대의 지식인들로, 권력에서 소외된 사(士) 계층이 주류를 이루며 거기에 여항문인(閭巷文人)이 더러 있었다. 임형택, 「실학파문학과 한문단편」, 『한국문학사의 시각』, 창작과비평사, 1984, 436면 참조.
24 이경우, 『한국야담의 문학성 연구』, 국학자료원, 1997, 217면 참조.
25 임형택, 「해제」, 『청구야담』, 아세아문화사, 1985, 9~11면 참조.

'서사적논설'에서 시사성이 강화되는 이유는 명백하다. 우선 가장 중요한 요인으로는 그것이 신문이라는 매체를 통해 발표되었다는 사실을 들 수 있다. 신문의 논설란에 실리는 글들은 정형적인 논설의 방식을 취하건, 아니면 서사를 삽입한 논설의 방식을 취하건 관계없이 시사성을 지닐 수밖에 없다. 신문 논설이란 현실에 대한 편집진의 생각과 판단, 그리고 시사 해설을 포함하는 글들로 이루어지는 것이기 때문이다. 근대계몽기 '서사적논설'에서 시사성이 강화되는 또 다른 이유는, 그 시기가 역사적으로 볼 때 매우 불안한 격동기였기 때문이다. 이러한 시기에, 그 시대의 여론 지도층이었던 '서사적논설'의 집필자들은 어떤 방식으로든 현실에 대한 자신들의 견해를 강하게 드러내려는 욕구를 지니고 있었다. 현실에 대한 견해 표시는 곧 '서사적논설'이 지닌 교훈성 및 계몽성의 강화와도 직결되는 것이었다.

조선 후기 야담의 저자들 가운데 일부는 새로운 문체의식을 분명하게 지니고 있는 사람들이었다.[26] 연암 박지원이 고문의 질곡에 염증을 느껴 대담하게 신문체新文體를 시도했다거나,[27] 한문단편의 주요 저술자 가운데 한 사람인 이옥李鈺이 새로운 문체를 사용하다가 탄핵을 받았다는 사실 등도 이를 잘 보여준다.[28] 조선 후기 야담의 편찬자들이 새로운 문체

---

26 이에 대해서는 다음과 같은 지적을 참조할 수 있다. "물론 야담은 많은 조선 후기 고전소설과 달리 한문으로 기록되어 있다는 약점을 갖는다. 그렇지만 이를 한계로 지적하고 그칠 문제는 아니다. 비록 한문이기는 하지만, 이는 소박한 문체나 일상 어휘를 사용하고 있는 등 우리나라식 한문이라 할 만하다. 이런 점에서 정통 한문과의 차별성은 명백하다 하겠는데, 여기서 우리는 시정적 세계관에 의해서 한문담당층의 의식이 변화되었다는 점을 중요하게 평가해야 하는 것이다."(정출헌, 『고전소설사의 구도와 시각』, 소명출판, 1999, 240면)

27 연암의 문체 특징에 대해서는 다음의 지적을 참고할 필요가 있다. "연암 그룹의 문체가 종래 사대부의 문체와 크게 다른 것은 그들의 의식세계가 달랐기 때문이다. 종래 사대부의 전통문학은 당시(唐詩)와 당송고문(唐宋古文)을 모범으로 삼아 전아(典雅)한 수사(修辭)와 고상한 격조(格調)를 숭상해 왔으나 그것은 이미 진부한 형식으로 전락된 지 오래인 것이다. 이에 대하여 연암 그룹은 신선한 구상과 평이한 사실적(寫實的) 수법으로 시와 산문을 창작했으며 우리나라의 속담이언(俗談俚言)을 자유로이 표현하고 풍자와 해학으로 대담하게 서민적 정취를 받아들여 정통문학(正統文學)의 완강(頑强)한 성벽(城壁)에 도전하였다."(이우성, 「실학파의 문학과 사회관」, 『한국의 역사상』, 창작과비평사, 1982, 70~71면)

에 대해 관심을 가졌던 선각자들이었듯이, 근대계몽기 '서사적논설'의 작가들 역시 새로운 문체에 대해 큰 관심을 가졌던 선각자들이었다. 단지, 연암이나 이옥 등이 재래의 문자인 한문漢文을 계속 사용하면서 문체를 개척했던 것과 달리, '서사적논설'의 작가들은 한글을 활용하면서 새로운 문체를 개척한다. 새 시대에 맞는 새로운 문자의 활용에까지 생각이 미치기 시작한 것이다.[29]

근대계몽기 이후 지식인들이 한글을 사용하게 된 데에는 몇 가지 이유가 있다. 그 가운데 하나는 국가에서 공식적으로 한글 사용을 적극 추진하기 시작했다는 점이다. 1894년 이후 이루어진 공문서 한글 표기 법제화와 1907년의 국문연구소의 설립 등은 그 좋은 예라 할 수 있다. 신문이라는 새로운 매체의 출현 역시 이 시기 한글의 사용과 문체의 변화를 가져온 매우 중요한 요인이다. 『한성순보漢城旬報』를 이어받은 『한성주보漢城周報』는 1886년 1월 25일 창간호를 내놓으면서 국한문을 섞어 쓰기 시작한다. 『한성주보』는 국한문을 섞어 쓰면서, 부분적으로 순한글 기사를 게재하기도 했다. 애초부터 개화의 수단으로 창간된 신문이 순한문에서 국한문 혼용으로, 그리고 한글의 사용이라는 방향으로 문자와 문체를 바꾸어 간 것은 자연스러운 귀결이라고도 할 수 있다. 그렇게 함으로써 더 많은 독자를 확보할 수 있었기 때문이다.[30] 거기에 일찍부터 한글

---

28 이옥은 『매화외사(梅花外史)』·『문무자문초(文無子文抄)』·『도화류수관소고(桃花流水館小稿)』 등의 소품집(小品集)의 저작자이다. 그는 성균관(成均館)의 학생으로 다니다가 좋지 못한 문체를 쓰는 것으로 탄핵을 받고 출세의 길이 막히고 말았다. 이른바 정조(正祖)의 문체반정(文體返正)에 걸린 것이다. 그는 정통의 고문(古文)과 시의 규격을 벗어나 패사소품(稗史小品) 식의 새로운 문학을 시도했고, 우리말을 한시문(漢詩文) 속에 대담하게 도입했다. 이우성·임형택, 『이조한문단편집』 하, 일조각, 1978, 446면 참조.

29 지식인들의 한글 사용은 갑오경장 이후 1910년대에 이르는 사이에 일어난 가장 주목할 만한 문화적 전환 현상 가운데 하나이다. 이 시기 한글은 민중의 계몽과 각성을 위한 기본적 수단이 되었고, 동시에 한글이 민족의 글이라는 인식은 이미 '자주독립' 의식과 상통하는 것이었다. 그러나 한글의 사용은 일단 한문의 청산을 전제로 하지 않으면 안 되는 것이었기 때문에 적지 않은 갈등을 불러오기도 했다. 이에 대한 구체적 논의는 강명관, 「한문폐지론과 애국계몽기의 국·한문 논쟁」, 『한국한문학연구』 8, 한국한문학연구회, 1985, 195~252면 참조.

사용의 필요성을 절감하고 그것을 실천한 선각자들의 역할 역시 지대한 것이었다. 이런 선각자들로는 『서유견문』을 간행하면서 한글 활용의 중요성과 언문일치의 필요성을 강조한 유길준이나, 국한문 섞어 쓰기 기사체記事體를 연구한 강위姜瑋 등을 들 수 있다.[31]

국한문 섞어 쓰기에 대한 선각자적 지식인들의 역할과 그에 힘입은 국한문 혼용 신문의 출현은 곧바로 『독립신문』과 같은 순한글 신문의 창간으로 이어진다. 1896년 4월 7일 『독립신문』은 "우리가 이 신문 출판ᄒ기는 취리ᄒ랴ᄂᆞᆫ게 아닌고로 갑슬 헐허도록 ᄒ엿고 모도 언문으로 쓰기는 남녀 샹하귀천이 모도 보게 홈이요 또 귀졀을 쎄여 쓰기는 알어보기 쉽도록 홈이라"[32]는 내용의 논설을 개제하면서 순한글 판을 발행한다. 남녀 상하 귀천의 차이 없이 모두가 볼 수 있도록 하기 위해 순한글로 신문을 발행하게 되었다는 것이다. 이후 국한문 또는 한글의 사용은 선각자적 지식인들에게 보편적 현상으로 받아들여지게 된다. 그리하여 조선 후기까지의 대표적 문체이던 한문문체가 점차 사라지고, 이제 국한문 혼용체와 한글체가 지식인들 사이에 대표적 문체로 새롭게 자리잡게 되는 것이다.[33]

---

30 『한성주보』의 국한문 섞어쓰기는 일반 독자의 호응을 받았고, 그와 같이 한글을 쓰도록 배려한 고종(高宗)을 찬양하는 소리가 나오는 등 그 반향이 매우 좋았다. 이는 그 뒤 온갖 신문과 문서가 국한문을 섞어 쓰도록 하는데 중요한 계기가 되었다. 최준, 『신보판(新補版) 한국신문사(韓國新聞史)』, 일조각, 1990, 26~27면 참조.

31 강위(姜瑋)는 순한문으로 된 『한성순보』가 발행되는 도중, 국한문 섞어쓰기의 기사체를 도맡아 연구했다. 그는 환관(宦官)을 통하여 내인(內人)들이 소장하고 있던 이른바 언문(諺文)책을 참고하면서 국한문 섞어쓰기의 새 문체를 만들었다. 이것이 좋은 평을 받게 되고 박문국원(博文局員)들도 이에 찬동하였으며, 마침내 고종의 윤허를 얻게 된 것이다. 위의 책, 27면 참조.

32 『독립신문』, 1896.4.7.

33 '서사적논설'의 주요 작가 가운데 한 사람으로 추정되는 단재 신채호의 경우 「국한문의 경중」, 「문법을 의통일(宜統一)」, 「국문연구회 위원 제씨에게 권고함」 등의 글을 써서 한글의 중요성을 강조했다. 그는 국문을 한문보다 경시하는 자는 결코 한인(韓人)이라 할 수 없다는 견해를 드러냈고, 여러 가지 사정으로 인해 지금 당장은 순국문의 사용이 어려워 국한문교용(國漢文交用)을 취할 수밖에 없으므로 이러한 시기에 맞는 새로운 문법의 통일이 필요하다는 사실 등을 주장했다(『신채호 전집』 별집, 형성출판사, 1977, 73~77면, 79~80면; 『신채호 전집』 하, 95~96면 참조). 근대문학의 전개와 문체의 변화 과정에 대한 더욱 상세한 논의는 이 책의 제8장 참조.

야담의 작가에게나 '서사적논설'의 작가에게나 문체에 대한 관심은 지대한 것이었다. 야담의 작가들이 새로운 문체를 통해 살아 있는 목소리를 전달하고 싶어 했듯이, '서사적논설'의 작가들 역시 동일한 의지를 지니고 있었다. 단, 시대의 차이가 야담 작가는 한문을 선택하도록 했고, '서사적논설' 작가들은 국한문이나 한글을 선택하도록 했을 뿐이다.[34]

4. '서사적논설'의 계승과 발전

야담으로부터 전승된 근대계몽기 '서사적논설'은 이후 '서사적기사'나 비실명 단형소설 등으로 이어진다.

조선 후기 야담과 일정한 연관성을 지니고 있고, 아울러 '서사적논설'과도 직접적인 연관성을 지니고 있는 글로는 우선 '서사적기사'를 들 수 있다. '서사적기사'는 논설의 의도를 담고 있는 창작 기사를 지칭한다. 이는 사건 취재 기사 등 실제로 있었던 일을 기록하는 형식을 취하고 있지만, 내용으로 미루어 볼 때 '서사적논설'처럼 편집진의 창작으로 추정되는 기사들이다. 형식 역시 사건을 직접 기술하여 전달하기보다는, 소설적 형식을 취하는 경우가 많다. 이러한 '서사적기사'는 형식과 내용면

---

34 당시 지식인들의 한글 선택이 지니는 의미에 대해서는 다음의 지적이 좋은 참고가 된다. "朴殷植과 張志淵의 學問과 思想의 토대는 漢文에 있었다. 그러므로 漢文에 대하여 비판을 가한 것은 역으로 자신들의 學問과 思想의 근거를 스스로 부정해 버린 셈이 되었다. 이는 역사의 주체를 난해한 文言에 근거를 둔 일부 지식층으로 보지 않고, 民衆으로 파악할 때 나온 논리적 귀결이었던 것이다. 그리고 좀더 넓게 본다면 이들의 漢文批判은 중세를 유지 가능하게 했던 漢字文化圈, 곧 封建的 文化圈에서 탈출하려는 自覺的 노력으로 해석될 수 있다."(강명관, 앞의 글, 211면)

에서 '서사적논설'과 매우 유사하지만, 그것이 논설란에 실려 있지 않고 내보內報나 잡보雜報 등 사건 기사란에 실려 있다는 점에서 구별이 된다. 『매일신문』잡보란에 실린 근대계몽기 '서사적기사'를 한 편 인용하기로 한다.

어늬 고을 원 ㅎ나히 일전에 갈녀 올나와 혼 친구를 딕ㅎ여 정다히 슈작ㅎ 는 말이 늭가 갓든 고을은 원노릇 홀 슈 업데 소위 긔화라고 혼 후로 원늭려간 스룸들이 빅셩들을 교만ㅎ게만 만드럿데그려) (웨) 조릭로 그 고을 민심이 슌 박ㅎ여 원노릇 ㅎ기러 됴타고 ㅎ더니 그 동안에 엇더키 그리 변ㅎ엿던가) (아) 전에는 원의 말이라면 무셔워ㅎ던 빅셩들이 지금은 관장의 말을 우습게 넉여 령갑을 셰울 슈가 잇셔야 원노릇슬 히먹지) (하) 그 동안에 그곳 빅셩들이 그 럭히 완만ㅎ여 젓든가) (허) 완민인들 그런 완민들이 어듸가 잇겟나 령을 혼번 늭여가지고 시힝케 ㅎ려다 못ㅎ여 늭가 짓쳐 못견듸고 말앗네) (에) 못싱긴 것 도 만치 원으로 안져서 빅셩의게 령을 셰려다가 못ㅎ엿단 말인가 그릭 무삼령 을 셰려다가 못셰우고 망신만 당ㅎ엿단 말인가) (허허) 월봉만 가지고 거긔셔 지낼 슈 잇든가 그럭키에 자네 드러 말일셰만은 싱각못허여 촌민들의게 호포 와 결견 밧는데 좀 더물너려 드럿드니 이 무지혼 것들이 들고 이러나셔 법률 밧겟 일이니 아니 물겟다고 야단을 치데그려 그릭서 홀 슈 업기에 쏘박 쏘박 월봉만 먹고 잇다 갈녀 올나온즉 싀원 ㅎ에) (어) 그러면 원으로 가셔 별노히 쟴이 업셧갯네 그려 참 그러면 원 늭려가기를 됴타고 홀 사룸이 누가 잇겟나 ㅎ엿다기로 우리는 듯는듸로 올니노라[35]

35 『매일신문』, 1898.6.13.

이 글은 어느 고을 원 하나가 자기 친구를 만나, 세상이 개화된 이후 이제 원노릇하기도 힘들어졌다고 하소연을 하는 내용으로 이루어져 있다. 이는 내용상 적지 않은 시사성과 교훈성을 띠고 있다. 개화와 함께 달라져 가는 세태를 그렸다는 점에서 시사적이고, 이런 시사적인 일화를 통해 독자들에게 역설적으로 탐관오리에게 저항하는 방식을 알리고 있다는 점에서 계몽적이다. 여기서는 '호포와 결전은 법률대로만 물면 된다'는 내용이 계몽의 핵심이 된다. 이는 시사성과 함께 교훈성·계몽성을 지녔다는 점에서 '서사적논설'과 매우 유사하다. 글의 마지막에 "우리는 듣는 뒤로 올니노라"라는 일종의 편집자 주가 들어가 있는 점도 유사하다. 단지, 본격적인 편집자 해설이 생략되었을 뿐이다. 글 전체가 대화체로 되어 있다는 점도, 사건 기사보다는 오히려 소설 형식에 가깝다. 글의 서술자가 등장인물과 일정한 거리를 유지하면서, 등장인물의 행동을 풍자하고 있다는 점도 주목할 만하다. 이런 류의 '서사적기사' 역시 근대계몽기 신문에 적지 않게 발표된다. 이렇게 창작 발표되는 '서사적기사'의 소재는 실제로 일어날 개연성이 있는 것도 있고, 그 반대로 현실성이 전혀 없는 것들도 있다. 그러나 어떤 기사건 간에 '서사적기사'는 현실적인 교훈을 주려는 목적 아래 창작된다. 비록 그 소재가 비현실적인 경우라도, 거기서 얻을 수 있는 교훈은 언제나 현실과 깊은 관련이 있는 것들이다.

이러한 '서사적기사'는 곧바로 소설로 연결된다. 논설란이나 사건 기사란에 실리던 신문 편집진들의 창작품은, 시간이 흐르면서 점차 소설란으로 옮겨가 본격적인 창작 작품을 표방하고 나서게 되는 것이다. '서사적논설' 및 '서사적기사'와의 비교를 위해, 직접 소설을 표방하고 나선 작품 한 편을 인용하기로 한다.

(쇼설)「지물이 근심거리」

잇던 가난흔 신쟝수가 날마다 신을 삼으면셔 아춤브터 셔녁신지 즐거이 노래를 흐니 그 노래가 듯기에 미우 됴코 춤으로 아모 걱졍업는 묽은 노래라 그 엽헤 사는 흔 은힝셔쟝이 비록 돈은 만흐나 흥샹 슈심에 싸여 노래는 새로이 밤에 잠도 자지 못흐여 평싱에 고로온 중이더니 흔번은 날이 다 신 후에 잠간 조으는 중에 신쟝수의 노래소리에 그 은힝셔쟝이 잠을 씨여 스스로 탄식흐여 골으디 돈이 만흔디 엇지흐여 다른 물건사드시 쟝에서 잠을 사오지 못흐엿는 고 흐더니 또 흐로는 몸이 크게 곤흔 중 그 신쟝이를 불너 닐으디 친구여 일년 이면 돈을 얼마나 버는고 신쟝이 우셔 골으디 돈얼마 번다는 말이 무슴 말슴이 오닛가 우리ㅅ혼 사룸은 버리흔달 것도 업고 또 당초에 돈모흘 뜻도 아조업서 다만 일용량만 엇을 쑨이오 세월은 우리모로게 물흐르듯흐니 별걱졍업시 설돌 금음날신지 지내누이다 은힝셔쟝이 다시 무르디 그는 그러나 미일 버는 돈은 얼마나 되느뇨 신쟝의 디답이 쥬일쳠례파공날 쎄고 더흐고 덜흔날이 잇스니 알수업스나 텬쥬의 은혜로 굼든 아니흐누이다 은힝셔쟝이 리웃졍의를 숭각흐 고 돈삼빅원을 주니 신쟝이 밧아가지고 싱각흐디 이십년을 애써도 못엇을 지 물을 일죠에 엇으니 오날 이곳 만복지일이로다 흐고 집에 도라와 깁히 곰초아 두매 일노조차 모음이 그 곰초아 둔 돈에 미이여 부지중 걱졍이 삼겨 다시는 즐거이 부르던 노래 흔마디도 못흐고 심지어 밤이면 잠도 자지못흐여 쥐든니 는 소리만 드러도 곳도적이 드러오는 것ㅅ흐여 념려 노흘 겨를이 업는지라 그 러므로 로심초ㅅ흐다모흐여 그 돈을 몰수히가지고 그 은힝셔쟝의게 가셔 말흐 디 내가 이 돈을 엇은 후로 내 즐거움과 평안흠이 아조 업셔졋스니 이는 곳 당 신이 내 즐거움을 쎠아슴이라 이 즈긔여온 돈을 도로 밧고 내 즐거움을 도로 달나 흐엿스니 사룸의 복됨이 돈모호는디 잇는 거시 아니라 도로혀 사룸의 평

안흠을 쎄앗는거슨 지물이니 깁히 궁구홀지어다[36]

이 작품은 가난한 신장사가 돈이 없을 때 행복했으나, 돈이 생긴 뒤 오히려 걱정 근심이 늘어 잠을 이루지 못하게 되었다는 사실을 다루고 있다. 작품의 내용에 교훈성이 강하고, 작품의 마무리 부분에 편집자 해설이 붙어 있는 것으로 볼 때, 이 역시 '서사적논설'과 큰 차이가 나지 않는다. 작가 스스로 이것이 '소설'임을 표방하고 나섰다는 점을 제외한다면, 내용상으로나 형식상으로 볼 때 야담이나 '서사적논설'과 큰 거리가 없다. 소설을 표방하면서도, 작가를 밝히지 않는다는 점도 그러하다. 이 작품에서 조선 후기 야담과 구별되는 점들을 꼽으라면, 형식상 새로운 문체를 선택했다는 점과, 내용상 근대사회의 상징들 예를 들면 '은행셔장'이 등장한다는 점 정도를 들 수 있다. 이렇게 본다면, 1900년대 중반 이후 근대계몽기 신문에 집중적으로 실린 이러한 무서명 단형소설들 역시, 결국은 야담의 시대적 변용물인 '서사적논설'과 동족 관계를 이루는 문학 양식으로 판별할 수 있는 것이다.

1900년대 중반 무렵부터 활성화된 단형소설 작품들 가운데는, 편집자 주나 해설이 완전히 사라져 버리고 중심 서사만이 존재하는 작품들이 나타난다. 그런 작품들 가운데 일부는 연재 발표되면서 점차 길이가 길어지고, 비록 실명實名은 아니지만 작가 이름이 쓰여진 작품, 즉 기명記名의 비실명非實名 작품들이 등장하기 시작한다.[37] 이렇게 연재 발표되는 소설들의 특성 역시 대부분 '서사적논설'과 연속선상에서 이해할 수 있다.

---

36 『경향신문』, 1907.1.11.
37 이런 작품의 예로는 1905년 10월 29일부터 11월 7일까지 『대한매일신보』에 연재 발표된 우시싱의 「향긱담화」 등을 들 수 있다.

'서사적논설'에 토대를 두고 발전한 근대계몽기 단형 소설들의 작품적 성과는 직·간접적으로 '역사·전기소설'이나 '신소설' 탄생의 문화적 토대가 된다.[38] 이는 조선 후기 야담의 문학적 성과가 '서사적논설'뿐만 아니라 '신소설'이나 1910년대 이후 본격적인 한국 근대문학의 형성에까지 영향을 미치고 있다는 주장[39]의 검증을 위한 근거 자료로도 활용될 수 있을 것이다.

5. 맺음말

1890년대에서 1900년대에 이르는 근대계몽기 신문의 논설·잡보·내보·소설란에 실린 글들 가운데는 조선 후기 야담과 내용과 형식면에서 상관관계를 보이는 글들이 적지 않다. 본 연구에서는 이 점을 중시하면서, 이들 신문에 실린 글들과 조선 후기 야담 사이의 연계성을 확인해 보았다.

근대계몽기 신문에 실린 여러 가지 양식의 글들 가운데, 근대소설 발생의 토대가 되는 '서사적논설'은 특히 조선 후기 야담과 밀접한 관련을

---

38 이에 대한 구체적 논의는 이 책의 제2장 및 제6장 참조.
39 이재선은 일찍이 한문단형서사체(漢文短形敍事體)와 근대적 단편소설과의 관계에 주목함으로써 이 방면 연구의 길을 열었다(이재선, 『한국단편소설연구』, 일조각, 1975, 53면 참조). 임형택도 당대의 일상현실을 다룬 한문단편과, 리얼리즘을 지향해온 근대 단편소설 사이의 근친성에 대해 주목한 바 있다(임형택, 「한문단편 형성 과정에서의 강담사(講談師)」, 『창작과비평』, 1978.가을, 107면 참조). 김현실 역시 한문단편과 근대소설의 연관성에 대한 구체적 문제 제기를 한 바 있다(김현실, 「근대 단편소설의 전통 계승에 관한 일고찰 – 현부형(賢婦型) 치부담(致富談)을 중심으로」, 『이화어문논집』 11, 이화여대 한국어문학연구소, 1990, 85~110면 참조).

맺고 있는 과도기적 문학 양식이다. '서사적논설'의 작가와 조선 후기 야담의 작가는 모두가 그 시대를 대표하는 지식인 집단에 속한 인물들이었다. 이들은 특별히 새로운 문체의식을 지니고 있었다는 점에서도 공통성을 지닌다. 문체의 선택은 세계관의 중요한 반영이 된다는 점에서, 조선 후기 야담의 작가들이나 '서사적논설'의 작가들은 시대의 변화를 적극적으로 수용하고 독자 대중을 계도하려는 진취적 의식 또한 지니고 있었던 사람들이었다.

'서사적논설'은 조선 후기 야담의 구성방식을 거의 그대로 활용하면서, 거기에 시사성·교훈성·계몽성을 더욱 강화시킨 문학 양식이다. '서사적논설'에서 교훈성과 계몽성이 강화되는 이유는 근대계몽기의 불안정한 현실과 관계가 깊으며, 시사성이 강화되는 이유는 '서사적논설'이 택한 신문이라는 발표 매체와 직접적으로 연관된다.

조선 후기 야담에서 발원한 '서사적논설'의 글쓰기 방식은 '서사적기사'나 근대계몽기 단형 소설들로 이어지고, 이들은 다시 '역사·전기소설'이나 '신소설' 등장의 토대가 된다. 근대계몽기에 발표된 단형 서사 문학 양식들은 대부분 '서사적논설'과 직접적인 연관성을 맺고 있는 것이다. 그런 점에서 본다면, 조선 후기 야담의 문학적 성과는 조선조의 마무리와 함께 단절되고 사라진 것이 아니라, 근대계몽기라는 새로운 시기에 맞는 새로운 내용과 형식으로 전이되고 계승된 것임을 알 수 있다.

'역사·전기소설'의 형성과 전개

1. 머리말

근대계몽기를 대표하는 문학 양식으로는 '신소설'과 '창가', 그리고 '역사·전기소설' 등을 들 수 있다. 그 가운데 '신소설'과 '창가'에 대한 연구는 백철의 『신문학사조사』와 조연현의 『한국현대문학사』 등을 통해 크게 활성화되었다.[1] '신소설'과 '창가'는 대부분의 문학사에서 중요하게 다루어졌을 뿐만 아니라, 그에 관한 많은 전문 연구 논문과 서적이

---

[1] 백철은 해방 후 첫 문학사인 『조선신문학사조사(朝鮮新文學思潮史)』(수선사, 1948)의 제1장을 「개화사조와 신소설문학」이라 정한 후, '신소설'의 등장 과정과 주제 등에 대해 자세히 정리한다. 조연현은 1956년에 단행본으로 출간한 『한국현대문학사(韓國現代文學史)』(현대문학사, 1956)의 제1장을 「근대문학의 태동」이라 정한 후, '창가'의 형성 과정과 그 근대문학적 의미 등에 대해 상세히 정리한다. 조연현은 여기서 '신소설'의 근대적 요소 등에 대해서도 상세히 언급한 후 '창가'와 '신소설'의 문학적 위치에 대해 논의한다. 조연현의 이 글은 원래 1955년부터 잡지 『현대문학』에 연재된 것이다. '신소설'과 '창가'를 중심으로 한 백철과 조연현의 근대문학 연구는 그 후 우리 문단과 학계의 연구 태도에 적지 않은 영향을 미친 것으로 판단된다.

출판되기도 했다. 그러나 '역사·전기소설'에 대한 연구는 상대적으로 매우 빈약한 편이다.

'역사·전기소설'에 대한 연구가 활성화되지 못하고 있는 이유는 무엇일까? 그 가장 큰 이유는 아직도 '역사·전기소설'의 양식적 특질에 대한 접근이 제대로 이루어지지 않았기 때문이다. 이는 곧 '역사·전기소설'의 개념을 모호하게 만들어 그에 대한 접근을 가로막는 가장 큰 요인으로 작용하고 있다.

2. '역사·전기소설'의 개념

우리가 지금 '역사·전기소설'로 분류하는 작품들에 대해 과거의 문학사가들은 어떠한 인식을 지니고 있었을까? 우리나라 최초의 문학사라 일컬어지는 『조선문학사』를 쓴 안자산은 '「법란서신사法蘭西新史」·「보법전기普法戰記」·「서서건국지瑞西建國誌」[2]·「월남망국사越南亡國史」' 등의 번역물과, 신채호의 「이태리삼걸전伊太利三傑傳」[3]·「을지문덕乙支文德」·「최도통전崔都統傳」·「독사여론讀史餘論」[4] 등을 모두 역사소설이라 칭한다.[5] 이 가운데 번역물들에 대해서는 이들의 재료를 서양 위인의 사적事蹟과 정치의 역사에서 취한 것임을 주목하면서, 그것이 정치적 사상이 비등하여 국가적 관

2　「서사건국지(瑞士建國誌)」를 지칭한 것이다.
3　「이태리건국삼걸전(伊太利建國三傑傳)」의 잘못임.
4　「독사신론(讀史新論)」의 잘못임.
5　안자산, 『조선문학사』, 한일서점, 1922, 124~125면 참조.

넘을 대전제로 쓰여진 것이라는 점을 강조한다. 아울러, 신채호의 작품들에 대해서는 이것이 신견지新見地를 개척한 그의 독창성의 소산이며 조선사를 민족적으로 다루어낸 것이라고 서술한다.

그러나 안자산의 이러한 문학사 서술에는 적지 않은 문제가 있는 것으로 생각된다. 먼저 그가 역사소설의 구체적 예로 제시한 네 편의 작품들, 즉 「법란서신사法蘭西新史」·「보법전기普法戰記」·「서사건국지瑞士建國誌」·「월남망국사越南亡國史」 가운데 「서사건국지」를 제외한 세 편의 저술은 소설이라기보다는 역사기록물 혹은 역사적 사실에 근거한 논설들에 더욱 가깝다.

신채호의 창작소설로 거론되는 작품들 가운데서도 「을지문덕乙支文德」과 「최도통전崔都統傳」을 제외하고 나면 나머지 작품들은 문제가 있다. 「이태리건국삼걸전伊太利建國三傑傳」은 번역물이고, 「독사신론讀史新論」은 소설이 아닌 단재의 본격적인 학문적 저술이기 때문이다.[6]

뒤이어 나온 김태준의 『조선소설사』에서도 이러한 잘못은 반복된다. 그 역시 신채호의 「이태리삼걸전伊太利三傑傳」·「을지문덕전乙支文德傳」·「최도통전崔都統傳」·「몽견제갈량夢見諸葛亮」[7]·「독사여론讀史餘論」 등을 모두 역사소설이라 칭한다. 김태준은 신채호가 이러한 역사소설을 지어 새로운 측면을 개척한 것은 그의 독창성의 산물이며, 융성한 정치사상과 국가 관념을 반영한 시대적 산물이라 강조한다.[8]

---

6 「독사신론」은 원래 『대한매일신보』(1908.8.27~12.13)에 연재된 글이다. 이 글은 다시 잡지 『소년』(1910.8)에 「국사사론(國史私論)」이라는 제목으로 발표된 바 있다. 그 내용은 조선상고사에 해당하는 역사 연구물이다. 『개정판 단재신채호전집』(형설출판사, 1982), 467~513면 참조.
7 이 작품은 유원표가 저술하고 홍종은이 교열한 것으로 신채호와는 아무런 관계가 없다. 1908년 8월 광학서포에서 발행하였다.
8 김태준, 『조선소설사』, 학예사, 1939, 241면 참조. 김태준의 이 부분 서술은 그 내용에서 안자산의 『조선문학사』를 참조한 흔적이 보인다. 작품명에 대한 오기(誤記) 역시 그러하다. 물론 『조선문학사』보다는 『조선소설

한편 『조선소설사』에서 김태준은 신채호의 작품들을 논하기에 앞서 융희 2년(1908)의 저작물들을 논하며 「포와유람기」·「후례두익칠년전사厚禮斗益七年戰史」·「보법전기」·「나파륜전사拿破崙戰史」·「파란말년전사波蘭末年戰史」·「월남망국사」·「라마사羅馬史」·「서사건국지」·「미국독립사」·「법란신사」·「경제미담」·「애국부인전」·「금수회의록」·「피득대제전彼得大帝傳」 등 14편의 작품을 거론하는데, 이들 작품이 모두 역사소설에 해당한다는 것인지 혹은 단순히 일정한 시기의 저작물 목록을 의미하는 것인지에 대해서는 논지가 분명하지 않다.

안자산과 김태준이 역사소설로 분류해 다루었던 작품들을 임화는 '정치소설'로 분류해 다룬다. 그는 1930년대 말 연재 발표한 「신문학사」에서, 우리나라의 '정치소설'에 대한 정의를 다음과 같이 시도한다. "단일한 정치적 목적을 추구하기 위하여 사실史實을 차용하고 설화에 가탁하기 때문에 우리는 또한 그것을 정치적 산문으로, 즉 '정치소설'로 볼 수 있는 것이다. 그 목적은 영국보다 내지가 달랐고 내지보다 또한 조선이 달랐다. 내지에서는 국가 흥융興隆과 약진의 정신과 그것에 반하는 고난의 극복이란 것들이 '정치소설' 발흥 당시의 기풍이었으나 한말에는 누설縷說한 것처럼 독립자주였다."[9]

임화는 당시 '정치소설'이라는 이름을 붙여 출간한 번역소설 「서사건국지」에 대해 비교적 상세히 언급한 후, '정치소설'에 들 수 있는 작품의 예와 그 전형에 대해 다음과 같이 구체적으로 서술한다.

史의 서술이 더욱 상세한 것은 분명하다.

9   임화, 「신문학사」(『조선일보』, 1939.12.5~27), 임규찬·한진일 편, 『임화 신문학사』, 한길사, 1993, 136~137면.

이와 비슷한 책으로 역시 광무 11년 5월에 출판된 김덕균 연역 「의대리독립사(意大利獨立史)」가 있다. 서기 1859년의 이태리 통일과 1865년의 대(對) 오태리혈전(奧太利血戰), 로마의 병합을 내용으로 한 것으로 전단(前端)엔 이태리의 각반(各般) 사정 및 간략한 역사를 소개하고 후편에 독립통일 전말을 서술하였는데 전기(前記) 「서사건국지」와 같이 소설체는 아니고 통속사기(通俗史記)에 가깝다.

그 다음 동시대 이태리사에서 사실상 이태리를 오랜 분열과 외강(外强)의 압박에서 구출한 사람인 마치니, 까리발디, 카브르 3인의 충용(忠勇)을 이야기 한 「이태리건국삼걸전」(융희 2년 간행)이 있고, 각국 애국 여성의 전기를 모은 장지연 저의 「애국부인전」(동상 2년)과 「피득대제전(彼得大帝傳)」 「미국독립사」 등이 모두 선진 각국이 당면했던 유사한 정세에서 탈출한 경로와 영웅의 무용을 찬미한 것이다. (…중략…) 그리고 「을지문덕」 혹은 「을지문덕전」 「최도통전(崔都統傳)」 같은 조선사상의 영웅전을 저(著)한 이도 적지 않았고 (…중략…)

그런데 이 가운데서도 가장 열혈(熱血) 문자는 역시 「월남망국사(越南亡國史)」(그냥 「월남사」란 책이 또 있다)로 이 책은 아직까지 인구(人口)에 오르내리는 것으로 소국 안남(安南)이 불란서의 속지가 된 사실을 그린 것으로 한말에 유행하던 정치소설의 일(一) 전형이라 할 수 있다.[10]

임화의 이러한 서술을 보면 그가 정치소설의 전형적 작품들로 우선 「서사건국지」와 「월남망국사」를 생각하고 있음을 알 수 있다. 「서사건국지」를 소설체 '정치소설'의 한 전형으로 본다면, 「월남망국사」를 역사

10 위의 책, 143~144면.

체 '정치소설'의 한 전형으로 본 것이 아닌가 하는 추정이 가능한 것이다.

그런데 문제는 임화의 '정치소설'에 대한 정리가 여기서 끝나지 않고 새로운 방향으로 계속된다는 사실에 있다. 그는 '정치소설'의 또 다른 예로 안국선의 「금수회의록」과 「공진회」 등을 들면서 "이렇게 「금수회의록」을 '정치소설'에다 넣고 보면 「금수회의록」은 조선 '정치소설' 중 제일의 걸작이라 할 수 있다"[11]고 정리한다.

임화의 이러한 정리를 놓고 보면, 그가 생각한 '정치소설'의 개념이 무엇이며 그 양식적 특질이 무엇인가 하는 근본적 의문이 생기지 않을 수 없다. 「서사건국지」[12]와 「월남망국사」[13] 그리고 「금수회의록」[14]에서 우리는 어떠한 소설사적 공통성을 발견할 수 있을지 막연해지는 것이다.

임화의 「신문학사」 서술 가운데 가장 설득력이 약한 부분이 바로 이 '정치소설'에 대한 부분이다. 그는 이른바 한국 신문학사의 과도기 문학을 대표하는 문학 양식으로 '신소설'과 '창가' 그리고 '정치소설'이라는 세 가지를 꼽는다. 그리고 그는 '양식사적 접근 없이 올바른 문학사는 성립될 수 없다'는 자신의 신념과 문학사 방법론에 근거해 이들에 대한 연구를 진행한다. 하지만, 그는 '신소설'과 '창가'의 양식에 대한 연구에서 탁월한 성과를 보여주었던 것과는 달리 '정치소설'에 대해서는 전혀 양식적 특질에 대한 논의를 전개하지 못한다. 이것이 바로 그가 지닌 '정치

---

11 위의 책, 145면.
12 실러가 지은 희곡 「빌헬름 텔」을 중국의 관공(貫公) 정철(鄭哲)이 소설체로 바꾸어 옮긴 것을, 박은식이 번역한 작품이다. 문체는 국한문 혼용체이다.
13 월남의 민족운동가 소남자(巢南子)가 저술하고, 중국의 양계초(梁啓超)가 편찬한 것을 현채·주시경·이상익 등이 번역해 간행했다. 현채의 번역은 국한문 혼용이고 나머지 번역은 한글로 이루어졌다. 소설적 요소는 없고 현실에 대한 소남자와 양계초의 토론 및 실제 월남의 역사 등이 기록되어 있다.
14 안국선이 직접 지은 순수 창작소설이다. 여러 동물들이 등장해 인간세계를 비판하는 것으로 일종의 우화소설이면서 토론의 형식을 취하고 있다. 문체는 한글체이다.

소설' 연구의 한계이자 신문학사 연구의 한계이기도 했던 것이다.[15]

일제하의 문학사 연구자들이 역사소설 혹은 '정치소설'이라 명명했던 작품들에 대해 '역사·전기소설'이라는 명칭을 부여하고, 그에 대한 본격적 연구와 개념 정리를 시작한 것은 1970년대 이후의 일이다.

이 시기의 대표적 개화기 문학 연구자인 이재선은 1975년에 「애국부인전」·「을지문덕」·「서사건국지」를 함께 묶은 한 권의 자료집을 간행하며, 그 해설에서 '역사적 전기적 문학'이라는 용어를 사용한다. 이것이 아마도 '역사·전기문학' 혹은 '역사·전기소설'이라는 용어 탄생의 중요한 계기가 되었을 것으로 판단된다.

이재선은 다음과 같은 말로 이 시기에 등장한 전기문학傳記文學의 중요성을 지적하고, 그것이 '신소설'과 어떻게 다른가 하는 점을 설명한다.

> 1900년대의 산문 문학은 대체로 허구적인 문학(fiktionales Erzählen)과 실록적인 역사문학(historisches Erzählen)으로 구분되어 고찰되고 있다. 전자는 시간이나 공간을 떠나 있는 허구적인 인물을 내세우고 그 다음 사건을 제시하고 있지만, 후자는 과거에 실제로 존재했던 인물에 대해서 회상하고 그것을 근거로 치밀한 현실의식을 어떤 정치적인 '이데오로기' 및 작가의 역사의식으로 변형시켜 서술하는 경우가 많다.
>
> 전자는 이른바 '신소설'이라고 불리어지는 것이 대부분이다. 이들은 상업주의적이며 시장지향적(市場指向的)일 수 있다. 그러나 후자는 보편적이고 현실적인 주제를 구체적인 인물과 그의 사건으로서 전형화(典型化)하는 동시에 그것을 현실적인 것으로 객관화하려고 시도한다. 전자가 추상적인 현실개조로

---

15 이에 대한 상세한 논의는 이 책의 제10장 참조.

의지를 박제화(剝製化)한다고 한다면 후자는 구제(救濟)라는 현실적인 의지를 구체화하고 있다고 설명될 수도 있을 것이다. 이 점에서 후자의 전기문학(傳記文學)은 중요하다.[16]

이재선은, 비록 「애국부인전」이 '신소설'이라는 이름으로 출간되었을지라도 그것이 지닌 문학적 의미가 '신소설'과는 같을 수 없다고 주장한다. 이는 '역사·전기소설'이 지닌 문학적 의미의 독자성을 중시하는 주장이라 할 수 있다.

계속해서 그는 1900년대에 나타난 전기류(傳記類)가 과연 역사소설일 수 있을까라는 의문을 제기한다. 즉 실록적인 전쟁의 기록이나 주인공의 전기가 곧 역사소설이 될 수 있는가라는 의문이 생긴다는 것이다. 이는 아마도 신채호의 작품 「을지문덕」 등을 염두에 두고 제기한 의문일 것으로 생각된다. 이러한 의문에 대해 이재선은 다음과 같은 말로 그것이 역사소설에 속하는 것이라고 스스로 대답한다.

역사소설은 역사적 사실(事實)의 기록이라는 '역사'와는 구별된다. 역사소설은 사실적인 증거에만 근거할 수 없다. 역사소설은 사실적(史實的)인 요소를 작자나 시대의 산물인 시대정신이나 시대의식에 의해서 재구(再構)되어진다. 이렇게 본다면 1900년대에 출간된 역사류 작품은 분명히 역사소설일 수 있을 뿐더러 그렇지 못하다고 하더라도 역사소설의 전단계로 간주하는 일에는 큰 무리가 없으리라고 생각된다.[17]

---

16 이재선, 『애국부인전 / 을지문덕 / 서사건국지』, 한국일보사, 1975, 176면.
17 위의 책, 180면.

역사상의 한 인물의 전기를 중심으로 한 작품은, 작가가 사실적 요소를 바탕으로 시대정신과 시대의식에 따라 재구성한 것이므로 역사소설이 될 수 있다는 것이 이 글의 주장인 것이다.

우리가 지금 사용하는 '역사·전기소설'이라는 용어가 직접 등장하고, 그 사용이 보편화되기 시작한 것은 1970년대 말 '역사·전기소설' 자료집이 출간되면서부터이다.[18] 이 자료집은 표제에 '역사·전기소설'이라는 용어를 명시적으로 사용하고 있다.

이렇게 1970년대 말에 간행된 '역사·전기소설' 자료집은 이 분야 연구에 대한 대중적 관심을 불러일으키는 일에 매우 중요한 역할을 했다. 하지만, 이러한 자료집 역시 '역사·전기소설'의 양식적 특질을 규정하고 이해시키는 데는 충분하지 못했다. 이 자료집 또한 '역사·전기소설'이라는 용어 속에 매우 다양한 양식의 글들을 혼합해 수록하고 있기 때문이다.

'역사·전기소설'에 대한 연구가 활성화되기 위해서는 먼저 그에 대한

---

18 김윤식·백순재·송민호·이선영 편, 『역사·전기소설』, 아세아문화사, 1979. 이 자료집에 수록된 작품들의 목록은 다음과 같다.
제1권 : 「텬로력뎡」, 「중일략사(中日略史)」, 「파란말년전사(波蘭末年戰士)」
제2권 : 「태서신사(泰西新史)」, 「아국략사(我國略史)」
제3권 : 「중동전기(中東戰紀)」, 「미국독립사(美國獨立史)」
제4권 : 「법국혁신전사(法國革新戰史)」, 「애굽근세사(埃及近世史)」, 「법란서신사(法蘭西新史)」, 「오위인소역사(五偉人小歷史)」
제5권 : 「월남망국사(越南亡國史)」(현채 역), 「월남망국ᄉ」(이상익 역), 「월남망국ᄉ」(주시경 역), 「비율빈전사(比律賓戰史)」, 「이태리건국삼걸전(伊太利建國三傑傳)」
제6권 : 「의대리독립사(意大利獨立史)」, 「서사건국지(瑞士建國誌)」, 「비사맥전(比斯麥傳)」, 「이국부인전」, 「라란부인전」, 「애국정신(愛國精神)」
제7권 : 「을지문덕(乙支文德)」, 「싸뛰일트전」, 「후례두익대왕칠년전사(厚禮斗益大王 七年戰史)」, 「세계식민사(世界植民史)」
제8권 : 「중국혼(中國魂)」, 「영법로사제국가리미아전사(英法露土諸國哥利米亞戰史)」, 「강감 찬전(姜邯贊傳)」, 「彼得大帝」
제9권 : 「몽견제갈량(夢見諸葛亮)」, 「나파륜전사(拿破崙戰史)」, 「나파륜사(拿破崙史)」
제10권 : 「보법전기(普法戰記)」, 「나빈손표류기(羅賓孫漂流記)」, 「부란극림전(富蘭克林傳)」, 「십오소호걸(十五少豪傑)」

개념 정리가 분명해져야 한다. 그렇다면 우리는 '역사·전기소설'의 개념을 어떻게 규정할 것인가?

우리가 지금 '역사·전기소설'이라고 부르는 글들 가운데는 매우 다양한 성격의 혹은 이질적 성격의 글들이 혼재 되어 있다. 거기에는 근대계몽기에 출현한 순수 창작소설뿐만 아니라 번역·번안소설들이 들어 있고, 심지어 역사서까지 적지 않게 들어 있는 것이다. 이렇게 '역사·전기소설'이라는 용어 속에 매우 다양한 양식의 글이 들어 있다 보니, 그것의 소설사적 위치를 자리 매김 한다는 것이 결코 쉬운 일이 아니었다. 따라서 필자는 이 문제와 관련 해 "'역사·전기소설'이라는 용어는 역사·전기류 자료들 가운데 창작소설에만 한정시켜 사용할 것"[19]을 제안한 바 있다.

그러나 이렇게 '역사·전기소설'의 정의를 창작소설에만 한정시켜 놓고 보니 그것이 한국 근대소설사의 계통을 세우는 일에는 도움이 되었지만, 이 시기 상당수를 차지하는 번역·번안 작품을 어떻게 처리할 것인가에 대한 대안이 서지 않음을 발견할 수 있었다. 아울러 이 시기에 간행된 번역 작품은 그것이 원작의 단순한 직역이라기보다는 번역자의 의도에 따라 원작을 굴절시킨 경우가 적지 않았음을 생각할 때, 그것을 우리 소설사에서 전혀 소홀히 할 수 없음을 생각하게 된 것이다.

따라서 지금은, '역사·전기소설'이라는 용어 속에 창작소설과 번역·번안소설을 포함시키되 순수 역사서 혹은 역사적 사실을 매개로 한 논설서 등은 별도로 분류해 내는 작업이 필요하다고 생각한다. 그렇게 하면 '역사·전기소설'에는 창작 '역사·전기소설'과 번역 및 번안 '역사·전기

---

19   김영민, 『한국근대소설사』, 솔출판사, 1997, 83면.

소설'이 존재하게 된다. 아울러 「월남망국사」와 같은 역사서는 '역사·
전기소설'에서 제외시켜 '역사·전기류' 혹은 '역사·전기류 문학'으로
따로 분류할 필요가 생기는 것이다.[20]

3. '역사·전기소설'의 형성 과정

번역 및 창작 '역사·전기소설'의 형성 과정에 대해서는 이미 학계의
연구가 어느 정도 이루어진 상태이다.

번역 '역사·전기소설'의 경우는 그것이 원전을 직접 번역 혹은 번안
하는 경우와, 서구의 원전을 중국과 일본이 번역한 것을 다시 번역하는
경우로 나눌 수 있다. 이에 대해서는 다음의 지적을 참고할 수 있다.

다음으로 주목할 것은 이 시기의 역사·전기소설들이 창작인 경우보다 번안
·번역인 경우가 대부분을 차지하고 있다는 점이다. 번역도 원전의 직접 번역
이 아니라 대개 청일(淸日)의 번역서를 번안·중역한 것들이다. 주로 서구 소
설들에 원전을 둔 이 소설들은 중국 청말(淸末) 혹은 일본 명치 시대의 번역소

---

20 최근에 간행된 민족문학사연구소 편역의 『근대계몽기의 학술·문예사상』(소명출판, 2000)에서는 이 시기의 학술
·문예자료의 전체 내용을, 당시의 개념을 고려하여 어문, 소설, 역사, 지리, 정법·사회, 과학·기술로 나누었다.
아울러, 우리가 흔히 '역사·전기소설'이라 이해하고 있는 자료들 가운데 일부는 소설 편에, 일부는 역사 편에 배치
했다. 참고로 소설 편에 들어 있는 자료는 「라란부인전」·「서사건국지」·「강감찬전」·「을지문덕」·「이순신전」·「금
수회의록」·「몽견제갈량」·「이태리소년」·「최도통전」·「천개소문전」·「몽배금태조」 등이다. 역사편에 들어 있는
자료는 「미국독립사」·「중동전기」·「법국혁신전사」·「청국무술정변기」·「동사집략」·「애급근세사」·「동국사략」·
「월남망국사」 등이다.

설들을 적당히 수정하여 옮겼거나 다시 번역한 작품들이다.[21]

즉 '역사·전기소설'의 경우는 창작보다 번역·번안 작품이 많으며, 그 가운데 직접 번역보다는 중역이 많다는 것이다.

'역사·전기소설'의 전반적 형성 과정에 대해서는 강영주의 연구 성과가 명료하다. 강영주는 다음과 같은 정리를 통해 이들 작품이 이조시대의 서사문학 장르의 연속임을 주장한다.

　　한편 이들의 작품은 이조시대의 서사문학 장르, 예컨대 국문소설, 야담계 한문소설, 전(傳) 등의 양식이 어떻게 외래적인 요소들과 함께 작용하여 개화기 전기문학을 형성하게 되었으며, 또한 이들이 어떻게 현대의 역사소설로 계승·발전하게 되었는가 하는 각도에서 볼 때에도 흥미있는 측면을 보여주고 있다. 이를테면 장지연의 「애국부인전」은 군담소설(軍談小說)의 전통을 이어받은 것으로 보이며, 신채호의 「을지문덕」을 비롯한 창작전기들은 명백히 전통적인 전 양식에 의거한 것으로 보인다.[22]

강영주의 이러한 정리는 '역사·전기소설'이 군담소설이나 전傳 등의 전래적 서사문학 장르의 전통을 이어받았다는 사실을 중시한 것이다.

김교봉·설성경의 경우도 '역사·전기소설'이 전傳 양식의 서술 구조를 따르면서 회장체回章體 소설의 서술 방법을 택하고 있는 소설이라는 사실

21　이선영, 「한국개화기의 역사·전기소설의 성격」, 김윤식·백순재·송민호·이선영 편, 『역사·전기소설』 1, 아세아 문화사, 1979, 11면.
22　강영주, 「애국계몽기의 전기문학(傳記文學)」, 임형택·최원식 편, 『전환기의 동아시아 문학』, 창작과비평사, 1985, 175면.

을 강조한다.[23]

　이러한 점들을 참고로 할 때, 근대 계몽기 창작 '역사·전기소설'의 성립 과정에서는 외국 작품에 대한 번역·번안이 중요한 역할을 했고, 거기에 군담소설이나 전 등 우리의 전래적 서사문학 장르의 전통이 더해졌다는 결론에 도달할 수 있을 것이다.

　창작 '역사·전기소설'의 정착에 외국 작품의 번역·번안이 일정한 역할을 했다는 사실에 대해서는 「애국부인전」의 경우를 살펴보는 것이 한 예가 될 수 있다. 장지연의 작품인 「애국부인전」은 지금까지도 그것을 창작소설로 분류할 것인지, 번역·번안소설로 분류할 것인지 논란이 되는 작품이다.[24] 이 작품을 순수 창작소설로 보기에는 프랑스의 구국전사救國戰史를 다룬 소재가 너무 이국적이고,[25] 번역이나 번안으로 보기에는 우리 민족이 처한 상황에 초점을 맞추어 서술된 요소가 너무 강하다는 것이다.[26]

　'역사·전기소설'은 결국 국내외의 역사적·전기적 사실을 토대로 작성된 소설이다. 따라서 이 소설의 소재가 외국 이야기라 할지라도 거기에 장지연의 개인적 해석과 견해가 상당수 들어가 있다면 일단 창작 '역사·전기소설'로 분류해 연구를 해도 큰 무리가 없을 것으로 생각한다. 이 경우 「애국부인전」은 프랑스의 구국 영웅 잔느 다르크의 이야기가 우리의 군담소설 이야기 틀로 들어가, 근대계몽기의 실정에 맞게 변형되어 나온 작품이라고 볼 수 있는 것이다.

23　김교봉·설성경, 『근대전환기 소설연구』, 국학자료원, 1991, 84~86면 참조.
24　이재선은 창작소설의 관점에서 접근하고 있고, 강영주는 번안소설이라 추정한다. 이재선, 『한국현대소설사』, 홍성사, 1979, 184~194면; 강영주, 「애국계몽기의 전기문학」, 176면 참조.
25　이 작품의 주된 내용은 백년 전쟁 당시 프랑스의 잔느 다르크의 구국 항쟁 일대기를 그린 것이다.
26　프랑스의 일화와 대비시켜 강감찬·을지문덕·양만춘 등 우리나라 장수의 일화들이 등장한다.

창작 '역사·전기소설'이 근대계몽기 외국 서적의 번역·번안이라는 외래적 요소와, 군담소설이나 전 등의 영향이라는 전통적 요소에 힘입어 출현한 것은 분명하다. 하지만, 여기서 주목해야 할 것은 근대계몽기에 출현한 창작 '역사·전기소설'은 그 이전에 '인물기사' 및 '인물고'의 단계를 거쳤다는 것이다.

'인물기사'란『독립신문』·『그리스도신문』등 근대계몽기의 여러 신문에 실렸던 인물의 일대기 혹은 중요 행적에 관해 정리한 기사를 말한다. '인물고'란『서우』·『서북학회월보』등 잡지에 실렸던 동일한 성격의 기사를 말한다.[27]

'인물기사'의 예로는 1899년 8월 11일『독립신문』에 실린「모괴장군의 사적」이나, 1901년 4월 이후『그리스도신문』에 실린「리훙쟝과 쟝지동 사적」·「알푸레드 님군」·「을지문덕」·「원천석」·「길재」등을 들 수 있다. '인물고'의 예로는 1907년『서우』에 실린「을지문덕전」·「양만춘전」·「김유신전」·「온달전」·「강감찬」·「김부식」 등과, 『대한자강회월보』에 실린「민충정공영환전」, 그리고 기타 다른 잡지들에 실린「이순신전」·「강감찬」등을 들 수 있다.

근대계몽기의 신문과 잡지가 이렇게 '인물기사'와 '인물고'를 기획해 연재한 것은, 이를 통해 민족의식을 고취하려는데 그 목적이 있었다. '인물기사'와 '인물고'는 그 분량으로 보나, 글의 성격으로 보나 독립된 서사 작품이라고 보는 데는 한계가 있다. 따라서 필자는 이를 서사를 활용한 논설 즉 '서사적논설'의 한 갈래라고 생각한다. 이렇게 '서사적논설'

---

27 잡지에서는 역사적 인물에 대해 다루면서 '인물고'라는 난의 명칭을 직접 표기한 경우와 그렇지 않은 경우가 있다. 신문의 경우는 '인물기사'라고 따로 표기하지 않았다.

의 한 갈래인 '인물기사'와 '인물고'가, 소설사에서 '서사적논설'에 이어 출현하는 '논설적서사'의 단계인 창작 '역사·전기소설'로 이어지는 것이다.

우리나라에 역사·전기류 문학 번역물이 소개되기 시작한 것은 1890년대 중반부터이다. 이들 자료에 대한 번역과 소개는 1910년경까지 계속되었다. 신문에 '인물기사'가 본격적으로 실리기 시작한 것은 1890년대 말부터이며, 잡지에 '인물고'가 연재되기 시작한 것은 1900년대 중반부터이며, 창작 '역사·전기소설'이 등장하기 시작한 것 역시 1900년대 중반 이후부터이다. '인물기사'는 그것이 신문기사의 형태로 발표되었기 때문에 저자를 알 수는 없다. 하지만 잡지에 발표된 '인물고'의 경우는 대부분 실명으로 발표되었는데, 그 중요 필자는 장지연, 박은식, 현채 등으로 모두 '역사·전기소설'의 번역·번안 및 창작에 관여한 인물들이다. 따라서 창작 '역사·전기소설'의 출현에 '인물기사'와 '인물고'가 그 과도기적 역할을 맡아했다는 사실은 명백하다.

이러한 사실들을 바탕으로 창작 '역사·전기소설'의 출현을 계통적으로 정리한다면, 다음과 같은 도식화가 가능하다.

먼저 야담이나 설화 등 바탕이 되는 이야기가 군담소설이나 전 등의 구체적 작품으로 들어갔고, 그것이 근대계몽기 번역 문학의 영향을 받고 '인물기사'와 '인물고'를 거치면서 '역사·전기소설'로 작품화되었다는 것이다.

야담 / 설화 → 군담소설 / 전 → 근대계몽기 번역 문학 / '인물기사'·'인물고' → '역사·전기소설'

'인물기사'나 '인물고'는 그 성격에서는 '역사·전기소설'과 큰 차이가 없으나, 가장 큰 차이를 보이는 것은 작품의 길이이다. '역사·전기소설'이 여러 회에 걸쳐 연재된 후 작품으로 출간되거나, 혹은 바로 단행본으로 출간된 것과 달리 '인물기사'와 '인물고'는 한 회 발표로 짧게 끝나는 경우가 대부분이다. 따라서 이러한 사실들을 바탕으로 '역사·전기소설'의 특질을 설명한다면, '근대계몽기에 국한문 혹은 한글로 발표된 작품으로 국내외의 비교적 잘 알려진 역사적 사실이나 인물의 전기를 소재로 하고, 거기에 서사적 요소와 작가의 해석을 첨가해 번역·번안하거나 창작해 발표한 단행본 정도의 길이를 가진 작품'이라고 할 수 있을 것이다.

이러한 '역사·전기소설'의 형성 과정을 신채호의 「이순신전」의 경우를 통해 살펴보면 다음과 같은 설명이 가능하다. 먼저 『어우야담』·『풍암집화』·『청야만집』·『대동기문』 등에 수록된 이순신 이야기가 고전소설 「임진록」 속으로 들어간다. 하지만, 이때 고전소설 「임진록」에서는 이순신 이야기 자체가 크게 중요하거나, 그의 생애가 특별한 의미를 지니는 것은 아니다. 이에 대해서는 다음과 같은 연구 결과를 참조할 필요가 있다.

문헌 전승 과정에서 형성된 것으로 보이는 역사계열에는 이순신에 대한 대부분의 이야기들이 그의 행적과 거의 유사하게 되어 있다. 다만 이순신의 죽음은 임진왜란이 끝날 무렵 자기가 전장에서 죽지 않고 살아남게 되면 시기하는 무리들에 의해 희생당할 것이라고 생각하고 자살하는 것으로 변이 되어 있어, 당시 부조리했던 사회에 대한 비판적인 의미를 강하게 제시하고 있다. 어느 개인에 의해 창작된 것으로 보이는 최일영 계열에는 이순신의 이야기가 전혀 들어 있지 않은데, 이러한 현상은 이순신이 이미 역사 현장에서 영웅이 되었기 때문에, 이야기를 통해서 더 이상 논의될 필요성이 없는 인물이라고 인식한 데서 나타난 것으로 보인다. 이순신 계열에는 계열의 성격상 이순신이 상당히 중요한 인물로 설정되어 있기는 하지만, 대부분의 이야기가 이순신의 「행록」을 그대로 번역한 것이어서 특별한 의미는 지니지 못한다.[28]

그러나 이러한 이순신의 이야기는 1907년 4월 현채가 쓴 짧은 글 「이순신전」이나 1908년 1월 박은식이 쓴 '인물고' 「이순신」에서는 그 행적과 생애의 의미가 글쓴이의 주된 관심사로 떠오르게 된다. 그것이 다시 신채호의 국한문 혼용소설 「이순신전」(『대한매일신보』 국한문판, 1908.5.2~8.18)이 되고, 다시 패서생의 한글소설 「리슌신젼」(『대한매일신보』 국문판, 1908.6.11~10.24)이 되는 것이다.

이순신 설화 → 군담소설 「임진록」 → '인물고' 「이순신」 → 국한문 혼용 '역사·전기소설' 「이순신전」 → 한글 '역사·전기소설' 「리슌신젼」

여기서 한 가지 더 짚고 넘어가야 할 것은 왜 '역사·전기소설' 「이순신전」에 국한문본과 한글본 두 가지가 함께 존재하는가 하는 점이다. 이는 역사·전기류 문학 가운데 「월남망국사」 등에서 국한문 혼용본과 한글본이 함께 존재하는 이유와도 연관지어 생각할 필요가 있다.

이를 해명할 때에는 근대계몽기 지식인 문체의 변화 과정에서 국한문

---

28 임철호, 『설화와 민중의 역사의식 – 임진왜란 설화를 중심으로』, 집문당, 1989, 183면.

혼용 문체가 먼저 보편화되고 뒤이어 한글 문체가 정착되었기 때문이라는 식의 순차적 정리도 가능할 것이다. 「이순신전」이나 「월남망국사」에서 국한문본이 먼저 나오고, 한글본이 뒤에 나왔기 때문이다. 하지만 엄밀히 말하면 「이순신전」의 두 가지 판본은 시차 없이 거의 동시에 연재된 것과 다름없다. 두 판본의 연재 시기가 약 한 달 정도밖에 차이가 없기 때문이다. 「월남망국사」의 국한문본(1906)과 한글본(1907)은 약 1년 정도 거리를 두고 출간된 것이지만, 이 역시 거의 동시에 출간된 것이라고 말해도 무리가 없다. 그 1년 사이에 지식인의 문체 사용 태도에 변화가 있었다고는 말할 수 없는 것이다.

따라서 이들 역사·전기류 문학 혹은 '역사·전기소설'에 두 가지 서로 다른 문체의 판본들이 존재하는 이유는 다른 곳에서 찾아야 한다. 그 가장 큰 이유는 하나의 자료를 서로 다른 부류의 계층에게 읽히고자 하는 의도, 다시 말해 서로 다른 독자층을 겨냥한 출판 의도에 있다고 보아야 한다. 당시 대부분의 지식인은 순한문과 국한문 혼용체의 문장을 즐겨 썼지만, 일반 대중들은 한글 판본을 선호했다. 이렇게 서로 다른 문자 취향을 지닌 여러 계층의 독자들을 모두 끌어들이기 위해 근대계몽기의 '역사·전기소설'은 국한문 혼용체와 한글체라는 두 가지 유형으로 동시에 창작·발간되었던 것이다.

4. '역사·전기소설'의 전개와 문학사적 의의

이재선은 이미 '역사·전기소설'을 '역사소설의 전단계'로 볼 수 있음을 거론한 바 있다.[29] 김교봉·설성경의 경우도 다음과 같은 말로 이들 작품의 문학사적 의미를 정리한다.

> 이같은 내용의 역사전기체 소설은 국권을 상실한다는 위기감의 확대에 비례해서 그 생산량이 증대되고 있음을 보인다. 따라서 한일합방(韓日合邦)이 이루어지기 두 해 전인 1908년에는 역사전기체 소설의 최전성기를 맞게 된다. 특히 그 해에는 서구제국의 역사에서 볼 수 있는 독립투쟁사나 구국 영웅들의 일대기를 벗어나, 과거 우리 역사상의 영웅들이 보여준 구국담을 기술하여 민족적 자긍심을 일깨우면서 애국의식을 고조시키는 작품들이 나타나 주목된다. 「을지문덕」「이순신」「강감찬전」이 그것이다. 대개의 역사전기체 소설이 번역, 번안한 것인데 비해 이들 작품은 창작된 것으로 원문이 한문으로 기록된 결함을 제하면 한국 근대 역사소설의 시초가 되는 문학사적 의의를 지닌다.[30]

이들 작품이 지닌 문체상의 결함만을 제외한다면, 이를 곧 근대 역사소설의 시초로 볼 수 있다는 것이다. 문체상의 결함이란 곧 이것이 한문 중심의 국한문 혼용체로 기록된 사실을 말한다. 그러나 '역사·전기소설'의 국한문 혼용체는 이미 언급했듯이 그 나름대로 시대적 필요에 의한

---

29 앞의 각주 16번 참조.
30 김교봉·설성경, 『근대전환기 소설 연구』, 국학자료원, 1991, 80~81면.

문체였다. 따라서 그것이 한문을 주로 사용한 것이 오늘날에는 결함처럼 보일 수도 있으나, 당시에는 최선의 선택이었을 수 있다. '역사·전기소설'의 번역자 혹은 작가들이 생각했던 독자들, 이른바 민족의식 고무와 고취의 대상으로 삼았던 독자들의 상당 수는 아직도 한문을 향유하는 계층이었던 것이다. 한말 지속적으로 일어나는 의병운동에서, 그 중심부에 자리한 인물들의 상당수가 유림이었다는 사실 역시 이와 전혀 무관하다고는 보기 어렵다.

그런 점에서 '역사·전기소설'과 '역사·전기류' 혹은 '역사·전기 문학'은 일반 대중보다는 지식인 독자를 염두에 둔 저술들일 가능성이 높다. 그 점에서 '역사·전기소설'은, 처음부터 일반 대중을 독자로 삼았던 '신소설'과는 대비되는 사회적 역할을 자임했던 소설이라 할 수 있다. 하지만 이들이 한문본과 더불어 일부는 한글본으로 출판되었다는 사실에서, 지식인 독자를 주로 하면서도 일반 대중을 끌어들이려는 의도도 함께 지니고 있었음을 확인할 수 있다.

'역사·전기소설'은 한국 소설사에서 보면 '논설적서사'의 단계에 위치시킬 수 있는 작품이다. 외형적으로는 소설의 형식을 취하고 있지만, 내면은 거의 등장인물의 입을 빈 작가의 논설적 의도 표출로 채워진 '논설적서사'와 그 단계가 거의 유사한 것이다. 하지만, 당시 신문에 연재 발표된 대부분의 '논설적서사'에 속하는 작품들, 예를 들면 「향객담화」·「소경과 안즘방이 문답」·「향로방문의생이라」·「거부오해」 등은 모두 한글로 쓰여졌다. 이들 작품의 필자 집단과 '역사·전기소설'의 역자 및 필자 집단은 거의 동일 인물이거나, 적어도 동일 성향의 집단에 속한 인물로 판난된다. 그럼에도 불구하고 이들 작품과 '역사·전기소설'이 다른 문체로 발표되었다는 것은, 작가의 문체 구사 능력뿐만 아니라 대상 독자의 차이라는 문제 역시 여기에 중요하게 자리잡고 있다고 보아야 할 것이다.

'역사·전기소설'의 전개에 대해 강영주는 이것이 결국 현대 역사소설의 토대가 된다는 생각을 다음과 같이 드러낸다.

한편 신채호와 박은식의 창작 전기류는 사실에 바탕하여 실재 인물의 생애를 복원하고자 한 점에서 전통적인 전 양식의 규범을 의식하고 씌어진 작품들로 보인다. 그 중에서 「을지문덕」은 사료의 제약과 이에 반한 작가의 교훈적 의도의 과중으로 인해 의론 위주로 서술된 극단적인 변체의 전이라 할 수 있다. 이에 비할 때, 나머지 작품들 역시 적지 않은 의론을 포함하고 있으면서도, 「최도통전」과 「천개소문전」은 구전설화 등 신빙성이 부족한 자료까지 활용하여 대상 인물의 생애를 서사적으로 재구성하는 데 치중하고 있다. 그 결과 이 작품들은 사실만을 기술한다는 전 서술의 규범에서 벗어나, 현대적인 역사소설에 한층 접근하고 있는 것으로 생각된다.[31]

그러나 아쉽게도 '역사·전기소설'은 그것이 번역·번안소설이건 창작소설이건 할 것 없이 1910년 한일병합과 함께 모두 사라지게 된다. 신문이나 잡지에 새롭게 연재 발표되지 못하는 것은 물론이고, 이미 출간된 단행본들조차 판매금지 처분을 받아 회수당하게 되는 것이다.

'역사·전기소설'은 이후 신채호의 창작소설 「꿈하늘」(1916)이나 「용과 용의 대격전」(1928)과 같은 매우 특이한 양식의 서사문학으로 명맥을

---

31 강영주, 「애국계몽기의 전기문학」, 임형택·최원식 편, 『전환기의 동아시아문학』, 창작과비평사, 1985, 196면.

이어간다. 따라서 외형상으로만 보면 이들 '역사·전기소설'이 신채호의 소설들로 명맥을 이어갔고, 그것이 다시 1930년대에 활발히 대두하는 현대 역사소설로 이어진다는 이론적 설정도 가능하다.

신채호의 「꿈하늘」 등의 창작에 그의 '역사·전기소설'에 대한 독서나 창작 체험이 바탕이 되었음은 분명하다. 「꿈하늘」은 신채호의 다른 '역사·전기소설'들에 비해 서사성이 비교적 강화된 작품이다. 하지만, 「꿈하늘」에는 아직도 동시대의 다른 작품들과는 크게 구별되는 논설성이 강하게 담겨 있으며, 역사와 현실에 대한 인식이라는 동일한 소재, 그리고 민족의식의 각성과 촉구라는 동일한 주제들이 그대로 지속된다.

하지만, 근대계몽기의 '역사·전기소설'이 신채호의 소설들인 「꿈하늘」이나 「용과 용의 대격전」 등을 거쳐 현대 역사소설로 이어졌다고 단언하는 데에는 무리가 따른다. 1910년대 이후 대부분의 독자들은 판매 금지 처분으로 인해 '역사·전기소설'을 읽을 수 없었고, 신채호의 「꿈하늘」과 「용과 용의 대격전」 역시 원고 상태로만 보전되었을 뿐, 창작 당시에는 활자화되지 못했기 때문이다.

따라서, '역사·전기소설'이 부분적·간접적으로 1930년대 이후 역사소설의 출현에 영향을 미칠 수는 있었겠지만, 그 영향이 지대했거나 결정적이었다고 보기는 어렵다.[32]

32　참고로 권순긍은 "1910~1920년대에 이르면 상당수의 활자본 고소설에서 역사소설이 등장하는데 역시 민족영웅을 주인공으로 한 신작이 대부분이다. 이들과의 관계라거나 1930년대에 활발히 창작된 근대역사소설과의 관련이 중요하게 다루어져야 한다. 양식상의 차이로 인해 별 관계가 없다고 여겨질 수 있으나, 역사에 대한 문제의식의 수용이라는 측면에서 본다면 깊은 관계가 있다"(권순긍, 「역사·전기문학」, 한길문학편집위원회 편, 『한국근현대문학연구입문』, 한길사, 1990, 48면)고 주장한다.

5. 맺음말

'역사·전기소설'은 근대계몽기라는 특수한 시기에 존재했던 특이한 양식의 소설이다. 그것은 우리의 전통적 서사 문학 가운데 일부인 군담 소설과 전을 계승했고, 근대계몽기 번역 문학의 영향을 받으면서 모습을 갖추어 갔다.

'역사·전기소설'은 소설사의 발전 단계에서는 '논설적서사' 계열에 속하는 것으로 볼 수 있다. 이는 국권이 스러져 가는 시기에, 글쓴이의 논설적 의도를 강하게 드러내기 위한 방편으로 고안되고 정착되었다. '역사·전기소설'의 번역·번안 및 창작자들은 이를 통해 국권을 지켜 내려는 의도를 보여주었던 것이다.

그러나 '역사·전기소설'은 그 양식의 생산자들이 의도했던 국권 지키기에 실패함으로써, 그 역시 소멸되고 마는 운명을 맞이할 수밖에 없었다. 그런 점에서 '역사·전기소설'은 근대계몽기의 특수한 역사가 만들어 내고, 그 역사가 소멸시킨 문학 양식이었다고 할 수 있다. 그만큼 당시대의 사회적·역사적 상황과 밀접한 관련을 지닌 문학 양식이었던 것이다.

동서양 근대소설의 발생과
그 특질 비교

1. 머리말

이 글의 목적은 동서양 근대소설에 대한 비교 고찰을 통해, 한국 근대소설의 특질을 규명하려는 데 있다. 동서양 근대소설 비교는 근·현대문학 연구에서 매우 중요한 분야라 할 수 있다. 그러나 이 분야의 연구는 그 커다란 필요성에 비해, 기존에 수행되고 축적된 연구 성과가 별반 없다.[1] 이 분야 연구가 지닌 그 동안의 문제점은 '동양'이나 '서양', 그리고 '소설'이라는 개념 자체가 너무나 광범위하고 더러는 관념적인 것이어서 구체적인 성과를 얻기 어려웠다는 것이다. 기존 연구들이 보이는 모

---

1 동서양 근대소설 비교와 관련해서는 최근 중국문학 연구 분야에서 몇몇 참고할 만한 성과들이 나온 바 있다. 이보경, 『문과 노벨의 결혼 – 근대 중국의 소설 이론 재편』, 문학과지성사, 2002; 김진곤, 『이야기, 小說, Novel』, 예문서원, 2001 등이 그러한 예이다.

호한 관념성을 극복하기 위해서는 무엇보다도 구체적인 목표와 대상 설정이 필요하다. 다시 말해, 거시적 목표는 동서양의 전반적 소설 비교에 둘지라도 그것을 수행하는 방법론에서는 특정 시대 특정 지역을 대상으로 출발하는 미시적 방식이 적용될 수밖에 없는 것이다. 미시적 연구 성과의 장기적 혹은 집단적 축적을 통한 거시적 목표의 성취만이 이 분야 연구의 수준을 한 단계 올릴 수 있는 구체적 방안이 될 것이다.

이 글에서는 한국 근대소설이 그 출발 과정에서 보여주는 특색들을 우선 영미 근대소설의 특질과 연관지어 논의하려 한다. 그렇게 함으로써 궁극적으로는 한국 근대소설이 지향하던 바가 무엇이었고 그 기능은 어떠했으며 그것의 문학사적 의미는 무엇인가 하는 점을 밝혀 보려는 것이다. 이는 결국 '동서양'이라는 드넓은 공간적 거리와, '근대'라는 폭넓은 시간적 거리에 걸쳐 있는 모호한 개념어 '소설'에 대한 하나의 사례 비교 연구가 될 것이다.

2. 동양과 서양의 소설 개념

서양 문학사에서 소설은 가장 발전된 산문문학의 한 형태로 평가된다.[2] 소설의 출현 시기에 대해서는 여러 가지 논의가 있지만, 이러한 문

---

2 영미를 중심으로 한 서구 문학사에서 '소설'로 번역되는 원어는 픽션(fiction), 로망스(romance), 노벨(novel) 등으로 다양하다. 픽션이 허구문학 전반을 가리킨다면 로망스는 중세의 서사문학을 가리킨다. 이에 비해 노벨은 근대 이후 출현한 서사문학 양식이다. 그런 점에서 우리가 동서양 근대소설의 비교를 시도할 때 구체적 대상이 되는 서양의 근대소설이란 곧 노벨(novel)을 가리키는 것이 된다.

학 양식은 대략 18세기 이후에 본격화된 것으로 논의된다. 어떤 이론가들은 다니엘 데포우의 「로빈슨 크루소」(1719)를 영국 최초의 진정한 소설이라고 보며, 또 다른 이론가들은 사무엘 리차드슨의 「파밀라」(1740)를 그렇게 보기도 한다.[3] 소설에 대한 정의는 다양하다. 그것은 사전辭典에서는 "상당한 길이를 가진 산문체의 허구적 이야기이며, 거기에는 인물과 실생활을 반영하는 행위들이 다소 단순하거나 복잡한 플롯 속에서 묘사되고 있다", "연결된 여러 사건들을 통하여 인간의 경험을 다루는, 일반적으로 길이가 길고 복잡한, 허구적 산문체 이야기", "꾸며진 산문투의 이야기로, 일반적으로 한 권의 책이 될 만큼 긴 길이를 갖고, 실제 생활에 근거해 있는 인물과 상황을 그려낸다"라고 정리된다.[4]

소설을 다른 문학 양식, 이를테면 서사시나 로망스 등과 구별시켜 주는 가장 큰 특질은 그것이 실생활을 표현하는 문학이라는 점이다. 이는 '공연하기'가 아닌 '이야기하기'라는 점에서 드라마drama와도 구별된다. 소설에서는 서사narrative가 중요한데, 서사는 좁은 의미와 넓은 의미로 다양하게 활용될 수 있다. 서사는 좁은 의미로 해석하면 사건에 대해 말하기, 일어난 일을 자세히 열거하기가 된다. 그러나 소설은 이러한 좁은 의미의 서사로만 채워지는 것이 아니라, 묘사description와 논의argument를 포함하는 폭넓은 서사로 이루어진다.[5]

서양 근대소설의 출현 배경에 대해 한 이론은 다음과 같이 설명한다.

소설 읽기는 많은 여가를 필요로 한다. 이는 과학문명의 발달에 의한 인공

---

3 Marjorie Boulton, *The Anatomy of the Novel*, Routledge & Kegan Paul, 1975. p.10 참조.
4 Marjorie Boulton, Ibid., pp.10~11 참조.
5 Jeremy Hawthorn, *Studying the Novel*, Oxford University Press, 2001, pp.4~12 참조.

조명의 출현에 도움 받았다. 소설의 출현은 더욱 전문화되어 가고 복합화되어 가는 사회 속에서 거대한 중산 계층의 새로운 요구에 응답하는 것일 수도 있다. 그것은 점차 증가하는 심리학과 사회학에 대한 관심을 반영한다. 18세기 상업적인 대출 도서관의 증가는 직업적인 소설가들의 용기를 북돋아주었으며, 오늘날에도 공공도서관 체제는 새로운 소설의 매우 중요한 고객이 되고 있다.[6]

서양 근대소설의 출현에는 서구 중산층의 형성과 공공도서관의 증가, 그리고 인공조명의 출현 등이 바탕이 되었다는 것이다. 이밖에도 개인에 대한 관심이나 인쇄술의 발달 등이 모두 근대소설 출현의 필요조건들이 었다는 사실이 논의된다.

서양에서 이렇듯 중세의 대표적 서사문학은 '로망스romance'로 그리고 근대 이후에 출현한 서사문학은 '노벨novel'로 구별해 부르는 것과 달리, 동양의 경우는 오랜 시기의 서사문학을 '소설小說'이라는 한 가지 용어로 대신해 불렀다.

한자漢字문화권에 속해 있는 한국과 중국 그리고 일본의 경우 이러한 전통과 관습은 동일하게 적용된다. 하지만 실제 동양에서 사용된 '小說'이라는 용어의 구체적 의미는 지역에 따라 그리고 시대에 따라 천차만별이었다.

노신魯迅은 『중국소설사략中國小說史略』에서 '小說'의 개념을 다음과 같이 제시한다.

소설이란 말은 옛날에 장주(莊周)가 말한 "하찮은 의견을 치장하여 높은 명

6   Marjorie Boulton, op. cit., p.10.

성과 훌륭한 명예를 얻으려 한다"(『장자(莊子)』「외물(外物)」)고 하는 대목에 보인다. 그러나 이 말의 실제적인 의미를 고찰해 보면, 하찮은 이야기라고 하는 것은 도술(道術)이 없다는 것으로서 이것은 이른바 후대에 일컬어지는 소설과는 다른 것이다. 환담(桓譚)은 "소설가와 같은 무리들은 자질구레하고 짧은 말들을 모아, 가까운 것에서 비유적인 표현을 취해 짧은 글을 만들었으니, 자기 한 몸을 수양하고 집안을 건사하는데 볼 만한 말이 있었다"라고 하였는데, 이때에 이르러 소설의 관념은 비로소 후대의 그것과 비슷해졌다. 하지만 『장자(莊子)』에서 "요임금이 공자에게 물었다"고 한 대목이나, 『회남자(淮南子)』에서 "공공이 황제의 자리를 다퉈 땅을 이은 끈이 끊어졌다"라는 등의 대목들에 대해서는 당시에도 역시 대부분의 사람들이 "짧은 글은 [일상 생활에] 별 도움이 안된다"고 생각했다. 그러므로 여기에서 말하는 소설이라고 하는 것은 여전히 우언(寓言)이나 신기한 이야기의 기록(異記)을 일컫는 것으로, 경전(經典)을 근본으로 삼지 않아 유가의 도리(道理)에 배치되는 것이었다. 후세에는 여러 설들이 더욱 많아졌으나, 여기에서 다 거론하지는 않을 것이다. 다만 사서(史書)에서 그것을 고찰해 볼 것인데, 그 까닭은 [중국에서는] 역대로 문예를 논단하는 것 역시 본래부터 사관의 소임이었기 때문이다.[7]

노신의 이러한 정리는, 중국에서 '小說'이 매우 다양한 의미를 지니고 아주 오랜 동안 사용되어 온 용어라고 하는 사실을 잘 보여 준다.[8]

---

7 노신(魯迅), 조관희 역, 『중국소설사략(中國小說史略)』, 살림, 1998, 21~22면.
8 참고로 조남현은 『소설원론(小說原論)』에서 중국의 소설 개념을 대략 다음과 같이 정리한다. "중국에서 '小說'이라는 말이 가장 먼저 나타난 것은 『장자(莊子)』의 「외물편(外物篇)」이다. 여기서 장자는 小說을 상대방의 환심을 사기 위해 꾸며낸 재담이라는 의미로 사용하였다. 전한(前漢) 시대의 역사를 적은 『한서(漢書)』에서 반고(班固)는 소설가의 전형이 패관(稗官)이며 소설의 원형은 그들이 수집한 민간의 풍속과 떠돌아다니는 이야기라고 정리한다. 명(明)나라 때는 소설이 현실성이 없는 이야기의 형태와 수필류를 포괄하는 것으로 기록되어 있고, 청(淸)나라 때는 구체적이고 일상적인 표현 방법을 취해 잡다한 일을 서술하는 것으로 정리되었다."(조남현, 「동양의 소설

일본의 경우는 이야기문학을 지칭하는 용어로 처음에는 '物語'라는 말이 사용되다가, 중국의 영향을 받으면서 '小說'이라는 어휘가 함께 사용되기 시작했다. 일본에서 사용된 '小說'이라는 어휘의 변천사에 대해서는 다음의 정리를 참고할 수 있다.

첫째, '소설'은 처음에 한어(漢語)였다. 에도시대 중기에 이르러 중국본토에서의 어의변화(語義變化)도 반영하면서 이 한어(漢語)는 일종의 하이칼라 외래어가 되어 일부에 유포되었다.

둘째, 명치(明治)시대가 되고 나서 '소설'은 서구어의 번역어로서 재생되었다. 그러나 그 원어가 노벨(novel)이었다고는 단정해 말할 수 없다.

셋째, 어느 시점이라고는 특정해 말할 수 없지만, 그것이 근대 일본문학의 주류가 되었을 때 '소설'은 단순한 보통명사(普通名詞)가 되었다. 소설 개념은 명치(明治)·대정(大正)·소화(昭和)에 걸쳐서 끊임없이 갱신되었다. 그러나 그것은 '소설'이라는 명칭을 다른 무언가로 바꾼 것이 아니라, '정치소설(政治小說)' '재자가인소설(才子佳人小說)' '관념소설(觀念小說)' 등 용어로서의 '소설'을 세분화한다고 하는 경과를 거친 것이었다.[9]

일본의 경우, 그것이 특정한 문학 양식을 지칭하는 고유명사가 아니라 전반적인 이야기 문학을 가리키는 보통명사임을 강조하고, 명치시대 이후 서구어의 번역으로 나타난 '小說'의 원어를 '노벨'로 단정짓지 않는다는 점이 주목할 만하다.

관」, 『소설원론』, 고려원, 1985, 11~16면 참조)

9   野口武彦, 『小說』, 三省堂, 1996, 21면.

한국의 경우 역시 소설이라는 용어는 매우 다양한 의미를 지니고 사용되어 왔다. 우리나라의 경우는 고려시대에 쓰여진 이규보의 『백운소설白雲小說』에서 소설小說이라는 용어가 처음 사용되었던 바, 당시 이 용어는 잡록雜錄을 의미하는 것이었다. 이후 조선 후기에 이르기까지 소설이라는 용어는 시화詩話와 잡록, 그리고 창작물에 이르기까지 매우 다양한 범주의 기록물을 지칭하는 용어로 사용되었던 것이다.[10]

이렇듯 한국과 중국 그리고 일본은 '小說'이라고 하는 용어를 오랜 동안 함께 사용해 왔지만, 그것이 서로 같은 문학 양식을 지칭하는 용어는 아니었다.

오랜 동안, 그리고 실제로는 서로가 다른 의미를 지닌 '小說'이라는 용어를 이렇게 서로 다른 지역에서 함께 사용해 왔다는 사실은 오히려 동양 소설에 대한 이해를 어렵게 하거나 혹은 방해하는 요소가 된다. "동양적 소설의 개념이란 무엇인가?"라는 질문이 끊임없이 제기되면서도 그에 대한 명쾌한 답이 제시되지 못하는 것은 바로 이러한 이유 때문이기도 하다.

본 연구에서는, 동양에서의 '小說'이라는 개념을 몇 줄로 요약해 정의하는 것은 현실적으로 불가능하거나, 혹은 별반 의미가 없다고 생각한다. 이는 동양에서 '小說'이라는 용어가 지칭하는 바는 그 영역이 너무 넓어서 하나의 문학 양식을 지칭하는 개념어로서는 성립하기 어렵다는 뜻이기도 하다.

그렇다면 동양 소설의 개념에 대한 연구, 혹은 그 한 영역에 속하는 한국 소설의 개념에 대한 연구, 더 나아가 한국 소설사 연구는 어떠한 방식

10　조남현, 앞의 책, 20~32면 참조.

을 취해야 할 것인가? 연구의 방향과 방법은 분명하게 한정될 수밖에 없다. 그것은 소설이라는 용어가 시기별, 지역별로 서로 다른 의미를 지닌채 사용되었다는 사실을 전제로 받아들이고, 거기에 근거해 시기별, 지역별로 서로 다른 소설의 개념과 특질을 연구해 가는 것이다. 이 점을 인식하지 못한다면 동양소설사 내지 한국소설사 연구는 서로 상이한 양식에 대한 무원칙한 집합 수준에서 머무르고 마는 결과를 낳게 될 것이다.

3. '소설novel'과 '小說소설/쇼셜'의 거리

한국 문학사에서 서양의 근대소설에 견줄만한 의미를 지닌 근대적 서사문학 양식이 등장하는 것은 언제부터인가? 그리고 그 시기에 등장한 새로운 서사문학 양식의 명칭은 무엇인가?

한국 문학사에서 전대문학前代文學과 현저하게 구별되는 근대적 서사문학이 등장하기 시작한 것은 1890년대 후반의 일이다. 이 시기에 새롭게 등장한 대표적 산문문학 양식의 명칭 역시 근대 이전과 다름없이 그대로 '小說'이었다. 단지 이 시기에는 앞 시기와 달리 '小說'이라는 용어와 함께 한글 표기인 '소셜' 및 '쇼셜'이라는 용어가 함께 사용되었다. 따라서 한국 근대소설의 발생 과정 및 그 특질에 대한 연구는 1890년대 이후, 이른바 근대계몽기의 '小說(소셜 / 쇼셜)'에 대한 연구를 통해 구체화될 수 있다. 이 시기의 서사문학 작품들은 대부분 신문을 통해 발표된다. 단행본 형식으로 출간된 작품이 없는 것은 아니지만, 대부분의 작품들은 신문에 발표되거나 혹은 신문에 연재 발표된 이후 다시 단행본으로 출간되는 형식을 취하였다.

일부 연구자들은 이 시기에 태동한 한국 근대소설은 서양의 근대소설에 비해 열등하다는 주장을 편다. 한국의 근대소설은 서양의 근대소설에 비해 리얼리티도 떨어지고, 짜임새도 부족하며 길이도 충분하지 않다는 것이다.

하지만 동양의 서사문학 혹은 한국의 서사문학사를 연구하면서, 서양의 근대소설에 집착해 서로간의 우열을 비교하는 것은 잘못된 일이다. 특히 서양의 '노벨novel'이라는 개념을 완성된 근대소설의 기준으로 삼는 데에는 문제가 있다. 이 점과 관련해서는, "서양적西洋的 소설관념小說觀念을 표준으로 중국소설을 연구하거나 정리하고자 했기 때문에 중국소설 자체에 대한 존재의 가치를 부정否定하기에 이른 것"[11]이라고 하는 중국 소설 연구의 문제점에 관한 지적이 시사하는 바가 크다.[12]

한국 근대문학사에서 발견되는 '小說(소설 / 쇼셜)'은 '노벨novel'이 아니다. 근대문학 초기 한국에서 사용된 '小說(소설 / 쇼셜)'이라는 용어는 서양의 근대소설과는 다른 독자적 특질을 지닌 용어였다. 한국 근대소설에

---

11 전인초, 『중국고대소설연구(中國古代小說研究)』, 연세대 출판부, 1985, 10면.
12 이와 관련해서는 다음의 언급 역시 참고할 만하다. "서구와 본격적으로 접촉하기 시작하면서 중국인들은 서구 물질문명에 압도당하게 된다. 물질문명의 도입은 당연히 그에 수반하는 문화와 제도의 유입을 의미한다. 서구에서 널리 통용된 '노벨'은 소설이라는 이름으로 중국에 유입되었고, 중국인들은 서구에서 통용되던 소설 개념과 유사한 양식과 작품을 찾아내고자 노력을 기울였다. 즉 근대 중국의 정치와 문화를 주도하던 선각자들은 소설가 발전을 이룩할 수 있었던 문화적 힘을 소설에서 찾아내고, 중국에는 서구의 이른바 소설과 유사한 작품이 부재하거나 적다는 것을 한탄하면서 서구의 근대소설과 유사한 중국의 작품을 발굴하고자 노력하였던 것이다. 이 같은 일련의 흐름은 이후 특히 5·4 신문화운동을 전후하여 중국 소설 연구자들의 연구 경향에 절대적인 영향을 끼치게 된다. 그리하여 이 시기의 연구자들은 융합적이고 포괄적으로 사용되던 중국의 전통적 소설 개념 속에서 '자질구레한 이야기'의 측면보다는 지은이의 의도가 보다 명확하게 감지되는 '일정한 길이, 구성, 인물, 서술 방식을 갖춘 본격적인 읽을거리'의 측면을 더욱 강조하게 된다."(김진곤, 『이야기, 小說, Novel』, 예문서원, 2001, 23~24면)

대한 연구를 가로막은 장애물 가운데 하나는 서양 근대소설의 개념을 먼저 익히고, 그 개념에 맞는 작품을 한국 근대문학 자료에서 찾는 방식에 있다. 그 방법은 연구자들에게 한국에는 진정한 의미의 근대소설이 없거나, 있어도 열등하다는 결론을 가져왔다. 그러나 '노벨novel'이 서양 근대문학의 주요 양식 가운데 하나이듯, '小說(소설 / 쇼셜)' 역시 한국 근대문학의 주요 양식 가운데 하나이다. 이들은 서로 비교 가능한 양식이기는 하지만, 결코 동일한 양식이 아니다.

서양 근대소설의 특질이나 그 발생 배경에 대한 접근은, 세계 문학적 보편성 속에서 한국 근대문학의 특질과 발생 배경을 이해하기 위해서 필요하다. 하지만 그들 사이의 우열 관계를 비교 판정한다는 것은 아무런 의미가 없다.

한국 근대소설을 영미 등 다른 나라의 근대소설과 비교 연구할 때 중요한 것은 우열에 대한 논의가 아니라, 비교를 통해 서로간의 특질과 개성을 드러내는 일이다. '서양의 근대소설과 한국 근대소설은 어떻게 다른가? 한국 근대소설이 지닌 개성은 무엇이며 왜 그런 모습으로 출발했는가?' 하는 점들을 살펴보아야 할 것이다. 이러한 방식의 연구는 한국 근대소설의 보편성과 특수성을 함께 드러내는 역할을 맡아 할 수 있게 될 것이다.

서양 근대소설의 특질을 참고하면서, 1890년대부터 1910년 한일병합 전후에 이르는 근대계몽기에 발간된 우리 근대 '小說(소설 / 쇼셜)'들이 지닌 특징을 비교 검토해 보면 다음과 같다.

1) 길이

서양 근대소설은 기본적으로 장편소설을 의미한다. 서양 근대소설은 일반적으로 한 편의 작품이 한 권의 책이 될 수 있을 정도의 길이를 지닌다고 본다. 이 경우 책 한 권의 두께가 어느 정도인가 하는 물음이 생길 수도 있다. 이러한 물음에 대해서는 대체로 구체적인 분량을 제시하기보다는, '복합적 플롯과 인물들의 다양한 움직임을 담아낼 수 있는 정도'가 적당하다고 답한다. 경우에 따라 포스터E. M. Forster는 약 5만 단어 정도가 필요하다고 단정짓기도 했다.[13] 서양 근대소설이 길이를 강조하는 데에는 나름대로 이유가 있다. 그것은 단순히 산술적으로 길고 짧음의 문제가 아니라는 것이다. 서양 근대소설의 이론가들은, 소설이 어느 정도 긴 길이를 갖출 필요가 있다고 본다. 소설이 복잡한 처리 과정을 필요로 하는 인간 탐구 문제에 관여하기 위해서는 그에 상응하는 충분한 길이가 필요하다고 생각하는 것이다.[14] 실제로 서양의 근대소설사는 우리 입장에서 보면 철저한 장편 중심의 소설사가 된다.

하지만 한국 근대소설사는 장편 중심의 소설사가 아니다. 장편 중심의 근대소설사를 구성할 경우 한국 근대소설의 발생 시기는 아마도 오랜 휴지기 혹은 공백기를 지니게 될 것이다.

근대문학 발생기에 출현한 小說(소설 / 쇼셜)들은 대부분 길이가 짧다. 엄밀히 말해 이 시기에 출현한 小說(소설 / 쇼셜)들 가운데는 서구적 개념의 근대적 장편소설에 해당할 만한 작품은 존재하지 않는다.

---

13 Marjorie Boulton, op. cit., p.13 참조.
14 Jeremy Hawthorn, op. cit., pp.13~14 참조.

『대한매일신보』의 '小說'란에 실린 「거부오해」 등의 단형소설短型小說들은 물론이고, 『셰국신문』 '小說(소셜)'란에 실린 작품들이나, 『경향신문』 '쇼셜'란에 실렸던 작품들은 모두 길이가 짧다. 오늘날의 개념으로 보면 단편소설을 넘어서지 못하는 것들이다. 『경향신문』 '쇼셜'란에는 이따금 상대적으로 길이가 긴 소설들이 연재되기도 했다. 1908년 7월 3일부터 1909년 1월 1일까지 연재 발표된 「파선밀ᄉ破船密事」나, 1910년 3월 25일부터 10월 21일까지 연재된 「히외고학海外苦學」 등이 그러한 예이다. 하지만, 이들 작품은 수개월에 걸쳐 연재 발표되었음에도 불구하고 그 총량은 그리 길지가 않다. 「파선밀ᄉ」가 원고지 180매 내외, 그리고 「히외고학」의 총 원고 분량은 150매 내외에 머물고 만다. 『만세보』에 인기를 끌며 연재되었고, 이후 단행본으로 발간되었던 「혈의루」의 경우도 원고지 300매를 넘지 않는다.[15]

한국의 근대 서사문학은 서양의 근대 서사문학과 달리 왜 그렇게 짧은 형태의 양식으로 출발했는가? 새로운 문학 양식의 출현은 언제나 문화적·사회적 환경과 직접적인 연관성을 지니고 있다. 그런 점에서 문학 양식의 발전 혹은 변천 과정에 대한 연구는 전반적인 사회·문화적 환경 변화에 대한 이해를 필요로 한다. "문학의 근대화와 사회의 근대화는 서로 뗄 수 없는 관계에 있으며, 다른 한 쪽의 동시적同時的인 발전이 없이는 어느 한 쪽의 발전도 완전한 것일 수 없는 것"[16]이라는 지적 역시 이러한 입장에서 이루어진 것이다.

---

15 비교적 길이가 긴 작품으로는 「귀의성」이 있다. 이는 상하 두 권으로 되어 있는데, 각 권의 분량은 원고지 400매 내외이다. 근대계몽기에 창작된 작품 가운데 단일 작가의 작품으로는 이것이 가장 긴 분량의 작품일 것으로 판단된다. 「치악산」 역시 상권과 하권을 합치면 그 길이가 「귀의성」 못지않게 길다. 그런데, 이 작품의 경우는 이인직이 상권을 쓴 후 김교제가 하편을 썼다.
16 김우창, 「한국 현대소설의 형성」, 『궁핍한 시대의 시인』, 민음사, 1977, 72면.

한국 근대 서사문학 작품들의 형식적 특질을 설명하기 위해서는, 불안정한 근대의 출발과 식민지 시기로의 전이 과정을 생각하지 않으면 안 된다. 오랜 한국 역사 속에서 근대계몽기처럼 불안정하고 역동적이며 모든 것이 유동적인 사회도 흔치 않았다. 이 시기 우리나라는 이른바 주변 열강들의 침탈 의도 속에서 많은 것이 흔들리고 있었다. 정치적 역학 관계뿐만 아니라 전반적인 사회 제도와 문화 환경이 급속도로 변하던 시기가 바로 근대계몽기였던 것이다. 근대계몽기에 출현한 한국의 근대小說(소설 / 쇼설)은 대부분 신문을 통해 발표되었다. 그러나『황성신문』의 경우에서 볼 수 있듯이, 한 편의 논설 혹은 기사가 문제될 경우 곧바로 정간이나 폐간으로 이어지는 현실 속에서[17] 장편의 연재 구상은 애초부터 불가능한 것이었다. 단행본 발간을 염두에 두고 작품을 창작한다는 것 역시 현실적으로 생각하기 어려웠다.

서구에서 단행본 분량의 장편소설이 유행하게 된 것은, 그것을 구입할 수 있는 사회적 경제적 능력과 욕구를 갖춘 시민계급의 성장이 중요한 요인으로 꼽힌다. 거기에 공공도서관의 증가 역시 고정적 독자 확보라는 측면에서 결코 무시할 수 없는 요인이었다는 것은 이미 앞에서도 정리한 바 있다. 그러나 한국의 근대小說(소설 / 쇼설)은 이러한 외적 여건을 갖추지 못한 채 출발한 문학 양식이었다. 이는 한국 근대 서사문학이 독립적으로 자생할 수 있는 능력이나 여건을 갖추지 못한 채 출발했다는 사실을 의미하는 것이기도 하다.

---

17 1905년 11월 20일, 당시 신문사 사장이던 장지연(張志淵)이 쓴 「시일야방성대곡(是日也放聲大哭)」으로 인해 『황성신문』은 정간 당하고 장지연은 경무청에 체포된다. 이듬해인 1906년 1월 24일 장지연이 석방되고 신문도 복간되었으나 사장 장지연을 비롯한 부사장 김상연, 회계 김시영 등은 모두 사임했다(정진석, 『한국언론사』, 나남출판, 1990, 169면 참조).

한국 근대소설이 짧은 형식으로 나타난 것은, 상업적 자립성보다는 공익성 혹은 공공직 계몽성을 앞세워 출발한 데에서도 그 원인을 찾을 수 있다. 공익성이나 공공적 계몽성을 앞세운 한국의 근대 서사문학은 소설과 논설의 기능을 동시에 수행하는 '서사적논설' 등의 특이한 형태를 거치면서 성장했다. 한국 근대小說(소설 / 쇼셜) 작가들은 서구 근대소설 작가들이 의도하던 바 인생에 대한 종합적 성찰이나 대상 및 환경에 대한 총체적 인식을 우선 순위에 놓지 않았다. 그보다는 정치적·사회적 혹은 문화적으로 계몽의 대상이 되는 절박하고도 구체적인 현실을 짧은 양식 속에 담아 강렬하게 표현하고자 했다.

이러한 제반 사회문화적 여건이 출발기 한국 근대小說(소설 / 쇼셜)을 장형이 아닌 단형으로 자리잡게 했던 것이다.

2) 구성

소설의 구성이란 다른 말로 하면 작품의 짜임새 혹은 플롯plot이라는 말로 바꾸어 설명할 수 있다. 서양의 근대소설에서는 플롯을 매우 중시한다. 인체에 뼈가 소중한 만큼이나 소설에서는 플롯이 중요하다는 것이다. 플롯은 소설이라는 유기적 조직체에 구조를 부여하고 그것을 하나로 결합시킨다. 플롯은 이야기이자 시간 속에 배열된 사건들에 대한 선택으로, '다음에는 무슨 일이 일어날까' 하는 기대감을 불러일으켜 소설을 계속해서 읽게 만드는 요인이 되기도 한다. 플롯에서는 인과율이 중요하며, 이것은 하나의 사건을 다른 사건으로 이끄는 구실을 한다. 플롯은 동기와 결과 그리고 관계를 포함한다.[18] 그런 점에서 플롯은 단순히 파편화된 사건들의 연속을 의미하기보다는 전체적인 행동의 틀을 의미하게 된다.[19] 플롯은 근대소설이라는 양식을 단순한 줄거리 중심의 이야기story와 구별시켜 주는 역할을 하기도 하면서,[20] 근대소설 양식의 핵심적 규범 가운데 하나로 인식되어 왔다.

그러나 한국 근대小說(소설 / 쇼셜)은 그 발생 단계에서 플롯을 크게 중요하게 생각하지 않았다. 한국 근대小說(소설 / 쇼셜)에서는 서양식의 인과관계를 중시하는 플롯, 처음과 중간과 끝이라고 하는 유기적 질서와 구조적 완결성을 중시하는 플롯의 개념은 크게 중요하지 않았다.

하지만 발생기 한국 근대小說(소설 / 쇼셜)에도 이야기의 축을 이루는 틀은 나름대로 존재한다. 그런 점에서 한국 근대小說(소설 / 쇼셜)은 플롯이 없다기보다는 작품의 짜임새에 대해 서양 소설과는 매우 다른 생각을 지니고 있었다고 보는 것이 옳다.

예를 들어 『대한매일신보』 '小說'란에 실린 「거부오해車夫誤解」의 경우를 보기로 하자. 「거부오해」는 1906년 2월 20일부터 3월 7일까지 연재 발표된 작품이다. 이 작품의 짜임은 주인공 인력거꾼이 등장하여 다른 인물들과 토론하고, 토론 과정 중에서 점차 현실을 깊이 인식하고 개탄하게 되며, 마무리 부분에서 자탄가를 부르며 퇴장하는 형식으로 이루어져 있다. 이러한 작품의 짜임새는 같은 『대한매일신보』에 실린 작품

---

18 Marjorie Boulton, op. cit., p.45 참조.
19 Jeremy Hawthorn, op. cit., pp.12~14 참조.
20 포스터(E. M. Forster)가 플롯과 스토리를 구별하면서, 플롯이 '인과관계를 강조하는 사건의 서술'이라고 강조했던 사실은 이미 잘 알려져 있다. 그는 '왕과 왕비의 죽음'에 관련된 문장들의 비교를 통해 스토리와 플롯을 명확히 구분해 보여주면서, 소설에서는 인과관계에 의한 사건의 짜임이 중요하다는 사실을 강조했다. E. M. Forster, *Aspects of the novel*, Harcourt, Inc. 1955, pp.85~86면 참조.

「소경과 안즘방이 문답」이나 「시사문답時事問答」 등의 짜임새와 아주 유사한 것이다. 특히 이들 작품이 모두 만남 — 대화와 토론 — 헤어짐의 틀을 지니고 있고, 헤어지는 장면에서 노래를 부른다는 사실은 이들 작품의 작가가 나름대로 작품의 틀을 어떻게 유지할 것인가에 대한 생각을 지니고 있었음을 보여준다. 이들 작품에서는 인과관계에 의한 사건의 유기적 배열보다는, 인물의 행위와 대사를 시간적 순서의 흐름에 따라 있는 그대로 보여주는 방식이 채택되었다.[21]

우리나라의 발생기 근대小說(소설 / 쇼셜) 가운데서는 나름대로 서사성을 크게 강화시킨 작품들인 이른바 '신소설'[22] 계열의 작품을 보아도 이는 마찬가지이다. '신소설'의 대표적 작가로 일컬어지는 이인직의 경우를 살펴보기로 하자. 이인직은 「혈의루」 이래 「귀의성」·「은세계」·「치악산」·「모란봉」 등의 여러 작품을 발표했다. 그런데 이 가운데 그가 완결시킨 작품은 「귀의성」 한 편에 불과하다. 나머지 작품들은 모두 미완의 상태로 내버려 둔 것들이다.

이인직은 왜 이렇게 대부분의 작품을 미완의 상태로 남겨두었는가? 이는 앞에서 살핀 바, 한국 근대小說(소설 / 쇼셜)의 길이 문제와도 서로 연관된다. 한국 근대小說(소설 / 쇼셜) 작가들에게는 계몽의 효과를 이룰 수만 있다면, 작품의 형태는 크게 문제가 되지 않았다. 그들에게는 작품의 완결성이 크게 중요한 것이 아니었다. 따라서 그들은 자신이 독자를 향한 계몽의 목소리를 충분히 전달했다고 판단한 경우, 한 작품의 마무

---

21 『대한매일신보』에 발표된 작품들이 이러한 구조를 지니게 된 이유 가운데 하나는, 그것이 완성된 상태에서 나뉘어 연재된 것이 아니라, 작가가 실제 현실을 작품에 반영하며 매일 작품을 집필 연재했다는 사실에 있다. 이에 대한 상세한 논의는 김영민, 『한국근대소설사』, 솔출판사, 1997, 51~80면 참조.

22 '신소설'은 오늘날과는 달리, 근대계몽기 당시에는 특정한 문학 양식을 지칭하는 용어로 사용되지 않았다. '신소설' 역시 小說(소설 / 쇼셜)란에 발표되었으므로, 이 역시 근대계몽기 小說(소설 / 쇼셜)의 일부가 된다.

리를 생략한 채 곧바로 다른 작품으로 넘어가 또 다른 계몽의 목소리를 내기 시작했던 것이다.[23]

근대계몽기에 발표된 小說(소설 / 쇼셜)의 창작 의도가 모두 동일했던 것은 아니다. 그 가운데서 특히 「거부오해」를 비롯해 『대한매일신보』에 실린 일련의 '논설적서사' 계열의 작품들과, 「혈의루」를 비롯한 이인직 작품들의 창작 의도 사이에는 커다란 거리가 있다. 이들 사이에는 개화 지향이라는 공통점이 미묘하게 존재하기는 했지만, 근본적으로 그들이 지향하던 세계가 다르다는 것은 분명했다. 하지만, 이들은 모두가 소설을 계몽의 수단으로 선택했다는 점에 대해서는 의심의 여지가 없다. 이들의 작품에서 주인공의 목소리를 통한 직설적 주장이 강하게 그리고 빈번히 드러나게 되는 것은 바로 이러한 계몽적 창작 의도 때문이었던 것이다.

작가는 작중인물들의 행동 구조를 통해 자신의 생각을 드러내기도 하고, 작중인물의 주장을 통해 자신의 생각을 드러내기도 한다.[24] 이 가운데 전자의 방식이 더욱 복잡한 유형의 플롯과 그 플롯의 구현을 위한 충분한 작품 길이를 필요로 하는 것은 물론이다. 한국의 근대小說(소설 / 쇼셜)은 이 가운데 후자의 경우, 즉 작가가 작중 인물을 통해 직접 주제를 전달하려는 의도가 매우 강했기 때문에 서양 근대소설과는 다른 플롯의 유형을 보여주게 된다.[25]

---

23 이러한 현상의 구체적 사례로는 이인직이 「혈의루」를 중단하고 「귀의성」을 집필한 사실을 제시할 수 있다. 이인직은 『만세보』 상의 인기 높은 연재물 「혈의루」의 집필을 1906년 10월 10일 중단하고, 1906년 10월 14일 「귀의성」을 같은 신문에 새롭게 연재하기 시작했다.

24 포스터는 "소설의 특징은 작가가 작중인물을 통해서 말을 할 수도 있고, 작중인물에 대해서 말할 수도 있는 것"이라는 점에 주목해 플롯의 문제를 풀어가고 있다. E. M. Forster, op. cit., p.84 참조.

25 시기적으로 조금 뒤의 일이기는 하지만, 1916년에 집필한 「꿈하늘」의 서문에서 신채호가 한 다음과 같은 말은 한국 근대小說(소설 / 쇼셜)의 작가들이 지녔던 구성에 대한 독특한 생각을 보여준다. "글을 짓는 사람들이 흔히 배

근대문학 발생기의 한국 小說(소설 / 쇼셜), 즉 근대계몽기 한국 小說(소설 / 쇼셜)이 이런 양상을 띠게 된 데에는 근본적으로 한국 근대小說(소설 / 쇼셜)의 기능이 서양 소설의 기능과는 차이가 있었기 때문이라는 설명이 가능하다. 그 차이는 이렇듯 계몽의 직접적 수단으로 채택된 문학 양식이 한국 근대小說(소설 / 쇼셜)이었다는 점에 있다.[26]

3) 문자

소설은 문자로 쓰여져 유통되는 문학 양식이다. 이 점에서 소설은 낭송을 통해 전달되는 시詩와 커다란 차이를 지닌다. 물론 서양 근대소설사 초기에는, 소설을 대중들 앞에서 낭독하고 그것을 함께 모여 청취하는 일이 이루어지기도 했다. 디킨즈Dickens의 작품 가운데 일부는 이러한 방식으로 청중들에게 전달되었다. 하지만 근본적으로 소설은 작가라는 한 개인이 쓰고, 그것을 그 작가와는 아무 관계도 없는 또 다른 개인이 읽는 문학 양식임이 분명하다.

문자 해독 인구의 증가는 곧 잠재적 독자의 증가를 의미한다는 점에서 서양 근대소설의 발생 과정에서 매우 중요한 요인으로 꼽힌다. 1600

포(排鋪)가 있어, 먼저 머리는 어떻게 내리리라, 가운데는 어떻게 버리리라, 꼬리는 어떻게 마무르리라는, 대의(大意)를 잡은 뒤에 붓을 댄다지만, 한놈의 이 글은 아무 배포(排鋪)없이 오직 붓끝 가는 대로 맡기어 붓끝이 하늘로 올라가면 하늘로 따라 올라가며, 땅 속으로 들어가면 땅 속으로 따라 들어가며, 앉으면 따라 앉으며, 서면 따라 서서, 마디마디 나오는 대로 지은 글이니, 독자(讀者) 여러분이시여, 이 글을 볼 때, 앞뒤가 맞지 않는다. 위아래의 문체(文體)가 다르다. 그런 말은 마르소서."(신채호, 「꿈하늘」 서(序), 『단재신채호전집』, 형설출판사, 1982, 174~175면)

26 서양의 근대소설 역시 어느 정도 계몽적 성격을 띠고 출발했음은 분명하다. 이는 근대의 출발이 곧 계몽사상의 융성과도 직접적인 연관성을 지니고 있다는 점과도 연관된다. 그러나 서양의 경우 근대소설이라는 형식 속에 계몽의 의지가 채택되고 반영된 것이라면, 한국의 경우는 계몽의 의지 속에 '小說(소설, 쇼셜)'이라는 형식이 채택·활용되었다는 점이 근본적으로 다르다.

년에서 1800년 사이에 영어권에서는 문자 해독 인구가 급격히 증가했다. 1600년 무렵 영국에서는 성인 남성의 25% 정도가 문자 해독 능력을 지니고 있었으나 이것이 1800년에 오면 60~70% 사이로 급격히 증가한다. 여성 문자 해독 인구의 수는 남성에 비해 뒤쳐지기는 했으나, 여성들의 문자 해독력 역시 이 시기에 지속적으로 증가했다.[27]

그렇다면 개인적 독서를 필요로 하는 근대소설의 발생 단계에서, 우리의 경우는 대중의 문자 해독력과 관련된 어떠한 변화가 이루어졌을까? 이 시기 우리나라에서는 지식인들의 문자생활 변화를 통해 대중의 문자 해독력이 높아지고, 독서의 대중화가 이루어지기 시작한다.

지식인들에 의한 한글 사용이 보편화됨으로써 새로운 문학의 시대가 열리게 되는 것이다. 한글 사용의 대중화는 한국 근대문학 발생의 중요한 징후 가운데 하나로 꼽힌다. 근대문학 발생 이전 단계에서도 이미 한글 소설은 창작되었다. 그러나 예외가 없는 것은 아니지만, 근대 이전의 한글 사용은 주로 여성이나 교육의 정도가 그리 높지 않은 일반 대중들 사이에서만 이루어졌다. 하지만, 근대 이후에는 지식인 작가들의 가장 보편적인 창작 도구로 한글이 활용되기 시작한다. 이러한 지식인의 한글 사용은 자연스럽게 대중의 문자 해독력을 높이는 결과를 가져왔고 독서 행위의 일반화 현상을 위한 토대가 될 수 있었다.

근대계몽기 당시 대다수 진보적 지식인들의 문자 사용은 철저하게 독자를 염두에 둔 것이었다. 한 예로 『독립신문』이 한글을 주된 문자로 사용한 것은 『독립신문』의 경영진이 독자를 소수의 지식인이 아닌 일반 대중으로 상정했기 때문이다. 다음의 창간사에는 그러한 의도가 분명히 드

---

27 Jeremy Hawthorn, op. cit., p.24 참조.

러나 있다.

> 우리가 이 신문 출판 ᄒ기는 취리ᄒ랴는게 아닌고로 갑슬 헐허도록 ᄒ엿고
> 모도 언문으로 쓰기는 남녀 샹하귀쳔이 모도 보게 홈이요 또 귀졀을 쩨여 쓰기
> 는 알어 보기 쉽도록 홈이라[28]

이렇게 독자를 염두에 둔 문자 사용의 변화는 『만세보』에서도 확인할
수 있다. 『만세보』는 한자漢字에 작은 크기의 한글 활자를 겸용하는 부속
국분체를 사용했다. 『만세보』가 부속국문체를 사용한 것은 한문 층과 한
글 층을 동시에 신문의 독자로 끌어들이려는 생각에서 나온 것이었다.
이른바 최초의 '신소설'로 논의되는 이인직의 「혈의루」가 이렇게 부속
국문체를 사용해 연재된 이유 역시 『만세보』의 편집 방침에 따른 결과였
던 것이다.[29]

이 시기 지식인들의 한글 사용은, 지식인들의 문자 사용이 이른바 생산
자 중심에서 수용자 중심으로 옮겨가고 있음을 보여주는 중요한 징표이
기도 하다.[30] 이는 지식인들의 글쓰기가 자신이나 혹은 자신을 중심으로
한 특정한 소수를 대상으로 한 글쓰기에서, 불특정 다수의 익명 독자를

---

28 「논셜」, 『독립신문』, 1896.4.7.
29 이러한 「혈의루」 문장에 대해 일부 연구자들은 이인직이 일본 문장을 무비판적으로 도입 답습했다고 비판한다. 하
지만 이는 잘못된 해석이다. 『만세보』에 사용된 부속국문체는 외형은 일본어 표기 방식과 흡사하지만, 실제 그 사
용 방식과 기능은 전혀 달랐다. 일본의 루비는 먼저 뜻을 지닌 한자(漢字)를 쓰고 이후 그것을 일본말로 읽는 법을
나타내 주는 방식으로 사용한다. 그러나 「혈의루」에 사용된 부속국문체는 한글을 먼저 쓰고 거기에 단순히 한자를
병기했을 뿐이다. 따라서 「혈의루」의 경우에는 한자가 없어도 글의 내용을 이해하는데 아무런 문제가 없다. 그렇
기 때문에 이인직은 부속국문체를 사용한 그의 또 다른 작품 「단편(短篇)」에서 "이 소설(小說)은 국문(國文)으로
만 보고 한문음(漢文音)으로는 보지 말으시오"(『만세보』, 1906.7.3)라는 주석을 달아 놓았던 것이다. 신문 문체
와 독자와의 관계 및 「혈의루」의 부속국문체에 대한 상세한 논의는 이 책의 제4장 참조.
30 근대계몽기 문체 변화의 중요한 요인 가운데 하나는, 작가 중심 글쓰기가 독자 중심 글쓰기로 변화한다는 데 있다.
이에 대한 더 자세한 논의는 이 책의 제8장 참조.

중심으로 한 글쓰기로 바뀌어 간다는 사실을 의미하는 것이기도 했다.

이렇게 폐쇄적 소수를 상대로 한 글쓰기에서, 개방적 다수를 향한 글쓰기로 전환되는 과정에서 탄생한 문학 양식이 바로 한국의 근대'小說(소설 / 쇼셜)'이다. 한문을 주된 표현수단으로 하던 조선 후기 야담野談에서, 한글을 주된 표현 수단으로 하는 근대계몽기 '小說(소설 / 쇼셜)'로의 변화 과정[31]은 이를 구체적으로 보여준다.[32]

4) 현실성

흔히 서양 근대소설의 중요한 지표 가운데 하나로 등장하는 것이 '리얼리즘'이라는 용어이다.

서양 근대소설의 발생 과정에 대한 대표적 연구물 가운데 하나인 『소설의 발생』에서 이언 와트Ian Watt는 다음과 같은 말로 리얼리즘의 중요성을 강조한다.

---

[31] 조선 후기 야담과 근대계몽기 문학 사이의 관계에 대한 상세한 논의는 이 책의 제1장 참조.

[32] 서양 근대소설의 탄생 과정에서는 대중 독자들 자신의 문자 해독력이 상승하면서 독서 행위의 일반화가 이루어질 수 있었다면, 한국 근대小說(소설 / 쇼셜)의 발생 과정에서는 작가들이 자신의 언어를 대중 독자들의 취향에 맞게 바꿈으로써 독서 행위의 일반화 현상을 성취할 수 있었다. 그런데 이는 결과적으로 보면, 영국의 경우나 우리의 경우 모두가 자기 민족의 고유 언어를 대중화시키는 현상으로 귀결된다는 점에서는 공통성을 지닌다. 우리의 한자 사용 및 국한문 혼용 그리고 한글 전용의 문제를 서구의 언어사용 문제와 동일한 차원에서 논의하기는 어렵지만, 영국의 경우도 근대문학의 정착 과정에서 자국어 사용의 정착은 매우 중요한 과제 가운데 하나였다. 다음의 인용은 이 문제를 이해하는 데 하나의 참고가 될 수 있다. "노르만인의 정복은 1066년에 일어났다. 그때부터 1205년까지 영국문학이 침묵기에 있었다고 일반적으로 말할 수 있다. 영국의 공식 언어와 문학적 언어는 프랑스어가 되었다—적어도 교육받은 계층에게서. 그리고 법, 학문, 역사에 관련된 언어는 라틴어였다. 영어는 표현의 기회를 갖지 못했다. 라틴어로 말하면, 그것이 영어에 끼친 힘은 그것이 공식적 표현 수단으로 쓰인 그 오랜 기간에서 추측해 볼 수 있을 것이다. 1730년에 이르기까지 영국의 모든 법률 기록은 라틴어로 쓰여졌다. 매슈 아놀드의 시대, 즉 19세기에 이르기까지 이 옥스퍼드의 시학교수는 라틴어로 강의할 수밖에 없었다."(라프카디오 헌, 김종휘 역, 『동양인을 위한 영국문학사』, 동서서, 2002. 56면)

소설사가들은 그들의 폭넓은 조망력에 힘입어 새로운 형식의 특질들을 결정하는 데 더욱 많은 성취를 이룰 수 있었다. 간단히 말해서 그들은 18세기 초소설가들의 작품을 그 이전의 허구적인 이야기들과 구별하는 명확한 특성으로서 '리얼리즘'을 생각해 왔던 것이다.[33]

리얼리즘은 그 의미의 다양성으로 인해 지금까지 무수한 논란을 불러일으켜 왔음에도 불구하고, 그것이 근대소설과 이전의 허구적 이야기들을 구분하는 가장 중요한 준거 가운데 하나로 제시되어 왔다는 점은 분명하다. 현실에 대한 직시가 근대소설의 중요한 뿌리를 이루는 것은 재론의 여지가 없기 때문이다.

발생기 한국 근대小說(소설 / 쇼셜)에 가해지는 비판 가운데 하나는 바로 이러한 리얼리즘의 정신 혹은 리얼리티와 연관된 것이다. 일부 연구자들은 한국 근대 서사문학의 발생 단계를 근대계몽기가 아닌 1920년대 혹은 1930년대로 설정해야 한다고 주장한다. 근대계몽기 小說(소설 / 쇼셜)은 리얼리티가 떨어지기 때문이라는 것이 그 주된 이유 가운데 하나이다.

근대계몽기의 小說(소설 / 쇼셜)들은 이언 와트가 말한 바, 서양 근대소설이 성취했던 리얼리즘적 소설 형식 즉 "소설은 인간 경험에 대한 폭넓고 근거 있는 보고서이며, 따라서 그것은 등장인물들의 개인성을 드러내는 이야기의 디테일과, 그들의 행위가 이루어지는 특정한 시간과 공간, 통상적으로 다른 문학 형식에서 사용되는 것보다 더 광범위하게 참조적으로 이루어지는 언어 사용을 통해 나타나는 디테일 등을 통해 독자를

---

33 Ian Watt, *The Rise of the Novel*, University of California Press, 2001, p.10.

만족시켜줄 책임이 있는"[34] 형식과는 다소 거리가 있는 것이 사실이다.

그러나 근대계몽기의 한국 小說(소설 / 쇼셜) 형식이 서구적 리얼리즘의 소설 형식과 거리가 있다고 해서 거기에 곧 현실성이 결여되어 있다고 말하는 것은 옳지 않다. 오히려 한국 소설사에서 이 시기 소설들만큼 현실성이 강렬했던 경우도 드물었다. 근대계몽기 한국 소설들은 서구의 리얼리즘 소설들과는 전혀 다른 방식으로 현실성을 드러낸다. 근대계몽기의 小說(소설 / 쇼셜)들이 서구의 근대소설과는 다른 방식으로 현실성을 드러내는 이유는 그것이 '근대'의 서사문학 양식이기는 하지만, 서구의 근대소설과는 분명히 다른 토양에서 자라난 다른 형식의 작품들이기 때문이다.

근대계몽기의 서사 문학 작품들은, 근대小說(소설 / 쇼셜) 탄생의 직전 단계인 '서사적논설'을 비롯해 그 대부분이 강한 현실 비판과 독자 계도를 목적으로 창작된 것들이었다. 이들은 우화적 수법을 빈번히 사용하기는 했지만, 그 우화에는 강한 현실성이 담겨 있었다. '서사적논설'의 뒤를 이어 발표된 근대小說(소설 / 쇼셜) 「소경과 안즘방이 문답」 등은 외형상 우화적 성격을 지니고, 등장인물들의 대화에서 여러 가지 비유를 사용한다. 그러나 이들의 행동과 대화에는 현실에 대한 심도 있는 점검과 강한 비판이 담겨 있음은 더 말할 나위가 없다. 환상적 분위기를 자아내는 신채호의 작품 「꿈하늘」 역시도, 깊이 들어가 살펴보면 오늘날의 환상소설과는 전혀 다른 사실적 작품임에 틀림이 없는 것이다.

한국 근대小說(소설 / 쇼셜)이 그 발생 과정에서 이렇게 현실을 강렬하게 반영하면서도 그것을 직설적이기보다 상징적 우회적으로 반영한 데

---

34 Ibid., p.32.

에는 그만한 이유가 존재한다. 이 역시 그 가장 큰 이유는 검열이 존재하는 사회적 정치적 환경 속에서 한국 근대小說(소설 / 쇼셜)이 발생하고 성장했다는 점에서 찾을 수 있다. 한국 근대小說(소설 / 쇼셜)은 근대화되어 가는 한국 사회의 속성을 그 나름대로 매우 효과적으로 반영한 문학 양식이었다. 상징과 비유와 환상을 통해 현실을 이야기한 것은 제국주의의 식민지 침탈 과정 속에서 성장한 한국 근대문학이 선택할 수 있었던 지혜로운 길 가운데 하나였던 것이다.

4. 맺음말

지금까지 이 글에서는 서양의 '소설novel'과 근대계몽기 '小說(소설 / 쇼셜)'을 비교 고찰하였다. 서두에서 밝혔듯이 이 글은 두 양식의 비교를 통해 발생기 한국 근대소설의 특질을 드러내려는 데 목적이 있었다.

논의의 결과 이 글에서는 발생기의 한국 근대소설, 즉 근대계몽기 小說(소설 / 쇼셜)의 특질을 다음과 같이 정리해 낼 수 있었다.

첫째, 서양의 대표적 근대 서사문학 양식인 소설novel은 기본적으로 장편을 의미하나, 한국의 근대小說(소설 / 쇼셜)은 길이가 짧다. 그것은 한국의 근대小說(소설 / 쇼셜)이 불안정한 근대적 환경에서 출발했기 때문이다. 상업적 자립성이 보장되지 않은 상태에서 공익성을 앞세우며 등장했

다는 것도 하나의 원인이 된다. 한국 초기 근대小說(소설 / 쇼셜)은 인생이
나 사회에 대한 종합적 성찰보다는, 정치적·사회적·문화적으로 계도의
대상이 되는 절박하고도 구체적인 현실을 짧은 양식 속에 강렬하게 표현
하는 것을 목적으로 했다.

둘째, 서양의 소설에서는 인과관계를 중심으로 하는 플롯과 사건의
유기적 배열을 중심으로 한 작품의 완결성이 중요하다. 그러나 근대계몽
기 小說(소설 / 쇼셜)에서는 이러한 서구식 플롯의 개념은 별반 중요하지
않다. 근대계몽기 小說(소설 / 쇼셜)들은 그들 나름대로의 독자적 짜임새
를 지니고 있었는데, 이러한 짜임새의 가장 중요한 기준은 그것이 작가
의 주장을 전달하는 데 얼마나 효과적인가 하는 점이었다. 이 시기 小說
(소설 / 쇼셜)은 미완으로 마무리되는 경우 역시 적지 않았다. 작가들이 이
렇게 미완의 형태로 작품을 마무리한 가장 큰 이유는 小說(소설 / 쇼셜) 창
작의 목적이 작품 자체의 완성보다는 그것을 계몽의 도구로 활용하려는
데 있었기 때문이었다.

셋째, 근대 서사문학의 형성 과정에서는 개인의 독서 행위가 중요하
다. 서양 근대소설의 탄생 과정에서는 대중 독자들 자신의 문자 해독력
이 급격히 상승하면서 독서 행위의 일반화가 이루어질 수 있었다. 반면,
한국 근대小說(소설 / 쇼셜)의 발생 과정에서는 지식인 작가들이 과거 자
신의 언어였던 한자漢字의 사용을 줄이고 한글의 사용을 선택함으로써 독
서 행위의 일반화를 이룰 수 있었다.

넷째, 작품이 지니는 현실성은 전근대적 문학과 근대문학을 구분하는
하나의 시금석이 된다. 서양의 근대소설은 리얼리즘 형식의 구현을 통해
현실성을 확보하고, 대표적인 근대 서사문학 양식으로 자리잡을 수 있었

다. 근대계몽기 한국의 小說(소설 / 쇼셜)은 서구의 리얼리즘 소설과는 분명히 거리가 있다. 하지만, 이 시기의 小說(소설 / 쇼셜)들은 압축과 상징, 우화와 비유적 수법을 통해 현실을 담아내는 데 성공했다. 이는 제국주의 열강의 침탈 속에서 성장한 한국 근대小說(소설 / 쇼셜)이 갈 수 있는 지혜로운 길 가운데 하나였다.

문학사는 선구적 개인들에 의해 인도된 것이기는 하나, 그것 역시 결국은 시대의 산물이다. 그런 점에서 새로운 문학 양식의 출현 배경에는 언제나 그것을 가능하게 하는 사회적 여건이 자리하고 있다는 사실을 간과해서는 안 된다. 서양의 근대소설novel이 그것을 탄생시킨 서구 자본주의 사회의 산물이듯이, 한국의 근대小說(소설 / 쇼셜) 역시 근대계몽기 한국의 사회적·문화적 그리고 정치적 상황이 만들어낸 소산물이었던 것이다.

2

한국 근대소설의
형성과
근대신문의 역할

근대계몽기 신문의 문체와
한글 소설의 정착 과정

1. 머리말

한국 근대문학의 완성을 향한 중요한 징표 가운데 하나는 한글의 사용 및 한글 소설의 대중화이다. 그런데, 한글체 근대소설이 등장하는 과정에서 우리는 한자漢字 및 한문漢文과 한글을 섞어 쓰는 독특한 문자 활용의 시대를 경험한다. 이른바 국한문혼용의 시대를 거치게 되는 것이다. 이러한 복합적 문자 사용의 역사는 다양한 문체와 표기 방식에 대한 연구를 필요로 하는 중요한 요인이 된다.

이 글의 초점은 근대계몽기의 다양한 문체와 표기 방식에 대한 연구를 통해 그 시기 언어 사용의 면모를 드러내고, 그것을 통해 한국 근대문학의 출발과 한글 소설의 정착 과정을 밝히는 데 있다. 이 과정에서 분석의 대상이 되는 것은 근대계몽기에 발행된 신문들이다. 근대계몽기 소설의 문체 연구를 위한 분석 대상을 근대계몽기의 신문으로 삼은 것은, 이 시기 문체의 변화[1]를 주도한 것이 신문이라는 판단 때문이다. 신문의 간행이야말로 한국 근대문학의 새로운 출발과 정착을 위한 가장 중요한 문화적 토대였다는 전제[2]를 바탕으로 이 논의는 진행된다. 근대계몽기 신문이 근대문학의 전개 과정에 어떠한 역할을 했는가, 그리고 근대계몽기 신문의 문체가 그 시기 작가와 작품의 문체에 어떠한 영향을 주었는가를 구체적으로 검증해 가는 것이 이 글의 주된 논의 전개 과정이 될 것이다. 본 논문에서는 근대계몽기 신문 전반에 대해 주목하되 특히 『만세보』를 주된 분석의 대상으로 삼는다. 여기서 『만세보』를 논의의 중심에 놓은 것은 『만세보』에 근대계몽기의 문체와 표기 방식에 대한 고민이 집약되어 있다고 보기 때문이다.

---

1   문체는 글에 나타난 모든 표현 방식을 포괄적으로 의미하는 용어이다. 문체론은 작가의 단어 선택, 발화의 양상, 수사 등의 문학적 장치 및 문장의 형태, 단락의 형태 등 작가의 언어와 그 사용법에 대한 모든 생각할 수 있는 것들을 대상으로 삼는다. 그런 점에서 문체의 정의와 문체론이 다룰 수 있는 연구의 범주는 매우 포괄적이다. 그 동안 서양의 문체 연구는 대체로 다음의 네 가지 영역으로 이루어졌다. 첫째, 시대별 혹은 시기별 문체 변화 연구. 둘째, 개인 작가별 문체 차이에 관한 연구. 셋째, 계층별 문체 차이에 관한 연구. 넷째, 사용 언어의 성격에 따른 연구. S. Chatmann ed., *Literary style : A symposium*, Oxford University Press. 1971, p.11 및 J. A. Cuddon, *A dictionary of literary terms and literary theory*, Basil Blackwell Ltd, 1993, p.922 참조. 우리나라의 일반적인 문체 연구사도 이러한 범주에서 크게 벗어나지 않는다.

2   이에 대한 논의는 김영민, 『한국근대소설사』, 솔출판사, 1997, 481~496면 참조.

2. 국한문혼용체 신문의 등장

우리나라 최초의 신문은 1883년 10월 31일(음력 표기 10월 1일) 창간된 『한성순보漢城旬報』이다. 『한성순보』는 한문전용漢文專用의 신문이다. 그런데, 원래 이 신문은 박영효, 유길준 등 적극 개화파에 의해 국한문혼용체로 기획되었던 것으로 알려져 있다. 국한문혼용이 독자에 대한 교육과 계몽에 더욱 효과적이었기 때문이다.[3] 그러나 유길준 등은 처음에 세웠던 이러한 뜻을 이루지 못한다.[4]

이들의 신문 발간 시도가 중단된 지 약 6개월 후, 조정에서는 상대적으로 온건 개화파에 속하는 김만식金晩植 등의 청을 받아들여 『한성순보』의 간행을 허가하게 된다. 이렇게 해서 세상에 모습을 드러낸 『한성순보』는 순한문체의 문장을 사용했다.

오늘날 신문의 사설社說에 해당하는 창간호 첫 기사인 「순보서旬報序」에는 이 신문의 발행 목적이 담겨 있다. 「순보서」는 무엇보다 먼저 외부 세계와의 교류가 중요하다는 사실을 강조한다. 선박이 전 세계를 누비고

---

3 이에 대해서는 다음과 같은 언급을 참조할 필요가 있다. "新聞을 發刊함에 있어서 兪吉濬은 신문에 사용될 글에 대해서 많이 생각했던 것 같다. 뒤에 「矩堂詩鈔」를 世上에 내놓을 만큼 그는 漢詩 혹은 漢文에 能하였으나, 新聞에 대해서는 다른 생각을 갖고 있었다. 新聞刊行의 趣旨가 어디까지나 世界大勢에 어둡고 나아가야 될 方向을 모르는 國民大衆을 啓蒙시키기 위한 것이었으니, 理解하기 힘든 漢字만의 글보다는 읽기 쉬운 國漢文을 混用한 글로 新聞을 내고자 計劃했다."(이광린, 『한국개화사 연구』(개정판), 일조각, 1969, 64면) "兪吉濬은 新聞에 使用할 글은 國漢文混用을 計劃하였는데 그가 미리 마련한 創刊辭에는 國漢文을 혼용하고 있다. 漢文體보다 國漢文을 混用하면 文章이 平易하여 理解하기 쉽고 또 敎育上 또는 啓蒙上 더욱 效果的이라고 생각했을 것으로 推測된다. 福澤諭吉傳 第三卷에 의하면 兪吉濬이 三田 福澤邸에 寄寓할 때 國漢文 混用의 利로운 點을 福澤諭吉이 指摘하였다하니 그의 影響도 있었는지도 모른다."(김규환, 「한성순보(漢城旬報) 해제(解題)」, 『한성순보(漢城旬報)』, 서울대 출판부, 1969, 3면)

4 신문 간행을 위해 노력하던 박영효가 한성판윤(漢城判尹)에서 물러나게 됨으로써 일단 이들의 시도는 좌절된다. 이에 대한 상세한 논의는 이광린, 앞의 글, 66~67면; 김규환, 앞의 글, 3면; 최준, 『신보판 한국신문사(新補版 韓國新聞史)』, 일조각, 1997, 16면 참조.

전선電線이 동서양을 이으며, 공법公法을 제정하여 나라간에 국교를 수립하고 교역을 추진하는 것이 오늘날의 현실이라는 것이다. 이제 세상일에 관심을 둔 사람이라면 이러한 변화에 눈을 감아서는 안 된다. 그러므로 우리 조정朝廷에서도 박문국博文局을 설치하여 외보外報를 번역하고 나라 안의 일을 모아 널리 알리며, 견문을 넓히고 의문점을 풀어주며 상리商利에도 도움을 주기 위해 이 신문을 발행한다는 것이다.

그런데, 이렇게 순한문 문장을 사용하며 관공서의 관리와 일부 지식인을 대상 독자로 발행하던 한문본『한성순보』조차도 이른바 수구파 지식인들에게는 경계의 대상이 아닐 수 없었다. 그들에게는 외국의 신문과 동서고금의 다양한 도서를 바탕으로 새롭게 소개하는 새로운 문물에 대한 기사들이 적지 않게 거슬렸던 것이다. 1884년 12월 김옥균을 중심으로 한 개화파의 갑신정변甲申政變이 실패하자 수구파는 곧 신문을 발행하던 박문국博文局의 시설을 파괴한다. 이렇게 해서『한성순보』는 발간 1년여 만에 발행을 중단하게 된다.[5]

이로부터 1년 여의 시간이 지난 후『한성순보』는『한성주보漢城周報』로 다시 태어나게 된다. 1886년 1월 25일부터 발간되기 시작한『한성주보』역시 관공서인 박문국博文局에서 주관해 발행했다는 점에서 관보의 성격을 완전히 떨치기는 어려웠다.『한성순보』의 경우처럼 '관보의 테두리 속에서 민보의 성격을 지니는 신문일 수밖에 없었던 것이다.[6] 그러나『한

---

5   현재까지 발굴 영인된 자료는 1884년 10월 9일 자 36호가 마지막이다. 그러나 박문국의 인쇄시설이 파손되기 직전인 12월 초순까지는 신문이 발행되었을 것으로 추측된다.

6   『한성주보』는 그 발행 목적을, 내외의 정치·군사·농업·공업·상업과 관련된 일에서부터 천하의 대세에 이르기까지 모든 것을 기록하여 알리는 데 두었다. 공평한 의논과 좋은 지식으로 세상을 깨우치고 백성을 교화하는 것 역시 이 신문의 목표였다. 참고로『한성순보』는 우송료가 박문국 부담으로 되어 있으나,『한성주보』의 경우는 우송료가 1호당 동전(銅錢) 50문(文), 즉 5전(錢)이었다. 이에 대해서는 「본국공고(本局公告)」,『한성주보』1, 19면 참조.

성주보』는 기사에 한글을 섞어 썼다는 점에서 『한성순보』와 크게 구별
된다. 『한성주보』는 이른바 최초의 국한문혼용 신문으로 탄생한 것이다.
『한성주보』에 수록된 국한문혼용 기사의 첫 번째 사례는 아래와 같다.

勅諭恭錄 十月 初八日 朝報云 傳敎에 글ㅇㅅ딕 去年事를 웃지 참아 말ㅎ랴
星霜이 已周ㅎ니 予心에 傷悼홈미 이를 것 업도다 戰亡軍卒과 閑散人에 慘禍
를 橫被흔 者는 壇을 設ㅎ야 酌를 致ㅎ고 爵秩를 貤贈치 못흔 者는 쏘흔 廟堂
으로 ㅎ야곰 詳探稟處ㅎ야 써 朝家에 優恤ㅎᄂ 意를 示ㅎ라 ㅎ시다[7]

『한성주보』는 국한문혼용國漢文混用 신문으로 분류되지만, 실제 신문 기
사의 문체는 다음과 같이 매우 다양했다. 첫째, 순한문 기사. 둘째, 국한
문혼용 기사. 셋째, 순한글 기사. 따라서 『한성주보』는 하나의 문체를 선
택한 신문이라기보다는 당시에 사용이 가능한 모든 문체를 선택한 신문
이라는 정리가 가능해진다. 그런데 여기서 주목할 것은 『한성주보』가 국
한문혼용의 전형적 신문이 될 수는 없다는 점이다.[8] 그 이유는 『한성주
보』를 자세히 살펴보면 실제로 국한문혼용 기사의 비율이 크게 높지 않
았다는 점에 있다.[9]

먼저 창간호의 경우를 살펴보자. 창간호의 경우 기사의 건수만으로
본다면 순한문기사가 절반을 훨씬 넘는다. 하지만, 전체 지면에 할애된

---

7 「國內紀事」, 「漢城周報」, 1886. 1. 25.
8 최준은 "「漢城周報」는 국한문의 섞어쓰기 기사로 태반을 다루었고, 간혹 순한글만의 기사도 썼으나 여전히 純漢文
   만의 기사도 취급하였다."(최준, 「신보판한국신문사(新補版 韓國新聞史)」, 일조각, 1990, 27면)라고 함으로써
   이 신문의 주된 문체가 국한문혼용이었다는 사실을 강조한 바 있다.
9 정진석은 「한성주보」의 총 기사 건수 1,260건 가운데 1,176건이 순한문 기사이고 44건이 국한문혼용 기사이며
   40건이 순한글 기사라고 정리했다(정진석, 「한국언론사」, 나남출판, 1990, 67면 참조).

문장의 비율을 본다면 순한문문장 : 국한문혼용문장 : 순한글문장의 분량비는 대략 7 : 5 : 3 정도가 된다. 이 정도라면 국한문혼용 신문으로서의 면모를 어느 정도 갖추었다고 평가할 수 있다. 그런데 문제는 제3호 이후에 있다. 제3호부터 제18호에 이르기까지 『한성주보』는 단 한 편의 국한문혼용 기사도 싣지 않는다.[10] 순한문이 주를 이루고, 부분적으로 순한글 기사가 첨가된 형태로 발행된 것이다. 다시 제22호 이후 제28호까지 국한문혼용 기사가 간간이 눈에 뜨이지만, 이 역시 제28호를 끝으로 더 이상 발견되지 않는다. 제29호 이후부터 폐간될 때까지는[11] 거의 순한문전용 신문으로 발행되었던 것이다.[12] 이렇게 본다면 『한성주보』는 국한문혼용 문체의 대표적 신문으로서보다도, 국한문혼용 문체를 최초로 시도한 신문으로서의 의미가 크다 할 것이다. 하지만 이런 문제점들에도 불구하고 『한성주보』의 국한문혼용 문체가 일반 독자의 확대라는 결과를 가져왔다는 사실은 부인할 수 없다.[13]

근대계몽기에 발간된 국한문혼용의 대표적 신문은 『황성신문皇城新

10　제5호와 제6호의 한글체 기사 속에 한문이 들어 있는 경우가 있다. 그러나 이를 국한문혼용체라고 보기는 어렵다. 이는 단순히 고유명사의 한문 표기를 보여주기 위한 것이기 때문이다. 이해를 돕기 위해 일부를 인용하면 다음과 같다. "로시아는 俄羅斯이요 셰야만은 日耳曼이요 오우스도라야는 墺地利이요 흐란스는 法蘭西 인스리스는 英吉利요 이다리아는 伊太利요 ……."(『한성주보』 5, 15면)

11　『한성주보』의 폐간 일자는 확실하지 않다. 지금까지 발굴된 자료에 의하면 1888년 3월 12일 자가 제106호로 마지막이다. 이후로도 얼마간은 간행되어 최소한 제120호 이상은 발행되었을 것으로 추정할 뿐이다. 정진석, 「해제 −최초의 근대신문 한성순보와 한성주보」, 『한성순보 한성주보』, 관훈클럽영신기금, 1983, 3면 참조.

12　제29호 이후에도 제31호와 제32호에서 일부 순한글 문장이 발견된다. 그러나 이는 그 양이 극히 미미해 별 의미를 지니지 못한다. 제31호에는 「요동듸슈를그록이라」는 1편의 기사가, 제32호에는 「면전의 셕탄이 나다」라는 1편의 기사가 순한글체로 되어 있다.

13　『한성주보』의 국한문혼용체 도입 효과에 대해서는 다음과 같은 지적을 참고할 수 있다. "이로써 종래의 특수 상층계급만의 漢字로부터 해방되어 일반 대중도 민족 고유의 알기 쉬운 한글로서 學問세계에 발을 들여 놓을 수가 있게 되었다. 그것뿐이 아니라 정치상의 의사를 나타낼 수가 있게 되었고 또 하나의 思想을 갖게 되었다. 新聞에 한글 사용이야말로 오랫동안 억눌렸던 일반 대중이 자기를 주장하고 자기를 새삼스럽게 찾아내는 데 결정적인 역할을 하게 만들었다. 따라서 지난날의 言論이 주로 상층계급인 兩班과 中人들 사이에만 행해졌던 것을 이로부터는 일반 대중, 특히 서민층에서도 일어나게 할 素地를 충분히 마련하였다."(최준, 『신보판한국신문사』, 일조각, 1990, 27~28면) 언론매체의 대중화는 곧 학문의 대중화로도 이어졌으며, 이는 일반 대중의 정치 참여와 사회참여를 촉진하고 자기를 주장하는 일로까지 이어졌다는 것이다.

聞』이다.『황성신문』은 남궁억南宮檍, 장지연張志淵 등 한학漢學을 익힌 민족
주의적 성향의 지식인들이 중추적 역할을 맡아 발행한 신문이다.[14]『황
성신문』이 창간되던 광무光武 2년 즉 1898년은 이미『독립신문』·『조선
크리스도인회보』·『그리스도신문』·『매일신문』·『제국신문』 등의 순한
글 신문이 주류를 이루던 시기였다. 이러한 시기에 국한문혼용의 문체를
사용한다는 것은 어떤 의미로든 해명을 필요로 하는 일이었다.『황성신
문』의 발행진들은 이러한 점을 염두에 두었거나, 최소한 동시대의 다른
신문들이 대부분 순한글로 발행되고 있다는 사실을 간과할 수는 없었던
듯하다. 1898년 9월 5일 자 창간호에는「본사고백本社告白」과「사설社說」
두 곳에서 이 신문이 국한문혼용 신문이라는 사실에 대해 거론한다.「본
사고백」에서는 "文法은 國漢文을 交用ㅎ고……"[15]라고 적고 있다.「사
설」에서는 다음과 같은 말로 자신들의 국한문혼용 노선의 당위성을 설
명한다.

世宗大王끠셔 別노 一種文字를 創造ㅎ샤 愚夫愚婦로 無不開明케 ㅎ시니
日 國文이라 其文이 克簡克易ㅎ야 雖童樨兒女라도 時月의 工을 推ㅎ면 可히
平生의 用이 足흘지라 是로 以ㅎ야 一世에 傳習ㅎㄴ 者 十에 五六에 至ㅎ더니
欽惟 大皇帝陛下끠셔 甲午中興之會를 適際ㅎ샤 自主獨立ㅎ시ㄴ 基礎를 確定

---

14 『황성신문』은 원래 순국문체로 발간되던『京城新聞』및 그 후신인『대한황성신문』을 인수해 발간한 것이다. 인수
와 발간 과정에 대해서는 이광린,「황성신문 연구」, 앞의 책, 155~195면 참조.『황성신문』이라는 제호로는 한일
병합 직전인 1910년 8월 27일까지 간행되었다. 병합 당일인 8월 29일에는 본 신문 발간 없이 병합을 알리는 1쪽
짜리 호외만을 발행하였고, 다음 날인 8월 30일부터는 제호를『한성신문(漢城新聞』으로 바꾸어 발행했다. 1910
년 9월 14일 재정상의 이유로 정간에 들어간 후 다시 속간되지 못하고 폐간되었다. 참고로 이광린은 위의 글, 194
면에서 이 신문이 1910년 9월 15일까지 발행되었다고 적고 있으나 이는 착오인 듯하다.『漢城新聞』9월 14일 자
에는 "本社에셔 財政이 極窘홈을 因ㅎ야 本月 十五日붓터 十月十日신지 停刊ㅎ깃기 玆에 廣佈ㅎ오니 本新聞紙 購覽
諸氏는 照亮ㅎ홈"이라는 사고(社告)가 실려 있다.
15 「본사고백」,『황성신문』, 1898.9.5, 4면.

호시고 一新更張호시는 政令을 頒布호실시 特이 箕聖의 遺傳호신 文字와 先生의 創造호신 文字로 並行코져 호샤 公私文牒을 國漢文으로 混用호라신 勅敎를 下호시니 百揆가 職을 率호야 奔走奉行호니 近日에 官報와 各府郡의 訓令指令과 各郡에 請願書 報告書가 是라 現今에 本社에서도 新聞을 擴張호는 디 몬져 國漢文을 交用호는 거슨 專혀 大皇帝陛下의 聖勅을 式遵호는 本意오 其次는 古文과 今文을 并傳코져 흠이오 其次는 僉君子의 供覽호시는디 便易흠을 取흠이로라[16]

『황성신문』의 「사설」은 우선 세종대왕의 국문國文 즉 한글 창제에 대해 언급하고 이것이 위대한 업적임을 거론한다. 한글의 장점은 무엇보다 쉽다는 점에 있다. 누구나 조금만 공을 들이면 쉽게 배워 평생을 유용하게 쓸 수 있다는 것이다. 이런 이유로 인하여 한글 사용 인구가 점차 늘고 있다는 사실 역시 이들은 간과하지 않는다. 그런데 『황성신문』은 왜 한글체를 사용하지 않고 국한문혼용체를 사용하는가? 그 이유는 크게 세 가지이다. 첫째, 갑오경장 이후 왕이 공사문첩公私文牒에 국한문혼용을 명했기 때문이다. 이로 인해 최근 관보와 각 지방의 보고서 등에 모두 국한문혼용체를 사용하는 바, 이 신문이 국한문혼용체를 선택한 것은 국왕의 칙령을 받들기 위함이라는 것이다.[17] 둘째, 옛글과 오늘날의 글을 함

---

16 「社說」, 『황성신문』, 1898.9.5.
17 이는 아마도 1894년 갑오경장 이후 고종이 내린 칙령 제1호 공문식(公文式) 제14조 "法律勅令 總以國文爲本 漢文附譯或混用國漢文(법률과 칙령은 모두 국문을 본으로 삼고 한문 번역이나 혹 국한문혼용을 한다)"는 내용을 지칭한 듯하다. 그러나 이 칙령을 바탕으로 고종이 '국한문혼용을 명했다'고 표현하는 것은 어폐가 있다. 칙령대로라면 한글을 중심으로 하되 국한문혼용도 허락한다는 정도로 이해하는 것이 옳기 때문이다. 이 항목에 대해 이광린은 "이는 국한문 혼용체의 채택을 정당화하려는 말에 지나지 않는다"(이광린, 『개화파와 개화사상 연구』, 일조각, 1989, 165면)고 지적한 바 있다. 이 시기의 공문서와 한글 사용의 문제에 대해서는 이응호, 『개화기의 한글운동사』, 성청사, 1975, 117~123면 참조.

께 전하는 데에는 국한문혼용체가 효과적이기 때문이다. 셋째, 이른바 지식인이 읽는 데는 순한글보다 국한문혼용체가 편리하고 쉽기 때문이다. "僉君子의 供覽ᄒ시ᄂᆞ딕 便易홈을 取홈이로라"는 언급은 『황성신문』이 독자를 일반대중보다는 전통적 한학 교육을 받은 지식인층으로 설정하고 있다는 사실을 짐작할 수 있게 한다.[18] 이밖에, 『황성신문』의 국한문혼용체 선택은 당시 협소한 신문 시장에서 살아남기 위한 생존 전략의 차원으로도 이해할 수 있다. 이미 여러 종류의 신문이 순한글로 발행되고 있던 상황에서, 기존의 신문만으로도 한글 독자를 대상으로 한 신문 시장은 이미 포화상태에 이르렀다고 판단했을 수 있다. 독자를 확보하기 위해서는 차별화된 전략으로 차별화된 독자를 대상으로 하는 신문 창간이 필요했던 것이다. 『황성신문』이 원래 순국문체로 발간되던 신문을 인수해 국한문혼용체로 바꾸어 발간한 것[19]이라는 사실은 이 신문이 문체 결정에 대한 고민을 적지 않게 했음을 보여주는 것이다.

『황성신문』 역시 국한문혼용체를 사용한 신문이었다고는 하나, 모든 기사가 국한문혼용체로만 이루어져 있던 것은 아니다. 『황성신문』도 초기의 『한성주보』와 마찬가지로 국한문혼용체, 순한문체, 그리고 순한글체 기사를 섞어 쓰고 있다.

『황성신문』 창간호 기사의 문체를 보면 총 33건 기사(광고 기사 포함) 가운데 논설을 비롯한 29건의 기사가 국한문혼용체로, 그리고 4건의 기

---

18 『황성신문』은 1904년 2월 24일 자 논설에서 순한글체 신문인 『제국신문』의 독자는 시민(市民)·부녀(婦女) 등으로, 그리고 『황성신문』의 독자는 상하신사(上下紳士)라고 적고 있다. 이광린은 이 상하 신사 독자층을 곧 양반·유생(儒生)이라 본다(이광린, 『개화파와 개화사상 연구』, 일조각, 1989, 155~156면 참조). 정선태는 "『황성신문』의 국한문체 선택은 전통적인 인식론의 틀에서 벗어나지 못한 보수적 지식인들을 새로운 사상으로 이끌겠다는 의지와 직결된 것"(정선태, 『개화기 신문 논설의 서사 수용 양상』, 소명출판, 1999, 124면)이라고 판단한다.
19 이에 대해서는 각주 14번 참조.

사가 순한글체로 작성되었다. 지면 구성 비율로 보더라도 국한문혼용 :
순한글의 비율은 대략 11 : 1 정도로 구성되어 이 신문이 국한문혼용 신
문임을 분명하게 보여준다. 창간호에는 순한문체 기사가 1편도 없지만,
제2호 이후부터는 논설을 비롯한 몇몇 기사에서 순한문체를 사용하고
있음을 볼 수 있다. 제2호의 경우는 총 30건의 기사 가운데 순한문체가
2건, 국한문혼용체 기사가 24건, 순한글체 기사가 4건이다.

　　그런데, 『황성신문』의 문체 사용은, 주된 문체를 국한문혼용으로 한다
는 것 외에는 어떤 특별한 원칙이 있었던 것으로는 보이지 않는다. 『황성
신문』의 경우는 주된 독자를 전통적 지식층으로 상정하여 국한문혼용체
를 주된 문체로 선택했지만, 그것을 절대적 원칙으로 고수하지는 않았고
필요에 따라서는 문체의 변이를 용납했다. 제1호에서 제10호 사이의 논
설란의 경우를 보기로 하자. 먼저 제1, 5, 6, 7, 9, 10호에 수록된 「논설論
說」은 국한문혼용체이다. 제2, 3호는 순한문체이다. 제4호와 제8호는 논
설란이 「별보別報」로 되어 있는데, 제4호는 순한글체로 그리고 제8호는
순한문체로 되어 있다. 창간호 잡보란에도 국한문혼용체 기사와 순한글
체 기사가 섞여 있다. 광고의 경우도 어떤 기사는 국한문혼용체로 또 어
떤 것은 순한글체로 되어 있다. 『황성신문』은 국한문혼용체를 주로 삼은
상태에서, 그것이 논설이건 잡보이건 혹은 광고이건 기사를 쓰는 사람과
읽는 사람의 편의에 따라 그 문체를 약간 달리했던 것으로 판단할 수 있
다.[20] 순한문체가 등장하는 경우는 필자의 편의에 따른 결과일 가능성이
크고, 순한글체가 등장하는 경우는 독자의 편의를 생각한 결과일 가능성
이 크다.[21]

20　순한문체는 주로 논설이나 관보(官報)란에, 순한글체는 주로 광고란에 쓰였다.

3. 순한글체 신문의 등장

　근대계몽기에 발간된 첫 한글전용 신문은 『독립신문』이다. 『독립신문』은 1896년 4월 7일 우리나라 최초의 민간신문으로 출범했다.[22] 『독립신문』은 1899년 12월 4일에 폐간될 때까지 한글전용을 고수했다. 즉 논설, 관보, 잡보란 등의 모든 기사 본문을 완전히 한글로만 처리했던 것이다. 한자漢字가 꼭 필요하다고 판단한 경우에는 일단 본문을 한글로 표기한 후 그에 해당하는 한자를 괄호 속에 넣어 나란히 적는 방식을 택했다.[23] 창간 첫 해인 1896년 말까지 광고란에는 한글 광고와 영문 광고가 섞여 있었다. 이는 『독립신문』이 1896년 말까지는 총 4면의 신문 가운데 3면은 한글판으로 그리고 마지막 1면은 영문판으로 발행했기 때문이다. 1897년 1월 첫 호(1월 5일 자)부터는 영문판이 한글판과 분리되었으므로, 『독립신문』한글판에서는 영문 광고도 사라졌다.

　『독립신문』의 한글전용은 당시로 보면 매우 획기적인 사건이 아닐 수 없다.[24] 『독립신문』의 편집 발행진은 이 문제를 매우 중요하고 또 의미 있

21　국한문혼용체는 창간 초기보다 후기로 갈수록 더욱 이 신문의 주된 문체로 자리잡았다. 황성신문이 초기에 순한글체를 함께 쓰다가 점차 국한문혼용체 및 순한문체 신문으로 정착하게 된 것은 이 신문이 독자를 어떤 계층으로 할 것인지에 대한 명확한 입장 정리가 가능했기 때문으로 판단된다.

22　『독립신문』은 최초의 민간신문이기는 하나 그 창간 자금 전액을 정부로부터 지원받았다는 점이 특이하다. 정부가 『독립신문』 발간 책임자인 서재필을 지원한 이유는 당시 일본인이 발행하고 있던 『한성신보』에 대한 대항의 의미도 있었던 것으로 논의된다. 정부는 『독립신문』에 대해 지원만 하고 간섭은 하지 않았던 것으로 알려져 있다. 『독립신문』의 창간 과정에 대해서는 신용하, 「독립신문의 창간과 그 계몽적 역할」, 『독립협회연구』, 일조각, 1976, 5~32면; 정진석, 「해제 – 민간신문의 효시 독립신문」, 『독립신문』, LG상남언론재단, 1996, 3~14면 참조.

23　광고도 대부분 한글로 했으나, 이따금 광고 문안 속의 고유명사를 한자(漢字)로 표기하는 경우가 있었다. 아주 드물게는 광고 본문에 한자가 그대로 노출된 경우도 있었다. 예를 들면 다음과 같은 광고가 이에 해당한다. "현익환 이화륜선이 졍월 초륙일에 졔물포셔 써나 군산 목포 등디에 갈터이니 힝긱과 짐 붓치리는 졔물포 世昌洋行에 와셔 무르시오 여긔셔 각셕 거슬 모도 샹관 호오."(『독립신문』, 1896.12.31, 2면) "…… 本店이 경동 새 례빙당 압히요."(『독립신문』, 1897.8.26, 4면)

24　임형택은 이에 대해 "국문운동은 한마디로 말해서 계몽주의"이며, "『독립신문』의 국문체는 신문을 발간했던 주체(독립협회)의 급진적 개화논리와 상관성이 있다"고 본다. 임형택, 「근대계몽기 국한문체의 발전과 한문의 위상」,

는 일로 생각했다.[25] 『독립신문』 창간호에는 두 편의 논설이 실려 있다. 창간사에 해당하는 첫 논설에서는 다음과 같은 말로 자신들이 한글체를 선택한 이유를 설명하고 있다. "모도 언문으로 쓰기는 남녀샹하귀쳔이 모도 보게 홈이요 또 귀졀을 쎼여 쓰기는 알어 보기 쉽도록 홈이라."[26]

이러한 한글 전용의 이유와 의미에 대한 설명은 두 번째 논설의 핵심 논제가 된다. 두 번째 논설은 전체가 이 문제만을 다루고 있다는 점에서 상세히 살펴볼 필요가 있다. 전문을 인용하면 다음과 같다.

우리 신문이 한문은 아니 쓰고 다만 국문으로만 쓰는 거슨 샹하귀쳔이 다 보게 홈이라 또 국문을 이러케 귀졀을 쎼여 쓴즉 아모라도 이 신문 보기가 쉽고 신문 속에 잇는 말을 자셰이 알어보게 홈이라 각국에셔는 사름들이 남녀 무론호고 본국 국문을 몬저 비화 능통호 후에야 외국 글을 비오는 법인듸 죠션셔는 죠션 국문은 아니 비오드리도 한문만 공부호는 까둙에 국문을 잘 아는 사름이 드물미라 죠션 국문호고 한문호고 비교호여 보면 죠션 국문이 한문보다 얼마가 나흔 거시 무어신고 호니 첫지는 비호기가 쉬흔이 됴흔 글이요 둘지는 이 글이 죠션글이니 죠션 인민들이 알어셔 빅스을 한문 듸신 국문으로 써야 샹하귀쳔이 모도 보고 알어보기가 쉬흘 터이라 한문만 늘 써 버릇호고 국문은 폐흔 까둙에 국문으로 쓴 건 죠션 인민이 도로혀 잘 아러보지 못호고 한문을 잘 알아보니 그게 엇지 한심치 아니호리요 또 국문을 알아보기가 어려운건 다름이

『민족문학사연구』 14, 민족문학사연구소, 1999, 15~24면 참조.

25 『독립신문』의 한글 간행에 중요한 역할을 한 인물은 서재필과 윤치호 등이다. 이에 대해서는 다음의 두 논문을 참조할 수 있다. 이기문, 「독립신문과 한글문화」, 『주시경학보』 4, 주시경연구소, 1989, 7~21면; 김인선, 「갑오경장(1894~1896) 전후 개화파의 한글운동」, 『주시경학보』 8, 주시경연구소, 1991, 3~32면.

26 「논설」, 「독립신문」, 1896.4.7. 『독립신문』에서는 한글을 주로 '언문'이라 불렀으며 간혹 '국문'이라 부르기도 했다. 이에 대해서는 다음의 설명을 참고할 필요가 있다. "여기서 한 가지 밝혀둘 것은 '한글'이란 이름은 1910년 이후에 생긴 것이요, 독립신문이 간행된 당년에는 종래의 '언문'과 새로 생긴 '국문'이 아울러 사용되었다는 사실이다. '훈민정음'의 약칭인 '정음'이 간혹 쓰이기도 하였다." (이기문, 앞의 글, 7~8면)

아니라 첫지는 말마디을 떼이지 아니ᄒᆞ고 그져 줄줄 ᄂᆞ려쓰는 싸둙에 글ᄌᆞ가 우희부터는지 아릭부터는지 몰나셔 몃 번 일거본 후에야 글ᄌᆞ가 어딕부터는지 비로소 알고 일그니 국문으로 쓴 편지 ᄒᆞᆫ 쟝을 보자ᄒᆞ면 한문으로 쓴 것보다 더듸 보고 ᄯᅩ 그나마 국문을 자조 아니 쓰는 고로 셔툴어셔 잘못 봄이라 그런 고로 졍부에셔 ᄂᆞ리는 명녕과 국가 문젹을 한문으로만 쓴즉 한문 못ᄒᆞ는 인민은 나모 말만 듯고 무ᄉᆞᆷ 명녕인줄 알고 이편이 친이 그 글을 못 보니 그 사ᄅᆞᆷ은 무단이 병신이 됨이라 한문 못ᄒᆞᆫ다고 그 사ᄅᆞᆷ이 무식ᄒᆞᆫ 사ᄅᆞᆷ이 아니라 국문만 잘ᄒᆞ고 다른 물졍과 학문이 잇스면 그 사ᄅᆞᆷ은 한문만 ᄒᆞ고 다른 물졍과 학문이 업는 사ᄅᆞᆷ보다 유식ᄒᆞ고 놉흔 사ᄅᆞᆷ이 되는 법이라 죠션 부인네도 국문을 잘ᄒᆞ고 각식 물졍과 학문을 빅화 소견이 놉고 ᄒᆡᆼ실이 졍직ᄒᆞ면 무론 빈부귀쳔 간에 그 부인이 한문은 잘ᄒᆞ고도 다른 것 몰으는 귀죡 남ᄌᆞ보다 놉흔 사ᄅᆞᆷ이 되는 법이라 우리 신문은 빈부귀쳔을 다름업시 이 신문을 보고 외국 물졍과 ᄂᆞ지 ᄉᆞ졍을 알게 ᄒᆞ랴는 ᄯᅳᆺ시니 남녀노소 샹하귀쳔 간에 우리 신문을 ᄒᆞ로 걸너 몃 둘간 보면 새 지각과 새 학문이 싱길걸 미리 아노라[27]

이 글에서는 남녀, 상하, 귀천에 관계없이 쉽게 읽을 수 있도록 하기 위하여 한글 전용 문장을 선택했다는 사실을 재차 확인한다. 이어서 한글의 장점을 무엇보다 배우기 쉬운 글이라고 주장한다. 조선의 일은 조선의 글로 써야 하며, 그렇게 해야 모든 조선 백성이 쉽게 알아볼 것이라는 점도 강조한다. 또한 조선 사람은 한문보다 조선의 국문을 배워야 한다는 사실과, 한글을 전용하되 띄어쓰기를 함께 해야 할 필요성에 대해서도 언급한다. '국문만 잘하고 다른 물정과 학문이 있으면 그 사람은 한

---

27 「논설」, 『독립신문』, 1896.4.7.

문만 하고 다른 물정과 학문이 없는 사람보다 유식하고 높은 사람이 되는 법'이라는 주장 역시 펼치고 있다.

이러한 주장은, 언어란 그 자체가 목적이 아니라 다른 지식을 얻기 위한 수단이라고 하는 명제에 대한 언급이라는 점에서 주목할 만한 가치가 있다. 한문체로 쓴 글이나 한글체로 쓴 글은 그 자체로는 이른바 유·무식함의 표상이 될 수 없다. 거기에 담긴 내용이 무엇인가에 따라 글의 가치가 결정된다는 것이다.

『독립신문』은 이후 1897년 제47호와 제48호의 논설에서도 외부 투고를 빌어 한글의 우수성에 대해 역설한다. 이 논설의 필자는 "우리 싱각에는 죠션 글ᄌ가 세계에 뎨일 조코 학문이 잇는 글ᄌ로 녁히노라"[28]고 주장한다. 우리 한글은 표음 문자이므로 몇 안 되는 자음과 모음만으로도 수많은 대상을 표현할 수 있지만, 한자는 그림 문자이기 때문에 각 대상에 따라 다른 그림을 만들어야 하므로 배우고 쓰기에 너무 많은 시간이 필요하다는 것이다. 따라서 '그림 한 가지 배우자고 이 아깝고 급한 때를 허비할 것이 아니라, 우리 글을 익혀 우리 글자로 모든 일을 기록함으로써 시간을 아끼고, 그 남는 시간에 유익한 학문을 익혀 우리나라 독립에 기둥과 주추의 역할을 하자'고 제안한다. 한글의 사용이 곧 나라의 독립과 부강을 이루는 길이 될 수 있다는 것이 이 논설자의 주장이다.[29]

『독립신문』 편집 발행진들은 자신들의 신문이 우리나라 최초의 한글신문이라는 사실에 자부심을 지니고 있었다. 이들이 외부에 신문을 광고

---

28 『독립신문』, 1897.4.22.
29 이 논설의 필자인 쥬상호의 국문론은 1897년 제114호와 제115호 즉 9월 25일 자 및 28일 자 『독립신문』에도 수록되어 있다. 이밖에 1897년 5월 27일 자 잡보란에는 윤치호가 제안한 국문 사용 방식에 대한 논란이 기재되어 있는 등 『독립신문』에는 한글 사용과 관련한 기사가 적지 않다.

하기 위해 작성한 다음의 문안에서도 그 사실을 엿볼 수 있다.

독립신문은 우리나라에 처음으로 발명한 국문 신문인디 기명 샹에 유익한 론
설과 외국 통신과 전보를 만이 긔지 하엿스오니 쳠군즈는 만히들 스셔 보시오[30]

『독립신문』 편집발행진이 이렇게 한글체로 기사를 작성하기로 결정
한 가장 큰 이유는 무엇보다 일반 대중을 독자로 끌어들이려는 데 있었
다고 보아야 한다. 그것은 앞에서 살핀 바 「논설」에서 한글이 배우기 쉽
다거나, 조선 부인네도 국문을 잘하고 각색 물정과 학문을 배워 소견이
높고 행실이 정직하면 귀족 남자보다 높은 사람이 될 수 있다고 주장했
던 일에서도 알 수 있다.[31] 『독립신문』이 "우리가 이 신문을 츌판하기는
취리하랴는게 아닌고로 갑슬 헐허도록 하엿고"[32]라는 말로 이른바 저가
低價 정책을 선택한 것이나,[33] 한글체 기사를 선택한 것은 모두 대중성을
확보하기 위한 방편이었다는 점에서 서로 통하는 면이 있다.[34]

『독립신문』의 한글 간행은 이후 발간되는 신문들에 적지 않은 영향을
미쳤다. 이후 발간된 기독교 계통 신문들인 『죠선크리스도인회보』·『대
한크리스도인회보』·『그리스도신문』[35]과 『협성회회보』·『매일신문』·

---

30 이 광고는 『황성신문』 창간호(1898.9.5)부터 제78호(1898.12.6)까지 줄곧 실려 있다.
31 이에 대해 정선태는 "『독립신문』이 국문체를 선택한 이유가 누구나 읽기 쉬운 한글을 통해 국내외 정보를 습득할
수 있게 함으로써 지식의 대중화와 이를 통한 개혁의 지지세력 확대에 있었다"고 정리한다(정선태, 앞의 책, 56면).
32 「논설」, 『독립신문』, 1896.4.7.
33 『독립신문』 창간 당시의 가격은 한 장에 동전 한 푼, 한 달에 12전이었다. 당시 물가는 쌀 중품 한 되 값이 석 냥
두 돈 즉 32전이었다. 근대계몽기에 발행되었던 주요 신문의 문체와 가격, 그리고 추정 발행 부수 등은 이 글의
뒤에 〈참고도표〉로 만들어 제시하였다.
34 『독립신문』과 독립협회의 한글 사용에 대한 생각은 다음의 잡보란 기사에서도 확인할 수 있다. "오젼 일요일 오후
에 독립관에 토론회 회원들이 모혀 국문을 한문보다 더 쓰는 것이 인민 교흉을 셩대케 하는디 유죠하다는 문제를
가지고 여럿이 강론하는디 유죠하고 지미잇는 말이 만히 잇스며 토론 후에 문제 가부를 쟉졍 하는디 모도 이 문제
가 올타고 쟉졍하고 사름마다 대한국 글노 대한국 빅셩들이 학문을 빈호는 것이 맛당한 일노 알더라……."(『독
립신문』, 1897.10.23)

『제국신문』 등의 민간신문이 모두 한글로 간행된 것은 『독립신문』의 직간접적 영향에 의한 결과로 볼 수 있다.

『독립신문』이 다른 신문들의 한글 간행을 독려하고, 거기에 영향을 미쳤다는 사실은 다음과 같은 자료들을 통해서도 구체적으로 확인할 수 있다.

① A new paper which is published for the first time, made its appearance last week. The name is "Chosun Christo In Hyobo", or "Korean Christian Advocate". The paper is under the supervision of Rev. H. G. Appenzeller, and Rev. H. B. Hulbert, on the part of the foreigners. It is a fourpaged sheet, containing an editorial, Sunday School lessons, church news and other interesting items. It will appear weekly and is printed in Unmun. On the whole, the sheet presents a neat appearance; and very properly, the editor adopted the new system of spacing the words. However, some of the words were not correctly spaced; which, it is supposed, is due to a first attempt.

We are in hearty sympathy with the purpose of this new contemporary, in every particular. It may grow in popularity and usefulness, and accomplish its true object. We hope many such enterprises may spring up throughout the country, as we will be proud (a pardonable pride) of being the pioneers in the publication of an Unmun newspaper.[36]

---

35 근대계몽기 기독교 계통의 신문들은 한글체의 정착 및 근대 서사문학의 출발과 정착에 매우 중대한 영향을 미쳤다. 단, 기독교 계통 신문이라고 해서 모두 한글을 전용했던 것은 아니다. 한일병합 이후인 1911년 1월 31일부터 1915년 2월 28일까지 발행된 『그리스도회보』는 한글체 기사를 주로 다루기는 했지만, 한문 및 국한문혼용체 기사도 수록하였다.

36 "Editorial Notes", *The Independent*, 1897.2.9.

② 이월 구일에 발간ᄒᆞᆫ 독립신문 영어 론셜에 말ᄒᆞ기를 (…중략…) 근일에 나라안에 잇ᄂᆞᆫ 교도들이 서로 교통ᄒᆞ기를 위ᄒᆞ야 ᄒᆞᆫ 회보를 ᄆᆞᆫ드러 ᄒᆞᆫ 례빅 동안에 ᄒᆞ번식 인츌ᄒᆞᄂᆞᆫᄃᆡ 그 속에 유리ᄒᆞᆫ 론셜과 례빅학당 공과와 교즁신문을 긔록ᄒᆞ여 일홈을 죠션 크리스도인 회보라 ᄒᆞ고 외국 교ᄉᆞ에ᄂᆞᆫ 아펜셜라씨가 쥬쟝ᄒᆞ고 죠션 국문으로 인츌ᄒᆞ니 우리ᄂᆞᆫ 이 회보가 잘되여셔 보ᄂᆞᆫ 사름도 만코 죠션 국문으로 인츌ᄒᆞᄂᆞᆫ 신문지들이 만히 싱기기를 바른다고 ᄒᆞ엿더라[37]

인용문 ①은 『독립신문』이 영어판 논설에서 『죠션크리스도인회보』의 한글 간행을 격려하고, 이와 같은 한글 신문들이 계속 간행되기를 바란다는 희망을 직접 표현한 것이다. 인용문 ②는, 글 ①을 읽은 『죠션크리스도인회보』의 편집자들이 그러한 사실을 자신들의 신문에 다시 보도한 것이다. 글 ②의 작성자는 글 ①의 핵심 중의 하나가 국문 신문의 발행에 대한 기대라는 사실을 분명히 정리해 전달하고 있다.

『제국신문』은 창간호 사설이라 할 수 있는 「고빅」에서 이 신문을 순국문으로 출판한다는 사실을 강조한 후 자신들이 한글체를 선택한 이유를 다음과 같이 설명한다.

그러나 그 동안에 국즁에 신문이 여러히 싱기여 혹 날마다 발간도 ᄒᆞ며 혹 간일ᄒᆞ여 ᄂᆡ이기도 ᄒᆞ며 혹 일쥬일 동안에 ᄒᆞᆫ두번식 ᄂᆡ이기도 ᄒᆞᄂᆞᆫᄃᆡ 그즁에 영어신문이 ᄒᆞ나히오 국한문으로 셕거 ᄂᆡ이ᄂᆞᆫ 거시 ᄒᆞ나히오 일어로 셕어 ᄂᆡ이ᄂᆞᆫ 것도 잇스되 그 중에 국문으로 ᄂᆡ이ᄂᆞᆫ 거시 뎨일 긴요ᄒᆞᆫ 쥴노 밋ᄂᆞᆫ 고로 우리도 ᄯᅩᄒᆞᆫ 슌국문으로 박일터인ᄃᆡ……[38]

37 「회즁신문」, 『죠션크리스도인회보』, 1897.2.17.

시중에 여러 형태의 신문들이 간행되고 있는 바, 그 가운데 한글체가 가장 적합하고 필요한 문체라는 것이 『제국신문』 발행자들의 판단이었던 것이다.[39] 『제국신문』이 순한글체를 선택하게 된 데에는 이 신문이 특히 여성 계몽을 주된 목적으로 하여 창간된 것이라는 점 역시 중요했다.[40]

1906년에 창간되어 한일병합 직후까지 발간된 천주교의 『경향신문京鄕新聞』도 문체 선택에서 간접적으로 『독립신문』의 영향을 받았다고 볼 수 있다. 『경향신문』 창간호 논설 가운데 다음 부분은 이를 짐작할 수 있게 한다.

그 네혼 유식흔 사룸과 무식흔 사룸과 놈녀로쇼 빈부가 다 알아듯기 쉬온 신문을 드러내고져흠이니 소문과 소문의 대쇼룰 판단ᄒᆞᄂᆞᆫ 것과 요긴흔 지식ᄀᆞᆺ 흔 이 세가지ᄂᆞᆫ 알아야 모든이의게 유익흔 고로 다 밧아 볼만흔 신문을 내니 이 신문에ᄂᆞᆫ 진셔나 어려온 말을 쓰지 아니ᄒᆞ고 순언문으로 쉽게 알아듯도록 말ᄒᆞ니 유식흔이도 쉽게 보고 무식흔 이도 알아보기 쉽겟소 쪼 신문갑시 뎨일 헐ᄒᆞ니 직물업ᄂᆞᆫ 쟈도 용이히 사볼만ᄒᆞ오[41]

---

38 「고빅」, 『제국신문』, 1898.8.10.
39 『제국신문』과 관련된 일반적 사항은 최준, 「『帝國新聞』 해제」, 『帝國新聞』, 아세아문화사, 1986, 1~4면; 최기영, 『대한제국기 신문연구』, 일조각, 1991, 11~65면 참조.
40 『제국신문』의 독자는 대체로 하층민과 부녀자인 것으로 알려져 있다. 독자 가운데 상당수가 부녀자였던 것은 사장 이종일의 여성 계몽 의지가 컸기 때문이다. 『제국신문』은 1898년 8월 10일 창간되어 1910년 3월까지 간행되었 는데, 1903년 7월 이후 제호를 『帝國新聞』으로 고쳤다. 이후에는 기사 표제에 한자를 사용하였으나 본문은 한글 체를 계속 유지하였다. 『帝國新聞』은 특히 1900년대 중반 이후 『皇城新聞』과 함께 대표적 민족지의 역할을 담당했 다. 국한문혼용체인 『皇城新聞』과 순한글체인 『帝國新聞』이 문체를 달리하면서 독자를 분할 점유했던 것이다. 그 런데, 한글전용 신문인 『제국신문』과 국한문혼용 신문인 『皇城新聞』은 경쟁관계라기보다는 상보관계에 있었다고 보아야 한다. "제국신문은 근자에 신설흔 신문이온디 학문잇는 말과 긔이흔 소문을 만히 긔저하엿ᄉᆞ오니 쳠군ᄌᆞ ᄂᆞᆫ 스셔들 보시오"라는 광고가 『皇城新聞』 창간호(1898.9.5)부터 제78호(1898.12.6)까지 계속 실린 점 등을 보아도 이를 알 수 있다.
41 「론셜」, 『경향신문』, 1906.10.19.

『경향신문』의 이 논설은 '상하귀천이 다 보도록 하려고 국문을 사용했으며, 많은 사람들이 볼 수 있도록 값을 헐하게 하였다'는 『독립신문』 창간호 논설의 요지와 상통한다.[42]

그러나 아직까지 한문의 전통이 가시지 않은 사회 문화적 배경 속에서 순한글체로만 신문을 발행한다는 것이 결코 쉬운 일만은 아니었다. 근대계몽기의 한글 사용 계층은 교육 경력이나 재정적 능력 그리고 사회적 지위 등이 순한문 및 국한문혼용 선호층에 비해 열악한 편이었다. 이들을 주된 독자로 삼아 민간 상업지를 발행하기 위해서는 여러 가지 어려움을 감수해야 했다. 『제국신문』이 계속되는 재정 적자에 시달리며 끊임없이 휴간과 정간을 반복한 것은 이를 단적으로 보여준다.

배재학당 학생회 회보 형태로 출발한 주간 『협성회회보』와 이 회보가 발전해 일간 신문으로 나오게 된 『매일신문』은 모두 한글 전용 신문이었다.[43] 그런데 『협성회회보』는 한글 전용 신문임에도 불구하고, 창간호 잡보란에 실린 협성회 토론 주제 가운데 하나를 "국문과 한문를 석거 씀이 가홈"[44]으로 적고 있다. 이러한 사례 역시 당시 지식인들 사이에서 국한문혼용에 대한 주장이 결코 가벼운 수준의 것이 아니었음을 보여준다.

---

42 『경향신문』뿐만 아니라 이 시기에 발행된 순한글체 신문들은 대체로 『독립신문』의 이런 논설 요지를 답습한 것으로 보인다. 『제국신문』의 창간호 논설에도 국문체 선택의 이유 설명 뒤에는 "갑슬 간략히 마련ᄒ고 ……"(「고빅」, 『제국신문』, 1898.8.10)라는 구절이 있다.

43 『협성회회보』는 1898년 1월 1일 창간되어 4월 2일까지 발행되었고, 『매일신문』은 1898년 4월 9일부터 1899년 4월 16일까지 발행되었다. 『매일신문』은 무엇보다 이 신문이 국내 최초의 일간 신문임을 자랑스럽게 내세웠다. 자신들의 논설에서는 이 사실에 대해 "우리나라 ᄉ쳔여 ᄉ긔에 처음 경ᄉ라"(『매일신문』, 1898.4.9, 1면) 적고 있다. 『황성신문』 광고란에도 "매일신문은 국닉에 처음으로 매일 출판ᄒ 신문이온디 론셜 잡보에 긴요ᄒ고 죰미 잇ᄂ 말이 만스오니 쳠군ᄌᄂ 만이 ᄉ들 보시오"(『황성신문』, 1898.9.5)라고 실었다. 『협성회회보』와 『매일신문』은, 一, 二, 三 등 수자를 제외하고는 본문에 한자를 직접 노출시키지 않았다. 그 외 필요한 경우에는 한글로 표기한 후 한자를 괄호 속에 나란히 썼다. 이런 방식의 표기 관행은 『독립신문』의 표기 관행과 거의 유사한 것이다.

44 『협성회회보』, 1898.1.1, 4면.

4. 문체 선택의 고민과 기타 신문의 발간

근대계몽기 신문의 문체 선택과 관련된 고민을 보여주는 중요한 사례들은 『대한매일신보大韓每日申報』와 『만세보萬歲報』의 경우를 통해서 더욱 구체적으로 확인할 수 있다. 『대한매일신보』는 1904년 7월 18일 순한글 기사와 영문 기사를 함께 다루는 신문으로 출발했다. 1905년 8월 11일 이후 이 신문은 영문판을 분리시켜 『Korea Daily News』로 따로 발행하고, 국문판은 국한문혼용판으로 바꾸어 발행한다. 이 국한문혼용판은 앞서 나왔던 『황성신문』의 경우와 같이 국한문혼용체, 순한문체, 순한글체 기사를 함께 수록했다. 대부분의 기사는 국한문혼용체였으나, 순한문체가 이따금 섞여 있었고, 「젹선여경녹」·「향긱담화」·「소경과 안즘방이 문답」과 같은 서사문학 작품을 순한글로 수록했다는 점이 특기할 만하다. 1907년 5월 23일 이후에는 다시 순한글 신문을 추가로 발행함으로써, 한글판, 국한문혼용판, 그리고 영문판의 세 가지 신문이 존재하게 된다. 중간에 영문판은 사라지지만, 한글판과 국한문혼용판은 한일병합으로 인해 이 신문이 총독부 기관지인 『매일신보每日申報』로 바뀔 때까지 지속된다. 『대한매일신보』의 문체 선택 가운데 영문판의 경우는 발행인의 관심 및 정치적 배려에 의한 결과라고 봄이 타당할 것이다.[45] 그러나 국문판에서 국한문혼용판으로, 그리고 다시 국한문혼용판과 국문판의 병존으로 변화하는 과정은 무엇보다 독자를 누구로 선택하는가 하는 문제

---

45 영문판의 간행과 중단 그리고 폐간 과정은 모두 발행인이었던 영국인 배설(E. T. Bethell)의 재판 과정이나 죽음 등과 직결된다. 이에 대해서는 정진석, 『한국언론사』, 나남, 1990, 229~234면 참조.

와 직결되어 있었다.[46]

다양한 계층의 독자를 신문의 독자로 끌어들이려는 노력은 『만세보』에서도 발견할 수 있다. 『만세보』는 1906년 6월 17일 창간된 후 1907년 6월 29일까지 약 1년 간 발행된 일간신문이다. 발행인은 신광희申光熙이고, 사장은 오세창吳世昌이었으며 이인직李人稙이 주필을 맡았다.[47]

이 신문은 원래 천도교 기관지로 출발했지만 단순히 천도교의 포교를 위한 종교 잡지는 아니었다. 그보다는 "我아韓한人인民민의 智지識식啓계發발키를 爲위ᄒ야 作작홈"[48]이라고 밝힌 창간호 「사설社說」에서도 알 수 있듯이, 개화와 계몽을 목적으로 하는 일간 종합신문이었다.[49]

『대한매일신보』가 순한글체와 국한문혼용체의 두 가지 신문을 발간함으로써 독자에 대한 계도와 계몽의 문제를 해결하려 한 것과 달리, 『만세보』는 하나의 신문 속에서 이 문제를 해결하려고 고심했다. 그러한 고심의 결과 탄생한 것이 바로 부속국문체附屬國文體이다. 부속국문체란 한자漢字로 된 본문에 이른바 루비 활자로 불리는 소형 활자를 사용해 한글을 함께 적는 표기체를 일컫는 것이다.[50] 『만세보』의 부속국문체는 문자

---

46 근대계몽기 문체 변화의 핵심은 생산자 중심 문체에서 수용자 중심 문체로의 이동이다. 이러한 변화를 주도한 주체는 근대계몽기의 신문이었고 그때 고려 대상이 된 가장 중요한 요인은 신문 기사의 수용자 즉 독자였다. 이 문제에 대한 더욱 상세한 논의는 이 책의 제8장 참조.

47 『만세보』의 발행과 관련된 더욱 자세한 사항은 최기영, 「천도교의 국민계몽 활동과 『만세보』의 발간」, 『대한제국기 신문 연구』, 일조각, 1991, 66~113면 참조.

48 社長 吳世昌, 「社說」, 『만세보』, 1906.6.17.

49 최준은 『만세보』를 『황성신문』, 『제국신문』, 『대한매일신보』와 더불어 자주독립파(自主獨立派)의 신문으로 분류한다. 이용구(李容九) 일파의 반민족적 행동에 대한 규탄과 일진회(一進會)에 대한 비난과 공격 등이 그 근거가 된다(최준, 『신보판 한국신문사』, 일조각, 1997, 108~110면 참조). 하지만, 최기영은 이에 대해 다음과 같이 전혀 다른 의견을 제시한다. "즉 『萬歲報』는 오직 인민의 지식계발, 바로 인민교육에 발간의 목적이 있음을 천명하면서 출발하였던 것이다. 일본에 의하여 國權이 침탈되어 가던 당시의 정치상황에 관해서는 전혀 논급하지 않고, 오직 국민의 계몽에만 진력하겠다는 창간사는 이 신문의 정치적 성향을 어느 정도 시사하는 것으로 믿어진다."(최기영, 「천도교의 국민계몽 활동과 『만세보』의 발간」, 『대한제국기 신문 연구』, 일조각, 1991, 82면)

50 『만세보』에서는 이렇게 작은 크기로 병기한 한글을 부속국문이라 불렀다. 부속국문을 활용한 문체가 부속국문체이다. 근대계몽기 문체 연구는 표기 방식의 연구와 서로 분리되기 어렵다. 표기체계와 문체의 관계에 대해 임형택은 다음과 같이 서술한 바 있다. "표기체계의 역사적 전환은 글쓰기 차원에서, 문체의 변화란 정신의 변화, 나아가 사회풍상을 반영한다는 측면에서 총체적으로 고구해야 할 사안임이 물론이다."(임형택, 「근대계몽기 국한문체의

사용계층이 확연히 분리되어 있던 근대계몽기 우리 사회의 현실을 반영하며 등장한 특이하고도 새로운 문자 표현 방식이었다.[51]

5. 『만세보』와 한글체 소설의 정착 과정

1) 근대계몽기 신문과 근대 서사문학의 전개

우리나라 최초의 신문인 순한문체의 『한성순보』나, 국한문혼용체 신문인 『한성주보』는 단 한 편의 창작 서사문학 작품도 다루지 않는다.[52] 그것은 이들 신문이 어느 정도 관보의 성격을 지닌 채 객관적 사실 전달에 치중했기 때문으로 보인다. 『한성주보』는 근대계몽기의 다른 신문들처럼 대중에 대한 계도를 하나의 목표로 하기는 했지만, 거기에 서사문학 작품을 활용하지는 않았다.

그런데, 또 하나의 국한문혼용체 신문인 『황성신문』은 근대 서사문학 출발기의 새로운 양식 가운데 하나인 '서사적논설'을 상당 수 수록한

발전과 한문의 위상」, 『민족문학사연구』 14, 민족문학사연구소, 1999, 9면)

51 『만세보』가 부속국문을 활용해 한글을 병행하는 방식을 택한 것은 다양한 계층의 독자를 끌어들이는데는 효과적이었기 때문이다. 『제국신문(帝國新聞)』 잡보란에 실렸던 다음의 기사는 『만세보』의 부속국문 사용 의도가 어디에 있었는가를 분명히 보여준다. "…… 그 신문 만들기난 한문으로 쥬장ᄒ고 한문 글ᄌ 엽헤 우리나라 국문으로 쥬셕ᄒ야 비록 한문을 몰으난자라도 그겻헤 국문을 보고 알계 만들깃다 ᄒ며 ……." (「萬歲報施設」, 『제국신문』, 1906.5.11)

52 최근 발굴된 서사문학 작품으로 「아리스토텔레스전(亞里斯多得里傳)」(1884.6.14)이 있으나, 이는 창작물로 보이지는 않는다. 이에 대한 상세한 논의는 김찬기, 「『한성순보』 소재 「아리스토텔레스전」에 관한 연구」, 『한국 근대소설의 형성과 전(傳)』, 소명출판, 2004, 231~252면 참조.

다.[53] 이를 통해 다양한 방식으로 현실을 표상화하며 논설자의 의견을 드러냈던 것이다. 그러나『황성신문』이 새로운 형식의 논설을 선도했던 것은 아니다.『황성신문』은 자신들만의 독특한 특징을 갖춘 근대적 서사 양식을 스스로 창출하기보다는, 이미 한글 전용 신문들을 통해 보편화되어 있던 방식을 도입 활용할 뿐이다. 더구나,『황성신문』의 국한문혼용체는 현실을 생동감 있는 구어체로 전달하는 데는 한계가 매우 컸다.『황성신문』에도 현실적인 구어체를 사용하여 현실감을 높이고 있는 작품이 없는 것은 아니지만,[54] 이는 극히 일부에 불과해 거기에 커다란 문학사적 의미를 부여하기는 힘들다.

한국 근대 서사문학은 한글 전용 신문을 통해 새롭게 출발한 것으로 보아야 한다. 한국 근대 서사문학의 새로운 출발은 한글 전용 신문의 간행과 함께 이루어졌다고 해도 지나침이 없다. 근대계몽기의 새로운 문학 양식으로 꼽히는 '서사적논설' 등 근대 단형 서사문학 작품의 창작은 기독교 계통 신문들에서부터 시작되었다. 이후 이러한 단형 서사문학 작품의 창작은『독립신문』·『협성회회보』·『매일신문』·『경향신문』·『제국신문』 등의 한글체 신문을 통해 보편화된다.[55]

『대한매일신보』역시 근대계몽기 한글 소설의 정착 과정에 매우 중요한 역할을 한 신문이다.『대한매일신보』는 국한문혼용체를 주된 문체로 삼아 발행하던 시기에도 소설류만은 한글로 발표했다.「향긱담화」(1905.10.29~

---

53 『황성신문』에 수록된 '서사적논설'에 대해서는 정선태,『개화기 신문 논설의 서사 수용 양상』, 소명출판, 1999, 121~190면 참조.

54 정선태는 이러한 예로 1901년 4월 6일 자 논설「어느 野店에서」와 1903년 8월 15일 자 논설「基督是何物也」등을 들고 있다.

55 이에 대한 상세한 논의는 김영민·구장률·이유미 편,『근대계몽기 단형 서사문학 자료 전집』상·하, 소명출판, 2003 참조.

11.7), 「소경과 안즘방이 문답」(1905.11.17~12.13), 「의퇴리국아마치젼」
(1905.12.14~21), 「향로방문의싱이라」(1905.12.21~1906.2.2), 「거부오해」
(1906.2.20~3.7), 「시사문답」(1906.3.8~4.12) 등 근대계몽기의 대표적 단형
서사물들이 여기에 실렸다는 사실만으로도 『대한매일신보』의 역할은 주목
할 만한 것이다. 『대한매일신보』는 국한문판과 한글판을 함께 발행하면서
하나의 작품을 두 가지 문체로 발표하기도 했다.[56]

근대계몽기 신문을 통해 한국 근대소설의 정착과 대중화 과정을 살필
때 가장 주목해야 할 신문은 『만세보』이다. 『만세보』에는 「혈의루」를
비롯하여, 「귀의성」 등의 '신소설'과 「소설 단편」 및 「백옥신년白屋新年」
등의 단형 서사문학 작품이 실려 있다. 「혈의루」는 이른바 최초의 '신소
설'로 정리되고, 「귀의성」은 이 이 시기 발표된 작품 가운데 가장 완성도
가 높은 작품 가운데 하나로 꼽힌다. 『만세보』에 연재된 이들 작품은 연
재 당시에도 적지 않은 대중적 인기를 끌었을 뿐만 아니라, 연재 후에는
곧바로 단행본으로 출판되어 중판을 거듭했다.[57] 「혈의루」와 「귀의성」
의 성공은 근대문학 작가로서의 이인직의 위상을 높이는 일이기도 했지
만, 근대소설의 정착과 대중화를 알리는 본격적 신호이기도 했다.

---

56 근대계몽기의 대표적 '역사·전기소설' 가운데 하나인 「이순신전」을 그 예로 들 수 있다. 단재 신채호는 이순신 이
    야기를 한글체가 아닌 국한문혼용체 소설로 발표한다. 그런 후, 이 작품을 패서싱이 번역해 한글 소설로 다시 발표
    하게 되는 것이다. 국한문혼용체 「이순신전」은 1908년 5월 2일부터 8월 18일까지, 그리고 한글체 「리슌신젼」은
    6월 11일부터 10월 24일까지 발표되었다. 따라서 6월부터 8월까지 약 두 달간은 하나의 작품이 두 가지 문체로,
    두 종류의 『대한매일신보』에 실리게 된다. 이와 관련된 상세한 논의는 이 책의 제2장 참조.
57 「혈의루」는 1906년 7월 22일부터 10월 10일까지 『만세보』에 연재된 후 곧 단행본으로 출간되었다. 단행본 「혈
    의루」는 1907년 3월과 1908년 3월 각각 광학서포에서 발행한 바 있고, 이후 동양서원에서도 출간됐다. 「귀의
    성」은 1906년 10월 14일부터 1907년 5월 31일까지 연재된 후 1907년 10월 광학서포에서, 그리고 1908년 7
    월 중앙서관에서 단행본을 발행했다.

2) 『만세보』의 문체를 보는 시각

『만세보』를 통해 세상에 나온 작품들인 「혈의루」와 「귀의성」 그리고 「소설 단편」과 「백옥신년」은 모두 부속국문체로 발표되었다. 이들 작품의 문체에 대해서는 그것이 한글체가 아닌 부속국문체라는 사실 때문에 여러 가지 비판이 가해졌다.

한국 근대문학사 연구에 적지 않은 기여를 했던 조연현은, 이인직의 연재본 「혈의루」와 단행본 「혈의루」의 문장을 비교 검토한 바 있다. 여기서 조연현은 연재본 「혈의루」의 부속국문체 표기가 일본의 훈독표기 방식訓讀表記方式에 토대를 둔 무국적의 문장이라고 비판한다.

이것은 무엇을 의미하는 것일까. 이것은 우리의 최초의 '新小說'이 日本文章의 영향아래 쓰여졌다는 自明한 사실만을 보여주는 것이 아니라 실로 中國文章도 日本文章도 韓國文章도 아닌 無國籍의 文章으로써 쓰여진 것을 의미한다. 文章이 言語藝術이라는 절대적인 原則에 의해 생각해볼 때 小說이 그와 같은 허공에 뜬 文章으로 나타날 수 있음을 아무도 想像할 수 없을 것이다. 그러나 다행히도 國文表記를 倂記함으로써 想像조차 不可能한 일의 實現을 보여준 것인데 國文表記는 어디까지나 倂記한 것에 지나지 않고 主文은 그와 같은 어느 나라 文章도 아닌 것에 의존되어있다. 이것이 최초의 「血의淚」에 보여지고 있는 文章形式이다. 그러나 改作된 「血의淚」에는 최초의 「血의淚」에 倂記되어있은 國文이 主文으로 자리를 옮겨갔다. 그러니까 日本式 漢字表記는 자연히 소멸되었다. 이것이 소멸되었다는 것은 日本의 影響下에 이루어진 것이기는 하지만 '新小說'이 韓國文章에 依存 定着된 것을 의미한다.[58]

그러니까 近代小說에의 최초의 架橋를 이루었다는 한국 최초의 「新小說」은 그 表記方式에 있어 너무나 日本的인 影響下에서 나타난 것임을 알 수 있게 된다. (…중략…) 개작된 「血의 淚」의 初頭의 이 부분과 前揭한 최초의 「血의 淚」의 첫 부분을 대조해 보면 前者가 國漢文混用體인 데 대하여 後者는 國文專用임을 볼 수 있다. 前者의 國漢文混用에는 漢字에 대한 國文의 倂記가 있었다고 해도 그것은 倂記이기 때문에 主文은 그대로 國漢文混用이며 그 國文倂記의 表記方式이 日本式이었는데 비하여 後者는 國文專用(어려운 한자음은 ( ) 속에 漢字를 넣었다-인용자)이므로 日本式表記方式이 개입될 수 없는 文章으로 변모되었다.[59]

조연현은 연재본 「혈의루」의 문장 형식에 대해서는 비판하지만 개작된 「혈의루」 즉 단행본 「혈의루」의 문장에 대해서는 적극적인 의미를 부여한다. 연재본에서 개작본으로 가는 동안 일본식 한자 표기가 소멸되고 한국 문장으로 정착되었기 때문이라는 것이 그 이유이다.

최원식과 김윤식 역시 연재본 「혈의루」의 문체를 일본식 문체라 비판한 바 있다. 최원식은 연재본 「혈의루」의 문체에 대해 '충격적'이라고 언급한다. 「혈의루」의 문체가 한글 전용의 전통을 후퇴시키고, 독자들에게 거부감을 주었다는 것이 최원식의 판단이다.

이 번거로운 일본식 문체는 이미 봉건시대부터 한글 전용의 전통을 견지하고 있었던 우리 소설 문체에 대한 일대 후퇴로 되는 것이다. 당시 독자들의 거부반

---

58 조연현, 「'신소설' 형성과정고」, 『현대문학』, 1966.4, 178면.
59 조연현, 「소설문장 변천고」, 『한국신문학고(韓國新文學考)』, 문화당, 1966, 90~93면.

응이 심각했을 것으로 짐작된다. (…중략…) 하여튼 이 작품이 연재 당시에는 그 제목뿐만 아니라 문체까지도 일본식을 흉내냈다는 사실은 충격적이다.[60]

김윤식은 「혈의루」의 문장을 '일본식 언문일치 문체(문장)'이라고 칭하며, 「혈의루」가 일본의 정치소설을 열망했으나 그 경지에까지는 이르지 못한 이른바 '사이비 정치소설' 혹은 '정치소설의 결여 형태로서의 소설 유형'이라고 정리한다. 그러한 비판적 정리의 바탕에는 이인직이 사용한 부속국문체에 대한 폄하가 자리하고 있다. 다음의 인용을 보면 이를 알 수 있다.

「혈의 누」 상편이 이인직 소설의 출발점이자 정치와 소설의 관계에 대한 가장 완미한 균형감각을 지닌 작품이라는 가설에서 이 논의는 출발한다. 앞에서 상세히 밝힌 바와 같이 일본에서의 공부를 통해 이인직은 대의정치제도의 도입과 실시를 꿈꾸었고, 그것을 위한 가장 효과적인 수단이 정치소설임을 깨우쳤다. 그러나 귀국한 그의 앞에 놓인 현실은 그러한 대의정치의 실현을 꿈꾸어 볼 수조차 없는 상태에 있었다. 다만 일본 통치 아래 놓이는 길만이 드러나 보였다. 일본에서 발견한 정치소설의 존립 기반이 거의 형성되어 있지 않음을 발견한 이인직의 나아갈 길은 사이비 정치소설 또는 정치소설의 결여 형태로서의 소설 유형을 창출하는 것뿐이었다. 그리하여 「혈의 누」가 태어났다. 「혈의 누」의 이같은 탄생 배경은 '일본식 언문일치 문체(문장)' '정치소설' '일청전쟁'의 세 가지 항목과 관련하여 살필 때 보다 그 의미가 분명해진다. (…중략…) 이같은 정치적 감각이 작품을 썼다는 것은 무엇보다도 이 작품의 문체

---

60 최원식, 「애국계몽기의 친일문학」, 『한국근대소설사론』, 창작사, 1986, 293면.

(문장)를 통해 확인할 수 있다. ① 일청전쟁이라는 단어, ② 한자로 된 낱말 위에 작은 글자로 한글의 토를 단 것(일본문장의 이른바 루비라는 한자어에 토달기), ③ 숨쉬기 단위로 띄어쓰기·구두점 등으로 구성된 일본식 언문일치의 문체가 먼저 있고 그 다음에 「혈의루」가 태어난 것이다. (…중략…) 방법론상으로 보면 '일청전쟁'을 표현하는 장치(일본식 언문일치 문체)가 먼저 있고 그것이 사상(인물)을 만들어낸 형국이다.[61]

그렇다면 작가 이인직은 왜 「소설 단편」과 「혈의루」, 그리고 「귀의성」을 부속국문체로 발표하게 되었을까? 이는 전적으로 신문사의 편집 방침에 따른 것이었다. 한자와 한글을 병기하는 표기 방식은 외형적으로만 보면 일본어의 루비활자 활용의 방식과 매우 유사하다. 이렇게 외형이 유사하다는 점에서, 일단 『만세보』의 편집진들은 부속국문을 활용하는 표기법을 일본어의 경우를 보면서 생각해 냈을 가능성이 없지 않다. 더구나 「혈의루」에 사용된 한자들 가운데는 일본에서만 쓰는 한자도 적지 않게 섞여 있었으므로[62] 「혈의루」의 부속국문체가 일본어 표기법의 영향을 얼마간 받았다는 사실을 부인할 수는 없다.[63]

그런데 한자와 한글을 함께 적는 표기 방법이 우리나라에 없었던 것은 아니다. 병행 표기의 사례를 확인하기 위해 「훈민정음」의 두 가지 판본을 제시하기로 한다. 먼저 인용하는 판본 ①은 순한문체로 된 것이고,

---

61 김윤식·정호웅, 『한국소설사』, 예하, 1993, 34~36면.
62 예를 들면, 御孃樣(아가씨), 奧樣(부인), 世話(은혜) 등이 있다.
63 이와 관련해서는 다음과 같은 지적을 참고할 수 있다. "이는 「血의 淚」의 序頭이거니와, 그 表記의 特徵은 國漢文混用體에다 漢字에는 모두 국문으로 讀音과 뜻을 달고 있다는 점이다. 그런데 이와 같은 표기는 開化期 이전의 小說文章에서는 보기 드문 現象이었던 만큼, 日本小說의 影響이 作用하고 있음을 斷定하기에 어렵지 않은 것이다."(이재선, 『한국개화기소설연구』, 일조각, 1972, 138면)

②는 한자와 한글을 병기한 것이다.

① 訓民正音

國之語音異乎中國與文字不相流通故愚民有所欲言而終不得伸其情者多矣
予爲此憫然新制二十八字欲使人人易習便於日用矣[耳][64]

② 世셍宗종御엉製졩訓훈民민正졍音흠

國귁之정語엉音흠이 / 나랏말ᄊᆞ미

異잉乎ᅘᅩᆼ中듕國귁ᄒᆞ야 / 中듕國귁에달아

與영文문字ᄍᆞᆼ로不붏相샹流륳通통ᄒᆞᆯᄊᆡ / 文문字ᄍᆞᆼ와로서르ᄉᆞᄆᆞᆺ디아니ᄒᆞᆯᄊᆡ

故공로愚ᅌᅮᆼ民민이有ᅌᅮᇢ所송欲욕言언ᄒᆞ야도 / 이런젼ᄎᆞ로어린百ᄇᆡᆨ姓셩이니르고져

홇배이셔도

而ᅀᅵᆼ終즁不붏得득伸신其끵情쪙者쟝ㅣ多당矣읭라 / ᄆᆞᄎᆞᆷ내제ᄠᅳ들시러펴디몯홇노

미하니라

予영ㅣ爲윙此ᄎᆞᆼ憫민然ᅀᅧᆫᄒᆞ야 / 내이ᄅᆞᆯ爲윙ᄒᆞ야어엿비너겨

新신制졩二ᅀᅵᆼ十씹八밠字ᄍᆞᆼ를ᄒᆞ노니 / 새로스믈여듧字ᄍᆞᆼ를밍ᄀᆞ노니

欲욕使ᄉᆞᆼ人신人신ᄋᆞ로易잉習씹ᄒᆞ야便뼌於헝日ᅀᅵᇙ用용耳ᅀᅵᆼ니라 / 사ᄅᆞᆷ마다ᄒᆡ여수

ᄫᅵ니겨날로ᄡᅮ메便뼌安한킈ᄒᆞ고져홇ᄯᆞᄅᆞ미니라[65]

글 ①의 언해본 글 ②는 한자와 그것을 음독한 부분 그리고 그것을 번
역한 부분들로 구성되어 있다. 글 ②에서 번역 부분만을 따로 떼어 내면

64 박종국 주해, 『훈민정음』, 정음사, 1979, 3면. 여기에 인용한 자료는 간송박물관 소장본으로 간행 연대는 1446
년이다.
65 위의 책, 77~82면. 여기에 인용한 자료는 희방사본(喜方寺本)으로 간행 연대는 1568년이다.

"나랏말ᄊᆞ미 / 中듕國귁에달아 / 文문字ᄍᆞ와로서르ᄉᆞᄆᆞᆺ디아니ᄒᆞᆯᄊᆡ / 이런 젼ᄎᆞ로어린百ᄇᆡᆨ姓셩이니르고져홇배이셔도 / ᄆᆞᄎᆞᆷ내제ᄠᅳ들시러펴디몯홇 노미하니라 / 내이ᄅᆞᆯ爲윙ᄒᆞ야어엿비너겨 / 새로스믈여듧字ᄍᆞᆯ밍ᄀᆞ노니 / 사ᄅᆞᆷ마다히ᅇᅧ수비니겨날로ᄡᅮ메便뼌安ᅙᅡᆫ킈ᄒᆞ고져홇ᄯᆞᄅᆞ미니라"가 된 다. 이는 한글체 문장이다. 글 ②에서 한자만을 따로 떼어내면 "世宗御製 訓民正音國之語音異乎中國與文字不相流通故愚民有所欲言而終不得伸 其情者多矣予爲此憫然新制二十八字欲使人人易習便於日用耳"가 된다. 이는 글 ①과 완전히 동일한 글이 된다. 글 ②에서 부속국문이라 할 수 있는 한자의 음독 표기만을 그대로 옮겨 놓으면 "솅송엉젱훈민정음 / 귁 징엉흠이 / 잉훙듕귁ᄒᆞ야 / 영문ᄍᆞ로봃샹룡통홇씨 / 공로웅민이훓송욕 언ᄒᆞ야도 / 싱즁붏득신낑쪙쟝ㅣ당읭라 / 영ㅣ윙ᄎᆞ민션ᄒᆞ야 / 신졩二싱 十썹밣ᄍᆞᆼᄒᆞ노니 / 욕숭신신ᄋᆞ로잉씹ᄒᆞ야뼌헝잃용싱니라"가 된다. 하지 만 이 자료의 경우 부속국문만으로는 무슨 뜻인지 문맥이 통하지 않는 다. 그것은 이렇게 부속국문체로 된 부분은 국한문혼용체 문장에 음만 달아 읽은 것이기 때문이다. 원래 국한문혼용체로 된 부분에 음만 달아 놓은 글들은 부속국문으로 읽어내려 가면 뜻이 통하지 않는다. 달리 말 하면, 부속국문으로 읽어내려 가면 뜻이 통하지 않는 글들은 원래가 국 한문혼용체로 쓰여졌다는 것을 의미한다. 반면에 원래 한글로 쓰여진 문 장들은 한자를 생략한 채 부속국문으로만 읽어도 문맥을 파악하는 데 어 려움이 없다. 이 문제는 『만세보』 문체의 핵심을 이해하는 데 매우 중요 하다. 이에 대해서는 뒤에서 상세하게 다시 언급할 것이다.

이렇게 우리나라에도 오래 전부터 부속국문을 사용하는 표기 방식이 있었다는 점을 확인하면, 『만세보』의 부속국문체가 꼭 일본의 근대 문체를 모방한 것이라고만 주장하기는 어렵게 된다. 양문규·정선태·최태원 등의 연구는 「혈의루」의 문체와 한글체 사이의 연결 고리에 주목한 연구들이다. 양문규는 다음과 같은 이유를 들어 「혈의루」가 실질적으로 순국문 소설임을 지적했다.

그런데 여기서 우리가 주목해야 할 사실은 『만세보』에 게재된 「혈의루」의 표기 방식이 순국문이었다고 해도 무방하다는 점이다. 이보다 앞서 나온 「소설 단편」은 처음부터 끝까지 루비식 표기로 되어 있지만, 이 작품도 신문에 연재될 때 첫머리에, "이 小說은 國文으로만 보고 漢文音으로는 보지 말으시오"라고 독자의 주의를 환기시키는 단서를 붙여놓고 있어, 이인직의 문자의식이 국문지향적임을 알 수 있게 한다. 한편 『만세보』에 연재된 「혈의루」의 루비식 표기는 1, 9회분에만 집중적으로 나타날 뿐, 전체적(50회분)으로 볼 때 큰 비중을 갖지 않고 있으며, 1907년 단행본 「혈의루」는 곧 한글 전용으로 돌아서고, 그 이후의 소설에는 거의 나타나지 않는다.[66]

정선태는 '이인직에서 시작된 새로운 문체는 전대소설의 순국문체를 바탕으로 한 구어체의 방향으로 나아가는 것'이었다는 생각을 바탕으로 다음과 같이 정리한다. "『만세보』에 연재된 소설들을 중심으로 이인직의 국문소설문장의 확립 과정을 다음과 같이 요약할 수 있다. 먼저 국문표기의 측면에서 보면 루비식 표기 중심(「소설 단편」)에서 루비식 표기법과 국문체 표기법을 혼용하되 국문체 표기법이 우위를 보이는 과정(「혈의루」)을 거쳐 전면적인 국문체 표기법(「귀의성」)에 이르게 된다."[67] 정선

66   양문규, 「이인직 소설의 문체에 관한 연구」, 『인문학보』 6, 강릉대 인문과학연구소, 1988, 60~61면.

태의 이 정리는, 문체 전반에 대한 정리는 아니지만 표기법이라는 측면에서만 보면 핵심을 잘 보여주는 것이다.

최태원은 "이인직이 부속 국문 활자를 포함하여 국문표기 중심의 문장을 먼저 쓰고 여기에 일부의 한자표기를 덧붙였을 것이라는 가정도 얼마든지 가능하다"[68]는 말로 이인직이 한글체로 작품을 창작했을 가능성을 배제하지 않는다. 이는 이인직 문체의 본질에 대한 새로운 접근 가능성에 대한 시사라는 점에서 주목할 만한 것이다. 그는 '한자의 배제와 음성언어의 중심성이라는 점에서 「혈의루」와 신소설의 국문표기는 동일한 목표를 향하고 있었던 셈이다'라고 함으로써 「혈의루」의 문체 및 표기에 대해 적극적 의미를 부여한다. 하지만, 최태원은 본질적으로 연재본 「혈의루」가 국문소설일 가능성보다는 두 언어의 병존이라는 측면에 무게를 두고 연구를 진행한다. 다음의 인용을 통해 이를 확인할 수 있다.

신소설은 단번에 한자를 국문으로 대체하였지만, 이인직은 부속 국문활자를 사용함으로써 문자언어와 음성언어를 병존시키는 과도기적 단계를 거쳤다. 신소설이 반드시 순국문으로 표기되어야 할 절대적인 이유가 있었던 것은 아니다. 근대적인 산문의 형성에 있어서 한자의 노출은 그 가능성의 폭을 제한할 수는 있어도 본질적인 규정력을 지니지는 않았다. 실제로 이광수나 김동인의 초기 소설에는 국한문 혼용 표기가 적지 않았다.

그러나 신소설은 한자를 텍스트에서 완전히 배제하는 방향으로 나아갔다. 한자의 완전한 폐지, 단일한 국문표기는 언문일치를 위해 신소설이 선택한 방안이

---

67 정선태, 「신소설의 서사론적 연구」, 서울대 석사논문, 1994, 15면.
68 최태원, 「혈의루」의 문체와 담론적 연구」, 서울대 석사논문, 2000, 25면.

었다. 결국 신소설은 표의문자(한자)를 표음문자(국문)로 대체함으로써 문자에 대한 음성의 우위성을 수용했다. 한편, 「혈의루」는 「소설」과 비교해볼 때, 한자표기가 감소한다거나 부속 국문활자가 한자표기를 점차 대체한다거나 하는 특징을 보였다. 「혈의루」에서도 문자와 음성의 괴리가 음성 중심적인 방식으로 해소되고 있는 것이다. 결국 한자의 배제와 음성언어의 중심성이라는 점에서 「혈의루」와 신소설의 국문표기는 동일한 목표를 지향하고 있었던 셈이다.

「혈의루」의 일본어 표기 역시 음성언어의 사실적 묘사라는 점에서 주목될 만하다. 그동안 「혈의루」의 일본식 한자표기는 부속 국문활자의 사용과 함께 일본식 문체를 모방하고 있다는 주장의 논거가 되어왔지만, 사실 그것은 일본어라는 말을 모방하려는 충동의 산물이다.[69]

최태원의 연구는 부분적으로는 이인직의 문체 속성에 대한 기존 연구의 틀을 이어가고 있지만, 그럼에도 불구하고 연재본 「혈의루」에서 한글 표기가 중요하다고 하는 인식을 불러일으켰다는 점에서 적지 않은 의미가 있다.

이인직의 문체에 대한 최근의 주목할 만한 업적은 일본의 한국문학 연구자인 사에구사 도시카쓰三枝壽勝의 「이중표기와 근대적 문체 형성」이다. 그런데 사에구사 도시카쓰는 「혈의루」의 루비 활자 사용에 대해 언급하면서, 국내의 연구자들과는 달리, 그것이 일본의 후리가나식 표기와는 적지 않은 차이가 있는 것임을 지적했다. 「혈의루」의 한자 사용과 읽기 방식을 분석한 결과 "일본의 '루비' 사용에 안 보이는 예가 이인직의 작품에 나온다"[70]거나 "이인직의 '루비' 사용법이 일본 것을 그대로 받아

---

69 위의 글, 26~27면.

들이지 않았다는 시사를 받을 수 있다"[71]는 지적을 한 것이다.

　　이런 논법을 인정할 수 있다면 이인직의 한자 사용과 "루비"의 시도의 뜻이 어디에 있다고 할 수 있게 되는 것일까. 이인직이 "루비"의 사용을 일본에서 배우고 도입했다고 하더라도 그 사용에 있어서 기반이 된 한자 사용은 한국의 한자 사용의 습관이었다는 것이다. 당연한 이야기지만 그럴 수 밖에 없을 것이다. 그리고 이인직이 그것을 소설에 적용한 것도 『만세보』에 게재된 나머지 기사들과 대비해서 볼 때 소설다운 사용을 시도했다고 추측할 수 있다. 그렇게 생각하면 앞에서 본 일본과의 차이점의 존재도 수긍할 수 있다.[72]

　　사에구사 도시카쓰는 「혈의루」의 부속국문체와 일본의 후리가나식 표기의 근본적 차이와 그 원인을 밝히지는 않았지만 이 문제에 관한 매우 중요한 단서를 제공한 셈이다.

　　「혈의루」의 부속국문체와 일본식 표기법의 차이에 대한 구체적 지적은 노혜경魯惠卿의 「혈의루에 나타난 '일본식표기'에 관한 연구」를 통해 처음으로 이루어졌다. 노혜경은 이 연구에서 '「혈의루」의 표기는 일본식 표기법의 외형만 빌렸을 뿐 그 목적이나 활용 양상은 전혀 다른 것이다. 「혈의루」에서 루비로 표기된 한글은 한자에 대한 보조적인 것이 아니라, 한자에 앞서 이인직이 의도한 바 본래의 표현이었다. 『만세보』에 연재된 「혈의루」는 국한문혼용으로 쓴 후 거기에 루비를 단 것이 아니

70　사에구사 도시카쓰(三枝壽勝), 「이중표기와 근대적 문체 형성」, 『현대문학의 연구』 15, 한국문학연구학회, 2000, 54면.
71　위의 글, 55면.
72　위의 글, 59~60면.

다. 그와 반대로, 한글로 쓴 후 거기에 한자를 넣어 신문에 발표하는 형식을 채택한 것이다.' 라는 전혀 새로운 주장을 한 바 있다.[73] 「혈의루」의 문체가 국한문혼용체라거나 일본식문체라는 주장에서 한글체라는 주장으로 바뀌게 된 것이다.

3) 『만세보』 문체의 특질

사에구사 도시카쓰와 노혜경의 주장을 바탕으로 깊이 들어가 살펴보면, 『만세보』에 사용된 부속국문체는 일본의 후리가나식 표기와는 분명히 차이가 있음을 발견할 수 있게 된다. 외형은 같지만, 실제 부속 활자의 활용법은 전혀 다른 것이다. 일본의 경우 루비 활자는 주로 한자로 쓴 어휘들을 읽는 방식을 보여주기 위해 사용된 것이다.[74] 그러나 『만세보』에 사용된 부속국문체는 꼭 그런 방식으로만 사용된 것이 아니었다는 점에서 일본의 문체와 근본적인 차이가 있다.

『만세보』의 부속국문체를 분석해보면 외형상 같은 문체처럼 보이는 문장들이 실은 성격이 크게 다른 두 부류로 구성되어 있음을 알 수 있다. 즉 『만세보』의 부속국문체는 그 성격을 크게 둘로 나눌 수 있는 것이다. 하나는 원래 국한문혼용체로 쓰여진 글에 한글을 달아 부속국문체로 만

---

73 노혜경(魯惠卿), 「「血の淚」に見られる '日本式表記' についての硏究」, 第52回 朝鮮學會發表資料, 朝鮮學會, 2001.10 참조.

74 사에구사 도시카쓰의 논문에서는 이를 다음과 같이 세분화하여 제시한다. ① 일반 한자의 발음을 표시하는 것. ② 두 가지 이상의 발음을 갖고 있는 한자에 대해 읽는 방법을 표시하는 것. ③ 원래의 한자음을 벗어난 습관적인 읽기를 표시하는 것. ④ 뜻은 한자로 표기하되 발음을 지정하는 것. ⑤ 한자어에 해당하는 외래어를 표기하는 것. ⑥ 임시로 지정한 일회성의 한자 읽기 등(사에구사 도시카쓰, 앞의 글, 52면 참조).

든 문장이다. 다른 하나는 원래 순한글체로 쓰여진 글에 한자를 병기해 부속국문체로 만든 문장이다.

이를 확인하기 위해 다음 두 글을 각각 비교해 보기로 하자.

글 ①-1은 『만세보』에 발표된 창간호 「사설」의 도입부를 원문인 부속국문체로 인용한 것이다. ①-2는 여기서 부속국문을 뺀 채 국한문혼용체로 표기한 것이다. ①-3은 반대로 본문의 한자를 뺀 채 한글체로 표기한 것이다. 마찬가지로 ②-1은 「소설 단편」의 첫 문단을 부속국문체 그대로 인용한 것이다. ②-2는 이를 국한문혼용체로 표기한 것이고 ②-3은 같은 문단을 한글체로 바꾸어 표기한 것이다.

①-1 萬^만歲^세報^보라 名^명稱^칭ᄒᆞᆫ 新^신聞^문은 何^하를 爲^위ᄒᆞ야 作^작홈이뇨 我^아韓^한人^인民^민의 智^지識^식啓^계發^발키를 爲^위ᄒᆞ야 作^작홈이라 噫^희라 社^사會^회를 組^조織^직ᄒᆞ야 國^국家^가를 形^형成^성홈이 時^시代^대의 變^변遷^천을 隨^수ᄒᆞ야 人^인民^민智^지識^식을 啓^계發^발ᄒᆞ야 野^야昧^미ᄒᆞᆫ 見^견聞^문으로 文^문明^명에 進^진케 ᄒᆞ며 幼^유穉^치ᄒᆞᆫ 知^지覺^각으로 老^로成^성에 達^달케 홈은 新^신門^문敎^교育^육의 神^신聖^성홈에 無^무過^과ᄒᆞ다 謂^위할지라

①-2 萬歲報라 名稱ᄒᆞᆫ 新聞은 何를 爲ᄒᆞ야 作홈이뇨 我韓人民의 智識啓發키를 爲ᄒᆞ야 作홈이라 噫라 社會를 組織ᄒᆞ야 國家를 形成홈이 時代의 變遷을 隨ᄒᆞ야 人民智識을 啓發ᄒᆞ야 野昧ᄒᆞᆫ 見聞으로 文明에 進케 ᄒᆞ며 幼穉ᄒᆞᆫ 知覺으로 老成에 達케 홈은 新門敎育의 神聖홈에 無過ᄒᆞ다 謂할지라

①-3 만세보라 명칭ᄒᆞᆫ 신문은 하를 위ᄒᆞ야 작홈이뇨 아한인민의 지식계발키를 위ᄒᆞ야 작홈이라 희라 샤회를 조직ᄒᆞ야 국가를 형성홈이 시디의 변천을 수ᄒᆞ야 인민지식을 계발ᄒᆞ야 야미ᄒᆞᆫ 견문으로 문명에 진케 ᄒᆞ며 유치ᄒᆞᆫ 지각

으로 로성에 달케 흠은 신문교육의 신성흠에 무과ᄒ다 위할지라

②-1 汗땀을 ᄲᅡ려 雨비가 되고 氣긔운을 吐토ᄒᆞ야 雲구름이 되도록 人ᄉᆞ람 만흔 곳은 長安路셔울길이라 廟洞묘동도 都城셔울이언마는 何其엇지 그리 쓸쓸ᄒᆞ던지

廟洞묘동으로 드러가자 ᄒ면 何如엇더흔 夾路좁은 길이 此曲이리 쇼부려지고 彼曲져리 ᄭᅮ부러져셔 行間則窮路가다보면 막다른 길이 오가셔 보면 ᄯᅩ 通路뚤닌 길이라 其路그 길에는 晝딋낮에 사름이 잇스락업스락 흔 故고로 狗기가 人ᄉᆞ름을 보면 짓거ᄂ 走다라ᄂ거ᄂ ᄒᄂ 寂寂적젹흔 處곳이라

②-2 汗을 ᄲᅡ려 雨가 되고 氣을 吐ᄒᆞ야 雲이 되도록 人 만흔 곳은 長安路이라 廟洞도 都城이언마는 何其 쓸쓸ᄒᆞ던지

廟洞으로 드러가자 ᄒ면 何如흔 夾路이 此曲지고 彼曲져셔 行間則窮路 오가셔 보면 ᄯᅩ 通路이라 其路에는 晝에 사름이 잇스락업스락 흔 故로 狗가 人을 보면 짓거ᄂ 走라ᄂ거ᄂ ᄒᄂ 寂寂흔 處이라

②-3 땀을 ᄲᅡ려 비가 되고 긔운을 토ᄒᆞ야 구름이 되도록 ᄉ람 만흔 곳은 서울길이라 묘동도 서울이언마는 엇지 그리 쓸쓸ᄒᆞ던지

묘동으로 드러가자 ᄒ면 웃디흔 좁은 길이 이리 쇼부러지고 저리 ᄭᅮ부러져셔 가다 보면 막다른 길이 오가셔 보면 ᄯᅩ 뚤닌 길이라 그 길에는 딋낮에 사름이 잇스락업스락 흔 고로 기가 ᄉ름을 보면 짓거ᄂ 다라ᄂ거ᄂ ᄒᄂ 적젹흔 곳이라

①-1의 경우는 그것을 ①-2, 즉 국한문혼용체로 바꾸어도 문맥이 자연스럽게 통한다. 하지만 ①-3, 즉 한글체로 바꾸어 놓으면 문장이 부자연스러울 뿐만 아니라 무슨 뜻인지 알 수 없는 부분도 적지 않게 생긴다. 예를 들면, '하를'·'희라'·'수ᄒᆞ야'·'로성에'·'무과ᄒ다' 등의 어휘는 한글만으로는 그 뜻을 파악하기가 쉽지 않다. 반면 ②-1의 경우는 그것

을 ②-3, 즉 한글체로 바꿀 때는 문장이 자연스럽다. 하지만 ②-2, 즉 국한문혼용체로 바꾸어놓으면 매우 부자연스러운 문장이 된다. "何如ᄒᆞᆫ 夾路이 此曲지고 彼曲져셔 行間則窮路 오가셔 보면 ᄯᅩ 通路이라" 등의 문장도 크게 어색하지만 '走라ᄂᆞ거ᄂᆞ'와 같은 어휘는 실생활에서 통용되는 어휘가 아니다. ②-1에서 사용된 '氣긔운을 吐토ᄒᆞ야'와 같은 구절도 한글체 문장인 ②-3에서는 '긔운을 토ᄒᆞ야'가 되어 체언인 '긔운'과 조사 '을'이 서로 어울리지만 국한문혼용체 문장인 ②-2에서는 '氣을 吐ᄒᆞ야'가 되어 체언과 조사가 어울리지 않는다.

이 두 예문의 경우 왜 이런 차이가 생기는 것인가? 그것은 두 예문이 외형상으로는 같은 부속국문체이지만, 글 ①, 즉 「사설」은 원래가 국한문혼용체로 쓰여진 것이고, 글 ②, 즉 「소설 단편」은 원래가 한글체로 쓰여진 것이기 때문이다.[75] 그 때문에 부속국문체 ①-1은 국한문혼용체 ①-2로 바꾸어 읽을 때 자연스럽고, 부속국문체 ②-1은 한글체 ②-3으로 바꾸어 읽을 때 가장 자연스러운 것이다.

부속국문체로 발표된 『만세보』의 원고들은 크게 보면, 논설 및 일반기사는 원문이 국한문혼용체로 쓰여진 것이고[76] 소설은 한글체로 쓰여진 것이다. 따라서 대부분의 일반기사는 부속국문 없이 한자만으로 뜻이 통하고, 소설은 본문의 한자 없이 부속국문만으로 뜻이 통하는 것이다.

하지만 여기에 약간의 예외가 있다. 『만세보』 일반 기사의 원문이 모

---

75 「소설 단편」이 원래 한글체로 쓰여진 작품이라는 사실은 작품의 서두에 첨가된 "이 小說소설은 國文국문으로만 보고 漢文音한문음으로는 보지 말으시오"(菊初, 「小說 短篇」, 「만세보」, 1906.7.3)라는 작가 주(註)에서도 유추가 가능하다.

76 여기서 말하는 국한문혼용체에는 이른바 현토체(懸吐體)와 전통적 국한문혼용체가 모두 포함된다. 현토체는 고유어까지도 한자화시켜 표현하는 문체이며, 근대계몽기에만 일시적으로 사용되었던 문체이다. 전통적 국한문혼용체란 고유어는 한글로 쓰면서 일상 한자어를 함께 쓰는 문체이다. 이는 현대 국한문체와 유사하다. 이와 관련된 논의는 민현식, 「개화기 국어 문체 연구」, 「국어국문학」 111, 국어국문학회, 1994, 37~61면 참조.

두 다 국한문혼용체였던 것은 아니다. 예외적으로 일반 기사 가운데 '국문독자구락부國文讀者俱樂部'에만은 원래가 한글체로 쓰여진 글들이 많이 포함되어 있다. 이는 '국문독자國文讀者'라는 표현이 들어 있는 기사난의 제목에서도 유추할 수 있지만, 문장을 분석해 보면 그 차이를 알 수 있다. 다음은 『만세보』 창간호에 실린 기사 '국문독자구락부國文讀者俱樂部'를 인용한 것이다.

▲ 文명흔 國나라에 家집家집이 大뒤學학校교룰 設셜始시ᄒᆞ얏다 ᄒᆞ니 何무엇이오 新신聞문社ᄉ (南村一人)

▲ 文명흔 國나라에 人ᄉ람人ᄉ람이 高고等등敎교科과書셔룰 讀독ᄒᆞ니 何무엇이오 新신聞문紙지 (北村一人)

▲ 文명흔 國나라에 文명흔 人ᄉ람은 飯밥―흔時시룰 空굼고ᄂᆞᆫ 出츌入입ᄒᆞ되 新세文문[新신聞문]을 未못讀보면 門문에 出나지 아니ᄒᆞᆫ다 ᄒᆞ니 何엇지흔 事일이오 耳이目목이 昏씸昏씸 (愛讀生)

▲ 文명흔 國나라에 官관人인이던지 勞로動동者쟈이던지 各각般반社ᄉ會회에 月월銀은과 雇품金삭中즁에 新신聞문紙지價갑을 先몬저 豫예算산ᄒᆞ고 衣의食식의 經경費비룰 숨ᄂᆞᆫ다 ᄒᆞ옵듸다 (聽世翁)

▲ 여보 近근日일에 新신聞[문] ᄒᆞ나이 ᄯᅩ 싀로 낫다 ᄒᆞ옵듸다 무슨 新문[신]聞만[문]이오 萬세[만]歲보[세]報그[보] (漁樵人)

▲ 其그 新신聞문에 무슨 目的젹으로 싀로 닌다 ᄒᆞ옵ᄯᅳᆺ가 全젼國국同동砲포의 耳이目목을 聽ᄒᆞ明명케 ᄒᆞ고 知지識식을 開기發발케 흔다 ᄒᆞ옵듸다 그러면 我나도 ᄒᆞ나 ᄉ셔 보깃쇼 (田舍人)

▲ 우리ᄂᆞᆫ 新신聞문紙지라고 ―흔張쟝도 아니 보왓쇼 왜 錢돈이 업셔 못 보왓쇼

事일이 밧바 못 보왓쇼 아니요 我나는 錢돈도 믄코 事일도 업건믄은 보기가 실어

셔 안니 보왓쇼 (頑固子)

　　▲ 여보 그러면 그딕가 目눈은 잇셔도 장님이오 耳귀가 잇셔도 重즁聽텽이오 衣의冠

관을 整졍齊졔ᄒ야도 벌거벗고 단니는 野만[야]蠻야[만]이와 흔가지오 (開明人)[77]

이 기사의 부속국문체를 국한문혼용체와 한글체로 변화시켜보면 원
문이 무엇인지 알 수 있다. 위의 기사 가운데 하나를 선택해 두 가지 문
체로 다시 써 보기로 한다. 글 ①은 인용한 그대로의 부속국문체이고 ②
는 이를 국한문혼용체로 적어본 것이며 ③은 한글체로 적은 것이다.

　　① ▲ 文문明명흔 國나라에 文문明명흔 人사람은 飯밥ㅡ흔時시룰 空굼고는 出츌入입

ᄒ되 新씨文문[新신聞문]을 未못讀보면 門문에 出나지 아니흔다 ᄒ니 何엇지흔 事일

이오 耳이目목이 昏씸昏씸

　　② ▲ 文明흔 國에 文明흔 人은 飯一時룰 空고는 出入ᄒ되 新文[新聞]을 未

讀면 門에 出지 아니흔다 ᄒ니 何흔 事이오 耳目이 昏昏

　　③ ▲ 문명흔 나라에 문명흔 사람은 밥흔시룰 굼고는 츌입ᄒ되 씨문[신문]

을 못보면 문에 나지 아니흔다 ᄒ니 엇지흔 일이오 이목이 씸씸

원문을 ②처럼 국한문혼용체로 표기하고 보면 거의 뜻이 통하지 않는
구절까지 생긴다. '飯一時룰 空고는' 같은 경우가 그러한 예이다. 그러나
③과 같은 한글체로 표기하면 문장이 매우 자연스럽고 뜻이 통하지 않는

---

77 國文讀者俱樂部, 「만세보」, 1906.6.17. 강조는 부속국문으로 훈독을 한 경우를 표시한 것임. 〔 〕속의 글자는 원
문의 오자를 바로 잡은 것임.

부분이 없다. 그런 점에서 이 기사는 원래가 한글로 작성된 것임을 알 수 있다.

글을 쓸 당시의 원문이 국한문혼용체였는가 아니면 한글체였는가를 알 수 있는 또 하나의 방법은 외형상 한자 읽기가 이른바 음독音讀 형식으로 나타나는가 아니면 훈독訓讀 형식으로 나타나는가를 살펴보는 것이다. 『만세보』 창간호 「사설社說」의 첫 문장을 보면 "萬만歲세報보라 名명稱칭흔 新신聞문은 何하를 爲위ᄒ야 作작홈이뇨"라고 해서 모든 한자를 음독하는 형식으로 부속국문을 달았다. 그러나 위에 인용한 '국문독자구락부'의 경우는 "文문明명흔 國나라에 家집家집이 大대學학校교룰 設셜始시ᄒ얏다 ᄒ니 何무엇이오 新신聞문社ᄉ"라고 해서 國(나라), 家家(집집), 何(무엇) 등 일부 어휘는 훈독하는 형식을 취했다. 특히 같은 '何'를 「사설社說」에서는 음으로 읽었지만, '국문독자구락부'에서는 뜻으로 읽었다.

한자를 많이 섞어 쓴 문장이면서 음독音讀 부속국문이 주를 이루는 문장은 원래가 국한문혼용체로 쓰여진 것이다. 이는 한자를 쓰고 그것을 한글로 읽을 때는 음독을 했던 우리의 전통적 글쓰기 방식과도 일치하는 것이다. 외형상 한자를 많이 사용했지만 훈독訓讀 부속국문이 자주 등장하는 문장은 원래가 한글체로 쓰여진 것이다. 이는 엄밀히 말해 한자를 훈독한 것이 아니라, 원래 우리말 어휘를 먼저 쓰고 그것에 맞는 적당한 한자를 찾아 병기한 것인데 결과적으로 보면 마치 한자를 훈독한 것처럼 보이는 것이다.

이인직의 문장을 예로 들어 이 문제를 확인하기로 하자. 이인직이 『만세보』 창간호에 쓴 논설 「사회社會」는 한자에 달린 부속국문이 모두 음독의 형태를 취하고 있다. 다음은 「사회社會」의 전문이다.

社會는 數世에 一社會가 成함도 有호며 瞬息에 一社會가 成함도 有호니 昔에 木食澗飮에 호든 野蠻에 幾 年代를 一社會라 稱함도 可호며 今에 鐵道列車內에 集合혼 若干 人을 一種 會社의 團結을 形成호엿다 함도 可혼지라

夫 社會發達은 經濟發達에 在호니 何를 謂함인고 古에 人類社會가 恒常 生活上 困難을 因호야 人種 稀小의 景況이 有호며 惑 滅亡의 悲觀도 有호더니 農業時代에 至호야 人種이 興旺혼지라

盖 社會學 眼孔으로 人類活動을 大觀호건되 經濟學은 社會의 一部門이오 神學은 社會 改善의 新宗敎로붓터 說敎함이라 第十九世紀 末葉에 創造한 新科學上으로 觀홀진되 法律及道德은 社會의 眞正혼 基礎를 有호고 國家는 社會의 眞正혼 職能을 解호고 家族은 社會의 眞正혼 意義를 曉함이니 有機無機의 體이오 有形無形의 物이라

今에 人類 社會가 發達호야 環宇의 生靈이 數十億에 至홀 뿐 아니라 또혼 其 文運의 進化가 郁郁호도다

目을 擧호야 世界 狀態를 眄면호다가 首를 俯호야 我國民社會를 思호건되 忽然이 悲感을 不禁호노라

政治社會난 苟祿의 輩가 膏粱을 徒食호고 人民社會난 愚昧의 徒가 涸轍에 苟活호니 此二者의 愚됨을 急히 救치 아니호면 我國民社會난 腐敗로 始호야 滅絶에 至호리니 엇지 可히 悲치 아니호리오

從此로 吾人은 政治社會에 對호야 諤諤의 警告를 아니

치 못ᄒᆞᆽ스며 人인民민社ᄉᆞ會회에 對대ᄒᆞ야 ᄯᅩᄒᆞᆫ 諄슌諄슌ᄒᆞᆫ 忠튱告곡[고]을 아니

함이 不불可가ᄒᆞᆫ지라 吁우라 我아國국民민社ᄉᆞ會회가 進진化화ᄒᆞ면 我아子ᄌᆞ爾이孫손

이 其그위[기] 利이益익을 均균沾쳠ᄒᆞ려니와 若약夫부社ᄉᆞ會회가 腐부敗패ᄒᆞ고 人인種

죵이 滅멸絶졀에 至지ᄒᆞ면 彼피我아가 一일轍쳘에 同동蹈도ᄒᆞ리니 戒계ᄒᆞ며 愼신홀지

어다 吾오舌셜이 尙샹在ᄌᆡᄒᆞ고 一일筆필이 不부鈍둔ᄒᆞ니 餘여論론은 後후日일에 付부

ᄒᆞ노라[78]

이인직이 이렇게 긴 글 속에 수많은 한자漢字를 사용하면서 모두 음독
만 하고 단 한 번도 훈독을 하지 않은 것은 이 글이 원래 국한문혼용체로
쓰여진 것이기 때문이다.

하지만 앞에서 인용했던 「소설 단편」에서는 汗(땀), 雨(비), 氣(그운),
雲(구름), 人(ᄉᆞ람), 長安路(서울길), 都城(서울), 何其(엇지 그리) 등 훈독처
럼 보이는 부분이 적지 않게 눈에 뜨인다. 이는 원래의 문장이 한글체로
쓰여진 것이기 때문이다.

4) 「혈의루」 문체의 특질

『만세보』는 왜 원문이 국한문혼용체였던 문장과 한글체였던 문장을
서로 구별짓지 않고 모두 동일한 방식의 부속국문체로 표기했는가? 『만
세보』는 국한문혼용체 기사의 본문에 한자를 쓰고 거기에 부속국문을
달아 독자의 이해를 도왔다. 그렇다면, 순한글체 문장의 경우는 본문에

---

78 이인직, 「社會」, 『만세보』, 1906.6.17.

한글을 쓰고 거기에 한자를 추가하는 형태가 한글 독자를 더 크게 배려하는 방식이 아니었을까? 이른바 부속국문체가 아닌 부속한문체^{附屬漢文體} 문장이 필요했다는 생각을 하게 되는 것이다.

우리 옛 문헌에는 부속국문체뿐만 아니라 실제로 부속한문체 문장도 존재한다. 즉 본문을 한글로 처리하고 그 한글음에 맞는 한자를 크기가 작은 부속 글자로 처리한 경우가 있었다. 다음이 그러한 예이다.

관關동東별別곡曲 뎡鄭숑松강江

강江호胡의 병病이 드러 듁竹님林에 누엇더니 관關동東 팔八백白리里를 방方면面으로 맛지시니 어와 셩聖은恩이야 가지록 망罔극極ᄒ다 연延츄秋문門 드리드라 경慶회會남南누樓 ᄇ라보고 하下직直고 믈너셔니 옥玉졀節이 압히셧다 평平구丘역驛 믈을 ᄀ라 흑黑슈水로 도라드니 셤蟾강江은 어드메오 치雉악岳이 여긔로다 소昭양陽강江 ᄂ린 믈이 어대로 드단말고 고孤신臣거去국國의 빅白발髮도 하도할샤⁷⁹

그런데 여기서 한자를 부속 글자로 처리할 수 있었던 것은 본문인 한글의 글자 크기가 컸기 때문이다. 여기에 인용한 원문 한글은 목판으로 인쇄된 것이다. 이 글자는 활판으로 대략 30포인트 이상의 크기이고 부속 한자는 20포인트 정도이다. 활자본 고소설의 경우에도 부속 한문을 사용한 경우가 적지 않게 있었다. 그러나 『만세보』와 같은 일간 신문은 단행본과 달리 지면이 한정되어 있는 매체였다. 따라서 이렇게 큰 한글 활자를 사용해 그것을 본문으로 처리하고 거기에 다시 부속 한자를 다는 것은 불가능했다. 따라서 원문이 한글인 경우라도 거기에 부속 한자를

---

79 뎡숑강, 「관동별곡」, 임기중 편, 『역대가사문학전집』 6, 동서문화원, 585면.

달지 못하고, 한자를 원문으로 조판한 후 부속 한글을 달 수밖에 없었던 것이다. 그 결과 원래 한글로 쓰여진 「소설 단편」이나 「혈의루」와 같은 작품들도 부속한문체가 아닌 부속국문체로 발표되었던 것이다.[80]

『만세보』의 「혈의루」가 연재 당시에는 부속국문체로 발표되었지만, 그것이 원래 국한문혼용체가 아니라 한글체 소설이었다는 사실은 단행본 「혈의루」와의 문장 비교를 통해서도 확인할 수 있다.

연재본 「혈의루」의 제9회 발표분은 한자를 가장 많이 섞어 쓴 부분 가운데 하나이다.[81] 이 부분에는 한자가 많은 만큼 당연히 부속국문도 가장 많이 달려 있다. ①은 연재본 제9회의 일부를 원문대로 인용한 것이다. ②는 ①에서 한자를 빼고 본문 자리에 부속국문을 넣어 한글체로 다시 적은 것이다. ③은 ①에서 부속국문을 빼고 국한문혼용체로 적어본 것이다. ④는 같은 부분을 단행본에서 인용한 것이다.

① 昨日朝어졔아침에 此房이방에셔 避亂피란갈 時졕에ᄂᆞ 房방 가운ᄃᆞ 何物아무것도 散亂너러노흔 것 업셧더니 今日朝오날아침에 金冠一김관일이가 外國외국에 가려고 決

---

80 근대계몽기 신문이 부속한문을 전혀 사용하지 않았던 것은 아니다. 드문 경우이긴 하지만 『대한민보(大韓民報)』는 새로 창작한 시조들을 소개하면서 부속한문을 사용했다. 하지만 이 경우 역시 많은 활자가 필요하지 않은 짧은 단형 시조를 소개하는 난이었다는 점을 참조할 필요가 있다. 『대한민보』의 부속한문은 한글과 동일한 크기의 활자를 사용했다. 이를 위해 행간 여백을 다른 기사의 거의 두 배 정도로 잡아야 했다(『대한민보』, 1910.8.6, 1면; 1910.8.9, 1면 등 참조). 『대한민보』는 『만세보』와 같은 국한문혼용체를 주로 사용하던 신문이면서, 거기에 이따금 부속국문체를 사용했다는 사실이 특기할 만하다. 『만세보』와 『대한민보』의 사장은 모두 오세창이고, 『대한민보』는 『만세보』 폐간 이후인 1909년부터 발간되었다. 『대한민보』에서는 1910년 1월 5일 이후에 실리는 형제자매(兄弟姉妹)란에 부속국문을 사용했다. 이 난은 일종의 사고(社告)란이었다. 가장 많은 사람들을 대상으로 한 사고(社告)란이 부속국문을 사용했다는 점 역시 부속국문과 다양한 독자 대중의 상관관계를 짐작할 수 있게 한다. 『대한민보』의 부속국문에 대한 더 상세한 논의는 이유미, 「근대계몽기 '단편소설'의 위상 – 『대한민보』 소설란을 중심으로」, 『현대문학의 연구』 22, 한국문학연구학회, 2004, 130~166면 참조.
81 연재본 「혈의루」의 주된 문체는 부속국문체이지만 모든 회에 한자가 섞여 나오는 것은 아니다. 전혀 한자를 섞어 쓰지 않고 한글로만 발표한 회도 여러 번 있다. 예를 들어 제6회(1906.7.28)가 그러하다. 제48회(1906.10.6), 제49회(1906.10.7), 제50회(1906.10.9)의 경우는 연속해서 한글로만 발표했다. 한자를 사용하고 부속국문을 단 정도도 일정하지 않다. 한글로만 발표한 부분이 있다거나, 회에 따라 한자와 부속국문의 사용 빈도수가 크게 들쭉날쭉한 것도 한자가 나중에 추가되었다고 추정할 수 있는 또 하나의 이유가 된다.

心결심하고, ㄴ갈 째에 何物무엇을 찻느라고, 다락 속 壁欌벽장 속에 잇ㄴ 器物ㅅ간을, 낫낫치 ㄴ여놋코 櫃門괴문도 여러놋코 籠門농문도 여러놋코 櫃괴짝 우에 籠농싹도 놋코 籠농싹 우에 櫃괴싹도 언젓ㄴ디, 端正단정히 노힌 것도 잇지마는 卽곳 ㄴ려질 듯ㅎ 것도 잇섯더라, 房門방문은 何精神무슨 정신에 닷고 갓던지 房內방안에 壁欌門벽장문, 다락門문은 열린 치로, 두엇더라

狗雛강아지만ㅎ 大鼠큰 쥐가, 다락에서, ㄴ와셔 房內방안에셔 獨世上제 세상갓치 잇다거 房門방문 여ㄴ 쇼리를 듯고 櫃上괴 우에셔 房방바닥으로, ㄴ려 쮜ㄴ디 其櫃그괴가 案同안동ㅎ야 써러지니 其櫃그괴ㄴ 玉蓮옥년의 櫃괴라 貝殼조기껍질도 들고 西洋鐵서양쳘죠각도 들고 鈴방울도 들고 유리병도 들엇스니 其櫃그괴가 써러질 쎄ㄴ, 소리가 從容조용치ㄴ 못ㅎ 깃슨ㄴ 婦人부인은 겁결에, 드른즉 霹靂벽락치ㄴ 쇼리갓치 들녓더라

婦人부인이 精神정신을 차려셔, 성냥을 차지려고 房內방안에로 드러가니 足발에 걸리고 身몸에 觸物부듸치ㄴ 것이 何物무엇인지 劫心무셔운 마음에 도로 나와셔 마루 싯헤 안젓더라

(연재본의 원문 표기)

② 어제아침에 이 방에셔 피란갈 쎄에ㄴ 방 가운듸 아무 것도 ㄴ러노혼 것 업섯더니 오날 아침에 김관일이가 외국에 가려고 결심하고, ㄴ갈 쎄에 무엇을 찻느라고, 다락 속 벽장 속에 잇ㄴ 시간을, 낫낫치 ㄴ여놋코 괴문도 여러놋코 농문도 여러놋코 괴싹 우에 농싹도 놋코 농싹 우에 괴싹도 언젓ㄴ디, 단정히 노힌 것도 잇지마는 곳 ㄴ려질 듯ㅎ 것도 잇섯더라, 방문은 무슨 정신에 닷고 갓던지 방안에 벽장문, 다락門문은 열린 치로, 두엇더라

강아지만ㅎ 큰 쥐가, 다락에서, ㄴ와셔 방안에셔 제 세상갓치 잇다거 방문

여는 쇼리를 듯고 괴 우에셔 방바닥으로, 누려 쒸는딕 그 괴가 안동ㅎ야 써러
지니 그 괴는 옥년의 괴라 조기겁질도 들고 셔양철죠각도 들고 방울도 들고 유
리병도 들엇스니 그 괴가 써러질 쩌는, 쇼리가 조용치는 못ㅎ깃슨ㄴ 부인은 겁
결에, 드른즉 벽락치는 쇼리갓치 들넛더라

부인이 정신을 차려셔, 성냥을 차지려고 방안으로 드러가니 발에 걸리고 몸
에 부듸치는 것이 무엇인지 무셔운 마음에 도로 나와셔 마루 끗헤 안젓더라

(연재본의 한글체 표기)

③ 昨日朝에 此房에서 避亂갈 時에는 房 가운딕 何物도 散亂 것 업셧더니
今日朝에 金冠一이가 外國에 가려고 決心하고, 누갈 새에 何物을 찻느라고,
다라 속 壁欌 속에 잇는 器物을, 낫낫치 니여놋코 櫃門도 여러놋코 籠門도 여
러놋코 櫃싹 우에 籠싹도 놋코 籠싹 우에 櫃싹도 언젓는딕, 端正히 노힌 것도
잇지마는 卽 니려질 듯흔 것도 잇셧더라, 房門은 何精神에 닷고 갓던지 房內에
壁欌門, 다락門은 열린 치로, 두엇더라

狗雛만흔 大鼠가, 다락에서, 누와셔 房內에서 獨世上갓치 잇다거 房門 여는
쇼리를 듯고 櫃上에셔 房바닥으로, 누려 쒸는딕 其櫃가 案同ㅎ야 써러지니 其
櫃는 玉蓮의 櫃라 貝殼도 들고 西洋鐵죠각도 들고 鈴도 들고 유리병도 들엇스
니 其櫃가 써러질 쩌는, 쇼리가 從容치는 못ㅎ깃슨ㄴ 婦人은 겁결에, 드른즉
霹靂치는 쇼리갓치 들넛더라

婦人이 精神을 차려셔, 성냥을 차지려고 房內에로 드러가니 足에 걸리고 身
에 觸物이 何物인지 劫心에 도로 나와셔 마루 끗헤 안젓더라

(연재본의 국한문혼용체 표기)

④ 어제아침에 이 방에셔 피란갈 쌔에눈 방 가운듸 아무 것도 느러노흔 것
업셧더니 오날 아침에 김관일이가 외국에 가려고 결심하고, 느갈 쌔에 무엇을
찻느라고, 다락 속 벽장 속에 잇눈 시간을, 낫낫치 늬여놋코 괴문도 여러놋코
농문도 여러놋코 괴싹 우에 농싹도 놋코 농싹 우에 괴싹도 언젓눈듸, 단졍히
노힌 것도 잇지마눈 곳 늬려질 듯흔 것도 잇셧더라, 방문은 무슨 졍신에 닷고
갓던지 방안에 벽장문, 다락門문은 열린 치로, 두엇더라

강아지만흔 큰 쥐가, 다락에셔, 느와셔 방안에셔 제 셰상갓치 잇다거 방문
여눈 쇼리를 듯고 괴 우에셔 방바닥으로, 느려 쮜눈듸 그 괴가 안동ㅎ야 써러
지니 그 괴눈 옥년의 괴라 조긔겁질도 들고 셔양철죠각도 들고 방울도 들고 유
리병도 들엇스니 고 괴가 써러질 쌔눈, 소리가 조용치눈 못흔깃스늬 부인은 겁
결에, 드른즉 벽락치눈 쇼리갓치 들넛더라

부인이 졍신을 차려셔, 당셕양을 차지려고 방안으로 드러가니 발에 걸리고
몸에 부듸치눈 것이 무엇인지 무셔운 마음에 도로 나와셔 마루 끗헤 안젓더라

(단행본 표기)

인용한 ①에셔 본문의 한자를 모두 빼고 부속국문을 따라 읽으면 글
②가 되는데, 이는 그대로 거의 완벽하게 글 ④, 즉 단행본 「혈의루」가
된다.[82] 국한문혼용체로 표기한 ③은 뜻을 정확히 이해하기조차 어렵다.
한자를 임의로 해석할 경우라도 '散亂', '器物', '獨世上', '觸物'과 같은
어휘를 '느러노흔', '시간', '졔셰상', '부듸치눈 것'으로 해석하는 것은
불가능하다. ①의 본문에 사용된 표기들인 '散亂느러노흔', '器物시간', '獨世
上졔셰상', '觸物부듸치눈 것' 등은 한자를 먼저 쓴 후 그것을 한글로 읽은 것이

---

82 (다)와 (나) 사이에는 '그 괴 - 고 괴', '못흔깃스늬 - 못흔깃스늬', '성냥 - 당셕양' 정도의 차이만 있다.

아니라, 한글을 먼저 쓴 후 임의로 뜻이 비슷한 한자들을 끼워 넣은 것이다. 이렇게 보면 연재본 「혈의루」의 원문장은 ③이 아닌 ②였음이 분명해진다. 결국 연재본 「혈의루」의 원문장은 국한문혼용체가 아니라 한글체였고, 그것은 그대로 단행본 「혈의루」의 문장과 일치했던 것이다.[83]

연재본 「혈의루」 첫 회에는 다음과 같은 구절이 나온다. "…… 써러지는 져녁볏은, 누엇누엇 너머가는딕, 져 히쌋을, 붓드러미고 시푼, 마음에, 붓드러미지는 못ᄒ고, 숨이 턱에 단드시 갈팡질팡 ᄒ는 一흔 婦人부인이 年나히 삼십이 되락말락 ᄒ고 얼골은 粉분을 싸고 넌 듯이, 흰얼골이ᄂ, 人情인정 업시 쓰겁게, ᄂ리쏘히는 秋가을볏에 얼골이, 익어셔 ……"[84]

이 문장의 본문에 사용된 '年히' '秋볏'과 같은 낱말은 절반은 한자이고 절반은 한글이다. 이러한 낱말은 보기에도 어색하다. 이들 낱말은 원래 한글로 된 낱말 '나이'와 '가을볕'에 한자漢字를 추가해 만들어낸 것이다. 이 역시 연재본 「혈의루」의 원문이 국한문혼용체가 아닌 한글체였음을 알려주는 또 하나의 증거가 된다.

연재본 「혈의루」 제23회분에는 다음과 같은 구절이 나온다.

(井정上샹婦부人인) 이이 雪셜子자야 ᄂᄂ, 쌀ᄒᄂ 낫다

(雪셜子자) 奧앗樣씨게셔 子자女녀間간에 업시 孤고寂젹하게 지닉시더니 御씨娘냥樣이 싱겻스니 얼마ᄂ 조호신닛가 그러ᄂ 오늘 나흐신 御이孃가樣가 딕단이 夙숙成셩하오이다.

(井정) 雪셜子자야 네가 玉옥蓮련이를 말도 ᄀ르치고 假인名문도 잘 가르쳐 쥬

83 단행본 「혈의루」에는 연재본을 개작한 부분이 적지 않다. 그러나 이는 내용상의 변화를 보여주는 것일 뿐 이인직의 문체관 변화를 의미하는 것은 아니다.
84 이인직, 「혈의루」, 「만세보」, 1906.7.22.

어라 말이노 아라듯거든 ᄒ로밧비 學학校교에 보닉깃다

(雪셜子자) 私닉가 御ᄌ孃근樣앗씨를 가르칠 資자格격이 되면 御어宅딕에 와셔 종노릇ᄒ고 잇기스닛가[85]

여기서는 일본 한자어 '御孃樣'을 '익기(애기)'로도 읽고 'ᄌ근앗씨(작은아씨)'로도 읽는다. 일본어로는 '御孃樣'과 유사한 뜻을 지닌 한자인 '御娘樣'은 '짜님(따님)'으로 읽었다. 원문이 한글로 쓰여지지 않았다면, 추후 이런 방식으로 한자를 읽어간다는 것은 불가능한 일이다. 또 '假名'은 음독인 '가명'도 훈독인 '가나'도 아닌 제3의 방식인 '언문'으로 읽는다. 이 역시 「혈의루」에 사용된 문장이 국한문혼용체 문장의 음독이나 훈독 과정을 통해 탄생한 것이라는 주장에는 어울리지 않는 것이다.[86]

단행본 「혈의루」의 문장들은 연재본 「혈의루」의 본문에 들어가 있던 한자를 빼버린 채 부속국문으로 사용되었던 한글로만 표기한 것이다. 한자가 꼭 필요한 경우에는 괄호 속에 한자를 넣고 이어서 한글을 표기하는 방식으로 처리했다. 위에 인용한 문장의 경우 단행본에서는 다음과 같이 표기하였다.

(정상부인) 이이 셜자야 느는 쫄하나 낫다

(셜자) 앗씨게셔 자녀근에 업시 고적하게 지닉시더니 짜님이 싱겻스니 얼마느 죠흐시닛가 그러느 오늘 나흐신 아기가 딕단이 슉셩하오이다.

85 이인직, 「혈의루」, 「만세보」, 1906.8.25.
86 「혈의루」에 사용된 루비(부속국문)의 유형과 사용 빈도 및 그 의미에 관해서는 앞에서 인용한 노혜경(魯惠卿)의 「「血の淚に見られる 『日本式表記』についての 研究」에 상세하게 정리되어 있다. 연재본 「혈의루」의 루비(부속국문) 활용 사례에 대한 구체적 확인과 기존 해석의 문제점에 대한 논의는 「「血の淚に見られる 『日本式表記』についての 研究」, 1~4면 참조.

(경) 셜자야 네가 옥년이를 말도 フ르치고 (假名)언문도 잘 가라쳐 쥬어라 말을 아라듯거든 하로밧비 학교에 보닉깃다

(셜자) 닉가 자근앗씨를 가르칠 자격이 되면 이뒥에 와셔 죵노릇하고 잇기슴닛가[87]

단행본 「혈의루」에는 이렇게 한자를 괄호 속에 넣어 처리한 문장이 모두 19개 나온다. 그 문장들을 전부 살펴보면 다음과 같다.

- (戒嚴中)게엄중 총소리라 평양셩 근처에 잇던 헌병이 낫낫히 모혀드러셔…… (8면)
- 본릭 (戰時國際公法)전시국제공법에 전장에셔 피란가고 사름 업는 집은 집도 졈녕ᄒ고 물건도 졈녕ᄒᄂ 법이라 (15면)
- 귀국ᄒᄂ (病傷兵)병상병의게 부탁ᄒ야 일본딕판으로 보닉니 옥년이가 교군 밧탕을 타고 인쳔까지 가셔…… (34면)
- 총을 맛고 옥년이와 갓치 (野戰病院)야젼병원에셔 치료ᄒ던 사름인딕…… (37면)
- 옥년의 ᄉ긔를 말ᄒ고 (戰地)젼디의 소경녁을 이아기ᄒᄂ딕…… (39면)
- 셜자야 네가 옥년이를 말도 フ르치고 (假名)언문도 잘 자라쳐 주어라 (40면)
- 월급은 더 바라지 아니하거니와 (演戲場)연희장 구경이ᄂ 자쥬시켜쥬시면 죳케슴니다 (40면)
- (號外)호외 호외 호외 호외라고 소리를 지르며…… (42면)
- (萬國公法)만국공법에 전시에셔 (赤十字旗)젹십ᄌ긔 셰운데ᄂ 위틱치 아니하

87 이인직, 『혈의루』, 광학서포, 1907, 39~40면.

다더니…… (44면)

- 억지로 숨어 되답하되 (勸工場)권공장에 무엇을 사러ᄂ왓다가 집을 일코 차져든인다 ᄒ니…… (50면)

- 그새 (一番)일번 긔차에 쩌나려ᄒᄂ 힝인들이 정거장으로 모혀드ᄂ지라 (59면)

- 옥년이가 되판만 쩌나셔 어되던지 가면 남의 집에 (奉公)봉공ᄒ고 잇슬이라 결심ᄒ고 찬목 정거장까지 가ᄂ 긔차표를 사셔 (一番)일번 긔차를 타니…… (59면)

- 그러면 저긔 (旅人宿)여인슉이 잇스니 잠깐드러ᄀ셔 할말을 하시오 하면셔…… (63면)

- 망단ᄒ 마음에 급히 (電氣招人鐘)젼긔쵸인죵을 누르니…… (77면)

- 평양 (野戰病院)야젼병원의 퉁변이 락누를 ᄒ며 그 글을 일거서…… (78면)

- 알려쥬시면 상당ᄒ 금으로 (十留)십유(미국돈십원)을 양뎡홀ᄉ (79면)

- 우리 부친이 (十留)십유의 상금을 쥴거시니 지금으로 갑시다 (80면)

- 상금은 원치 아니ᄒ나 (貴孃)귀양을 빅힝하야 ᄀ셔 부녀 셔로 만ᄂ…… (80면)

- 총맛고 (野戰病院)야젼병원으로 가든 일과 (井上軍醫)졍상군의 집에 가든 일과…… (83면)

이러한 총 19개 문장에서 한자로 표기된 낱말은 모두 22개이다. 이 가운데 중복 사용된 낱말을 빼고 나면 실제로 단행본 「혈의루」에서 사용한 한자 표기 낱말은 총 18개에 지나지 않는다. 단행본 「혈의루」 전체에서 한자를 함께 섞어 쓴 낱말과 문장의 수가 이 정도밖에 되지 않는다는 사실 역시 「혈의루」가 원래부터 한글체 소설이었다는 것을 뒷받침하는 증거로 이해될 수 있다.

　이인직의 소설들이 전반적으로 친일적 성향을 강하게 드러내는 소설이라는 점에는 의심의 여지가 없다. 이인직의 소설들을 분류해 보면 모든 작품이 결국은 '개화'와 '친일'이라는 두 가지 요소로 귀착된다. 아울러, 『만세보』에 사용된 일본식 한자 등을 미루어 볼 때, 근대계몽기 당시 우리 언어 생활에 일본어가 적지 않게 침투해 있었음도 분명한 사실이다.[88] 그러나 이인직 소설의 주제가 친일적이라거나, 당시의 언어 생활에 일본어가 침투해 있었다는 논의가 곧 『만세보』의 부속국문체의 본질을 설명해 주는 것은 아니다. 이인직이 부속국문체를 사용한 이유 역시 단순히 그의 친일 이데올로기와 연관되는 것[89]이 아니다. 대부분의 연구자들은 연재본 「혈의루」의 문장에 대해서는 비판적으로 접근하지만, 단행본 「혈의루」의 문장에 대해서는 상대적으로 괄목할 만한 발전이 있다고 평가한다.[90] 그리고 그 짧은 기간 동안 일어난 근대적 문체 변화에 대해 감탄한다. 그러나 이 역시 올바른 지적이 아니다. 연재본 「혈의루」의 문장과 단행본 「혈의루」 문장 사이에서 발견되는 차이는 문체의 차이가 아니라 단순히 표기법의 차이에 지나지 않는 것이다. 이는 이인직 문장의

---

[88] 이 문제에 대해 양문규는 다음과 같은 견해를 보인 바 있다. "일본식 한자어는 공교롭게도 '옥련'의 일본 생활을 묘사하는 부분(21~35회)에서만 이따금씩 나타나는데, 이는 작중무대의 현실성을 살리려는 것과 관련이 있는 듯 싶다."(양문규, 앞의 글, 61면)

[89] 조연현과 김윤식 등은 이인직의 부속국문체 사용을 친일파 이데올로기의 반영으로 해석한다. 다음 글을 참고할 필요가 있다. "「혈의 누」의 '루비'에 처음으로 주목한 것은 조연현의 『개화기 문학 형성과정고』(1966)이며, 내가 「혈의 누」의 표기체에 주목, 『만세보』의 다른 기사와 비교하여 문제심은 것은 1986년(『한국근대소설사연구』)이었다. 당연히도 나는 이 문제를 친일파 이인직의 이데올로기의 일종으로 취급하였다."(김윤식, 「「혈의 누」의 두 가지 표기법에 대한 생각-「이중표기와 근대적 문체형성」에 대한 토론문」, 『현대문학의 연구』 15, 한국문학연구학회, 2000, 73면)

[90] 예를 들면 다음과 같은 지적을 참고할 수 있다. "『만세보』 연재 당시 「혈의 누」가 국한문 혼용체를 사용하면서 국문으로 한자에 음을 병기하는 방식을 채택했던 것에 비한다면, 단행본 『혈의 누』의 국문체 지향은 개화계몽시대의 문체 변혁 과정에서 국문체의 대중적 사회 기반을 고려한 새로운 (변)화를 의미하는 것이라고 하겠다." 권영민, 「이인직과 신소설 「혈의 누」」, 『이인직 혈의 누』, 서울대 출판부, 2001, 487면. ( )는 누락된 것으로 보이는 글자를 추가한 것임.

수준이나 문체 의식의 변화와는 별반 관계가 없다. 이미 연재본「혈의 루」집필 당시 이인직의 한글체 문장은 완성되어 있었던 것이다.[91]

5) 『만세보』와 한글체 소설의 정착 과정

「소설 단편」과「혈의루」에 비하면「귀의성」과「백옥신년白屋新年」의 표기는 부속국문체라기보다 순한글체에 더 가깝다. 한자와 부속국문의 사용이 거의 눈에 뜨이지 않는 것이다. 작자를 알 수 없는 작품「백옥신년」[92]에는 "남슌굴 사는 鄭정셔방"이라는 구절에서 부속국문이 단 한번 사용된다. 이인직의 작품인 연재본「귀의성」은 제1회에 春川三鶴山춘천삼학산, 南內面松峴남녀면송출판사기, 姜同知강동지 세 낱말에만 부속국문을 사용했다. 제2회에는 春川춘천, 7회에는 乞人걸인 한 낱말만을 그리고 제9회에는 大砲대포, 地方政治지방정치 등 두 낱말에만 부속국문을 사용했다. 10회를 넘어서면 한자와 부속국문은 더욱 눈에 뜨이게 줄어든다. 제15회에서 日露戰爭일로전쟁 등 세 낱말 그리고 16회에서 病傷兵병상병[93] 한 낱말에

---

91 연재본「혈의루」와 단행본「혈의루」사이의 문장이 달라 보이는 또 하나의 이유는 단행본 출간시 내용상의 개작이 있었기 때문이다. 그러나 이 문제는 문체의 변화와는 직접 연관성이 없는 부분이므로 이 논문에서는 더 이상 다루지 않는다. 한편, 당시 이인직의 신문사 내 위치를 보면, 이인직 역시『만세보』의 문체 결정 과정에 관여했을 것으로 추정된다. 그렇다면 우리는 여기서 그가 왜 한글체로 쓴「소설 단편」에 한자(漢字)를 섞어 부속국문체로 발표하면서 거기에 다시 "이 小說은 國文으로만 보고 漢文音으로는 보지 말으시오"라는 단서를 달았을까 하는 의문을 갖게 된다. 이 단서는「소설 단편」뿐만 아니라 연재본「혈의루」에도 적용되는 단서로 보아야 한다. 이 단서의 의미를 파악하려면, 이인직이 '漢文으로는 보지 말으시오'라고 한 것이 아니라 '漢文音으로는 보지 말으시오'라고 한 것을 주목해야 한다. 그는 국문으로 쓴 작품일지라도 거기에 한문을 병기하고 그 음(音)을 읽지 않고 뜻만 참고한다면 그러한 표기 역시 작품을 이해하는데 도움이 된다는 생각을 했던 것으로 판단된다.

92 1907년 1월 1일에 발표된 이 작품에는 '단편소설(短篇小說)'이라는 양식 명이 달려 있다.『만세보』해제에서는 이 작품을 이인직의 작품으로 보고 있다(정창렬,「만세보 해제」,『만세보』영인본, 아세아문화사, 1985, 1면). 일부 연구자들 역시 이인직의 작품으로 보고 있다. 이 작품이 이인직의 작품일 가능성도 있지만, 원문에 작가 표시가 되어 있지 않으므로 단정하기는 어렵다. 가난한 집의 설맞이 풍경을 그린 이 작품은 한 회로 완결되었다.

93 '病傷兵'이라는 낱말은 이인직의 소설「혈의루」와「귀의성」에서만 발견된다. 이 낱말은 당시 일본이나 중국에서도 사용된 바가 없다는 점에서 이인직 개인이 만들어 쓴 낱말일 것으로 추정된다. 이와 관련된 논의는 최경옥,『한국

부속국문 처리를 한 이후 17회부터 45회까지는 줄곧 한글을 전용한다. 1906년 12월 13일 자 수록분 즉 46회에 가면 다시 한자가 보이는데, 여기서 주목할 것은 한자에 부속국문을 사용한 것이 아니라 본문을 한글로 쓴 후 괄호 속에 한자를 집어넣었다는 사실이다. 예를 들면 다음과 같다.

천ᄒᆞ를 다 닉거슬 삼고 독직전제(獨裁專制)ᄒᆞ던 만승천ᄌᆞ도 무어슬쥬면 조아하는 그러흔 세상에 (…중략…) 침모가 그 소리를 듯더니 본신본의(半信半疑)ᄒᆞ면셔 이상한 ᄆᆞ음이 드러서 아무말업시 졈순의 얼골을 처어다 보고 잇다.[94]

이후 54회까지는 다시 한글만을 사용하다가 12월 23일 자 수록분인 55회에서 다시 한자를 사용한다. 그런데 55회분의 한자 표기 방식은 위에 든 46회분의 표기 방식과는 또 다른 것이었다. 여기에서는 필요한 한자를 괄호 속에 넣되, 한글보다 뒤에 넣는 것이 아니라 그 앞에 넣는 방식을 사용한다. 예를 들면 다음과 같다.

인근에 식벽되는 소식을 전ᄒᆞ려고 (扶桑三百尺)부상삼빅쳑에 ᄭᅩᄭᅵ요 우는 거슨 듯기 조흔 숫닭우는 소리라 (…중략…) 그 밋혜는 (皇宮國都)황궁국도에 만호장안이 되얏스니 (鐘鳴鼎食)종명정식ᄒᆞ는 부귀가가 질비ᄒᆞ게 잇는 곳이라 홍망성쇠가 속ᄒᆞ기는 (一國)일국에 그 숀밋치 제일이라[95]

개화기 근대 외래한자어의 수용 연구』, 제이앤씨, 2003, 37~38면 참조.
94 이인직, 「귀의성」, 1906.12.3. 이러한 표기 방식은 현대 한글 문장에 한자를 표기하는 방식과 동일한 것이다. 원래 이는 순한글체 신문인 『독립신문』이 일찍부터 선택했던 표기 방식이기도 하다.
95 이인직, 「귀의성」, 『만세보』, 1906.12.23.

이렇게 한자를 괄호 속에 넣되 한글 앞에 표기하는 방식은 이후 56회, 77회, 78회, 79회, 83회, 85회, 95회, 97회, 98회, 104회, 105회, 108회 등에서 사용된다.[96] 이러한 표기가 「귀의성」 한자 표기의 주된 방식으로 사용되는 것이다. 이러한 표기 방식은 계속해서 단행본 「혈의루」와 단행본 「귀의성」 등으로 이어지면서 이인직 소설의 대표적 표기법으로 자리잡게 된다.

단행본 「혈의루」의 초판이 발간된 것은 1907년 3월 17일이다. 따라서 한자를 괄호 속에 넣고 한글과 함께 표기하는 방식을 이인직이 사용한 것은 단행본 「혈의루」 발간 이후가 아니라, 이미 『만세보』에 「귀의성」을 연재하던 때부터였음을 확인할 수 있다.[97]

「귀의성」과 「백옥신년」이 발표되던 시기는 『만세보』가 아직 부속국문체의 사용이라는 편집 원칙을 고수하던 시기였다. 그렇다면 왜 이들 작품은 부속국문체라기보다 거의 순한글체에 가깝게 발표되었는가? 그 이유 역시 작가에게 있는 것이 아니라 신문사의 편집 방침 변화에 있다. 「귀의성」을 발표하면서 『만세보』는 점차 부속국문체 기사의 비율을 줄여가는 편집 태도를 드러내기 시작한다.

본문 활자 옆에 다시 부속활자를 다는 것은 여러 가지 면에서 적지 않은 부담이 되는 일이었다. 우선 부속활자가 들어갈 부분을 위해 행간을 넓게 잡아야 했으므로 신문이 다룰 수 있는 기사의 분량이 축소됨은 당연한 것이었다. 아울러 부속활자는 크기가 매우 작아 관리하기가 쉽지

---

96 이후 연재가 확인된 134회까지는 줄곧 한글만을 사용한다. 이 사이 64회에 한 번 부속국문을 사용하기도 했다. 그런데 이는 한문구(漢文句)를 읽기 위한 것이었다는 점에서 연재 초기 문장에서 볼 수 있는 부속국문체와는 성격이 다르다.

97 이 사실 역시 단행본 「혈의루」의 한자 표기법에 특별한 의미를 부여하던 기존의 연구들이 잘못된 것임을 보여준다.

않았고, 조금만 마모되어도 자형을 알기가 어려웠다. 따라서 활자의 유지 관리를 위한 시간적·경제적 손실 또한 적지 않았을 것으로 추정된다. 예를 들면, 『만세보』는 부속활자 관리상의 문제로 인해 1907년 2월 21일 자를 예고 없이 휴간했고, 2월 22일 자에는 이에 대한 사과문을 게재하면서 당일에도 부속활자를 사용하지 못한다. 다음의 사고(社告)를 보면 이러한 사정을 잘 알 수 있다.

> 昨日 本社의 一時 儈誤함을 因하야 活字가 混雜ᄒ기로 勢不得已ᄒ야 一日 停刊하얏사오며 本日에도 附屬國文을 姑爲撤去하야 整頓키를 俟ᄒ오니 愛讀 諸賢은 包容ᄒ심을 希望ᄒ오며 從今以往으로ᄂ 益益注意하기로 團束ᄒ얏기로 玆에 謝過흠[98]

결국 『만세보』는 1907년 3월 9일 "本社所用 附屬國文 活字가 字劃이 磨완ᄒ야 一新 準備키를 計劃ᄒᄂ 故로 幾許間 附屬國文을 拔去ᄒ오니 愛讀諸君子ᄂ 照亮하시읍"[99]이라는 공고를 낸다. 활자의 마모가 심해 교체해야 하고 그를 위해 부속국문 표기를 중단한다는 것이다.

『만세보』는 국한문혼용체 문장에 한글 음을 달아 부속국문체로 표기하는 방식을 1907년 3월 8일까지는 꾸준히 지속했다. 하지만 실은, 순한글체를 부속국문체로 바꾸는 작업은 그보다 일찍 중단한 셈이었다.[100] 전자의 작업은 나름대로 독자 확보에 효과가 있었지만, 후자의 작업은

---

98 「社告」, 『만세보』, 1907.2.22.
99 「社告」, 『만세보』, 1907.3.9.
100 「귀의성」이나 「백옥신년」에서 부속국문의 사용을 줄여간 것도 한 예가 될 수 있고, 「국문독자구락부」란을 없앤 것도 그 예가 될 수 있다.

그 효율성에 문제가 있었기 때문으로 생각된다. 즉 전자의 작업은 '비록 한문을 모르는 자라도 그 곁의 국문을 보고 알게 만들겠다'는 발간 취지에 부합하는 일이었지만,[101] 후자의 작업은 애초부터 특별한 의미를 부여하거나 성과를 기대하기가 어려운 일이었던 것이다.

이후 『만세보』는 모든 기사에 국한문혼용체를 주로 사용하면서, 소설만은 순한글체를 사용하는 형태로 발행된다. 소설의 독자가 한글을 주된 문자로 사용하는 일반 대중이라는 현실을 무시할 수 없었기 때문이다. 결국 『만세보』는 '일반 기사는 국한문혼용체, 그리고 소설은 순한글체'라는 편집 방향을 정착시킨다.[102] 『만세보』의 이러한 편집 방향은 이후 1910년대를 대표하는 신문인 『매일신보』에도 그대로 이어진다.

---

101 그러나 엄밀히 말한다면 국한문혼용체 문장에 음을 달아 부속국문체로 쓰는 방법 역시 국문독자가 해독하는 데는 한계가 있는 방식이다. 국문독자를 위한 가장 확실한 방법은 단순히 한자에 음을 다는 것이 아니라, 원문을 완전히 한글체로 바꾸어주는 것이다. 이는 사실상의 번역을 의미한다. 앞에서 인용한 훈민정음 언해본이 한자를 음독한 부속국문을 달고, 그 뒤에 다시 번역 문장을 병기한 것이 이에 어울리는 사례이다. 드문 경우이기는 하지만, 『만세보』는 부속국문을 활용해 국한문혼용체의 번역을 시도하기도 했다. 1907년 7월 24일부터 28일까지 5회에 걸쳐 연재된 천도교전(天道教典)에는 단순한 음독이 아닌 번역 부속국문이 달려 있다. 한 구절만 예를 들어 보면 다음과 같다. "人上無人ᄉ롬우의ᄂᆞᆫᄉ롬이업심이오 人下無人ᄉ롬아리ᄂᆞᆫᄉ롬이무ᄒᆞ니……"(『만세보』, 1906.7.26). 이런 문장의 경우는 원문을 국한문혼용체로 읽으나, 번역문을 부속국문체로 읽으나 모두 문맥이 잘 통한다. 그것은 부속국문으로 된 부분이 원문에 종속된 것이 아니라 거의 독립된 별개의 한글체 문장이기 때문이다. 특히 '人上無人'을 'ᄉ롬우의ᄂᆞᆫᄉ롬이업심'으로 번역했으면서도 '人下無人'을 'ᄉ롬아리ᄂᆞᆫᄉ롬업심'으로 하지 않고 'ᄉ롬아리ᄂᆞᆫᄉ롬이무'로 번역한 것에 주목할 필요가 있다. 이는 한자와 한글 어느 쪽으로 읽더라도 '人下無人' 다음에 오는 어미 'ㅡ하니'와 연결되도록 하려는 배려에서 나온 것이다. 천도교전의 한자 표현들을 음독하지 않고 번역을 시도한 이유는 크게 두 가지로 볼 수 있다. 하나는 이 글의 원문이 현토한문체였기 때문이다. 현토한문체는 음만 달아서는 의미 전달이 거의 불가능하다. 다른 하나는 『만세보』가 천도교에서 발행하는 신문이었다는 점에 있다. 당시 대다수의 천도교인은 국한문혼용체를 제대로 해독하지 못했을 것으로 추정된다(이에 대해서는 최기영, 「천도교의 국민계몽 활동과 『만세보』의 발간」, 83면 참조). 천도교전은 천도교의 교리를 다루고 있는 글이다. 따라서 『만세보』로서는 이 글을 천도교인에게 읽히기 위해 한글로 번역할 필요가 있었다. 이는 『죠션크리스도인회보』 등 기독교 계통의 신문들이 대중 선교를 위해 모두 한글체로 발행된 것과 같은 맥락에서 이해할 수 있다.

102 이는 결과적으로는 국한문판 『대한매일신보』가 시도했던 편집 방향과 일치하는 것이 된다. 아울러 국한문혼용신문인 『대한민보(大韓民報)』의 편집 방향과도 같다.

6. 맺음말

근대계몽기 문학의 발생과 성장 과정에서 신문은 매우 중요한 역할을 했다. 이 시기에 발행된 신문들은 무엇보다 어떠한 문체를 선택할 것인 가를 놓고 고민을 거듭했다. 이 시기에는 문자 사용 계층이 국한문혼용 층과 국문층으로 확연히 구분되어 있었으므로, 신문의 문체 선택은 곧 독자층에 대한 선택을 의미한다. 독자층에 대한 선택 전략은 신문의 생 존 전략 가운데 매우 중요한 부분을 차지하는 것이었다.『한성순보』가 순 한문체를 사용하고『한성주보』가 국한문혼용체를 사용한 것에 반해『독립 신문』은 순한글체를 사용함으로써 한글 신문 시대의 새로운 장을 열었 다.『그리스도신문』·『조선크리스도인회보』·『대한크리스도인회보』등 기독교 계통의 신문들 역시 한글을 사용하면서, 대중 선교를 효과적으로 펴나갔다. 서로 비슷한 시기에 간행되었던『황성신문』과『제국신문』은 각각 국한문혼용체와 한글체를 사용하면서 대상 독자를 분명하게 구분 했다. 국한문혼용체의『황성신문』이 유생儒生을, 그리고 순한글체의『제 국신문』이 여성을 주된 독자로 삼은 것은 그 한 예가 된다.

근대계몽기에 발행된 신문들 가운데 특히『대한매일신보』와『만세 보』는 이 시기 신문이 문체 선택 과정에서 얼마나 큰 고민을 했는가를 잘 보여준다. 국문판에서 출발해 국한문혼용판으로 변화했던『대한매일 신보』는 결국 국한문혼용판 신문과 국문판 신문 두 종류를 동시에 발행 하게 된다. 이는 어느 계층의 독자도 소홀히 할 수 없다는 편집진의 판단 때문이었다. 이렇게 국한문혼용층과 국문층 모두를 독자로 끌어들이려는 노력을 『만세보』는 새로운 방식으로 해결해 나간다. 그것이 바로 부속국문체의 사용이었다. 『만세보』는 「소설 단편」, 「혈의루」, 「귀의성」 등 주목할 만한 근대문학 작품을 수록함으로써 한글 소설의 정착 과정에도 적지 않은 기여를 했다.

근대계몽기 신문의 문체와 한글 소설의 정착 과정을 『만세보』를 중심으로 살필 때, 우리는 다음과 같은 사실들을 정리할 수 있다.

첫째, 『만세보』의 부속국문체 문장들을 분석해 보면 원문이 두 가지 종류로 나뉜다. 하나는 원문이 국한문혼용체로 된 것이며 다른 하나는 원문이 한글로 된 것이다. 「소설 단편」·「혈의루」·「귀의성」·「백옥신년」 등 『만세보』를 통해 발표된 소설은 모두가 원문이 한글체였다. 논설이나 일반 기사는 「국문독자구락부」 가운데 일부를 제외하면 대부분이 국한문혼용체로 쓰인 것이다. 「소설 단편」이나 연재본 「혈의루」의 표기는 외형상 일본의 후리가나식 표기와 유사해 보이면서도, 실제로 분석해 보면 일본식 표기와는 다른 면모를 보인다. 이는 「혈의루」가 원래 국한문혼용체가 아닌 한글체로 쓰여진 작품이기 때문이다. 「혈의루」의 한글체 문장은 단행본에 이르러 완성된 것이 아니다. 이미 연재본에서부터 단행본과 동일한 단계의 모습을 갖추고 있었던 것이다.

둘째, 『만세보』나 「혈의루」의 문체 특질에 대한 기존의 비판들은 『만세보』와 「혈의루」 문체의 핵심을 잘못 이해한 데서 기인한 것이다. 『만세보』와 연재본 「혈의루」에 사용된 문체와 표기법은 일본 문체와 표기법의 모방이라는 비판도 받았다. 당시의 정황으로 미루어볼 때, 『만세보』의 부속국문체 사용이 어느 정도 일본의 영향을 받았을 가능성은 충분히 있다. 그러나 이를 단순히 일본식 표기법의 모방이라고만 정리해서는 안 된다. 우리나라의 전래 문헌에서도 부속국문체와 부속한문체는 드물지 않게 발견된다.『만세보』에 연재된 이인직의 소설들이 사용한 한자 병기 방식은 크게 세 가지였다. ① 한자를 본문으로 적고 거기에 부속국문을 첨가하는 방식, ② 한글을 본문으로 적고 한글 뒤 괄호 속에 한자를 적어 넣는 방식, ③ 한글을 본문으로 적되 한글 앞에 미리 괄호를 두어 거기에 한자를 표기하는 방식, 이 가운데 부속국문을 첨가하는 방식은 소설보다는 일반 기사에 적합한 것이었다. 그럼에도 불구하고 이인직이 일반 기사가 아닌 소설에 부속국문체를 사용한 것은『만세보』의 초기 편집 방침에 따른 것으로 보인다.『만세보』가 편집 방침으로 부속국문체를 선택한 것은 하나의 신문으로 두 가지 문자 층의 독자를 동시에 흡수하려는 시도 때문이었다. 이는『대한매일신보』가 두 가지 문체의 신문을 각각 발행하면서 얻으려 했던 것과 동일한 효과를 의도한 것이었다. 따라서 부속국문체 사용의 근원을 일본의 근대 문체 정립 과정에서만 찾으려는 시도는 잘못된 것이다. 더구나 이 문제를 이인직의 친일 이데올로기의 소산으로 이해하는 것은 옳지 않다.

셋째, 한국 근대문학사 초기에는 신문의 문체가 작가와 작품의 문체에 매우 큰 영향을 미쳤음을 구체적으로 확인할 수 있다. 이인직은 한글체 소설이었던 작품 「소설 단편」과 「혈의루」 등을『만세보』의 편집 방침에 맞추어 부속국문체로 발표했다. 「귀의성」의 경우는 연재 초기에는 부속국문체를 사용했지만, 연재가 진행되는 과정에서 점차 순한글체로 발표 문체를 바꾸어 갔다. 이는『만세보』가 부속국문체 사용의 빈도를 줄여가다가, 마침내 그것을 완전히 폐지한 데 따른 결과였다. 이러한 사실들은 근대계몽기에는 작가가 작품의 문체를 선택하기보다는, 발표 매체가 어떠한 문체 사용 원칙을 고수하고 있었는가에 따라 작품의 문체가 결정되었음을 보여주는 뚜렷한 증거가 된다.

문체 선택에 관한 여러 가지 시행 착오를 거치면서 『만세보』가 도달한 결론은 '일반 기사는 국한문혼용체로, 그리고 소설은 순한글체로'라는 것이었다. 이러한 결론에 따라 『만세보』는 본격적인 한글 소설 발표의 장으로서 중요한 역할을 하게 된다. 그리하여 『만세보』는 한글소설의 정착과 대중화 과정에 나름대로 적지 않은 기여를 하게 되는 것이다. 『만세보』의 이러한 선택은 이후 신문들의 편집 방침과 문체 선택에도 적지 않은 영향을 미친다. 『만세보』가 1900년대 근대계몽기 한글체 소설의 정착과 대중화를 위한 토대로서의 역할을 했다면, 이후 1910년대에는 『매일신보』가 그 역할을 이어가게 된다.

〈참고 도표〉 근대계몽기 주요 신문의 문체와 발행 부수 및 가격

신문명 및 발행기간	발간 형태	문체	발행 부수	가격	비고(근거)
『한성순보』 1883.10.31~1884.12.?	순간(旬刊) 16~24면	순한문체	약 3,000부	1장 동화(銅貨) 30문(文) 〔=3전(錢)=0.3냥(兩)〕	『한성순보』1884년 1월 8일 자 등 참조
『한성주보』 1886.1.25~1888.7.?	주간 20면	국한문혼용체	『한성순보』와 근사할 것으 로 추정	1장 동화(銅貨) 50문	1886년 1월 25일 자 「본국공고 (本局公 告)」등 참조
『독립신문』 1896.4.7~1899.12.4	격일간 4면	순한글체	약 1,000부 내지 2,000부	1장 동전 1푼 1달 12전 1년 1원 30전 1897년 1월 이후 영문판과 분리되 면서 1달 24전으로 조정	1896년 4월 7일 자 광 고 참조 1897년 1월 5일 자 광 고 참조
『그리스도신문』 1897.4.1~1905.6.24	주간 8면	순한글체		1장 엽전 1돈반 1달 엽전 5돈 1년 엽전 5량	1897년 4월 1일 자 등 참조
『협성회회보』 1898.1.1~1898.4.2	주간 4면	순한글체		1장 엽전 4푼 1달 엽전 1돈반 1년 엽전 1냥 7돈 5푼	1908년 1월 8일 자 광 고 등
『매일신문』 1898.4.9~1899.4.4	일간 4면	순한글체	약 1,000부	1장 엽전 4푼 1달 엽전 17돈 3개월 엽전 2냥 6개월 엽전 3냥 9돈 1년 엽전 일곱냥 아홉돈	1908년 4월 9일 자 광 고 등
『황성신문』 1898.9.5~1910.9.14	일간 4면	국한문혼용체	약 3,000부	창간시 1장 엽전 5분(分) 1달 엽전 1냥(兩) 6개월 엽전 5냥 5전(錢) 1년 엽전 11냥. 종간시 1장 2전 / 1달 35전 / 3개월 1원 / 6개월 2원 / 1년 3원 90전	1908년 9월 5일 자 본 사고백 등 참조 1910년 9월 14일 자 참조
『제국신문』 1898.8.10~1910.8.2 (『帝國新聞』: 1903.7.7~)	일간 4면	순한글체	약 2,000부 내지 3,000부	1장 엽전 4푼 1달 엽전 6돈 3개월 엽전 1냥 7돈 6개월 엽전 3냥 3돈	1908년 8월 10일 자 광고 등
『대한매일신보』 1904.7.18~한일병합	일간 6면	순한글체 (1904.7.18~ 1905.8) 국한문혼용체 (1905.8.15~) 두 문체 병존 (1907.5.23~)	초기 4,000부 후기 13,000부	1장 엽전 2돈 5푼 1달 엽전 2냥 5돈	1904년 8월 4일 자 본 사고백 등
『만세보』 1906.6.17~1907.6.29	일간 4면	국한문혼용체, (부속국문체)	약 2,000부 (창간호 수만 매 무료 배포)	1장 1전 1개월 20전 3개월 57전 6개월 1원 10전 1년 2원	1906년 6월 17일 자 등 참조
『경향신문』 1906.10.19~1910.12.30	주간 4면	순한글체	4,000부 이상	1장 1전 5리 6개월 40전 1년 80전	1906년 10월 19일 자 등 참조

* 발행 부수는 각 신문의 해제 등 관련 자료들을 종합적으로 참조하여 확인 혹은 추정한 것이다. 가격은 비고란에 구체적인 근거를 밝혔다.

05

근대문학의 발생 및 전개와
근대계몽기 기독교 신문의 역할

1. 머리말

한국 근대 서사문학과 기독교와의 연관성에 대한 연구는 이미 어느 정도 이루어졌다. 하지만 기존의 연구들은 대부분 개별 작품에 반영된 기독교 사상 및 교리와의 연관성에 관심이 집중되어 있다. 즉 기독교 교리가 개별 작품 속에 구현되는 양상에 대한 연구가 주류를 이루는 것이다. 기독교와 관련된 개별 작가나 작품에 대한 연구 역시 필요한 것이기는 하다. 하지만 이제는 이러한 연구 성과들을 바탕으로 하되, 거기서 한걸음 더 나아가 문학사적 의미를 중심으로 이 문제에 접근할 필요 또한 절실하다.

이 글의 목적은 근대계몽기에 선교를 위해 발행되던 기독교 계통 신문들이 한국 근대문학사에 어떠한 영향을 미쳤는가를 실증적으로 확인하는 데 있다. 연구의 대상이 되는 자료는 우리나라 최초의 기독교 신문인 『조선크리스도인회보』(『대한크리스도인회보』로 개명)와 뒤이어 창간된 『그리스도신문』이다. 이 두 신문은 근대계몽기 기독교의 양대 주류인 감리교와 장로교를 대표하는 신문이었다는 점에서도 충분히 당시대적 대표성을 지니는 자료라 할 수 있다.

이 자료들 가운데 『조선크리스도인회보』는 이미 한국감리교사학회가 영인하여 출간한 바 있어 연구를 위한 접근이 용이하다. 그러나 『그리스도신문』은 영인 출간된 바 없으며 그 동안 많은 호수가 결본인 상태로 전해져왔다. 하지만 다행히 이 글에서는 『그리스도신문』의 창간호를 비롯한 발행 첫 해, 즉 1897년도 본을 결본 없이 모두 확인할 수 있었다.[1] 따라서 여기에서는 특히 그 동안 알려지지 않았던 새로운 자료들에 관한 보충적 소개와 논의가 가능해진 것이다.

논의의 순서로는 먼저 이들 두 신문의 발간 상황과 상호 관계를 알아보고자 한다. 이어서 이들 신문의 문체적 특질과 언어관을 살펴보기로 한다. 아울러 이들 신문에 수록된 서사문학 자료의 양상을 밝히고 그 특질을 분석하며, 그러한 자료들이 지니는 문학사적 의미에 대해 정리하기로 한다.[2]

---

1 이는 연세대학교 중앙도서관 고서실 용재문고 신문철의 발견을 통해 가능했다. 이 신문철에는 언더우드(H. G. Underwood) 장서라는 영문 도장이 찍혀 있다. 이는 『그리스도신문』 발행인이었던 언더우드가 직접 합철해 소장했던 것으로 보인다. 1897년도 이후의 신문 자료는 마이크로필름으로 제작해 보관하고 있던 기존의 연세대학교 중앙도서관 고서실 소장 자료를 활용했다. 특별히 언더우드 소장본 신문철을 새롭게 찾아내 제공해준 연세대학교 중앙도서관 고서실에 감사드린다.

2 근대계몽기에 간행된 신문 및 학회지에 수록된 단형 서사문학 자료 목록 및 그 원문에 대해서는 김영민·구장률·이유미 편, 『근대계몽기 단형 서사문학 자료전집』, 소명출판, 2003 참조. 『그리스도신문』의 경우는 추가 발굴이 이루어졌으므로 일부 작품을 더하여 검토할 것이다. 본 논문에서 다루지 않은 다른 매체들에 수록된 단형 서사문학 자료에 대한 정리는 『근대계몽기 단형 서사문학 자료전집』의 해제 및 김영민, 「근대계몽기 단형 서사문학 자료 연구」, 『현대소설연구』 17, 한국현대소설학회, 2002.12, 103~124면 참조.

2. 『조선크리스도인회보』의 서지 및 관련 사항

『조선크리스도인회보』는 우리나라 최초의 기독교 신문이다. 이 신문은 감리교 선교사 아펜젤러H. G. Appenzeller에 의해 1897년 2월 2일에 창간되었다. 창간 목적은 선교와 함께 조선의 개명에 있었다. 이를 구체적으로 살펴보기 위해 창간호의 머리기사 「죠션회보라 ᄒᆞᆫ 뜻슬 발명홈이라」 중 일부를 인용하기로 한다. 이 기사는 오늘날 신문의 사설社說에 해당한다.

> 이럼으로 셔국교ᄉᆞ들과 죠선교우들이 륙쥬셰계를 동포로 보고 전국인민을 일실노 넉여 진리대도의 근원과 당시 소문의 긔이ᄒᆞᆫ 것슬 긔록ᄒᆞ여 일홈을 죠션 크리스도인 회보라 ᄒᆞ노니 이 뜻슨 죠션에 잇ᄂᆞᆫ 교회에셔 긴요ᄒᆞᆫ ᄉᆞ젹과 특이ᄒᆞᆫ 소문을 각인의게 젼ᄒᆞᆫ다ᄂᆞᆫ 말이라 이 회보를 칠일동안에 ᄒᆞᆫ번식 츌판ᄒᆞ여 보ᄂᆞᆫ쟈로 ᄒᆞ여곰 지식과 학문을 너르게 ᄒᆞ노니 슬푸다 우리동포 형뎨들아 동양ᄉᆞ젹만 됴타ᄒᆞ지 말고 션듸의 ᄒᆞ시던일만 올타ᄒᆞ지 마오 동양ᄉᆞ긔를 볼지라도 하나라ᄂᆞᆫ 츙성을 슝샹ᄒᆞ고 은나라ᄂᆞᆫ 공경을 슝샹ᄒᆞ고 쥬나라ᄂᆞᆫ 문치를 슝샹ᄒᆞ엿ᄉᆞ니 ᄎᆞᄎᆞ 변ᄒᆞᄂᆞᆫ것슨 하ᄂᆞ님씌셔 ᄒᆞ시ᄂᆞᆫ 일이오 사름의 힘으로ᄂᆞᆫ 능히 못홀배라 지금만국이 교졔ᄒᆞᄂᆞᆫ 째를 당ᄒᆞ여 동양사름은 동양글만 닑고 동양도만 존슝ᄒᆞ고 동양소문만 듯고져 ᄒᆞ지말고 우리회보를 보시면 셰계샹에 유익ᄒᆞᆫ 소문과 각국에 ᄌᆞ미잇ᄂᆞᆫ ᄉᆞ젹을 ᄌᆞ연이 통달홀거시니 우리가 이 회보를 푸ᄂᆞᆫ 것시 지리를 취홈이 아니오 사름의 혼암ᄒᆞᆫ ᄆᆞ음을 광명케 홈이니 누구던지 긔명에 진보코ᄌᆞ ᄒᆞ거든 이 회보를 차례로 사셔보시기를 ᄇᆞ라오[3]

3 「죠션회보라 ᄒᆞᆫ 뜻슬 발명홈이라」, 『조선크리스도인회보』, 1897.2.2.

『조선크리스도인회보』는 교회의 사적과 소문을 전하는 일 외에도 동
서양을 막론한 세계의 지식과 일상사를 전하는 일을 그 사명으로 했다.
이 신문을 읽게 되면 어둡고 혼탁한 마음에 광명의 빛이 비추고 개명 진
보케 될 것임을 발행인은 강조한다. 아울러, 신문을 보면 세계의 유익한
소문과 각국의 재미있는 사적을 모두 자연스럽게 알게 될 것이며, 어두
운 마음을 털고 밝은 세계로 나아갈 수 있다는 것이 발행인들의 주장이
었다. 이는 『조선크리스도인회보』가 기독교에 대한 '선교'와 일반 민중
에 대한 '계몽'을 동시에 의도하고 있음을 보여주는 것이다.

『조선크리스도인회보』는 수간 신문으로 일주일에 한 번씩 발행했고,
문체는 순한글체를 사용하였다. 창간 당시 면 수는 4면이었고, 공식적으
로는 1898년 1월부터 6면으로 증면했다. 하지만 실제 발행 면 수는 날
짜에 따라 4면과 6면 사이에서 유동적이었다. 드물기는 하지만 8면을
내는 경우도 있었다. 창간 초기 내용은 논설과 성경 본문의 소개 및 주석
과 그에 대한 문답이 대부분을 차지했다. 거기에 교회와 관련된 소식을
실었으며, 이따금 광고가 실리기도 했다. 이후 점차 내보와 외보란을 마
련하여 국내외 소식을 함께 전했다. 창간호 「고빅」란을 보면 이 신문의
구독료는 한 장에 엽전 너푼이었는데, 처음 한 달 동안은 무료로 배포했
음을 알 수 있다.

　　본회에서 이 회보를 일쥬일에 흔번식 발간흐는거슨 다만 미이미 교회만 위
　흠이 아니오 다른교회나 교외사름들을 다 위흐는 일이니 죠션 교우나 셔국교
　스나 만일 보고져흐거든 졍동 아편셜라 교스집에 긔별흐여 갓다보시오 우리가
　이회보를 흔둘동안은 갑슬 밧지안코 줄터이오 흔둘후에는 갑슬 밧으되 흔쟝에

는 엽전너푼이오 흔들갑슬 미리 내면 엽전 흔돈오푼식이오 또 싀골사름의게 우쳬로 보내는 갑슨 쓰루잇소

죠션교우나 셔국교ㅅ나 교즁소문에 드를만 흔것 잇거든 국문으로 젹어셔 졍 동 아편셜라 교ㅅ집으로 보내여 주시면 우리가 회보에 긔록ᄒ여 회보 보는이 로 ᄒ여곰 이목을 새롭게 ᄒ겟소[4]

이 「고빅」에서는 『조선크리스도인회보』가 단지 자신들만의 교회를 위한 신문이 아님을 강조하면서 다른 교회나 또 교회 밖의 사람들도 구 독할 것을 제안한다. 아울러 조선인이나 외국인 모두 필자로 참여할 수 있음을 알리고 있다는 점에서, 이것이 비록 감리교 내에서 회보 형식을 빌어 출간된 것이기는 하나 어느 정도 개방적 체제로 운영되고 있음을 보여준다. 『조선크리스도인회보』는 1897년 12월 1일 제44호까지 발행 한 후, 제45호인 12월 8일 자부터는 『대한크리스도인회보』로 이름을 바 꾸어 간행한다. 이는 조선의 국호가 대한제국으로 바뀐 데서 비롯된 것 이다.

『대한크리스도인회보』는 1900년의 경우 810부를 인쇄했다. 이를 확 인할 수 있는 자료를 인용하기로 한다.

우리 교회의 조그만 신문은 발행 4년 째에 들어섰고, 구독자는 지금보다 많 았던 때가 없었다. 현재 초기 발기인들이 예상했던 부족에 봉착하고 있으며, 교인들 간의 영향력을 하나로 묶어주고 있음에 틀림없다. 신문은 적자를 면하 지 못하고 있다. 일년 구독료는 한 부당 한국돈으로 36전(sen)을 받는데, 이

---

4 「고빅」, 『조선크리스도인회보』, 1897.2.2.

달까지 인쇄비로는 금화 52전을 지불해 왔다.

(…중략…)

신문은 아래 지역에 배부되고 있다. 서울 340, 인천 90, 수원 6, 용인 5, 리천 8, 강화 36, 교동 1, 과천 6, 양쥬 3, 죽산 6, 연안 11, 빅천 2, 협곡 3, 통천 1, 평양 73, 상화 46, 동강 5, 양덕 1, 원산 40, 안면 9, 충쥬 1.

도별로 보면 경긔도가 500부로서 수도에 340부, 시골에 160, 화히도 18, 평안도 113, 함경도 19, 강원도 4, 충청도 1 등이다. 남감리교 선교부에 142부를 보내주고 있으며 약간의 교환도 있다. 이번 주에 인쇄된 총부수는 810부에 달한다.[5]

이 기록을 보면 『대한크리스도인회보』는 서울을 비롯한 수도권에 주로 배포되었으며 그 다음으로는 평양을 비롯한 평안도가 주요 배포지였음을 알 수 있다. 근대계몽기 신문의 인쇄 및 배포 부수, 그리고 배포 지역을 이렇게 정확히 확인할 수 있는 경우는 매우 이례적인 것이다. 다른 신문들의 경우는 대략의 발행 부수를 추정할 수 있을 뿐이다. 참고로, 근대계몽기 당시 발행된 여타 신문들의 추정 발행 부수를 소개하면 다음과 같다.

『한성순보』 및 『한성주보』 각 3,000부. 『독립신문』 약 1,000부 내지 2,000부. 『매일신문』 약 1,000부. 『황성신문』 약 3,000부. 『제국신문』 약 2,000부 내지 3,000부. 『만세보』 약 2,000부. 『대한매일신보』 초기 약 4,000부, 후기

5　「『대한크리스도인회보』와 종로서점 관리」, 『아펜젤러 – 한국에 온 첫 선교사』(이만열 편), 연세대 출판부, 1985, 419~420면. 이 글은 1900년 5월 17일 아펜젤러가 쓴 것이다.

약 10,000부.[6]

『대한크리스도인회보』의 편집자는 당시에 발간되던 일반 신문들에 대해 어느 정도 비판적 시각을 지니고 있었다. 다음과 같은 글을 보면 이를 짐작할 수 있다.

> 대한에 신문지를 출판ㅎ는 곳시 만치도 안커니와 만히 잇더리도 다만 셰샹 소문만 긔지ㅎ고 신문을 보는이도 셰샹 소문 듯기를 도학 리치보담 더 됴화ㅎ되 싱각ㅎ여 볼진대 그럿치 아닌거시 사름이 도학의 리치를 아지 못ㅎ즉 문한이 유여ㅎ 션비라도 언어가 맛시업고 심지를 구속ㅎ기가 어려온고로 셰샹 사름이 왕왕이 불의지스를 힝ㅎ기 쉬운지라 그런고로 우리 회보에는 도학상에 유죠ㅎ 공부와 교회 중에 긴요ㅎ 신보를 긔록ㅎ여 사름으로 ㅎ여곰 착ㅎ 길노 나아가게 ㅎ고 이후브터는 간혹 늬외국 소문과 농샹의 리치를 조곰식 긔지ㅎ야 보는 사름의 이목을 새롭게 홀터이니 엇지 심샹ㅎ 셰샹 소문만 긔지ㅎ는 다른 신문에 비ㅎ리오 브라건듸 우리 교즁 형뎨쑨 아니라 교외 친구들도 만히 사셔 보시옵[7]

이 신문의 편집자는, 우리나라의 신문들이 세상의 소문만 기재하고 있으며 독자들 역시 세상 소문 듣는 일을 도학 이치보다 더 좋아한다는 사실에 대해 비판한다. 도학의 이치를 알지 못하면 선비라도 언어가 맛이 없고, 세상 사람들이 왕왕 불의를 행하게 될 가능성이 있다는 것이다.

---

6   이러한 발행 부수는 각 신문의 기사 및 해제 등 관련 자료를 종합하여 확인 혹은 추정한 것이다.
7   『대한크리스도인회보』, 1898.1.5.

따라서 『대한크리스도인회보』는 도학상에 유익한 공부와 교회 중에 긴요한 신보를 기록하여 사람들로 하여금 착한 길로 나아가게 하고, 거기에 국내외 소식과 농상의 이치를 조금씩 기재하겠다는 계획을 펴보인다.

하지만, 기독교 선교 관련 기사 중심의 편집 내용에 대한 신문사 내의 문제 제기가 없지는 않았던 듯 하다. 1898년 신문을 6면으로 증면하면서 "ᄯᅩᄒᆞᆫ 올히ᄂᆞᆫ 작뎡ᄒᆞ기를 뎨 이권이라ᄒᆞ며 형뎨들이 ᄌᆞ미잇게 보시기를 위ᄒᆞ여 이다음 오십호부터 이폭을 더ᄒᆞ야 륙폭으로 츌판ᄒᆞᆯ터이오 (…중략…) 근일에 우리 회보에 긔지흠을 보건ᄃᆡ 다만 정동교회에셔 힝ᄒᆞᆫ 일ᄲᅮᆫ이라 보시ᄂᆞᆫ 교우들이 무슨 ᄌᆞ미가 잇스리오 원컨대 경향간 우리 교우들은 회즁 신문에 가히 드를만ᄒᆞᆫ 일이 잇거든 긔록ᄒᆞ여 보내시고 ……"[8]라고 하여 재미있는 신문을 만들겠다는 의지를 밝힌 것이 이를 부분적으로나마 보여준다.[9]

내보와 외보란을 신설해 국내외 소식을 전하는 등 독자 대중에게 다가가려는 노력을 보여준 것이나, 증면된 지면을 독자들을 위한 일반 강연이라는 용도로 활용한 것 등은 그러한 의지가 반영된 결과라 하겠다. 『대한크리스도인회보』는 1900년대 초반 무렵까지 간행된 것으로 추정할 수 있다.[10]

---

8 『대한크리스도인회보』, 1898.1.5.
9 참고로 『독립신문』에는 『대한크리스도인회보』가 6면으로 증면하면서 매우 재미있어졌다는 다음과 같은 광고성 기사가 실려 있다. "이둘 십이일에 난 대한크리스도인회보가 여섯쟝인티 미우 쟈미 잇고 학문상에 유죠ᄒᆞᆫ 말이 만히 잇스니 이러ᄒᆞᆫ 회보를 만니 샤셔들 보시오."(『독립신문』, 1895.1.15)
10 『대한크리스도인회보』가 언제까지 간행되었는지는 정확히 알 수 없다. 윤춘병과 정진석은 이 신문이 1905년 6월 24일까지 간행되었다고 적고 있다(윤춘병, 『한국기독교 신문·잡지 백년사』, 대한기독교출판사, 1984, 87면; 정진석, 『한국언론사』, 나남출판, 2001, 172면 참조). 백낙준은 「Official Minutes of the Annual Meeting for 1901」을 근거로 들어 이 신문이 1901년까지 발행되었다고 적고 있다(백낙준, 『한국개신교사』, 연세대 출판부, 1973, 356면 참조). 하지만 이 자료에도 신문의 종간 날짜가 명확히 밝혀져 있는 것은 아니다. 이만열도 이 신문이 1901년까지 발행된 것으로 본다(이만열 편, 『아펜젤러 - 한국에 온 첫 선교사』, 419면 참조). 백낙준은 『대한크리스도인회보』가 1901년 종간된 이후 『신학월보』와 『감리교회보』로 바뀌는 과정을 비교적 상세히 적고 있다. 따라서 윤춘병과 정진석의 정리보다는 백낙준과 이만열의 정리가 더 신빙성이 있어 보인다. 그러나 아펜젤러가 안

3. 『그리스도신문』의 서지 및 관련 사항

『그리스도신문』은 장로교 선교사인 언더우드[H. G. Underwood]가 중심이 되어 발간했으며, 창간일은 1897년 4월 1일이다.[11] 『그리스도신문』은 창간의 가장 큰 목적을 '조선 백성을 위하여 지식을 널리 펴는 일'에 두었다. 창간사에 해당하는 첫째면 머리 기사의 일부를 인용하면 다음과 같다.

빅셩들이 흔번 리치를 알면 싱각ᄒ고 압으로 나아가ᄂ니 지식이 잇스면 이것 뎌것 비교ᄒᄂ수도 잇고 여러 가지 즁에 쟉뎡ᄒ야 튁ᄒᄂ 수가 잇ᄂ니라 이를 위ᄒ야 이 그리스도 신문을 셜립ᄒᄂ거슨 죠션 빅셩을 위ᄒ야 지식을 널니 펴려ᄒᄂ 거시니 지식을 말ᄒ려ᄒ면 다른 거시 아니라 텬디만물의 리치와 형샹과 법을 아는거시오 타국 졍치샹을 아는거시오 타국 빅셩의 사ᄂ 풍쇽을 아ᄂ 거시오 모든 물건을 ᄆᆞᄃᄂ 법을 아는 거시니라 아모 싱업이라도 각 학문을 빅혼거시 유익지 아님이 업스니 지식이라 ᄒᄂ거슨 각사름의게 지물노 유익게 홈이니 나라헤도 유익홈이 되ᄂ니라 (…중략…) 죠션이 독립 ᄌᆞ쥬홈을 일치 아니 ᄒ려면 곳 지금 잠을 들어 누은 사름이 씌여 니러나야 홀 거시니 이를 ᄒ자ᄒ면 모든 빅셔의게 아는 거슬 ᄀᆞ르쳐 주어야 홀거시니라 빅셩들이 춤 나라히니 나라가 되ᄂ거슨 빅셩들이 되게 ᄒ거시니 빅셩드이 부강ᄒ여야 나라도

---

11 식년 휴가를 보내기 위해 미국으로 떠난 것이 1900년 9월 28일이므로 이 신문이 1900년 9월 이전에 종간되었을 가능성도 충분히 있다. 현재 국내에서 확인할 수 있는 신문은 1900년 8월 29일 자, 제4권 제35호가 마지막이다. 『예수교신보』에 실린 다음 기사를 보면 『그리스도신문』은 원래 장로교회에서 기획한 것이 아니라 언더우드 개인이 기획해 창간한 것임을 알 수 있다. "그리스도신문은 본릭 원두우씨가 스스로 창셜ᄒ지 칠년 후에 쟝로교에서 의론ᄒ고 쟝로교회 신문이 되엿다가 교회신문이 된지 삼년 후에 감리 쟝로 량 교회에서 합동ᄒ야 감리교회에서 발간ᄒ든 그리스도인회보는 폐지ᄒ고 본샤 신문으로 량교회 긔관 신문을 삼앗더니 ……." (샤셜 「신문일홈을 곳침」, 『예수교신보』, 1907.11.13)

부강ᄒᄂᄂ라[12]

이 글의 논지는 앞에서 다룬 『조선크리스도인회보』의 창간사설 「죠션
회보라 ᄒ 쓰슬 발명ᄒᆷ이라」와 유사한 측면이 많다. 특히 신문의 창간
목적을 폭넓은 지식의 보급, 타국의 정치상과 풍속에 대한 이해 등이라
고 밝힌 것이 그러하다. 그런가 하면, 조선의 자주독립을 강조한 부분은
『조선크리스도인회보』의 창간사에서는 찾아볼 수 없는 내용이다. 백성
들의 개화 필요성을 신문의 발간과 연관짓고, 백성들이 부강해져야 나라
도 부강한 나라가 된다는 사실을 강조한 점 역시 주목할 만한 부분이다.
『그리스도신문』 창간호에는 창간사의 성격을 지닌 기사가 하나 더 있
다. 「논설」이라는 표기가 되어 있는 글이 그것이다. 이 「논설」에서는 창
간의 목적을 주로 기독교 선교의 사명과 연관지어 정리한다.

그리스도 신문을 뎨 일호로 오ᄂᆯ 내ᄂᆫ뒤 이신문에 엇더케 흘거슬 말 ᄒᄂ니
이신문은 그리스도 교회 신문이니 그리스도 교회가 만민의게 복된 쇼식과 착
ᄒᆫ일을 젼 ᄒ려 ᄒ매 이신문에 잇ᄂ 말은 죠션나라와 빅셩을 위ᄒᆷ이오 이 교회
가 님군을 셤기기를 극직히 츙셩ᄒ라 ᄒᄂ거시니 이신문은 대군쥬 폐하를 극
진히 츙셩으로 셤김이오 빅셩을 위ᄒᄂ 교회니 이신문이 빅셩을 도으려 ᄒᆷ이
오 착ᄒ고 춤된것만 ᄒ려 ᄒᆷ이니 일이 춤되고 바른것만 긔록 ᄒᆷ이오 아모ᄹ래라
도 어그러지는 일을 알면 바로 말 ᄒᆷ이오 올흔일은 춤능ᄒᆷ이니 이신문은 더욱
올흔거슬 조ᄎ며 붉게ᄒ자 ᄒᆷ이니 이ᄂ 대쇼인민으로 춤된거슬 ᄒ기를 위ᄒᆷ인
고로 뎨일호에 대군쥬 폐하의 셩덕을 칭숑ᄒ야 만셰 만셰를 부ᄅ노라

12 『그리스도신문』, 1897.4.1.

죠션 나라와 빅셩을 위ᄒ려 ᄒᄂᆞᆫ거시라 ᄒ쥬일에 ᄒ번식 낼거 시니 각호에 농리편셜 과공장 편셜과 죠션나라 일이 엇더케되ᄂᆞᆫ것과 외방 빅셩들의 ᄒᄂᆞᆫ일 과 타국ᄉ긔 신지라도 다 판각ᄒᆞ야 널니 펴려 ᄒ노라[13]

이 「논설」에 따르면 신문의 창간 목적은 그리스도 교회가 여러 사람들에게 복된 소식과 착한 일을 전하는 데 있다.[14] 아울러, 『그리스도신문』은 조선의 백성을 위하고 임금 섬기기를 극진히 한다는 사실을 거듭 강조한다.

『그리스도신문』 역시 『조선크리스도인회보』와 마찬가지로 일주일에 한 번씩 발행했고 문체는 순한글체를 택하였다. 신문의 면수는 8면이었다. 신문 기사의 성격과 내용은 『조선크리스도인회보』에 비하면 매우 다양한 편이었다. 창간 초기에는 논설, 농리편설, 공장편리설, 관보, 잡보, 성경강론회, 성경주석, 교회통신, 기도회, 외방통신 및 광고 등이 실렸다. 농리편설에서는 '외양간 짓는 법, 파 심는법' 등의 기사가, 공장편리설에는 '개광開鑛하는 론, 바늘 만드는 기계, 담배의 해로움이라' 등 실생활과 관련이 깊은 기사가 주로 실렸다. 이는 이 신문이 독자들의 실생활 개선과 계도에 분명한 뜻을 두고 있음을 보여주는 것이라 할 수 있다.

『그리스도신문』의 가장 중요한 필자는 발행인 언더우드였다. "죠션

---

13 「론셜」, 『그리스도신문』, 1897.4.1.
14 『그리스도신문』의 실질적 창간 목적은 선교에 있었다. 언더우드는 뒷날 자신이 저술한 『한국 개신교 수용사(The call of Korea)』에서 종교서적과 일반서적의 출판 그리고 신문의 간행을 모두 '선교의 형식과 방법'이라는 항목 속에 담아 정리하고 있다. 일부를 인용하면 다음과 같다. "한글로 된 종교적 간행물을 출간하기 위해 다각도의 시도가 이뤄졌다. 신학계간지와 일요학교 월간지와 더불어 『조선크리스도인회보』, 『그리스도신문』 등의 모든 잡지가 널리 배포되어 진리를 넓히고 씨를 뿌리는데 적지 않은 공헌을 하였다. 사실상 교회는 이 일에 상당한 힘을 기울이고 있어서 일반 간행물 중에도 기독교적 색채를 띠고 있음을 볼 수 있다. 금년 즉, 1907년 가을 서울에서 발행되고 있는 일간신문과 주간지에 연재되고 있는 소설 중에도 등장인물이 기독교 신자로 되어 있고, 행동이나 말로 복음을 이야기하는 모습을 자세히 묘사하고 있다."(H. G. 언더우드, 이광린 역, 『한국 개신교 수용사』, 일조각, 1989, 95~96면)

셔울셔 닐헤마다 흔 번식 박ᄂ디 원목ᄉᄂ 겨슐ᄒ고 빈의원은 ᄉ무를 보
ᄂ니라"[15]는 구절을 보면 언더우드가 기사를 직접 작성하고 있음을 알
수 있다.[16] 언더우드는 외국인이었음에도 불구하고 당시 한국어 구사에
매우 능통했던 것으로 보인다.[17] 이밖에 언더우드를 도와 기사를 작성했
던 사람들의 명단은 다음 글을 통해 확인할 수 있다.

흔사름이 모든 일을 엇지 다 알수가 잇ᄉ리오 흔사름이 다 알수 업ᄂ고로
우리들이 죠션에 나온 모든 외국 사름의게 말ᄒ야 각각 아ᄂ대로 모다 글을 지
어 죠션 사름의게 유익 흔말을 쓰겟다고 ᄒ엿시니 이신문 판각 ᄒᄂ째마다 유
명흔 사름의 글지은거슬 올녀 판각 ᄒ겟노라 유명이 글지은 량반인즉 여러분
이 되니 셩명을 다긔록지 못ᄒ나 대강 긔록ᄒ니 미국 공ᄉ 실씨와 부공ᄉ 알련
씨와 휵영 공원 교ᄉ 하치신씨와 비지 학당 교ᄉ 쌩커씨와 영국사름 견묘씨와
ᄉ민필지 지은 미인 흘보씨와 의비션 의원과 또 고명흔 러여분[여러분]이 되
ᄂ니라
전학부협판 민영찬씨ᄂ 학문상에 유익흔 글도 지어 보내고 또 구라파를 셔
나기전에 말ᄒ기를 구라파 드러갈째에 길헤셔라도 묘흔일이 잇서 가히 죠션
사름이 드를만 ᄒ거시 잇스면 곳 글을 지어 긔록ᄒ여 보내마고 약됴ᄒ고 드러
갓시니 만일 드를만흔거슬 보려ᄒ거든 이신문을 볼거시니라
미국 공ᄉ 실씨ᄂ 미국에셔도 농ᄉ 리치를 알고 유명흔 량반인디 죠션에 나

---

15 『그리스도신문』, 1897.5.27.
16 빈의원(C. C. Vinton) 역시 사무만 맡은 것이 아니라 기사를 함께 집필했다. 「이소도의 소젹」(1901.6.27)과 같
은 빈의원 명의의 기사를 통해 이를 확인할 수 있다.
17 다음 기사를 보면 언더우드 목사는 설교 역시 직접 한국어로 했음을 알 수 있다. "…… 초종범졀은 교흉례로 원두
우목사 집에셔 지낼시 그째에 아편셜라 교ᄉᄂ 외국말노 외국인민의게 연셜ᄒ고 원두우 목ᄉᄂ 죠션말노 죠션인
민의게 연셜흔 후 ……."(「셔국부인이 셰상을 리별 흔 일이라」, 『조션크리스도인회보』, 1897.2.2)

온후로 브터 죠션 사름의 농수 ㅎ는거슬 슬펴보고 엇더케 농수가 잘 될거슬 알 앗시니 각금 아는대로 농수의 유익 ㅎ거슬 말 ㅎ기도ㅎ고 쏘 이다음 신문에 유 익ㅎ 말을 올녀 판각 ㅎ겟노라[18]

이 글에 따르면 『그리스도신문』의 주요 집필진은 미국 공사 실J. B. Sill, 부공사 알렌H. N. Allen, 육영 공원 교사 허치슨Hutchson, 배재학당 교사 벙커 D. H. Bunker, 사민필지 지은 헐버트H. B. Hulbert 그리고 에비슨O. R. Evison 의원 등이 된다. 거기에 전 학부협판 민영찬 등이 추가 필자로 올라와 있는 것 이다.

『그리스도신문』은 독자 확보에도 적지 않은 관심을 가졌고, 이를 이 루기 위해 몇 가지 구체적인 시도를 했다. 다음에 인용하는 글들은 『그 리스도신문』이 독자 확보를 위해 매우 적극적인 태도를 취하고 있었음 을 보여준다. 글 ①은 『그리스도신문』 창간에 앞서 배포된 일종의 전단傳 單 광고이다.[19] ②와 ③은 『그리스도신문』에 실린 광고들이다. ④와 ⑤는 각각 『독립신문』과 『황성신문』에 실린 광고이다.

① 이 신문에 일호는 갑슬 아니 밧들터히나 이호 브터는 갑슬 밧을터이오 박 어 내기는 닐헤에 흔 번 식 홀터이니 보시랴 ㅎ시는 이어던 그리스도신문국으 로 셩명과 돈을 보내시면 박을 째 마다 보내여 주겟ᄉᆞᆸ

신문갑슨

흔쟝에 닙 흔돈 오푼

---

18 「론셜」, 『그리스도신문』, 1897.4.1.
19 이 전단 광고는 앞에서 밝힌 용재문고의 언더우드 소장 신문철 사이에 별지로 끼워져 있던 것이다. 당시 전단 광고 의 면모를 보이기 위해 그 전문을 인용한다.

ᄒᆞᆫᄃᆞᆯ에 녑 닷돈

일년에 녑 닷량

ᄉᆡ골은 그 곳 갓가온 우편국으로 보내여 줄터인즉 신문 본갑 외에 우표 갑ᄉᆞ로 ᄒᆞᆫᄃᆞᆯ에 녑 ᄒᆞᆫ돈과 일년에 녑 닐곱돈 오푼을 더 보내고 또 만일 ᄒᆞᆫ 셩명으로 ᄒᆞᆫ 번에 열쟝식을 밧아 ᄂᆞᆫ홀터이면 ᄒᆞᆫᄃᆞᆯ에ᄂᆞᆫ 신문 갑 넉 량닷돈과 우표 갑 엿돈오푼을 보내고 일년에ᄂᆞᆫ 신문 갑 마흔 닷량과 우표 갑 엿량 닐곱돈을 보내고 또 ᄒᆞᆫ 셩명으로 다ᄉᆞᆺ쟝식을 밧아 ᄂᆞᆫ홀터이면 ᄒᆞᆫᄃᆞᆯ에ᄂᆞᆫ 신문 갑 두량 너돈과 우표 갑 너돈 오푼을 보내고 일년에ᄂᆞᆫ 신문 갑 스물 석량 닐곱돈 오푼과 우표 갑 석량 닷돈을 보내시ᄋᆞᆸ 이러케 ᄒᆞᆫ 셩명으로 열 이나 다ᄉᆞᆺ 사ᄅᆞᆷ의 거ᄉᆞᆯ ᄒᆞᆫ 번에 밧아 ᄂᆞᆫ호게 ᄒᆞᄂᆞᆫ 거ᄉᆞᆫ 갑시 좀 덜들게 ᄒᆞᆷ이오 또 그 아홉 사ᄅᆞᆷ을 모화 신문 갑ᄉᆞᆯ 거두어 보내ᄂᆞᆫ 이ᄂᆞᆫ 그의 신문 갑ᄉᆞᆫ 아니 내 도 거져 볼터이오 또 네 사ᄅᆞᆷ을 모화 신문 갑ᄉᆞᆯ 거두어 보내ᄂᆞᆫ 이ᄂᆞᆫ 그의 신문 갑ᄉᆞᆫ 반 만 내 도 볼터이오 또 ᄉᆡ골셔 돈을 보낼ᄶᅢ에 그 신문 갑어치 만ᄒᆞ게 우표를 사셔 보내도 밧겟ᄉᆞᆸ 또 경향 물론ᄒᆞ고 뉘시던지 돈을 먼져 보내시기 젼에ᄂᆞᆫ 신문을 보내 주지 아니ᄒᆞᆯ터이니 ᄌᆞ세히 보시ᄋᆞᆸ[20]

② 그리스도 신문이 여러 곳에 퍼져 만흔 사ᄅᆞᆷ이 보아 유익ᄒᆞᆷ이 잇게ᄒᆞ랴 ᄒᆞᄂᆞ니 아모 사ᄅᆞᆷ이나 이 신문을 펴셔 일년치를 보게 ᄒᆞᄃᆡ 경향업시 아모라도 일년에 ᄒᆞᆫ원과 우톄갑 광고대로 지시ᄒᆞ야 갑ᄉᆞᆯ 밧아온 후 석달 동안에 뎨일 만히 돈과 일홈을 엇ᄂᆞᆫ 사ᄅᆞᆷ의게 샹급을 줄터히오 샹급 줄 거ᄉᆞᆫ 쳔리경이니 아모 사

20 참고로 1901년의 경우 가격은, 한장에 동전 삼푼, 한달 선급에 십전, 일년 선급에 지전 일원으로 변한다. 아울러 다음과 같은 광고도 있다. "그리스도 신문샤에셔 신문갑술 지금브터ᄂᆞᆫ 일본 지젼으로 밧기로 쟉뎡이 되엿ᄉᆞ오니 누구시던지 우리 신문을 보시ᄂᆞᆫ 이들은 다 ᄌᆞ세히 보시고 이대로 ᄒᆞ시오 젼에ᄂᆞᆫ 일본 지젼 일원과 우리 대한돈 닷량과 통용을 ᄒᆞᆫ고로 아모 돈으로나 밧엇거니와 지금은 일본 지젼 일원에 가계가 대단ᄒᆞ오니 젼과 ᄀᆞᆺ치 밧아셔ᄂᆞᆫ 밋지ᄂᆞᆫ거니 대단히 만켓기로 광고ᄒᆞ옵ᄂᆞ니다 일본 지젼이 업거든 대한 돈으로 내시ᄃᆡ ᄆᆡ원에 가계만 더 내시옵." (『그리스도신문』, 1901.1.3)

룸이던지 쳔리경을 엇으려 ᄒ거든 힘써 ᄒ기를 ᄇ라노라

이 쳔리경은 미국에 됴흔 것이라

대졍동 그리스도 신문국으로 와서 사가기를 ᄇ라노라[21]

③ 그리스도 신문이 각쳐에 퍼져 만흔 사름이 보아 유익게 ᄒᄂ듸 월젼에 신문 샤장 원두우씨가 대군쥬 폐하ᄭᅴ 대군쥬의 샤진 뫼실 일노 윤허 ᄒ심을 무러 월젼에도 말 ᄒ엿거니와 ᄒ들 후에 어 샤진을 뫼실 터힌듸 일년을 니어 보ᄂ 사름의게는 ᄒ장식 주기로 ᄒ엿시나 지금브터 일년을 보려ᄒᄂ 사름의게도 주겟노라 그러나 우리 죠션이 몃빅년 이ᄅ로 어 샤진 뫼시는 일은 처음일 ᄲᆫ더러 경향간 인민들이 대군쥬의 텬안을 뫼온 사름이 만분의 일이 못될터히니 신문을 보아 문견을 넓히는 것도 유익ᄒ거니와 각각 대군쥬 폐하의 샤진을 뫼시는 거시 신민된 쟈의게 깃브고 즐거온 ᄆᆞ음을 엇지다 측량ᄒ리오 경향간 엇더흔 사름이던지 어 샤진을 뫼시려ᄒ거든 일년을 니어 보시오[22]

④ 새로 내는 신문이라

그리스도신문은 농ᄉ 업과 외방 통신과 외국 통신과 판보와 잡보와 각부 통신과 사름의게 유익흔 거슬 다 이 신문에 올닐터이니 사다 보기를 ᄇ라노라 이 신문국은 대 졍동 미국 목ᄉ 원두우 집이요[23]

⑤ 그리스도신문은 농업과 공장의 편리흔 것과 외국통신과 젼보와 잡보와 각항 물가를 긔지한 것이 미우 유익ᄒ니 만니 ᄉ셔보시오 신문샤은 듸졍동 미국 목ᄉ 원두우씨 집이오[24]

---

21 「광고」, 『그리스도신문』, 1897.4.1.
22 「광고」, 『그리스도신문』, 1897.7.15.
23 『독립신문』, 1897.4.1. 이 광고는 이후 여러 달 동안 계속 실린다.
24 『황성신문』, 1898.9.23. 이 광고는 이후 1898년 12월 6일 자까지 계속 실린다.

글 ①에는 첫호를 무료로 배포한다는 사실이 담겨 있다. 아울러 독자 아홉명을 모아 구독료를 우송하는 사람에게는 자신의 구독료 전부를 삭감해 주고, 네 명을 모아 우송하는 사람에게는 구독료의 절반을 삭감한다는 내용도 들어 있다. ②에는 신문의 정기 독자를 많이 모아오는 사람에게는 그 상금으로 미국제 천리경을 주겠다는 제안이 들어 있다. 이른바 경품을 제공하며 독자를 모집하고 있는 것이다. 글③은 정기 독자에게는 고종임금의 사진을 한 장씩 나누어 주겠다는 제안이다. 당시 일반인들이 고종의 얼굴을 직접 보기는 매우 어려운 것이었으며, 사진으로 대하는 것 역시 쉬운 일이 아니었다는 점에서 이 제안은 특기할 만한 것이다. 이후 『그리스도신문』은 정기 독자에게 달력이나 그림을 선물한다는 광고를 내기도 했다. 이러한 제안들은 모두 신문의 발행인이 서양인이었던 데서 유래한 새로운 발상의 결과라고 할 수 있다. ④와 ⑤는 신문 지면의 구성에 대한 일반적 광고이다.

그러나 근대계몽기 당시 조선에서 신문을 발행한다는 것은 결코 쉬운 일이 아니었다. 특히 서양인 언더우드로서는 독자를 확보하는 어려움뿐만 아니라, 필자를 확보하는 어려움 역시 적지 않게 겪었던 것으로 보인다. 외국에서 필자를 확보해 원고를 수합하는 경우에는 번역이 필수적이었다. 이 경우 번역자를 따로 구하기가 어려웠으므로 언더우드가 직접 번역을 맡았다.[25] 신문의 판을 짜 제작하고 발송하는 일, 광고를 얻는 일 역시 일손이 부족하고 어렵기는 마찬가지였다.[26] 정부가 『그리스도신

---

25 이에 대해서는 다음의 기사를 참조할 수 있다. "죠션에서 신문을 내는 일이 어려옴을 젼호에도 대강 긔지ᄒᆞ엿거니와 ᄯᅩ한가지 어려온 거슨 외국 친구들이 죠션 사룸을 위ᄒᆞ야 신문에 긔저ᄒᆞᆯ말이 만흐나 흔이 죠션 말을 아지 못ᄒᆞᆷ으로 본국 말노 긔록ᄒᆞ야 보내니 그 뜻을 부득불 죠션 방언으로 번역ᄒᆞ야 죠션 사룸 보기에 편리ᄒᆞᆯ 거시어놀 번역ᄒᆞ야 줄 사룸이 부죡ᄒᆞᆫ고로 신문을 져슐ᄒᆞᄂᆞᆫ 이가 번역ᄒᆞ게 되더라."(「론셜」, 『그리스도신문』, 1897.5.23)
26 이런 어려움에도 불구하고 신문을 발행한 이유에 대해서 언더우드는, 다만 조선 친구들이 이때를 당하여 문견을

문』을 일정 부수 구입해 배포해준 것은 그나마 어려움을 더는 데 적지 않은 도움이 되었다.[27] 『그리스도신문』은 1905년 6월 24일까지 발행된 후 폐간되었다.[28]

4. 『조선크리스도인회보』와 『그리스도신문』의 관계

『조선크리스도인회보』와 『그리스도신문』은 비록 교파는 감리교와 장로교로 각각 달랐지만, 상호 경쟁 관계라기보다는 우호적 관계에서 신문을 발행했던 것으로 보인다. 두 신문의 관계를 가장 잘 보여주는 것은 『그리스도신문』 창간 직후인 1897년 4월 초 『조선크리스도인회보』에 실린 다음의 기사이다.

크리스도신문

이 신문 데 일호를 亽월 일일에 비로소 발간ㅎ엿ㄴ듸 쥬쟝 ㅎㄴ이ㄴ 원두우 목ㅅ요 인출ㅎㄴ 일을 보슬히ㄴ 이ㄴ 쏀톤 의원이라 우리가 그 신문을 보니 흔 쟝에 여듧폭인듸 크기ㄴ 독립신문보다 갑졀이나 되고 그 속에 여러 가지 됴흔 말숨이 잇스니 춤 볼만 ㅎ야 누구던지 이 신문을 잘 보거드면 흉중에 모식 흔 거슬 열뿐 아니라 리익흔 일이 미우 만켓도다 데 일폭에ㄴ 죠션 사름들이 맛당

넓히려는 마음에 목말라하므로 즉 조선인 친구들의 지식 계발에 도움을 준다는 생각에서 신문의 발행을 이어갔다고 적고 있다(「론셜」, 『그리스도신문』, 1897.5.23 참조).

27 당시 정부는 신문 467부를 구입해 전국 367개 군(郡)과 정부 각 부처에 배포했다(백낙준, 앞의 책, 355면 참조).

28 윤춘병, 『한국기독교 신문·잡지 백년사』, 대한기독교출판사, 1984, 88~89면 참조.

이 지식을 널니여 텬디 만물의 리치와 각국 정치와 풍속을 알으야 죠션도 추추 기명이 될거슬 론셜ᄒ엿고 뎨 이폭 삼폭에ᄂ 농ᄉ와 공쟝의 편리ᄒᆫ거슬 발명 ᄒ여 사름들노 ᄒ여곰 ᄭᆡ닷기 쉽게 ᄒ엿고 뎨 ᄉ폭 오폭에ᄂ 대군쥬 폐하를 극 진이 츙셩으로 셤기고 ᄇᆡᆨ셩을 ᄉ랑ᄒᄂ 츙리치를 론셜ᄒ며 관보와 각부 통신 을 긔지ᄒ엿고 뎨 륙폭 칠폭에ᄂ 셩경 강론회의 오묘ᄒ 진리와 긔도회의 회긔 ᄌ북 ᄒᄂ 로리를 ᄇᆰ히 말슴ᄒ며 교회즁 각쳐 소문을 ᄌ셰히 긔지ᄒ엿고 뎨 팔 폭에ᄂ 각국 젼보와 본국 잡보를 력력히 긔지ᄒ엿스니 사름마다 만약 문명 긔 화에 진보코져ᄒ면 이러ᄒ 됴흔 학문이 어ᄃᆡ 잇스리오 이 신문은 죠션 회보보 다 두 ᄃᆞᆯ 후에 낫스나 ᄀᆫ졀히 ᄇᆞ라노니 쳠군ᄌᄂ 추추 나ᄂᄃᆡ로 사셔 도뎌히들 보시오[29]

여기서는 먼저 『그리스도신문』의 발행인과 발간 상황에 대해 소개한 후, 각 지면의 내용에 대해서도 비교적 상세히 소개한다. 1면에는 조선 사람들의 개명을 위한 논설이, 2면과 3면에는 농사와 공장에 관한 편리 한 지식이, 그리고 4면과 5면에는 관보와 각부 통신이, 6면과 7면에는 교회 소식이, 끝으로 8면에는 국내외 잡보가 실려 있다는 것이다. 아울 러 『조선크리스도인회보』의 이 기사는 『그리스도신문』을 구독할 것을 적극 권장하는 것으로 마무리된다.

『조선크리스도인회보』와 『그리스도신문』은 이렇게 서로 우호적 관계 에 있었을 뿐만 아니라, 편집 내용에까지 상호 영향을 미치기도 했다. 이 러한 사실은 뒤에서 다룰 근대 서사문학 자료의 수록 양상과도 밀접한 관련성이 있다.

---

29 「크리스도신문」, 『조선크리스도인회보』, 1897.4.7.

두 신문이 상호 우호적 관계 속에서 영향을 미치고 있었다는 사실은 곳곳에서 발견할 수 있다. 서로 상대방 신문사의 인물 동정에 관한 기사를 싣는 일도 그러한 예에 해당한다. 앞에서 살핀 바 두 신문의 창간사의 논지가 유사하다는 사실 역시 간과하기 어렵다. 이 경우는 물론 나중에 창간된 『그리스도신문』의 발행진들이 『조선크리스도인회보』의 창간사를 참조했다고 보아야 할 것이다. 반면, 『조선크리스도인회보』가 『대한크리스도인회보』로 이름을 바꾼 후 지면을 늘리면서 "농샹의 리치를 조곰식 긔직ᄒ야 보ᄂᆞ 사ᄅᆞᆷ의 이목을 새롭게"[30]하려고 노력한 것은 『그리스도신문』의 편집 내용을 참조한 것으로 보인다. 이는 『그리스도신문』의 농장편설과 공장편리설 등의 지면을 참조한 개편인 것이다. 『대한크리스도인회보』의 기사 가운데는 마무리 부분에 '그리스도신문'이라는 표기를 한 경우도 있는데, 이는 『그리스도신문』의 기사를 전재 혹은 참조한 경우로 판단된다. 『대한크리스도인회보』와 『그리스도신문』은 뒷날 함께 합쳐진다. 장로교와 감리교가 합동으로 간행한 신문의 제명은 『그리스도신문』이었다. 이 『그리스도신문』은 1905년 7월 1일부터 간행되었다.[31] 이후 『그리스도신문』은 1907년 11월 13일부터 『예수교신보』로 이름을 바꾼다.[32]

---

30 『대한크리스도인회보』, 1898. 1. 5.

31 새로 발간된 『그리스도신문』 제호 앞에는 "이전 그리스도인회보와 그리스도신문을 합동홈"이라고 씌어 있다.

32 이와 관련된 논의는 윤춘병, 앞의 책, 85~96면; 정진석, 「기독교 계통의 종교 신문」, 앞의 책, 171~172면 참조. 한편, 이들 자료에서는 『예수교신보』의 창간 일을 1907년 12월 10로 적고 있으나 이는 모두 잘못된 것이다. 『예수교신보』는 1907년 11월 13일부터 발간되었다. 이 날짜 『예수교신보』 사설 「신문일홈을 곳침」에는 다음과 같은 구절이 들어 있다. "금년 가을에 남북 감리 쟝로교회가 총회를 열 때에 다시 결뎡ᄒ고 그리스도 신문 일홈을 곳쳐 예수교신보라 긔칭ᄒ고 신문은 미샥에 두 번식 발간ᄒ ᄂ ᅵ이다." 필자가 확인할 수 있었던, 1906년 이후 『그리스도신문』의 사장은 언더우드 목사였고 사무는 빈의원이 맡았다. 이들은 통합 이전 원래의 『그리스도신문』의 발행과 사무를 담당했던 인물이다. 이후 폐간 될 때까지 사장은 '모목ᄉ'·'리목ᄉ' 등으로 바뀌나 사무는 그대로 빈의원이 맡는다.

5. 기독교 신문과 한글의 보급

근대계몽기 신문의 문체는 크게 순한문체, 국한문혼용체, 그리고 순한글체의 세 가지로 구분된다. 우리나라 최초의 신문『한성순보』가 순한문의 대표적 신문이라면『황성신문』은 국한문혼용체의 대표적 신문이었다. 1896년 4월 7일에 창간된『독립신문』은 한글 신문의 개척자로서 선구적 역할을 했다.[33] 이어서 등장한 기독교 계통의 신문들은『독립신문』을 통해 촉발된 신문의 한글 사용을 보편화시키는 역할을 맡아한 것으로 평가할 수 있다. 1890년대 이후 출현한 대부분의 기독교 신문들은 주로 한글을 전용했다.『조선크리스도인회보』(『대한크리스도인회보』)와『그리스도신문』역시 한글 전용 신문이었다.『독립신문』이 한글을 사용한 이유는 '남녀 상하 귀천이 모두 쉽게 읽도록 하려는 목적'[34] 때문이다. 기독교 계통 신문들이 한글을 사용한 이유 역시 본질적으로는 이와 큰 차이가 없다. 선교의 목적을 달성하기 위해서는 일단 독자 대중이 신문을 쉽게 읽을 수 있어야 했기 때문이다.

다음의 지적을 보면, 근대계몽기 기독교 신문들이 한글을 사용한 이유의 일면을 알 수 있다.

18세기 이후에 우리나라의 소설 문학은 전통적으로 순언문으로 쓰였는데, 19세기에 들어서 소설문학이 급속히 발달하면서 언문이 널리 보급되기에 이

---

33 근대계몽기 신문의 문체에 관한 상세한 논의는 이 책의 제4장 참조.
34 「논설」, 『독립신문』, 1896.4.7 참조.

른 것이다. 그리고 19세기에 들어 동학과 기독교(천주교와 개신교)가 언문을 선교의 수단으로 채택한 것도 이의 보급에 큰 공헌을 하였다. (…중략…) 19세기에 와서 한글과 종교의 관계는 더욱 깊어졌다. 평민 속으로 파고들려는 선교의 수단으로써 민중의 문자인 한글이 채택된 것이다.[35]

기독교 신문들이 한글을 사용한 이유는 그들이 선교의 대상을 평민으로 선택했고, 평민의 언어가 바로 한글이었기 때문이다. 선교를 위한 중요한 도구적 언어가 한글이었다는 점은 근대계몽기 선교사들이 성서의 한글 번역에 많은 노력을 기울였다는 사실과도 관계가 깊다.[36] 『대한크리스도인회보』사와 『그리스도신문』사 역시 각각 성서를 한글로 번역하고 판매했다. 『대한크리스도인회보』에는 「신약을 번역홈」이라는 제목 아래 다음과 같은 기사가 실려 있다.

형뎨들아 사름마다 각기 공부ᄒᄂᆞᆫ 신약 셩경이 잇ᄂᆞ뇨 구셰쥬 ᄀᆞ오샤ᄃᆡ 너의 무리가 셩경을 공부홈은 그중에 영싱ᄒᄂᆞᆫ 리치가 잇심이라 ᄒᄉᆞ고 ᄉᆞ도 보라 ᄀᆞ오ᄃᆡ 셩경이 능히 사름으로 ᄒᆞ여곰 지혜를 더ᄒᆞ게 ᄒᆞ다 ᄒᄋᆞᆺ시니 우리가

---

35 이기문, 「독립신문과 한글문화」, 『주시경학보』 4, 주시경연구소, 1989, 9면.
36 이에 대해서는 다음과 같은 연구들을 함께 참고 할 수 있다. "번역 셩경은 읽을 대상을 주로 평민과 부녀자에다 맞추어서 번역되었다. (…중략…) 이런 착안을 '로쓰(John Ross)', '언더우드(H. G. Underwood)', '아펜셀러(Henry. G. Appenzeller)', '게일(J. S. Gale)' 등의 뛰어난 식견에 따랐다고 보겠지만, 본래부터 기독교가 대중적이고 평민적인 종교이기 때문에, 당시의 지배계급이었던 지식 계급이 쓰는 한자를 젖혀놓고, 평민 계급에서 쓰는 한글을 쓰고자 했던 것이다. 당시에는 더구나 한글도 모르는 글소경이 많은 것을 선교사들은 알았다. 뿐만 아니라, 당시에는 민중이 몹시 정신적인 공백을 느꼈던 때라, 많은 사람이 새 종교인 기독교를 열심히 믿었고, 또 열심으로 한글도 배웠다. 바로 이것이 앞에서 이야기한 기독교가 한글 보급운동에 끼친 큰 영향 중의 하나다."(이응호, 「기독교의 한글 문화 공헌」, 『개화기의 한글 운동사』, 성청사, 1975, 272~273면) "선교 정책 중에는 선교의 주 대상을 하층민과 부녀자들로 한다는 것과, 모든 문서는 한글로만 작성한다는 한글 전용론 및 하나님의 말씀은 그 자체로써 강력하게 역사하기 때문에 하루 빨리 셩서를 한국어로 번역해야 한다는 내용들이 있었다. 이 세 내용은 대단히 중요한 연결 관계를 가지는 것이다. 부녀자와 하층민, 한글 전용, 그리고 셩서 번역, 이것은 초기에 취했던 선교정책의 핵심이었고, 이것들의 공고한 상관관계가 한국선교의 가능성을 안겨주었던 것이다."(이만열, 「한국의 성서번역과 그 반포사업」, 『한국기독교 문화운동사』, 대한기독교출판사, 1989, 87면)

령혼을 구ᄒ고져 ᄒᆯ진ᄃᆡ 구셰쥬를 밋을쑨 아니라 불가불 성경을 공부ᄒ여야
될지라 한문 신약을 구ᄒ고져 ᄒ면 칙을 파는 형뎨의게 살거시오 국문으로 번
역ᄒᆫ 신약을 사고져 ᄒ면 우리가 ᄯᅩ흔 츌판ᄒᆫ 성경이 잇ᄂᆫ지라 현금에 츌판ᄒᆫ
거슨 마태복음과 마가복음과 루가복음과 요한복음과 ᄉ도ᄒᆡᆼ젼과 가랍태인셔
와 아각셔와 피득젼후셔오 번역만 되고 아직 츌판치 못ᄒ거슨 라마인셔와 가
림다인젼셔와 가라셔인셔와 비립비인셔와 요한 일이 샴셔오 기외에 몃가지ᄂᆫ
아직 번역이 되지 못 ᄒ엿스나 오ᄅᆡ지 아니ᄒ여 번역도 다 될거시오 츌판도 ᄒᆯ
터이라 위션 발간ᄒᆫ 칙브터 사 보시기를 ᄇ라노라[37]

『그리스도신문』 역시 "본샤에서 구약 창셰긔를 번역 ᄒ야 성경강론
월보를 츌판ᄒᄂᆫᄃᆡ 믹호에 지젼으로 삼젼식이오 일년도ᄂᆫ 삼십젼인ᄃᆡ
외방에셔 보시면 일년 우톄비가 오젼이오니 구람코져 ᄒ시ᄂᆫ이ᄂᆫ 본샤
로 긔별ᄒ시옵"[38]이라는 광고를 매우 여러 번 싣고 있다.

기독교 성서의 한글 번역은 근대계몽기 언어 생활과 문학의 탄생에
적지 않은 영향을 미치게 된다. 이는 언문일치를 촉진시키는 역할을 하
고 표기체계의 문제에 대한 관심을 불러일으키는 등 우리 민족의 언어
생활의 내용을 풍부하게 하는데 결정적 역할을 하게 되는 것이다. 다음
의 인용은 이러한 성서 번역의 의미를 분명하게 보여준다.

본서는 성서의 한글 번역이 이상 밝힌 대로 비단 종교사적 면에서 중요할
뿐만 아니라, 과거 4 백 년 동안 지향없이 표류를 거듭한 한글을 민간 속으로

---

37 「신약을 번역홈」, 『대한크리스도인회보』, 1898.1.12.
38 『그리스도신문』, 1901.2.21.

침투케 하여 그 후의 신소설 등 새로운 문학에 활기를 불어넣고 또한 한국민의 언문일치라는 언어생활에 획기적인 모멘트를 제시한 공적으로 봐서 일본이나 중국과는 특이한 의의를 지니므로, 우리 나라에 관한 한 이 문제는 국문학사 내지 한국번역문학사에서 간과해서는 안될 중요한 문제라고 생각된다.[39]

『조선크리스도인회보』에는 윤치호가 투고한 「죠선국문」이라는 글이 실려 있다. 『조선크리스도인회보』에는 기명 투고가 거의 없다는 점에서 이 기사는 비교적 예외에 속하는 것이다. 주로 기독교 관련 기사만을 다루던 창간 첫 해, 윤치호의 국문 관련 투고를 실어주었다는 사실만으로도 『조선크리스도인회보』 편집진들의 한글에 대한 관심은 적지 않았음을 알 수 있다. 기사를 인용하면 다음과 같다.

우리 나라 국문은 지극히 편리하고 지극히 용이하ᄂ 아(ㅏ, ㆍ) 음이 둘인 고로 가령 네 사람이 사ᄅ 인 자를 쓰면 혹은 (사람) 혹은 (사름) 혹은 (ᄉ람) 혹은 (ᄉ름)이ᄅ 쓰니 숙시숙비를 알니오 글자 쓰ᄂ 법이 모호하면 서칙을 만들기와 동몽을 가르치기에 심히 착난하니 자금으로ᄂ 아ᄅ 야() 자ᄂ 다만 뒤밧치ᄂ 자(ㄱ ㄴ ㄷ)와 토씿(ㄱ ㄴ ㄷ ㄹ) 맛추ᄂ 듸ᄆ 쓰고 다른듸ᄂ 모도 큰 아(ㅏ) 자를 통용하면 듸단히 편리할 듯 ᄂ 말을 올케 아시ᄂ 제군은 무삼 다른 방편을 말하야 종속히 일증ᄒ 규모를 광용하면 진실노 우리나라 교육에 크게 유익할 듯[40]

---

39 김병철, 『한국 근대 번역문학사 연구』, 을유문화사, 1970, 22~23면. 김병철은 이 책 23~26면에서 '한글 성서 서지 일람'을 제시하고 있다. 이 서지 일람은 김양선, 「한국기독교 초기 간행물에 대하여」, 『김성식박사 화갑기념 논총』, 고려대 사학회, 1968, 586~588면; 최현배, 「한글과 문화」, 『외솔출판사 최현배 박사 고희기념 논문집』, 정음사, 1968, 183~186면 등을 참조해 작성한 것이다.
40 윤치호, 「죠선국문」, 『조선크리스도인회보』, 1897.5.26. 윤치호가 이렇듯 아(ㅏ, ㆍ)음 사용에 대한 일정한 원

윤치호는 이 글을 『조선크리스도인회보』뿐만 아니라 『그리스도신문』에도 투고했다.[41] 『그리스도신문』에서는 윤치호의 투고를 그대로 싣지는 않았다. 그 가장 큰 이유는 윤치호의 원고 전문이 이미 『조선크리스도인회보』에 실렸기 때문이다.[42] 하지만, 『그리스도신문』은 조선 국문 개량의 필요성을 공감하면서 새로운 한글 쓰기의 규범을 만들어 가자는 취지의 기사를 간간이 게재한다. 『그리스도신문』이 한글의 보편화에 적극적 의지를 지니고 있었다는 사실은 「국문이 편리흔 말」이라는 논설 속에서도 명확히 드러난다.

한문ㅈ만 가지고 엇지 나라희 대쇼ㅅ를 다 담당ㅎ리오 지금 태셔 각국을 볼진대 이십 륙ㅈ 글을 가지고도 텬하 대ㅅ를 능히ㅎ며 한문을 아지 못홀지라도 텬하에 문명흠과 부국 강병흔 나라히 되ᄂᆞᆫ거슨 참 리치를 투득흠이니 (…중략…) 지금 우리 나라헤셔 지식이 잇다 ᄒᆞᄂᆞᆫ 사ᄅᆞᆷ은 한문이나 공부ᄒᆞ야 지필 믁이나 가지고 셔샤나 홀 ᄯᆞ름이오 당장 ᄌᆞ긔집 ᄉᆞ무를 엇더케 ᄒᆞᄂᆞᆫ지 아지도 못 ᄒᆞᄂᆞᆫ 사ᄅᆞᆷ이 엇지 나라헤 큰 ᄉᆞ무를 볼 수가 잇스리오 (…중략…) 지금 ᄉᆞ

칙을 주장한 이면에는 당시 글자 사용 원칙의 미정비라는 현실적 문제가 있었다. 이는 앞에서 인용한 기사 「신약을 번역홈」만을 보아도 알 수 있다. 이 기사에서는 '마태복옴'과 '마가복옴'의 아음(ㅏ, ·) 표기가 서로 다르게 되어 있다.

41 윤치호는 이 글을 『독립신문』에도 그대로 투고했다. 『독립신문』은 1897년 5월 27일 자 잡보란에 이 글을 원문대로 싣는다. 참고로, 『독립신문』에서는 윤치호의 이러한 주장이 다음과 같은 문제가 있다는 사실도 지적했다. "윤치호씨의 일졍ᄒᆞ게 작뎡ᄒᆞᄌᆞᄂᆞᆫ 말은 죠흔 말이로디 아리 ᄋᆞᄌᆞ 다믄 뒤 밧ᄎᆞᆯ논디와 토쏫못치논디믄 쓰ᄌᆞᄂᆞᆫ 말은 윤치호씨가 국문을 ᄌᆞ셔히 모로고 흔 말은[이]라 언졔던지 웃 아ᄌᆞᄂᆞᆫ 긴 음에 쓰ᄂᆞᆫ 거시오 아리 ᄋᆞᄌᆞᄂᆞᆫ 싸른 음에 쓰ᄂᆞᆫ 거시라 비유컨티 몰 ᄒᆞ면 타고 다니는 몰이론 말이요 말이라면 사ᄅᆞᆷ ᄒᆞᄂᆞᆫ 말을 말이라 ᄒᆞᄂᆞᆫ거시라 죠션 사ᄅᆞᆷ들이 죠션 말을 공부흔 일이 업는 고로 쓰기를 규칙 업시ᄃᆞᆯ 대한히 모호ᄒᆞ고 착란 나는 일이 만히 잇스되 만일 말을 공부를 ᄒᆞ야 국문으로 옥편을 ᄆᆞ드러 놋케드면 그 옥편을 ᄀᆞ지고 사ᄅᆞᆷ마다 공부를 ᄒᆞ야 젼일흔 규모가 국즁에 싱길터이니 우리는 바라건티 학부에셔 이런 옥편을 ᄒᆞ나를 ᄆᆞ드러 죠션 사ᄅᆞᆷ들이 ᄌᆞ긔 나라 글을 바로 쓰게ᄒᆞ야 주ᄂᆞᆫ거시 사업일 듯 ᄒᆞ더라."(『독립신문』, 1897.5.27)

42 『그리스도신문』에는 "그리스도 신문에서 가량ᄒᆞ려 ᄒᆞ니 윤치호씨 지은거슨 환쟝은 죠션회보에서 내엿시니 다시 판각ᄒᆞᆯ거시 업고……"(「죠션국문」, 『그리스도신문』, 1897.6.3)라는 기사가 실려 있다. 여기서 말하는 죠션회보는 곧 『조선크리스도인회보』이다.

무릇 보시는 이는 속속히 젼날 지식은 다 브리고 새로 문명 혁신홀 믹음을 두고 린국의 졍치를 본써서 우흐로 님군을 셤기고 아래로 빅셩을 다른 나라와 곳치 스랑ᄒ며 ……[43]

『그리스도신문』의 편집자는, 한문으로는 국가의 대소사를 다루기가 어렵다는 사실을 강조한다. 한문은 배우기가 어려울 뿐만 아니라, 배운 이후에도 별반 실용적인 문자가 되지 못한다는 것이다. 우리나라의 혁신을 위해서는 백성들이 지식을 익혀 개명된 세상을 열어가야 한다. 그렇게 하기 위해서 가장 절실한 것은 교육이다. 교육은 과거의 지식에 얽매이지 않는 새로운 지식을 바탕으로 이루어져야 한다. 한문을 버리고 한글을 택해야 한다는 명제가 이러한 새로운 교육론의 연장선상에서 제시되는 것이다.

『대한크리스도인회보』에 연재 발표된 「한문글ㅈᆞ와 국문글ㅈᆞ에 관계」역시 주목할 만한 글이다. 이 글에서도 한문은 배우기 어려운 글자라는 사실이 거듭 강조된다. 그러한 한문을 숭상하고 자기 나라 국문을 천시한 우리의 습속이 우리나라를 뒤떨어진 나라로 만들어가고 있다는 것이 이 글의 핵심적 주장 가운데 하나이다.

이 쌔를 당ᄒ야 나라에 빅셩된 쟈 홀 직무는 교육을 발달ᄒ며 도덕을 실ᄒᆡᆼᄒ며 상무를 확장ᄒ며 시셰를 잘 살펴 교졔가 연슉ᄒ고 공법과 각국 언어를 잘ᄒᄂᆞᆫ 학문이 잇셔야 홀지라 이샹 여러 가지 학문으로 젼국 인민을 속히 교육ᄒ고져 홀진딕 분명히 국문 온젼이 쓰ᄂᆞᆫ딕 잇고 결단코 한문을 쓰ᄂᆞᆫ딕 잇지 아니

43 「국문이 편리ᄒᆫ 말」, 『그리스도신문』, 1897.8.19.

흔지라[44]

한글을 활용하는 교육은 그 비용이 크지 않으나, 한문을 사용할 경우 그 비용이 매우 커진다는 것이 이 글의 주장이다. 그리하여 이 글에서는, 한글을 사용할 전국 남녀 상하를 물론하고 학문을 배우는 일이 용이하여 삼십 년 안에 대한이 문명한 개화를 할 것이나, 한자를 쓸 경우 백년이 지나더라도 개화가 어려울 것이라고 주장한다.

한글이 대중적 문자로 정착되는 과정에서 기독교 신문은 적지 않은 역할을 했다. 특히 초기의 대표적 기독교 신문인『조선크리스도인회보』와『그리스도 신문』의 역할은 주목할 만한 것이었다. 근대계몽기 기독교 신문의 편집 발행인들은 조선의 개화와 개명에 적지 않은 관심을 지니고 있었고, 한글이 이를 위한 효과적 수단이 된다고 생각했다. 이들에 의해 강조되고 사용이 보편화된 한글은 근대 서사문학의 정착 과정에서도 중요한 역할을 하게 된다. 한글 사용의 대중화는 곧 근대계몽기의 새로운 서사문학의 정착을 위한 문화적 토대로서의 역할을 담당하게 되는 것이다.

---

44 「한문글ㅈ와 국문글ㅈ에 관계」,『대한크리스도인회보』, 1900.1.24.

6. 기독교 신문 소재 서사문학 자료의 양상과 의미

『조선크리스도인회보』는 근대계몽기에 발행된 신문 가운데 최초로 단형 서사문학 자료를 수록한 신문이라는 점에서 의미가 있다. 또한『그리스도신문』은 최초의 '서사적논설'을 게재한 신문이라는 점에서 중요하다. '서사적논설'은 문학 양식상으로는 단형서사의 여러 유형 가운데 하나이면서 글쓴이의 주장이 분명하게 드러나 있는 글이다. 그만큼 정론적 성격이 강한 글이 '서사적논설'인 것이다.[45]

근대계몽기에는 이 두 신문에 앞서 이미『한성순보漢城旬報』와『한성주보漢城周報』 등이 존재했지만 이들 신문은 창작 서사문학 작품을 단 한 편도 수록하지 않았다.[46]『독립신문』역시 발행 초기에는 서사문학 작품을 수록하지 않았다.[47] 일본인들이 발행한『한성신보漢城新報』에도「拿破崙傳(나보레언)」·「趙婦人傳(조부인젼)」 등이 실려 있기는 하나 이들 작품은 창작물의 성격이 거의 없는 단순 번역 혹은 전래 작품의 재수록 등으로 판단된다.[48] 이 사실만으로도 『조선크리스도인회보』와 『그리스도신문』이

---

45 '서사적논설'에서 글쓴이가 주장을 드러내는 방식은 다양하다. '서사적논설'의 개념과 특질에 대한 상세한 논의는 김영민, 『한국근대소설사』, 솔출판사, 1997, 23~48면 참조.

46 『한성순보』는 1883년 10월 31일 창간되고, 1886년 1월 25일『한성주보』로 이어진 후 1888년 7월경까지 발간된다. 이들 신문은 정부 기관인 박문국에서 발행하는 것이었으므로 관보의 성격을 적지 않게 지니고 있었다. 1884년 6월 14일 자『한성순보』에는「아리스토텔레스전(亞里斯多得里傳)」이라는 작품이 실려 있지만 이는 순한문작품이라는 점에서 근대적 성격의 서사물로 다루기 어렵다. 아울러 순수창작물로도 보기 어렵다. 하지만 이러한 계통의 작품들 역시 근대계몽기의 문학 개념의 변화를 고찰하는데는 유용하다.『한성순보』수록 서사물의 의미와 가치에 대한 상세한 논의는 김찬기, 『한국 근대소설의 형성과 전』, 소명출판, 2004, 231~252면 참조.

47 『독립신문』의 창간일은 1896년 4월 7일이지만,『독립신문』이 논설이나 기사에 서사를 활용하기 시작한 것은 1898년 이후의 일이다. 1898년 1월 8일 자 '일젼에 엇더흔 대한 신스 흐나이'로 시작하는 논설이『독립신문』에 실린 단형 서사 자료의 효시가 된다.

48 『한성신보』는 1895년 2월부터 한국어와 일본어로 간행된 격일간 신문이다. 이 신문은 일본의 한국침략을 합리화하기 위한 홍보지의 성격이 강했다. 이 신문의 특성에 대해서는 정진석, 앞의 책, 150~151면 참조. 근대계몽기 신문에 실린 서사문학 작품 가운데 번역물의 경우 어떠한 의미를 부여할 것인가, 재수록물의 의미를 어떻게 정리할 것인가 하는 문제와 관련하여『한성신보』는 중요한 논의 대상이 될 수 있다. 이 문제에 대해서는 추후 지면을

한국 근대문학사에서 차지하는 위상은 결코 작은 것이 아니다. 근대계몽기에는 '신소설'이나 '역사·전기소설'의 출현에 앞서 수많은 단형 서사문학 작품들이 발표되었다.[49] 근대계몽기 신문을 통해 발표된 이들 단형 서사문학 작품은 수백 편에 이른다.[50] 이러한 단형 서사문학 작품의 효시가 되는 것이 바로 1897년 3월 『조선크리스도인회보』에 발표된 작품 「콘으라드가 환가한 일」이다. 근대계몽기 단형 서사문학 자료의 실체 확인을 위해 전문을 인용하기로 한다.

지금 노웨라 ㅎㄴ 나라에 ㅎ 적은 농리 잇ㄴㄷㅣ 그 동리 ㅎ 틕셩의 십 문지방 우에 나무로 ㅎ 학을 삭여 부쳣ㄴ지라 지금 유젼ㅎ 니아기에 그 집에셔 네젼에 ㅎ ㅇ희가 사릇ㄴㄷㅣ 일홈은 콘으라드라 ㅎㄴ ㅇ희라 그 집 근쳐에 ㅎ 학이 ㅣ 년 여름이면 와셔 집을 짓고 사ㄴ지라 콘으라드가 그 학을 ㅣ우 ㅅ랑ㅎ야 오면 음식을 먹여 기르더니 그 후에 그 ㅇ희가 ㅈ라 소년이 되엿ㄴ지라 우연이 제 모친을 ㅣ반ㅎ고 집을 써나 희상으로 ㅆ 도라 ㄷ니ㄴ지라 콘으라드 나간 후에도 그 학은 여전히 여름이 되니 제 집을 차져 오ㄴ지라 콘으라드의 어머니가 나간 ㅈ식을 싱각ㅎ여 그 학을 보고 ㅅ랑ㅎ여 먹이더니 콘으라드ㄴ 희상으로 써ㄷ닐 때 무수ㅎ 고초를 격고 ㅎ로ㄴ ㅣ를 틋고 다중히로 지내가다가 희젹을 맛나 온 일ㅎ 중이 다 붓들넛ㄴ지라 콘으라드ㄷ려 말ㅎ기를 네 어ㄴ 부자 친구 잇셔 후ㅎ 갑스로 속량ㅎ여 가기 젼에ㄴ 붓드러 노복을 삼으리라 ㅎ니 이러ㅎ

달리하여 본격적으로 논의하기로 하고 여기서는 길게 언급하지 않는다.

49 근대계몽기 문학 연구의 핵심 가운데 하나는 무엇을 서사문학 작품으로 볼 것인가, 아울러 이들 작품의 양식을 어떻게 분리할 것인가 하는 점이다. 근대계몽기 서사문학 자료들 가운데는 작가 혹은 편집자가 글의 양식을 구체적으로 밝힌 경우도 있고 그렇지 않은 경우도 있다. 그러나 글의 양식을 '소설' 혹은 '논설' 등으로 밝힌 경우라도 그 개념이 오늘날의 '소설' 혹은 '논설'의 양식 개념과 일치하지 않는다는 점을 주목해야 한다. 근대계몽기 '소설'의 개념을 어떻게 정립할 것인가 하는 문제에 대한 상세한 논의는 이 책의 제3장 참조.

50 이에 대한 상세한 논의는 「근대계몽기 단형 서사문학 자료 연구」, 『근대계몽기 단형 서사문학 자료 전집』 상권, 547~558면 참조.

지음에 어느 친구 잇셔 능히 속량ㅎ여 주리오 홀 수 업서 붓들녀 죵노릇을 ㅎ
더니 ㅎ로는 일을 ㅎ다가 공즁을 쳐다보니 흔 학이 머리 우호로 날너가거늘 이
젼에 고국에 잇슬 째에 ㄱ치 놀던 학을 문득 싱각ㅎ고 그 학을 소리쳐 부르니
학이 그 소리를 듯고 날너 나려오거늘 ㅈ세히 보니 이젼 고국에 잇슬 째에 졔
집에서 먹여 기리던 학이라 깃붐을 이기지 못ㅎ더니 그 학이 그 잇혼날 또 오
거늘 그러케 여러 날을 지내매 또흔 사괴여 콘으라드와 ㄱ치 음식을 먹더니 그
후에 여름이 갓가워 오니 그 학이 졔 여름 집으로 갈 째가 되엿는지라 콘으라
드가 졔 모친의게 소식을 젼코져 ㅎ여 편지를 써셔 그 학의 다리에 미여 보내
엿더니 그 학이 수일 만에 노웨국 여름 집에 니르니 콘으라드의 어머니가 그
학의 다리에 무슴 죠희 달닌 거슬 보고 글너보니 곳 나간 ㅈ식의 슈젹이라 졔
아들이 지금ㅅ지 사라 잇슴을 듯고 깃분 ㅁ음을 측량치 못ㅎ여 곳 그 돈을 여
수히 보내여 ㅈ식을 쇽신ㅎ여 다려오니 콘으라드가 집에 도라와셔 그 학의 공
노를 닛지 못ㅎ여 삭여셔 집문 우에 붓쳣다더라[51]

이 글은 노웨라 하는 나라 한 백성의 집에 새겨진 나무 학에 관한 일화
를 소개한 것이다. 이 글은 아직 짜임새 있는 독자적 문학 작품이라기보
다는 서사를 활용한 기사 정도로 이해할 수 있다. 하지만 이러한 성격의
글들은 근대계몽기 신문의 서사 문학 작품이 정착되는 과정에서 나름대
로 일정한 역할을 맡아했다는 점에서 의미가 있다. 이야기의 큰 틀은, 콘
으라드가 학鶴에게 잘 대해주었는데 그가 곤경에 처했을 때 학의 도움으
로 살아나게 된다는 것이다. 이는 보은報恩에 관한 이야기 혹은 선한 행위
는 언젠가 보상을 받게 된다는 교훈적 이야기로 읽을 수 있다. 『조선크

---

[51] 「콘으라드가 환가흔 일」, 『조선크리스도인회보』, 1897.3.31.

리스도인회보』가 선교와 계몽을 목적으로 발행되던 신문이라는 점을 염두에 둔다면, 기록자의 의도가 무엇이었는가를 짐작하는 것은 그리 어려운 일이 아니다.

『그리스도신문』에는 근대계몽기 최초의 '서사적논설'에 해당하는 작품인 「코기리와 원숭이의 니야기」(1897.5.7)가 실려 있다. 「코기리와 원숭이의 니야기」 역시 서로 돕고 사는 일의 필요성에 대해 이야기한다는 점에서 교훈을 목적으로 창작된 것이다. 『그리스도신문』을 통해 시작된 '서사적논설'의 창작은 『조선크리스도인회보』로 옮겨와 활성화된다. 『그리스도신문』에서 시작된 '서사적논설'이 곧바로 『조선크리스도인회보』로 옮겨와 자리잡을 수 있었던 것은 이들 두 신문이 우호적 교류 관계에 있었기 때문이다. 『조선크리스도인회보』에 실린 「됴와문답」 (1897.5.26)은 '서사적논설'의 전형적 모습을 보여주는 작품이다. '도입 해설 – 중심 서사 – 논설'이라는 삼단계의 구성을 취하고 있는 것도 그렇지만, 집필자가 주장하는 내용 역시 그러하다. 「됴와문답」에는 선교와 개화 그리고 계몽에 얽힌 사정들이 모두 담겨 있다. 개구리가 물새에게 이방의 오랑캐라 칭하며 '공연히 남의 나라에 들어와 허탄한 말과 괴이한 술법으로 사람들을 유인하여 옛부터 전해오던 예법을 고치게 한다' 는 등의 서술은 곧 기독교의 전래와 그로 인한 예법상의 갈등을 말한 것이다. 마무리 부분에서 '이러한 이야기가 비록 천루한 것 같으나 무식한 부녀자들과 어리석은 아이들은 알아보기 쉬운 고로 우리는 기록하노니' 라고 적은 것은 『조선크리스도인회보』가 '서사적논설'이라는 양식을 채택한 이유를 구체적으로 드러내주는 중요한 진술이다. 부녀자와 아이들과 같이 이해력이 부족한 사람들을 위해서는 이렇게 우화를 활용한 '서사적논설'이 효과적이라고 글쓴이는 판단했던 것이다.

『조선크리스도인회보』의 또 다른 '서사적논설' 「악혼 나무에 됴혼 가지를 졉붓치는 비유라」(1897.6.16)에도 기독교적 교훈이 담겨 있다. "아밤이 글ㅇ디 부디 조심ㅎ여라 악혼 사룸이라도 만약 허물을 곳치면 가히 착혼 군즈가 될 거시니 엇지 이 나무와 굿지 아니ㅎ냐 이 나무가 근본은 됴치 아닌 거슬 네가 보지 아니 ㅎ엿느냐 사룸의 변ㅎ는 거시 또혼 이와 굿ㅎ니 삼가 회기ㅎ야 부모와 션싱의 교훈을 어거지 말고 일후에 됴혼 실과 밋기를 근졀히 ᄇ라노라 ㅎ엿다더라"[52]와 같은 구절이 그러하다. 이는 악한 사람도 회개하여 고쳐 살면 세상에서 좋은 쓰임새가 있을 것임을 말하고 있는 것이다. 「거믜 이야기라」(1897.6.23)에서는 "사룸이 지됴만 잇고 덕힝이 업셔 즈긔만 위ㅎ고 놈을 위흘 줄 모르는 쟈ㅣ 대개 이와 굿ㅎ니 실노 우리가 비홀 바ㅣ 아니라 너는 이 일을 증계ㅎ여 다른 사룸을 히롭게 ㅎ여 몸만 유익흘 생각을 두지 말나고 ㅎ엿다더라"[53]라는 말로 덕행의 중요성을 강조한다. 2회에 걸쳐 연재 발표된 「촌음을 잇김이라」(1897.9.29~10.6)에는 기독교에 대한 선교 의지가 직접 드러나 있다. 다음 인용문에서 보듯이 하나님을 존경하고 구세주를 믿으며 이웃을 형제 같이 사랑하여 천국에 가기를 힘쓰라는 것이다. "세상에 헛된 영화와 성식을 탐ㅎ지 말고 맛당이 내 몸이 죽기 젼에 광명혼 텬국에 드러가는 리치를 궁구ㅎ여 하ᄂ님을 존경ㅎ고 구셰쥬를 밋으며 스희 안에 잇는 사룸들을 형뎨굿치 스랑ㅎ여 나의 령혼이 흑암디옥에 ᄶᅡ지지 말고 아모죠록 텬국에 가기를 힘쓰리라 ㅎ엿시니 우리는 이 쑴을 희셕ㅎ든 학싱과

---

52 「악혼 나무에 됴혼 가지롤 졉붓치는 비유라」, 『조선크리스도인회보』, 1897.6.16.
53 「거믜 니야기라」, 『조선크리스도인회보』, 1897.6.23.

곳치 네 젼 허물을 회기ᄒ고 령혼이 텬국으로 가ᄂ 길을 예비ᄒ여 죽을 ᄴ에 후회되지 말기를 ᄇ라노라.["54]

『조선크리스도인회보』(대한크리스도인회보)에는 『그리스도신문』에 비해 기독교적 교리 혹은 교훈의 설파에 더욱 적극적이며 직접적 태도를 드러내는 단형 서사 자료가 많이 수록되어 있다. 「구습을 맛당히 ᄇ릴 것」(1897.10.6), 「셩심긔도」(1897.11.17), 「고금에 드문 일」(1898.3.23), 「부ᄌ문답」(1898.3.30), 「도를 위ᄒ야 군츅밧은 일」(1898.4.13), 「직물이 ᄆᆞᆷ을 슈란케 홈」(1898.4.27), 「모로ᄂ 사ᄅᆷ을 구원홈」(1898.5.4), 「ᄉᆞ랑ᄒᄂ 거시 사ᄅᆷ을 감복케 홈」(1898.5.25), 「비암이야기」(1898.7.20) 등은 모두 우화 또는 일화를 활용해 글쓴이의 주장을 펴는 '서사적논설' 계통의 작품이면서 기독교 선교의 목적을 달성하기 위해 창작된 작품들이라 할 수 있다. 『그리스도신문』에 수록된 '서사적논설' 가운데도 기독교의 교리를 직접 설파한 작품이 없는 것은 아니다. 「리치의 쇼연ᄒ 론」(1897.12.16)이나 「악ᄒ 쥬인을 종이 회기식인 일」(1897.12.23) 등이 거기에 해당한다. 「리치의 쇼연ᄒ 론」에서는 "샹쥬ᄭ셔 무한이 ᄌ비ᄒ샤 우리의 악ᄒ 힝실노 죽음에 ᄲ진거슬 보시고 불샹이 녁이샤 크게 은혜를 발ᄒ샤 구쥬 예수를 이 셰상에 보내샤 ᄃᆡ인 쇽죄ᄒ신 은혜를 싱각과 말노 다 감샤치 못ᄒ렷마ᄂ"[55] 등의 표현이 발견된다. 「리치의 쇼연ᄒ 론」이 이렇듯 기독교적 교훈을 직설적으로 드러낼 수 있었던 것은 이 작품이 문답체 형식으로 되어 있기 때문이다. 「악ᄒ 쥬인을 종이 회기식인 일」에서도 종과 주인의 대화 과정에서 기독교에 대한 선교 의지가 명확히 드러난다.

---

54 「츈음을 잇김이라」, 『조선크리스도인회보』, 1897.10.6.
55 「리치의 쇼연ᄒ 론」, 『그리스도신문』, 1897.12.16.

『그리스도신문』을 통해 시작되고 『조선크리스도인회보』(『대한크리스도인회보』)를 통해 보편화된 '서사적논설'은 『독립신문』·『협성회회보』·『매일신문』·『제국신문』 등으로 계속 퍼져나간다. 일상적 논설의 형식에 서사를 결합한 새로운 방식의 '서사적논설'의 성행은 그 출현 빈도수 등을 고려할 때 이 시기 문학 연구에서 결코 소홀히 할 수 없는 중요한 현상이다. 이는 다시 『대한매일신보』·『만세보』·『경향신문』·『대한민보』 등에 등장하는 새로운 단형 서사문학 작품들의 창작으로 이어진다. 이들이 점차 길이가 길어지면서 근대계몽기 문학의 중심을 이루는 대중성 있는 문학 작품들로 변모하게 되는 것이다. 이런 점에서 『그리스도신문』과 『조선크리스도인회보』(『대한크리스도인회보』)를 통한 '서사적논설'의 정착 과정은 한국 근대소설사에서 적지 않은 의미를 지니게 되는 것이다.[56]

한국 근대 서사문학의 전개 과정에서 『그리스도신문』의 기여는 여기에서 그치는 것이 아니다. 『그리스도신문』이 즐겨 다루었던 '인물기사' 역시 근대 서사문학의 중요한 토대를 이루게 된다. '인물기사'란 특정한 인물의 일대기 혹은 일화를 중심으로 이야기를 끌어가는 것으로 그 주인공은 실존 인물일 수도 있으며 허구적 인물일 수도 있다. 그러나 주인공의 실존 유무와 관계없이 '인물기사'는 실제 사건에 대한 보도 기사가 아니라 모두가 편집인들에 의해 각색되거나 창작된 기사라는 특성을 지닌다.

『그리스도신문』에 등장하는 '인물기사'의 예로는 「무듸 스젹」(1901.3.28 ~4.4), 「알프레드 님군」(1901.5.16), 「라파륜 스젹」(1901.5.16~30), 「이스

---

56 근대계몽기 신문에 활발히 발표된 '서사적 논설'의 재래 문학적 원천은 조선 후기 한문단편을 포함하는 야담에서 찾을 수 있다. 이에 대한 구체적 논의는 이 책의 제1장 참조.

도의 〈수젹」(1901.6.27), 「을지문덕」(1901.8.22), 「원텬셕」(1901.8.29), 「길
지古再」(1901.9.5), 「김유신」(1901.10.31~11.7), 「그루소의 흑인을 엇어 동
모홈」(1902.5.8) 등이 있다.

이 가운데 나폴레옹의 일생을 그린 「라파륜 〈수젹」을 살펴보면 다음과
같다. 라파륜은 1769년 지중해의 코르시카 섬에서 태어났다. 그는 1784
년 프랑스의 파리로 가서 다음해에 육군 소대장이 된다. 영국 사람들을
쫓아내는 일에 공을 세운 라파륜은 대대장이 되는데 그때 나이가 이십오
세였다. 그 후 라파륜은 열네 번 전쟁에 참여하여 프랑스를 유럽 제일의
나라로 만들게 된다. 1804년에는 라파륜 자신이 황제가 되는 것과 그 자
손이 황제 노릇하는 권리를 법률로 만드니 로마 교황이 와서 그의 머리
에 면류관을 씌우게 된다. 라파륜은 계속해서 오스트리아와 러시아, 프
러시아, 스페인 등과 싸워 공을 세우고, 곳곳에 자신의 형제를 보내 왕으
로 삼는다. 그러나 러시아로 들어가던 라파륜은 추운 날씨를 이기지 못
해 수많은 군사를 잃는다. 이후 라파륜은 싸움을 하지 않기로 작정하고
엘바로 임금 노릇을 하러 갔다가 다시 군사 이십만 명을 거느리고 프랑
스로 돌아온다. 1856년 라파륜은 영국 군대와 워털루에서 접전을 벌이
게 된다. 이때 프러시아 군대가 영국을 도와 프랑스를 치자 라파륜은 패
배하여 도망치게 된다. 얼마 후 라파륜은 영국 군사에게 잡혀 헬레나 섬
에 갇히고, 육 년 만에 죽게 된다. 이러한 줄거리로 이루어진 '인물기사'
「라파륜 〈수젹」은 다음과 같은 문장으로 마무리된다. "여러 히 후에 법국
사름들이 라파륜에 신톄를 파다가 법국 피리쓰셩에 장〈지내니라 라파
륜이 살엇실 때에 ᄒ〈는 말이 예수씌셔는 나와 ᄀᆞᆺ치 군〈 업서도 이 세상
을 이긔엿다 ᄒᆞ더라."[57] 여기서 말하듯, '예수께서는 군사가 없어도 이

세상을 이겼다'라는 말을 나폴레옹이 실제로 남겼는지 아니면 이 글의 지은이가 만들어낸 것인지는 알 수 없다. 그러나 이 마지막 문장은 그 사실 유무를 떠나『그리스도신문』이 왜「나파륜 스젹」이라는 '인물기사'를 게재했는가 하는 이유를 명백히 보여준다. 예수의 힘은 나폴레옹의 힘에 비할 수 없을 정도로 크고 위대한 것이다. 나폴레옹은 수많은 군대를 거느리고도 패하지만, 예수는 군사가 없이도 세상에서 승리한다. 나폴레옹은 결국 패배자로 세상의 생을 마감하지만 예수는 세상을 이기는 자로 그려지는 것이다.

『조선크리스도인회보』에도 이와 매우 유사한 성격의 '인물기사'가 실려 있다. 1897년 11월 10일에 발표된「고륜포」의 경우가 그러하다.「고륜포」는 콜럼부스의 일화를 다룬 것으로 그 내용은 다음과 같다. 고륜포는 서기 1412년 이탈리아에서 태어났다.[58] 그는 삼대주 바다를 왕래하며 지리학을 공부한 후, 지구가 둥글고 서편으로 계속 가면 동방에 있는 나라들을 지나 다시 본국으로 돌아올 수 있다고 믿게 되었다. 스페인 왕후의 후원을 받아 배를 마련한 고륜포는 사공 백이십 명과 일 년 먹을 양식을 준비해 출항했다. 그러나 오랜 시간 망망 대해를 항해하게 되자 선원들은 모두 고륜포의 말을 의심하기 시작했다. 그들은 바다에서 표류하다 죽게 될 것을 염려해 마침내 고륜포에게 반기를 든다. 고륜포는 자신을 죽이려는 선원들에게 사흘만 더 항해를 할 것을 간청하고, 다시 항해를 시작한 지 사흘 째 되던 날 드디어 선원들은 육지를 발견하고 환성을 지른다. 모든 사람들이 그 환성 속에서 하나님의 도우심을 칭송하는데,

---

57 「라파륜 스젹」,『그리스도신문』, 1901.5.30.
58 실제 콜럼부스는 1451년생이다.

그때 발견한 땅이 바로 지금의 아메리카 대륙인 것이다. 「고륜포」에는 다음과 같이 성경 구절에 대한 구체적 언급이 보인다.

> 비사룸들이 고륜포의 성심으로 근청흠과 또 사흘 한뎡이 만치 아님을 보고 마지 못ᄒ여 여전히 압호로 가더니 뎨 삼일을 당ᄒ여 비머리에 흔 사름이 셔셔 크게 소리질너 굴아딕 륙디가 보인다 ᄒ거늘 삼쳑션 중에 빅여명 사름들이 일 졔히 깃거ᄒ야 긔를 달고 발포ᄒ며 일시에 랍합ᄒ니 그 것버홈이 하늘로 좃차 나려온 것 ᄀᆺᄒ지라 뭇사름들이 하ᄂᆞ님의 도ᄋ심을 칭숑ᄒ니 그 싸혼 지금 남 북 아미리가 대쥬라 고륜포ᄀᆺᄒ 이ᄂᆞ 그 밋음으로 천고에 대공을 일위엿시니 (마태 구장 이십구절에 말삼과 ᄀᆺ더라)[59]

「고륜포」의 지은이는 아메리카 대륙의 발견이 하늘의 도움심이자 고 륜포의 믿음의 소산이라는 사실을 강조한다. 고륜포에게 굳은 믿음이 없 었다면 그는 항해를 중도에 포기했을 것이다. 아울러 고륜포가 아무리 항해를 지속할지라도 하늘의 도우심이 없이는 그러한 신대륙의 발견은 불가능했을 수도 있다. 지은이는 고륜포가 믿음으로 큰 공을 세운 것이 마치 신약성서 마태복음 구장 이십 구 절의 말씀과 같다는 말로 글을 마 무리한다.[60] 믿음으로 수난을 이겨내고 결국은 행복한 결말을 맞게 되는 이 「고륜포」의 이야기는 곧바로 대중들을 향한 계몽과 선교의 수단으로 활용될 수 있었던 것이다.

『그리스도신문』이나 『조선크리스도인회보』에 실린 '인물기사'들은

---

59 「고륜포」, 『조선크리스도인회보』, 1897.11.10. 뒤 괄호는 원문에 빠져 있는 것을 바로잡은 것임.
60 참고로, 신약성서 마태복음 구장 이십구절은 다음과 같다. "예수께서는 그들의 눈을 만지시며 '너희가 믿는 대로 될 것이다' 하고 말씀하셨다."

근대계몽기 신문 독자들에게 새로운 세계에 대한 인식을 심어 주는 일에도 적지 않게 기여했다. 이들 신문에 실린 '인물기사'들은 그 이야기의 근원이 동서고금 모두에 걸쳐 다양하다. 을지문덕과 김유신 같은 동양의 사적을 바탕으로 한 인물전뿐만 아니라, 나폴레옹이나 콜럼부스 같은 서양의 사적을 바탕으로 한 인물전도 있었다. 동양 고전에서 취한 이야기가 있는가 하면 성서에 바탕을 둔 이야기도 있었고, 「그루소의 흑인을 엇어 동모함」(1902.5.8)처럼 영국 근대소설을 바탕으로 만들어낸 이야기도 있었다.[61] 이렇게 다양한 바탕을 지닌 다양한 성격의 이야기들은 당시 독자들의 안목을 넓히는 일에도 분명 적지 않은 기여를 했을 것으로 판단된다. '인물기사'는 형식과 내용이라는 양 측면에서 근대계몽기라는 과도기의 서사물로서의 소임을 충분히 맡아한 것이다.

『그리스도신문』이나 『조선크리스도인회보』(『대한크리스도인회보』)에 실렸던 이러한 '인물기사'들은, 이후 1900년대 한국 근대문학사에서 성행하게 되는 '역사·전기소설'의 토대를 이룬다는 점에서 중요하다.[62] 이들 기독교 신문에 실린 단형 서사문학 자료들인 '인물기사'는 '역사·전기소설'의 축소판이라 할 수 있다. '인물기사'나 '역사·전기소설'은 모두가 특정한 인물의 일대기나 그에 얽힌 일화를 중심으로 구성된 서사문학 자료들이다. 물론 '인물기사'와 '역사·전기소설' 사이에는 차이점 역시 적지 않게 존재한다. '인물기사'에 우화적·상징적 요소가 많이 들어 있는 것에 비하면, '역사·전기소설'은 사실적 요소들을 중심으로 구성된다. '인물기사'는 실존 인물과 가상의 인물들을 모두 다루지만 '역사·

---

61 「그루소의 흑인을 엇어 동모함」은 1719년 영국의 소설가 다니엘 디포가 쓴 『로빈슨크루소』의 일부를 각색한 것이다.
62 '역사·전기소설'에 대한 상세한 논의는 이 책의 제2장 참조.

전기소설'은 대부분 실존 인물들을 다룬다. '인물기사'는 길이가 짧은 것에 반해 '역사·전기소설'은 길이가 길다. '인물기사'는 그 길이가 신문이나 잡지 연재 한두 회분에 머물지만, '역사·전기소설'은 한 편의 작품 길이가 대부분 단행본 한 권에 해당한다. '인물기사'가 주로 일화 중심으로 구성되는 것에 반해 '역사·전기소설'이 일대기 중심으로 구성되는 것은 무엇보다 이러한 길이의 차이에서 연유하는 것으로 보아야 한다. 한국 근대 서사문학사 전개의 큰 방향 가운데 하나가 단형短型에서 장형長型으로의 변화라는 점을 염두에 둔다면, 이들 신문에 발표되었던 '인물기사'들과 이후에 창작되는 '역사·전기소설'들 사이에서 발견되는 이러한 길이의 차이 역시 지극히 자연스러운 것이라고 해야 할 것이다.

7. 맺음말

한국 근대문학의 발생 및 전개 과정에 대한 연구는 근대계몽기 매체에 대한 연구와 직접적인 연관성을 지닌다. 한국 근대문학 발생 과정에 대한 연구가 오랜 동안 답보 상태에 머물렀던 커다란 요인 가운데 하나는 이렇듯 중요한 매체에 대한 연구를 소홀히 해 왔던 것에도 있다. 단행본 위주의 작품들만을 중시하며 진행되었던 기존 연구에는 근본적인 한계가 있었던 것이다. 그런 점에서 최근에 일고 있는 매체와 문학의 상관관계에 대한 인식은 우리 근대문학 연구의 위상을 한 단계 높이는 일이 될 수 있다.

『조선크리스도인회보』는 감리교 선교사 아펜젤러가 발행한 우리나라 최초의 기독교 신문이다. 『그리스도신문』은 장로교 선교사 언더우드가 곧 이어 발행한 또 하나의 초기 기독교 신문이다. 『조선크리스도인회보』와 『그리스도신문』은 한글을 전용하고 독자들에게 한글 사용의 중요성을 계속 강조함으로써 한글문화의 정착과 한글의 대중화에 적지 않게 공헌했다. 이들 기독교 신문이 한글을 중시한 것은 당시 선교를 위한 중요한 도구적 언어가 한글이었기 때문이다. 한국 근대문학 발전을 가늠하는 주요 지표 가운데 하나가 한글 사용의 확대라는 점을 생각한다면, 이러한 기독교 신문의 한글 중시 방침은 한국 근대문학 전개사에 일정한 기여를 한 것으로 평가할 수 있다.

『조선크리스도인회보』와 『그리스도신문』의 창간 목적은 기독교 선교와 일반 민중에 대한 계몽 및 한국 사회의 개화에 있었다. 이들 신문은 성서 해설이나 기독교 관련 기사를 직접 싣기도 했지만, 기독교 교리 및 그와 관련된 교훈적인 내용들을 우화 형식 등으로 새롭게 꾸며 수록하기도 했다. 그것이 독자 대중을 끌어들이는 데 효과적이었기 때문이다. 이렇게 해서 탄생한 새로운 단형 서사문학 양식 가운데 하나가 이른바 '서사적논설'이다. '서사적논설'은 『그리스도신문』을 통해 최초로 모습을 드러냈고, 『조선크리스도인회보』를 통해 퍼져나갔다. 『그리스도신문』을 통해 등장한 새로운 글쓰기 양식이 『조선크리스도인회보』를 통해 보편화될 수 있었던 것은 이 두 신문이 서로 종파가 달랐음에도 불구하고 상호 경쟁 관계라기보다는 우호적 영향 관계에 있었기 때문이다.

근대계몽기 최초로 단형 서사문학 자료를 수록하기 시작한 신문은

『조선크리스도인회보』이고, 처음으로 논설에 서사를 활용하기 시작한 신문은 『그리스도신문』이었다. 『독립신문』은 창간 첫해인 1896년부터 1897년까지는 단 한편의 서사문학 자료도 다루지 않는다. 그러다가 『조선크리스도인회보』와 『그리스도신문』을 통해 단형 서사문학 자료의 활용이 보편화되는 1898년 이후에 이르러서야 서사문학 자료를 수록하게 된다. 이어서 간행된 『협성회회보』·『매일신문』·『대한매일신보』·『제국신문』 등도 모두 단형 서사문학 자료를 싣게 된다. 이들 신문이 논설에 서사를 활용하거나, 서사문학 작품들을 수록하게 되는 이유를 전적으로 기독교 신문의 영향으로만 돌릴 수는 없을 것이다. 하지만, 이러한 현상의 배경에는 분명 『조선크리스도인회보』와 『그리스도신문』의 직·간접적 영향이 있었다고 보아도 크게 무리는 아닐 것이다. 이들 신문이 단형 서사문학 자료를 논설이나 기사란에 활발히 수록하게 된 것은, 기독교 선교를 위해 창안된 새로운 글쓰기 방식과 새로운 유형의 기사들이 일반 신문의 독자 계몽에도 효과가 있다고 판단했기 때문이다.

『조선크리스도인회보』와 『그리스도신문』이 즐겨 다루었던 '인물기사'도 근대문학사의 전개에 적지 않은 영향을 미쳤다. 기독교 신문이 '인물기사'를 즐겨 다룬 이유는 믿음이 굳건한 인물들의 일대기나 일화에 대한 소개를 통해 선교를 하려는 데 있었다. 나폴레옹이나 콜럼부스를 다루는 '인물기사' 속에 기독교적 교훈이나 성경 구절을 소개한 것이 모두 그러한 목적을 달성하기 위한 의도의 표출이었다. 기독교 신문의 '인물기사'는 이후 『대한매일신보』 등을 통해 발표되는 근대계몽기 '역사·전기소설' 창작의 바탕이 된다. 기독교 신문의 선교와 계몽이라는 의도가, '역사·전기소설' 창작자들의 민족의식 고취와 계몽이라는 의도로 바뀌어 나타나게 된 것이다. 이런 점들로 미루어 볼 때 근대계몽기 기독교 신문의 발행이 한국 근대 서사문학의 전개 과정에 미친 영향은 결코 작은 것이 아니다. 아울러 『조선크리스도인회보』와 『그리스도신문』을 통해 발표된 단형 서사문학 자료들 자체가 지니는 문학사적 의미 역시 간과할 수 없는 것이다.

1910년대 신문의 역할과
근대소설의 정착과정

1. 머리말

근대계몽기 신문의 출현은 한국 근대문학의 새로운 출발과 정착을 위한 가장 중요한 문화적 토대가 된다. 근대계몽기에는 다양한 신문들이 발행되었고, 이들 대부분은 여러 가지 형태의 서사문학 자료들을 지속적으로 수록했다. 당시 신문들이 이렇게 서사문학 자료들을 수록한 이유는, 그것이 어떤 방식으로든 독자 확보에 도움이 되었기 때문이다. 이들 신문 가운데 상당수는 소설란을 따로 두기도 했다.

근대계몽기에 사용된 '소설小說'라는 용어의 의미는 오늘날의 그것과는 판이하게 차이가 난다. 당시에도 그것이 서사문학 자료를 지칭하는 용어 가운데 하나이기는 했지만, 일정하게 공통된 양식을 의미하는 것이 아니었음은 명백한 사실이다. 특히 신문 발행 초기 이러한 현상은 더욱 두드러진다.

이 글의 궁극적인 목적은 1910년대의 유일한 중앙지였던 『매일신보』를 통해 한국 근대소설의 정착 과정을 살펴보려는 데 있다. 이를 위해 『대한매일신보』와 『제국신문』·『만세보』·『경향신문』·『대한민보』 등 여타 근대계몽기 신문들이 '소설'을 비롯한 서사문학 양식들을 어떻게 이해하고 분류했는가를 함께 살피게 될 것이다. 이른바 근대서사 양식 분류의 역사성을 함께 살피려는 것이다. 이를 통해 『매일신보』의 서사 양식 분류의 상대성을 이해할 수 있게 될 것이다. 아울러, 『매일신보』 소재 서사자료의 실태를 확인하고 그것이 통속화되어 가는 과정과 이유를 논의하려 한다. 이어서 「무정」 등 이광수 소설의 출현 과정과 「무정」의 근대문학사적 의의에 대한 고찰하려 한다. 이광수 소설이 거두었던 근대소설로서의 진정한 성과는 무엇이었는가를 구명하는 일 역시 이 글의 중요한 관심사가 될 것이다.

2. 근대계몽기 신문의 서사양식론
—『한성신보』에서『매일신보』까지

1) 소설

근대계몽기 신문이 서사문학 자료를 수록하면서 '소설'란을 따로 구별짓기 시작한 것은 1897년 1월 12일『한성신보漢城新報』가 처음이다.[1] 그 이전에도 '소설'이라는 용어를 사용하기는 했지만 이는 기사 속에서만 발견된다.『한성신보』는 1897년 1월 12일부터 16일까지 3회에 걸쳐 「상부원사해정남孀婦寃死害貞男」을 연재 발표하면서 이 작품이 실리는 지면의 명칭을 '소설小說'이라고 명기한다.

『한성신보』에 수록된 서사문학 자료는 1895년 11월 7일부터 1896년 1월 26일까지 연재 발표된 「나보례언拿破崙傳」을 비롯하여 대략 30여 편에 이른다. 그런데 이렇게 30여 편에 이르는 서사문학 자료 가운데 '소설'란에 발표된 것은 대략 여섯 편 정도이다. 이들 작품의 제목과 발표일은 다음과 같다. 「상부원사해정남孀婦寃死害貞男」(1897.1.12~1.16), 「방백우유망동기邦伯優游忘同忌」(1897.1.18), 「비자정절婢子貞節」(1897.1. 20), 「무하옹문답無何翁

---

1 『한성신보』는 일본인들의 주도하에 간행된 신문으로 국문과 일문을 함께 사용했다. 이 신문은 1895년 2월 17일 창간되어 1906년 7월 31일까지 간행되었다. 창간 초기에는 격일간으로 발행되었으나 뒤에 일간으로 전환했다. 창간 초기에는 소형판으로 제작해 제101호까지 발행했고, 1895년 9월 9일 제102호부터는 배대판(倍大版)으로 판형을 바꾸어 간행했다. 현재 국내 유일본으로 알려진 연세대학교 도서관 보관본은 이 배대판 신문이다. 본 연구자가 실제로 확인할 수 있었던 자료는 1895년 9월 이후부터 1905년 5월까지의 신문이다.『한성신보』는 1906년 9월 이후『대동신보(大東新報)』등 여러 군소신문들과 합쳐져 통감부 기관지인『경성일보(京城日報)』로 바뀌게 된다.『한성신보』에 대한 더 자세한 논의는 박용규,「구한말 일본의 침략적 언론활동」,『한국언론학보』, 한국언론학회, 1998, 149~183면 참조. 한국 근대소설의 개념과『한성신보』와의 관련에 대한 논의는 김재영,「근대계몽기 소설 개념의 변화」,『현대문학의 연구』22, 한국문학연구학회, 2004, 7~46면 참조.

問答」(1897.1.22~2.15, 이후 미확인),「목동애전木東崖傳」(1902.12.7~1903.2.3, 이후 미확인),「경국미담經國美談」(1904.10.4~11.2).

이들 작품을 제외한 나머지 20여 편의 작품들은 대부분 잡보雜報란에 수록되어 있다. 이렇게 잡보란에 수록된 작품들은「나보례언拿破崙傳」(1895.11.7~1896.1.26),「조부인전趙婦人傳」(1896.5.19~7.10),「영국황제폐하어략전英國皇帝陛下御略傳」(1896.6.8~6.10),「신진사문답기申進士問答記」(1896.7.12 ~8.27),「기문전紀文傳」(1896.8.29~9.4),「곽어사전郭御史傳」(1896.9.6~10.28),「보은이수報恩以讐」(1896.9.12~9.16),「이지탈궁以智脫窮」(1896. 9.18~9.26),「남준녀걸男蠢女傑」(1896.9.28~10.22),「몽유역대제왕연夢遊歷代帝王宴」(1896. 10.24~12.24),「이소저전李小姐傳」(1896.10.30~11.3),「성세기몽醒世奇夢」(1896.11.6~11.18),「미국신대통령전米國新大統領傳」(1896.11.14~18),「이정언전李正言傳」(1896.11.22~30),「김씨전金氏傳」(1896.12.4~12.14),「가연중단佳緣中斷」(1896.12.16~12.26),「이씨전李氏傳」(1896.12.28~1897.1.10, 연재중단),「원혼보구寃魂報仇」(1896.12.28~1897.1.8) 등이다.

그런데, 이들 잡보란에 수록된 작품들과 소설란에 수록된 작품들 사이에 특별한 차이점 있는 것은 아니다. 그뿐만 아니라, 소설란에 실린 작품들 사이에서도 서로간의 특별한 양식상의 공통점을 발견하기는 어렵다. 예를 들면「상부원사해정남」·「방백우유망동기」·「비자정절」·「무하옹문답」등은 조선 후기에 성행하던 야담 류에 속하는 작품으로 생각된다.「목동애전」은 번역소설로 생각되나 그 출처가 분명하지는 않고,「경국미담」은 일본 정치소설의 번역이다. 이들은「방백우유망동기」나「비자정절」처럼 한 회 발표로 끝나는 작품에서부터,「목동애전」처럼 수개월 연재 발표되는 작품에 이르기까지 길이도 제 각각이다. 문체 역시 일정

하지 않아서 「상부원사해정남」・「방백우유망동기」・「비자정절」・「무하
옹문답」・「목동애전」 등은 순국문으로 되어 있으나 「경국미담」은 국한
문 혼용체를 사용하고 있다. 이렇게 『한성신보』에 수록된 작품들은 그것
이 잡보란에 수록되었건 소설란에 수록되었건 대부분 창작물이라기보다
는 번역물 혹은 이미 시중에 유통되던 작품들의 재수록물로 판단된다.[2]

이런 점들로 미루어볼 때, 『한성신보』 편집자에게 특별히 소설이라는
양식에 대한 구체적 개념이 있었다고는 생각하기 어렵다. 야담류, 고소
설류, 번역소설류를 모두 소설이라는 하나의 용어 속에 담아내고 있는
것이다. 아울러 잡보와 소설의 차이가 명백했다고도 보기 어렵다. 단지,
잡보란에 실리던 서사성이 강한 이야기 문학 자료들에 대해 1897년 1월
이후 소설이라는 명칭을 부여해 일반 잡보 기사와 구별하기 시작했다는
정도로만 정리가 가능한 것이다.[3]

일본인이 발행하던 『한성신보』와는 달리, 비슷한 시기에 조선인들에
의해 발간되던 여타의 신문들 즉 『독립신문』이나 『죠션크리스도인회
보』・『그리스도신문』・『협성회회보』・『매일신문』 등은 발행기간 내내
소설란을 따로 마련하지 않았다. 이들 신문은 서사자료를 수록할 때에
주로 논설란이나 잡보란을 활용하였다.

---

2 「조부인전」은 다음과 같은 사고(社告)를 통해 이 작품이 전래되는 소설책의 재수록임을 밝히고 있다. "이번에 社員
이 쇼설 칙을 웃더왓는듸 그 칙일홈은 趙婦人傳이라 ᄒ야퍽 ᄌ미가 잇고, 부인네게 칭챵계될 ᄒ온 즉, 젼리 긔지ᄒ
야 英國史要는 中止ᄒ고 次号붓터 登載ᄒ오니 閱讀諸君은 倍舊로 사보심을 바라ᄂᆞ이다."(『한성신보』, 1896.5.17)
그런가 하면 「경국미담」은 연재에 앞서 다음과 같은 말로 일본 저작물의 번역임을 밝히고 있다. "此篇은 日本 大洞
伯矢野龍溪氏가 距今 二十 年 前에 著作홈이나 常時 日本 有志少壯이 人購一本ᄒ야 行吟走誦의 癖을 成ᄒ더니 今日
韓國政界에 有志人士가 忘身愛國에 改善之志를 皆抱ᄒ엿시니 此時에 此篇를 演讀홈민 士氣振作에 大效가 生ᄒ리니
文法平易ᄒ고 結構雄大홈은 此篇特色이요 士志慷慨ᄒ고 經綸卓拔홈은 此篇特質이니 愛讀을 得ᄒ면 譯者幸甚이로소
이다."(『한성신보』, 1904.10.4)
3 김재영은 「조부인전」이 발표되던 1896년 5월부터 신문체제상 소설란은 독립된 것이며, 1897년 1월에 등장하는
'소설'은 이를 뒤늦게 추인하는 것에 불과한 것이었다고 본다. 이 소설란의 독립은 주로 국문독자를 끌어들이기 위
한 타개책의 일부였으며 일본의 신문 지면을 참조했던 것이라고 정리한다. 김재영, 「근대계몽기 소설 개념의 변
화」, 20~21면 참조.

『한성신보』 이후 신문에서 소설란이 발견되는 것은 국한문판『대한매일

신보大韓每日申報』의 경우가 처음이다.[4]『대한매일신보』는 한글로 된 작품「청

루의녀젼」을 수록하면서 '소설小說'란을 두게 된다. 국한문판『대한매일신

보』에는「젹션여경녹」(1905.8.11~29),「향긱담화」(1905.10.29~11.7),「소

경과 안즘방이 문답」(1905.11.17~12.13),「의퇴리국아마치젼」(1905.12.14

~12.21),「향로방문의싱鄕老訪問醫生이라」(1905.12.21~1906.2.2),「청루의녀

젼靑樓義女傳」(1906.2.6~1906.2.18),「거부오해車夫誤解」(1906.2.20~3.7),「시사

문답時事問答」(1906.3.8~4.12) 등의 순국문 서사문학 작품이 실려 있다.

그런데 이들 가운데「청루의녀젼」과「거부오해」두 편만 소설란에 실

려 있다.[5] 나머지 작품들은 모두 아무런 표식 없이 잡보란에 실려 있는

것이다. 특히「소경과 안즘방이 문답」,「향로방문의싱이라」,「시사문답」

세 작품은「거부오해」와 내용상 서로 연결되는 부분이 적지 않으며 동일

한 구성법을 취하고 있는 등 동일 작가집단에 의한 연작 형태의 작품으

로 추정된다. 그럼에도 불구하고「거부오해」에만 소설이라는 양식 표기

가 되어 있는 것이다. 이점으로 미루어 볼 때,『대한매일신보』역시 잡보

와 소설의 구별이 명확했다고 보기 어렵다. 신문 편집자에게 소설에 대

한 양식적 인식이 뚜렷하게 존재했다고 보기 어려운 것이다.

국한문판『대한매일신보』에는 이밖에도 20여 편의 국한문혼용 서사

문학 자료가 수록되어 있다. 이들 작품은 대부분 잡보란에 실려 있으며,

---

4 『대한매일신보』는 1904.7.18 국문과 영문 혼용 신문으로 출발했다. 이후 영문판이 분리되어『Korean Daily
  News』가 되고, 국문판은 국한문혼용판으로 바뀌게 된다. 1907년 5월 23일부터는 순국문신문을 따로 발행한다.
  이『대한매일신보』가 1910년 한일병합 이후 총독부 기관지인『매일신보』가 된다.
5 『대한매일신보』에서 발견할 수 있는 '小說'이라는 표기가 양식 명인지, 혹은 단순히 수록란을 구별하기 위한 것인
  지는 명확하지 않다. 이는 앞에서 다룬『한성신보』의 경우도 마찬가지이다. 이 문제는 소설사 연구에서 지속적인
  논란거리가 될 수 있다. 여기서는 일단 양식 표기이면서 아울러 난을 구별하는 기능을 복합적으로 지니는 것으로
  간주하고 논의를 진행한다.

거기에는 단 한편도 '소설'이라는 양식 명이 부기되어 있지 않다.[6] 여기서 특기할 만한 것은 관물생觀物生의 작품인 「호狐와 묘猫의 문답問答」 (1908.3.24)이다. 이 작품은 안국선의 「금수회의록」을 떠올리게 하는 창작물로, 북한문학사에서는 「금수회의록」과 함께 이른바 애국문화운동에 이바지한 진보적 문학 작품의 하나로 중요하게 취급한다. 북한문학사에서는 이 작품이 당대현실의 기본 모순을 여우와 고양이의 대화 형식을 통해 반영하고 있는 주목할 만한 작품이라고 보면서, 「토끼전」이나 「장끼전」 등의 전통을 잇는 우화소설로 분류한다.[7] 이 작품에는 '기서奇書'라는 표기가 달려 있다. '기서'는 일반적으로 '독자투고'를 뜻한다고 볼 수 있으나, 꼭 그런 의미로만 사용되었던 것은 아니다.

'소설'이나 '기서'라는 명칭은 『대한매일신보』 국문판에서도 발견된다. 국문판 『대한매일신보』에는 모두 30여 편의 서사문학 자료가 실려 있다. 이 가운데 20여 편이 논설란이나 시사평론란에 실려 있다. 시사평론 역시 논설의 일종이라고 본다면 국문판 『대한매일신보』에 실린 서사문학 자료의 대다수는 논설란에 실려 있다고 보아도 크게 무리가 아니다. 나머지 작품들은 잡보란이나 '긔서'란 그리고 '쇼셜' 혹은 '쇼셜'이라고 명기된 소설란에 실려 있는 것이다.[8] 잡보란에 실린 작품은 「흑룡강의 여장군」(1907.9.27) 등이며 소설란에 실린 것은 「라란부인전 근세 데일 녀중 영웅」(1907. 5.23~1907.7.6), 「국치전」(1907.7.9~1908.6.9), 「슈군의 데일 거록한 인물 리슌신전」(1908.6.11 ~1908.10.24), 「매국노」(1908.10.25~

---

6 참고로 오늘날에는 역사·전기소설로 분류되는 단재 신채호의 작품 「수군제일 위인 이순신(水軍第一 偉人 李舜臣)」은 위인유적(偉人遺蹟)난에, 그리고 「동국거걸 최도통(東國巨傑 崔都統)」은 특별한 난 구별이 없이 실려 있다.

7 사회과학원문학연구소, 『조선문학통사』, 사회과학출판사, 1959, 18~19면; 정홍교·박종원, 『조선문학개관』, 사회과학출판사, 1986, 310~313면 참조.

8 참고로, 「보응」한 작품이 '신쇼셜'란에 실려 있다. 이에 대해서는 뒤에서 상세히 다루기로 한다.

1909.7.14), 「디구셩 미리몽」(1909.7.15~8.10) 등 여덟 편이다. 기서란에 실린 것은 「로쇼문답」(1908.2.13~2.14), 「몽중소」(1908.3.8), 「한국의 장리」(1908.9.18) 등 세 편이다. 여기서 소설란에 실린 작품들 가운데 하나인 「매국노」는 외국 작품을 번역한 것이다.[9] 그런가 하면 「디구셩 미리몽」은 강한 현실성을 띠고 있는 창작물이다. 시국을 돌아보고 미래를 걱정하는 창작의지가 잘 드러나 있는 작품인 것이다. 기서란에 실린 「로쇼문답」, 「몽중소」, 「한국의 장리」는 모두 시국을 걱정하는 내용을 담은 창작물이라는 점에서 「디구셩 미리몽」과 유사한 성격의 글이기는 하나, 「디구셩 미리몽」과 달리 모두 단형 서사물들이다. 소설란에 실린 작품에 비해 길이가 짧은 작품들인 것이다. 『대한매일신보』는 번역물이나 창작물에 모두 소설이라는 양식 용어를 부여했다. 이는 앞의 『한성신보』의 경우도 마찬가지였다. 소설란에 실린 글들의 경우 그 성격은 잡보 및 기서란에 실린 글과 큰 차이는 없지만 단지 길이에서 차이가 난다. 상대적으로 길이가 긴 연재물들에서만 소설이라는 명칭을 발견할 수 있는 것이다. 국문판 『대한매일신보』를 정리하면서 주목할 점은 국한문판 기서奇書란에 실린 관물생觀物生의 작품 「호狐와 묘猫의 문답問答」이 여기에서는 「여호와 고양이의 문답」(1908.3.27)이라는 제목으로 논설란에 실려 있다는 것이다. 이 작품은 국문판 논설란에 실리면서 작가의 이름도 밝혀놓지 않았다.[10] 그렇다고 작품의 내용이 달라진 것은 없다. 단지 국한문 문장이 한글 문장으로 번역되어 있을 뿐이다.[11]

---

9 이 작품은 "덕국 소덕몽 저술"로 되어 있으며 번역자가 누구인지는 밝혀져 있지 않다.
10 이는 기서는 필자명을 밝히고, 논설은 익명으로 처리하는 『대한매일신보』의 편집 방침 때문으로 판단된다.
11 「여호와 고양이의 문답」은 「狐와 猫의 問答」의 국한문 문장을 한글로 음독한 것이 아니라, 완전히 한글체로 번역해 수록했다.

이렇게 본다면『대한매일신보』편집자에게는 잡보와 소설과 기서의 차이가 명확하지 않았을 뿐만 아니라 기서와 논설의 차이 역시 그리 명확한 것이 아니었음을 알 수 있다. 이는 곧 잡보와 기서 그리고 소설과 논설이 분화되지 않은 근대계몽기 서사 자료의 특질을 다시 한번 확인시켜 주는 구체적 사례가 되는 것이다. 그런 점에서 근대계몽기 서사문학 자료를 연구하면서 소설란에 수록된 자료들에 대해서만 주로 관심을 표명해오던 기존의 이 시기 문학 연구가 얼마나 많은 문제점을 안고 있었던 것인가 하는 점을 재확인할 수 있게 된다.『대한매일신보』에 이어 소설란을 두고 작품을 발표한 신문으로는『제국신문帝國新聞』을 들 수 있다. 1898년 8월 10일 창간되어 1910년 3월 31일까지 발행된『제국신문』에는 약 90여 편의 서사문학 자료들이 수록되어 있다.[12]『제국신문』의 서사자료들은 대부분 '론설'란과 '이어기담俚語奇談' 및 '소설小說'란에 실렸다.『제국신문』에 수록된 서사문학 자료들에서는 몇 가지 특색이 발견된다. 그 하나는 1898년부터 1901년 사이에 서사자료들이 집중적으로 나타나다가[13] 잠시 휴지기를 거쳐 1906년 이후 다시 나타난다는 것이다. 그 둘째는 1906년 이전까지의 서사자료들은 단 한 편의 예외도 없이 모두 단형 서사자료라는 것이다. 그 중 길이가 긴「여창화병旅窓話病」(1900.6.11~6.13) 같은 경우도 연재 일이 사흘을 넘지 않는다. 그러다가 1906년 7월「평양 감영에―」(1906.7.28~8.7) 이후에 발표되는 자료들은 또 대부분 연재물이라는 것이다. 이 연재물들 가운데는 길이가 비교적 긴 작품들도 포함되어 있다. 이들 연재물의 목록을 보면

---

12 『제국신문』에 수록된 서사 자료의 특질과 작가의 문제 등에 관한 상세한 논의는 구장률,「『제국신문』의 '서사적논설' 연구─사유 기반과 수사적 특성을 중심으로」,『현대문학의 연구』22, 한국문학연구학회, 2004, 89~129면 참조.
13 이 기간 동안『제국신문』에 수록된 자료의 수는 대략 70편 정도이다.

「허생전許生傳」(1907.3.20~4.19), 「혈의루(하편)」(1907.5.17~6.1), 「고목화枯木花」(1907.6.5~10.4), 「빈상설鬢上雪」(1907.10.5~?) 등이다.

이렇게 다양한 서사문학 자료를 발표하면서『제국신문』이 소설란을 두기 시작한 것은 1906년 9월 18일「령남 안동 싸에—」(1906.9.18)를 발표하면서 부터이다.[14] 이후 소설란에는「평양 외성 싸에—」(1906.9.19~21), 「경상남도 문경군에—」(1906.9.22~10.6), 「정기급인正己及人」(1906.10.9 / 10.11~12), 「보응소소報應昭昭」(1906.10.17 / 10.18), 「견마충의犬馬忠義」(1906.10.19 / 10.20), 「살신성인殺身成仁」(1906.10.22~11.3), 「지능보가智能保家」(1906.11.17) 등 11편의 작품이 발표된다. 그런데『제국신문』소설란에 실린 작품들은 그 성격이 이어기담에 수록된 것과 거의 흡사하다. 이어기담은 소설란이 등장하기 직전에 잠깐 존재했던 것으로 여기에는「평양 감영에—」(1906.7.28~8.7)와「한 사름이 잇스니—」(1906.8.9~8.11) 등의 작품이 실려 있다. '이어기담'이나 '소설'란이 등장하기 이전의『제국신문』서사 자료들은 모두 논설란에 실렸다. 잡보란에는 단 한편의 서사 자료도 실려 있지 않다. 이는 앞에서『한성신보』나『대한매일신보』가 잡보란을 활용하던 것과는 차이가 난다. 아울러 소설란이 생긴 이후에는 논설에서 서사성이 사라져버린다. 이른바 '서사적논설'이 거의 사라지는 것이다.[15]

결과적으로 보면『제국신문』에서는 논설란에 실리던 서사자료를 소설란이 대체해 수록한 셈이 되는 것이다. 하지만, 소설란에 실린 자료들은 논설란에 실린 자료에 비해 현실성이 급격히 떨어진다. 「령남 안동 싸에—」와 같은 작품을 보더라도, 사람은 지식을 갈고 닦아야 한다는 교훈성은 살

---

14 『제국신문』등을 비롯하여 근대계몽기 신문에 발표된 서사문학 자료에는 제목이 없는 작품들이 매우 많다. 이런 경우 작품의 첫 구절을 따서 제목을 삼고 제목 뒤에 '—' 부호를 붙여 구별하였다.
15 현재 확인할 수 있는 1907년 이후 '서사적논설' 자료는『몽중유람』(1907.1.26) 정도가 전부이다.

아 있지만, 그러한 교훈은 어느 시대 어느 나라의 문학에서나 발견할 수 있는 정도의 것이다. 『제국신문』의 소설란이 결국은 이어기담란의 연속이라고 볼 때, 『제국신문』의 편집자들은 소설을 이어기담(俚語奇談), 즉 항간에 떠도는 기이하고 재미있는 이야기 정도로 인식했다고도 볼 수 있다. 실제로 『제국신문』 소설란에 실린 작품들은 대부분 조선 후기에 성행하던 야담이나 일화의 성격을 벗어나지 못한다. 이는 『대한매일신보』 소설란의 작품 성격과도 크게 구별되는 것이다. 더불어 오늘날 신소설로 정리되는 이해조의 작품들인 「고목화」나 「빈상설」 등에 대해서는 전혀 양식 표기가 되어 있지 않다는 점도 참고로 밝혀둔다.

『대한매일신보』나 『제국신문』에서 소설란이 등장한 시기는 공통적으로 1906년 무렵이었다.[16] 이 시기 신문에 소설란을 두고 매우 적극적으로 작품을 발표한 또 하나의 신문으로 『경향신문』을 꼽을 수 있다. 『경향신문』은 1906년 10월 19일 창간되어 1910년 12월 19일까지 발행된 신문이다. 이 기간 동안 『경향신문』은 약 50여 편의 서사자료를 수록하고 있다. 『경향신문』의 서사자료들은 대부분 '쇼셜小說'란에 발표되었고, 그 중 일부만이 '고담古談'란에 발표되었다. '쇼셜'란에 발표된 자료는 「정소의 불긴」(1906.11.30~12.7), 「지물이 근심거리」(1907.1.11), 「믹얌이와 기얌이라」(1907.2.1), 「믿은 나무에 곰이 퓌다」(1907.10.18~11.1), 「님금의 마음을 용케 돌님」(1907.11.8) 등 50편이 넘고 '고담'란에 발표된 자료는 「즈긔의 덕힝을 시험ᄒᆞ야 늄을 ᄀᆞ르침」(1908.6.5~12)과 「어려운 일을 공

---

16 이는 잡지의 경우도 마찬가지이다. 『소년한반도(少年韓半島)』가 1906년 11월 창간호에 이해조(李海朝)의 작품 「잠상태(岑上苔)」를 수록하면서 게재란을 '小說'로 표기한 것이나 『조양보(朝陽報)』가 1906년 이후 「애국정신담(愛國精神談)」(1906.11~1907.1), 「외교시담(外交時談)」(1907.1) 등의 작품들을 '小說'란에 수록한 것이 그러한 예라 할 수 있다.

론ᄒ던 쟈는 만터니 셩ᄉ홀 ᄯᅢ에는 ᄒ나도 업다」(1908.6.26) 두 편뿐이다. 하지만 '쇼셜'란과 '고담'란에 실린 자료의 성격은 거의 구별이 되지 않는다. 더구나 「졍소의 불긴」이나 「미얌이와 ᄭᅵ얌이라」와 같은 경우는 소설란에 실려 있으면서도 제목 뒤에 '고담'이라는 용어가 병기되어 있다. 이는 『경향신문』 소설란에 수록된 서사자료의 상당수가 야담의 형식을 빌어 현실을 이야기하고 있다는 사실과도 일정하게 관련이 있다. 그런가 하면 『경향신문』 소설란에 수록된 단형 서사자료에는 편집자 해설이 들어가 있는 작품이 적지 않다. 이들은 비록 소설란에 실려 있기는 하지만 형식상 '서사적논설'과 유사한 것이다. 『경향신문』의 소설란을 보면 논설과 서사의 미분리가 근대계몽기 서사문학의 중요한 특징 가운데 하나임을 거듭 확인할 수 있게 된다. 『경향신문』 소설란에 수록된 작품들은 대부분 단형서사물들이지만, 장형의 연재물 역시 포함되어 있다. 「파션밀ᄉ破船密事」(1908.7.3~1909.1.1, 미완)와 「해외고학」(1910.3.25~10.21, 미완)이 그것이다. 이 점에서 보면 『경향신문』은 소설이라는 명칭을 작품의 길이에 상관없이 동일하게 사용하고 있음을 알 수 있다.[17]

이밖에 『황성신문』이나 『만세보萬歲報』, 『대한민보大韓民報』도 소설란을 두었다. 『황성신문』의 서사자료 수록 양상은 『대한매일신보』와 유사한 측면이 있다. 『황성신문』은 서사자료들을 논설란과 기서寄書란 그리고 소설란에 실었다. 1898년 9월 5일부터 한일병합 직전까지 발행된 『황성신문』에 실린 서사자료의 수는 백여 편이 넘는다. 이들 가운데 대부분은

---

17 『경향신문』 소설란의 특질에 대한 연구로는 정가람, 「근대계몽기 『경향신문』 소재 '쇼셜'의 특성 연구」, 『현대소설의 연구』, 한국현대소설학회, 2004 참조. 이 연구에서는 『경향신문』 소재 '쇼셜'의 특성을 다음과 같이 정리한다. 첫째, 모두 제목이 달려 있다. 둘째, 전부 작가의 이름이 없다. 셋째, 대부분이 우화나 야담의 방식을 취하고 있다. 넷째, 단형과 장형이 공존하고 있다. 다섯째, 소설과 논설의 미분리 양상을 보인다.

논설란에 실려 있는 '서사적논설'들이다. 그밖에 일부 자료가 기서란과 소설란에 실려 있다. 기서란에 실린 자료는 「상평전常平傳」(1900.1.17), 「상의의국上醫醫國」(1900.2.7) 등 7편 정도이다. 소설란에 실린 작품은 국한문소설 「신단공안神斷公案」(1906.5.19~12.31)과 순국문소설 「몽조夢潮」(1907.8.12~9.17) 두 편이다. 『황성신문』 역시 『대한매일신보』와 마찬가지로 기서란에 실린 자료는 예외 없이 단형물이고 소설란에 실린 자료는 연재물이라는 특징이 있다.

『만세보』는 서사자료를 소설란과 단편소설란에 수록했고 『대한민보』는 서사자료들을 소설, 신소설, 그리고 단편소설란에 수록했다. 그런가하면 『매일신보』는 소설란 대신에 신소설과 단편소설란 그리고 응모단편소설란에 주로 서사문학 작품을 수록하게 된다.

2) 단편소설

근대계몽기 신문 가운데 단편소설란을 두었던 신문은 『만세보』와 『대한민보』, 그리고 『매일신보』 등이다. 이들 신문 가운데 단편소설이라는 명칭을 사용해 작품을 처음 수록한 신문은 『만세보』이다. 『만세보』는 1906년 6월 17일부터 1907년 6월 29일까지 약 1년간 간행되었던 바, 이 기간 동안 모두 네 편의 서사문학 작품을 싣고 있다. 이 가운데 세 작품이 이인직의 작품인 「단편短篇」(1906.7.3~7.4)과 「혈의루」(1906.7.22~10.10) 및 「귀의성」(1906.10.14~1907.5.31)이다. 나머지 한 작품은 작가가 알려져 있지 않은 「백옥신년白屋新年」(1907.1.1)이다. 그 중 「백옥신년」은 양식명이 '단편소설短篇小說'로 되어 있고 나머지 세 작품은 모두 '소설小說'로 되어 있다. 하지만 소설란에 실린 첫 작품 「단편短篇」의 경우 이 '단편短篇'이라는 용어는 작품의 제목이라기보다는 양식명이라고 보는 것이 옳다. 따라서 이 작품은 제목이 없는 서사자료 가운데 하나이고,[18] 그 양식이 단편소설인 것으로 보아야 할 것이다. 그러니까 『만세보』는 단편소설이라는 서사 양식을 처음에는 소설단편小說短篇으로 표기했다가 이후 단편소설短篇小說로 바꾼 셈이 된다. 소설단편은 글자 그대로 소설 가운데 단편, 즉 길이가 짧은 소설을 의미한다. 소설이라는 양식 표기가 된 나머지 두 작품 즉 「혈의루」와 「귀의성」은 비교적 길이가 긴 작품들이다. 「혈의루」는 두 달 보름 이상 연재되었고 「귀의성」은 일곱 달 이상 연재되었다.

이렇게 소설 가운데 상대적으로 길이가 짧은 소설을 '단편소설短篇小說'로 표기하는 『만세보』의 편집방식을 이어받은 신문이 『대한민보大韓民報』이다. 『대한민보』는 1909년 6월 2일 창간되어 한일병합 때인 1910년 8월 31일까지 발행되었는데 이 기간 동안 10여 편의 서사문학 작품을 수록했다. 이 가운데 '단편소설短篇小說'란에 발표된 작품이 「화수花愁」(1909.6.2~6.13), 「화세계花世界」(1910.1.1), 「상린서봉祥麟瑞鳳」(1910.6.2) 세 편이다.[19] '소설小說'란에 발표된 작품은 「현미경顯微鏡」(1909.6.15~ 7.11), 「만인산萬人傘」(1909.7.13~8.18), 「오경월五更月」(1909.11.25~12.28) 세 편이다. 특기할

---

18 근대계몽기 서사자료에는 제목이 달려 있지 않은 작품의 수가 매우 많다. 따라서 이인직의 이 작품에 제목이 없다고 해서 그것이 특별히 주목할 만한 예외적인 현상은 아니다.

19 『대한민보』의 '단편소설(短篇小說)'에 대한 상세한 논의는 이유미, 「근대계몽기 '단편소설'의 위상 - 「대한민보」 소설란을 중심으로」, 『현대문학의 연구』 22, 한국문학연구학회, 2004, 130~166면 참조. 이 연구에서는 『대한민보』 소재 단편소설이 갖는 특징을 첫째, 1900년대 말이라는 역사적 격변기 속에서 국민 계몽의 의도를 효과적으로 제시한 서사양식. 둘째, 기록적 가치가 있는 역사적 사건을 정황의 묘사를 통해 우회적으로 드러낸 서사양식. 셋째, 사건이나 상황의 단일성, 글을 읽은 후 독자가 갖는 통찰의 순간에 주목하여 등장인물의 내면세계를 포착하고자 한 서사 양식으로 정리한다.

만한 것은 『대한민보』가 '소설小說'이라는 용어 외에도 최초로 '풍자소설 諷刺小說', '골계소설滑稽小說' 등의 하위 분류어를 사용해 작품을 수록했다는 점이다. 풍자소설로는 「병인간친회록病人懇親會錄」(1909.8.19~10.12)이 수록되어 있고 골계소설로는 「절영신화絕纓神話」(1909.10.14~11.23)가 수록되어 있다.[20]

『대한민보』가 이렇게 『만세보』와 유사한 방식, 즉 길이에 따라 소설과 단편소설을 구별해 사용한 것은 우연이 아니다. 『대한민보』는 『만세보』의 편집 방침을 적지 않게 참조한 신문이다. 『만세보』와 『대한민보』는 모두가 국한문 혼용의 일간신문이었다. 그럼에도 불구하고 이 두 신문은 서사자료들만은 모두 국문으로 수록했다는 공통점이 있다. 신문의 문체를 국한문 혼용으로 할 것인가 혹은 순국문으로 할 것인가 하는 문제는 근대계몽기 신문의 발행인 및 편집자들이 결정해야 할 가장 중요한 문제 가운데 하나였다. 신문의 문체 결정은 곧 독자를 어떤 계층으로 삼을 것인가를 결정하는 문제였고 그것은 곧 신문의 존재 근거 혹은 사활과도 직결되는 문제였기 때문이다. 근대계몽기 신문들 가운데 『대한매일신보』와 『만세보』는 특히 이 고민을 많이 한 신문이었다.[21] 그 중 『만세보』는 「혈의 루」 등에 한자와 함께 국문을 동시에 사용하는 이른바 부속국문체를 시도하기도 한다. 하지만 부속국문체의 사용은 지면을 많이 필요로 할 뿐만 아니라 부속국문 활자의 마모 또한 심해 경제적으로도 적지 않은 부담이 되는 것이었다. 결국 여러 가지 시행착오를 겪은 끝

---

20 참고로 이 작품의 표제는 10월 14일부터 15일까지는 골계(滑稽) 절영신화(絕纓神話)로, 그리고 10월 16일 이후부터는 골계소설(滑稽小說) 절영신화(絕纓神話)로 표기되어 있다. 이 작품에 관한 독립된 연구 논문으로는 양세라, 「개화기 서사양식에 내재된 연극적 유희성 연구-골계 절영신화를 중심으로」, 『현대문학의 연구』 22, 한국문학연구학회, 2004, 225~258면 참조.

21 이에 대한 상세한 논의는 이 책의 제4장 참조.

에 『만세보』의 편집진들이 내린 결론은 '일반기사는 국한문 혼용체로 소설은 순한글체'로 가는 것이었다. 그것은 소설의 독자는 한글을 주로 사용하는 일반대중이라는 현실 인식에 근거한 것이기도 했다. 『만세보』가 어렵게 얻은 이러한 결론을 『대한민보』는 창간 초기부터 그대로 실현하고 있다. 창간 첫 호부터 단편소설란을 마련하고 작품을 순국문으로 수록하고 있는 것이다.[22]

이렇게 『만세보』가 시도하고 『대한민보』가 이어받은 단편소설란의 설치는 이후 『매일신보』로 이어지게 된다. 아울러 『매일신보』는 '일반기사는 국한문 혼용체, 소설은 순한글체'라는 문체 선택의 원칙까지 그대로 이어받는다.

3) 신소설

오늘날 신소설이라는 용어는 개화기 혹은 근대계몽기 소설로서 문학사적 의미를 지닌 특정한 양식 용어로 사용되고 있다. 이른바 고소설에서 벗어나 근대소설의 출발을 알리는 새로운 양식적 특성을 지닌 소설이라는 의미를 지닌 용어인 것이다. 신소설이 이렇게 문학사적 용어로 정착되기까지에는 김태준이나 임화 등 문학사가들에 의한 정리 과정이 있었다.[23]

---

22 『대한민보』는 『만세보』가 사용했던 부속국문활자(속칭 루비활자)를 드물게나마 사용한 유일한 신문이기도 하다. 『대한민보』가 이렇게 『만세보』의 편집 방식을 이어가게 된 중요한 이유는 두 신문의 창간에 관여한 인물들이 일부 중복된다는 점에서 우선 찾을 수 있다. 『만세보』의 사장이었던 오세창(吳世昌)이 『대한민보』의 사장을 맡았고, 『만세보』의 운영에 깊이 개입한 것으로 알려진 장효근(張孝根)이 발행 겸 편집인을 맡았다는 사실이 그러하다. 장효근은 한말의 우국지사이자 천도교인으로 『제국신문』의 창간에도 관여한 것으로 알려져 있다.

근대계몽기 당시에는 오늘날처럼 이 용어의 양식적 특질에 대한 구체적 인식이 있었던 것은 물론 아니었다. 특히 이 용어가 처음 사용되던 1906년 무렵에는 더욱 그러했던 것으로 생각된다. 근대계몽기 신문에서 '신소설'이라는 낱말의 용례를 확인할 수 있는 것은 『대한매일신보』 1906년 2월 1일 자에 게재된 다음 광고문의 경우가 처음이다.

婦人新聞欄은 特히 姉妹諸氏를 爲ᄒᆞ야 중앙新聞의 一部를 割ᄒᆞ야 婦人諸氏의 共樂公園紙로 供홈이니 其중에ᄂᆞᆫ 論說도 有ᄒᆞ고 演說會도 有ᄒᆞ고 雜報도 有ᄒᆞ고 小說도 有ᄒᆞ야 婦人各位가 每朝에 此 新聞을 閱覽ᄒᆞ면 獨히 自己一身上 利益ᄲᆞᆫ아니라 實노 國家의 幸福이 되리로다 男子諸賢도 婦人의 독字를 勸ᄒᆞ기 爲ᄒᆞ야 此 新聞을 購讀케홈이 可홀지라 此 欄ᄂᆞᆫ 卽 本新聞의 特色之一也ㅣ라

明月奇緣은 漢雲先生의 著作인듸 才子佳人이 相別再會와 一波一瀾에 多情多恨의 態를 現ᄒᆞ야 趣味津津ᄒᆞ야 使讀者로 不知厭케ᄒᆞᄂᆞᆫ 現代傑作의 新小說이오 況又城山畵伯의 揷畵ᄂᆞᆫ 極히 婉麗ᄒᆞ야 當場之景을 眞寫ᄒᆞ야 使讀者로 珍哉妙哉를 呼케ᄒᆞ리니 此 欄은 卽 本新報 特色之一也라 初刊紙上붓터 連속 揭載홈[24]

이 광고문은 『중앙신보中央新報』의 발간을 알리기 위한 것으로, 거기에 신소설新小說 「명월기연明月奇緣」이 연재될 것임을 밝히고 있다.[25]

이 광고문을 보면 『중앙신보』는 대중적 독자 확보에 대해 매우 큰 관

---

23 신소설의 새로운 특질로는 다음과 같은 점을 들 수 있다. 첫째, 언문일치의 새로운 문체 지향. 둘째, 개성적 인물의 등장. 셋째, 주제의 다양화. 넷째, 소재의 당시대성. 다섯째, 사실성의 강화. 이에 대한 상세한 논의는 김영민, 『한국근대소설사』, 솔출판사, 1997, 123~146면 참조.

24 『대한매일신보』(국한문판), 1906.2.1.

25 이 광고문에 처음 주목한 연구자는 이재선이다. 이재선, 『한국개화기소설연구』, 일조각, 1992, 12면 참조.

심을 지니고 있었음을 알 수 있다. 부인신문란을 따로 마련한 것은 그 한 예가 된다. 소설을 수록한 이유 또한 그를 통해 대중 독자를 끌어들이겠다는 의도 때문으로 보인다.

현재 『중앙신보』는 구해 읽는 일이 불가능하며, 이 광고문에 나오는 작품 「명월기연」에 대해서도 그 실체를 확인할 수 없다. 따라서 이 작품이 수록된 난이 어디였는지, 아울러 작품의 성격이 어떠한 것이었는지도 물론 알 수 없다. 그러나 광고문의 전반적인 맥락으로 미루어볼 때, 이 작품은 소설란에 실렸을 가능성이 크다.[26] 아울러, 「명월기연」에 '신소설'이라는 용어를 사용한 것 역시 이 작품이 한운선생漢雲先生이라는 작가가 '새로 쓴 소설'이라는 사실을 강조하기 위함이었을 것으로 판단된다.

근대계몽기 신문이 서사자료를 수록하면서 신소설이라는 난을 따로 마련하기 시작한 것은 국문판 『대한매일신보』가 처음인 것으로 보인다. 국문판 『대한매일신보』는 1909년 8월 「보응」이라는 작품을 수록하면서 그 난의 명칭을 '신쇼셜'이라 적는다. 단형서사에 비해 비교적 길이가 긴 작품을 '쇼셜小說'로 분류하던 『대한매일신보』가, '쇼셜' 대신 '신쇼셜'이라는 명칭을 사용하기 시작한 것이다. '신쇼셜' 「보응」은 '쇼셜' 「디구셩미릐몽」의 연재가 끝난 바로 다음날부터 연재되기 시작한 작품이다. 하지만 여기에 '신'이라는 접두어가 붙기 시작했다고 해서 이른바 「보응」

---

26 일부에서 이른바 최초의 신소설이라고 주장하는 『대한일보(大韓日報)』 소재 「일념홍(一念紅)」(1906.1.23~2.18)의 경우도 소설란에 실려 있다. 『대한일보』 역시 이 시기 일본인들이 발행하던 신문이다. 그런데 일학산인(一鶴散人)의 작품으로 표기된 「일념홍」은 그 소재가 당시대적이기는 하나 일단 문체가 한문현토체라는 점에서 오늘날 말하는 문학사적 개념으로서의 신소설에 해당한다고 볼 수 없다. 구어체 한글의 사용은 신소설을 포함하는 한국 초기 근대소설사의 출발을 알리는 가장 중요한 지표이다. 여주인공 일념홍을 모란꽃의 변신으로 그리는 탄생 과정의 신비성이나 인물 형상화의 방식, 그리고 전체적인 서사구조 등도 이른바 구소설을 크게 벗어나는 것이 아니다. 「일념홍」이 최초의 신소설이라는 주장에 관계에 대해서는 권영민, 「신소설 「일념홍(一念紅)」의 정체」, 『문학사상』, 1997.6, 124~140면 참조.

이 '쇼셜'란에 실리던 「디구셩 미리몽」(1909.7.15~8.10)에 비해 특별히 새로운 작품은 아니다. 이 작품에는 이른바 구소설적 요소가 상당 부분 남아 있다. 오히려 현실성 등에서 볼 때 「디구셩 미리몽」에 비해 후퇴한 느낌이 역력하다.[27]

『대한매일신보』가 사용한 '신소설新小說'이라는 용어는 '구소설舊小說'에 대응되는 개념이었다고 보기 어렵다. 근대계몽기에 창작된 이른바 '신소설'이 조선시대에 성행하던 '구소설'과 여러 가지 차이가 있는 것은 사실이다. 그러나 근대계몽기 당시에 사용된 '신소설'이라는 용어의 핵심이 '구소설'과의 구별이나 대립에 있었던 것은 아니었다.[28] '구소설'과 구별되는 '신소설'이라는 성격 규정은 후대의 문학사가들에 의해 정리된 측면이 크다.[29]

이후 1910년 1월부터 『대한민보』 역시 길이가 긴 작품을 '소설小說' 대신 '신소설新小說'로 적기 시작한다. 『대한민보』는 「소금강小金剛」(1910.1.5~3.6), 「박정화薄情花」(1910.3.10~5.31), 「금수재판禽獸裁判」(1910.6.5~8.18) 등 네 편의 작품을 '신소설新小說'란에 수록한다.

1910년대를 대표하는 신문 『매일신보』는 서사자료들을 수록하면서

---

27 기존의 한 연구는 다음과 같은 말로 오히려 이 작품이 구소설적 요소가 가장 많은 작품이라고 평가한다. "그렇지만 그 동안의 '쇼셜'欄의 소설에 비하여 小說技法上으로나 文章의 敍述面에서 조금도 앞선 面을 볼 수가 없다. 오히려 大韓每日申報에 연재됐던 「청루루花의義녀女전傳」과 더불어 舊小說的인 殘影을 가장 많이 보여주는 것이 이 소설이다."(한원영, 『한국개화기 신문 연재소설 연구』, 일지사, 1990, 110면)

28 예를 들면, 이해조의 작품 가운데 「소양정(昭陽亭)」은 『매일신보』 신소설란에 실려 있지만 전래하는 구소설의 일부를 수정한 작품임이 밝혀졌다. 이에 관한 상세한 논의는 이은숙, 「신작 구소설 「소양정」·「소양뎡긔」·「봉선루」에 나타난 신·구소설의 관련양상」, 『신작 구소설 연구』, 국학자료원, 2000, 378~416면 참조. 거듭 강조하면, 신소설이라는 용어는 근대계몽기 당시에는 오늘날 우리가 이해하는 것만큼 중요한 의미를 지니고 사용되던 용어가 아니었다. 다시 말해 이 용어의 의미가 점차 과장되어 우리에게 전달되었다는 것이다. 따라서 근대계몽기 문학에 올바로 접근하는 길은 '신소설'만을 중심으로 가는 것이 아니라, 근대계몽기 서사문학 자료의 위상 전반에 대해 눈을 돌리는 것이다.

29 안자산은 『조선문학사』(한일서점, 1922)에서 신소설을 근래에 대두한 새로운 소설이라는 폭넓은 의미로 사용했다. 김태준은 『조선소설사』(청진서관, 1933)에서 명시적으로 구소설과 신소설을 구별해 이를 문학사적 용어로 쓰기 시작했다. 이에 대한 상세한 논의는 김영민, 앞의 책, 125~135면 참조.

'소설'란을 두지 않았다. 그 대신 '단편소설'과 '신소설'란 등에 서사문학 작품을 발표했다. 『매일신보』가 서사문학 작품을 신소설과 단편소설로 구분한 것은 『대한민보』의 편집방식을 그대로 이어받은 것이다. 『대한민보』는 일단 '신소설'이라는 명칭을 사용하기 시작한 이후에는 '소설'이라는 용어는 사용하지 않고 일관되게 이 용어만을 사용했다. 즉 한 회 정도로 끝나 길이가 짧은 작품은 '단편소설'로, 연재물로 길이가 긴 작품은 '신소설'로 표기했던 것이다. 『대한민보』가 한일병합 직전까지 활용하던 이러한 방식은 병합 직후 발간된 『매일신보』로 그대로 이어진다.

결국 1910년대 신문에서는 '신소설'은 '소설'과 동일한 양식을 지칭하는 용어였다. 신소설과 소설은 내용면에서나 형식면에서 아무런 차이가 없었다. 소설사의 맥락에서 본다면 신소설은 1900년대 중반 이후부터 소설을 대신해 사용되기 시작하던 용어였고, 『대한매일신보』 이후 『대한민보』와 『매일신보』 등에서는 단편소설과 구별되는 장형의 연재물을 지칭하는 용어로 정착 사용되었던 것이다. '소설'이라는 용어는 매체에 따라 단형서사물에도 사용되었지만 '신소설'이라는 용어는 처음부터 장형 연재물에만 사용되었다는 특징이 있다. 연재 서사물을 위한 '신소설'란은 『매일신보』에서 1912년까지 존재하다가 이후 완전히 자취를 감추게 된다.

3. 『매일신보』와 근대소설의 정착 과정

1) 『매일신보』 소재 서사 자료의 실태

『매일신보』는 조선총독부 기관지로서, 일제하에서 지속적으로 발간된 유일한 한국어 신문이다. 『매일신보』는 한일병합 다음날인 1910년 8월 30일부터 해방이 될 때까지 일제의 선전대변기관으로서의 역할을 충실히 수행한 신문이기도 하다.[30]

1910년대(1910.8~1919.12) 『매일신보』에는 대략 140여 편의 서사문학 자료가 실려 있다.[31] 이들 자료는 크게 보면 '신소설新小說'란과 '단편소설短篇小說'란에 수록되어 있다.[32] 그밖에 게재란 표기가 없이 실린 작품의 수도 적지 않다.

일단 『매일신보』에 실린 작품들의 목록을 정리해 제시하면 다음과 같다.

---

30 『매일신보』의 일반적 성격에 대해서는 정진석, 『한국언론사』, 나남, 1990, 313~326면 참조. 『매일신보』는 『대한매일신보』를 이어 받은 신문이다. 초기 『매일신보』는 『대한매일신보』처럼 국한문판과 국문판을 병행해서 발행한 것으로 알려져 있다. 그러다가 1912년 2월 말 국문판을 없애고, 3월 1일부터 국한문판에 국문기사를 함께 수록한다. 그러나 『매일신보』 국문판의 실체에 대해서는 아직 확인된 바 없다. 본 연구에서 다루는 『매일신보』 역시 국한문판임을 밝혀둔다. 『매일신보』 국문판이 존재했다는 사실은 1912년 3월 1일 자 사고를 통해 추정이 가능할 뿐이다.

31 물론 어떠한 자료를 서사문학 자료로 볼 것인가 하는 점, 즉 연구자의 관점이나 기준에 따라 이러한 편수에는 약간의 가감이 있을 수 있다. 그러나 여기에서 크게 벗어나지는 않을 것으로 생각된다.

32 단편소설란은 다시 일반 '단편소설(短篇小說)'란과 '응모단편소설(應募短篇小說)'란으로 나누어진다. '응모단편소설'은 독자들이 투고한 원고를 심사한 후 우수작을 뽑아 수록한 것이다. 따라서 이 난에는 응모 작가의 주소와 1등 당선, 3등 당선 등의 표기가 있다.

1910년대 『매일신보』 소재 서사작품 총목록

저자	난이름	제목	날짜	표기방식
善飮子	新小說	화세계(花世界)	1910.10.12~1911.1.17	국문
舞蹈生	短篇小說	再逢春	1911.1.1	국문
遐觀生	新小說	月下佳人	1911.1.18~4.5	국문
惜春子	新小說	花의血	1911.4.6~6.21	국문
神眼生	新小說	九疑山	1911.6.22~9.28	국문
牛山居士	新小說	昭陽亭	1911.9.30~12.17	국문
怡悅生	新小說	春外春	1912.1.1~3.14	국문
解觀子	新小說	獄中花(春香歌講演)	1912.1.1~3.16	국한문
	短篇小說	解夢先生	1912.1.1	국한문
	新評林	編餘一笑	1912.2.2	국한문
	新評林	債戶滑稽	1912.2.3	국한문
菊初生	短篇小說	貧鮮郎의 日美人	1912.3.1	국문
	新小說	彈琴臺	1912.3.15~5.1	국문
解觀子		江上蓮(沈淸歌講演)	1912.3.17~4.26	국문
金成鎭	應募短篇小說	破落戶(파락호)	1912.3.20	국문
金成鎭	應募短篇小說	虛榮心(허영심)	1912.4.5	국문
金成鎭	應募短篇小說	守錢奴(슈전로)	1912.4.14	국문
吳寅善	應募短篇小說	山人의 感秋	1912.4.27	국문
解觀子		燕의却	1912.4.29~6.7	국문
金鎭憲	應募短篇小說	허욕심(虛慾心)	1912.5.2	국문
	新小說	巢鶴嶺	1912.5.2~7.6	국문
金成鎭	應募短篇小說	雜技者의 藥良	1912.5.3	국문
解觀子		兎의肝	1912.6.9~7.11	국문
漱石靑年	應募短篇小說	乞食女의 自歎(걸식녀의 ᄌ탄)	1912.6.23	국문
解觀子	新小說	鳳仙花	1912.7.7~11.29	국문
	短篇小說		1912.7.12~16	국문
一齋		雙玉淚 前篇	1912.7.17~9.25	국문
趙相基	應募短篇小說	진남우(眞男兒)	1912.7.18	국문
李哲鐘	應募短篇小說		1912.7.20	국문
金光淳	應募短篇小說	청년의 거울(靑年鑑)	1912.8.10~11	국한문
千鍾換	應募短篇小說	六盲悔改	1912.8.16~17	국문
李壽麟	應募短篇小說		1912.8.18	국문
金秀坤	應募短篇小說		1912.8.25	국문
朴容洪	應募短篇小說	섬진요마(殲盡妖魔)	1912.8.29	국문
金東薰	應募短篇小說	고학싱의 성공(苦學生의 成功)	1912.9.3~4	국문
	應募短篇小說	원혼(怨魂)	1912.9.5~7	국문
辛驥夏	應募短篇小說	픠즈의 회감(悖子의 回感)	1912.9.25	국문
趙一齋		雙玉淚 (中篇)	1912.9.26~11.27	국문
車元淳	應募短篇小說		1912.10.1	국문
李鎭石	應募短篇小說		1912.10.2~6	국문
崔鶴基	應募短篇小說		1912.10.9	국문
李重燮	應募短篇小說		1912.10.16	국문
金太熙	應募短篇小說	韓氏家餘慶(한씨가여경)	1912.10.24~27	국문
金鼎鎭	應募短篇小說	회기(悔改)	1912.10.29~30	국문
高辰昊	應募短篇小說	대몽각비(大夢覺非)	1912.10.31	국문
李興孫	應募短篇小說		1912.11.1	국문
朴容源	應募短篇小說	손쌔릇ᄒ다픠가망신을회	1912.11.2	국문
趙鏞國	應募短篇小說		1912.11.3	국문
金秀坤	應募短篇小說		1912.11.5	국문
	應募短篇小說		1912.11.6	국문
朴致連	應募短篇小說		1912.11.7~8	국문
李鎭石	應募短篇小說		1912.11.9~10	국문
金鎭淑	應募短篇小說	련의 말로(戀의 末路)	1912.11.12~14	국문

저자	난이름	제목	날짜	표기방식
치란	應募短篇小說		1912.11.15~16	국문
趙一齋	희극喜劇	病者三人	1912.11.17~12.25	국문
趙一齋		雙玉淚 下篇	1912.11.28~1913.2.4	국문
解觀子		琵琶聲	1912.11.30~1913.2.23	국문
金鼎鎭	應募短篇小說	고진감내(苦盡甘來)	1912.12.26~27	국문
李興孫	應募短篇小說	悔改(회기)	1912.12.28~29	국문
朴容奐		新年의 問數	1913.1.1	국문
徐圭鱗	短篇小說	아편장이에 말로(鴉引末路)	1913.1.7	국문
宋冀憲	短篇小說	壯元禮	1913.1.8	국한문
桂東彬	應募短篇小說		1913.1.9	국문
	社會의 百面	今日의 家庭(요ㅅ이 집안)	1913.1.10~16	국문
	社會의 百面	學生(학싱)	1913.1.18~24	국문
	社會의 百面	女學生(녀학싱)	1913.1.25~2.1	국문
	社會의 百面	靑春(쳥츈)	1913.2.4~11	국문
李人稙		牧丹峰 모란봉	1913.2.5~6.3	국문
李常春	應募短篇小說	情(졍)	1913.2.8~9	국문
	社會의 百面	花柳巷(화류항)	1913.2.20~3.13	국문
		雨中行人	1913.2.25~5.11	국문
	社會의 百面	迷信家(미신가)	1913.3.14~4.12	국문
崔亨植	短篇小說	허황흔 풍슈	1913.3.27	국문
	社會의 百面	慇懃者(은근자)	1913.4.15~5.29	국문
趙一齋		長恨夢	1913.5.13~10.1	국문
夢古生	齊東野人	沈一松과 一朶紅	1913.5.29~6.4	국문
夢外生		途中雜觀	1913.6.5	국문
夢古生	齊東野人	蒸豚과 神父	1913.6.6~7	국문
夢古生	齊東野人	再逢春奇話	1913.6.10~19	국문
夢古生	齊東野人	救夫自盡의 烈婦	1913.6.21	국문
夢古生	齊東野人	模範忠婢의 完節	1913.6.24	국문
夢古生	齊東野人	至誠의 感猛獸	1913.6.25~26	국문
夢古生	齊東野人	得夫獲寶의 慧婦	1913.7.3~8	국문
夢古生	齊東野人	野鼠求婚의 奇談	1913.7.9	국문
夢古生	齊東野人	生員翳汝何知 河東의義狗塚	1913.7.10	국문
李相協		눈물	1913.7.16~1914.1.21	국문
夢古生	齊東野人	成功에 不忘遭糖	1913.7.17~20	국문
夢古生	齊東野人	不忘舊思의 忠婢	1913.7.23~24	국문
夢古生	齊東野人	未亡人의 內行	1913.7.30	국문
夢古生	齊東野人	小僧의 惡戲	1913.8.2	국문
李相協重譯		驚天泣神 萬古奇談	1913.9.6~1914.6.7	국문
趙一齋		菊의香	1913.10.2~12.28	국문
		望遠鏡	1913.11.26	국문
趙一齋		妾의 허물	1913.12.6	국문
		나는 호랑이오	1914.1.1	국문
		動物園寒雪에 訪虎僉知問答	1914.1.1	국문
		新年會의 虎大將	1914.1.1	국문
	兒童小話	됴흔아히삼형뎨	1914.1.1	국문
	兒童小話	슴남이와고양이	1914.1.1	국문
	兒童小話	효녀슉희와흰말	1914.1.1	국문
		썩잘먹는 우리 닉외	1914.1.1	국문
夢外生		虎의夢	1914.1.1	국문
趙一齋		斷腸錄	1914.1.1~6.10	국문
		拍掌大笑	1914.1.24	국문
徐圭璘	短篇小說	탕ㅈ의 감츈(蕩子感春)	1914.2.7	국문
綠東生		金太子傳	1914.6.10~11.14	국문
沈天風		兄弟(형뎨)	1914.6.11~7.19	국문
趙一齋		飛鳳潭	1914.7.21~10.28	국문

저자	난이름	제목	날짜	표기방식
		滑稽奇談 兎의 賊	1914.7.23	국문
		歐洲列國誌	1914.8.14~1915.3.11	국문
		馬上의女天使	1914.8.22~29	국문
沈天風		酒(술)	1914.9.9~16	국문
朴青農		春夢(봄꿈)	1914.9.17~23	국문
何夢		貞婦怨	1914.10.29~1915.5.19	국문
漱石青年	短篇小說	後悔(후회)	1914.12.29	국문
		世界童話	1915.1.7~2.10	국문
無名氏	短篇小說	苦樂	1915.1.14	국문
金漱石	童話	리약이 묘화ᄒ다가 랑픽	1915.4.10	국문
趙一齋		續編 長恨夢	1915.5.25~12.26	국문
		龍夢	1916.1.1	국문
	童話	龍의試驗	1916.1.1	국문
匿名子		沙村夢	1916.1.1~2.2	국문
何夢		海王星	1916.2.10~1917.3.31	국문
		生員과 處女	1916.3.15	국문
		自由翁과 無事翁	1916.3.15	국문
春園生		農村啓發	1916.11.26~1917.2.18	국한문
春園		無情	1917.1.1~6.14	국문
柳永模	懸賞短篇小說	貴男과 壽男	1917.1.23	국문
金永偶	懸賞短篇小說	神聖ᄒ 犧牲	1917.1.24	국문
李應洛	古談	金不換 和平과 子女	1917.2.2	국문
KY生	短篇小說	墮落學生의 末路	1917.2.2	국문
沈天風		山中花	1917.4.3~9.19	국문
秦舜星		紅淚	1917.9.21~1918.1.16	국문
春園		開拓者	1917.11.10~1918.3.15	국한문
何夢		無窮花	1918.1.25~7.27	국한문
菊如		紅樓夢	1918.3.23~10.4	국문
何夢生		陽報	1918.6.25	국문
閔牛步		哀史	1918.7.28~1919.2.8	국문
李應洛	古談	金不換	1918.8.22	국문
尹白南		含淚戲謔	1918.10.25~11.21	국문
李碩庭	斷篇文藝	誘惑	1918.11.11	국한문
尹白南		夢金	1919.1.1	국문
		사랑스러운 少年少女	1919.1.1	국문
		넷날이약이 眞珠小姐	1919.1.1	국문
菊如		奇獄긔옥	1919.1.15~3.1	국문
		育兒의 夢	1919.2.9~10	국문
蕉雨堂主人		玉利魂	1919.2.15~5.3	국문

이 목록에서 확인할 수 있는 '신소설'과 '단편소설'의 차이는, 이들이 장형과 단형으로 갈린다는 점이다. 단 한 편의 예외도 없이 『매일신보』 '신소설'란에 발표된 작품들은 모두가 장형연재물들이다. 작품의 길이가 이 둘을 가르는 가장 중요한 기준이 되는 것이다.[33]

---

33 이들 '신소설'의 작가는 선음자(善飮子)·하관생(遐觀生)·석춘자(惜春子)·신안생(神眼生)·우산거사(牛山居士)·이열생(怡悅生) 등으로 되어 있다. 하지만 이는 모두 이해조의 필명으로 밝혀진 바 있다. 달리 말해, 『매일신보』 '신소설'란에 발표된 작품들은 예외 없이 모두 이해조의 작품들이라는 것이다. 이해조가 『매일신보』에 이렇게 여

『매일신보』에 '신소설'란이 보이기 시작한 것은 1910년 10월 12일 이해조가 작품「화세계花世界」를 연재하면서부터이다.『매일신보』는 이 작품을 1면 중앙에 게재한다. 이를 보면「화세계」연재를 시작할 당시 신문 편집진에서는 소설 독자들에 대한 배려와 관심이 적지 않았음을 알 수 있다. 이렇게 시작된 이해조의 '신소설'의 게재는 1912년「봉선화鳳仙花」의 연재로까지 이어진다. 그런데「봉선화」의 연재 이후부터『매일신보』를 비롯한 우리나라 신문에서는 신소설란이 완전히 사라진다.[34] 이후 '신소설'이라는 용어는 본문 기사 등에서만 계속 사용된다.

『매일신보』가 작품 연재란에서 '신소설'이라는 표기를 없앤 것은 1912년 7월 19일부터이다. 이 무렵 조중환은「쌍옥루」라는 소설을 연재하면서『매일신보』의 새로운 필자로 등장한다. 창간 이래 약 2년 간 지속되던 이해조 중심의 소설란이, 이제 이해조와 조중환 중심으로 재편되기 시작한 것이다. 조중환은「쌍옥루」외에도「장한몽」이나「단장록」·「비봉담」·「속편 장한몽」등 여러 편의 작품을『매일신보』에 발표하게 되지만 이들 작품에는 어떠한 난 혹은 양식 표기도 하지 않게 된다. 조중환이 이렇게 자신의 작품에 아무런 표기를 하지 않게 되는 이유는 이들 작품의 상당수가 번안물이었기 때문으로 생각된다. 이렇게 조중환의 번안소설 등장 이후『매일신보』에 연재되는 장형소설에는 대부분 난 표기가 사라져버린다.[35] 단형 서사자료 일부에서 '단편소설短篇小說' 혹은 '단

러 가지 필명으로 다양한 작품을 발표할 수 있었던 것은 그가『매일신보』의 기자로 있었기 때문이다. 이해조 외에『매일신보』에 대중적 작품을 창작 혹은 번안해 발표했던 조중환, 이상협 등도 모두『매일신보』의 기자였다. 정진석, 앞의 책, 319면 참조.

34 이는 국내에서 발행된 신문에서뿐만 아니라 해외에서 발행된 신문, 즉『신한민보(新韓民報)』등을 포함시켜도 마찬가지이다. 아울러 지방신문이었던『경남일보(慶南日報)』등에도 마찬가지로 적용할 수 있다.『신한민보』나『경남일보』는 원래부터 '쇼셜(小說)'란 등을 두었을 뿐 신소설란은 따로 구별해 두지 않았다.

35 참고로 조중환은 그의 창작물「병자삼인(病者三人)」에 대해서는 '희극(喜劇)'이라는 양식 표기를 한 바 있다. 이

편문예短篇文藝' 및 '고담古談' 등의 표기가 발견되기는 하지만 '신소설'이 존재하던 시기만큼 명확한 난의 구별은 이루어지지 않았던 것이다.[36]

2) 『매일신보』와 근대소설의 형성 과정 -「화세계」에서 「개척자」까지

(1) 오락성의 추구와 신소설의 통속화

『매일신보』에 실린 최초의 서사문학 작품은 이해조의 '신소설'「화세계花世界」이다. 「화세계」가 『매일신보』에 실린 가장 큰 의미는 우선 이 작품이 국한문혼용 신문에 실린 순국문 소설이라는 점에서 찾을 수 있다. 이해조는 『매일신보』에 이밖에도 「월하가인月下佳人」·「화花의 혈血」·「구의산九疑山」·「소양정昭陽亭」·「춘외춘春外春」·「탄금대彈琴臺」·「소학령巢鶴嶺」·「봉선화鳳仙花」·「비파성琵琶聲」·「우중행인雨中行人」 등의 한글 소설을 계속 발표한다.

이해조가 이러한 작품들을 통해 드러낸 것 혹은 지향한 것들은 계몽성과 대중성 그리고 사실성 등이라 할 수 있다. 특히 이해조가 작품 창작 과정에서 사실성에 대한 관심이 적지 않았다고 하는 점은 이 시기 그의

작품은 우리나라 최초의 근대 희곡으로 정리되며, 일본 신파극의 영향을 받은 초창기 우리 신파극의 한 전형적 작품으로 평가받기도 한다. 유민영, 『한국 현대 희곡사』, 홍성사, 1982, 107면; 서연호 편, 『한국의 현대희곡』 1, 얼음사, 1989, 280면 참조.

36 결국 『매일신보』의 서사문학 작품들은 1912년 7월까지는 '신소설' 란과 '단편소설' 란에 실렸고 그 이후는 '단편소설' 란과 기타란에 실렸다고 정리할 수 있다. 그런데 1912년 이전에 발표된 장형 연재물 가운데서도 '신소설' 란에 실리지 않고 기타란에 실린 작품들이 있다. 「옥중화(獄中花)」·「강상련(江上蓮)」·「연(燕)의 각(却)」·「토(兎)의 간(肝)」 등이 그것이다. 이들은 모두 이해조가 당대 명창들이 구술한 내용을 기록한 것이다. 이해조가 자신의 장형연재물들에 '신소설'이라는 표기를 하면서 이들 작품에만 표기를 하지 않은 것은 분명히 의식적인 행위였다. 그것은 아마도 이들이 순수창작이라고는 보기 어려운 작품이었고 아울러 '그리 새롭지 않은 작품'이었기 때문일 것으로 추측된다. 조중환의 번안물에 '신소설'이라는 표기를 하지 않은 것 역시 같은 맥락에서 이해할 수 있다.

대표작으로 꼽히는 작품 「화의혈」의 연재 앞뒤에 발표한 다음의 글들에서도 확인할 수 있다.

무릇 쇼셜은 톄지가 여러 가지라 한 가지 전례를 들어 말할 수 업스니 혹 정치를 언론한 쟈도 잇고 혹 졍탐을 긔록한 쟈도 잇고 혹 샤회를 비평한 쟈도 잇고 혹 가졍을 경계한 쟈도 잇스며 긔타 륜리 과학 교졔 등 인싱의 쳔수만수 중 관계 안이 되는 쟈이 업느니 샹쾌하고 악착하고 슯흐고 즐겁고 위틱하고 우순 것이 모도다 됴혼 지료가 되야 긔쟈의 붓끗을 싸라 주미가 진진한 쇼셜이 되나 그러나 그 지료가 미양 녯사름의 지나간 쟈최어나 가탁의 형질업는 것이 열이면 팔구는 되되 근일에 져슐한 박졍화 화세계 월하가인 등 수삼종 쇼셜은 모다 현금에 잇는 사름의 실디 수젹이라 독쟈 계군의 신긔히 넉이는 고평을 임의 만히 엇엇거니와 이졔 또 그와 곳혼 현금 사름의 실젹으로 화의 혈(花의 血)이라 하는 쇼셜을 시로 져슐할 시 허언랑셜은 한 구졀도 긔록지 안이하고 뎡녕히 잇는 일동 일셩을 일호 차착업시 편즙하노니 긔쟈의 지료가 민텹지 못흠으로 문쟝의 광치는 황홀치 못할지언뎡 수실은 젹확하야 눈으로 그 샤름을 보고 귀로 그 수졍을 듯는 듯하야 션악간 죡히 밝은 거울이 될 만할가 하노라[37]

긔쟈왈 쇼셜이라 하는 것은 미양 빙공착영(憑空捉影)으로 인졍에 맛도록 편즙하야 풍속을 교졍하고 샤회를 경셩하는 것이 뎨일 목뎍인 중 그와 방불한 사름과 방불한 수실이 잇고 보면 익독하시는 렬위부인, 신수의 진진한 주미가 일층 더 싱길 것이오 그 사름이 회기하고 그 수실을 경계하는 됴혼 영향도 업게 안이할지라 고로 본 긔쟈는 이 쇼셜을 긔록흠이 스수로 그 주미와 그 영향

37 『매일신보』, 1911.4.6.

이 잇슴을 바르고 또 바르노라[38]

'사실은 적확하여 눈으로 그 사람을 보고 귀로 그 사정을 듣는 듯한' 이야기를 적어가려는 이해조의 의도에서 사실성에 대한 지향은 명확히 드러난다. 그런데 이 글은, 그가 대중성 혹은 오락성 역시도 중시하고 있었음을 보여준다. 자신의 소설이 '재미와 영향'이 있기를 바란다는 사실에서 우선 이를 알 수 있다. 하지만, "소설의 교훈성과 오락성이란 대립적인 이원론의 파행성이 소설에 그려지는 일상성을 단순한 독자의 흥밋거리로 떨어뜨리게 한다"[39]는 지적처럼 이해조 소설에서 이 둘의 결합은 그리 성공적이 되지 못한다.

이해조의 「화의혈」은, 식민지로의 전락을 결정지은 갑오년의 역사를 진지하게 반성한 뛰어난 작품[40]으로 평가받기도 한다. 하지만, 이러한 평가는 「화의혈」의 가치를 과도하게 적극적으로 해석한 결과라고 생각된다. 이 작품에 분명 탐관오리에 대한 질타나 동학농민봉기의 원인이 되는 봉건 체제의 문제점에 대한 지적이 담겨 있는 것은 사실이다. 그러나 근대계몽기 문학에서 탐관오리에 대한 비판은 양면의 날을 지닌 칼이 될수 있다. 예를 들어 이인직의 「은세계」에 나타난 탐관오리에 대한 비판과 저주는 이인직의 현실 개선 의지를 드러낸 것이 아니라, 조선이 망해야만 하는 이유 즉 필연적 망국론을 펼치기 위한 핵심적 장치였다는 점을 무시해서는 안 되는 것이다.

---

38 『매일신보』, 1911.6.21.
39 양문규, 「신소설에 나타난 일상성의 문제」, 『한국 근대소설과 현실인식의 역사』, 소명출판, 2002, 81면. 양문규는 여기서 이해조가 관심 가졌던 교훈성의 내용이란 다름 아닌 유교적 윤리로 재무장된 반상질서의 회복이며, 오락성은 이러한 질서를 훼손 와해시키는 하층 계급의 비속한 일상적 삶의 표현을 통해 나타난다고 보았다.
40 최원식, 「이해조 문학 연구」, 『한국근대소설사론』, 창작사, 1986, 173면 참조.

『매일신보』에 발표한 이해조의 작품들은 그의 1910년대 이전 작품에 비해 계몽성이 현격히 떨어진다. 이해조 작품 세계의 변모를 보여주기 시작한다는 「화세계」의 경우 혼인문제를 중심으로 한 등장인물들의 구시대적 세계관이나 가치관 등은 계몽소설이 아니라 반계몽적 소설이라고까지 불러도 좋을 만큼 후퇴해 있다. 중심 서사를 이끌어 가는 방식 역시 전대소설의 수준을 넘어서지 못한다. 사실성이나 현실성이라는 측면 역시 큰 성과를 거두었다고 말하기 어렵다. 더구나, 근대소설사라는 큰 틀 속에서 본다면 현실성의 문제는 이미 1900년대 단형서사물들에서 매우 적극적으로 성취된 것이었다. 이해조의 소설들이 거기에 특별한 의미를 더했다고 보기는 어려운 것이다. 1900년대 소설들에 비해 『매일신보』의 이해조 소설들이 성취한 유일한 성과는 대중성이었다고 할 수 있다. 계몽성이 약화되고 오락성이 강화된 것이 이해조 소설의 변화의 핵심이었던 것이다. 한일병합으로 인해 이해조는 더 이상 『자유종』과 같은 현실 비판적인 계몽주의 소설을 쓸 수도 없었고, 그것을 쓸 만한 자리에 있지도 않았다. 그가 총독부 기관지 『매일신보』의 기자가 되어 그 지면을 통해 작품활동을 했다는 사실에는 다른 부연 설명이 필요하지 않다. 하지만, 1910년 이후 그가 발표한 소설들의 내용으로 미루어 보면, 『매일신보』 당국은 이해조에게 의도적으로 친일소설을 쓸 것을 요구하지는 않았던 것 같다.[41] 병합 직후 『매일신보』의 발행진들이 소설가에게 기대

---

41 「춘외춘」이나 「구의산」·「쌍옥적」 등에서 일본인 구원자나 일본유학생 등이 등장하는 장면 등을 들어 이해조 소설의 친일성을 논하기도 한다. 분명히 그의 소설에 친일적 요소가 없는 것은 아니다. 그러나 이해조 소설 전반을 생각할 때 이른바 이러한 친일적 요소는 작가의 핵심적 의도의 구현으로는 보기 어렵다. 그보다는 서사를 진행하는 과정에서 등장하는 다양한 인물들 혹은 사건들 가운데 일부로 나타나는 것이다. 이해조의 소설에서뿐만 아니라 병합 이후 소설에서 일본인이 구원자로 등장하는 것은, 병합 이전 이인직의 소설 「혈의루」 등에서 일본인이 구원자로 등장하는 것과는 이른바 그 친일의 도가 다른 것이라 할 수 있다. 병합 이전 열강의 침탈 경쟁, 예를 들면 청과 일본의 조선 진출 경쟁 사이에서 청을 가해자로 일본을 구원자로 그린 이인직 소설의 친일성과는 거리가 있는 것

했던 것은 강력한 친일의 의지가 아니라 대중들의 흥미를 사로잡을 재미 있는 소설이었던 것으로 생각된다. 한일병합 이후 수 년 동안 『매일신보』에 게재된 작품들을 종합해 볼 때 내릴 수 있는 판단은, 『매일신보』 편집진들이 문필가에게 요구한 것은 이념이나 체제의 홍보가 아니라 대중적 흥미의 제고였다는 점이다. 이것은 한일병합 이전 1900년대까지의 신문이 서사문학 작품을 싣던 목적과는 크게 차이가 나는 것이다.

1900년대까지 발행된 대부분의 신문들이 서사문학 작품을 실은 목적은 신문의 발간 이데올로기를 드러내기 위한 것이었다. 그것은 '민족'이기도 했고 '계몽'이기도 했으며 때로는 민족과 계몽이 어우러진 것이기도 했다. 『독립신문』이나 『제국신문』, 『황성신문』, 『대한매일신보』, 『만세보』 등 대부분의 신문이 그러했다. 거기에 『죠선크리스도인회보』나 『그리스도신문』 등 종교신문들의 경우는 선교를 위한 내용을 가미하기도 했다. 1900년대의 신문들은 계몽의 목적을 달성하기 위한 방편으로, 일반 기사보다 대중적 호응도가 높은 서사자료를 수록하는 일에 관심을 보였던 것이다. 그런 점에서, 계몽성과 대중성이 만나는 과정에서 탄생한 것이 1900년대 신문에 수록된 대부분의 서사문학 자료들의 모습이었다고 말할 수 있다. 그러나 1910년대 전반기前半期의 『매일신보』는 계몽성에는 큰 관심이 없었던 것으로 보인다. 『매일신보』는 계몽성을 감싸기 위한 수단으로 대중성을 선택한 것이 아니라, 대중성과 오락성 그 자체를 목표로 선택해 서사문학 자료를 수록하기 시작한 최초의 신문이 되는 것이다.

이해조가 그나마 「화의혈」까지 간간히 이어 오던 계몽성을 완전히 포

이다.

기하고 철저히 대중성 내지 통속성을 추구하기 시작한 작품으로 정리되는 소설이 「구의산」이다. 그런데 이 구의산은 우리 소설사 최초의 추리소설로도 논의된다. 추리소설이 추구하는 최고의 가치는 대중적 오락성이다. 이해조가 대중성을 본격적으로 추구하기 시작하면서 추리소설을 선택했다는 사실은 우연이라고 보기 어렵다.

이해조는 「구의산」에 이어 「춘외춘」을 발표한 후 「옥중화」·「강상련」·「연의각」·「토의간」 등으로 이어지는 일련의 판소리계 소설 기록 작업을 시작한다. 당대 명창들의 구술을 기록하는 이러한 작업은 이해조의 전통에 대한 관심으로 해석된다. 그러나 판소리계 소설은 조선 후기 대중들이 가장 즐겨 향유하던 대상물이었다는 점에서, 이 역시 이해조의 대중문학 지향을 위한 의식적 산물이었다고도 해석할 수 있다.

『매일신보』는 소설란을 통해 대중독자를 끌어들이는 일에 매우 큰 관심을 보였다. 앞에서 지적한 바대로, 소설을 순한글로 수록했다는 점이나 1면 중앙에 게재했다는 사실 역시 그 한 예가 된다. 『매일신보』가 소설란에 큰 관심을 가졌다는 사실은 이 신문이 별도의 소설란을 만들어 운영하며 지속적으로 광고를 하기도 했고, 경우에 따라서는 한 신문에 두 편의 소설을 연재하기도 했다는 사실 등을 보아도 알 수 있다.[42]

『매일신보』 연재 소설들을 통한 대중적 흥미의 추구는 이인직에까지 이어진다. 1912년 3월 1일 『매일신보』에 '단편소설短篇小說'「빈선랑貧鮮郎

---

42 장형소설과 단형소설의 연재가 겹치는 경우는 허다하다. 장형소설들간의 연재 기간이 겹치는 경우도 적지 않다. 이해조의 작품 「봉선화」와 조중환의 번안물 「쌍옥루」의 연재기간은 여러 달 겹친다. 이인직의 소설 「모란봉」과 조일제의 번안물 「장한몽」 역시 약 20일 정도 연재 기간이 겹친다. 그런 점에서 『매일신보』의 신문소설에 대한 정책 변화를 지적하며, "신문연재 소설을 동화정책과 신문의 시세를 넓히는 데 본격적으로 사용하겠는 본심으로 읽을 수 있다"(이희정, 「『매일신보』에 연재된 이해조 신소설의 근대성 연구」, 『현대소설연구』 22, 한국현대소설연구학회, 2004, 110면)는 지적은 일리가 있다.

의 일미인日美人」을 발표했던 이인직이 「모란봉牧丹峰」을 통해 다시 장형소설의 작가로 등장하는 것이다. 하지만, 친일의 이데올로기도 또한 문명개화를 위한 계몽성도 빠져버린 「모란봉」을 통해 이인직이 독자들에게 보여줄 수 있는 것은 아무 것도 없었다. 이인직 또한 이해조와 마찬가지로, 「모란봉」을 통해 추구했던 것은 오로지 대중성이었던 것으로 생각된다. 「모란봉」은 일종의 삼각관계 염정소설 류를 염두에 둔 것처럼 보인다. 옥련이라는 한 여자와 구완서 및 서일순이라는 두 남자 사이의 관계가 기본 골격을 이루는 것이다. 그러나 실제 이 소설은 전개 과정에서 구완서의 역할이 거의 없다. 작품의 대부분이 옥련과 서일순의 관계를 중심으로 전개되는데, 그나마 서일순의 일방적 구애 과정이 주를 이룬다. 연애소설을 위한 기본 틀마저 설정하지 못한 이인직의 「모란봉」이 독자들에게 외면을 당하는 것은 당연한 귀결이었다. 근대소설사에서 그나마 「모란봉」이 거둔 성과가 있다면 문장의 산문성이 강화되고 좀더 묘사체에 가까워졌다는 정도일 것이다.[43]

이렇게 대중적 흥미를 목표로 했으나 그 성취에 실패한 「모란봉」이 휘청거리고 있을 때 등장한 작품이 바로 번안소설 「장한몽長恨夢」이다.[44] 『매일신보』 소설란이 궁극적으로 지향했던 것이 대중적 흥미의 제고임을 생각했을 때, 「장한몽」의 출현과 소설의 통속화는 이미 예고된 것이었다고 할 수 있다.[45] 이해조와 이인직 등의 작품이 계속해서 통속화의

---

43 이인직은 결국 「모란봉」의 연재를 중도에서 포기했고 더 이상은 아무 작품도 발표하지 못했다. 「모란봉」은 이인직의 다른 장형소설들과는 달리 단행본으로 출간되지도 않았다.

44 조중환의 등장과 번안소설의 소개는 이미 1912년 「쌍옥루」를 통해 이루어지기 시작한 것이었다. 조중환의 번안소설에 대해서는 권영민, 「일제(一齋) 조중환(趙重桓)의 번안소설(翻案小說)들」, 『신문학과 시대의식』, 새문사, 111~121면 참조.

45 이와 연관지어 기존의 연구는 "1913년 「장한몽」의 출현은 결코 우연이 아니다. 「장한몽」의 출현으로 이인직과 이해조는 소설계에서 실질적으로 은퇴하고 1917년 「무정」의 이광수가 등장할 때까지 일본 신파소설의 번안작가들

길을 걷게 된 가장 중요한 요인은 그들이 작품을 발표했던 매체인『매일신보』의 성격과 관련성이 깊다. 이른바 신소설의 통속화 역시 소설란을 통해 대중성의 확보를 의도했던『매일신보』의 편집 방침에 따른 결과로 보아야 하는 것이다. 아울러 이해조 소설의 이러한 변화를 이른바 문학사적 퇴행이라고 표현한다면, 이러한 퇴행은 개인의 취향 혹은 의도의 변화에 따른 것이라기보다는 체재의 변화이자 역사의 흐름의 변화에 따른 결과였던 것이다.

조중환의 등장과 번안소설의 성행은 이해조와 이인직의 시대가 끝났다고 하는 사실 혹은, 더 이상은『매일신보』가 그들을 필요로 하지 않는다는 사실을 의미하게 된다.『매일신보』가 조중환의 번안소설「쌍옥루」를 1면에, 그리고 이해조의 소설을 4면에 연재하기 시작하면서 이해조의「봉선화」에 달려 있던 '신소설新小說'이라는 표기를 삭제한 것도 우연으로만 보기 어렵다.[46] 굳이 창작소설만 주목할 가치가 있는 새로운 소설이 아니라, 번안소설들도 새롭게 주목할 만한 가치가 있다는 편집자의 의도가 깔려 있는 배려라는 추정이 가능한 것이다.『매일신보』의 입장에서 볼 때 조중환의 성공은 크게 두 가지 점에서 의미 있는 사건이었다. 하나는 그들이 목표로 했던 소설의 대중적 인기 확보에 크게 성공했다는 점이다. 다른 하나는 그 대중적 성공이 바로 일본의 작품들을 번안해 들여오면서 이루어졌다는 사실이다. 조중환의 첫 번안소설 쌍옥루가 연재되기 시작하던 날『매일신보』에는 다음과 같은 기사가 실려 있다.

인 조중환과 이상협 등이 작단의 주류를 이루게 되는 것이다'(최원식,「이해조 문학 연구」,『한국근대소설사론』, 창작사, 1986, 176면)라고 정리한다.

[46] 이해조의 연재물「봉선화」에서 도중에 '신소설'이라는 표기가 사라진 것은 조중환의 소설「쌍옥루」가 연재되기 시작한 후 이틀이 지난 시점부터이다.

본샤 샤고에, 초호글ᄉᆞᄌᆞ로 ᄆᆡ일 공포ᄒᆞᆷ을 인ᄒᆞ야, 일반 샤회에셔, 날마다 고ᄃᆡᄒᆞ시던 쌍옥루(雙玉淚)가, 오ᄂᆞᆯ브터, 일면 지상에 현츌ᄒᆞ야, 고ᄃᆡ고ᄃᆡᄒᆞ시던 동포 ᄌᆞ미의, 반가온 면목을 ᄃᆡᄒᆞ고, 궁금ᄒᆞ던 회포를 펴겟ᄂᆞ이다 그러ᄒᆞ나, 이 쌍옥루ᄂᆞᆫ, 일시파젹ᄒᆞᄂᆞᆫ 쇼셜로만 돌닐 것이 안이라, 곳 실디를 현츌ᄒᆞ야, 일반 샤회의 풍쇽을 ᄀᆡ량ᄒᆞᆯ 만ᄒᆞᆫ, 됴흔 긔관이로다, 이것을, 실디로 현츌코져 ᄒᆞ면, 무슨 방법으로 ᄒᆞᆯ가, 불가불, 연극으로 ᄒᆞ여야 ᄒᆞ겟다고 ᄒᆞ겟ᄂᆞ이다, 죠션의 연극 졍도가 유치ᄒᆞᆷ은, 일반이 개탄ᄒᆞᆯ ᄲᅮᆫ 안이라 본샤에서도 이것을 ᄀᆡ량ᄒᆞᆯ 계획이 잇스되, 됴흔 긔회를 엇지 못ᄒᆞ야, 지우금 리ᄒᆡᆼ치 못ᄒᆞᆫ 바이더니, 다ᄒᆡᆼ히, 이와 ᄀᆞᆺ흔, 됴흔 ᄌᆡ료를 엇엇기로, 쟝ᄎᆞ 문예부(文藝部)를 셜시ᄒᆞ야, 연예의 모범을 짓고져 ᄒᆞᄂᆞᆫ, 계획이 완젼 셩립ᄒᆞᄂᆞᆫ 동시에ᄂᆞᆫ, 반ᄃᆞ시, 본보(本報)를 ᄋᆡ독ᄒᆞ시ᄂᆞᆫ, 동포ᄆᆡᄌᆞᄂᆞᆫ, 무료관람을 허ᄒᆞ야, 평일의 ᄉᆞ랑ᄒᆞ시든 졍을 표ᄒᆞ려니와, 일반 ᄋᆡ독 졔군은, 본샤의 계획을 인ᄒᆞ야 뎨 일호로브터, 죵말ᄭᆞ지, 한쟝이라도 두락지 마시고 츅호ᄒᆞ야 모와두면 부지즁에, 완젼ᄒᆞᆫ 쇼셜 한권이 될 것이니, 이것도 됴커니와, 이후 실디를 연극ᄒᆞᆯ ᄯᅢ에, 큰 참고거리가, 되겟다고 ᄒᆞ겟ᄂᆞ이다, 이 쇼셜은, 누가 만든 것이뇨 하면, 문슈셩원 죠즁환(文秀星員 趙重桓)씨가, ᄂᆡ디 쇼셜계의, 뎨일 유명ᄒᆞᆫ 긔의 죄(己의 罪)라 ᄒᆞᄂᆞᆫ 소셜을, 번역ᄒᆞ야, 죠션 풍속에, 덕당ᄒᆞ도록 만든 것이니, 쳥컨ᄃᆡ, 이왕보다, 더욱 ᄋᆡ독ᄒᆞ시옵[47]

하지만 일본 번안물 류를 통한 조중환의 이러한 성공은 곧 한국 근대소설사의 답보 혹은 커다란 퇴보를 의미하는 사건이기도 했다. 이제 한국 근대소설사는 외적으로는 엄청난 독자 대중을 끌어 모으며 성장해 가

47 『매일신보』, 1912.7.17.

는 듯했지만, 내적으로는 거의 빈사상태에 이르기 시작했다는 것이 이 시기에 대한 진단이 된다.

(2) 새로운 계몽성의 대두와 지식인소설의 출현

1910년대 후반기後半期, 한국 근대소설사는 이광수의 등장을 통해 새로운 돌파구를 찾게 된다. 그런데 1910년대 전반기 신소설의 통속화와 조중환의 등장이 예고된 것이었다면, 이광수의 등장은 다소 의외의 일에 속한다. 이해조의 신소설이 통속적 대중성을 지향하기 시작했을 때 조중환과 일본 번안소설의 등장은 그 자연스러운 귀결이 될 수 있었다. 그렇다면 조중환의 성공이 다시 이광수의 출현으로 이어지게 되는 이유는 무엇인가?

『매일신보』에서 이해조의 역할이 그러했듯이, 이광수의 역할 역시 개인의 취향에 따른 결과로만 보기 어렵다. 이광수의 등장은 『매일신보』라는 거대 매체의 조직적 발굴 내지 지원이 없이는 불가능한 것이었다. 『매일신보』는 왜 이광수를 필요로 했을까? 『매일신보』에서 이광수 등장의 의미는 무엇일까? 한국문학사에서 이광수 등장의 의미는 흔히 계몽주의의 새로운 대두로 정리된다. 그렇다면 『매일신보』는 왜 계몽주의의 부활을 시도하게 되었던 것일까? 이는 식민지 체제의 공고화라는 외적 요인과 관련이 깊다. 1910년대 전반기를 넘기면서 일제에 의한 식민지 체제는 일단 자리를 잡았다고 볼 수 있다. 외형상으로 보면 커다란 동요 없이 체제가 정비되어 가고 있었던 것이다. 병합 직후 시작한 대규모의 토지조사사업이 1917년 경 실질적으로 마무리되었음을 생각할 때,

1910년대 중반 이후 일제는 식민체제의 장기적 유지를 위한 기틀을 마련할 시기가 도래했다고 판단했을 수 있다. 이제 더 이상 대중들에게 현실을 외면하고 통속소설을 즐기도록 요구할 필요는 없었다. 이제는 그들에게 새로운 체재의 지속을 위한 새로운 이데올로기를 심을 필요가 생겨난 것이다. 더구나 갈수록 통속화되어 가는 소설들에 대해 이른바 식자층의 반발 또한 커 가는 상황 속에서『매일신보』와 일제당국은 나름대로 대안을 찾아야만 했던 것이다.

이광수의 소설은 계몽성을 앞세운 소설이라는 점에서『매일신보』에 수록된 당시대의 다른 소설들과는 구별된다. 아울러 대중독자뿐만 아니라 지식인 독자들을 주요 상대로 한 소설이라는 점에서도 앞 시대의 소설들과는 구별된다. 과거 1900년대 신문의 서사문학 작품들이 지식인에 의한 대중 계몽을 목표로 한 것이었다면, 이광수의 1910년대『매일신보』에 수록된 작품들은 지식인에 의한 대중 계몽뿐만 아니라 지식인 계몽을 함께 의도하고 있는 작품임이 분명하다.

이광수와『매일신보』의 만남은 서로간의 이해관계가 맞물려 이루어진 것이라 할 수 있다.『매일신보』는 조선의 지식인을 계도할 수 있는 이른바 고급 작가가 필요했고, 이광수는 자신의 뜻을 펼칠 수 있는 지면이 필요했기 때문이다.[48]

이광수는「무정」연재에 앞서 몇 편의 글을 발표할 수 있는 기회를 가졌다.「대구大邱에서」(1916.9.22~23) ·「동경잡신東京雜信」(1916.9.27~11.9) ·

---

48 김윤식은 1910년대 중반의 이광수에 대해『학지광』이나『청춘』에 만족하지 못했다고 적고 있다. 아울러 "유학생계를 넘어서고, 육당적 동인지의 세계도 넘어설 자신이 생기기 시작했다. 그런 발표무대가 그에게는 필요했다. 그것이 당시로서는 가장 부수를 많이 찍는 총독부 기관지『매일신보』였다"(김윤식,『이광수와 그의 시대』2, 한길사, 1986, 507면)고 언급한 바 있다.

「농촌계발農村啓發」(1916.11.26~1917.2.18)·「조선가정朝鮮家庭의　개혁改革」
(1916.12.14~22)·「조혼早婚의 악습惡習」(1916.12.23~26) 등이 그것이다. 이
가운데 특히 주목해 보아야 할 글이 「대구에서」와 「농촌계발」이다. 「대
구에서」는 기행문의 형식을 빌린 논설문이다. 이 글은 대구에서 일어난
지식청년들의 강도 사건을 소재로 삼아, 조선의 지식 청년들이 지닌 문
제점과 그들에 대한 계도 방안을 정리한 것이다. '사회의 중추가 되어야
할 지식 청년들이 이렇게 범죄자가 되어 가는 데에는 이유가 있다. 사회
의 개량에 뜻을 둔 종교가 교육가 등은 이 범죄의 심리적 사회적 원인을
규명하여 청년들을 바른 길로 인도할 방안을 찾아야 한다'는 데서 이 글
은 출발한다. 「대구에서」는 「농촌계발」과 함께 계몽주의자로서의 이광
수를 드러내는 데 중요한 역할을 한다. 「대구에서」의 마무리 부분을 일
부 인용하면 다음과 같다.

　　一言以斷之ᄒ면 如斯ᄒ 罪惡은 朝鮮靑年界에 가장 일어나기 쉬운 罪惡이
오 ᄯᅩ 그 責任은 社會의 缺陷에 잇스며 그 原因은 名譽心의 不滿足 卽 自己의
抱負 能力을 펼 機會가 업슴과 心身을 奔忙ᄒ도록 바칠 만한 事業이 업슴과 敎
育이 未備ᄒ고 社會가 惰落ᄒ야 靑年이 相當ᄒ 知識을 어들 機會업스며 善良
ᄒ 感化와 善良ᄒ 標的을 엇지 못홈에서 出來ᄒ다 ᄒ리니 그 救濟方策은 學校
敎育과 社會機關과 講演과 新聞 雜誌와 宗敎와 讀書 等으로 靑年으로 ᄒ야곰
現代ᄅᆯ 理解케 ᄒ야 活動ᄒᆯ 舞臺와 名譽의 標的을 現代에게 求케 ᄒᆫ 同時에
職業敎育을 힘써 各各 不汗食의 羞恥를 ᄭᅢ닷게 ᄒ고 兼ᄒ야 新學業을 널히어
靑年들의 活動ᄒᆯ 門戶ᄅᆯ 開放ᄒ며 一面으로 靑年의 社交機關을 獎勵ᄒ야 善
良ᄒ 相互感化를 엇게 ᄒ고 他面으로는 文章과 言論으로 社會의 善惡美醜를

批判ᄒ야써 靑年으로 ᄒ야곰 歸向ᄒᆯ 바를 알게 홈에 잇다 ᄒ나이다.[49]

이광수가 「대구에서」를 통해 주장하는 것은 신문이나 잡지 혹은 강연 등을 통해 청년들을 교육시킴으로써 그들에게 새로운 시대가 왔음을 이해하고 받아들이게 해야 한다는 것이다. 아울러 이들 지식청년들의 소외감과 무력감을 없애기 위해서 그들에게 활동할 무대를 주어 자긍심을 찾게 해 주어야 한다는 것이다. 이광수의 이 주장은 지식청년들을 교육하여 새로운 시대에 적응하게 하고, 그렇게 시대에 적응한 지식청년들을 활용해 대중 계몽의 무대에 나서게 한다는 생각으로도 해석될 수 있다.

「농촌계발」은 지식청년의 역할이 어떤 것인가를 논설과 허구적 서사의 결합을 통해 구체적으로 보여준 글이다.[50] 「농촌계발」은 전형적인 '서사적논설'의 형태를 띠고 있다. 전체 12장으로 구성된 이 글의 제1장은 논설의 형식을 띠고 있고 나머지 장들은 소설의 형식을 띠고 있다. 하지만 나머지 장들에서도 주인공 등 등장인물의 대화를 통한 논설은 계속 이어진다. 이광수는 「농촌계발」의 서사 부분에서 김일이라는 지식 청년을 등장시킨다. 그는 동경에 유학하여 법률을 연구한 인물이다. 그는 자신의 일생을 농촌계발에 바치기로 작정하고 고향으로 돌아온다. 그가 고향에서 한 일은 마을 사람들을 모아놓고 우리도 노력하면 잘 살 수 있다는 새로운 의식을 심어주는 일이었다. 그는 신교육의 필요성을 강조하고 신문읽기의 중요성을 알리며 위생적인 생활을 할 것과 저축을 습관화할 것 등을 가르친다. 「농촌계발」은 이제 머지 않아 마을에 학교가 설 것이고 마

---

49 춘원생(春園生), 「대구(大邱)에셔」, 『매일신보』, 1916.9.23.
50 「농촌계발」에 대한 상세한 논의는 김영민, 『한국근대소설사』, 419~441면 참조.

을 또한 부귀하게 될 것이라는 꿈을 심어주는 것으로 마무리된다.

「대구에서」와 「농촌계발」 등을 통해 『매일신보』의 발행진들은 이광수의 필력과 사상에 대한 검증 절차를 마쳤다고 볼 수 있다. 『매일신보』는 「농촌계발」을 연재하고 있던 이광수에게 장편 신년소설 「무정」의 연재를 청탁한다. 『매일신보』의 이러한 청탁은 이광수가 이미 같은 신문에 「농촌계발」을 연재하고 있던 중이라는 점에서 매우 파격적이라 할 수 있다. 1917년 초에 「농촌계발」은 논설 부분이 아닌 서사 부분의 연재가 진행 중이었다. 따라서 외견상으로만 보면 한 작가의 장편소설이 두 편이나 『매일신보』에 연재되는 셈이었다. 거기에 신년수필 「신년新年을 영迎ᄒᆞ면서」까지 같은 지면에 실리게 된다.[51] 그만큼 총독부와 『매일신보』의 이광수에 대한 신뢰는 컸던 것이다.

한국문학사에서 「무정」의 등장은 흔히 근대소설사를 바꾸는 사건으로 기록된다. 근대소설로서 「무정」이 그토록 큰 주목을 받는 이유는 어디에 있는가? 무정은 일단 대중적으로 성공한 소설임에 틀림이 없다. 「무정」의 대중적 성공은 후일의 문학사가들이 이 작품을 주목하게 된 요인 가운데 하나가 된다. 하지만, 「무정」의 대중적 성공이라는 요소가 「무정」을 근대문학의 획을 그은 작품으로 평가하는 핵심적 요인이 되는 것은 물론 아니다.

이광수와 「무정」에 대한 적극적 평가는 김태준의 『조선소설사』에서부터 시작되어 김동인의 「춘원연구」로 이어진다. 김태준이 『조선소설

---

51 수필 「新年을 迎ᄒᆞ면서」는 1917년 1월 1일 자 『매일신보』에 실려 있다. 「新年을 迎ᄒᆞ면서」를 보면 새 해를 맞아 「무정」의 연재를 시작하는 이광수의 마음가짐이 어떤 것이었는가를 알 수 있다. 이 글에서 이광수는 새해를 희망찬 자세로 맞을 것을 강조한다. 어떤 자세로 새해를 맞는가에 따라 자신의 미래가 달라질 수 있다는 것이다. 이러한 논지는 「무정」이나 「농촌계발」의 주제와도 서로 통하는 것이다. 참고로, 이 자료는 『이광수 전집』(삼중당, 1962)에도 실려 있지 않으며, 기타 지금까지 출간된 어떠한 이광수 관련 자료 및 연보에도 들어 있지 않다.

사』에서 이광수를 주목한 이유는 그의 작품들이 과거의 기담奇談과 권선
징악류 소설을 벗어났다는 것이다. 김태준은 이를 '서양식소설西洋式小說'
의 출발로 규정짓는다.[52] 김동인은 「춘원연구」에서 이광수 소설 전반에
대해 비판적이었다. 「무정」에 대해서도 비판적 시각이 강한 것은 사실이
지만, 상대적으로 다음과 같은 적극적인 평가 역시 시도한다. 이 부분을
인용하면 다음과 같다.

　　아직 그 文章에 잇서서는 己未年『創造』雜誌가 나타나서 舊套를 一掃하기
까지는 그래도 「이러라」「이로다」「하더라」「하노라」의 투가 많이 남어서 「無
情」에 잇서서도 그 例를 버서나지 못하엿지만 朝鮮 口語體로서 이만치 긴 글
을 썻다 하는 것은 朝鮮文發達史에 잇서서도 特筆할 만한 價値가 잇다.
　　이 「無情」이 朝鮮 社會에 던진 波動도 特筆할 만한 것으로서 巨匠 李仁稙이
그 새 몃 개 發表한 小說은 感情에 잇서서 在來의 感情이엇섯는데 새로운 感情
이 포함된 小說이 朝鮮에 나타난 嚆矢로도 「無情」은 特筆할 價値를 가젓스며,
　　大衆에게 一顧도 밧지 못하고 逝去한 李仁稙氏의 이후로 朝鮮서 처음으로
大衆에게 환영된 小說로도 特筆할 價値가 있다.
　　이 小說의 作者인 春園에게 잇서서도 가장 큰 作品이니, 그 뒤에 發表된 모
든 長篇 小說(史譚은 除하고) 이 嚴正한 意味에 잇서서 이 「無情」의 延長에
지나지 못하는 點(이것은 後에 論함)으로 보아서도 이 「無情」은 아직것의 春
園의 代表作인 同時에 朝鮮新文學이라 하는 大建物의 가장 긴한 주춧돌이다.
　　그 뒤에 春園의 文學史上의 功罪는 차차 論하러니와 이한만 作品 가지고도
春園의 이름은 朝鮮新文學史에 지울 수가 업슬 것이다.[53]

52　김태준, 『조선소설사』, 학예사, 1939, 206면 참조.

김동인의 이러한 평가는 후일 문학사가들에게도 영향을 미친다. 해방 후 남한 문학사에서 이광수가 이른바 근대문학의 개척자로 자리잡은 데 에는 백철과 조연현의 문학사 연구가 결정적인 역할을 했다. 조연현은 「무정」을 이른바 최초의 근대소설로 정리하면서 그 이유를 문장의 산문 성, 자아의 각성, 신소설류의 권선징악 청산, 심리추구와 성격 창조 등에 두고 있다.[54] 그런데, 조연현이 이광수에 대해 내린 이러한 평가들 가운 데 일부는 김동인이 이미 이인직에 대해 내린 평가에서 크게 나아간 것 이 아니다. 김동인은 이인직을 근대소설의 효시로 평가하면서 악인필망 의 상투성 탈피, 사건의 객관적 묘사, 다양한 인물의 설정, 대화묘사의 진전, 심리묘사를 통한 인물의 성격 제시 등을 새로운 요소들로 거론하 고 있다.[55] 김동인과 조연현의 평가에서 이인직과 이광수를 구별할 수 있 는 유일한 기준은 문체가 된다. 김동인은 이를 조선 구어체의 확립과정 으로 정리하고 있고 조연현은 산문성의 확대로 정리하고 있는 것이다.

이광수의 「무정」이 한국 근대소설이 확립되는 과정에서 중요한 역할 을 했다고 할 때 가장 주목해야 할 사실은, 한글로 본격적인 지식인 문학 의 길을 열었다는 점이다. 이 과정에서 그가 거둘 수 있었던 부수적 효과 가 근대 산문 문장의 확립이었다. 한국 근대문학의 성립과정에서 이 사 실들 이외의 것들 즉 권선징악의 탈피나 다양한 인물의 설정, 심리추구 와 묘사문장의 확대 등을 모두 「무정」의 공으로만 돌리는 것은 공정한 평가라고 보기 어렵다. 이미 김동인이 지적했듯이 이인직의 「혈의루」를 비롯한 여러 작품들 속에, 그리고 「무정」이 등장하기 이전에 활동했던

---

53 김동인, 「춘원연구」, 『삼천리』, 1935.2, 214~215면.
54 조연현, 『한국현대문학사』, 현대문학사, 1956, 177~191면 참조.
55 김동인, 「조선근대소설고」, 『조선일보』, 1929.7.28~8.1 참조.

현상윤이나 백대진 등 여러 작가들에 의해 이러한 요소들은 이미 충분히 성취되고 있었던 것이다.

　이광수는 한국문학사에서 이야기문학 양식이 통용되기 시작한 이후 최초로 한글을 사용해 지식인 문학을 시도한 작가이다. 아울러 한글 소설을 통해 최초로 독자 계층 통합에 성공한 작가이기도 하다. 「무정」이전까지 한국 소설의 독자는 계층 분리가 비교적 명확한 편이었다. 이른바 식자층을 대상으로 한 작품과 일반 대중을 대상으로 한 작품의 구별이 분명했던 것이다. 이는 우선 문자 사용의 측면에서 확연히 구별되었고 작품이 반영하는 세계관의 측면에서도 그러했다. 이인직이나 이해조 등이 이른바 신소설이 여성과 일반 대중을 대상으로 창작된 소설이라면 현상윤이나 백대진의 작품은 지식층을 겨냥한 소설들이었다. 이광수 자신의 작품도 「무정」이전의 작품들, 즉 「헌신자」·「어린희생」등은 모두 지식인 계층을 주된 독자로 삼아 창작되고 발표된 작품들이었던 것이다. 그런 점에서 「무정」은 근대 자국어를 사용해 독자 계층의 통합을 이룬 최초의 소설로 평가할 수 있다. 「무정」의 성공은 진정한 '근대 민족어문학近代 民族語文學'의 성공을 의미하는 것이기도 했다. 이 점이 한국 소설사에서 「무정」을 높이 평가해야 할 가장 큰 이유가 된다.

　「무정」의 성공은 절반 정도의 기획과 절반 정도의 행운이 가져다 준 우연의 결과였다. 『매일신보』는 이광수를 통해 식자층의 계몽을 의도했다. 룸펜으로 변해가는 식민지 지식청년들에게 위안 거리를 만들어주고, 더러는 환상도 심어줄 필요가 있었던 것이다. 『매일신보』가 이광수에게 원했던 것은 「대구에서」와 「농촌계발」의 연속선상에 있는 작품이었다. 그런 이유로 인해, 『매일신보』는 지금까지의 관례를 깨고 이광수의 국한문혼용 소설 「무정」의 연재를 전격 결정하게 되는 것이다. 그 동안 『매일신보』는 창간 이래 모든 연재소설을 순한글로만 실었다.[56] 문체의 선택은 곧 독자 계층에 대한 선택을 의미한다는 점에서 『매일신보』의 입장에서 볼 때 국한문혼용 소설을 게재한다는 것은 새로운 실험이기도 했다.

「무정」이 지식인 집단을 주요 독자 대상으로 삼았고, 『매일신보』가 이를 새로운 실험으로 생각했다고 하는 사실은 다음의 광고문을 통해서도 확인할 수 있다.

新年의 新小說

無情 春園 李光洙 氏 作

新年브터 一面에 連載

從來의 小說과 如히 純諺文을 用치 안이ᄒ고 諺漢交用書翰文體를 用ᄒ야 讀者를 敎育잇ᄂᆫ 청년계에 求ᄒᄂᆫ 小說이라 實로 朝鮮文壇의 新試驗이오 豐富ᄒᆫ 內容은 新年을 第俟ᄒ라

文壇의 新試驗[57]

이 광고문에서 『매일신보』의 편집진들은 「무정」이 '독자를 교육있는 청년계에 구하는 소설'임을 강조하고 '실로 조선문단의 신시험'이 되는 국한문혼용체 소설임을 거듭 강조한다. 그러나 「무정」은 국한문혼용 소설이 아닌 순국문 소설로 발표된다. 다음은 『매일신보』에 발표된 「무정」

---

56 『매일신보』는 장편 연재소설들은 한글로만 실었고, 단편소설은 국한문 혼용을 하기도 했다. 참고로, 장편 연재물 가운데 국한문으로 실었던 작품으로는 이해조가 명창 박기홍의 구술을 토대로 춘향전을 기록한 「옥중화」가 있다. 이후 이해조는 판소리계 작품의 기록도 모두 순한글을 사용했다.

57 『매일신보』, 1916.12.26.

의 도입 단락이다.

경성학교 영어교사 리형식은 오후 두시 사년급 영어시간을 마초고 나려 쏘이는 류월 볏혜 쌈을 흘니면셔 안동 김장로의 집으로 간다 김장로의 쌀 션형(善馨)이가 명년 미국 류학을 가기 위ᄒᆞ야 영어를 쥰비ᄒᆞᆯ 차로 리형식을 ᄆᆡ일 한 시간식 가뎡교사로 고빙ᄒᆞ야 오늘 오후 셰시부터 슈업을 시작ᄒᆞ게 되엿슴이라 리형식은 아직 독신이라 남의 녀ᄌᆞ와 갓가히 교계ᄒᆞ야 본 젹이 업고 이러케 슌결ᄒᆞᆫ 쳥년이 흔히 그러ᄒᆞᆫ 모양으로 졂은 녀ᄌᆞ를 ᄃᆡᄒᆞ면 ᄌᆞ연 수졉은 싱각이 나셔 얼골이 화화 달며 고기가 져졀로 슉어진다 남ᄌᆞ로 싱겨나셔 이러ᄒᆞᆷ이 못싱 겻다면 못싱겻다고도 ᄒᆞ려니와 져 녀ᄌᆞ를 보면 아모러ᄒᆞᆫ 핑계를 어더셔라도 갓가이 가려 ᄒᆞ고 말 ᄒᆞᆫ마ᄃᆡ라도 ᄒᆞ여보려 ᄒᆞᄂᆞ 잘난 사름들보다ᄂᆞ 나으니라 형식은 여러 가지 싱각을 ᄒᆞᆫ다[58] (春園, 「無情」 1회)

이러한 문체 변화를 해명하기 위해 『매일신보』 1917년 1월 1일 자에는 다음과 같은 기사가 실리게 된다.

小說 文體變更에 對ᄒᆞ야
無情의 文體ᄂᆞ 豫告보다 變更된 바 其 理由ᄂᆞ 編輯同人에게 來ᄒᆞᆫ 作者의 書營 中 一節을 摘記ᄒᆞ야써 謝코져 ᄒᆞ노라
……漢文混用의 書翰文體ᄂᆞ 新聞에 適치 못ᄒᆞᆯ 줄로 思ᄒᆞ야 變更ᄒᆞᆫ 터이오 며 私見으로ᄂᆞ 朝鮮現今의 生活에 觸ᄒᆞᆫ 줄로 思ᄒᆞᄂᆞ 바 或 一部 有敎育ᄒᆞᆫ 靑年 間에 新土地를 開拓ᄒᆞᆯ 수 잇스면 無上의 幸으로 思ᄒᆞ웁 (…下略…)[59]

---

58 『매일신보』, 1917.1.1.

국한문혼용체 소설은 신문에는 적절치 않은 것으로 생각되어 작가가
문체를 변경했다는 사실과, 이것이 비록 국문으로 쓰여지지만 지식청년
들에게도 받아지기를 희망한다는 것이 이 글의 요지이다.[60] 「무정」을 순
한글로 발표함으로써 이광수는 잡지에 발표하는 글들은 소설과 논설을
가리지 않은 채 모두 국한문혼용체로, 신문에 발표하는 글 가운데 소설
만은 순국문체로 그리고 논설 등 다른 양식의 글들은 국한문혼용체로 쓴
셈이 된다. 나름대로 독자를 생각한 의식적인 문체 조절로 볼 수 있는 것
이다.

결과적으로 보면 이광수는 이렇게 문체를 변경함으로써 근대문학사
에 새로운 족적을 남기게 된다. 그러나 「무정」의 문체 변경은 순간적 판
단에 의해 우연히 일어난 것일 뿐 민족어와 독자 통합의 중요성에 대한
근본적 인식을 바탕으로 이루어진 것이라고 보기는 어렵다. 그렇게 판단
하게 되는 가장 큰 이유로는 그가 「무정」의 연재를 끝낸 지 얼마 지나지
않은 1917년 11월 「개척자」를 발표하면서 다시 국한문혼용체를 사용하
게 된다는 점을 들 수 있다. 「개척자」의 첫 부분을 원문대로 인용해보면
다음과 같다.

化學者 金性哉는 疲困흔 드시 椅子에셔 일어나셔 그리 넓지 안이흔 實驗室
內로 왓다갓다 흔다. 西向 琉璃窓으로 들여쏘는 十月 夕陽빗이 낡은 洋장판에

---

59 『매일신보』, 1917.1.1.
60 「무정」은 이광수가 1916년 12월 『매일신보』로부터 장편 신년소설을 쓰라는 전화청탁을 받고 구고(舊稿) 가운데
    '영채'에 관한 것을 정리하여 보낸 작품이다(『이광수전집』 20, 삼중당, 1968, 275면 참조). 이광수는 '무정' 이
    전에 한글로 글을 써서 발표하지 않았으므로 당연히 '영채' 관련 원고도 국한문혼용체로 썼을 것이다. 그렇다면 국
    한문혼용체 「무정」을 국문체로 바꾼 인물은 누구인가? 그것이 『매일신보』 내부의 다른 필자라는 가설도 가능하
    다. 하지만 「무정」을 순한글체로 바꾼 인물은 다른 사람이 아닌 이광수로 생각된다. 이광수는 「무정」이 자신이 처
    음 쓴 국문소설이라고 회고한다(이광수, 「작가로서 본 문단의 십 년」, 『이광수전집』 16, 395면 참조).

强ᄒ게 反射되여 좀 疲瘠ᄒ고 上氣ᄒ 性哉의 얼골을 비쵀인다. 性哉ᄂ 눈을 감
고 뒤짐을 지고 네걸음쯤 南으로 가다가ᄂ 다시 北으로 돌아셔고 或은 壁을 沿
ᄒ야 室內를 一週ᄒ기도 ᄒ더니 房 ᄒ복판에 웃둑 셔며 東壁에 걸린 八角鍾을
본다 이 鍾은 性哉가 東京셔 高等工業學校를 卒業ᄒ고 돌아오ᄂ 길에 實驗室
에 걸기 爲ᄒ야 別擇으로 사온 것인데 荷物로 부치기도 未安히 녀겨 꼭 車中이
나 船中에 손소 가지고 다니던 것이다. 모양은 八角木鍾에 不過ᄒ지마ᄂ 時間
은 꽤 精確ᄒ게 맛ᄂ다. 以來 七年間 性哉의 平生의 동무ᄂ 實로 이 時計엿섯
다.[61] (春園, 「開拓者」1의 1)

이광수가 「무정」과 달리 「개척자」를 국한문혼용체 소설로 발표한 이
유는 무엇인가? 그가 「무정」을 연재하면서 내세웠던 생각 즉 국한문혼
용체 소설이 신문에는 어울리지 않는다는 생각을 그는 왜 철회했을까?
이는 분명히 『매일신보』 편집진의 의사 결정에 따른 결과처럼 보인다.
『매일신보』가 원래 이광수에게 기대했던 소설 「무정」은 국문소설이 아
니라 국한문소설이었다. 『매일신보』는 비록 갑작스럽게 바뀐 국문소설
「무정」을 통해 대중적 성공을 거두기는 했지만, 그들이 원했던 것은 지
식인을 대상으로 하는 국한문 소설이었던 것이다. 『매일신보』는 「개척
자」와 동일한 지면에 진학문秦學文과 이상협李相協의 순국문소설 「홍루紅
淚」(1917.9.21~1918.1.16)와 「무궁화無窮花」(1918.1.25~1918.7.27)를 연재한
다. 「무정」 연재 무렵에도 이상협의 번안소설 「해왕성海王星」(1916.2.10~
1917.3.31)을 연재 중이었다. 「해왕성」과 「홍루」와 「무궁화」는 모두 대중
독자를 겨냥한 한글 소설이었다. 따라서 『매일신보』 편집진으로서는 또

---

61 『매일신보』, 1917.11.10.

하나의 한글 소설을 추가해 대중독자를 확보하는 일보다는 국한문혼용 소설을 통해 지식청년들을 끌어들이는 일이 필요했던 것이다.

이광수는 자신을 문사文士라기보다는 사회개량가라고 생각했다. 따라서 그가 「무정」이나 「개척자」를 쓸 때의 심정은 논설 혹은 논문을 쓰는 심정과 유사한 것이었다. 이에 대해서는 다음의 진술을 참고할 필요가 있다.

나는 일즉 文士로 自處하기를 질겨 한 일이 없었다. 내가 無情, 開拓者를 쓴 것이나 再生, 革命家의 안해를 쓴 것이나 文學的 作品을 쓴다는 意識으로 썻다는 것 보다는 대개가 論文 代身으로 내가 보는 當時 朝鮮의 中心階級의 實狀 −그의 理想과 現實의 乖戾, 그의 모든 弱點을 如實하게 그려내어서 讀者의 鑑戒나 感奮의 材料를 삼을 兼 朝鮮語文의 發達에 一刺激을 주고 될 수 잇스면 靑年의 文學慾에 不健全치 아니한 讀物을 提供하자− 이를테면 이 政治 알에서 自由로 同胞에게 通情할 수 없는 心懷의 一部分을 말하는 方便으로 小說의 붓을 든 것이다.[62]

계속해서 이광수는 자신이 소설을 통해 시대상을 묘사하는 일은 곧 신문기자가 되는 동기와도 유사한 것이며 또한 교사가 되는 것과도 유사한 것임을 주장한다.

「무정」이나 「개척자」는 일제의 식민 체제 지속을 위해 창안된 지식인 문학의 일환이었다. 이들 소설에는 이른바 지식인에 대한 위안과 풍속개량을 위한 지식인의 역할 논의를 넘어서면 더 이상 갈 곳이 없었다. 이광수 자신은 "내가 小說을 쓰는 根本 動機도 여기 잇다. 民族意識, 民族愛

---

62 이광수, 「여의 작가적 태도」, 『동광』, 1931.4, 81면.

의 高潮, 民族運動의 記錄, 檢閱官이 許하는 限度의 民族運動의 讚美, 만일 할 수 있다면 煽動, 이것을[은] 過去에만 나의 主義가 되엇을 뿐이 아니라 아마도 나의 一生을 通할 것이라고 믿는다"[63]라고 주장한 바 있다. 하지만 총독부 기관지 『매일신보』를 통해서 한국 근대소설이 갈 수 있는 길은 「무정」과 「개척자」의 수준을 넘어서기 어려운 것이었다. 이광수가 민족주의와 사회개량을 동시에 외치면서 그 발표 지면으로 『매일신보』를 택했을 때 그의 소설이 가야할 길은 이미 정해져 있었던 것이다.[64]

4. 맺음말

근대계몽기 신문에서 소설란이 발견되는 것은 1897년 『한성신보』의 경우가 처음이다. 이후 우리나라 신문이 보편적으로 소설란을 두기 시작한 것은 1906년 무렵부터였다. 소설란이 생기기 이전 우리나라 신문들은 주로 잡보란과 논설란에 서사자료를 수록했다. 소설란이 생긴 이후에도 『대한매일신보』의 경우 잡보와 소설과 기서奇書의 차이가 명확하지 않았다. 『제국신문』에서는 논설란에 실리던 자료를 그대로 소설란에 옮겨 실었다. 『황성신문』은 서사자료들을 논설란과 기서란 및 소설란에 나누

---

63 위의 글, 84면.
64 1910년대 『매일신보』의 사설은 대략 '문명개화, 동화정책, 대외문제'의 세 가지로 정리될 수 있다. 여기서 문명개화는 다시 의식개혁과 제도개혁으로, 동화정책은 동화의 이념과 친일파양성, 종교의 진흥 및 민족문제 등으로 정리된다. 이러한 매일신보의 논조는 곧 「농촌계발」이나 「무정」 및 「개척자」 등에서 중요한 소재 겸 주제로 등장하는 것들이기도 하다. 『매일신보』의 성격과 사설에 대한 구체적인 분석과 정리는 김진두, 「1910년대 매일신보의 성격에 관한 연구-사설 내용분석을 중심으로」, 중앙대 박사논문, 1995, 37~101면 참조.

어 실었다. 크게 보면, 근대계몽기 신문의 편집자들은 소설을 기서나 이야기담 혹은 논설과 유사한 성격의 글로 생각했다. 이를 통해서도 한국 근대계몽기 문학의 중요한 특질인 논설과 서사의 미분리를 확인할 수 있게 된다.

『만세보』가 발간되면서 우리나라 신문에서는 단편소설란이 등장하기 시작한다. 『만세보』는 소설 가운데 길이가 짧은 작품을 소설단편 및 단편소설이라는 용어를 사용해 구분한다. 이러한 구분은 『대한민보』와 『매일신보』로 이어진다. 근대계몽기 신문이 서사자료를 수록하면서 신소설이라는 난을 따로 마련하기 시작한 것은 국문판 『대한매일신보』가 처음이다. 『대한매일신보』가, 길이가 긴 작품에 '쇼셜' 대신 '신쇼셜'이라는 명칭을 사용하기 시작한 것이다. 그런 점에서 신소설이라는 용어 속에는 처음부터 길이가 긴 작품이라는 개념이 들어가 있었다. 길이가 긴 작품들을 신소설로 분류하는 관행 역시 『대한민보』를 거쳐 『매일신보』로 이어진다. 결국, 『매일신보』는 이런 역사적 맥락 속에서 길이가 짧은 작품은 단편소설로, 길이가 긴 작품은 신소설로 표기하게 되는 것이다.

1900년대의 신문들은 계몽의 목적을 달성하기 위한 방편으로 서사 자료를 활용했다. 계몽성과 대중성이 만나는 과정에서 탄생한 것이 1900년대 신문에 수록된 대부분의 서사문학 자료들의 모습이었던 것이다. 그러나 1910년대 전반기前半期의 『매일신보』는 계몽성에는 큰 관심이 없었다. 『매일신보』는 계몽성을 감싸기 위한 수단으로 대중성을 선택한 것이 아니라, 대중성과 오락성 그 자체를 목표로 선택해 서사문학 자료를 수록한 신문이다.

근대계몽기의 문학은 그 어느 시기의 문학보다 매체의 영향을 많이 받으며 형성된 문학이다.『매일신보』의 신소설이 통속화의 길을 가게 된 데에는 무엇보다 신문사의 편집 방침이 가장 중요한 요인으로 작용했던 것으로 판단된다. 물론 그 과정에서 작가 개인의 선택을 전혀 무시할 수는 없을 것이다. 이해조와 이인직 소설의 통속화에 이어 조중환 등에 의한 일본 번안소설의 범람은 한국 근대소설사의 수준을 크게 후퇴시킨다.

이광수의 등장은 계몽성의 부활을 의미한다.『매일신보』가 의도한 계몽성은 1900년대 신문들이 의도했던 계몽성과는 근본적으로 차이가 있는 것이었다. 1900년대 신문의 계몽성이 민족·자주와 맞물리는 것이었다면,『매일신보』의 계몽성은 식민체제의 공고화를 위한 것이었다.『매일신보』가 이광수를 발탁한 것은 지식인에 의한 대중 계몽뿐만 아니라, 지식인 계몽까지도 함께 의도한 결과였다.「무정」은 우리나라 최초로 지식인을 대상으로 창작된 한글 소설이라는 점에서 소설사적 의의가 크다. 아울러, 최초로 일반 대중과 지식 청년을 함께 독자로 끌어들이는데 성공한 소설이라는 점에서도 의미가 인정된다. 이른바 문체에 따라 철처하게 분리되어 있던 독자층의 통합에 성공한 최초의 소설이 되는 셈이다. 그런 점에서「무정」은 근대 자국어를 사용해 독자 계층의 통합을 이룬 최초의 소설로 평가할 수 있다.「무정」의 성공은 진정한 근대 민족어문학의 성공을 의미하는 것이기도 하다.

그러나 총독부 기관지『매일신보』를 통해서 한국 근대소설이 갈 수 있는 길은 이미 한계가 정해져 있는 것이었다. 그것이 바로 번안물「장한몽」·「해왕성」류의 작품이나 창작물「무정」·「개척자」류의 작품이 가는 길이었다. 그 길은 대중들에게 쉽게 읽을 만한 오락거리를 제공하거나, 아니면 지식인들에게 체재에 순응하며 풍속 개량에 참여하도록 외치는 것 이상의 수준을 넘어서기 어려운 것이었다. 이것이 1910년대 후반기 한국 근대소설사의 한계이기도 했다. 문학이 매체의 영향을 받아 변화하고 발전한다는 전제 속에서 바라본다면, 새로운 문학의 탄생을 위해 한국문학사는 새로운 매체들의 탄생을 기다려야만 했다.

3

한국 근대소설과 근대성

근대소설의 문체 변화와
근대성의 발현

---

1. 머리말

문체란 글에 나타나는 일정한 표현상의 특색을 지칭하는 용어이다. 문체는 시대에 따라 달라지며, 동시대일 경우라도 작가에 따라 다르게 나타난다. 아울러 문체는, 그 문체가 사용되는 시대적·사회적·문화적 배경을 모두 보여주는 중요한 지표 가운데 하나가 되기도 한다.

우리나라의 문체 변화 과정을 생각할 때 그것이 시대와 역사, 그리고 사회·문화의 변모 과정을 반영한다는 주장이 사실임은 쉽게 알 수 있다. 특히 근대 이후 한국 소설사의 주요 작품들을 더듬어 가며 문체 변화를 살펴볼 때는 더욱 그러하다.

이 글에서는 근대 이후 한국 소설사의 문체 변화 과정을 살펴보고, 그 변화에 영향을 미친 요인들에 대해서도 함께 정리하기로 한다. 아울러 이러한 정리를 통해, 한국 소설사에서 진정한 의미의 근대적 문체가 형성되어 가는 과정을 고찰해 보기로 한다.

2. 한국 근대소설사와 문체의 변화

1) 근대계몽기의 문체 변화 – 생산자 중심 문체에서 수용자 중심 문체로

조선 후기까지 우리나라의 지식인들은 한문 문장을 즐겨 썼다. 그들은 한문으로 자신들의 생각을 표현하고 삶을 기록했다. 시나 소설 등 문예 작품의 창작도 물론 한문을 중심으로 이루어졌다. 한글로 창작되거나 번역된 경우가 없는 것은 아니지만 그것은 일부에 지나지 않았다. 지식인들의 문자생활에서는 한문이 주가 되고 한글은 부수적·보조적 역할을 하는 데 그쳤던 것이다.

우리나라 지식인들이 한글을 적극적으로 사용하기 시작한 것은 19세기 말 이른바 근대계몽기에 들어서부터이다. 이 시기에 지식인이 한글을 사용하기 시작하게 된 데에는 몇 가지 이유가 있다. 하나는 국가에서 공적으로 한글 사용의 필요성을 절감하고 이를 추진해 나갔기 때문이다. 1894년 갑오경장기부터 공문서에 한글 표기가 법제화되었고, 벼슬아치의 등용 고시에도 한글 출제 규정이 생겨났으며, 1907년 정부가 국문연

구소를 설립한 일 등은 그 대표적 사례이다.[1]

다른 하나는 일찍부터 한글 사용의 필요성을 절감한 선각자들의 출현과 그들의 적극적 역할 때문이다. 유길준은 그러한 선각자 가운데 한 사람이었다. 그는 개화에 대한 자신의 견해를 담은 책『서유견문』을 국한문 혼용체로 간행하고, 한글 사용의 중요성과 언문일치의 필요성에 대해 주장한다. 유길준은『서유견문』을 간행하면서, 자신이 시도하는 새로운 문체가 당시 지식인층에게 "문장가의 궤도를 벗어났으니, 안목이 있는 사람들에게 비방과 웃음을 면치 못할 것"[2]이라는 부정적 반응을 불러일으킨다는 사실도 알고 있었다. 그럼에도 불구하고 유길준은 이 책에서 새로운 문체의 사용을 시도한다. 유길준이 새로운 문체를 사용한 것은 그의 의지가 강하게 반영된 의도적인 행위였다. 유길준이 이렇게『서유견문』에서 새로운 문체를 사용한 것은 이른바 주체에 대한 자각과 근대의식의 발현의 결과라고 볼 수 있다. 유길준의 한글 사용은, 허식에서 벗어나 실질을 추구하려는 발상의 전환을 보여주는 것이다. 그는 "서투르고도 껄끄러운 한자로 얼크러진 글을 지어서 실정을 전하는 데 어긋남이 있기보다는, 유창한 글과 친근한 말을 통하여 사실 그대로의 상황을 힘써 나타내는 것이 올바르다고 생각"[3]했다. 새로운 세계를 돌아보고, 깨달음의 결과를 기술하면서, 그는 상하·귀천·남녀·노소의 구별 없이 누구나 받아들일 수 있는 새로운 문체를 사용할 필요를 느꼈던 것이다.

그러나 이 시기 한글 사용과 문체의 변화를 초래한 가장 큰 요인으로는 무엇보다 신문의 출현을 꼽아야 할 것이다. 근대계몽기 신문의 출현

---

1   이응호,『개화기의 한글 운동사』, 성청사, 1975, 72~88면 참조.
2   유길준, 허경진 역,『서유견문』, 한양출판, 1995, 20면.
3   위의 책, 20면.

은 원래 박영효 등 개화파가 개화의 한 수단으로 계획했던 것이다. 1883년 이들은 국한문 혼용체의 신문 발행을 목표로 하였으나 활자 준비의 어려움과 수구파의 반대 등으로 인해 순한문으로 된 『한성순보漢城旬報』를 창간한다. 이 『한성순보』는 1886년 1월 『한성주보漢城周報』로 바뀌는데 이때부터 국한문 혼용체 신문이 된다. 이후 『한성주보』는 순한문, 국한문 혼용, 순한글체의 기사를 섞어 쓴다. 『한성주보』의 한글 사용은 일반 독자를 신문에 끌어들이는 역할을 한다. 신문의 한글 사용은 오랫동안 억눌렸던 일반 대중이 자기를 주장하고 자기를 찾는데 결정적인 역할을 하게 되었던 것이다. 『한성주보』의 한글 사용은 이후 창간되는 많은 신문들과 여러 문서들의 문체 변화에 적지 않은 영향을 미치게 된다.[4] 1896년 4월 7일 창간된 『독립신문』은 한글 대중화를 위한 획기적인 기폭제가 된다. 이 신문은 한 주일에 세 번 한글 전용판을 발간하였고, 그 창간호에서 신문을 '언문으로 쓴 것은 남녀 상하 귀천 없이 모두 보게 함이요, 구절을 띄어 쓴 것은 알아보기 쉽도록 함이라'고 적고 있다.

이렇게 창간되는 근대계몽기 신문들에는 한말의 독특한 문학 양식인 '서사적논설'들이 실리게 된다. 이 '서사적논설'은 『독립신문』·『매일신문』·『그리스도신문』·『제국신문』 등 근대계몽기 신문 어디에서나 쉽게 발견할 수 있다.

과거 한문을 통해 자신의 생각을 표현하던 그들이, '서사적논설'을 쓰게 되면서부터는 한글로 자신의 생각을 표현하게 된다. 과거 그들은 전통적인 한학 교육을 받았음에 틀림없다. 그럼에도 불구하고 그들은 자신들에게 편리한 의사 표현 수단이었던 한문이 아니라, 독자에게 편리한

---

4   최준, 『신보판 한국신문사』, 일조각, 1997, 14~28면 참조.

한글을 통해 대중을 만나기 시작하는 것이다. 그런점에서 '서사적논설' 의 출현은, 생산자 중심 문체의 고수가 아니라 수용자 중심 문체로 전환 이라는 중요한 의미를 담고 있다.

'서사적논설'은 그 자체가 신문이라는 근대적 매체의 산물이다. 논설 은 신문이라는 매체 없이는 존재할 수 없다. 신문 논설의 등장은 근대의 본격적 출발을 알리는 문화적 신호 가운데 하나이기도 했다. 논설은 근 대계몽기 당시 신문의 발행인 또는 편집인의 주장을 알리는 난이라는 점 에서 계몽성을 하나의 속성으로 지니고 있었다. 당시의 신문 편집인들은 그 계몽성의 효과를 극대화하는 방편으로 대중적 흥미를 끌 수 있는 이 야기들을 논설에 삽입했고, 그것이 '서사적논설'이라는 근대계몽기의 독특한 문학 양식으로 나타나게 되었던 것이다. '서사적논설'의 문장은 운문체가 아닌 산문체이다. 순한글 산문체 문장인 것이다. 그러나 '서사 적논설'의 문장이 비록 근대적 문체의 한 면모를 보이기는 하지만, 그것 은 아직도 옛투가 많이 남아 있는 문장이었다. 무엇보다도 언문일치가 이루어지지 않은 것이 이 시기 문장의 가장 큰 한계였는데, '서사적논설' 의 문장 역시 이 한계를 그대로 지니고 있었다.

한국의 근대 이야기 문학은 '서사적논설'에서 출발해 '신소설' 등 새 로운 양식상의 단계를 거치면서 변화 발전한다. 이 과정에서 문체도 변 화 발전한다. '신소설' 등에 나타나는 문체상의 특질은 크게 보면 모두 '서사적논설'에서 보였던 요소들의 자연스러운 성장의 결과였다.

'서사적논설'이 나타난 1890년대에서 '신소설'이 등장한 1900년대까 지의 문체는, 개인의 문체가 시대적 문체의 한계를 넘어설 수 없었다. 이 시기까지의 문체는 각 작품에서 집필자 개인의 특색이 드러나기보다는 주로 시대의 특징을 드러내는 것이었다. 필자의 실명을 밝히지 않은 '서사적논설'뿐만 아니라, 실명이 밝혀져 있는 '신소설'들의 경우도 그것은 마찬가지였다. 언문일치의 정도나, 설명문장 중심에서 묘사문장 중심으로 옮아가는 일, 한자漢字의 빈번한 사용 등도 동시대 작가들의 경우 약간의 차이는 있을지언정 크게 보면 유사한 단계를 거쳐 진행되었다.

개인의 문체, 혹은 문체의 변화를 시도하는 개인의 의지가 시대의 문체 사용 환경 및 관행을 넘어서기가 쉽지 않았다고 하는 사실은 '역사·전기소설'의 작가였던 신채호의 경우를 통해서도 확인할 수 있다.

1908년 『대한매일신보』에 기고한 일련의 글들에서 신채호는 한글 사용의 중요성에 대해 계속 언급한다. 먼저 「국한문의 경중輕重」에서 그는 당시의 한문 중시 및 한글 경시 풍조에 대해 개탄한다.

혹자는 국문을 한문의 부속품 정도에 불과하다 주장하고, 혹자는 한문을 주主로 삼고 국문을 노奴를 삼으며, 국문으로 신臣을 삼고 한문으로 군君을 삼아 국문을 폐지하고 한문만 숭상하려는 의사를 보이기도 한다. 단재는 이러한 풍조를 비판하며, 국문을 한문보다 경시하는 자는 결코 한인韓人이라 할 수 없음을 거듭 단언한다.[5] 그는 「문법을 의통일宜統一」에서도 이제 한문만으로는 국민의 지식을 깨우치는 일이 어렵다는 것을 강조하며, 국문 사용의 필요성을 역설한다. 그러나 오랜 기간 동안 한문을 써왔던 까닭에 지금 당장은 순국문의 사용이 어려우므로 신문 잡지 등이 국한문 교용國漢文交用을 취할 수밖에 없다. 따라서 이러한 국한문 교용의 시기에 알맞은 문법의 통일이 필요하다는 것이 이 글의 주장이다.[6] 「국문연구회

---

5 신채호, 「국한문의 경중」(『대한매일신보』, 1908.3.17~19), 『신채호전집』 별집, 73~77면 참조.
6 신채호, 「문법을 의통일」, 『신채호전집』 하, 95~96면 참조.

위원 제씨에게 권고함」에서는 한글 연구와 그 보급에 대한 단재의 기대가 잘 나타나 있다. 이 글에서는, 국문연구회의 탄생을 기뻐하면서 다른 한 편으로 그 연구회가 일 년 여가 지나도록 성과가 없는 것을 염려하고, 연구회가 사전 편찬 작업 등 실질적인 일을 해줄 것을 독려한다.[7]

이렇듯 신채호는 한글의 사용을 강력하게 주장하면서, 우리 글을 새 시대에 맞게 갈고 다듬어 발전시킬 것을 소망했다. 하지만, 실제로 그가 소설이나 논설 등에 사용한 문장은 이른바 한주국종체漢主國從體였다. 참고로, 그가 쓴 「국한문의 경중」 첫 단락을 원문대로 인용하면 다음과 같다.

既日 國文이라 하면 是는 一般 韓人이 皆 自國의 文으로 認할 바며, 既日 漢文이라 하면 是又 一般 韓人이 皆 他國의 文으로 認할 바니, 其 文字의 孰蘭孰煩도 勿論하며 其 學習의 孰易孰難도 勿問하고, 但 國文兩字만 擧하여 途에 號하여 曰, 此가 孰重고 하면 雖 黃口小兒라도 皆曰 國文이 重하다 國文이 重하다 할지어늘, 今乃 「國漢文의 輕重」이라 題하고 一論을 下하면 或者 贅論이 아닌가.[8]

그는 「이순신전」(『대한매일신보』, 1908.5.2~8.18)과 「을지문덕」(광학서포, 1908), 「최도통전」(『대한매일신보』, 1909.12.5~1910.5.27) 등의 역사·전기 소설 역시 모두 국한문 혼용체로 발표하였다. 이들 소설에 사용된 문체는 거의 한문이 주를 이루고 한글은 부분적으로만 사용이 된 것이어서 그것을 독자 대중이 읽고 이해하는 일은 매우 어려운 것이었다.

---

7   신채호, 「국문연구회 위원 제씨에게 권고함」, 『신채호전집』 별집, 79~80면.
8   신채호, 「국한문의 경중」, 『신채호전집』 별집, 73면.

신채호가 한글의 중요성을 주장하면서도 이러한 문체로 글을 쓸 수밖에 없었던 이유는 크게 두 가지로 설명할 수 있다. 하나는 한문층과 한글층이 공존하는 사회에서 무조건 한글의 사용만을 강행하기는 어려웠다는 점이다. 한문층의 독자에게 한글 사용의 중요성을 알리기 위해서는 한글이 아닌 한문을 통해 의사를 전달하는 수밖에 별다른 도리가 없었다. 다른 하나는 그가 받았던 문자 교육의 탓을 들 수 있다. 그 자신이 아무리 한글 사용의 중요성을 인식한다 할지라도 그는 한글보다는 한문표현이 더 자유로웠을 것이다. 따라서 그는 「이순신전」 등의 '역사·전기소설'을 국한문혼용체로 먼저 창작한 후, 그것을 한글로 번역해 발표할 수밖에 없었다.[9] 문체의 변화를 시도하는 개인의 의지가 아무리 강한 것이었을지라도, 개인의 문체가 시대의 한계를 넘어서는 것은 결코 단순한 일이 아니었던 것이다.

2) 1910년대의 문체 변화 ─ 시대의 문체에서 개인의 문체로

개인의 문체가 시대의 문체를 넘어설 수 없는 한계를 보이는 것은 이광수 초기 소설의 경우도 마찬가지이다. 이광수는 문체 변화에 대해 지대한 관심을 표명했지만, 「무정」을 발표하기 이전까지 그의 소설은 전근대적 문장의 면모를 상당 부분 지니고 있었다.

이광수의 근대적 언어의식을 명시적으로 보여주는 첫 글은 그의 대표적 초기 문학론 가운데 하나인 「문학이란 하오」이다. 1916년 11월 10일

---

9 동일한 소설을 두 가지 문체로 창작한 이유와 의미에 대해서는 이 책의 제2장 참조.

부터 23일까지 『매일신보』에 연재 발표한 이 글에서 이광수는 문학의 정의와 목적, 재료, 실효성 등에 대한 생각을 드러낸다.

이 글에는 '문학과 문文'이라는 단락이 따로 설정되어 있어서, 한국 현대문학이 지향해야 할 문체가 무엇인가 하는 문제를 구체적으로 다룬다. 여기서 이광수는, 그동안 우리문학의 발달을 저해한 가장 중요한 요인으로 한문이 아니면 글이 아니라고 생각했던 점을 지적한다. 조선학자들이 한문에 소비하던 시간을 아껴 다른 일에 사용하였더라면 우리 문화는 더욱 크게 꽃피었을 것이며, 문학에서도 한문을 버리고 국문을 사용하였더라면 더욱 우수한 조선문학의 유산을 많이 남겼으리라는 것이 그의 추측이다. 따라서 한문 중시의 습관을 타파할 것을 주장한 그는, 현대를 묘사하는 데에는 생명 있는 현대어를 사용해야 할 것이며, 생명 있는 문체가 더욱 왕성해져야 하고, 국한문을 혼용할 경우라도 말하는 모양으로 가장 평이하게 가장 일용어답게 써야 할 것임을 논의한다. 이 논의의 결론으로 이광수는 신문학은 반드시 현대어, 일상용어로 쓸 것을 제안한다. 이 글의 결론에서 이광수가 "조선문학이란 조선인이 조선문으로 지은 문학"을 일컫는 것이라 하면서, 우리 문학은 오직 장래가 있을 뿐이요 과거가 없다고 한 것 역시 그의 한글 중심의 문학관에서 나온 견해이다. 조선문학에 과거가 없다고 한 것은, 과거 한문 투의 문장으로 이루어진 문학을 조선문학으로 인정하기 어렵다는 견해의 제시로 보아야 한다.

그런데, 이광수가 이러한 글들을 통해 한글 중심의 문장과 평이하게 말하듯이 쓰는 문장을 주장하고는 있지만 이 시기 이광수 자신은 아직 언문일치 문장을 사용하고 있지 못하다. 이 무렵 이광수는 언문일치 문장의 중요성에 대해서 인식은 하고 있었지만 아직은 시대적 제약과 개인적 실천력의 한계 등으로 인해, 자신이 주장하는 내용과 그것을 담는 형식의 괴리라는 이중성을 보여준다.

이 시기 이광수는 잡지『청춘青春』에 발표한 「소년의 비애」나 「어린벗에게」·「방황彷徨」·「윤광호尹光浩」 등은 모두 국한문 혼용체로 발표했다. 이광수는 1917년 6월에 발표한 단편 「소년의 비애」 역시 국한문 혼용의 문장으로 쓰고 있다.

하지만 그의 이러한 이론과 실천의 이중성 혹은 괴리는 그가 소설 작품을 써가는 과정을 통해 점차 극복된다. 특히 '장편소설'「무정」에 나타난 이광수의 새로운 언어의식은 우리 문학사에서 충분히 주목할 만한 것이다.「무정」의 문체 가운데 우선 주목해야 할 부분은 이 작품이 이광수의 다른 작품들과는 달리 순 한글로 씌어졌다는 점이다.「무정」의 문장에는 아직은 국한문 혼용체식의 언어 사용과 문어적 표현의 잔재가 남아 있다. 하지만「무정」의 문장은 이광수 개인의 다른 작품들과 비교해보거나 당시 문단 전체의 문장 사용 관습에 비추어 볼 때, 매우 큰 변화를 보이고 있는 문장임에 틀림이 없다.

이광수는 왜 「무정」을 연재하면서는 갑자기 한글을 전용하게 되었을까? 이는 이광수 개인의 분명한 문체의식에 따른 것이라고 할 수 있다. 이광수의 문체 의식은 매체에 대한 대응으로서의 의미가 가장 깊다. 즉 그가 문체를 바꾸어 쓴 것은 신문이라는 매체에 적응하기 위한 방편이었던 것이다. 하지만, 이광수는 신문에 연재한 글이라 하여 그것을 모두 순한글체로 쓴 것은 아니다.「무정」과 유사한 시기에『매일신보』에 발표한 글 가운데서도 논설 양식의 글들은 모두 국한문 혼용체로 이루어져 있다.「조혼의 악습」이나 「농촌계발」이 그러한 예이다.「농촌계발」의 일부를 인용하면 다음과 같다.

그는 또 생각하되, 하기만 하면 此는 可能한 일이라 하였소.學徒들을 인솔
출판사하고 學校에 가는 車室에서 學徒들의 無心히 嬉戲함을 볼 때마다 그는
생각하였소. 彼等을 저대로 내버려 두면, 彼等의 祖父와 다름 없는 愚氓이 되
렷다. 그리하여 如前히 貧하고, 弱하고, 醜하고, 賤하렷다. 아니라, 漸漸 退化
하고 退化하여 方向 없는 境에 陷하렷다. 그러나 彼等에게 新敎育을 授하여 十
五年만 過하면 彼等은 各各 一個 文明人이 되렷다.[10]

이 글에서는 '그들'을 '피등彼等'이라고 지칭하는 등 한문 문장의 어휘
들을 그대로 사용하면서 국한문 혼용체로 글을 쓰고 있다. 이는, 「무정」
이 순한글 문체를 사용할 뿐만 아니라 불가피하게 한자漢字를 사용할 경
우 그것을 괄호 속에 넣어 처리하고 있는 점과 크게 구별된다.

이광수는 「무정」의 독자층을 순한글 위주의 대중적 독자층으로 생각
했기 때문에 자신의 문체를 의도적으로 변화시켰다. 이렇게 본다면 발표
매체의 변화는, 문체의 변화까지도 가져온 중요한 요인이 된다. 한국 근
대소설사에서 매체의 역할은 그만큼 중요한 것이었다.

하지만 그럼에도 불구하고 『매일신보』의 연재 예고문에서 밝힌 「무
정」의 문체와 실제 소설 문체의 차이에 대해서는 납득하기 어려운 점이
있다. 이 소설이 국한문 혼용체 소설이라는 광고가 마지막으로 나간 것
은 1916년 12월 29일이다. 소설은 1917년 1월 1일부터 연재를 시작했
다. 신문 광고와 연재 시작일 사이에는 불과 사흘밖에 시차가 없다. 「무

---

10 이광수, 「농촌계발」, 『매일신보』, 1917.1.5.

정」 연재에 대한 광고가 나가기 이전, 『매일신보』의 편집진들은 이광수의 원고를 이미 보았을 것으로 추정된다. 『매일신보』는 당시 조선총독부의 기관지 역할을 하던 신문이다. 성격상 관보에 해당하는 것이다. 총독부의 기관지로서 분명한 편집 방향을 지니고 있던 『매일신보』가 이른바 조선인 작가의 연재소설을 기획하면서 그 원고를 사전 검열하지 않았을 리가 없다. 「무정」의 원고 검토자와 광고 문안 작성자가 서로 달랐다고 생각해 볼 수도 있으나, 그것 역시 명쾌한 설명이 되기는 어렵다.

「무정」이 비록 하루하루 발표되는 연재소설이라고 할지라도, 이 소설 원고의 절반 정도는 이미 완성된 상태였다.[11] 아울러 이광수가 「무정」을 발표하기 전까지는 일관되게 국한문 혼용체의 소설을 써왔다는 사실을 염두에 둔다면 '영채에 관한 원고' 역시 국한문 혼용체로 썼음에 틀림이 없다. 그럼에도 불구하고 왜 『매일신보』에 발표된 「무정」은 순한글로 씌어졌을까.

한글소설 「무정」이 이광수의 작품이라는 점을 받아들인다면, 결국 「무정」은 두 가지 판본이 존재한다고 보아야 할 것이다. 이광수가 처음에 썼던 국한문 혼용본 「무정」과 나중에 쓴 순한글본 「무정」이 모두 존재하는 것이다. 물론 국한문 혼용본 「무정」은 '영채에 관한 원고'에 해당하는 작품의 앞 부분 일부만 존재할 수도 있다. 「무정」의 문체 변화는 『매일신보』 편집진에 의한 것이 아니라, 이광수의 의도에 따른 것이었다. 이 사실은 「무정」이 발표되면서 동시에 실린 「소설문체 변경에 대하여」라는 해명성 기사를 통해서 확인할 수 있다. 『매일신보』의 편집자는

---

11 「무정」은 이광수가 그동안 써두었던 '영채에 관한 원고'를 손질한 것이다. 이 원고는 대략 70회 정도 연재 분량에 해당한다. 이광수, 「다난한 반생의 도정」, 『이광수전집』 14, 삼중당, 1962, 399면 참조.

「무정」의 문체가 광고와 달라진 이유에 대해, 이광수가 편집 동인에게 보낸 편지의 일부를 들어 해명한다. 이 편지에서 이광수는 "국한문 혼용체의 서한문체는 신문新聞에 적절치 못한 것으로 생각하여 변경한다"는 사실과 "혹 일부 유교육한 청년들간에 신토지를 개척할 수 있었으면 하는 기대"를 표명한다. 국한문 혼용체에 익숙한 일부 교육받은 청년들까지 한글 소설 「무정」의 독자로 끌어들였으면 한다는 그의 기대감을 담고 있는 것이다.[12]

한말 '서사적논설'의 작가들은 자신들에게 익숙한 한문 문체를 포기하고, 독자에게 맞는 문체를 찾기 위해 순한글 문체를 개척하기 시작했다. 그 당시 '서사적논설'의 작가들이 주로 설정했던 독자들이란 비교적 교육의 정도가 높지 않은 일반 대중, 즉 자신들의 계몽의 대상으로 생각되는 사람들이었다.

이광수는 일본 유학시절 잡지를 통해 소설과 논설을 발표하면서 자신의 주된 독자를 교육받은 청년들로 생각했다. 이 경우 작가의 문장과 독자의 문장 사이에는 아무런 괴리가 있을 수 없었다. 이 시기는 국한문 혼용의 문장이 이들의 공용 문장으로 자연스럽게 자리잡았던 것이다. 이후 그는 『매일신보』의 광고 문안처럼 '독자를 교육 있는 청년계에 구하는 소설'인 국한문 혼용체의 소설 「무정」을 썼다. 그러나 그는 문득 국한문 혼용체가 신문에는 적합하지 않은 문체라는 점을 깨닫고 이미 우송한 원고의 문장을 바꾼다. 순한글 구어체라는 새로운 문체를 개발하기 시작한 것이다. 그가 이렇게 문체를 새롭게 바꾸게 된 데에는 '신문소설' 「무정」

---

12 이광수의 이 기대는 실제로 성취된다. 대체로 이광수 이전에는 한글 소설은 일반 대중이 읽고 국한문 혼용체 소설은 교육받은 식자층이 읽었던 것으로 생각된다. 하지만 「무정」을 계기로 이러한 구분은 의미가 없어진다. 모든 계층이 무정의 독자로 흡수되었기 때문이다. 이와 관련된 논의는 이 책의 제6장 참조.

의 독자층이 일반 대중이라는 생각이 크게 작용했을 것이다. 하지만 이 광수는 자신의 문체 변이가 단순히 교육의 정도가 낮은 일반 대중을 사로잡기 위한 목적 때문만이 아님을 강조한다. 「무정」의 문체 역시 '서사적논설'의 문체처럼, 작가의 문체를 고수하지 않고 독자의 문체를 찾아 나선 결과 탄생한 것이다. 그러면서도 이광수는 자신의 문체가 확산되는 일에 대해 적극적인 생각을 지니고 있었다. '일부 유교육한 청년들 간에 신토지를 개척할 수 있었으면 하는 기대'가 바로 그것을 보여준다. 자신이 독자 대중을 위해 문체를 바꾸듯, 조선의 유교육한 청년들도 이 새로운 문체에 대해 관심을 가져줄 것을 기대하고 있는 것이다. 이광수의 문체 변화는 그가 자신의 글의 독자를 지식 청년층과 일반 대중 모두로 상정한 것의 결과이다. 그는 지식 청년층에게는 문체 의식의 변화를, 일반 대중에게는 생활 의식의 변화를 호소하며 「무정」을 써나갔던 것이다.

이광수는 결국 시대의 한계를 극복하는 개인의 새로운 문장을 만들어 낸다. 「무정」에 사용된 언문일치의 한글 문장은 그 시기의 보편적 한글 문장의 수준을 뛰어넘는 것이었다. 이광수는 「무정」에서 이른바 시대의 한계를 넘어 개인의 목소리를 드러내는 문장을 구사했던 것이다.

그는 1918년 잡지 『청춘』에 발표한 「현상소설고선여언懸賞小說考選餘言」 에서도 문체에 대한 깊은 관심을 보여준다. 이 글은 이광수의 초기 대표적 비평문 가운데 하나이다. 여기서 이광수는 잡지 현상 소설 모집에 응모한 독자들의 작품을 평하면서, 그 작품들의 우수성을 다음과 같이 정리한다.

첫째, 그것이 모두 다 純粹한 時文體로 쓰였음이외다. (…중략…)

둘째, 精誠으로 쓰신 것이외다. (…중략…)

셋째, 傳襲的·敎訓的인 舊套를 脫하여 藝術的에 들어가는 氣味가 있는 것이니, 이것이 實로 新興하는 文學의 核心이외다.[13]

이 가운데 특히 시문체에 관한 논의는 춘원의 문체의식을 구체적으로 나타내는 것이다.

이광수는 한글 문체의 변화에 대해 큰 관심을 지니고 있었을 뿐만 아니라, 자신이 이룬 문체 발전에 대해서도 자부심을 지니고 있었다. 그는 자신이 이룬 문학적 업적의 모든 것을 부정할지라도 문체 발전에 대한 기여만은 부정하고 싶어하지 않았다. 그는 1931년에 발표한 「여余의 작가적 태도」라는 글을 통해 작가로서의 자신의 위치를 부정한 바 있다. 여기서 그는 '나는 일찍이 문사로 자처하기를 즐겨한 일이 없었다.'고 단언한다. 이 발언은, 이광수 자신이 문학 자체를 그리 중요하게 생각하는 사람이 아니며, 문학을 철저한 계몽의 도구로 인식했다는 내용을 담고 있어 여러 사람의 주목을 받았다.

하지만, 이렇게 문예작가로서 자신의 위치를 부정할 경우라도 이광수는 자신이 조선문의 발달에 기여했다는 사실에 대해서만은 부정하지 않았다. 다음의 자료가 그것을 구체적으로 보여준다.

내가 「無情」·「開拓者」를 쓴 것이나 「再生」·「革命歌의 아내」를 쓴 것이나 文學的 作品을 쓴다는 意識으로 썼다는 것보다는 대개가 論文 代身으로 내가 보는 當時 朝鮮의 中心階級의 實狀―그의 理想과 現實의 乖戾, 그의 모든 弱點

---

13 이광수, 「현상소설고선여언」, 『청춘』 12, 1918.

을 如實하게 그려내어서 독자의 鑑戒나 感奮의 材料를 삼을 兼 朝鮮語文의 發達에 一 刺激을 주고 될 수 있으면 靑年의 文學慾에 不健全치 아니한 讀物을 提供하자 – 이를테면 이 政治 아래서 自由로 同胞에게 通情할 수 없는 心懷의 一部分을 말하는 方便으로 小說의 붓을 든 것이다.[14]

이렇듯 이광수는 자신의 문학가적 업적을 부인해 가는 와중에도 조선 어문의 발달에 기여한 사실에 대해서 언급하는 일만은 잊지 않았다.

3) 1920년대와 1930년대 이후의 문체 변화 – 개인의 문체에서 개성적 문체로

'서사적논설'에서 이광수의 장편소설 「무정」에 이르는 소설사는 계몽의 소설사였다. 이 시기 작가들은 작품을 통해 계몽이라는 문학 외적 목적을 이루려고 하는 의지를 강하게 지니고 있었다. 그러나 1920년대와 1930년대를 지나면서 한국소설사는 새로운 변화를 겪는다.

계몽을 중시하는 소설사에서는 서사와 논설의 결합이라는 일관된 틀이 중요하다. 하지만, 계몽 이후의 소설사에서는 그보다는 작가의 개성을 다양한 목소리로 드러내는 일이 중요해진다. 이른바 창작 방법의 다양화가 꾀해지는 것이다. 그러한 창작 방법의 다양화 속에서 작가들의 문체도 개성화된다.

개성이란 개인적 특성이 극대화되어 나타나는 것을 말한다. 1920년대 이후 한국 소설의 문체가 개인적 문체에서 개성적 문체로 나아갔다고

---

14 이광수, 「여의 작가적 태도」, 『이광수전집』 16, 삼중당, 1962, 191면.

말할 때, 이는 이 시기 이후 작가들의 문체가 점차 독특한 개성을 띠고 나타났다는 말로 풀이될 수 있다. 김동인은 1929년에 발표한 「조선근대소설고」에서, 자신이 우리 문학사에 기여한 업적을 다음과 같은 세 가지로 꼽고 있다. 첫째, 서사문체에 대한 일대 개혁, 불완전한 구어체에서 완전한 구어체로의 전환이 이와 연관된다. 둘째, 대명사 및 형용사와 명사 등 새로운 어휘의 개발, 셋째, 주체와 객체의 구별을 불명료하게 하는 '─한다' 식의 현재사를 버리고 '─했다'와 같은 과거사를 사용한 것 등.

실제로 김동인은 이광수에 비해 더욱 분명한 개성적 문체를 구사하면서, 문체발달사에 기여했다. 이광수는 소설 「무정」을 쓰면서 등장인물들의 활동 공간에 관계없이 모든 인물에게 표준어를 사용하도록 했다. 그에 반해 김동인은 「감자」를 쓰면서 인물들의 활동 공간에 맞게 평안도 사투리를 활용하는 등 여러 가지 새로운 시도를 했다.

1920년대 이후 한국 소설사에 나타난 문체와 개성의 문제를 생각할 때, 채만식 소설의 문체 역시 매우 중요한 관심의 대상이 된다. 채만식 소설의 문체에 대해서는 이미 많은 연구가 있었다. 이는 그만큼 채만식 소설에 대한 이해에서 문체에 대한 이해가 중요하고, 아울러 그의 문체가 그만큼 개성적이라는 사실 또한 내포한다. 근래 나온 채만식 소설의 문체에 관한 한 연구는 그의 소설 문체의 특성을 다음과 같이 개괄하여 보여준다.

첫째, 현실 묘사 리얼리즘의 한계를 극복하기 위하여 풍자, 반어의 정신과 기법을 추구했고, 설화자의 개입, 전통적 장르와 어조의 패러디적 사용, 구어의 대담한 활용 등 여러 문체 요인과 기법들이 풍자·반어의 효과를 높이고 풍부하게 하는 데에 기여했다.

둘째, 당시 리얼리즘 소설은 대부분 작자나 설화자의 개입을 피하고 현실을 객관적으로 재현하는 보여주기에 충실하고자 한 데 비해, 그는 스스로 개입하고 설화자를 적극적으로 끌어들이는 이야기하기의 힘과 효과를 한껏 살리고자 했다.

셋째, 고대소설 설화체와 판소리의 구연 방식과 현장성을 채용하여 해학적이고 극적인 분위기를 조성하고 담화에 변화와 활력을 주었다.

넷째, 화자와 대화를 나누는 청자의 존재를 숨기고 희곡, 촌극 장르의 형식을 빌려 대화 소설을 시도하는 등 문체에 대한 강한 실험의식이 나타난다.

다섯째, 그의 문체는 구어와 입담, 숨겨진 작가의 노출 경향, 풍자와 반어의 태도와 어조, 대화의 활용 등의 특성을 지닌다. 이러한 특성들은 특히 중기 작품에서 두드러진다.

여섯째, 구어·속어·방언 등 일상어가 문학어나 문체 기법의 일환으로 적극적으로 활용되며 고사성어·속담·서양어·일본어 등 다양하고 이질적인 언어 요소들이 섞여 혼음混音 효과가 나타난다.[15]

이러한 정리를 참고로 할 때, 그 동안 채만식의 문체에 대한 연구는 이미 여러 가지 측면에서 상당한 정도의 진전이 있었음을 알 수 있다. 이미 이루어진 연구 성과들을 바탕으로 할 때, 채만식 소설 문체의 가장 큰 특색은 설화체 혹은 구어체라고 지적할 수 있다. 그런데, 채만식 소설 문장의 구어체는 일상적이고 평범한 구어체가 아니다. 채만식 소설 문장의 가장 큰 특징은 단순한 구어체가 아니라, 작가의 목소리가 살아 있는 구어체라는 점에 있다. 그의 문장은 단순히 문법적 차원에서만 따져 가치

15　김흥수, 「문체 특성 - '치숙'을 중심으로」, 『채만식문학연구』, 한국문화사, 1997, 36~37면 참조.

를 가늠할 수 있는 언문일치의 구어체가 아니다. 그의 문장에는 생동감이 넘친다. 그 때문에 채만식의 작품을 읽으면, 인쇄 매체를 통해 작가가 쓴 이야기를 따라 간다기보다는, 등장인물이나 해설자의 목소리를 통해 작가와 독자가 직접 만나고 있다는 느낌이 든다. 등장인물의 생생한 목소리를 들을 수 있는 예로는 「치숙」의 시작 부분을, 해설자의 목소리를 들을 수 있는 예로는 「태평천하」의 시작 부분을 각각 인용하기로 한다.

우리 아저씨 말이지요? 아따 저 거시기, 한참 당년에 무엇이냐 그놈의 것, 사회주의라더냐 막덕이라더냐, 그걸 하다 징역 살고 나와서 폐병으로 시방 앓고 누웠는 우리 오촌 고모부(姑母夫) 그 양반……

머, 말두 마시오. 대체 사람이 어쩌면 글세…… 내 원!

신세 간데없지요.

자, 십 년 적공, 대학교까지 공부한 것 풀어먹지도 못했지요. 좋은 청춘 어영부영 다 보냈지요. 신분(身分)에는 전과자(前科者)라는 붉은 도장 찍혔지요. 몸에는 몹쓸 병까지 들었지요.

이 신세를 해가지굴랑은 굴속 같은 오두막집 단간 셋방 구석에서 사시장철 밤이나 낮이나 눈 따악 감고 드러누웠군요.

재산이 어디 집터전인들 있을 턱이 있나요. 서발막대 내저어야 짚검불 하나 걸리는 것 없는 철빈인데.

우리 아주머니가, 그래도 그 아주머니가, 어질고 얌전해서 그 알량한 남편 양반 받드느라 삯바느질이야 남의 집 품빨래야 화장품 장사야 그 칙살스런 벌이를 해다가 겨우겨우 목구멍에 풀칠을 하지요.

어디루 대나 그 양반은 죽는 게 두루 좋은 일인데 죽지도 아니해요.[16]

추석을 지나 이윽고 짙어가는 가을해가 저물기 쉬운 어느날 석양.

저 계동(桂洞)의 이름난 장자(富者) 윤직원(尹直員) 영감이 마침 어디 출입을 했다가 방금 인력거를 처억 잡숫고 돌아와 마악 댁의 대문 앞에서 내리는 참입니다.

간밤에 꿈을 잘못 꾸엇던지, 오늘 아침에 마누라하고 다툼질을 하고 나왔던지, 아뭏든 엔간히 일수 좋지 못한 인력거꾼입니다.

여느 평탄한 길로 끌고오기도 무던히 힘이 들었는데 골목쟁이로 들어서서는 빗밋이 경사가 진 20여 칸을 끌어올리기야, 엄살이 아니라 정말 혀가 나올 뻔했습니다.

28관, 하고도 6백 몸메! ……

윤직원 영감의 이 체중은, 그저께 춘심이 년을 데리고 진고개로 산보를 갔다가 경성우편국 바로 뒷문 맞은편, 아따 무어라더냐 그 양약국 앞에 놓아둔 앉은뱅이 저울에 올라서본 결과, 춘심이 년이 발견을 했던 것입니다.

이 28관 6백 몸메를, 그런데, 좁쌀계급인 인력거꾼은 그래도 직업적 단련이란 위대한 것이어서, 젖먹던 힘까지 아끼잖고 겨우겨우 끌어올려 마침내 남대문보다 조금만 작은 솟을대문 앞에 채장을 내려놓곤, 무릎에 들였던 담요를 걷기까지에 성공을 했습니다.

윤직원 영감은 옹색한 좌판에서 가까스로 뒤를 쳐들고, 자칫하면 넘어박힐 듯싶게 휘뚝휘뚝하는 인력거에서 내려오자니 여간만 옹색하고 조심이 되는 게 아닙니다.[17]

---

16 채만식, 「치숙」, 『채만식전집』 7, 창작과비평사, 1987, 261면.
17 채만식, 「태평천하」, 『채만식전집』 3, 창작과비평사, 1987, 9면.

위에 든 인용문만으로도 채만식 문장의 특색은 대부분 확인할 수 있다. 생동감 있는 구어체의 사용이라는 특성은 물론이고, 그 효과를 더하기 위해 사투리와 토속어를 사용한다거나, 여러 가지 문장 부호를 적절히 사용한다거나 하는 것 등도 확인이 가능하다.

이밖에도 채만식 문장에는 부사·형용사 등의 수식어가 많이 사용되고 그 수식어에는 특히 의성어·의태어 등이 많다고 하는 사실도 중요하게 꼽힌다. 채만식의 장편소설 「염마」의 경우 다음과 같은 예를 찾을 수 있다.

- 인력거는 여전히 까르락까르락하며 동편을 향하야 가고 있다.
- 한동안 까막까막 생각하였다.
- 대문밖 근처에서 자박자박 조용히 걷는 발자국 소리가 갑자기 들리었다.
- 빈들빈들 웃고 섰고 식모와 향초는 오복이가 웃는 것으로 안심은 하였으나 웬 영문인지 몰라 두리번두리번 한다.
- 그는 와들와들 떨리는 손으로 다락문을 똑똑 두드린다.
- 안방으로 콩콩 건너가 버렸다.
- 입은 다물어질 사이가 없이 벙실벙실 하였다.
- 그대로 내던지고 뚜벅뚜벅 회군을 하였다.
- 야단을 치니까 초곤초곤 진찰도 못했나봐요.
- 그럼요 퍽 숭굴숭굴해요.

그의 소설에서는 느낌표나 말줄임표, 장음부호 역시 매우 빈번하게 사용된다. 「염마」의 첫 회에 나오는 문장을 하나 보기로 하자.

"에—ㅅ 무어 일꺼리가 좀 생겼으면 …… 그저 시뻘건 피가 흐르는 사건 …… 콱 부딪쳐 눈에서 불이 번쩍나는 큰 사건이라도 하나 생겼으면 …… 에—ㅅ 꽤—니 쓸데없는 생각에 사람이 침울해져서! ……"

이 작품에서 볼 수 있는 장음부호 사용의 예는 '노—란술 / 묘—하다 / 푸—내어쉬더니 / 싸—늘하게 / 아—니 / 커—다랗게 / 저—편 멀리서 / 말그럼— 히 / 허—연 수염 / 슬그머—니 / 싱글레—니' 등 헤아릴 수 없이 많다.

대화 속의 다양한 부호 사용은 이 작품과 거의 비슷한 시기에 쓴 「레디메이드 인생」 등 다른 작품에서도 쉽게 발견할 수 있다.

의성어·의태어 등의 수식어는 현실감과 생동감을 불러일으키기 위한 보조 수단으로 활용된 것이다. 느낌표나 말줄임표, 그리고 장음부호 등도 모두 화자의 실제 발화發話 상황을 가능한 한 사실적으로 전달하려는 목적 아래 사용된 것으로 볼 수 있다.

채만식 소설의 문체는 당시대 어느 누구의 문체보다도 개성적이다. 그의 문체가 지닌 개성은, 그가 실명을 밝히지 않고 쓴 소설 「염마」의 작가가 누구인가 하는 문제를 푸는데도 결정적인 증거가 될만큼 분명하고 강렬한 것이었다.[18]

---

18 채만식은 1934년 『조선일보』 기자 재직 시절 서동산이라는 필명으로 장편탐정소설 「염마」를 발표했다. 필자는 몇 가지 증거를 들어, 『조선일보』에 실려 있는 장편 「염마」가 채만식의 작품임을 주장한 바 있다. 그 중요한 증거 가운데 하나가 문체이다. 이에 관한 상세한 논의는 「채만식의 새 작품 '염마' 론」, 『현대문학』, 1987.6 참조. 작품 「염마」는 『채만식전집』 1(창작과비평사, 1987)에 수록되어 있다.

3. 맺음말

1890년에서 1900년대에 이르는 근대계몽기에 한국 소설사에는 중요한 문체 변화가 일어났다. 작가 중심 문체가 독자 중심 문체로 바뀐 것이다. 이러한 문체의 변화에는 신문의 발간이 가장 중요한 요인으로 작용했다. 문집文集이 작가 중심 편집 체제의 폐쇄적 인쇄물이라면, 신문은 독자 중심 편집 체제의 개방적 인쇄물이다. 이러한 신문이 독자에게 맞는 문체를 추구한 것은 지극히 당연한 것이었다. 이 시기 문체 변화는 구체적으로 '서사적논설'이라는 전환기적 문학 양식을 통해 활성화되었다. '서사적논설'은 그 자체가 신문이라는 근대적 매체의 산물이었다.

이 시기에 나타난 새로운 문체는, 문체의 시대적 변화상을 잘 보여주었지만, 그것이 개인의 문체로까지 나아가지는 못했다. 이 시기의 문체는 그것이 각 작품에서 집필자 개인의 특징을 드러내는 일에는 별 성과를 거두지 못한 것이다. 이는 실명을 밝히지 않은 '서사적논설'에서 뿐만 아니라, 실명이 밝혀져 있는 '신소설'의 경우도 큰 차이가 없었다.

시대의 획일화된 특성을 뛰어넘는 개인의 문체가 시도되고, 그것이 어느 정도 성과를 거둔 것은 이광수의 1910년대 작품을 통해서이다. 이광수는 특히 장편소설 「무정」을 연재하면서 발표 매체와 독자를 함께 생각한 후 자신의 의지에 따라 의도적으로 문체의 변화를 시도했다. 그 결과 이광수는 시대의 한계를 극복하는 새로운 문장을 만들어낸다. 「무정」에 사용된 언문일치의 한글 문장은 그 시기의 보편적 한글 문장의 수준을 훨씬 뛰어넘는 것이었다. 그런 점에서 본다면 이광수는 시대적 문체를 완성하고 개인의 문체를 개척한 이 방면의 선구자였다고 할 수 있다.

개인의 문체란 달리 말하면 개성을 띤 문체이다. 개성의 구현은 한국 소설이 진정한 의미의 근대소설로 도약하는 과정을 보여주는 중요한 시금석 가운데 하나이다. 한국 근대소설사에서 개인의 문체가 본격적인 개성적 문체로 활성화되기 시작한 것은 1920년대 이후의 일이다. 1930년대에 중요한 작품들을 창작 발표한 채만식은 이러한 개성적 문체의 한 전범을 보여준다. 한국 소설사에서 문체 발전사의 한 맥락이 구어체의 완성에 있다고 할 때, 채만식 소설은 개성적 구어체 완성의 정점에 선다. 채만식 소설의 구어체는 작가의 목소리가 그대로 살아 독자에게까지 전달되는 구어체이다. 이렇게 살아 있는 구어체로 집약되는 채만식 소설의 문체론적 특색은 무엇보다 개성의 구현이라는 측면에서 가치가 있다. 이광수의 소설들을 거쳐 1920년대 김동인의 소설들에서 발아한 개성이 1930년대 김유정이나 채만식 등의 소설에 이르러 만개하게 되는 것이다.

문학 동인지의 탄생과 근대소설의 변모

『창조』를 중심으로

1. 머리말

동인지 『창조』의 발간은 한국 근대문학사 최초의 문학 전문지 탄생이라는 상징적 의미를 지니는 사건이다. 『창조創造』의 발간은 그 동안 이루어진 '논설'과 '계몽' 중심의 문학사가 새롭게 바뀌고 있음을 보여주는 하나의 증거이기도 하다.[1] 이는 문학 작품이 특정한 주장이나 사고를 담기 위한 수단이 아니라 문학 활동의 궁극적 목적이 될 수 있다고 하는 새로운 사고가 가져온 결과이기도 했다. 아울러 이는 종합지의 한 구석에 더부살이 형식으로 발표되던 시와 소설이, 자신의 독자적 발표 영역을

1 　이에 대해 주요한은 다음과 같은 견해를 표명한 바 있다. "『창조』의 시기는 종래의 계몽적, 애국가적(愛國歌的) 문예운동 시기(육당의 시대)에서 일보 나아가 문예적 내지 문화적으로 좀더 폭이 넓은 무대를 모색하는 데 특색이 있을 것이다."(주요한, 「『창조』시대의 문단」, 『자유문학』, 1956.7, 135면)

확보하게 되는 의미 있는 사건이기도 했다. 사회사적 측면에서 보더라도 동인지 혹은 문학 전문지의 출현은 매우 중요한 의미를 지닌다. 동인지 혹은 문학 전문지에 바탕을 둔 이른바 '문단'의 형성은 그 자체가 근대사회의 한 징후로도 읽힐 수 있는 것이다.[2]

『창조』창간에 주도적 역할을 한 인물은 김동인金東仁과 주요한朱耀翰, 그리고 전영택田榮澤이었다.『창조』의 탄생 과정을 김동인은 다음과 같이 회고한다.

처음에는 우리들 새에는 아까의 집회의 이야기가 사괴어졌다. 그 집회에서는 서춘(徐椿)이 우리(요한과 나)에게 독립선언문을 기초할 것을 부탁했었지만, 우리는 그 임(任)이 아니라고 사퇴(뒤에 그것은 춘원이 담당했다)했었는데, 사퇴는 하였지만 내 하숙에서 마주 앉아서는 처음은 자연 화제가 그리로 뻗었었다. 처음에는 화제가 그 방면으로 배회하였었지만 요한과 내가 마주 앉으면 언제든, 이야기의 종국은 '문학담'으로 되어버렸다.

"정치운동은 그 방면 사람에게 맡기고 우리는 문학으로 —"

이야기는 문학으로 옮겼다.

막연한 '문학담' '문학토론'보다도 구체적으로 신문학운동(新文學運動)을 일으켜보자는 것이 요한과 내가 대할 적마다 나오는 이야기였다.

이 밤도 우리의 이야기는 그리로 뻗었다. 그리고 문학운동을 일으키기 위하여 동인제(同人制)로 문학 잡지를 하나 시작하자는 데까지 우리의 이야기는 진전되었다.[3]

---

2 차혜영, 「1920년대 초반 동인지 문단 형성 과정」, 『상허학보』 7, 깊은샘, 2001, 103~137면 참조. 여기서는 근대적 문인들이 만들어낸 문단이라는 것이 근대적 제도의 산물임을 지적한다.
3 김동인, 「문단 30년사」(『신천지』, 1948.3~1949.8), 『김동인전집』 6, 삼중당, 1976, 9~10면.

김동인의 이 술회에서 주목해야 할 대목은 그가 '정치운동은 그 방면 사람들에게 맡기고 우리는 문학으로─'라는 생각을 하고 있었다는 것이다. 이를 바탕으로 할 때, 김동인은 '정치운동'과 '문학운동'이 얼마간 대조적 혹은 대립적 국면을 지니고 있었던 것으로 판단했음을 알 수 있다.

김동인은 동인지『창조』의 발간이 국권을 회복하려는 민족적 만세운동 혹은 정치운동인 독립운동과는 성격이 다른 것이지만, 이것이 역사적 의미로는 그에 버금가는 획기적인 사건임을 강조한다.

> 그 옛날은 모르지만 한문(漢文)이 이 민족의 글로 통용되며 모방 한문학으로 민족의 문학욕을 이렁저렁 땜질해 오던 이 민족에게 그 '문학갈증'의 욕구에 대응하고자 우리 몇몇 젊은 야심은 움직이기 시작한 것이었다.
> 잃어버린 국권을 회복하려는 '3·1운동'의 실마리가 표면화하기 시작한 것이 1918년 크리스마스 저녁이요, 민족 4천년래의 신문학운동의 봉화인『창조』잡지 발간의 의논이 작정된 것이 또한 같은 날 저녁이었다.
> 뿐더러 그『창조』창간호가 발행된 1919년 2월 8일은 또한 '3·1운동'의 전초인 '동경 유학생 독립선언문' 발표의 그날이었다.
> 조선 신문학운동의 봉화는 기묘하게도 '3·1운동과 함께 진행하였다.[4]

김동인은『창조』의 기획일과 발간일이 2·8 동경 유학생 독립선언의 기획 및 실행일과 일치한다는 사실을 제시함으로써『창조』발간의 역사적 의의를 강조하고자 했던 것이다.

그러나『창조』창간호의 공식적 발행일은 1919년 2월 8일이 아니라

---

4 위의 글, 10면.

2월 1일이라는 점, 그리고 동인지 창간에 대한 논의가 이미 1918년 가을 무렵부터 진행되고 있었다는 다른 동인들의 술회[5] 등을 미루어 볼 때, 김동인의 이러한 정리는『창조』의 문학사적 의의에 대한 과대 평가를 목적으로 한 의도적 왜곡처럼 보인다.

동인지『창조』에는 '신문학운동의 봉화'라는 주장을 인정할 수 있는 부분과 그렇지 않은 부분이 함께 들어 있다. 동인제의 채택과 그들 스스로의 힘으로 만든 잡지의 발간이라는 사실은 우리 근대문학사의 새로운 출발을 알리는 의미 있는 징후 가운데 하나임이 분명했다. 하지만, 과연『창조』가 진정한 동인지로서 그 출발기에 다짐한 소임들을 충분히 성취했는가 하는 물음에 대해서는 긍정적으로만 답할 수 있는 것이 아니다.

본 연구는 동인지『창조』가 지닌 문학사적 의미를 살펴보고, 그것이 한국 근대소설사에서 차지하는 위치를 점검해 보는 것을 목적으로 한다. 이를 위해『창조』동인 가운데 소설 창작에 주력했던 김동인과 전영택, 그리고 기타 동인들이 이루었던 성과와 한계가 무엇이었나를 구체적으로 확인해 나가기로 한다.

2. 잡지 창간의 과정과 서지적 접근

『창조』창간의 가장 큰 동기는 작품 발표 지면의 확보라는 점에 있었

---

5 전영택, 「창조시대 회고」(『문예』, 1949.12), 표언복 편, 『전영택전집』 3, 목원대 출판부, 1994, 489면 참조.

다. 김동인의 경우 그 동기를 '신문학운동을 일으키려는 욕구' 등으로 표현하고 있다. 하지만 이러한 거창한 표현보다는 '문예작품에 대한 몰이해 풍조에 대한 저항'이 주를 이루고, 부수적으로 '빈약한 문예운동에 대한 개탄'이 수반되었다는 전영택의 다음 술회가 가장 적확한 지적으로 보인다.

당시 동경에 있는 우리 유학생의 단체인 학우회의 기관지로 『학우』라는 잡지가 있었으나 정치나 사상 혹은 과학에 관한 글은 우대하지만 시나 소설 같은 문예작품은 잡지 맨 끝에 6호 활자로 몰아넣거나 웬만하면 휴지통에 들어가는 괄시를 받는 것을 분개하는 것이 그들이 순문예지를 하자는 생각이 부쩍 일어난 것이 첫째의 동기였다.

당시는 우리 학생계 사상이 팽창하였던 때요, 또 학우지를 편집하던 이가 현상윤 씨 같은 이도 그 중 한 사람이었지만은 문예에 대한 이해가 적었던 것도 숨길 수 없는 일이었다. 나도 시 몇 편을 보냈다가 박대를 받은 한 사람이라 거기에 동감인데다가, 본국의 문예운동이 너무 빈약한 것을 개탄하면서 우리 손으로 한번 해보자는 그들의 열에 움직여서 마침내 대답을 하였다.[6]

당시 대중에게 커다란 인기를 얻고 있었던 이광수 문학에 대한 반발 역시 동인지 『창조』의 태동에 적지 않은 역할을 했다. 김동인과 전영택은 이광수 문학에 대해 '철저한 계몽적 문학으로 특정한 사상과 주의를 전파하는 문학이며, 남녀간에 연애문제를 다루어 독자의 흥미를 부추기는 문학'이라는 비판적인 생각을 지니고 있었다. 그리하여 문학을 "무엇

---

6   위의 글, 489면.

을 선전하는 수단이나 방편으로 여기는 데 반감을 품고 재래의 계몽문학이나 애정소설에 대하여 불만을 가지고, 자연과 인생을 그대로 표현하여 재창조에 있는 문학의 커다란 가치성을 인식하는 새로운 문학관을 가지고 그때 말로 '예술을 위한 예술'을 주장하는 소장파 몇 사람이 한국의 새로운 문학을 개척해 보려는 엉뚱한 야심을 가지고 출발한 것이 순문예잡지 『창조』[7]였던 것이다. 이렇게 김동인, 전영택, 주요한을 중심으로 출발한 『창조』는 김환과 최승만을 추가 동인으로 받아들여 그 첫 호를 발간하게 된다.

『창조』라는 제호의 작명作名에 대해서는 김동인과 전영택이 각각 자신의 제안이었다고 술회하고 있다. 그러나 『창조』라는 제호가 종교적 냄새가 난다는 이유로 주요한이 반대했다는 술회를 보면, 그러한 종교적 냄새가 나는 제호를 제안한 것은 김동인보다 전영택이었을 가능성이 높다. 전영택은 당시 목사가 될 생각으로 청산학원靑山學院 신학부에 적을 두고 있던 학생이었기 때문이다.

『창조』는 창간호를 1,000부 발행했고, 우송료를 포함하여 정가를 30전으로 책정했다.[8] 창간호의 발간은 김동인이 투자한 200원을 바탕으로 이루어졌고, 이들은 이후 판매 수입에 매호 100원 정도씩 추가하면 계속 발매가 가능할 것으로 예상했다.[9] 여기에 소요되는 비용은 동인들이 돌아가면서 부담하기로 했다.[10] 따라서 최소한 300부 이상의 판매를 기

7　전영택, 「『창조』」(『사상계』, 1960.1), 표언복 편, 『전영택전집』 3, 목원대 출판부, 1994, 512면.
8　이보다 조금 앞서 발간된 유학생회 기관지 『학우』의 경우 정가가 20전, 그리고 우송료가 2전이었다. 『창조』의 판매 가격은 제3호부터는 40전으로 인상되었다. 이러한 잡지 가격은 당시로서는 조금 비싼 편에 속했다. 이 잡지의 가격이 비싼 이유에 대해서는 『창조』 제6호의 편집 후기에 '우리 창조에 대해 값이 비싸다는 말이 많습니다만은, 이는 인쇄가 늦은 서울에서 하지를 못하고 남이 경영하는 외지 인쇄소에 의뢰를 하는 때문'이라는 해명이 실려 있다.
9　김동인, 앞의 글, 10면 참조.
10　전영택, 「『창조』와 『조선문단』과 나」(『현대문학』, 1955.2), 표언복 편, 『전영택전집』 3, 목원대 출판부, 1994,

대했던 것으로 알 수 있다.[11]

잡지의 인쇄는 1920년 7월 제7호까지는 일본의 횡빈橫濱에서 해서 철도로 동경東京으로 우송했다. 초기에 『창조』를 인쇄한 횡빈의 복음인쇄합자회사는 조선 성경聖經을 인쇄한 곳으로 한글 활자를 충분히 확보하고 있었으며, 『학지광』·『여자계』 등 여러 한글 잡지를 간행하던 곳이었다. 이후 제8호부터 폐간호인 제9호까지는 서울서 인쇄했다. 제8호의 인쇄소는 조선박문관인쇄소이고 제9호의 인쇄소는 계문사인쇄소로 각각 다르다.

초기 잡지의 편집은 주요한이 맡아서 했으나, 이후 편집겸 발행인의 이름에 변화가 있는 것으로 보아, 편집과 발행 실무를 서로 돌아가면서 한 것으로 추정할 수 있다.[12]

잡지의 발행소는 창조사創造社로 되어 있으나, 처음부터 창조사라는 회사가 실체를 지니고 존재했던 것은 아니라고 판단된다. 이는 『창조』 동인들이 제5호와 제6호의 영업을 한성도서주식회사에 의지해 수행하였으나 그 과정에서 마찰을 일으켜 서로 결별하고, 주식회사 창조사를 설립한다는 광고문을 보면 알 수 있다.[13] 창조 제5호에 기록된 동인들의 주소지 가운데 김환의 주소가 창조사의 주소와 동일한 것으로 기재된 것역시 이를 증명한다.[14]

동인지 『창조』의 마지막 호인 제9호는 1921년 5월 30일에 발간되었다.

497면 참조.

11 창간호와 제2호는 독자들의 호응이 좋아 구하기 어려울 정도였다고 한다. 전영택, 「문단의 그 시절을 회고함」(『조선일보』, 1933.9.20~22), 표언복 편, 『전영택전집』 3, 목원대 출판부, 1994, 484면 참조.

12 이에 대해 전영택은, '편집은 돌려가면서 하고 인쇄·발행·판매의 일은 김환이 맡아보기로 했다'고 술회한다. 위의 글, 497면. 참고로 편집겸 발행인의 이름은 다음과 같다. 제1~2호 : 주요한, 제3~7호 : 김환, 제8~9호 : 고경상 여기서 제8호와 제9호의 편집겸 발행인인 고경상은 『창조』의 동인이 아닌 『창조』의 경성대리부(京城代理部) 총무의 역을 맡았던 인물로 제8호 이후 발간 경비 조달에 중요한 역할을 했다. 당시 그는 서울 종로에서 광익서관(廣益書館)이라는 서점을 경영하고 있었다.

13 「급고(急告)」, 『창조』 7, 1920.7 참조.

14 「동인(同人)의 처소」, 『창조』 5, 1920.3, 74면 참조.

따라서 이 잡지는 1919년 2월 1일 창간호 이후 약 28개월 간에 걸쳐 존재한 것이 되며, 대략 3개월에 한 번 정도 간행된 것으로 간주할 수 있다.[15]

『창조』는 이른바 신문학운동의 중추적 역할을 표방하고 나섰음에도 불구하고, 그것을 충분히 그리고 오랜 기간 동안 수행해내지는 못했다. 그렇게 된 가장 큰 원인은 경제적 어려움 때문이었다. 김동인과 전영택이 김환을 끌어들인 가장 큰 이유 또한 경제적인 데 있었던 것으로 판단된다.

이른바 문학에 관심은 있지만 그 방면에 역량을 갖추지는 못했던 인물 김환이 초기부터 이 잡지의 태동에 중요한 역할을 했고, 아울러 그가 가장 오랜 기간 동안 『창조』의 편집과 발행의 실무를 담당했다는 사실은 '조선의 소설과 시의 중흥'을 부르짖으며 순수문학을 지향한다는 이 잡지가 처음부터 한계를 안고 출발한 잡지였음을 보여준다.

김환은 전영택의 권유로 『창조』 동인에 가담하게 되는데, 당시 그는 동경에서 문학이 아니라 미술을 공부하던 학생이었다. 김환의 합류 이유를 경제적인 측면에 두는 것은 일단 전영택의 다음과 같은 술회에 근거한 것이다.

이 사람은 문화 사업에 열을 가지고 약간 경제적인 여유가 있기 때문에 동인이 되어주기를 청하여 희생적으로 나서서 인쇄 발행의 일을 맡게 되고 편집은 요한이 맡게 되었다.[16]

---

15 실제로는 매우 불규칙하게 발행되었다. 발간일은 다음과 같다. 제1호 : 1919년 2월 1일. 제2호 : 1919년 3월 20일. 제3호 : 1919년 12월 10일. 제4호 : 1920년 2월 23일. 제5호 : 1920년 3월 31일. 제6호 : 1920년 5월 25일. 제7호 : 1920년 7월 28일. 제8호 : 1921년 1월 27일. 제9호 : 1921년 5월 30일.
16 전영택, 「창조시대 회고」, 표언복 편, 『전영택전집』 3, 목원대 출판부, 1994, 489면.

김환이란 사람은 내 친구요, 진남포 부자의 아들로 우리 중에는 가장 경제 방면의 힘과 실무의 경험이 있다고 본 까닭이요……[17]

출판비는 당분간 돌려가면서 내기로 하고 우선 동인이 내었고 일절 사무는 경제적 여유가 있고 실무의 경험이 있는 김환이 맡기로 하였다.[18]

김환은 『창조』의 편집과 경영에 깊이 관여했지만, 정작 소설 창작에는 별 재능을 보이지 못했다. 1920년 1월 그가 『현대』지에 발표한 소설 「자연의 자각」은 김동인에게 실패작이라는 혹평을 받았고,[19] 염상섭에게 역시 노골적 자아광고에 지나지 않는다는 비난을 받기도 한다.[20]

김동인은 『창조』 창간 당시의 일을 회상하면서, 자신은 그때 문학에 대하여 청교도 같은 결백증을 지니고 있었기 때문에 김환의 소설은 『창조』 지상에 싣지 못하게 하였다고 술회한 바 있다. 김환이 『창조』에 소설을 발표하고자 했지만 김동인 자신이 그것을 엄금했기 때문에 할 수 없이 『현대』에 발표했다는 것이다.[21] 하지만 이 술회는 사실이 아니다. 김환의 소설 「신비神秘의 막幕」이 『창조』 창간호에 분명히 실려 있기 때문이다.[22]

---

17 전영택, 「『창조』와 『조선문단』과 나」, 표언복 편, 『전영택전집』 3, 목원대 출판부, 1994, 497면.

18 전영택, 「나의 문단 자서전」(『자유문학』, 1956.6), 표언복 편, 『전영택전집』 3, 목원대 출판부, 1994, 505면.

19 김동인, 「글동산의 거둠」, 『창조』 5, 1920.3 참조.

20 염상섭, 「백악씨의 「자연의 자각」을 보고서」, 『현대』 2, 1920.3 참조. 염상섭의 이 글은 그가 김동인과 함께 최초의 비평 논쟁을 벌이게 되는 계기가 된다. 이에 대한 자세한 논의는 김영민, 「비평의 공정성과 범주·역할 논쟁」, 『한국근대문학비평사』, 소명출판, 1999, 13~38면 참조.

21 김동인, 「문단 30년사」, 『김동인전집』 6, 삼중당, 1976, 14면 참조.

22 김동인뿐만 아니라 전영택도, 김환이 『창조』 창간호에 소설을 실었다는 사실을 기억하지 못하고 있다는 점은 흥미롭다. 전영택도 "김환은 바쁘고 본국에 갔기 때문에 창작을 못썼다"(전영택, 「『창조』와 『조선문단』과 나」, 표언복 편, 『전영택전집』 3, 목원대 출판부, 1994, 497면)라고 술회한다. 그만큼 그들은 김환의 소설에는 관심이 없었던 것 같다.

『창조』에는 제1호에서 제9호에 걸쳐 모두 16편의 소설이 실려 있다. 여기에 실린 소설 목록을 제시해 보면 다음과 같다.

제1호 : 신비의 막(백악 / 김환)

　　　　혜선의 사(장춘 / 전영택)

　　　　약한 자의 슬픔(동인 / 김동인)

제2호 : 약한 자의 슬픔(동인 / 김동인)

　　　　천치? 천재? (장춘 / 전영택)

제3호 : 마음이 옅은 자여(동인 / 김동인)

　　　　운명(장춘 / 전영택)

제4호 : 마음이 옅은 자여(동인 / 김동인)

　　　　몽영의 비애(동원 / 이일)

제5호 : 생명의 봄(늘봄 / 전영택)

　　　　마음이 옅은 자여(동인 / 김동인)

　　　　생의 비애(새별 / 박석윤)

　　　　피아노의 울림(동원 / 이일)

제6호 : 마음이 옅은 자여(동인 / 김동인)

　　　　생명의 봄(늘봄 / 전영택)

　　　　눈오는 밤(벽파생 / 방인근)

　　　　일년 후(백야생 / 박영섭)

제7호 : 생명의 봄(늘봄 / 전영택)

제8호 : 목숨(김동인)

　　　　독약을 마시는 여인(밧늘봄 / 전영택)

제9호 : 배따라기(김동인)

K와 그 어머니의 죽음(늘봄 / 전영택)[23]

한편, 비록 소설을 발표한 것은 아니지만 『창조』에 참여한 동인의 명단 가운데 주목해야 할 인물로는 이광수가 있다. 앞에서 지적했듯이, 『창조』 발간 목적 가운데 하나는 이광수 류의 교훈적 계몽적 문학활동을 비판·극복하고, 이른바 예술 지상의 문학을 하려는 데 있었다.[24]

그럼에도 불구하고, 그들이 이광수를 「창조」 동인으로 받아들이고, 「창조」에 이광수의 작품을 싣기 위해 안간힘을 쓰고 있다는 사실은 커다란 아이러니가 아닐 수 없다. 이는 단순히 아이러니를 넘어, 동인지 「창조」의 한계가 어디 있었는가 하는 점을 극명하게 보여주는 예가 된다. 이광수가 「창조」 동인으로 가담했다는 사실은 이미 제2호 편집 후기에 실려 있지만, 「창조」 동인이 이광수의 글을 받아 실을 수 있었던 것은 제6호에 이르러서였다.[25] 더구나, 이광수가 보낸 글 가운데 「H군의게」는 신변잡기적 서간문이며, 「문사와 수양」은 『창조』의 이른바 '예술을 위한 예술'을 지향한다는 창간 정신에 정식으로 위배되는 평론이었다. 「문사와 수양」에서 이광수는 '문학가는 곧 사상가요, 사회의 지도자이며, 사회개량가가 되어야 함'을 주장하면서 '인생을 위한 예술'의 중요성을 강조한다.[26] 그런 점을 볼 때, 이광수는 『창조』와 그들 동인의 분위기를

---

23 괄호 안의 작가 표기 가운데 앞쪽은 발표 당시의 이름이고, 뒤쪽은 본명이다.

24 『창조』 창간호 편집 후기에서는 이광수의 계몽주의적 소설관을 비판하고, 그를 '얼굴을 찌푸리고 계신 도학선생'이라 비난한다. 이에 대한 상세한 논의는 이 책의 제9장 참조.

25 이광수가 『창조』에 글을 실은 것은 『창조』 동인들의 거듭되는 부탁 때문이었다. 『창조』 동인들은 이광수의 글을 받아내기 위해 많은 공을 들였다. 이에 대해서는 이경훈, 「춘원과 『창조』」, 『현대소설연구』 14, 한국현대소설학회, 2001, 183~204면 참조.

26 「문사와 수양」은 이광수의 효용론적 문학관을 가장 확실하게 드러내는 초기 평론 가운데 하나이다. 이에 대한 더

전혀 고려하지 않고, 자신이 쓰고 싶은 형식과 내용으로 글을 써서 원하는 시기에 자유롭게 투고했음을 알 수 있다.

『창조』가 이렇게 이광수에게 집착해야만 했던 원인은 어디에 있는가? 김동인은 이에 대해 문단 인력의 부족을 내세운다. 이는 물론 근대문학 초기 우리 문단이 지닌 치명적 약점 가운데 하나였음이 분명하다. 하지만, 근본적 원인이 거기에 있는 것이 아니다. 그보다는 다른 측면에 있었다고 해야 할 것이다. 구체적으로 말한다면, 『창조』가 비매품 순수 동인지가 아닌, 판매를 목적으로 하는 상업적 동인지 제도를 선택한 데 그 가장 큰 원인이 있었다. 판매를 복적으로 하는 잡지가 상품성이 있는 필자를 선택해 그를 통해 독자를 확보하려는 시도를 하는 것은 지극히 당연한 것이다.[27] 그 시기 이광수는 누구보다 대중적 인지도가 높은 작가였고, 따라서 상품성이 높았던 필자였음에 틀림이 없다. 결국 새로운 문학운동의 지향과 상업적 성공을 동시에 노리는 『창조』로서는 이광수를 필요로 하지 않을 수 없었고, 그것이 결국은 『창조』 동인의 색깔을 불분명하게 만드는 가장 큰 요인으로 작용했던 것이다.

『창조』는 상업적 판매를 목적으로 하면서, 적극적으로 광고를 수주했다. 이들은 창간호에 광고에 대한 안내문을 수록함으로써, 이 잡지가 동인지임에도 불구하고 광고를 실을 의도가 있음을 알렸다. 그 결과 제1호와 제2호에는 『학우』와 『여자계』 등 잡지 광고만이 실렸지만, 제3호부

욱 상세한 논의는 김영민, 「1920년대 한국문학 비평 연구」, 이선영 외, 『한국근대문학비평사연구』, 세계, 1989, 182~183면 참조.

27 이경훈은 『창조』 동인들이 이광수에 대해 집착한 이유를 "왜냐하면 최승구와 더불어 동경의 조선 유학생계를 주도했던 이십대 말의 춘원은 이미 「무정」을 발표한 '조선 신문학계의 거성이요 기적'인 반면, 1900년 생으로서 1919년 당시 겨우 열아홉에 불과했던 김동인 등의 『창조』 동인들은 대부분 문학청년적인 수준이었기 때문이다"(이경훈, 앞의 글, 186면)라고 설명한다.

터는 정미소, 농원, 시계포, 목재소, 양복점 등 다양한 광고가 등장했다. 아울러 『창조』의 창간 동인들은 그들의 문학적 지향점과는 관계없이 필요에 의해 동인의 수를 점차 늘려갔다. 경우에 따라 그들은 한 호 한 호 발간비를 대는 조건으로 새로운 동인을 맞아들이기도 했다.[28] 이 점에서만 보더라도 『창조』는 순수한 동인지로 보기 어려운 점이 있다. 호수가 거듭되면서 필자들 간의 결속력이 약화되고 잡지의 성격도 점차 희석되어갔다는 점은 결국 이 잡지가 대중적·상업적 문예지의 성격을 지향했다는 사실과 적지 않은 연관이 있는 것이다.[29]

3. 『창조』의 문학적 성과

동인지 『창조』를 통해 활동한 주요 소설가로는 전영택과 김동인을 들 수 있다. 이밖에 김환이나 이일, 그리고 방인근·박석윤·박영섭 등이 한두 편씩 작품을 발표했지만 이 작품들은 대개 자신의 일상적 경험이나 남녀간의 이별과 실연 등 신변 잡기에 토대를 둔 습작 수준의 것들이었다. 이일의 「몽영의 비애」와 「피아노의 울림」, 박석윤의 「생의 비애」와

---

28 김동인의 다음과 같은 술회를 참고할 필요가 있다. "그때 『창조』는 과연 문학청년들의 애모하는 푯대였다. 『창조』 지상에 글 한 번 실어보는 것을 큰 영예로 알았다. 박X윤이 자기의 소설을 한 번 『창조』에 싣게 해달라고 그 교환 조건으로 『창조』 한 호의 발간 비용을 부담시키고 김환이 누차 조르므로 제5호인가 제6호인가의 한 호 발간비를 부담시키고 박X윤의 글을 한 번 실은 일이 있다. 또 방X근도 그런 사정으로 한 번 싣기로 하였는 데 그다지 신통치도 않은 소설을 두 회분을 써왔으므로 하반부는 몰서(沒書)하여 버렸다."(김동인, 「문단 30년 사」, 『김동인전집』 6, 삼중당, 1976, 15면)

29 『창조』가 비록 그것을 지키지는 못했지만 원래 월간 발행을 목표로 하여 출발했으며, 정기 독자를 모집했다는 점도 참고할 필요가 있다.

방인근의 「눈오는 밤」 및 박영섭의 「일년 후」는 모두 앞 시기에 발표된 '신소설新小說'의 수준을 넘기 어려운 작품들이다. 지루하게 계속되는 설명적 문장과 넘쳐나는 감정의 지나친 표출 등은 이들 작품이 이른바 전문적 작가의 소설이었다고 보기 어렵게 만든다. 그 가운데 일부는 아마추어 문인의 자기 넋두리라는 느낌까지 불러일으키는데, 이로 인해 문단의 비판을 받기도 했다.[30]

『창조』에서 전영택과 김동인의 작품을 제외하고, 그나마 언급할 가치가 있는 작품을 꼽으라면 김환의 「신비의 막」 정도가 될 것이다.

「신비의 막」은 완고한 부모의 곁을 떠나 고생하며 살아가는 유학생의 모습을 그린 작품이다. 황해도 장연의 부자집에서 태어난 이세민은 어릴 적부터 총명하여 천재적 기질을 드러낸다. 그러나 완고한 그의 아버지는 아들이 받는 신식 교육에 대해 큰 관심이 없다. 이세민은 다행히 고등보통학교까지는 졸업할 수 있었지만, 이후 유학에 대해서는 아버지의 허락을 얻지 못한다. 하지만 그는 아버지 몰래 집안의 돈을 가지고 동경으로 건너와 미술학교에 입학해 그림을 전공하게 된다. 그 과정에서 고생도 많이 하지만 결국 자신을 이해하는 희경이라는 음악학도를 만나 서로 사랑하게 된다는 것이 이 작품의 큰 줄거리이다.

「신비의 막」 역시 설명과 감탄의 남발, 그리고 스토리 전개에 갑작스러운 비약이 많아 수준 있는 근대소설로 보기에는 여러모로 부족한 작품이다. 하지만 그런 한계들이 있음에 불구하고 이 작품에 의미를 둔다면,

---

30 전영택, 「문단의 그 시절을 회고함」, 표언복 편, 『전영택전집』 3, 목원대 출판부, 1994, 487면 참조. 『창조』에 이렇게 수준 낮은 작품들이 많이 실린 이유에 대해서는, 앞에서 김동인이 경제적 사정으로 인해 작품성이 부족한 작품을 실었다는 사실을 언급한 것을 참조할 필요가 있다. 이렇게 작품성은 떨어지지만 경제적 여유가 있는 인물의 문에 작품 발표는 1910년대 이후 근대문학 관련 잡지 발간 과정에서 드물지 않게 있었던 일로 추정된다.

그가 도덕道德과 법률法律에 얽매인 삶 대신 미美와 자연自然을 따르는 삶을 주장하고 있다는 점이다.

> 만일 미(美)가 없다 하면 사람이 몰취미(沒趣味)하여 살 수가 없습니다. 이성(異性) 사이에 서로 사랑하는 마음이 생기는 것이 무슨 이유인지 아시오? 피차 상대자에게 미가 있음이외다. 미는 사람으로 하여금 진리를 구하여 선(善)을 행하게 합니다. 미의 가치는 미 그 물건에 있는 것이 아니라 그것이 선인 고로 미는 선과 진을 떠나서 독립할 자격이 없습니다. 또는 미를 보면 사람이 황홀하여 신경이 침정(沈靜)하여지는 고로 그 사이에 활력 소비는 가장 적고 많이 축적하게 됩니다. 사람이 곤란을 당할 때에 위안을 주며 다시 새로운 정신을 가지게 하는 것이 무엇인지 아시오? 이것도 미의 힘이외다. 군은 어디까지든지 도덕이니 법률이니 하는 좁은 범위 안의 인물이니까 군은 나더러 미쳤다 하지만은 내가 생각하기에는 자연의 미를 모르고 몰취미 부자연하게 지내는 군이야말로 참말 불행한 줄 압니다.[31]

이러한 주장은, 단순히 젊은 주인공이 자신의 아버지를 완고한 수구파로 몰아 비판하는 개화지향적 '신소설'에 담긴 주장들의 차원을 넘어, 삶에 대한 새로운 이해의 지평을 보여주려는 시도로 읽힐 수 있다. 그러나 이러한 주장이 주인공의 구체적 삶을 통해 성취되지 못하고 오로지 직설적인 설명과 주장을 통해서만 드러난다는 점에서는 여전히 문제가 있다. 천재적 주인공 이세민이 아버지의 의견을 거슬러 미술 공부를 하고 있다는 사실만으로는 그가 미와 자연을 따르는 삶을 성취했다고 할

---

31 백악, 「신비의 막」, 『창조』, 1919.2, 33면.

수 없는 것이다. 작가 김환은 이 작품에서, 이른바 기존의 도덕과 법률에 대해 저항하는 인물을 만들어내기는 했지만 새로운 삶을 보이는 인물의 창조에는 실패했다고 보아야 할 것이다.

전영택은『창조』가 거둔 중요한 문학적 성과가, '소설이란 남녀의 애욕관계를 그리는 것이며 식자간에는 그것을 음담패설로 알던 것'을 바로 잡은 일에 있다고 주장한다.[32] 하지만, 창조에 발표된 작품들은 이일의「몽영의 비애」, 방인근의「눈오는 밤」, 박영섭의「일년 후」, 김동인의「약한 자의 슬픔」등 적지 않은 작품이 남녀의 연애 혹은 애욕관계를 소재로 삼고 있다. 따라서 이러한 주장은『창조』가 거둔 일반적 성과라고 말하기는 어렵다. 그렇다면 이는 전영택이 자신의 소설을 통해 거둔 성과를 염두에 두고 말한 것으로 보아야 할 것이다.

전영택은 창간호에「혜선의 사」를 발표한 이래 모두 6편의 작품을 발표했다.「혜선의 사」는 전영택의 첫 작품이기는 하지만, 그가 자신의 첫 창작집을 출간할 때에도 제외시킬 만큼 작품성은 없는 습작품 자체였다. 이에 대해서는 작가 전영택 자신도 "나는 '동인잡지란 문예작품을 처음 쓰는 이들, 연습하는 이들이 발표하는 기관이거니' 속으로 생각하고 얼마큼 위로를 받고 발표하기로 하고 글 끝에다가 '습작'이라는 말을 첨가하였다"[33]거나 "『창조』를 시작할 때에 서둘러서 첫 호를 내느라, 원고를 내라고 독촉하는 바람에 습작으로 써본 것을 마지못해 내놓은 것"[34]이라

32　전영택,「창조시대 회고」, 표언복 편,『전영택전집』3, 목원대 출판부, 1994, 491면 참조. 전영택이 여기서 비판의 대상으로 삼았던 작가는 이광수이다.
33　전영택,「처녀작 발표 당시의 감상 - 신통스러운 일이 없소」(『조선문단』, 1925.3), 표언복 편,『전영택전집』3, 목원대 출판부, 1994, 480면.
34　전영택,「「천치냐 천재냐」와「소」」(『현대문학』, 1964.8), 표언복 편,『전영택전집』3, 목원대 출판부, 1994,

고 해명한다.

전영택은 자신의 작품 「천치? 천재?」에 대해서는 '인상파적 기분으로 해본 것'이라 술회한다.[35] 아울러 이것이 애정문제를 다루지 않은 전혀 새로운 작품이었다는 사실을 누차 강조한다.[36] 더불어 이 작품은 내용뿐 아니라 문체도 그때에 새로이 시작되던 '하였다' 'XX이다' 하는 식을 따르지 않고 '하였나이다' '하였습니다' 하는 서간문체書簡文體나 구어체口語體를 써본 것이다"[37]라고 주장한다.

전영택 자신의 주장대로, 이 작품에는 문장이나 형식에 대한 실험이 얼마간 담겨 있다고 보는 것이 옳을 것이다. 하지만, 이 작품의 문장이 본격적인 구어체가 아님은 물론이며, 이 작품의 형식 역시 완성된 서간체 소설이 아님도 물론이다. 구체적 확인을 위해 작품의 서두 가운데 일부를 원문대로 인용하기로 한다.

내가 맨처음에 敎師로 顧聘되어 봇짐을지고 得英學校를 차자오다가 멀니서 뵈이는 희칠한 기와집을 보고 벌서 져거시 學校로구나 짐작이될째에 여러가지로 想像을 하엿나이다. 져學校에는 學生이 며치나 될가, 져 學校에는 나가치 헐수할수 업시되어 마그막 手段으로 멷푼 月給에 팔녀서 왓든, 속썩어진 訓長이 멷놈이나 될가, 그래도 그가운대도 제법 敎育에 使命을 쌔닷고 왓든사람이 이슬가, 무얼 이서……. 訓長노릇! 에그 쏘해? 이전에 씩씩하든 생각이 나서 이마를 씹프렷습니다.[38]

521면.

35 전영택, 「문단의 그 시절을 회고함」, 표언복 편, 『전영택전집』 3, 목원대 출판부, 1994, 487면 참조.

36 전영택, 「『창조』와 『조선문단』과 「나」」, 표언복 편, 『전영택전집』 3, 목원대 출판부, 1994, 498면 참조.

37 전영택, 「「천치냐 천재냐」와 「소」」(『현대문학』, 1964.8), (표언복 편, 『전영택전집』 3, 목원대 출판부, 1994, 521면.

여기에는 전영택의 말대로 '—습니다'와 같은 새로운 구어체가 일부 등장한다. 하지만, 이 문장의 주를 이루는 어미 '—나이다'를 본격적 구어체로 볼 수는 없다. 작가는 이러한 어미 사용을 통해 서간체소설로서의 효과를 거두려 했던 것으로 추정할 수 있다. 하지만, 이 작품이 본격적인 서간체 소설이 되기 위해서는 작품의 끝에 붙어 있는 "山村에 寂寂히 계신 숨兄의게 변변치 못한 作品을 바치나이다"가 작품의 후기後記로 활용되어서는 안 된다. 그 내용이 후기가 아니라, 작품 내용 속에 다른 형태의 문장으로 녹아 들어가 담겨 있어야 했다. 결국 이 작품은 발표된 형태로 본다면 서간체소설이라기보다는 고백체소설이라고 보아야 할 것이다. 서간체 소설은 서술자의 고백이 특정한 대상을 향하고 있지만, 고백체소설은 그 대상이 특정하지 않다. 달리 말하면 그것은 고백이 일반 독자를 향하는 형식으로 되어 있다는 점에서 서간체 소설과 본질적으로 차이가 난다. 작가 전영택이 택했던 고백의 대상은 '산촌에 적적히 계신 형'이지만, 작품 속 주인공 '나'가 택했던 고백의 대상은 '형'이 아닌 독자 대중이었던 것이다.

하지만 그럼에도 불구하고 「천치? 천재?」는 전영택이 소설은 어떠한 형식을 취해야 하는가, 혹은 소설이란 어떤 내용을 다루어야 하는가에 대한 나름대로의 인식을 분명히 지니고 쓴 작품이라 할 수 있다. 이 작품은 인물의 행동과 사건을 통해 작가가 말하려는 주제를 간접적으로 드러내는 방식을 선택했다는 점이 우선 주목할 만하다. 등장인물들의 대사를 비롯하여 작품 전개 과정 전체가 압축적이라는 점도 「혜선의 사」와 크게 구별된다.

---

38 전영택, 「천치? 천재?」, 『창조』 2, 1919.3, 22~23면.

「혜선의 사」를 비롯한 이 시기의 여타 작품들이 감동을 주지 않는 것은 작가가 작품의 주제를 독자에게 직접 전달하려 하기 때문이다. 작가는 해설을 통해, 그리고 주인공은 대사를 통해 자신들의 생각을 독자에게 강요하는 것이 이 시기 소설에서 흔히 발견되는 특징인 것이다. 그런 점에서 「천치? 천재?」는 이러한 한계들을 충분히 벗어나 있는 작품이다.

「천치? 천재?」는 주인공이 교사가 되어 내려간 시골의 한 학교에서 만난 칠성이라는 아이의 죽음을 다룬 것이다. 칠성이는 남다른 행동 때문에 천치 취급을 받는다. 그는 때때로 색다른 물건을 만들거나 해서 주목을 받기도 하고 야단을 맞기도 한다. 어느 날 칠성이는 학급 친구의 시계를 가져다 해부를 해서 주인공인 교사에게 크게 야단을 맞는다. 다음 날 그는 '내 맘대로 깨트려보고, 내 맘대로 만들어 보고, 고운 상자 많이 얻기 위해' 평양으로 간다는 글을 남기고 집을 나간다. 그는 결국 추운 길가에서 얼어 죽는다.

이 작품을 읽고 나면 '칠성이는 과연 천치인가 천재인가'하는 질문이 계속 여운으로 남는다. 이 질문은 작가 전영택이 소설 속에서 제기한 질문이면서 아울러 소설이 끝남과 동시에 독자들의 삶 속으로 전이되는 질문이기도 하다. 전영택은 「천치? 천재?」에서 교사를 주인공으로 설정하고도 계몽성의 함정으로 빠져들지 않았다. 달리 말해 이는 그가 상투적 작품을 쓰지 않았다는 점을 의미하기도 한다. 「천치? 천재?」가 갖는 또 하나의 중요성은 이 작품에서부터 전영택의 인간 존중의 정신, 이른바 휴머니즘의 정신이 깊이 있게 나타나기 시작한다는 점이다. 칠성이를 이해하고 감싸주려는 시각으로 마무리되는 이 작품의 결말은, 작가 전영택이 지닌 인간에 대한 넓은 이해의 폭을 보여주는 한 증거가 된다. 천치일 수도 있고, 천재일 수도 있었던 아이 칠성이. 그러나 결국은 천치 취급을 받으며 죽어가야 했던 칠성이. 칠성이의 그러한 삶은 철없는 한 어린아이의 삶이 아니라, 그 시대에 이해받지 못하고 방황하던 수많은 아이들의 삶을 대표하는 것일 수도 있다. 그런 점에서 칠성이의 죽음은 천재로 키워질 수도 있었던 아이들의 안타까운 죽음에 대해 작가 전영택이 가졌던 인간적 관심과 애정의 산물이었다.

전영택은 이런 작품들을 통해 "동인의 단편은 처음으로 성격과 심리를 묘사한 소설이어서 독자를 놀라게 하였고 내 단편은 소설이라면 의례이 연애를 내용으로 한 것으로 알던 때에 새 경지를 보여준 것이었다"[39]라는 술회처럼 새로운 소설의 세계를 개척해 나갔던 것이다.

김동인은 『창조』에 「약한 자의 슬픔」, 「마음이 옅은 자여」, 「목숨」, 「배따라기」 등 모두 4편의 소설을 발표하였다. 김동인은 『창조』 창간호에 발표한 「약한 자의 슬픔」에서 이른바 철저한 구어체와 함께 새로운 서사문체인 과거형 종결어미를 주로 사용함으로써 근대소설사의 문체변화에 적지 않은 기여를 했다.[40]

「약한 자의 슬픔」을 보면, 김동인이 이 작품을 창작하면서 세부 묘사에 의도적으로 큰 신경을 쓴 흔적을 발견할 수 있다. 다음과 같은 부분들이 그러한 예에 해당하는데, 이는 세부 묘사를 통해 사실성을 획득하려는 노력의 산물로 보인다.

39 전영택, 「창조시대 회고」, 표언복 편, 『전영택전집』 3, 목원대 출판부, 1994, 490면.
40 이에 대한 상세한 논의는 이 책의 제9장 참조.

"여학생간에 유행하는 보법(步法)으로 팔과 궁둥이를 전후좌우로 저으면서 엘리자베트는 길을 나섰다."(9면)

"그는 파라솔출판사을 받은 후에 손수건을 코에 대어서 쏘는 듯이 콜타아르 냄새를 맡으면서……"(9면)

"어떤 때는 사람의 위를 짧게 비치었다, 사람이 다 통과한 후에는 도로 길게 비치었다 하는, 자기와 함께 나아가는 자기 그림자를 들여다 보면서 엘리자베트는 본능적으로 발을 움직였다."(12면)

"해는 떴지마는 보스럭비는 보슬보슬 내리붓고 엘리자베트의 맞은 편에는 일곱 빛이 영롱한 무지개가 반원형으로 벌리고 있다. 비와 인력거의 셀룰로이드 창을 꿰어서 어렴풋이 이 무지개를 바라보면서……"(26면)

"인력거는 바람에 풍겨서 한편으로 기울어졌다가 이삼 초 뒤에 도로 바로 서서 다시 앞으로 나아간다. 장마때 바람은 앵! 소리를 내면서 인력거 뒤로 달아난다."(26면)

"졸지도 않은 채 깨지도 않고 근덕근덕하면서 한참 갈 때에 우르륵 우레 소리가 나므로 그는 눈을 번쩍 떴다.
하늘은 전면이 시커멓게 되고 그 새에서는 비의 실이 헬 수 없이 많이 땅에까지 맞닿았다."(27면)

"비의 실은 그냥 하늘과 땅을 맞맨 것 같이 보이면서 힘있게 쭉쭉 내려쏜다."[41] (28면)

하지만, 「약한 자의 슬픔」에는, 그것을 완숙한 근대소설로 보기에는 너무나 많은 문제점들이 담겨 있다. 「약한 자의 슬픔」이 지닌 문제점 가운데 가장 큰 것은 역시 동시대의 다른 소설들처럼 작가의 목소리를 통한 설명적 개입이 너무 빈번히 일어난다는 것이다. 작품의 서두에서 '—엘리자베트는 아직 십구 세의 소녀이지만 재주와 용자(容姿)로 모든 동창들에게 존경과 일종의 시기를 받고 있었다.'라고 인물의 성격을 설명적으로 제시하는 것도 그 한 예이다. 사건의 전개 과정에서도 인물의 심리 변화를 독자들이 스스로 파악하도록 하지 않고, 작가가 그 변화를 단정적으로 설명한다. '이 소리에 엘리자베트의 용기의 대부분은 꺾어졌다'와 같은 문장이 그 예가 된다. 특히 다음과 같은 경우는 설명의 집약으로 인해 소설 속에 마치 이제까지의 줄거리 요약문이 들어 있는 느낌마저 든다.[42]

---

41 김동인, 「약한 자의 슬픔」(『창조』, 1919.2~3), 『김동인전집』 5, 삼중당, 1976.
42 김동인의 초기 소설의 문장은 양면성을 지닌다. 그는 의도적으로 개성적인 문장을 보여주려고 노력했고, 그 결과 일정한 성과를 나타냈다. 하지만, 초기 문장 가운데는 창작소설에 어울리지 않는 부자연스러운 문장 역시 적지 않다. 이에 대해서 전영택은 "동인의 소설이 역시 그리 읽기에 재미있는 것은 아니었습니다. 우선 그 말과 문장이 마치 그의 글씨가 아주 유명하게 운필이오, 괴상스러운 모양으로 이상야릇하게 까뚜뚝까뚜뚝해서 꼭 외국사람이 우리네 말을 하는 것같다할까 마치 현미밥이나 깨무는 것같이 빡빡했으니 그 속맛을 모르는 이야기 읽기가 좋았을 리 없지요. 지금의 동인의 글은 그 문장이 노숙하고 세련이 되어서 그렇지 않지만 창작을 처음 시작하였을 때야 물론 그랬을 것입니다"(전영택, 「문단의 그 시절을 회고함」, 『표언복 편, 『전영택전집』 3, 목원대 출판부, 1994, 485면)라고 회고한다. 김동인의 초기 소설 문장에서 발견되는 생경함은 그의 일본 유학 체험과도 관계가 깊다. 특히 그가 초기 소설들을 일본어로 구상하고 우리말로 기록했다는 다음의 술회는 김동인 소설의 문장 특색 형성 과정에 대한 연구의 실마리를 제공한다. "더욱이 과거에 혼자 머리 속으로 구상하던 소설들은 모두 일본말로 상상하던 것이라, 조선말로 글을 쓰려고 막상 책상에 대하니 앞이 딱 막힌다. (…중략…) 이때에 있어서 '일본'과 '일본글' '일본말'의 존재는 꽤 큰 편리를 주었다. 그 어법(語法)이며 문장 변화며 문법 변화가 조선어와 공통되는 데가 많은 일본어는 따라서 선진(先進)의 역할을 하게 되었다."(김동인, 「문단 30년사」, 『김동인전집』 6, 삼중당, 1976, 19면)

그는 이환이를 사랑하였다. 이환이도 그를 사랑하였다. (엘리자베트는 이것을 의심치 않게 되었다.) 그렇지만 그들에게는 서로 사랑을 고백할 만한 용기가 없었다. 그것으로 인하여 그들은 각각 자기의 사랑을 짝사랑이라 생각하였다. 그것을 짝사랑이라 생각한 엘리자베트는 그렇게 쉽게 몸을 남작에게 허락하였다. 그리하여 그의 사랑 - 거반 성립되어 가던 그의 사랑 - 신성한 동애(童愛) - 귀한 첫사랑은 파괴되었다. 육(肉)으로 인하여 사랑은 파멸되었다. 사랑치 않던 사람으로 인하여 참애인을 잃었다. - 엘리자베트의 울음에는 당연한 이유가 있었다.[43]

이러한 설명적이고 단정적인 문장 서술은 작품 속에 독자가 끼어 들 수 있는 여지를 없애버림으로써 그야말로 작품을 무미건조하게 만들어 버리고 만다. 작품 도처에 영탄적 표현이 자리잡고 있는 것도 전근대적 작품으로서의 면모를 보이는 것이 아닐 수 없다. 영탄적 표현이란 그것이 작가의 목소리로 나타나건 주인공의 목소리로 나타나건 결국 작가의 감정 과잉을 보여주는 명백한 증거이기 때문이다.

김동인이 어떠한 성향의 작품을 지향하며 창작에 임했건, 「약한 자의 슬픔」이라는 작품은 본질적으로 당 시대에 주류를 이루었던 계몽소설의 성격을 크게 벗어나는 것이 아니다. 다음과 같은 서술은 김동인 자신이 이 작품을 논문 비슷, 소설 비슷한 작품으로 구상하고 창작에 임했음을 알게 한다. 이 부분에서 강엘리자베트의 진술은 곧 작가 김동인의 대리 진술이라고 보아도 큰 무리가 없기 때문이다.

---

[43] 김동인, 「약한 자의 슬픔」, 『김동인전집』 5, 삼중당, 1976, 19~20면.

그 다음 순간, 그에게는 별한 생각이 머리에 떠올랐다—

"약한 자의 슬픔"

"천하에 둘 도 없는 명언(名言)이로다."

그는 생각하였다.

그는 이 문제를 두고 논문 비슷이, 소설 비슷이 하나 지어보고 싶은 생각이 났다. 그는 생각하여 보았다—

자기의 설움은 약한 자의 슬픔에 다름 없었다. 약한 자기는 누리에게 지고 사회에게 지고 '삶'에게 져서 열패자(劣敗者)의 지위에 이르지 않았느냐?[44]

작품의 마지막 부분에서 볼 수 있는 '강한자'와 '사랑'의 중요성에 대한 주장 역시 작가의 직설적이고도 노골적인 주제 드러내기의 구체적 증거가 된다.

그는 생각하여 보았다.

"내가 너희에게 새 계명을 주노니 사랑하라"(그는 기쁨으로 눈에 빛을 내었다.)

그렇다! 강함을 배는 태(胎)는 사랑! 강함을 낳는 자는 사랑! 사랑은 강함을 낳고, 강함 은 모든 아름다움을 낳는다. 여기 강하여지고 싶은 자는—삶의 진리를 알고 싶은 자는 다 참사랑을 알아야 한다.

만약 참강한 자가 되려면은? 사랑 안에서 살아야 한다. 우주에 널려 있는 사랑, 자연에 퍼져 있는 사랑, 천진난만한 어린아이의 사랑!

"그렇다! 내 앞길의 기초는 이 사랑!"[45]

---

44 위의 글, 39면.

여기서 우리는 「약한 자의 슬픔」이 이광수의 계몽소설을 비판하며 나온 작품임에도 불구하고 그것이 사실은 계몽소설의 차원을 크게 벗어나는 것이 아니라는 또 하나의 아이러니를 발견하게 된다. 김동인은 결국 「약한 자의 슬픔」을 통해 우리 사회에서 약한 자가 겪을 수밖에 없는 슬픔을 제시하고, 그런 슬픔을 겪지 않기 위해서는 강한 자가 되어야 한다는 주장을 펴고 있는 것이다. 더군다나 이 작품의 마무리에서 볼 수 있는, 기독교적 사랑을 통해 강한 자로 거듭 태어날 수 있다는 제안은 작품 내적 근거를 전혀 확보하지 못한 주장이다. 그런 점에서 이는 구성상 매우 치명적인 약점을 드러내는 마무리이기도 한 것이다.

김동인이 『창조』 창간호에 발표한 「약한 자의 슬픔」에 비한다면, 그 마지막 호인 제9호에 발표한 「배따라기」는 근대소설로서 많은 진전과 변화를 보이고 있는 작품이다.

「배따라기」는 서술자를 일인칭의 '나'로 설정하였음에도 불구하고 작가의 영탄이 거의 사라져 버린 이른바 객관소설로서의 자리를 굳힌 작품이다. 여기서 김동인은 '나'를 중심으로 한 신변잡기적 술회도, 그렇다고 '그'를 중심으로 한 황당무계한 꾸밈도 아닌, 개연성 있는 이야기를 중심으로 한 창작 단편의 제시에 성공하고 있다. 핵심적 스토리인 뱃사람과 배따라기에 얽힌 이야기 전후에, 그 이야기를 끌어내고 마무리 할 틀을 설정한 이른바 액자소설적 구성 역시 흔히 보기 어려운 새로운 시도라 할 수 있다. 이 작품에서 액자소설적 구도를 주목하게 되는 것은 그것이 매우 성공적으로 사용되었기 때문이다. 인간으로서는 어쩔 수 없는 운명의 힘을 독자들이 적당한 거리에서 느끼게 하는데 이 액자 소설의 구도

---

45 위의 글, 41면.

가 효과적이었던 것이다.

김동인 특유의 짧은 문장의 효과와, 유미주의자로서의 그의 세계관을 명백히 드러내는 일 역시 비로소 「배따라기」를 통해 이루어졌다. 다음의 인용을 보면 이를 쉽게 알 수 있다.

하늘에도 봄이 왔다.

하늘은 낮았다. 모란봉 꼭대기에 올라가면 넉넉히 만질 수가 있을이만큼 하늘은 낮다. 그리고 그 낮은 하늘보다는 오히려 더 높이 있는 듯한 분홍빛 구름은, 뭉글뭉글 엉기면서 이리저리 날아나닌나.

나는 이러한 아름다운 봄경치에 이렇게 마음껏 봄의 속삭임을 들을 때는, 언제든 유토피아를 아니 생각할 수 없다. 우리가 시시각각으로 애를 쓰며 수고 하는 것은 - 그 목적은 무엇인가? 역시 유토피아 건설에 있지 않을까? 유토피아를 생각할 때는 언제든 그 '위대한 인격의 소유자'며 '사람의 위대함을 끝까지 즐긴' 진나라 시황(秦始皇)을 생각지 않을 수 없다.

우리가 어찌하면 죽지를 아니할까 하여, 소년 삼백을 배를 태워 불사약을 구하러 떠나보내며, 예술의 사치를 다하여 아방궁을 지으며, 매일 신하 몇 천 명과 잔치로서 즐기며, 이리하여 여기 한 유토피아를 세우려던 시황은, 몇 만 의 역사가가 어떻다고 욕을 하든, 그는 정말로 인생의 향락자며 역사 이후의 제일 큰 위인이라고 할 수가 있다. 그만한 순전한 용기 있는 사람이 있고야 우리 인류의 역사는 끝이 날지라도 한 '사람'을 가졌었다고 할 수 있다.[46]

여기서 김동인은 진시황이 예술의 사치를 즐길 줄 알았던 인물이라

---

46 김동인, 「배따라기」(『창조』, 1921.5), 『김동인전집』 5, 삼중당, 1976, 121면.

추켜세우고, 그러한 진시황이야말로 역사 이후의 제일 큰 위인이라고 극찬한다. 이러한 진술에서 김동인의 내면에 자리잡은 인생관과 예술관의 토대를 발견하는 것은 결코 어려운 일이 아니다. 「배따라기」의 서두에 나오는 서술자 '나'의 진술은, 뒤에 발표되는 김동인의 대표적 유미주의 소설 「광염소나타」에 나오는 '음악비평가 K'의 진술과 유사성을 지닌다. '음악비평가 K'는, 예술적 성취를 위해서는 방화와 살인까지도 정당화될 수 있음을 주장하는 인물이다. 예술적 가치가 도덕적 가치보다 우위에 있다는 것이 김동인이 이들 등장인물을 통해 하고 싶은 이야기였던 것이다.

간결하고도 사실적인 대화문의 활용 역시 「배따라기」에서 주목해야 할 부분이다. 특히 '그'와 '아내' 그리고 '아우' 사이에 일어난 사건을 생동감 넘치는 장면들로 전달하는 데에는, 평안도 사투리의 사용이 적지 않은 역할을 했다는 점도 주목해야 한다.[47]

물론 예술지상주의에 입각한 유미론적 문학관의 표출이나, 유미주의적 성향의 작품 창작을 소설사에서 '발전'의 개념으로만 바라볼 수는 없다. 그럼에도 불구하고 소설사의 변모 과정에서 「배따라기」를 주목하게 되는 것은, 전영택 등 『창조』 동인이 시도한 작품 창작 영역의 진정한 확대와

---

47 김동인 소설에서 평안도 사투리의 사용과 그 의미에 대해서는 이 책의 제9장 참조. 결과적으로 김동인이 사용한 평안도 사투리는 그의 작품에 현실감과 현장감을 불러일으키는 역할을 한다. 그런데, 김동인이 이렇게 작품에 평안도 사투리를 사용하게 된 계기가 무엇이었는가는 분명하지 않다. 이러한 대화문에서의 사투리 사용은 그가 특정한 소설적 효과를 의도해서라기보다는 인물들의 대화에까지 표준어를 쓰기에는 표준어에 대한 지식이나 자신감이 부족했기 때문에 생겨난 우연의 결과일 가능성이 높다. 그가 만일 사투리를 사용하면서 특정한 소설적 효과를 의도했다면, 그것을 자신의 소설적 성과로 기록했을 것이기 때문이다. 잘 알려진대로, 그는 3인칭 대명사의 사용과 과거사의 사용 등 몇 가지를 자신의 문체론적 업적으로 꼽기도 기록하고 있다. 김동인의 표준어 지식과 관련해서는 다음의 진술을 참고할 필요가 있다. "더욱이 나는 자라난 가정이 매우 엄격하여 집안의 하인배까지도 막말을 집안에서 못쓰게 하여 어려서 배운 말이 아주 부족한 데다 열 다섯 살에 외국에 건너가 공부하느니만치 조선말의 기초 지식부터 부족하였고 게다가 표준어(경기말)의 지식은 예수교 성경에서 배운 것 뿐이라, 어휘에 막히면 그 난관을 뚫기는 아주 곤란하였다."(김동인, 「문단 30년사」, 『김동인전집』 6, 삼중당, 1976, 20면)

교훈적·계몽적 소설사의 탈피가 여기서 분명하게 확인되기 때문이다.

4. 맺음말

『창조』는 한국 최초의 순수 문학동인지로 거론된다. 하지만 실제로는 동인들간의 결속력이 강한 것도 아니었고, 그들이 공통적으로 기반을 둔 문학관이나 함께 지향하는 뚜렷한 목표가 있었던 것도 아니었다. 『창조』는 판매를 목적으로 했고, 광고를 수록하며 정기독자를 모집했다는 점에서 그것이 순수 동인지임을 표방했지만 실은 대중성을 띤 상업 잡지를 지향했다고 볼 수 있다.

『창조』가 순수 동인지로서의 성격을 굳히지 못하고 점차 방황하게 된 가장 큰 원인은 경제적 기반이 확보되지 않았다는 점에 있다. 한 호 한 호 발간비를 부담하는 조건으로 새로운 동인을 끌어들여야 했던 동인지 『창조』의 모습을 통해 우리는 경제적 후원자를 얻지 못한 한국 근대문학의 표류 과정이 어떤 것이었는가를 확인하게 된다.

경제적 여건의 어려움과 함께 인적 자원 확보의 어려움 역시 근대문학 초기 한국 동인지가 부둥켜안고 고민해야 했던 과제였다. 이광수의 계몽주의 문학 및 그의 효용론적 문학관에 반기를 들고 출발한 동인지 『창조』가, 곧바로 이광수를 동인으로 받아들이고 그의 글을 얻어내기 위해 노력을 기울였다는 사실은 이를 가장 분명하게 보여주는 예가 된다.

『창조』의 창간 동인들은 전혀 새로운 단계의 신문학운동을 꿈꾸며 문학 활동을 시작했지만, 이런 어려움들로 인해 그것을 만족할 만큼 성취하지는 못했다.

하지만 그럼에도 불구하고 김동인을 비롯한 몇몇 동인들이 이룩한 소설사적 성취는 결코 간과하기 어렵다. 앞 시기와는 구별되는 새로운 경향의 창작을 시도한 점, 색다른 소재를 발굴하고 새로운 주제를 추구하면서 작품화 영역을 확대시켜 나가려 한 점, 자신들이 쓰는 언어에 대해 고민하면서 근대 한글의 정착에 기여한 점, 지식인 사회에서 문학 영역의 중요성을 강조하고 결과적으로 다른 동인지와 문학전문지 창간의 직·간접적 계기로 작용한 점 등은 『창조』가 이룩한 주목할 만한 업적이 아닐 수 없다.

1920년대 소설의 근대적 특성

1920년대 소설사를 위한 시론

1. 머리말

1890년대부터 1910년대에 이르는 서사문학 작품들이 지니는 공통된 특질은 계몽적·논설적 요소가 강하게 들어 있다는 점이다. 계몽적·논설적 글쓰기의 전통은 1900년대의 '신소설' 작가들에게는 물론, 1910년대의 대표적 소설가인 이광수에게까지 이어진다. 이러한 논설論說 중심 글쓰기의 전통 위에 서사敍事 중심 글쓰기가 첨가되면서 한국 근대소설사는 변화·발전해 갔다. 한국 근대소설의 발전 과정이란 외형적으로 볼 때 논설보다 서사가 강화되는 과정이다. 논설과 계몽의 의도는 점차 약화되고, 서사가 전면으로 나서게 되는 과정이 바로 한국 근대소설사의 변화·발전 과정인 것이다.

1920년대 소설사는 1910년대 소설사가 이룩한 성과에 대한 반발과 연속이라는 양면성을 지니고 전개된다. 계몽과 논설의 탈피가 그 반발의 측면이라면 근대적 소설 양식의 완성을 위한 다양한 이론의 전개와 작품 창작을 통한 실천은 연속의 측면으로 이해할 수 있다.

이 글의 목적은 한국 근대소설사의 발전 과정 속에서 1920년대 한국 문학 작품들이 보여주는 근대적 특성과 그 바탕을 이루는 문학관을 분석·정리하려는 데 있다. 1920년대 소설가들의 작품에는 어떠한 근대적 특성이 담겨 있으며, 또한 그러한 근대적 특성의 바탕에는 어떠한 문학관이 담겨 있는가를 생각해 보려는 것이다. 1920년대 소설의 근대적 특성에 대한 이러한 연구는, 한국 근대소설사의 발전 과정을 조망하고 한국 근대소설이 지니는 근대성의 핵심이 무엇인가를 밝히는 일종의 사례 연구로서 의미를 지니게 될 것이다.

2. 1920년대 문학을 보는 두 가지 시각

1) 안자산의 비관적 문단 전망

한국문학사에서 1920년대 문학에 대한 언급은 안자산安自山의 『조선문학사朝鮮文學史』에서 최초로 이루어진다. 안자산이 『조선문학사』를 출판한 해가 1922년이므로, 그가 여기서 언급한 것은 1920년대 문학에 대한 정리가 아니라 전망이었고 할 수 있다. 그는 1920년대 문학의 전망을 1919년의 3·1운동과 연관지어 제시한다.

기미년춘(己未年春)에 폭발(暴發)된 정치운동(政治運動)은 일전(一轉)하야 사회운동(社會運動)으로 변화(變化)할 새 각색(各色) 회사(會社) 제종단체(諸種團體)가 우후춘초(雨後春草) 같이 발생(發生)하다가 차역(此亦) 조로(朝露) 같이 조망(凋亡)하고 다시 문화운동(文化運動)이 기(起)하니 근래(近來) 문화운동(文化運動) 사자(四字)는 유행어(流行語)가 된지라.[1]

안자산은 당시 문화운동의 성과로 나타난 지식인 사회의 여러 가지 결과물들에 대해 비판적 안목으로 접근한다. 각각의 저자들은 자기 외에는 적당한 논자가 없다고 생각하여 현학衒學적 풍조가 팽배하고, 과장적誇張的 구기口氣가 충만하며, 지식은 결렬되고 사상은 분산된 것이 당시의 현실이라는 것이다.

그는 소설의 유행에 대해서 "일반청년계一般靑年界에는 소설급시小說及詩의 관념觀念이 큰 유행流行이 되니 이것이 문약文弱의 풍風이라"[2]고 비판한다. 제대로 준비가 되지 않은 상태에서 오직 문예열만 팽창할 경우, 건전한 문학이 나오기 어려우며 오히려 부박浮薄 타락墮落의 문학만이 성행해 문학망국론文學亡國論을 드러내 보여줄 뿐이라는 것이 안자산의 생각이었다.

안자산의 언급들을 종합해 보면 그가 1920년대 한국문단의 출발을 매우 부정적 시각으로 바라보았음을 알 수 있다. 특히 그는 1920년대 들

---

1   안자산, 『조선문학사』, 한일서점, 1922, 130면.
2   위의 책, 132면.

어 왕성하게 일어나는 사회 여러 방면에서의 창조적 욕망들에 대해서도 그 사조가 자각적으로 일어난 것이 아니라 허영으로 일어난 것이라고 비판했다.

안자산이 1920년대 이후 문단 전망을 이렇게 비판적·비관적으로 바라본 것은, 그가 문학을 통한 민족사상의 전파와 확대라는 기대를 지니고 있었기 때문이었다. 그러나 근대계몽기의 마무리와 함께, 문학은 더 이상 사상思想을 담는 그릇으로만 존재할 수 없었다. 그것은 문학이 민족적 계몽의 길을 떠나 이제까지와는 전혀 다른 새로운 길로 들어섰음을 의미하는 것이기노 했다.

2) 김태준과 임화의 새로운 인식

1920년대 소설사를 일별한 최초의 언급은 김태준의『조선소설사朝鮮小說史』를 통해 이루어졌다. 김태준은 증보판『조선소설사』에서 1920년대의 소설사적 업적을 크게 김동인·염상섭·현진건·나도향 등 동인지 활동 중심의 문인들과 최서해·김기진·박영희 등 신경향파 문인들, 그리고 이기영·조명희 등 프로문학파 문인들의 업적으로 나누어 정리했다.

김태준은 김동인의「약한 자의 슬픔」을 자연주의를 벗어난 성격소설性格小說로 평가한다. 아울러「배따라기」·「감자」·「태형」등의 작품에 대해 "그 간경簡勁한 필치筆致와 지적知的 묘사描寫에 있어서 더구나 단편短篇다운 단편短篇을 처음 보여준데서 씨氏의 예술적가치藝術的價值가 있다"[3]고 말

---

3   김태준,『증보 조선소설사』, 학예사, 1939, 258면.

함으로써 김동인을 적극적으로 평가한다. 염상섭의 경우에는 「만세전」
이나 「제야」, 그리고 「전화」·「윤전기」 등이 거둔 리얼리즘적 성과를 주
목하고, 현진건에 대해서는 「사립정신병원장」·「불」·「B 사감과 러브레
터」·「할머니의 죽음」 등이 거둔 성과를 들어 그를 조선의 탁월한 소설
가로 인정한다. 신경향파문인들에 대해서는, "조선의 신문예운동新文藝運
動에 있어서 신도덕관新道德觀 신연애관新戀愛觀의 문학文學을 수립樹立한 이가
춘원春園이라고 하면 신흥문학新興文學을 고조하여 그 운동運動의 기운을 배
태胚胎케 하여준 이는 팔봉 김기진씨八峯 金基鎭氏이다"[4]라는 말로 김기진의
활동을 중시한다. 프로문학파 문인들에 대해서는, 평범하고도 자연스러
운 문장과 구상構想의 기지機智로 독자들을 매혹시킨 이기영과 조명희, 그
리고 신경향파 초기부터 신선한 작품을 발표해 온 이익상 등에 대해 주
목한다.

이렇게 세부적 논의를 거쳐 김태준이 내리는 근대소설에 대한 결론
은 다음과 같다.

신소설은 이야기 책의 전통에서 나오고 춘원 이후의 현 소설은 신소설에서
구피(舊皮)를 버리고 나온 것이다. 춘원은 언문일치의 소설다운 소설을 썼고,
작품 「무정」은 신소설과 근대소설(현대소설)의 경계를 이루었다. 춘원의 전체
적 관심에 비하여 김동인의 작품에서는 개성·자율 등이 중심을 이루는데, 이
는 사상문제가 아니라 리얼리즘의 근본 특징인 객관묘사의 정신의 왕성함을
말하는 것이다. 이러한 사실적 수법에 전력을 경주한 이는 현진건이고, 커다란
스케일을 통해 기술상의 발전을 보여준 이가 염상섭이다. 나도향에게서는 단

---

4 위의 책, 263면.

편 형식의 완성이라는 측면과 심리적 리얼리즘의 개척이라는 점을 지적할 수 있다.

신경향파 문학의 정치성은 이인직 시대의 계몽의 정신과 춘원의 이상주의적 설교를 계승한 것이 일관된 조류이다. 이는 그후 이러한 정신의 생경한 노출의 기(譏)를 받았으나 현실을 전면(全面)에서 파악하려는 지향과, 소설을 자기(自己)로부터 해방한 것과 객관소설(客觀小說)의 길을 연 공적이 있다. 관념과 현실의 통일 역시 신경향파 문학이 걸머진 새로운 과제였다.[5]

1920년대 소설이 거둔 성과에 대한 김태준의 언급은 언문일치와 개성·자율의 인식, 그리고 리얼리즘 정신의 구현과 객관소설의 정립 등으로 요약될 수 있다. 김태준의 이러한 지적은 1920년대 소설사의 핵심을 찌른 정확한 지적들이다.[6]

임화는 일련의 「신문학사」 연구 작업 가운데 하나인 「소설문학의 20년」을 써서 1920년대 이후의 문학을 정리한다. 여기서 그는 "잡지 『창조』와 김동인의 소설에서 비롯되는 자연주의 소설이 비로소 조선 현대소설을 신소설의 영향에서 완전히 분리시켰다. 이것은 자연주의가 조선 소설사상에 기여한 거대한 재산이다. 그러한 의미에서 조선 현대소설은 진정하게는 김동인에게서 시작한다고 할 수 있다"[7]고 말함으로써, 김동인 이후의 소설사를 이전의 그것과 분명히 구별짓는다. 그는 자연주의가

---

5 위의 책, 268~271면 참조.
6 단, 이러한 지적들을 구체적으로 검증해 보이는 작업을 생략한 것은 『조선소설사』가 지닌 매우 아쉬운 측면이 아닐 수 없다.
7 임화, 「소설문학의 20년」(『동아일보』, 1940.4.12), 임규찬·한진일 편, 『신문학사』, 한길사, 1993. 389면. 김태준이 이 시기 문학을 논의하면서 근대소설과 현대소설이라는 용어를 혼용한 것에 반해 임화는 현대소설이라는 용어를 사용한다. 임화의 경우는 1920년대 이전의 문학에 대해서는 신문학 혹은 근대문학이라는 용어를 사용하고, 1920년대 이후의 문학에 대해서는 현대문학이라는 용어를 사용한 것이다.

문학으로부터 전체적(역사적, 사회적) 관심이 수축하고 개성의 자율이라는 것이 당면한 과제가 된 시대의 양식이라고 부연한다.

현진건이나 염상섭·나도향·김기진·최서해·이기영 등을 언급하면서 1920년대 이후의 문학에 대해 적극적으로 평가하는 임화의 정리는 김태준의『조선소설사』에 나타난 생각과 크게 다르지 않다. 이는 그의「신문학사」전반에 걸친 작업들이 김태준의『조선소설사』에서 일정한 영향을 받고 있다는 사실과 연관된 것이기도 하다.[8] 해방이후의 문학사 혹은 소설사 연구 작업에서 보이는 20년대 소설에 대한 평가 역시 여기서 크게 벗어나는 것은 아니다.

3. 1920년대 소설의 근대적 특성

1) 문학에 대한 인식 전환

안자산이 1920년대 문학에 대해 비판적인 인식을 지녔던 것은 그가 1910년대까지 문학을 보던 척도를 여기에도 그대로 적용하려 했던 때문이다. 특히 사상사를 중심에 두고 1920년대 문학사를 이해하려 했을 때, 안자산은 이 시기 문학에 대해 '문화운동文化運動과 난상亂想'이라는 제

---

[8]　임화의「신문학사」서술 작업은 김태준의 영향 속에서 이루어진 것으로 생각된다. 임화의「개설 신문학사」만 보더라도, 김태준의『조선소설사』를 인용하고 각주 처리한 곳이 3곳 있으며, 기타 김태준의 저작을 인용하거나 각주를 달아 설명한 곳이 4곳 있다.

목을 달아 비판할 수밖에 없었다. 이는 '사상思想의 혼란混亂'을 이 시기 문학의 가장 큰 특색으로 보고 접근한 결과였다. 그러나 김태준과 임화는 1920년대 소설에 대해 전혀 다른 척도를 갖고 접근했다. 이들은 1910년대 후반에 발표된 이광수의 「무정」이 '신소설'과 근대소설 사이의 경계를 이루는 작품이라고 평가했고, 1920년대 초입에 나타난 김동인에 대해서는 개성과 자율이라는 측면을 들어 그 가치를 인정했다. 새로운 측면에 대한 평가가 새로운 시각의 문학사를 가능하게 한 것이다.

1920년대 작가들의 문학 활동의 근저에는 문학에 대한 그들의 새로운 인식이 자리잡고 있었다. 동인지 『창조創造』 창간호의 편집 후기에 나타난 문학에 대한 인식은 앞 시기까지의 문학관과는 크게 구별되는 것이었다. 『창조』 창간호의 편집 후기 격인 「남은 말」에서 『창조』의 동인들은 다음과 같은 언급을 통해 새로운 문학관을 드러낸다.

> 또 처음부터 우리의 말을 들으시려는 여러분, 여러분은 우리에게서 무엇을 얻으시려하십니까. 한낱 재미있는 이야기 거리입니까. 저 통속소설(通俗小說)의 평범(平凡)한 도덕입니까? 또 혹(或)은 '바람에 움직이는 갈대'입니까?
>
> 여러분 중에 어떤 분이 생각하시는 것 같이, 우리는 결(決)코 도덕(道德)을 파괴(破壞)하고 멸시하는 것은 아니올시다, 마는, 우리는 귀(貴)한 예술(藝術)의 장기를 가지고 저 언제든 얼굴을 찌푸리고 계신 도학선생(道學先生)의 대언자(代言者)가 될 수는 없습니다. 그러나 또 우리의 노력(努力)을 할 일 없는 자의 소일(消日) 거리라고 보시는데도 불복(不服)이라 합니다. 우리는 다만 충실(忠實)히 우리의 생각하고, 고심(苦心)하고 번민(煩悶)한 기록을 여러분께 보이는 뿐이올시다.[9]

『창조』 동인들이 여기서 비판의 대상으로 삼고 있는 것은 1910년대까지의 이광수를 중심으로 한 문학이다. 그가 말하는 '얼굴을 찌푸리고 계신 도학선생道學先生'이란 곧 계몽주의 문학가 이광수를 말하는 것이며, '한낱 재미있는 이야기 거리'라거나 '통속소설의 평범한 도덕'이라는 비판 역시 「무정」을 비롯한 이광수의 계몽주의 소설에 내려진 비판적 평가라고 보아 큰 무리가 없다.

김동인을 비롯한 『창조』 동인들이, 그들의 잡지를 통해 보여주고자 했던 것은 도덕이나 계몽이 아니라 '예술藝術'이었다. "약한자弱者의 슬픔 꼭 좋은 때 좋은 '우리의 잡지'의 제가 정定한 자리에 실리우는 제 약한자의 슬픔이 중매자仲媒者가 되어 독자讀者인 여러분과 작자作者인 '저'를 '예술藝術의 선線으로 맞매었습니다. 저는 이 연분에 대하여 예禮를 하옵니다"[10]라는 언급은 이에 대한 구체적 근거가 된다. 김동인은 새로운 동인지를 창간하면서 그간의 한국문학, 그 가운데서도 특히 이광수를 중심으로 전개되는 계몽주의 문학에 대해 적지 않은 반감을 지니고 있었다.[11]

1910년대까지의 한국문단에 대한 김동인의 비판을 본격적으로 담고 있는 최초의 글은 1918년에 발표한 「소설小說에 대對한 조선朝鮮 사람의 사상思想을」이다. 그가 창간한 동인지 『창조』는 이 글에 나타난 김동인의

---

9 동인(同人), 「남은 말」, 『창조』, 1919.2, 81면.

10 위의 글.

11 김동인이 이광수의 계몽주의 문학관과 그 문학관의 산물들인 「무정」·「개척자」 등에 대해 적지 않은 반감을 지니고 있었다는 사실은 이광수에 대한 본격적 언급인 「춘원연구」에서도 구체적으로 확인된다. 그는 「춘원연구」 전편을 통해 이광수의 계몽주의적·대중지향적 문학관을 비판하며 그것이 곧 이광수의 상업적·대중적 성공을 지향한 통속적 창작욕의 결과임을 반복해 주장하고 있는 것이다. 김동인은 「춘원연구」에서 이광수의 「무정」의 주인공 이형식에 대해 다음과 같은 평가를 내리며 '바람에 기울거리는 갈대'라는 표현을 사용한다. "그는 아직 줏대를 못잡은 사람이다. 무슨 일이든 자기의 뜻대로 행하지를 못하고, 바람에 기울거리는 갈대와 마찬가지로 자기가 구식(舊式)이라고 경멸하는 신우선에게도 의견을 물으며, 혹은 형식이가 사람으로 여기지도 않는 노파 따위에까지 의견을 묻고 한다. 여기 우리가 매우 흥미를 느끼는 점은 다른 것이 아니라, 이 흔들리기 쉽고 줏대가 없는 주인공 이형식을, 우리는 즉시로 이 소설의 작자인 이춘원(李春園)으로 볼 수가 있는 점이다."(김동인, 「춘원연구」((「삼천리」, 1934.12~1935.10), 「삼천리문학」, 1938.1·4), 『김동인전집』 6, 삼중당, 1976, 88면).

예술관의 실제적 구현을 위한 실험 무대로서의 역할을 담당했다. 이 글에서 김동인은, 조선 사람들이 소설에 대해 근본적으로 잘못된 인식을 지니고 있다고 지적한다. 현금의 조선 사람들은 통속소설이나 흥미 중심의 소설을 좋아할 뿐, 참 예술적 작품, 참 학문적 소설을 읽으려 하지 않는다는 것이다.

그들은 소설 가운데서 소설의 생명, 소설의 예술적(藝術的) 가치, 소설의 내용의 미(美), 소설의 조화된 정도, 작자의 사상(思想), 작자의 정신, 작자의 요구, 작자의 독창(獨創), 작중인물(作中人物)의 사회에 대한 분투(奮鬪)와 활동 등을 요구하지 아니하고 한 흥미를 구하오. 기적에 근사한 사건의 출현을 구하오.[12]

이 인용문에는 김동인이 긍정적으로 생각하는 소설적 요소가 무엇인가 하는 점들이 구체적으로 기술되어 있다. 예술적 가치와 내용의 아름다움, 그리고 조화된 정도와 작가 사상의 반영 및 독창성, 작중인물의 사회에 대한 분투와 활동이 중요하다는 것이 김동인의 소설관인 셈이다. 그의 이러한 소설관은 곧 소설가에 대한 정의로까지 이어진다.

소설가(小說家)가 인생유괴자(人生誘拐者)라 하면 부랑자를 미워하는 사회가 왜 소설가(小說家)를 미워 안하오? 뭐 미워 안할 뿐만 아니라, 소설가(小說家)에 대하여 숭배와 존경의 념(念)까지 가지니 웬일이오?
이 위에 '단 소설가(小說家)'라 칭한 것은 참 예술가(藝術家)를 운(云)함이지 조선에 현금 유행하는 비저(卑低)한 통속소설가류(通俗小說家流)는 예외이

12 김동인, 「소설에 대한 조선 사람의 사상을」(『학지광』, 1918.1), 위의 책, 264면.

오. 소설가 즉 예술가요. 예술은 인생(人生)의 정신이요, 사상이요, 자기를 대상으로 한 참사랑이요. 사회개량(社會改良), 정신합일(精神合一)을 수행할 자이오. 쉽게 말하자면 예술은 개인 전체요, 참 예술가(藝術家)는 인령(人靈)이오. 참 문학적 작품은 신(神)의 섭(攝)이요, 성서(聖書)이오.[13]

김동인은 여기서 현재 조선에 유행하는 소설들을 비속하고 저급한 통속소설이라고 혹평한다. 그런 비저한 통속소설을 쓰는 인물들은 소설가의 대열에도 낄 수 없다는 것이 그의 주장인 셈이다. 김동인이 이 글에서 예술가를 곧 인령人靈이라 칭하고, 문학적 작품을 신의 섭攝이라 본 것은 문학이 지닌 창조성의 측면을 강조한 때문으로 해석할 수 있다. 현금 서양에서 유행하는 모든 사상, 즉 인도주의, 허무주의, 자연주의, 데카당주의, 개인주의, 사회주의, 낙관주의, 염세주의 등 이루 헤아릴 수 없는 모든 사상을 창조하고 지배하는 이들이 곧 문학자들이라는 그의 주장은 이러한 해석의 근거가 될 수 있다.

예술가를 곧 신에 버금가는 창조자로 보는 김동인의 생각은 1920년에 발표한 「자기의 창조한 세계」에 다시 집약되어 나타난다. 여기서 김동인은 "하느님의 지은 세계世界에 만족치 아니하고, 어떤 불완전不完全한 세계든 자기의 정력精力과 힘으로써 지어 놓은 뒤에야 처음으로 만족하는, 인생의 위대한 창조성에서 말미암아"[14] 생겨난 것이 예술이라고 주장한다. 예술의 참 뜻이 여기 있고, 예술의 귀함이 여기에 있다는 것이다. 예술의 참뜻에 대한 이러한 생각은 점차 '자기自己가 지배하는 자기自

13 위의 글. 265면.
14 김동인, 「자기의 창조한 세계」(『창조』, 1920.7), 위의 책, 267면.

ㄹ의 세계'가 예술이라는 주장과 이어지면서, 이른바 실제 인생과 예술을 분리시키는 유미주의적 이론의 기틀로 발전하게 된다. 작가는 참 인생과 관계없는 다른 인생을 소설 속에 만들 수 있고, 그 인생을 자유자재로, 인형 놀리는 사람이 인형을 놀리듯 손바닥 위에 올려놓고 놀릴 수 있다는 논리로 발전해 가는 것이다. 이는 계속해서, '작품의 조화調和된 정도를 말하는 것, 다시 말하면 작품에 예술적가치藝術的價値가 있느냐 없느냐를 말하는 것이 비평'[15]이라고 하는 그의 형식주의적 비평관으로 이어지게 된다.[16] 『창조』를 창간해 자아와 개성을 강조하며 1910년대 식 대중적 계몽주의를 반대하던 김동인의 문학활동의 바탕에는 이러한 문학관들이 자리잡고 있었던 것이다.[17]

2) 자아의 각성과 개성의 표출

1920년대 소설이 지니는 특색 가운데 하나는 자아自我의 각성과 개성個性의 표출이다. 그런데 이는 상당 부분 1910년대 단편소설이 거둔 성과에 바탕을 두고 발전해 나간 것이다. 1910년대 단편소설 가운데 현상윤의 「핍박」이나 양건식의 「슬픈모순」을 이른바 '근대완성형' 단편으로 분류했을 때, 그러한 분류의 바탕에는 등장인물의 개성 표출이라는 문제

---

15 김동인, 「비평에 대하여」(『창조』, 1921.5), 위의 책, 167면 참조.
16 김동인의 유미주의 내지 형식주의적 비평관에 대한 더욱 자세한 논의는 김영민, 「비평의 공정성과 범주·역할 논쟁」, 『한국근대문학비평사』, 소명출판, 1999, 13~37면 참조.
17 이 시기 문학관의 변화를 상세히 다룬 논문으로는 한금윤의 「1920년대 전반기 소설의 문학사적 특성 연구」를 들 수 있다. 한금윤은 1920년대 전반기 소설론의 방향을 '개성과 자아의 소설적 인식', '작가의 자율성 강조', '창작 지향적 소설론의 탐구' 등으로 나누어 정리한 후 그러한 문학관의 변화가 1920년대 소설사에 미친 영향을 구체적으로 논증했다. 한금윤, 「1920년대 전반기 소설의 문학사적 특성 연구」, 연세대 박사논문, 1996, 제2장 및 3장 참조.

가 중요한 요소로 자리잡고 있었다.[18]

고전소설이 판에 박힌 인물을 등장시켜 현실감을 떨어뜨린 것에 반해 근대소설은 개성적 인물의 창조를 통해 현실감을 강화시킨다. 그들 개성적 인물들은 각각 지니고 있는 자아의 고뇌를 드러내면서 그것을 통해 현실의 독자와 공감대를 형성해 간다. 이때 개성 있는 인물의 창조와 그 인물의 내면적 고뇌의 드러냄은, 실은 작가 자신이 지닌 개성적 삶에 대한 인식과 욕망의 표출이면서, 그러한 삶을 영위하는 데서 오는 고뇌에 대한 고백이기도 했다. 현진건의 작품 「빈처」에 등장하는 '나'와 염상섭의 「표본실의 청개구리」에 등장하는 '김창억', 김동인의 「감자」에 등장하는 '복녀', 그리고 전영택의 「화수분」에 등장하는 '화수분', 최서해의 「탈출기」에 등장하는 '박군', 나도향의 「벙어리 삼룡이」에 등장하는 '삼룡이' 등은 모두 1920년대 소설사가 탄생시킨 중요한 개성적 인물들이다. 이들은 각각 다른 방식으로 현실의 고뇌를 깊이 있게 반영한다.

1920년대 소설 연구에서 중요하게 다루어지는 자아와 개성의 문제는 소설 작품에서뿐만 아니라, 문학이론을 통해서도 살펴볼 여지가 있다. 앞에서 살펴본 김동인의 글 「자기의 창조한 세계」에서도 '자아'의 문제는 중요하다. 여기서 특기할 만한 것은, 김동인이 이 글에서 작가의 작품 창작 동기를 이른바 '자아주의自我主義'의 문제로 다룬다는 것이다. 김동인이 말하는 자아주의란 예술에 대한 인간의 집착과 표현의 욕구를 말한다. 다음의 인용문은 어떻게 해서 예술이 생겨나는가에 대한 김동인의 생각을 담고 있다.

---

18 김영민, 『한국근대소설사』, 솔출판사, 1997, 388~395면 참조.

이렇게, 예술(藝術)이 생겨날 필요(必要)는 있지만, '필요(必要)'뿐으로는 생겨나지 못한다. 여기는 생겨날만한 요소(要素)가 있어야 한다. 그러면 그 요소(要素)는 무엇이냐, 아무사람에게게 가득차 있는 에고이즘 ― 즉, 자아주의(自我主義) 이것이다. 극도(極度)의 에고이즘이 한 번 변화(變化)한 것이, 참사랑 ― 자기 있고야 나는 참사랑이다. 이것 ― 이 사랑이, 예술(藝術)의 어머니다면 어머니랄 수도 있고, 태(殆)라면 태(殆)랄 수도 있다. 자기(自己)를 대상(對象)으로 한 참사랑이 없으면 자기(自己)를 위(爲)하여의 자기(自己)의 세계(世界)인 예술(藝術)을 창조(創造)할 수 없다.[19]

김동인이 여기서 거듭 강조하는 것은 자아 표현, 즉 자기 표현물로서의 예술의 중요성이다. 이때 김동인에게 중요한 것은 조물주에 의해 창조되어 이미 존재하는 대상세계對象世界가 아니라, 그 세계 속에서 인간이 자기를 표현하고 싶은 욕구이다. 그 자아 표현의 욕구가 바로 예술 창조의 동기가 된다는 것이다.

자아에 대한 각성과 개성에 대한 존중은 동시대의 소설가 염상섭에게도 매우 중요한 것이었다. 그는 1920년대 초반에 발표한 대표적 평론 가운데 하나인 「개성個性과 예술藝術」에서, 근대문명의 모든 정신적 수확물 가운데 가장 본질적이며 중대한 의의를 가진 것은 아마도 '자아自我의 각성覺醒 및 회복恢復'이 될 것이라고 전제한다. 자아의 각성 및 회복은 근대 이후 부각된 개인주의적 성향과도 연관된다. 그러나 근대인에게 개인주의적 성향이 농후한 것은 사실이지만 그것이 곧 이기주의와 혼동되어서는 안 된다. 근대의 개인주의는 그보다는 권위주의權威主義에 대한 부인否認

---

19 김동인, 「자기의 창조한 세계」, 『김동인전집』 6, 삼중당, 1976, 267면.

혹은 우상타파의 자기 각성에 그 출발점이 있다는 것이 염상섭의 판단이다. 이는 자아 각성의 문제를 개인적 욕망이라는 차원의 문제로 이해하려고 하는 김동인의 판단과는 크게 구별되는 것이기도 하다. 염상섭은 자아 각성과 개성의 문제에 대해 다음과 같이 언급한다.

> 그러하면 자아(自我)의 각성(覺醒)이니, 자아(自我)의 존엄(尊嚴)이니 하는 것은, 무엇을 의미(意味)함인가. 이를 약언(略言)하면, 곧 인간성(人間性)의 각성(覺醒), 또는 해방(解放)이며, 인간성(人間性)의 위대(偉大)를 발견하였다는 의미(意味)이다. 따라서 일반적(一般的) 의미(意味)를 떠나, 개인(個人)에 취(就)하야 일층(一層) 심각(深刻)히 고찰(考察)할 지경(地境)이면, 개성(個性)의 자각(自覺), 개성(個性)의 존엄(尊嚴)을 의미(意味)함이라고도 할 수 있는 것이다. 다시 말하면, 근대인(近代人)의 자아(自我)의 발견(發見)이라는 것은, 일반적(一般的) 의미(意味)로는 인간성(人間性)의 자각(自覺)인 동시(同時)에, 개개인(個個人)에 취(就)하야 고찰(考察)하면, 개성(個性)의 발견(發見)이요, 고조(高調)요, 굿센 주장(主張)이며, 새로운 가치(價值) 부여(賦與)라 하겠다.[20]

근대인은 자아에 대한 각성을 통해 개성을 발견하고 그것을 확립시킨다. 그렇다면 개성의 본질은 무엇인가? 이에 대해 염상섭은 '개개인이 품부稟賦한 독이적獨異的 생명生命'이라고 말한다. 즉 한 인간이 선천적으로 타고난 독자적 특질이 개성이며, 따라서 그 '독이적獨異的 생명生命'이 흘러나오는 것이 곧 '개성의 표출'이 된다는 것이다. 자아의 각성은 일반적

---

20 염상섭, 「개성과 예술」, 『개벽』, 1922.4, 4면.

인간성人間性의 각성인 동시에 독이적獨異的 개성의 발견이기도 하다. 그런 점에서 개성의 표현은 곧 생명의 표현이라 할 수 있고, 개성이 없는 곳에는 생명도 없는 것이 된다.

모든 이상理想과 가치價値의 본체라 할 수 있는 진眞·선善·미美는 모두 개성에서 나온다. 예술의 영역에 속하는 미美와 개성 사이에는 구체적으로 어떤 관계가 있는가? 일반적으로 미는 쾌감을 주는 대상의 상징이라고 생각하지만, 그것을 뛰어넘는 또 다른 중요한 측면이 있다. 예술미藝術美가 예술미로서 가치가 있는 까닭은 그것이 쾌락적 아름다움을 넘어선 본질적 아름다움을 지니고 있기 때문이다. 그 본질적 아름다움의 의미는 '불같은 생명이 끊임없이 타오르는 초점에서, 번쩍이며 뛰노는 영혼 그 자신을 불어넣는 것이 곧 예술의 본질'이라고 하는 염상섭의 예술관 속에 담겨 있다. 이러한 염상섭의 예술관은 다시 "예술미藝術美는, 작자作者의 개성個性, 다시 말하면, 작자作者의 독이적獨異的 생명生命을 통通하야 투시透視한 창조적創造的 직관直觀의 세계世界요, 그것을 투영投影한 것이 예술적藝術的 표현表現"[21]이라고 하는 결론으로 이어진다. 예술의 생명은 개성에 있고, 예술가의 창작 작업의 핵심은 작가의 개성을 표현하는 일이라는 것이 염상섭의 결론적 주장인 것이다.

이렇게 본다면 1920년대 소설사에서 중요시하는 개념들인 '자아'와 '개성', 그리고 여기서 파생되는 '자아의 각성과 개성의 표출'이라고 하는 문제는 단순히 작품 속 인물들의 분석에만 한정된 것이 아님을 분명히 알 수 있다. 이는 1920년대에 활동한 작가 자신들의 창작 동기와도 직접적으로 연관된 문제였다. 달리 말해, 1920년대 작가들은 작품을 통

---

21 위의 글.

해 작중 인물들의 자아를 탐구하고 작중 인물들의 개성을 드러내는 일에 적지 않은 관심을 가졌을 뿐만 아니라, 그러한 소설 창작 과정이 곧 작가 자신들의 자아를 드러내려는 욕망의 소산이며, 인간성의 구현 과정이며, 작가적 개성의 표출 과정이라는 생각 역시 함께 지니고 있었던 것이다.[22]

3) 문체의 변화와 서술 주체의 확립

김동인은 이광수의 소설 「무정」이 거둔 성과에 대해 "아직 그 문장에 있어서는 기미년己未年 『창조創造』 잡지가 나타나서 구투舊套를 일소하기까지는 그래도 '이러라' '이로다' '하더라' '하노라'의 투가 많이 남아서 「무정」에 있어서도, 그 예例를 벗어나지 못하였지만, 조선朝鮮 구어체口語體로써 이만치 긴 글을 썼다 하는 것은 조선문朝鮮文 발달사發達史에 있어서도 특필할 만한 가치가 있다"[23]고 평가한다. '이광수의 문학적 공죄功罪에 대해서는 차차 논하겠지만, 이 한 작품이 거둔 성과만으로도 춘원의 이름을 조선 신문학사新文學史에서 지울 수 없다'는 것이 김동인의 언급이었던 것이다. 그러나 김동인의 이러한 언급의 속뜻은 「무정」이 거둔 문학적 성과의 인정에 있는 것이 아니다. 그보다는 조선 신문학 발달사에서 매우 중요한 근대적 문체의 완성이, 자신이 발간한 『창조』의 출현과 함께

---

22 김동인의 경우는 작가의 자아표출과 개성적 표현을 강조하면서 그것을 실제 인생과는 분리된 유미주의적 예술관의 문제와 연관지어 정리했다. 하지만, 염상섭의 경우는 자아와 개성의 문제를 중시하면서도 그것을 점차 사회성의 문제와 연관지어 발전시켜 나간다. 이 점에서 염상섭과 김동인의 문학관은 구별된다. 하지만, 김동인과 염상섭은 그렇게 적지 않은 문학관의 차이를 보이게 됨에도 불구하고, 1920년대의 벽두에서 모두가 자아와 개성의 문제를 함께 중시했다. 염상섭과 김동인의 문학관의 차이에 대한 더욱 자세한 정리는 『한국근대문학비평사』의 제1장 「비평의 공정성과 범주·역할 논쟁」 참조.
23 김동인, 「춘원연구」, 『김동인전집』 6, 삼중당, 1976, 96면.

이루어 졌다는 사실을 주장하려는 데 있었다. 단지 그 중간 과정을 이광 수의 「무정」이 맡아했다는 것이다.

김동인은 「조선근대소설고朝鮮近代小說考」에서도 1910년대 후반 이후 자신이 거둔 소설사적 업적을 정리하면서 그 대부분을 문체론으로 집중시키고 있다. 그만큼 문체에 대한 김동인의 관심은 큰 것이었다. 그는 조선 근대문학의 출발기에 자신이 지녔던 고민을 다음과 같은 말로 정리한다.

첫째, 문체(文體)였다. 구어체(口語體) 사용은 물론이었지만 그 구어체(口語體)의 정도는? (…중략…) 당시의 춘원(春園)의 작품은 구어체(口語體)라 하여도 아직 많은 문어체(文語體)의 흔적이 있었다. '이더라' '이라' '하는데' '말삼' 등을 그의 작품 도처에서 볼 수 있었다. 이러한 불철저한 것은 모두 배척하지 않을 수가 없었다. He와 She도 조선말에 없는 바였다. 춘원(春園)의 작에 '그'라고 한 곳이 두세 군데 있기는 하지만 보편적으로 사용치 못하였다. 춘원(春園)은 지금의 '그'라고 쓸 곳에 대개 이름(고유명사)으로 하여버렸다. He와 She를 모두 다 '그'라고 보편적으로 사용하여 버린 때의 용기는 지금 생각하여도 장쾌하였다. (…중략…) 육당(六堂)이 시작하여 춘원(春園)이 (불철저하나마) 노력하던 길은 우리의 손으로 마침내 완성되었다. 아직 많이 남아있던 문어체(文語體) 문장은 우리의 손으로 마침내 완전히 구어체(口語體)로 변하였다. (…중략…) 불완전한 구어체(口語體)에서 철저적 구어체로─동시에 가장 귀하고 우리가 가장 자랑하고 싶은 것은 서사문체(敍事文體)에 대한 일대 개혁이다. (…중략…) 이러한 말은 '한다' '이라' '─이다' 등의 현재법(現在法) 서사체(敍事體)는 근대인의 날카로운 심리와 정서를 표현할 수 없는 바를 깨달았다. 현재법을 사용하면 주체(主體)와 객체(客體)의 구별이 명료치

못함을 깨달았다. 우리는 감연히 이를 배척하였다.[24]

김동인이 『창조』를 통해 발표한 「약한 자의 슬픔」에는 그의 말대로 좀더 철저한 구어체와 함께 새로운 서사문체인 과거형 종결어미가 주로 사용된다. 문체 확인을 위해 작품의 서두 부분을 발표 당시 원문대로 인용하면 다음과 같다.

家庭教師 姜엘리자벳드는 가르침을 끗내인 다음에 自己 방으로 도라왔다. 도라오기는 하엿지만 이잿것 快活한 兒孩들과 마조 유쾌히 지난 그는 씸씸하고 갑갑한 自己 방에 도라와서는 無限한 寂寞을 쎄다랏다.

"오늘은 왜 이리 갑갑한고? 마음이 왜 이리 두근거리는고? 마치 이 世上에 나 혼자 나마잇는것갓군. 엇지할소 ―어대갈까. 말까. ―아. 혜슉이안테나 가보자. 이즘음 몃칠 가보지도 못하엿는데" 그의 머리에 이 생각이 나자, 그는 갓다나 갑갑하엿든거시 더 甚하여지고 아모래도 혜슉이 가보여야 될 것 가치 생각된다.

"아모래도 가보여야겟다" 그는 중얼거리고 外出衣를 가라니벗다. "갈까? 그만둘까?" 그는 생각이 定키 前에 門밧게 나섯다.[25]

여기에서는 분명히 '―도라왓다(돌아왔다)', '―(쎄다랏다)깨달았다', '―생각된다' 등의 일관된 과거형 어미 처리를 볼 수 있다. 이러한 과거형 어미는 우연의 산물이 아니라 작가 김동인의 문체 변화 시도라는 계획 속에

---

24 김동인, 「조선근대소설고」(『조선일보』, 1929.7.28~8.16), 『김동인전집』 6, 삼중당, 1976, 155~156면.
25 김동인, 「약한 자의 슬픔」, 『창조』, 1919.2, 53면.

서 의도적으로 등장했던 것이다.

김동인은 이광수가 시도하던 구어체 언문일치의 문장을 정착시키는 데 기여했으며, 다양한 시제의 종결어미를 의도적으로 구사함으로써 문장의 현실감을 높이고, 서술의 주체와 객체에 대한 구별을 명료히 하려고 노력했다. 이와 더불어 김동인의 작품 「감자」에서 등장하는 평안도 사투리의 구사 역시 그가 이룩한 중요한 소설사적 성과의 하나로 꼽힌다. 이광수가 「무정」의 무대를 평양으로 설정하고도 인물들의 대사를 이른바 표준어로[26] 처리한 것에 반해 김동인은 「배따라기」, 「감자」 등에서 등장인물에게 평안도 지방의 언어를 사용하게 한다.[27]

서술의 주체와 객체에 대한 구별 및 서술 주체의 확립의 중요성에 대한 생각은 김동인의 「소설작법」에도 잘 드러나 있다. 「소설작법」 속의 '문체론'은, 실제로는 문체론과 시점론視點論을 복합적으로 섞어 다룬 글이다. 김동인은 여기서 문체를 일원묘사체一元描寫體, 다원묘사체多元描寫體, 순객관적묘사체純客觀的描寫體의 세 종류로 나누어 설명한다. 일원묘사체란 작품 속 주요 인물의 눈을 통해서만 사건과 사물을 그리는 방식을 말한다. 이때 작품 속 주요인물을 일인칭으로 처리하건 삼인칭으로 처리하건 그것이 문제가 되지는 않는다. 삼인칭 일원묘사체의 작품의 예가 김동인의 「마음이 옅은 자여」라면, 일인칭 일원묘사체의 작품의 예로는 전영택의 「화수분」을 들 수 있다. 일원묘사체의 경우 주인공이 하나가 아니라

---

26 이광수가 「무정」에 사용한 언어는 엄밀한 의미에서 표준어라기보다는 당시 서울·경기 지방의 언어라고 해야 할 것이다. 표준어가 공식적으로 정해진 것은 이보다 훨씬 뒤인 1933년 조선어학회에서 한글맞춤법 통일안을 제정하면서부터이다.

27 김동인의 소설에 나타난 문체적 특징 가운데 사투리의 구사가 지니는 의미에 대해서는 김우종, 『한국현대소설사』, 성문각, 1982, 127~128면 참조. 김우종은 이것이야말로 김동인이 남긴 근대적 문장운동의 공적이 될 것이라고 평한다. 반면 김우종은, 김동인 자신이 내세웠던 다른 문체론적 공적들에 대해서는 그것이 이광수보다 특별히 우월할 것이 없다고 비판한다.

둘 이상일 경우도 생기는데, 이러한 경우의 예가 되는 것이 현진건의 「지새는 안개」라는 것이 김동인의 설명이다. 다원묘사체는 작가가 때와 장소를 가리지 않고 작중 인물 누구에게나 묘사描寫의 필치를 가할 수 있는 문체이다. 여기에서는 작중인물의 행동뿐만 아니라 심리에 대한 묘사 역시 가능하다. 이를 잘 활용하는 작가가 염상섭과 나도향인데, 염상섭의 「해바라기」와 나도향의 「계집하인」이 그 예로 적합하다. 순객관묘사체란 작가가 중립의 위치에 서서 작중인물의 행동만을 묘사하는 방식을 말한다. 여기서 작가는 등장인물의 심리에 대해 직접 설명하지 않으며 단지 인물의 행동 묘사를 통해 독자가 그의 심리를 알 수 있도록 해야 한다. 김동인은 여기서 각각의 서술 방식이 장점과 단점을 지니고 있으므로, 소설을 쓰려는 사람이 자신에게 맞는 방식을 찾아 창작해 나갈 것을 권유한다.[28]

「소설작법」에 나타난 이러한 다양한 문체와 시점에 관한 정리는, 결국 작가가 어떠한 위치에 서서 대상의 어떠한 측면을 그려내는가에 대한 우리문학사 최초의 구체적 진술이라 할 수 있다.[29] 그가 시도했던 서술 주체와 객체 사이의 구분 역시 단순히 과거형 종결어미의 사용을 통해서 가능해진 것이 아니라, 그의 문체론이 시점론과 결합하면서 가능해진 것이라 보는 것이 타당하다.[30] 김동인은 이러한 이론을 동시대 작가들의 작

---

28 김동인, 「소설작법」(『조선문단』, 1925.4~7), 『김동인전집』 6, 삼중당, 1976, 211~222면 참조.
29 김윤식·정호웅은 김동인의 소설론 가운데 크게 주목해야 할 것 가운데 하나로 시점론을 들고 있다. 김동인이 말하는 '참문예'를 이해하기 위해서는 시점에 대한 정리와 실천을 주목할 필요가 있다는 것이다. 김윤식·정호웅, 『한국소설사』, 예하, 1993, 86~88면 참조.
30 이재선은 전대소설(前代小說)과 근대소설 사이의 중요한 차이점의 하나로 '전지적(全知的) 주권적(主權的) 서술자(敍述者)의 후퇴 현상'을 꼽는다. 시점에 대한 인식 변화가 근대소설의 중요한 특색이 된다는 것이다. 원문을 인용하면 다음과 같다. "또 전대소설(前代小說)은 형태적인 질서 원리에서 보아도, 주로 삼인칭 소설이 우세하다. 따라서 선택과 평가 및 수시(隨時)적인 논평(論評)의 참여, 그리고 독자를 직접 끌어들이는 서술자를 갖게 되는데, 열전(列傳)이나 전기(傳記)도 이에 긴접(緊接)한 한 형태라고 할 것이다. (…중략…) 이런 서술 태도나 서술 상황은 근대소설(近代小說)로 넘어오면서부터는 서술자가 우선 먼저 보이지 않게 물러서 버린 객관적 및 제한적

품 특징을 정리해내는 일에 적용시켰을 뿐만 아니라, 자신의 소설 창작에도 여러 가지 방식으로 활용했다.

문체와 시점에 대한 이론적 정립과 창작 과정에서의 활용, 달리 말하면 근대적 문체의 완성과 서술 주체의 확립이 가능해지는 일 역시 1920년대 소설사가 이룩해낸 중요한 성과였던 것이다.

4) 리얼리즘 개념의 확립과 그 작품화

리얼리즘의 기법과 정신이 근대소설의 중요한 근간을 이루는 요소라고 하는 사실은 동서양 소설사 모두에 적용된다. 한국 근대소설의 경우에도 그것은 매우 중요한 핵심적 요소 가운데 하나가 아닐 수 없다.

한국소설사에서 근대성과 연관된 리얼리즘의 문제가 본격적인 관심의 대상으로 떠오르기 시작한 것은 1920년대부터이다. 1910년대를 이른바 한국 근대 리얼리즘 소설의 맹아기라 한다면,[31] 1920년대는 그것이 굳게 뿌리를 내린 시기라고 볼 수 있다.[32]

삼인칭 형태 내지 객관소설의 형태로 변이됨을 볼 수 있다. 즉 독자에게 일루전을 개방함으로써 사건의 현장에서 독자가 직접 스스로 인지하게 하거나 주인공의 눈으로써 표상된 세계를 보게 함으로써 마치 서술자가 없는 듯이 다루는 태도다."(이재선, 『한국현대소설사』, 홍성사, 1979, 27면)

31 한국 근대소설사 연구에서 1910년대 문학을 논의하면서 리얼리즘의 맹아 문제를 중시한 연구물로는 김복순과 양문규의 책을 들 수 있다. 김복순은 1910년대 신지식층 소설의 문제를 다룰 때 가장 중요한 두 개의 축을 '민족문학적 전망의 확립'과 '리얼리즘의 문제'라고 보고 있다. 김복순, 『1910년대 한국문학과 근대성』, 소명출판, 1999, 248면 참조. 양문규 역시 '1910년대 소설이 일정한 진행 과정을 거쳐 근대적 사실주의 소설로 가는 도정에 놓이는 문학사 발전의 합법칙적 과정'에 대해 관심을 기울인다. 양문규, 『한국 근대소설사 연구』, 국학자료원, 1994, 252면 참조. 북한에서 출간된 문학사 연구에 관한 여러 저작물들이 특별히 1910년대 소설사를 중시하는 이유도, 이 시기에 이미 비판적 리얼리즘의 성격을 띠는 작품들이 다수 존재한다고 보았기 때문이다.

32 1920년대 소설의 리얼리즘이라는 문제에 초점을 맞춘 연구로는 윤홍로의 『한국 근대소설 연구』(일조각, 1980) 및 김현숙, 「1920년대 리얼리즘 소설 연구」(동국대 박사논문, 1991) 등이 있다. 한편 임규찬은 1920년대 소설을 다루면서 염상섭·현진건·나도향의 소설은 자연주의 문학 경향으로, 최서해와 이기영의 소설은 리얼리즘 문학 경향으로 보고 있다. 임규찬, 『한국 근대소설의 이념과 체계』(태학사, 1998) 등 참조.

김태준이 1920년대 문학을 정리하면서 염상섭과 현진건을 중요한 작가로 인정하게된 근본적 이유는 리얼리즘의 구현이라는 측면에 있었다. 그는 염상섭에게 "종래從來의 작품作品이 점점 '리아리스틱'한 맛이 많고 작자作者의 보조步調가 그만큼 사실주의寫實主義와 접근接近하여졌다"[33]는 평가를 내린다. 현진건에 대해서도 "씨는 사실주의寫實主義를 대성大成하여 묘사描寫나 '플롯'이나 어느 점點을 들어 험할 곳이 없다. …… 리아리즘을 걸어온 자취가 판연判然하다. 묘사描寫의 핍진逼盡한 것과 행문行文의 미묘美妙한 것은 당시當時 조선朝鮮의 독보獨步라고 하겠다"[34]고 평가한다.

김태준이 지적한대로, 한국소설사에서 리얼리즘의 개념이 확립되고 그것의 소설화가 성공적으로 이루어진 것은 염상섭과 현진건에 이르러서부터이다. 1920년대 이전에도 사실주의 혹은 자연주의 문학에[35] 대한

---

33 김태준, 『증보 조선소설사』, 한길사, 1990, 260면.

34 위의 책. 한편, 임화는 김태준과 달리 1920년대 문학의 근대적 특성을 '사실주의'가 아닌 '자연주의'라는 용어를 사용해 정리했다. 임화는 자연주의라는 것은 문학에서 역사·사회에 대한 전체적 관심이 수축되고 개성의 자율이라는 것이 당면 과제가 된 시대의 양식이라고 정리한다. 그런 점에서 자연주의는 곧 소시민적 문학이라는 것이다. 조선사회의 반봉건성(半封建性)은 '객관적인 대규모의 사실주의보다 주관적인 좁은 자연주의'를 선택하도록 만든다. 대규모의 사실주의가 선행하지 못하고 자연주의의 수입과 더불어 근대소설이 탄생한 것은 일본의 경우도 마찬가지인데, 이는 동양적 후진성을 반영한 것이기도 하다는 것이 임화의 판단이다. 하지만 그럼에도 불구하고 임화는 '자연주의의 수입'이야말로 조선 현대소설을 '신소설'의 영향에서 완전히 분리시키는 요소가 된다고 생각한다. 자연주의의 발현이야말로 '신소설'과 조선 현대소설을 구별짓게 하는 본질적 요소라는 것이다. 그런데 임화가 1920년대 작가와 작품을 분석하면서 구체적으로 사용하는 자연주의라는 용어는 앞에서 김태준이 사용하던 리얼리즘이나 사실주의라는 용어와 실제로는 크게 구별되지 않는다. '기술적인 의미에서 자연주의를 일보 앞서게 한 작가는 동인보다도 빙허 현진건'이라거나, '자연주의 시대의 왕도를 수립하고 조선소설사상 찬연한 지위를 점하고 있는 작가는 염상섭'이라거나, '최서해·이기영 등의 작가에 있어선 분명히 동인으로부터 상섭에 이르는 조선 자연주의의 영향이 압도적이었다'는 표현에서 자연주의를 사실주의 혹은 리얼리즘으로 바꾸어놓아도 논지가 별반 훼손되지는 않는다. 임화, 「소설문학의 20년」(『동아일보』, 1940.4.12~20), 임규찬·한진일 편, 『임화 신문학사』, 한길사, 1993, 392~393면 참조.

35 자연주의와 사실주의는 사실상 명백히 구별되기 어렵다. 이는 세계문예사조사의 흐름 속에서도 그러하지만 한국문학사에서는 더욱 그러하다. 그런 점에서 염상섭이 다루는 자연주의론 역시 크게 보면 사실주의론 속으로 포괄될 수 있다. 이 문제와 관련하여, 장사선은 자연주의를 리얼리즘의 종개념으로 파악하는 입장을 취한다. 그는 루카치 등의 견해를 들어 자연주의와 자연주의적 리얼리즘을 동일한 것으로 보면서, 자연주의적 리얼리즘이 '무지향(無指向)·무이념(無理念)의 방관자(傍觀者)'라는 이유로 인해 격렬히 비판받았다고 정리한다. 자연주의와 리얼리즘의 관계 및 한국문학사에서의 이 용어의 정착 과정 등에 관한 논의는 장사선의 『한국 리얼리즘 문학론』(새문사, 1988)을 참조할 수 있다. 조진기, 『한국근대 리얼리즘소설 연구』(새문사, 1989) 및 김현숙의 「1920년대 리얼리즘 소설 연구」에서도 이 문제가 중요하게 다루어지고 있다. 한편, 나병철은 1920년대와 30년대 한국소설을 예로 들면서, 자연주의와 리얼리즘을 다음과 같이 구별해 정리한다. '자연주의가 전망을 상실한 비관주의라면 리얼리즘은 현실 모순을 내면적으로 비판함으로써 전망을 획득한다. 자연주의는 인간이 현실에 패배하는 환경결정론적

이론적 논의나 작품화 시도가 없었던 것은 아니지만, 이 시기만큼 개념이 명확히 정리되거나 그것이 작품으로 구현된 것은 아니었다.

염상섭은 근대인의 자아각성이 곧 개성의 자각을 가져온다는 사실을 논의하면서, 그것이 이상주의理想主義와 낭만주의浪漫主義를 거부하고 자연주의自然主義로 귀결되는 과정에 대해 관심을 갖는다. 자연주의는 먼저 현실 세계를 현실 그대로 보려는 근대적 노력의 소산이다. 중세의 모든 억압과 환상으로부터 벗어나, 현실의 어두운 면까지 있는 그대로 보려는 관점의 변화가 자연주의를 발생시켰다는 것이다. 이러한 자연주의의 발생에는 자연과학自然科學의 발달 역시 중요한 역할을 했다. 그는 자연주의의 핵심을 "현실現實 폭로暴露의 비애悲哀, 환멸幻滅의 애수哀愁, 또는 인생人生의 암흑暗黑 추악醜惡한 일반면一反面으로 여실如實히 묘사描寫함으로써, 인생人生의 진상眞相은 이러하다는 것을 표현表現하기 위爲하여, 이상주의理想主義 혹은 낭만파문학浪漫派文學에 대對한 반동적反動的으로 일어난 수단手段"으로 파악한다.[36]

리얼리즘에 대한 염상섭의 인식은 「문학상의 집단의식과 개인의식」 속에 잘 나타나 있다. 문학활동에서의 집단과 개인의 관계에 대한 논의를 중심으로 한 이 글에서 염상섭은 리얼리즘에 대해 다음과 같이 언급한다.

사실주의(寫實主義) ─ 과학(科學)의 세례(洗禮)를 받은 우리의 도달(到達)한 표현(表現) 수단(手段)이 이것이다. 장래(將來)의 일은 모른다. 그러나 문

태도를 취하지만 리얼리즘은 인물과 환경 사이의 역동적 상호 작용을 중시하며 열려진 플롯을 제시한다. 자연주의는 세부묘사에 집착하며 현실의 표면을 반영하지만 리얼리즘은 서사적 구성을 통해 현실의 본질을 반영한다.'(나병철, 「자연주의와 리얼리즘」, 『소설의 이해』, 문예출판사, 1998, 255~261면 참조) 이러한 정리는, 자연주의와 리얼리즘이 완전히 구별되는 것은 아니지만 일정한 차이점을 지닌다는 사실을 인식하는데 도움을 준다.

36 염상섭, 「개성과 예술」, 『개벽』, 1922.4, 3면.

예사조(文藝思潮)의 어떠한 유파(流派)를 막론하고 우리는 '리얼리즘'을 놓고는 다시 수단(手段)이 없다. 생활(生活)의 '진(眞)'을 가리움 없이 속임없이 표현(表現)하는 것이 문예도(文藝道)의 영원한 철칙(鐵則)이라 할진대 우리는 여기(리얼리즘)에 굳건한 토대(土臺)를 가질 것이다. 그러나 그 '진(眞)'은 작가(作家)의 눈을 통(通)하여 본 '진(眞)'이다. 작가(作家)의 눈이란 작가(作家)의 주관(主觀)이다. 사실주의(寫實主義)는 주관주의(主觀主義)가 아니다. 그러나 순전(純全)한 객관주의(客觀主義)도 아니다. 주(主)와 객(客)을 분열적(分裂的)으로 보는 것이 아니라 객(客)을 주(主)에 걸러서 보는 것이 사실주의(寫實主義)다. 만일(萬一) 사실주의(寫實主義)는 어디까지든지 객관(客觀)에 충실(忠實)한 것이어야 한다 하면 나는 취(取)치 않는 바이다. 객(客)과 주(主)가 혼연(渾然)히 일체(一體)가 되는 데에 묘미(妙味)가 있는 것이요 생명(生命)이 약여(躍如)하고 발랄(潑剌)한 개성이 활동하는 것이다.[37]

이 글에서 염상섭은 사실주의가 주관주의가 아님은 분명하지만, 그렇다고 해서 순수한 객관주의만도 아니라는 것을 거듭 강조한다. 주관이 빠져버린 객관은 건조하다. 객관에 고착하여 주관을 몰각시킨 사실주의는 개성이 사라진 예술, 생명이 없는 예술을 낳게 될 뿐이라는 것이 염상섭의 생각이다. 그리하여 염상섭은 대상, 즉 객체의 내부에서 자기의 개성이 활약함으로써 대상을 생명화할 수 있다고 본다. 그리고 그것이 다시 자기의 심경을 객관화함으로써 대상과 주체가 합치되는 생동감 있는 작품을 낳을 수 있다고 주장한다. 주관과 객관의 융합, 자기 생명 즉 자기 개성과 객체와의 합체가 진정한 리얼리즘 작품을 낳는 관건이 된다는 것

---

37 염상섭, 「문학상의 집단의식과 개인의식」, 『문예공론』, 1929.5, 9~10면.

이다.[38] 염상섭은 이러한 생각을 바탕으로 「만세전」과 같은 1920년대의 대표적 리얼리즘 계열의 소설들과,[39] 「삼대」와 같은 1930년대의 기념비적 작품을 남길 수 있었던 것이다.

현진건의 경우는 이론보다는 구체적 작품활동을 통해 리얼리즘의 기법과 정신을 보여준 작가였다. 현진건의 리얼리즘은 「빈처」·「타락자」·「술 권하는 사회」·「운수 좋은 날」·「고향」 등 여러 작품들을 통해 극명하게 드러난다. 그의 리얼리즘은 개인의식에서 출발해 사회·역사의식으로 발전해 간 것이었다. 「빈처」에 나타난 소설가 지망생 '나'의 삶은 일제하 지식인이 겪는 갈등과 고뇌를 잘 드러낸다. 이 작품은 한 지식인의 일상적 삶을 통해 사회생활의 여러 국면을 사실적으로 드러낼 뿐만 아니라, 시대적 전형성을 띤 인물들을 성공적으로 형상화하고 있다. 「타락자」와 「술 권하는 사회」는 개인적 삶의 실패 원인을 당대 사회 속에서 찾고 있다는 점에서, 즉 개인의 삶과 사회 구조 사이의 유기적 관계를 중시했다는 점에서 관심의 대상이 된다. 「운수 좋은 날」과 「고향」은 소외된 계층의 문제를 다룬 작품들이다. 이 작품들은 소외된 개인과 일제의 경제 수탈이라는 문제를 하나의 고리로 엮어 생생하게 그려내면서, 당시대가 안고 있는 현실 문제의 본질이 무엇인가를 깊이 있게 파고들어 갔다는 점에서 주목할 만한 것이다.

이밖에 1920년대 리얼리즘 개념의 확립과 그 작품화 과정에 대하여

---

38 리얼리즘에 대한 염상섭의 이러한 생각은 리얼리즘론 자체로만 이해하기보다는, 개인의식과 집단의식의 관계에 토대를 둔 그의 예술론 일반과 연관지어 이해할 때 더욱 분명해진다. 염상섭의 문학관에 대한 상세한 논의는 『한국 근대문학비평사』의 제6장, 「국민문학·계급문학·절충파문학논쟁」 참조.

39 최유찬은 내용과 형식 양 측면을 고려할 때 염상섭의 「만세전」에 이르러서야 우리문학의 리얼리즘이 근대문학에서 요구하는 일정한 수준을 달성했다고 평가한다. 이 시기를 전후해서 최서해의 소설과 경향소설이 나타난 것도 리얼리즘의 시대를 1920년대로 보는 견해의 타당성을 입증해 준다는 것이다. 최유찬, 『문예사조의 이해』, 실천문학사, 1995, 232면 참조.

논할 때, 프로문학 진영에서 거둔 성과 역시 간과할 수 없다. 프로문학에서 리얼리즘 문학의 필요성에 대해 본격적인 문제를 제기한 이론가는 김기진이었다. 그는 '프롤레타리아 작가는 리얼리즘의 작가이어야 한다'고 주장하면서, 다음과 같이 제안한다.

'프롤레타리아·리얼리스트'는 여기까지 객관적(客觀的)·역사적(歷史的) 사실(事實)에 대(對)한 정확(正確)한 파악(把握)이 있어야 한다. 즉(卽) 우리는 한 개의 사물(事物)을 전체(全體)의 중(中)에서, 발전(發展)의 상(相)에서, 불가분(不可分)의 관계(關係)에서 파악하고 묘사(描寫)하지 않으면 안된다. 프롤레타리아의 철학인 변증적(辨證的) 방법은 창작상(創作上)에도 활용(活用)되지 않으면 안된다.[40]

김기진은 종래의 리얼리스트는 현실을 객관적·현실적·실재적·구체적으로 관찰하려 하였지만 그들의 부르조아적 또는 소부르조아적 계급적 입각지로 말미암아 그것이 비사회적·비전체적·개인적·국한적 관찰에 지나지 못했다고 비판하면서 프로작가가 취해야 할 리얼리즘에 대한 논의를 전개한다. 그의 이러한 제안의 종합이 결국 '변증적 리얼리즘론'이 되는 것이다. 김기진의 이러한 제안은, 한편으로는 염상섭의 비판을 받으며 「사실주의 문제」와 같은 글로 이어지고, 다른 한편으로는 1930년대 프로문학계의 본격적인 리얼리즘론 및 창작방법론의 토대가 된다는 점에서 적지 않은 문학사적 의미를 갖는다.[41] 김기진은 프로문학 진영

---

40 김기진, 「변증적 사실주의」, 『동아일보』, 1929.3.5.
41 이후 이론의 구체적 전개 과정에 대해서는 김영민, 『한국 근대문학 비평사』의 제5장 「볼셰비키 이론의 대두와 문학대중화 논쟁」 참조.

의 소설가들이었던 이기영과 최서해를 향해서, 그들의 작품이 현실적 태도를 보인다는 점에서는 리얼리즘에 가깝지만 아직은 로맨틱한 요소가 많다고 비판한다.

1920년대 소설사에서 최서해가 거둔 성과 역시 결코 적지 않다. 그는 「탈출기」 ·「기아와 살육」·「박돌의 죽음」·「홍염」·「큰물진 뒤」 등 1920년대 중반에 집중적으로 발표한 단편소설들을 통해 빈곤과 소외의 문제를 현실감 있게 그려내는 데 성공했다. 최서해는 그 자신의 개인 체험을 사회 속 소외된 인물 집단의 문제로 확대해 작품화했다. 이기영의 경우는 「쥐 이야기」와 「민촌」 등 빈곤의 문제를 다루는 단편소설들을 창작했다. 이러한 작품들의 창작체험은 뒷날 장편소설 「고향」의 토대가 되어 1930년대 리얼리즘 문학의 지평을 크게 확대시켜 나가는 계기로 작용한다.

5) 창작 방법의 다양화와 갈등 구조의 적극적 활용

1920년대 소설이 거둔 중요한 성과 가운데 하나는 작가들에 따라 창작 방법이 다양화된다는 점이다. 1920년대 소설의 창작 방법 다양화의 한 예로 제시할 수 있는 것이 바로 갈등 구조의 적극적 활용이다. 이러한 갈등 구조의 적극적 활용은 그를 통해 주제를 깊이 있게 드러낼 뿐만 아니라, 동시에 인물의 내면세계를 탐구해 들어가는 데 효과적이었다.[42]

---

42 그런 점에서 1920년대 소설이 거둔 성과에 대한 다음과 같은 지적은 주목할 만하다. "작가들은 식민지에서의 문명개화와 식산 흥업의 허구에서 깨어나 현실의 제모순을 좀더 진지하게 관찰하고 그것들을 꼼꼼하게 그려낼 수 있게 되었다. 그리고 전시기와는 달리 전문적인 작가의식을 가지고 환경과의 갈등관계 속에서 형성되는 당대 인물의

장편소설에서는 갈등의 형성 과정과 전개 및 해결의 과정을 길게 풀어서 보여준다. 하지만, 단편소설의 경우는 갈등이 집약되어 있는 모습을 짧게 드러내는 것만으로도 작품이 완결될 수 있다. 이 경우 갈등이 집약되어 있는 모습을 드러내는 일은 그 자체가 곧 작가의 창작의도와 직결된다.

　　한국소설사에서 1920년대는 장편보다는 단편이 주류를 이루는 시대였다. 거기에는 본격적인 장편을 구상하기에는 아직 작가들의 창작 역량이 미치지 못했다는 내적 요인과 함께, 1920년대라는 사회·문화적 상황이 갖는 불안정성이라는 외적 요인이 자리잡고 있었다. 근대문학에 대한 단기短期 체험과 식민체제의 불안정성은 작가들에게 장편보다는 단편을 선택하도록 했다.

　　1920년대 소설사에서 갈등 구조를 적극적으로 활용함으로써 인물의 내면을 깊이 있게 탐구하고 주제를 선명히 드러내는 데 성공한 작가로는 우선 나도향을 들 수 있다.

　　김태준은 『조선소설사』의 결론에서 나도향의 소설을 논하며 "도향씨稻香氏에 있어 단편형식短篇形式의 완성完成·심리적心理的 레아리즘의 개척開拓을 보았다"[43]고 정리했다. 임화 역시 "도향은 단편형식의 완성이란 공장工匠의 길을 개척하면서 낡은 자연주의의 유산 가운데 내면화의 길을 도입하였다. …… 그의 만년작 가운데서 우리는 상당히 명백한 심리적 리얼리즘의 맹아를 발견할 수가 있다. 이 점은 분명히 조선문학의 새로운 재산에 속하는 것이며 졸라가 죽은 뒤 서구의 자연주의 문학이 걸어간 경로와

운명에 관심을 기울였다. 따라서 인물의 내면세계가 구체적으로 탐구되고 세부묘사도 엄밀해졌다."(김재용·이상경·오성호·하정일, 『한국근대민족문학사』, 한길사, 1993, 293면)

43　김태준, 『조선소설사』, 학예사, 1939, 269면.

방불한 바가 있다"[44]고 평가했다. 이러한 평가의 근거를 이루는 요소가 바로 갈등을 통한 내면세계의 드러냄에 있었다. 잘 짜여진 갈등 구조는 인간의 내면세계를 드러낼 뿐만 아니라, 그러한 갈등이 형성되는 외적 조건들에 대해서도 눈을 돌리게 만든다. 갈등 구조가 등장인물의 내면세계를 효과적으로 드러낸다는 점에서, 그것은 앞에서 다룬 이 시기 소설의 중요한 특색 가운데 하나인 '자아의 각성과 개성의 표출'이라는 문제와도 연결된다. 아울러 갈등 구조는 그것이 형성되는 외적 조건들에 대해서도 깊이 있는 통찰을 가능하게 한다는 점에서 '리얼리즘'의 문제와도 연관된다. 김태준과 임화가 모두 나도향에게 '심리적 리얼리즘의 개척자' 혹은 '명백한 심리적 리얼리즘의 맹아'라는 평가를 내린 것 역시 이러한 요소들의 복합 즉 인간내면의 문제와 외적조건의 관계를 모두 중시한 결과라고 보아야 할 것이다.

갈등 구조가 효과적으로 드러난 나도향의 대표적 작품으로는 그의 작품활동 전성기인 1925년에 발표한 「물레방아」를 들 수 있다. 「물레방아」는 인간 내면의 문제와 외적 조건의 문제를 매우 독자적인 시각으로 다룬 작품이다. 이 작품에 등장하는 세 인물, 즉 이방원, 방원의 처, 신치규는 모두가 갈등 관계에 놓여 있다. 작품의 주인공 격인 이방원은 마을의 제일가는 부자 신치규 집에서 막실살이를 하며 주종관계에서 오는 신분 갈등을 겪는다. 방원의 처는 신치규와 금전 갈등을 겪으며, 남편인 이방원과는 애정 갈등을 겪는다. 신치규는 방원의 처를 금전으로 유혹하고, 방원의 처는 갈등하다가 결국 금전을 택하게 된다. 방원의 처가 선택한 길은 남편 이방원과의 애정 갈등을 증폭시키고 그 결과 두 사람은 모

---

44 임화, 「소설문학의 20년」(『동아일보』, 1940.4.16), 임규찬·한진일 편, 『임화신문학사』, 한길사, 1993, 397면.

두 죽게 된다는 것이 이 작품의 기본 구조이다.

인물들 사이에 일어나는 애정 갈등과 금전 갈등은 서로 떨어져 있는 것이 아니다. 그것들은 외형상 두 개의 서로 다른 갈등처럼 보이지만 실은 하나로 이어져 있는 갈등이다. 거기에 작품의 전반부에서 드러나는 신분 갈등 역시 금전 갈등과 애정 갈등의 중요한 원인으로 작용한다. 신치규가 신분의 우위를 이용해 방원 처의 금전 갈등을 키우고 동시에 이방원 부부의 애정 갈등을 증폭시켰기 때문이다. 결국 이 작품에서는 신분·금전·애정 갈등이 함께 맞물려 세 사람의 관계의 본질을 형성한다. 세 가지 갈등의 맞물림 그 자체가 작품 구성의 핵심적 요소가 되는 것이다. 이러한 갈등의 맞물림은 곧바로 '욕망 충족의 꿈과 좌절'이라는 비극적 결말로 이어진다. 신치규, 이방원 그리고 방원의 처가 지녔던 모든 욕망들은 이방원과 그 처의 죽음으로 인해 철저히 좌절되어 버리는 것이다.

「물레방아」는 이렇게 비극적인 결말을 통해 세계에 대한 작가의 어두운 인식을 깊이 있게 드러낸다. 여기서 볼 수 있는 갈등의 집약적 표현을 통한 인물의 내면 탐구와 그를 통한 자연스러운 주제의 표출은 분명 1920년대 소설사에서 새롭게 발견할 수 있는 중요한 특질 가운데 하나가 된다.

4. 맺음말

한국소설사에서 1920년대는 근대적 특성들이 확고히 자리를 잡아간 시기이다. 1910년대까지 중요한 특색을 이루던 계몽의 문학사가 완결되고, 개인과 개성에 토대를 둔 새로운 문학의 시대가 본격적으로 열리기 시작한 것도 이 시기부터이다. 1920년대 작가들의 새로운 문학 활동에는 문학에 대한 그들의 인식 변화가 중요한 요소로 작용했다. 그들의 새로운 문학관이 새로운 창작 활동의 근거로 작용한 것이다.

1920년대 소설이 지니는 근대적 특성의 하나는 자아의 각성과 개성의 표출이라는 점이다. 이 시기 소설은 개성적 인물들을 통해 각각 다른 방식으로 현실의 고뇌를 반영한다. 1920년대 소설에 나타난 자아 각성과 개성 표출은 소설 속 등장인물의 고뇌의 반영이면서 동시에 그것을 창작하는 작가 자신의 자아와 개성을 표출하려는 욕망과 시도의 산물이기도 하다. 근대소설의 창작은 1920년대 지식인의 자아 각성과 그에 따른 고뇌를 밖으로 표출하는 중요한 수단이었다. 근대적 문체의 완성과 서술 주체의 확립 역시 1920년대 소설사가 거둔 중요한 성과 가운데 하나이다. 구어체의 완성과 서술의 주체와 객체 구별, 시점 이론의 다양화와 그의 소설적 적용이 모두 이 시기에 이루어졌다. 리얼리즘 문학의 전통 역시 1920년대에 굳건히 뿌리를 내린다. 이 시기 염상섭은 이론 작업과 작품 활동을 통해 한국 리얼리즘 문학이 뿌리를 내리는 일에 크게 기여했고, 현진건은 구체적인 작품 활동을 통해 리얼리즘의 기법과 정신을 보여주었다. 1920년대 리얼리즘 개념의 확립과 그 작품화 과정에서 프로문학 진영이 담당한 역할 역시 적지 않았다. 김기진의 변증적 사실주의론과 최서해의 빈궁체험을 바탕으로 한 작품 창작이 그러한 예가 된다. 창작 방법의 다양화 현상 역시 이 시기 소설사가 보여주는 근대적 특성 가운데 하나이다. 그 가운데 갈등 구조의 적극적 활용은 주제를 깊이 있게 드러내고 인물의 내면을 탐구하는데 효과적이었다.

1920년대 소설사는 1910년대 문학에 대한 계승과 함께 부분적인 반발을 통해 성장했다. 그런가하면, 1930년대 소설사는 1920년대의 성과를 주로 계승하는 방향으로 전개된다. 1920년대에 이루어진 문학에 대한 확고한 인식, 자아와 개성의 확산, 문체 및 서술 주체의 확립과 시점의 다양화, 리얼리즘 문학의 발전, 창작 방법의 다양화 등이 1930년대에도 계속 진행되는 것이다. 그런 점에서 1920년대는 한국 근대문학사의 한 단계를 완성하고, 새로운 단계로 발전해 가는 토대를 분명하게 마련한 시기라고 할 수 있다.

4

한국 근대문학사 연구의 성과와 의미

근대문학사 연구의 성과와 의미

임화의 신문학사新文學史 정리 작업을 중심으로

1. 머리말

임화는 1935년부터 40년대 초반에 이르기까지, 한국 근대문학에 대한 정리를 시도한다. 1935년은 '카프'의 해산이라고 하는 문학사적 사건이 있던 해이다. 1935년 5월 '카프' 해산계를 제출한 임화는 그해 8월 마산에 내려가 머물게 된다. 10월 9일부터 11월 13일까지 『조선중앙일보』를 통해 발표된 「조선신문학사론 서설」은 이렇게 '카프'의 해산이 있은 지 얼마 지나지 않아 쓰여진 것이다. 신병 치료를 이유 삼아 마산에 체류하던 임화는, 신경향파 문학 및 그와 연관된 프로문학에 대한 세간의 평가를 보며 문학사 정리를 시도한다. "신경향파 문학의 역사에 대한 전혀 부당한 수삼數三의 논문을 비판의 대상으로 하는 국한된 목적으로 기초된 것"[1]이라고 하는 「조선신문학사론 서설」의 전언前言은 그가 문학사 정리에 나서게 된 구체적 동기의 한 단면을 보여준다.

임화의 문학사 정리 및 연구 작업은 여기에서 그치지 않는다. 본격적인 작업이 1939년부터 1941년까지 약 1년 반 사이에 걸쳐 이루어지는 것이다. 임화는 『조선일보』에 「개설신문학사」(1939.9.2~11.25)와 「신문학사」(1939.12.5~12.27) 및 「속 신문학사(1940.2.2~5.10)를 발표하고, 『인문평론』에 「개설조선신문학사」(1940.11~1941.4)를 발표한다. 이렇게 신문학사의 흐름과 관련된 일련의 글을 연재 집필하는 사이에 그는 『동아일보』에 「조선문학 연구의 일 과제-신문학사의 방법론」(1940.1.13~1.20) 및 「소설문학의 20년」(1940.4.12~4.20) 등의 글도 함께 발표한다.

임화의 일련의 문학사 연구 작업 가운데서 특히 주목할 만한 것은 문학사 연구 방법론에 대한 체계적 고찰과 신문학의 발생 및 성장 과정에 대한 구체적 정리라고 할 수 있다. 이 글에서는 이러한 임화의 문학사 연구 작업의 성과를, 신문학의 발생 및 성장 과정에 대한 논의를 통해 살펴보고자 한다. 이를 통해 한국 근대문학사 연구에서 임화가 거둔 성과와 한계가 무엇인가를 밝히고자 하는 것이다.

---

1   임화, 「조선신문학사론 서설」(『조선중앙일보』, 1935.10.9), 임규찬·한진일 편, 『임화신문학사』, 한길사, 1993, 315면. 신경향파 문학에 대한 부당한 수삼의 논문이란 구체적으로 김기진·신남철·이종수 등의 글을 지칭한다. 특히 1935년 9월 호 『신동아』에 실린 신남철, 「최근 조선문학사조의 변천-'신경향파'의 대두와 그 내면적 관련에 대한 한 개의 소묘」 및 이종수, 「신문학 발생 이후의 조선문학-민족문학시대의 문학사상 변천」은 임화가 이 글을 쓰게 된 직접적 계기가 된다. 『신동아』 1934년 2월 호에 실린 김기진의 「프로문학의 현재수준」이나, 1935년 1월 호에 실린 「조선문학의 현계단」 역시 임화가 비판의 대상으로 삼았던 글이다.

2. 임화의 문학사 연구를 바라보는 몇 가지 시각

1970년대 이후 문학사의 정리 과정에서 임화는 비판과 극복의 대상으로 떠오른다. 그가 앞에 든 일련의 근대문학사 서술에서 이른바 이식문학론을 주장했기 때문이다. 김윤식·김현의 『한국문학사』는 임화의 이식문학론에 대한 비판과 극복을 명시적으로 내세우고 나온 최초의 본격적 문학사 연구서라 할 수 있다. 이 책의 필자들은 다음과 같은 말로 임화를 비판한다.

이식문화론(移植文化論)과 전통단절론(傳統斷絶論)은 이론적으로 극복되어야 한다. 예의 임화(林和)는 계속해서 다음과 같이 말하고 있다. '신문학(新文學)'이 서구적(西歐的)인 문학(文學) 장르를 채용(採用)하면서부터 형성(形成)되고 문학사(文學史)의 모든 시대가 외국문학의 자극과 영향과 모방으로 일관되었다 하여 과언이 아닐만큼 신문학사(新文學史)란 이식문화(移植文化)의 역사다.〉 시간적인 거리가 지나치게 짧았기 때문에 얻어진 단견이라는 것을 감안한다 하더라도 채용(採用), 이식문화(移植文化) 등의 어휘는 대단한 반발을 일으킨다. 서구라파의 제도를 탁월하고 높은 단계의 것으로 설정하였기 때문에 그것의 채용(採用)은 아무런 논리적·감정적 비난을 받지 않고 오히려 조장된다. 더구나 그것은 일제(日帝)를 극복하기 위해서라는 식으로 민족주의(民族主義)와 결부되어 있다. 그래서 자신이 속한 사회의 문화를 이식문화(移植文化)라고 대담히 말할 수 있게 된다. 선초(鮮初)의 유학자들이 변방의 나라라고 스스로를 낮춰 부른 것과 마찬가지이다. 문화가 이식되었다는 생

각은 당연한 결과로 전통의 단절이라는 명제를 부른다.[2]

하지만, 이러한 임화에 대한 이러한 비판은 1980년대 후반을 지나면서 조금씩 그 양상을 달리하게 된다. 김재용은 임화의 문학사 연구가 거둔 성과와 한계에 모두 주목하면서 다음과 같은 견해를 제시한다.

시민계급이 봉건적 질곡 속에서 벗어나 자신들의 사명을 다하기 전에 일본 제국주의가 침입했기 때문에 시민계급은 더 이상 자신의 진보적 역할을 수행할 수 없게 되었다. 이때 이 위기를 뚫고 나오려고 했던 것이 자연주의문학이나 낭만주의문학이었지만 소시민의 부정적 리얼리즘과 공허한 이상주의로 인해 더 이상 진전할 수 없었다. 그렇기 때문에 이 진보적 사명은 프롤레타리아의 두 어깨에 올려지게 되었고 이것의 구체적 발현이 프로문학이었다. 프로문학은 신경향파문학을 기점으로 점차 성장하게 되었다. 따라서 이미 자신의 진보적 역할을 잃어버렸음에도 불구하고 계속 자신의 헤게모니 안에서 당대사회를 이끌어 가려는 민족개량주의는 복고주의의 형태로 자신의 문학을 표출하였다. 이에 반해 시민계급과 같은 보수적인 태도는 배척했지만 신흥하는 프롤레타리아계급처럼 전진할 수 없는 소시민계급은 현실에 무관심한 개인주의적 문학으로 자신들의 열망을 그려내었다. 그렇기 때문에 프로문학만이 현실의 객관적 발전과정을 그 전체 속에서 형상화해낼 수 있는 유일한 문학이라는 것이 그의 주장이었다. 이런 논지를 근저에 깔면서 조선의 문학사 속에서 프로문학의 역사적 필연성을 이광수의 문학으로부터 프로문학의 초기 형태인 신경향파문학에 이르기까지의 변증법적 과정을 통하여 보여준 것이 1935년에 쓴 「조

---

2 김윤식·김현, 『한국문학사』, 민음사, 1973, 16면.

선신문학사론 서설」이다.[3]

김재용은 임화의 일련의 문학사 집필 작업이 프로문학의 역사적 필연성을 보이기 위한 체계적 시도였다는 사실을 지적함으로써, 그의 문학사 연구 작업을 적극적으로 평가한다. 그런 한편 임화의 문학사 연구에서 발견되는 제국주의적 관점에 대한 인식의 결여가 가져온 문제점에 대해서는 다음과 같이 비판적으로 접근한다.

과거 프로문학에 대한 비판과 새로운 시민문학의 완성을 희망한 임화는 과거에 자신이 비판했던 복고주의 문학과 소시민적 개인주의 문학에 대하여 과거와 같은 비판을 더 이상 하지 않게 된다. 제국주의 관점의 결여로 인하여 그는 조선의 역사를 부패한 봉건주의와 신흥하는 시민계급의 대립으로 파악하게 되고 이런 역사적 전망 위에서 조선의 신문학사를 파악하였으며 이것의 구체적 결과가 1939년부터 40년까지 발표되는 일련의 신문학사였다. 이것은 일본 제국주의의 침략으로 인해 새롭게 편성된 조선사회의 성격, 즉 식민지 반봉건을 무시하고 시민계급의 성장이라는 서구의 근대를 그 기준으로 삼았다는 사실에 기인한다고 볼 수 있다. 그런 점에서 이 시기의 임화가 근대화론자였다는 사실을 부인하기는 어렵다. 이런 문학사적 해석은 이 시기에 그가 설정했던 문학운동 이념이 시민문학이라는 사실과 밀접하게 관련된다. 또한 당대 조선사회의 성격을 파악하는 데 있어 제국주의적 규정성에 대한 몰각은 결국 일본 침략에 대한 수긍에 지나지 않게 되어 당시 그의 친일행위의 내적 근거로 작용했을 것이 틀림없다.[4]

---

3 김재용, 「진보적 문학가 임화의 삶과 문학」, 「민족문학운동의 역사와 이론」, 한길사, 1990, 157면.

하정일은 임화의 일련의 문학사 연구 작업이 거둔 성과를 더욱 적극적으로 평가한다. 그는 소설사란 바로 과학적 문예학의 한 영역이며, 따라서 과학적 문예학의 전체적 구도 속에서 소설사 서술이 이루어져야 한다는 점을 강조한다. 이 점을 염두에 둘 때 임화의 문학사 연구 방법론은 우리나라 소설사 연구 수준 가운데 최고를 점하게 된다는 것이다.[5] 하정일은 특히 그 동안 비판의 대상이 되어왔던 임화의 이식문학 주장에 대해서 역시 다음과 같이 새로운 견해를 제시한다.

> 임화는 『개설 신문학사』에서 우리의 근대문학사는 "서구문학의 수입과 이식의 역사"라는 유명한 명제를 제시했다. 이 명제는 70년대 이후 이식문학사론이라는 호된 비판을 받으면서 비(非)주체적 문학사관의 전형으로 악명을 떨치기도 했다. 하지만 엄밀히 따지면, 한국 근대문학의 이식성은 엄연한 역사적 사실이다. 한국 근대문학이 서구나 일본의 근대문학을 받아들이면서 시작되었음은 누구도 부인할 수 없다. 임화는 그 객관적 사실을 지적했을 뿐이니 그것을 가리켜 이식문학사론이라고 비판하는 것은 사실의 왜곡일 뿐이다. 오히려 임화는 실학파 문학에 대한 고찰을 통해 주체적 근대화의 가능성을 진지하게 탐색함으로써 이식문학사론과는 길을 달리하는 모습을 보여주기도 한다.[6]

하정일의 이러한 견해에 따르면, 임화의 이식문학 주장은 이식문학사론을 펴기 위해 창안된 것이 아니라 객관적 문학사 연구의 결과일 뿐이다. 더 나아가, 임화가 한국문학사의 이식성을 강조한 까닭은 그것이 한

---

4 위의 책, 160면.
5 하정일, 「소설사 연구 방법론에 대한 문제제기적 검토」, 『민족문학의 이념과 방법』, 태학사, 1993, 70면 참조.
6 하정일, 「20세기 한국문학과 근대성」, 『20세기 한국문학과 근대성의 변증법』, 소명출판, 2000, 174면.

국 근대문학의 파행성을 낳은 역사적 연원임을 밝히기 위한 것이 된다. 이식성과 관련해 임화가 관심을 기울였던 또 하나의 주제는 이식의 극복에 대한 것이며, 여기서 우리는 임화의 이식문학론이 이식이라는 현상에 대한 가치중립적 기술의 차원을 넘어 이식성의 극복이라는 실천적 문제의식을 바탕으로 하고 있음을 알 수 있다는 것이다.[7]

한기형 역시 임화의 '문학사 서술 관점과 안목에서의 과학적 방법론의 획득'이라는 측면을 중시한다. "임화의 문학사 기술이 관통하는 일관된 원칙은 우리 나라 근대문학에서 현실주의의 관철과 그 발전의 구체성을 확인하는 것이며 이를 통해 그는 우리 문학의 특수성이 세계문학의 보편적 발전에 접목되어 있음을 해명코자 했다"[8]는 것이다. 한기형은 특히 그 동안 학계에서 이루어진, 임화의 '신문학 발생의 외래적 요인 거론'에 대한 비판이 잘못된 것임을 지적하면서 다음과 같이 주장한다.

김태준과 임화가 모방과 이식을 거론했을 때 그 의도는 근대소설 형성의 주체적 기반을 원천적으로 부정하는 것이 아니었다. 임화가 『신문학사』에서 신소설과 전대소설의 상관성을 누차 지적한 것을 상기할 필요가 있다. 그의 문제의식은 중세소설에서 근세소설로 비약하게 된 조건과 계기가 무엇이었는가를 따지는데 있었다. 따라서 김태준과 임화의 '이식과 모방'이라는 표현은 '주체적 가능성의 포기'로 읽을 문제가 아니라 문화 현상의 국가(민족)간 이동과 확산이란 차원에서 이해해야 할 것이다.[9]

---

7   하정일, 「민족문학론의 역사와 탈식민성」, 문학과사상연구회 월례세미나 발표자료, 2000.11.25, 7면 참조.
8   한기형, 「임화의 문학사 서술에 대한 관점의 몇 가지 문제」, 『한국 근대소설사의 시각』, 소명출판, 1999, 314면.
9   한기형, 「신소설 형성의 양식적 기반」, 『한국 근대소설사의 시각』, 소명출판, 1999, 12~13면.

이렇듯 임화의 근대문학 연구에 대한 기존의 평가는 크게 엇갈린다. 그럼에도 불구하고 그가 최초로 과학적 방법과 객관적 서술 태도에 바탕을 둔 근대문학사 연구를 시도했다는 점만은 분명하다. 아울러, 한국문학사의 전통과 이식에 대한 문제를 제기함으로써 이를 두고 여러 가지 해석의 가능성을 낳았다는 점 역시 중요하게 지적할 수 있다. 어떤 의미로건 임화의 문학사 연구는 한국 근대문학사 연구를 위해 짚고 넘어가야 할 시발점으로 자리잡고 있는 것이다.[10]

3. 신문학사 연구의 성과와 의미

1) 신문학사 집필의 계기

「조선신문학사론 서설」은 임화의 문학사 정리 작업과 관련된 첫 번째 의미 있는 시도이다. 그러나 이는 전반적인 임화의 작업 성과라는 측면에서 보면 제목 그대로 '서설'에 지나지 않는 것이다. '문학사적 연구의 현실적 의의'라든가 '근대문학의 형성과 신경향파' '춘원문학의 역사적

---

10 이밖에 임화의 신문학사에 대해 논의한 글로는 다음의 것들을 들 수 있다. 박진영, 「임화 신문학사론 연구」, 연세대 석사논문, 1996; 성진희, 「임화의 신문학사론 연구」, 서울대 석사논문, 1992; 신승엽, 「이식과 창조의 변증법 －임화의 '이식문학론의 정당한 이해를 위하여」, 『창작과비평』, 1991.가을; 오현주, 「임화의 문학사서술에 대한 고찰」, 『현상과인식』, 1991.봄·여름; 이상경, 「임화의 소설사론과 그 미학적 근거에 대한 비판적 검토」, 『창작과비평』, 1990.가을; 이훈, 「1930년대 임화의 문학론 연구」, 서울대 석사논문, 1993; 임규찬, 「임화의 신문학사에 대한 연구(1)」, 『문학과논리』 1, 태학사, 1991년 10월; 전승주, 「임화의 신문학사 방법론에 대한 연구」, 서울대 석사논문, 1988.

가치' '신경향파 문학의 사적 가치' 등이 거론되는 이 글에서는, 문학사 연구 방법론이라든가 근대소설의 발생 및 발전 과정에 관한 논의가 그렇게 깊이 있게 다루어지지는 않는다.[11] 이 글의 초점은 '신경향파 문학에 대한 역사적 검토를 거쳐 조선의 프로문학 운동 전반의 평가 기준을 바로 잡고, 현재로부터의 창조적 실천의 방향을 제시'하려는 데 있다. 임화는 여기서, 신경향파 문학과 프로문학을 비판하기 위해 사용된, 문학과 생활의 이원적 분리의 관념론을 강도 높게 비판한다. 이는 그것이 바로 과거 '카프'의 와해를 가져온 변질주의의 이론적 무기였다는 판단에 근거한 것이다.

문학사 연구 방법론이라든가 근대소설의 발생 및 발전 과정에 관한 논의들이 심도 있게 나타나기 시작한 것은 『조선일보』에 연재한 「개설 신문학사」부터이다. 「개설 신문학사」 이후 일련의 문학사 작업은 「조선 신문학사론 서설」과는 우선 기술의 목적과 방식에서 차이가 난다. 「조선 신문학사론 서설」의 집필이 외적 동기에 의해 촉발된 것이라면, 「개설 신문학사」는 내적 욕구의 분출에 의해 기획된 것이라고 말할 수 있다.

임화는 「개설신문학사」의 서두에서 자신이 '우리 신문학의 기술적記述 的 통사通史'를 기도하고 있지는 않다고 했다. 자신이 기술 대상으로 삼는 신문학사가 불과 30년의 단기간이기는 하지만, 그 사이에는 19세기와 20세기라는 세기의 변천이 들어 있고, 서구문학사의 기백년간에 필적할

---

11 이와 관련하여서는 임화의 다음 서술을 참고할 필요가 있다. "이곳에서 '사론(史論)'에 상응하는 풍부한 내용을 기다린다면 적지 않은 실망을 가질 것을 미리 말해두는 바이다. 필자 병와(病臥)한 지 년여(年餘)에 하등의 자료도 없이 단지 낡은 수첩 일개의 힘을 빌어 이 소설(小說)을 여지(旅地)에서 적었으므로 독자는 충분한 양해 밑에 보아주기 바란다. 오직 우리들의 문학사 연구에 대한 필자의 연래(年來)의 소회(所懷)의 일단을 기술할 기회를 얻은 바이니 독자의 연구에 자(資)함이 있으면 만행(萬幸)이라 생각한다"(임화, 「조선신문학사론 서설」(『조선중앙일보』, 1935.10.9), 임규찬·한진일 편, 앞의 책, 315면). 임화의 이러한 말은 단순한 겸양의 수사가 아니라, 당시 그의 집필 환경의 열악함을 확인시켜 주는 진술로 받아들여야 할 것이다.

내용이 들어 있다. 세기의 변화가 가져온 문화적 상황의 복잡성과 이 시기에 발생한 정치사정의 중대변화는 30년에 불과한 조선 신문학사를 간단히 정리할 수 없게 하는 중요한 요인이 된다는 것이다. 이 시기에 발생한 정치사정의 중대변화란 물론 일제에 의한 조선의 식민지화를 지적하는 것이다. 거기에 아직은 문학사에 대한 기초적 또는 보조적인 제 연구가 전무한 상태에서 신문학의 기술적 통사가 쓰여질 수 없음은 자명한 사실이라는 것이다.

하지만 그럼에도 불구하고 임화가 이 작업을 통해 궁극적으로 의도한 것은 신문학 통사였다. 그는 사신의 작업이 통사에 기초가 될 중요 자료의 정리, 연결 관계의 천명, 문제의 발견과 체계화의 시험 등에 있다고 하면서, 이 작업이 앞으로 기술적 통사가 나올 때까지 그 것의 역할을 대신할 지도 모른다는 기대를 표명한다. 이러한 문맥 속에서 우리는, 현실적 조건들이 그것을 어렵게 할 뿐, 임화 자신이 의도하는 것은 결국 '우리 신문학의 기술적 통사'였음을 알 수 있는 것이다. 「조선신문학사론 서설」이, 몇몇 사람에 의해 제기된 신경향파 문학과 프로문학에 대한 그릇된 평가를 반박하기 위해 쓰여진 것과는 달리, 「개설 신문학사」는 자신의 기획에 의해 쓰여진 것이다. 「개설 신문학사」는 다양한 종류의 자료를 인용하면서 서술 내용 곳곳에 각주를 달고 있다는 점에서도 「조선신문학사론 서설」의 서술 방식과는 차이를 보인다.

임화가 1939년에 들어 본격적인 신문학사 집필에 뜻을 두게 된 이유를 분명히 밝히기는 어렵다. 하지만, 이 무렵부터 일제의 검열이 더욱 심해지고 그 해 3월 조직된 황군작가위문단皇軍作家慰問團의 실행위원으로 임명되는 등 친일의 압박이 거세지던 당시의 정황이 임화로 하여금 현실성이 강한 글보다는 그것과 일정한 거리를 유지하면서도 자신의 사상을 드러낼 수 있는 글쓰기를 선택하게 했을 가능성이 높다. 그렇게 해서 선택한 글쓰기 가운데 하나가 문학사 집필인 것이다.

임화 신문학사 집필의 또 다른 계기가 된 것은 김태준의 『조선소설사』 증보판의 발행이라고 할 수 있다. 1937년 말 마산에서 서울로 올라온 임화는 도서출판 학예사學藝社를 맡아 운영하게 된다. 당시 이른바 '동서고금의 학예, 문예, 철학 과학 등 고전적 가치가 있는 출판물의 발간'을 목적으로 출범한 학예사의 소유주는 최남주였지만, 편집과 출판에 대한 실질적 권한은 대부분 임화가 맡아 행사한 것으로 알려져 있다. 원래 김태준의 『조선소설사』는 1933년에 청진서관淸進書館에서 초판이 발행되었으나 당시 절판 상태에 있었다. 그 책의 원고를 구해 학예사에서 증보판을 발행한 것은 1939년 7월이다. 그런데, 이 책의 서문을 보면 증보판의 출간을 망설이는 김태준을 임화가 여러 차례 독려하여 원고를 받아낸 것으로 기록되어 있다. 당시 사정을 이해하기 위해 서문의 일부를 인용하기로 한다.

이런 방면(方面)의 저서(著書)에 대하여 날이 갈수록 독자(讀者)의 요망(要望)이 높아짐을 볼 때 내가 직접 출판의 직(職)에 당(當)하고 있지 않다 하더라도 이 책을 그냥 절판(絶版)채로 내버려두기는 너무 어려웠다.

그래서 초판(初版) 그대로라도 중간(重刊)하여 많은 독자의 수요에 공(供)하고 싶었다. (…중략…) 그래서 여러 가지로 권하던 끝에 이 책을 초판 그대로 낸다해도 아직 한 권의 문학사나 문화사가 없는 조선에 있어 아직도 이 책이 줄 수 있는 역사적 지식을 이야기하여 군(君)으로 하여금 중간(重刊)의 결심을 하게 한 것이다. (…중략…)

다음날 새 면목으로 이 책이 세상에 나올 것을 기대하고 무사(蕪辭)로써 서(序)에 대신한다.[12]

임화가 이 글을 쓴 것이 1939년 6월 13일이므로, 그가 김태준의 원고를 받아 본 것은 이보다 최소한 수개월 전의 일일 것이다. 임화가 문학사에 대해 관심을 갖게 된 것은 위 인용문에도 나와 있듯이, 이런 방면의 저서에 대한 독자의 높아지는 관심과는 달리 아직 이렇다 할 문학사 한 권 없는 현실에 대한 불만 때문이기도 했다. 김태준의『조선소설사』는 그 다루는 범위가 넓고, 서술의 초점도 조선시대 문학에 맞추어져 있으며 정작 임화가 관심 갖던 신문학사 부분의 서술은 상대적으로 간략하게 기술되어 있었다. 그런 상황 속에서 임화는 1939년 초반부터 김태준의 문학사 원고를 읽으며 자신이 사는 현시대 문학의 직접적 토대가 되는 신문학사 기술에 대한 생각을 구체화시켜 나갔다는 추정이 가능해지는 것이다. 임화의 신문학사에 대한 기획이 김태준의『조선소설사』에서 촉발되었다고는 단정할 수 없지만, 그것이 적어도 임화의 신문학사 기획에 적지 않은 영향을 미친 것만은 분명한 것이다. 임화의 신문학사 기획이『조선소설사』의 영향 속에서 이루어졌다고 하는 것은, 그가 「개설 신문학사」의 곳곳에서 김태준의『조선소설사』를 인용하며 각주를 달고 있다는 사실 등에서 확인된다.[13] 「신문학사」나 「속 신문학사」의 경우에는 각주가 달려 있지는 않지만, 본문에서 직접 김태준의『조선소설사』가 자주 언급된다.

---

12 임화, 「서를 대신하여」, 김태준, 『조선소설사』, 학예사, 1939, 3~4면.
13 『조선소설사』를 인용하고 각주 처리를 한 부분이 3곳, 김태준의 「고전섭렵수감」 등 다른 글을 인용하거나 기타 견해를 각주로 달아 처리한 부분이 모두 4곳 있다.

2) 신문학사 연구의 내용과 성과

(1) 신문학의 개념과 이식성 논의

임화는 「개설 신문학사」에서 '신문학'이라는 말이 누구의 창안으로 쓰여지기 시작했는지는 알 수 없지만, 그것이 과거에는 지금보다 훨씬 광의로 사용되었고, 주로 신학문과 동일한 의미를 지니고 있었다고 정리한다. 신문학이라는 용어가 신학문의 의미를 떠나 문학예술의 한계 내로 정착된 것은, 진정한 의미의 서구적 문학이 형성된 육당 춘원시대부터라는 것이 임화의 생각인 것이다. 임화는 다음과 같은 말로 신문학의 개념에 대한 설명을 이어 나간다.

신문학이란 개념은 그러므로 일체의 구문학과 대립하는 새 시대의 문학을 형용하는 말일뿐더러 형식과 내용상에 질적으로 다르고 새로운 문학을 의미하는 하나의 개념이 될 수 있다.

따라서 신문학사는 조선에 있어서의 서구적 문학의 이식으로부터 시작되는 것이다.

이 점이 다른 곳에서는 근대문학 혹은 현대문학이라고 불리워지는 것이 조선서는 통틀어 신문학으로 호칭되는 소이(所以)다.

그렇다고 조선문학의 역사가 신문학에서 시작되는 것은 아니다.

시조, 가사, 구소설, 혹 이두문헌, 또는 한문전적(漢文典籍)까지도 서구적 의미의 문학, 즉 예술문학적인 성질의 유산은 전부 문학사 가운데 포함되는 것이다.

그러나 거듭 말하거니와 신문학사는 근대 서구적인 의미의 문학의 역사다.[14]

임화의 이 말 속에는 조선문학의 역사는 과거의 모든 문학적 전통과 이어지는 것이지만, 신문학사는 서구문학의 이식으로부터 시작되는 것이라는 생각이 담겨 있다. 조선문학사의 전통과 이식의 문제를 함께 거론하는 것이다. 그는 이 신문학이라는 용어는 근대문학이라는 용어로 대치되어도 무방하다고 생각한다. 따라서 임화의 신문학사는 곧 근대문학사의 다른 이름인 것이다.

임화는 근대문학에 대해 설명하면서 이식과 전통의 문제를 더욱 구체적으로 거론한다. 그는 특히 "동양의 근대문학사는 사실 서구문학의 수입과 이식의 역사"[15]라고 단정지어 말함으로써 이른바 이식문학론의 주창자라는 평가의 근거를 마련했고, 그것은 또한 임화를 전통단절론의 선구자로 자리매김하는 근거가 되기도 했다.

그 동안 학계에서 행해진 임화의 이식문학론 주장에 대한 비판은 충분히 개연성이 있는 비판이다. 그가 신문학사 서술 곳곳에서 근대문학과 관련된 서구문학의 이식성을 반복 강조하고 있기 때문이다. 그러나 여기서 다시 생각해 보아야 할 것은 그가 이식문학론을 주장했다고 해서 그것이 곧 전통단절론을 주장한 것으로 볼 수는 없다는 사실이다. 이식과 전통이 양자 택일의 문제가 아니라고 하는 사실, 즉 이식과 전통은 함께 거론될 수 있고 더 나아가 한국 근대문학의 발생 및 발전 과정이 이식과 전통 계승의 양 측면을 함께 지니고 있다는 사실은 「개설 신문학사」의

---

14 임화, 「개설 신문학사」(『조선일보』, 1939.9.7), 임규찬·한진일 편, 앞의 책, 17면.
15 위의 글(『조선일보』, 1939.9.8), 위의 책, 18면.

여러 곳에서 확인된다.[16]

특히 임화는 신문학사와 그 이전 조선문학과의 관계를 거론하면서, 조선 언문학사와 조선한문학사가 모두 신문학사의 토대가 된다는 사실을 밝히고 있다.

말하자면 신문학사는 신문학의 선행하는 두 가지 표현 형식을 가진 조선인의 문학생활의 역사의 종합이요 지양(止揚)이다.

그런 의미에서 신문학사는 일반 조선문학전사 가운데 최근의 일 시대로서 쓰여져 무방한 것이다.

그러므로 신문학사 연구는 서구적 형태의 문학이 성립하고 발전한 역사를 중심으로 가능한 한, 이상의 두 문학사적 조류와의 교섭을 천명하는 것으로 스스로 제 구극(究極)의 과제를 삼을 것이다.

이 점이 또한 신문학사 연구가 일반 조선문학전사(朝鮮文學全史)를 해명하는데 중요한 공헌을 하는 소이(所以)다.[17]

조선언문학사와 조선한문학사가 신문학사의 토대가 되고, 이들 세 문학사, 즉 조선언문학사, 조선한문학사 그리고 신문학사가 모여 조선문학전사全史를 이룬다는 것이 임화의 생각의 틀인 것이다.

이식과 전통 계승의 양 측면에 대한 논의는 그의 신문학사 연구 방법

---

16 오늘날 문학사 연구에서 '이식'이라는 개념을 다분히 부정적 가치 판단이 개입된 개념으로 사용하는 것과는 달리 임화는 그것을 가치 중립적 개념, 사실 진술을 위한 개념으로 사용했다. 그렇기 때문에 임화의 신문학사에서는 이식과 전통이 충돌 없이 교차하면서 기술될 수 있었다. 임화는 경우에 따라 '이식'의 영향을 긍정적으로 바라보기도 했다. '언어적 해방'에 대한 기술이 그러하다. 그는 "조선의 문학이란 신문학의 시대가 비롯하기 전엔 자기의 국유어(國有語)로 표현될 자유를 갖지 아니했었다"라고 하면서 신문학 이후의 우리문학에 보편화된 한글 사용이라는 현상에 주목한다. 그런데, 이렇게 자국어를 사용하는 문학 현상의 유포 역시 서구 근대문학의 영향이라는 것이다.
17 임화, 「개설 신문학사」(『조선일보』, 1939.9.9), 위의 책, 21면.

론을 구체적으로 밝힌 「조선문학 연구의 일 과제」에서도 나타난다. 임화는 신문학의 '토대'를 논하는 자리에서 "신문학사는 조선의 근대 사회사의 성립을 토대로 하여 형성된 근대적 문화의 일 형태인 만큼 신문학사는 조선 근대문화사의 일 영역"[18]이라고 함으로써 조선의 신문학이 조선 근대문화를 기반으로 성장하고 있음을 서술한다. 그러나 임화는 신문학 생성과 발전의 '환경'을 논의하면서는 신문학의 이식성을 다음과 같이 강조한다.

> 신문학이 서구적인 문학장르(구체적으로는 자유시와 현대소설)를 채용하면서부터 형성되고 문학사의 모든 시대가 외국문학의 자극과 영향과 모방으로 일관되었다 하여 과언이 아닐만큼 신문학사란 이식문화의 역사다.[19]

신문학사의 이식성을 매우 단정적으로 서술하고 있는 것이다. 하지만, 이 역시 신문학과 '전통'을 논하는 장으로 가면 다음과 같이 문맥이 변화한다.

> 인접문학의 압도적 영향하에 생성되어 발전한 신문학사, 다시 말하면 이식문화사로서의 신문학사가 조선의 고유한 전통과 교섭을 가졌다는 것은 일견 심히 기이한 일 같다. 그러나 문화의 이식, 외국문학의 수입은 이미 일정한 한도로 축적된 자기 문화의 유산을 토대로 하지 않고는 불가능하다. 그러므로 일찍이 토대를 문제삼을 때 물질적 토대와 아울러 정신적 배경이 문제된 것이다.[20]

---

18 임화, 「조선문학연구의 일 과제」(『동아일보』, 1940.1.14), 위의 책, 376면.
19 위의 글(『동아일보』, 1940.1.16), 위의 책, 378면.
20 위의 글(『동아일보』, 1940.1.18), 위의 책, 380면.

그는 이렇게 이식과 전통을 선택의 문제가 아닌 공존의 양상으로 거듭 기술하고 있는 것이다. 이로 미루어보면, '그동안 행해진 임화에 대한 비판이 일련의 신문학사 작업에 대한 오독에서 나온 것'이라고 하는 최근의 연구들은 충분히 주목할 만한 가치가 있다. 하지만, 그럼에도 불구하고 임화의 이식문학론에 대한 주장이 이후 문학 연구자들에게 줄곧 적지 않은 영향을 미쳤고, 그것이 곧 한국 근대문학의 발생 과정을 전통 단절의 과정으로 이해하게 하는 근거로 작용했다는 사실 역시 간과할 수없다. 이는 선명한 '이식' 논의에 비해 '전통' 논의를 상대적으로 불분명하게 한 임화의 문학사 서술 태도에서도 연유한다. 아울러 신문 연재 방식을 통한 발표에서 오는 논점의 산재散在 현상 역시 그 중요한 원인으로 꼽을 수 있다. 임화의 신문학사 연재물은 그 전체 구조를 염두에 두지 않을 경우 얼마든지 부분적 논지에 대한 오독이 가능한 구조로 이루어진 텍스트이다. 1년 반이라는 짧지 않은 기간 동안, 그것도 여러 지면에 걸쳐 산발적으로 연재된 텍스트의 의미를 수용자들이 전체적으로 종합해 이해하고 판단을 내린다는 것은 결코 수월한 일이 아니다. 텍스트를 임의적으로, 그리고 단절적으로 접할 수밖에 없었던 대개의 수용자들은, 문학사의 전체 구조를 파악하고 그 대의를 이해하기보다는 부분이 지닌 의미에 함몰될 가능성이 매우 높았던 것이다.

(2) 신문학사의 연구의 성과와 의미

임화는 「개설 신문학사」에서 신문학 발생의 토대를 물질적 배경과 정신적 배경으로 나누어 기술한다. 그는 여기서 "새로운 문학의 직접적 배경이 되는 것은 새로운 정신문화의 준비이나 새로운 정신문화는 또 새로운 물질적 조건을 배경으로 하여서만 준비되는 것"[21]이라고 함으로써 신문학의 발생에는 정신문화보다 물질적 배경이 중요하다고 하는 사실을 강조한다. 이러한 진술을 통해서는 이른바 유물사관에 입각한 문학사 연구 태도의 일단을 확인할 수 있다.

물질적 배경은 근대적 사회를 위한 여러 조건의 성숙을 일컫는다. 그러나 자주적 근대화를 위한 제조건이 이조 봉건사회 내부에서 자생적으로 발전하지 못한 것이 조선 근대사의 기본적 특징이라는 것이 임화의 진단이다. 지리적·정치적 특수성으로 인한 개국의 지연 역시 조선 근대사의 특징이다. 이러한 상황 속에서 조선의 근대화 과정은 먼저 지나支那 근대화 과정의 영향 속에서, 다음으로는 서구제국과의 직접적인 관계 속에서, 그리고 마지막으로 일본을 통한 서구 자본주의의 유입을 통해 진행된다.

이러한 물질적 토대 속에서 신문학 발생을 위한 정신적 준비는 우선 실학의 발생과 함께 진행되었고 갑오개혁의 시행은 조선 근대문화 탄생의 위대한 신호가 된다. 자주의 정신과 개화사상의 발현, 그리고 신문화의 이식과 발전은 신문학 발생과 발전의 기본 토대가 되었던 것이다. 신문화의 이식과 발전은 구체적으로는 첫째, 유학생의 해외 파견 등 신교육의 발흥 둘째, 신문·잡지의 간행 등 저널리즘의 발생과 성장 셋째, 성서번역과 언문운동 등으로 나타난다. 이러한 물질적 정신적 제조건에 토대를 두고 우리 신문학은 태어났던 것이다.

임화는 「개설 신문학사」에 이은 「신문학사」에서, 여러 유형의 작품을

---

21 임화, 「개설 신문학사」(『조선일보』, 1939.9.14), 위의 책, 23면.

거론하며 신문학의 발생과 발전 과정을 구체적으로 기술하기 시작한다. 그는 여기서 신문학의 전개 과정을 설명하기 위해 '과도기 문학'이라는 단계를 설정한다. 과도기문학이란 곧 신문학 초기의 문학을 말하는 것이다.

> 따라서 내가 신문학사에서 쓰는 과도기라는 말은 육당의 신시와 춘원의 새 소설이 나오기 이전, 그리고 한문과 구시대(이조적인)의 언문문학이 지배권을 상실한 중간의 시대를 지정하는 좁은 의미에 한정된다. 이 시기엔 자연히 구문학이 제(諸)전래의 신용과 위엄을 상실한 대신 신문학은 당연히 가져야 할 새 위의(威儀)를 채 갖추지 못하여 일종 반구반신(半舊半新)의 문학으로 충전되었다.[22]

과도기란 신구의 교차가 이루어지는 시기인데, 이 시기에는 양자의 승패가 모두 확정적이 아니다. 우리 문학사에서 과도기 문학의 내용, 다시 말해 구문학을 붕괴시키고 신문학을 형성시킨 근원적인 동력은 무엇인가? 그것은 주로 외래문화의 영향 아래 생장한 근대 시민적인 문화의식이라는 것이 임화의 대답이다. 이른바 자주의 정신과 개화의 사상을 핵심에 품은 넓은 의미의 계몽운동의 일환으로 신문학이 생겨났다는 것이다. 구문학으로부터 신문학이 탄생하는 과정은 구문학으로부터의 급격한 결별 과정이라기보다는, 오히려 구문학으로부터의 서서한 해탈 과정이다. 우리의 신문학사는 다른 후진 제국의 근대문학사가 그러한 것처럼 재래의 형식을 빌어 새 사상을 표현하는 절충적인 곳에서 출발한다.

---

22 임화, 「신문학사」(『조선일보』, 1939.12.5), 위의 책, 129~130면.

이것을 임화는 '낡은 용기에 새 술을 담은 격'이라고 표현한다. 이러한 과도기 문학에 해당하는 것이 첫째, 정치소설과 번역문학, 둘째, 새로 생긴 창가唱歌, 그리고 셋째, 신소설이다.

새로운 정신을 담고 있는 '낡은 용기'란 무엇인가? 임화는 그것이 한문문화의 유산이 아니라 이조 언문문화의 전통이라고 설명한다. 이조시대 언문문학의 양식적 전통이 상당한 기간 신문학을 지배한 요인 가운데 하나라는 것이다. 그리하여 임화는 다음과 같은 말로 신문학의 과도기적 문학 양식들인 정치소설이나, 창가, 그리고 신소설이 지닌 신구의 양면성에 대해 설명한다.

한말에 신문이나 잡지 및 공문서에 사용되던, 한문에 토만 단 것은, 혹은 한문을 번역한 것 같은 언한문혼용체가 현대문장이 한문으로부터 해방되는 제일보였다면, 그 시대의 문학형식인 정치소설이나, 창가나, 신소설은 현대문학이 이조의 언문문학으로부터 탈출하는 제일보였다고 말할 수 있다.

이것은 이조의 언문문학과 신문학과의 교섭을 주로 부정적인 측면에서 고찰한 것이나 돌이켜 신문학 형식에 있어서 이조의 언문문학이 연(演)한 역할을 생각하면 또한 그 공적이 불소(不少)함을 놀라지 아니할 수 없다.[23]

그런데, 모든 조선의 언문문학이 신문학의 발생에 영향을 미친 것은 아니다. 이조 언문문학 유산들은 그 가운데 새 시대의 문학에 가장 가까운 형식들만이 새 정신을 담는 낡은 용기가 될 수 있었다. 새 시대의 문학은 평민의 정신을 내용으로 한 문학이다. 따라서 이에 어울리는 것은

---

23 위의 글(『조선일보』, 1939.12.8), 위의 책, 133면.

전대의 문학 중에서도 비교적 평민적 문학이었던 소설과 창곡 그리고 가사의 일부였다는 것이 임화의 주장이다.

임화는 「신문학사」에서 "새로운 조선의 정치적 이상을 선전하고, 깨우지 못한 민중을 계몽하려는 의도가 직접적, 또한 노골적으로 표현된 정치소설에서 시작한다"[24]는 말로 정치소설의 위상을 논의한다. 정치소설이야말로 과도기 문학의 선구가 된다는 것이다. 그는 정치소설의 대부분은 정론적政論的인 성격을 띤 반정론半政論·반소설半小說의 문학이라 이야기한다. 한말 정치소설의 대부분은 독립자주를 이야기하는 것인데, 이는 국가 흥융과 약진의 정신 및 그것에 반하는 고난의 극복을 다룬 일본 정치소설과 구별된다. 임화가 여기서 정치소설의 예로 들고 있는 작품들은 「서사건국지」, 「의대리독립사」, 「미국독립사」, 「피득대제전」, 「나파륜전사」 등의 번역물과 장지연의 「애국부인전」, 신채호의 「을지문덕」, 「최도통전」 등이다. 임화가 여기서 정치소설로 분류하고 있는 이러한 작품들은 그에 앞서 쓰여진 안자산의 『조선문학사』나 김태준의 『조선소설사』에서는 모두 역사소설로 다루던 것들이다. 임화의 정치소설에 대한 이해나, 안자산·김태준의 역사소설에 대한 이해는 거의 유사하다. 안자산은 역사소설을 '당시의 정치적 상황과 연관을 갖고 뜻있는 인사들에 의해 성장한 소설'로 기술한다.[25] 김태준 역시 역사소설을 '정치사상과 국가 관념을 반영한 시대적 산물'로 본다.[26] 이렇게 본다면 임화는 안자산이나 김태준이 역사소설이라고 분류했던 일련의 작품들에 대해, 그 창작 동기나 성격 등에 대해서는 실제로 거의 같은 생각을 지녔으면서도

---

24 위의 글(『조선일보』, 1939.12.9), 위의 책, 135면.
25 안자산, 『조선문학사』, 한일서점, 1922.
26 김태준, 앞의 책, 1939.

단지 용어를 정치소설이라고 바꾸어 사용했음을 알 수 있다.

그런데 여기서 특기할 만한 것은 임화가 정치소설 속에 안국선의 「금수회의록」을 함께 넣어 다루고 있다는 점이다. 안국선의 「금수회의록」은 엄밀히 말하면 정치소설이기보다는 사회소설이며 혹은 정치소설과 '신소설'의 중간에 속하는 것이지만, 이인직의 작품들에 비하면 훨씬 정치소설에 가깝기 때문에 여기에 넣어 다룬다는 것이다. 이렇게 「금수회의록」을 정치소설에 넣고 보면 「금수회의록」이 조선 정치소설 중 최고 걸작이 된다는 것이 임화의 주장이다.

「신문학사」에 나타난 임화의 정치소설 분류는 지나치게 포괄적이다. 그가 사용하는 정치소설이라는 용어 속에는 창작 '역사·전기소설'과, 역사전기류 번역물, 그리고 '신소설'의 일부가 포함되어 있는 것이다. 그는 안국선의 「금수회의록」뿐만 아니라 그의 단편집 『공진회』 역시 세상을 풍자했다는 이유를 들어 정치소설로 거론한다. 이러한 임화의 정치소설 분류는 매우 포괄적일 뿐만 아니라 막연하게까지 보인다. 그 이유는 무엇인가. 그것은 임화가 '창가'나 '신소설'에 대해 논의할 때와는 달리 '정치소설'에 대해서는 형식적 접근을 하고 있지 않기 때문이다. 임화는 신문학사 초기의 대표적 '문학 형식'으로 '정치소설', '창가', '신소설'을 꼽았다. 하지만 그는 '창가'나 '신소설'에 대해 접근할 때와는 달리 '정치소설'에 대해 접근할 때는 전혀 형식적 접근을 하지 않았다. 그는 '정치소설'이라는 용어를 사용하면서, 양식적 특성에 대한 이해를 생략한 채 내용 분석에만 치중했다. 따라서 형식에 큰 관계없이 일정하게 정치적 색채를 띠고 있는 소설들을 막연하게 정치소설이라고 서술할 수밖에 없었던 것이다. 정치소설에 대한 임화의 이러한 정리는 「신문학사」 서술 가운데 가장 거친 서술 가운데 하나이다. 문학 양식의 역사성에 대한 이해 없이 기술된 부분이기 때문이다.[27]

「신문학사」에서 '창가'에 대한 임화의 정리는 매우 간략하다. 사흘 정도의 신문 연재 분량이 그 전부인 것이다. '창가'에 대한 정리는 '정치소설'의 경우와는 정반대로 양식에 대한 논의가 주를 이룬다. 내용 논의는 매우 소략한 것이다. 임화는 "조선의 신시 ― 엄밀히 말하여 자유시 ― 는 조선시가의 전통적 형식이었던 4·4조에다 신사상을 담는 데서부터 시작하였다"[28]고 본다. 조선의 신시는 낡은 운문에 새로운 정신을 불어 넣는 일로부터 출발하였다는 것이다. 이것은 창가의 내용인 신시대의 정신이 아직 자유율自由律을 획득할 만큼 성숙하지 못했기 때문이라는 것이 임화의 판단이다.

'신소설'에 대한 논의는 임화의 신문학사 정리 작업에서 매우 중요한 부분을 차지한다. 논의 분량으로나 깊이의 측면에서나 이는 앞의 두 가지 양식의 경우와는 차원을 달리한다. 신문학사 연재물 가운데 「속 신문학사」와 「개설 조선신문학사」는 모두 '신소설' 연구로 채워져 있다. 임화는 「속 신문학사」에서 '신소설'에 대한 논의를 양식문제에 대한 접근에서부터 시작한다.

임화가 '신소설'의 양식 문제에 대해 깊은 관심을 드러낸 것은, 문학

---

27 안자산과 김태준이 역사소설이라 칭했고, 임화가 정치소설이라고 칭했던 문학 작품 가운데 일부인 '역사·전기소설'의 역사성에 대해서는 『한국근대소설사』, 솔출판사, 1997 중 '역사·전기소설'의 형성 과정에 대한 논의 및 이 책의 제 2장 참조. '역사·전기소설'은 조선의 군담소설과 근대계몽기의 인물기사 그리고 해외 역사·전기물의 번역 작업 등을 통해 형성된 것이다. 그와 달리 안국선의 「금수회의록」은 조선 후기 야담, 그 가운데서도 한문단편에 토대를 둔 근대계몽기의 논설적 글쓰기에 토대를 두고 발전한 문학양식에 속하는 작품으로 보아야 한다. 신채호·박은식 등의 역사전기소설과 안국선의 「금수회의록」은 공통점보다는 차이점이 더 많은, 서로 다른 양식적 계통을 밟아 형성된 작품들이다.

28 임화, 「신문학사」(『조선일보』, 1939.12.21), 임규찬·한진일 편, 앞의 책, 149면.

사란 외면적으로 양식의 역사라는 생각을 하고 있었기 때문이다. 문학사 연구 방법론인 「조선문학 연구의 일 과제」에서 그는 다음과 같은 생각을 드러낸 바 있다.

> 문학사는 외면적으로는 언제나 이 양식의 역사다. 모든 통속적 문학사가 이 양식의 역사를 기술하고 있다. 그러나 양식의 역사는 기실 정신의 역사의 형식에 지나지 않는다. 양식의 역사를 뚫고 들어가 정신의 역사를 발견하고 못하는 것이 언제나 과학적 문학사와 속류 문학사와의 분기점이다. 문학사는 예술사의 대상일 뿐만 아니라 실로 사상사, 성신사의 대상이기도 하기 때문이다.[29]

이는 결국 양식의 역사 속으로 들어가 정신의 역사를 발견하는 것이 과학적 문학사임을 천명한 것이다.

「신문학사」에서 임화는 이인직에 대해 언급하며, 그는 가장 우수한 신소설 작가일 뿐만 아니라 '신소설'이라는 양식을 창조한 사람이라고 단언한다. 그는 이인직의 작품들이 후기 작품으로 올수록 전대소설의 영향을 벗어나 현대소설로 접근해갔다고 평가[30]함으로써, 이인직 소설에서의 전대소설적 요소와 현대소설적 요소에 대해 모두 언급한다. 거기에 정치소설과 번역문학 역시 '신소설' 출현의 토대가 된다는 것이 임화의 생각이다.

하지만 '신소설' 발생에 대한 이러한 생각은 다음의 진술에 와서는 철저하게 외래적 요소를 강조하는 것으로 바뀐다.

---

29 임화, 「조선문학 연구의 일 과제」(『동아일보』, 1940.1.19), 위의 책, 384면.
30 참고로, 임화는 신소설의 효시가 되는 이인직의 첫 작품을 『치악산』으로 적는 등 서지 정리에서는 사실과 다른 언급을 하고 있다.

그러면 통틀어 이러한 신소설은 어떻게 생겼는가 하면 어떤 의미에서는 재래의 여항소설을 개조한 것이나 결정적으론 외국문학의 수입과 모방의 산물이다. 더욱이 초기 메이지(明治)문학의 영향이 강했으리라는 것은 중요한 신소설 작자들이 모두 일본 유학생이나 그렇지 않으면 일본문학의 애독자였다는 사실을 보아도 알 수 있다.[31]

임화는 이렇게 조선의 '신소설' 작가들이 일본화된 서구문예의 영향을 받아 반구반신半舊半新의 '신소설'을 만들었다는 주장을 펼쳤던 것이다.[32]

임화는 '신소설'의 특색을 첫째 문장의 언문일치, 둘째 소재와 제재의 현대성(혹은 신시대성), 셋째 인물과 사건의 실재성(혹은 사실성) 등으로 정리한다. 이러한 세 가지 요소는 '신소설'에서 뿐만 아니라 현대소설도 가지고 있는 특징이나 '신소설'에 있어서는 현대소설만큼 완성되어 있지 않고 겨우 발아하기 시작한데 불과하다는 것이 임화의 견해이다.

'신소설'은 새로이 발아하고 성장하는 개화의 조선, 청년의 조선보다는 더 많이 낡은 조선, 노쇠한 조선의 면모를 더욱 똑똑히 표현한다. 와해 과정 가운데 있는 봉건조선의 모습을 그린 것이 '신소설'의 주목적이라고 할 만큼 '신소설'은 전편이 모두 배경도 양반의 세계요, 인물도 낡은 인물이 주를 이루며, 사건도 낡은 배경을 중심을 일어난다.

임화는 '신소설'이 이렇게 낡은 인물과 사건 및 배경을 다루는 문제에 대해서, 그것이 개화조선에 비하여 봉건조선의 실재력實在力의 강대함의 반영이면서 아울러 개화조선의 당면 목표가 새로운 것의 건설보다는 낡

---

31 임화, 「속 신문학사」(『조선일보』, 1940.2.8), 위의 책, 165~166면.
32 임화의 이러한 진술 방식은 임화의 문학사를 이식문학론에 토대를 둔 문학사로 이해하게 하는 결정적 빌미가 된다.

은 것의 파괴에 있었기 때문이라고 해석한다. 그렇기 때문에 본래는 개화 조선의 성장 앞에 무참히 붕괴되는 구세계 봉건조선의 모습이 그려져야 함에도 불구하고, 오히려 '신소설'에는 강대한 구세계의 세력하에 무참히 유린당하는 개화세계의 수난의 역사가 그려진다는 것이다. 그런데 이러한 현상은 독일이나 러시아 혹은 일본의 계몽시대에서도 공통으로 볼 수 있는 현상이다. 그러므로 다른 나라의 계몽문학처럼, 현재에는 구세력이 강하여 수난을 당하지만 그 수난과 고생 끝에는 신세력의 승리와 행복이 오는 '아이디얼리즘'이 '신소설'의 기본 색조가 되고 구조 원리가 된다는 것이다.

임화는 그러나 이러한 신세력의 주관적인 아이디얼리즘에 바탕을 둔 '신소설'은, 사실상의 비극이 개화조선에 있기보다는 봉건조선에 있다는 사실을 깨닫지 못한다고 비판한다. '신소설'은 그들이 전력을 다하여 묘사하려고 한 구세계의 실상을 옳게 알지 못했다는 것이다.

아울러 그는 '신소설'이 새로운 배경과 새로운 인물군을 가졌음에도 불구하고 천편일률로 선인·악인의 유형을 대치하는 구소설의 구조를 거의 그대로 답습하고 권선징악이란 구소설의 운용법을 별로 개조하지 않고 그대로 사용한다고 비판한다. '신소설'의 가장 큰 구소설적 유제를 인물의 선인 악인식 분류와 권선징악에 있다고 본 것이다. 그 결과 '신소설'은 그 자신의 가장 대표적 특징이며, 구소설의 허구성과 비현실성에 대립되며 새로운 가치로 평가받는 사실성마저 극히 중도반단적인 것으로 떨어져 머무르게 된다. '신소설' 가운데 있는 리얼리즘은 결국 부분적 국부적인 리얼리즘, '트리비얼'한 리얼리티임을 면치 못한다는 것이다.

하지만 임화의 이러한 비판이 '신소설'의 문학사적 가치를 근본적으로 부인하는 것은 아니다: 그는 위와 같은 한계들이 있음에도 불구하고 '신소설'의 문학사적 가치가 리얼리즘의 구현에 있음을 다음과 같이 강조한다.

그러나 이러한 정도의 사실성이나마 구소설에 비하여 창조적인 가치요, '신소설' 가운데 보옥처럼 귀히 들어와 그 뒤의 현대소설로 하여금 일층 자기의 길을 개척하기에 용이케 한 무기가 된 것이다.

그러한 소득으로는 먼저 우리는 '신소설'들이 우수하면 할수록 그때 세상의 시대상의 반영을 들 수 있다. 청일전쟁이라든가, 러일전쟁이라든가, 동학난이라든가 하는 대사건을 위시로 오리(汚吏)로 충만한 정부의 부패와 세정(世情)의 변천, 풍속의 추이에 이르기까지 구소설에서는 볼 수 없는 것이 묘출되었다. 그러한 외적인 것보다 더 중요한 것은 전반적인 구사회의 부패상의 폭로와 봉건적 가족제도의 혼란과 부패의 정치한 묘사다.

여기서 점차로 일반화해 가는 반상(班常)의 평등, 평민의 성장이 그려도 지고 혹은 자녀들의 성장이 표현도 되고 미신도 폭로되고 하여 개화를 계몽하는 데 가장 확실한 예술적 사업이 수행되고 있다. 이러한 리얼리즘은 개화의 주관적인 주장보다 훨씬 강하게 그 사상의 필연성을 인식시킨다. 이것은 또한 '신소설'이 갖고 있는 불멸의 가치다.[33]

여기서 임화는 '신소설'이 지닌 문학사적 가치가 현실의 객관적 사실적 묘사 부분에 있음을 강조한다. 현실에 대한 리얼리즘적 묘사는, 근대 계몽기 '신소설' 작가의 주관적인 개화 주장보다 더욱 현실의 개화와 계

---

33 임화, 「속 신문학사」(『조선일보』, 1940.2.8), 위의 책, 165면.

몽을 위한 효과적 수단이 된다는 것이다. '신소설' 작가들의 주관적 아이디얼리즘에 근거한 역사적 세계관의 한계성에 대해 비판한 임화가, '신소설' 작가들의 외면적 주장 때문이 아니라 '신소설'이 보여주는 리얼한 현실 묘사로 인해 '신소설'이 곧 개화 계몽의 효과를 거두게 될 것이라고 주장한 대목은 매우 흥미롭다. '신소설' 작가들의 세계관에서 근대성을 보는 것이 아니라, 그들이 선택한 방식에서 우리문학의 근대성을 읽어내고 있기 때문이다.

임화의 '신소설'에 대한 논의의 바탕에는 김태준의 『조선소설사』가 중요하게 자리잡고 있다. 임화는 '신소설'의 특색에 대해 정리하며 그것이 김태준의 글에 토대를 둔 것임을 밝힌 바 있다. 그는 '현대소설—신소설—구소설'이라는 연결 고리의 제시를 통한 '신소설'의 소설사적 자리매김 과정에서도 김태준의 글을 직접 인용한다. 신소설을 현대소설로 가는 '과도기'의 소설로 정리한 것 역시 김태준이었다는 점에서, 임화가 신문학사에서 중요한 개념으로 활용하던 '과도기'라는 용어 역시 김태준에게서 나온 것으로 보아 큰 무리가 없다. 임화는 「속 신문학사」에서 '신소설'이라는 용어를 문학사적 의미를 지닌 고유명사로 주로 사용한다. 이러한 성과 역시 김태준의 『조선소설사』에 근원을 두고 있다.

김태준은 『조선소설사』에서 '신소설'이라는 용어를 구소설에 대한 상대적 용어로 사용하면서, '구소설, 신소설, 소설'이라는 역사적 대비구도를 보여주었다. 그는 『조선소설사』 증보판의 「신문예운동 40년간 소설관」에서 '신소설'과 현대소설 사이의 관계를 설정하고 '신소설'의 문학사적 의미를 다음과 같이 설명한다.

이 신소설(新小說)은 사회가 많은 고대적(古代的) 유제 (遺制)를 포함한 채 근대적 구성을 일러 이것이 이 나라의 사회의 특성을 이룬 만큼 이도 시민의 단순한 오락과 소견(消遣)에서 시민들의 부르짖는 신문화의 계몽적 정신이 팽배한 이상주의(理想主義)였고, 이는 구소설(舊小說) 즉 이야기 책에서, 춘원(春園)·동인(東仁)·상섭(想涉) 제씨(諸氏)가 쓰기 시작한 현대적 의의의 소설에 이르기까지의 교량(橋梁)을 이루어 이른바 과도기적(過渡期的) 혼혈이라. 이야기 책에서 대번에 현대소설(現代小說)이 나온 것이 아니라 이러한 과정을 밟아서 현대소설은 발달하여 온 것이다.

춘원 이후의 여러 작가의 수법이 전혀 구라파적 수입에서가 아니라 이러한 전대(前代)의 전통을 토대로 하고 즉 이야기 책의 장구한 발전과 유명무명의 신소설 작가의 은은한 그러면서도 막대한 노력의 성과 위에 입각함으로써 현대의 문학적 세계의 건설이 성공된 것이다.[34]

김태준은 여기서 '신소설'이 구소설과 현대소설의 교량적 역할을 한 과도기의 소설이라는 점을 강조한다. 그는 '신소설이란 조선조 소설이 끝난 이후부터 이광수의 소설이 시작되기 전까지 나오던 소설'이란 생각으로 이 용어를 사용했다. 임화는 김태준의 이러한 정리를 발판으로 삼아 '신소설'이란 용어를 문학사적 개념으로 확립시키고, 그것을 특정한 시기에 나온 특정한 문학 양식[35]을 지칭하는 용어로 우리 문학사에 정착시킬 수 있었던 것이다.[36]

---

34 김태준, 앞의 책, 247~248면.
35 임화가 '신소설'이라는 용어를 특정한 문학 양식을 지칭하는 용어로 이해하고 있었다는 사실은, 그가 「속 신문학사」 집필기에 창작되는 '신소설'에 대해 '현대소설'이라 칭하지 않고 '현대 신소설'이라 칭했던 점에서도 분명히 확인된다.
36 임화 및 김태준의 '신소설' 연구와 관련된 더욱 자세한 서술은 김영민, 『한국근대소설사』, 솔출판사, 1997, 128

4. 맺음말

임화의 일련의 신문학사 연구와 정리 작업을 통해 얻어진 성과는 적지 않다. 이는 우선 최초의 본격적인 근대문학사 정리 작업이었다는 점에서 의미가 있다. 여기서 임화는 특정한 문학 양식과 구체적 작품의 형성 과정 구명을 위해, 그 원인과 결과의 상관관계 고찰이라는 방식을 사용함으로써 과학적 문학사 서술의 토대를 마련했다. 근대문학의 발생 및 성장 과정을 정리하기 위해 물질적·정신적 토대에 대한 고찰로부터 시작한 것 역시 그의 과학적 접근 태도를 보여준다. 아울러, 정신적 토대에 앞서 물질적 토대의 중요성을 강조한 것은 그의 세계관의 일단을 보여주는 것이기도 하다.

'신소설'이라는 용어를 역사성을 지닌 분명한 문학사적 용어로 정착시킨 것 역시 임화의 신문학사 작업의 성과이다. 이러한 생각이 김태준의 연구성과에 토대를 둔 것이기는 하지만, 그것을 일관되게 문학사적 의미를 지닌 용어로 사용해 정착시킨 임화의 성과 역시 적지 않은 것이다. 임화에 의해 이렇게 자리잡은 '신소설'이라는 용어의 의미는 해방 이후의 문학사 정리 작업을 거쳐 오늘날까지 자연스럽게 이어질 수 있었다.

표피적 양식사로서의 문학사를 넘어 정신사를 포함한 심도 있는 양식사를 기술하려는 임화의 노력은 '신소설' 연구에서 유감없이 발휘되었다. 그러나 신문학사의 중요 대상이 되는 세 가지 형식을 '정치소설', '창가', '신소설'로 규정했지만 '창가'에 대한 연구가 상대적으로 소홀했고

~135면·141~144면 참조.

특히 '정치소설'에 대한 접근이 모호하게 이루어진 것은 그의 신문학사 연구가 지닌 한계가 아닐 수 없다. '정치소설'에 대한 연구가 실패한 이유는 문학사 서술 방법론과 현실적 실천의 괴리, 즉 유독 이 장에서만 양식론적 접근이 전무한 데에 그 결정적 원인이 있다.

그는 신문학사 기술의 전과정을 통해 '이식'과 '전통'이 양자 택일의 문제가 아니라 상호 병존할 수 있는 것이라는 생각을 드러냈다. 하지만, 서술 태도와 발표 방식에서 오는 문제점 등으로 인해 그것이 독자들에게 바르게 전달되기가 어려웠다. 임화의 신문학사는 텍스트가 여러 곳에 흩어져 있어, 그것을 함께 읽고 종합적으로 문맥을 파악하지 않을 경우 오독의 가능성이 매우 큰 상태로 전달되어온 것이다.

임화의 신문학사 작업은 한국 근대문학의 중요한 유산이다. 신문학사 텍스트 해석이 지닌 문제점이나 그것으로 인한 이후의 영향 등을 생각하면서, 우리는 근대문학의 유산에 대한 체계적 정리의 필요성을 더욱 실감하게 된다.

부록

쇼셜[小說] 파션밀破船密事

『경향신문』(1908년 7월 3일 ~ 1909년 1월 1일)

1908년 7월 3일

리무근李無根이 파파로인으로 싀골에 은거ᄒ야 손즈들을 드리고 이십
여 년젼에 지낸 일을 리약이ᄒ기를 이러케 ᄒ니

내가 광쥬 동면 동촌에 나셔 삼형뎨로 잇다가 부모ㅣ 염질로 흔 둘만
에 셰샹을 ᄇ린 후에 삼형뎨 ᄯ흔 의지흘 곳이 업서 걸식을 ᄒ다가 을유
흉년에 두 형은 주려 죽고 이런 흉험 즁에서 그럭 뎌럭 십칠 셰 되여 인
쳔항에 ᄂ려가 요힝히 미국 쟝스의 집에 텅직이로 드러 가셔 틈틈이 영
어를 공부ᄒ엿더니 ᄆ춤내 샹항香港에로 가는 륜션에 올나 십여 일만에

미국에 느려 대학교에 드러가 공부ᄒ 량으로 ᄒ다가 ᄆᄋᆷ이 어지러워 그 ᄉ 공부를 졸업지 못ᄒ고 다만 환치ᄂᆫ 공부를 졸업ᄒ야 아모 사ᄅᆷ이라도 ᄒ번 보면 즉시 붓으로 그 용모를 그리ᄂᆫ지라

일노 인ᄒ야 혹 쳥ᄒᄂᆫ 쟈ㅣ 잇스면 환을 그려 주고 삭을 밧아 싱명을 근근히 지낼 ᄉᆡ 고국 친구는 업고 날마다 료리뎜에 드러가 술이나 차를 먹을 ᄉᆡ에 신문을 보니 ᄒ로는 유명ᄒ 부쟈 일홈은 빈돈이란 이가 잇서 극히 죠션 사ᄅᆷ을 ᄉᆞ모ᄒ던 중 환을 잘 친단 말을 듯고 나를 쳥ᄒ야 글ᄋ 뎌 드른즉 그ᄃᆡ가 죠션 사ᄅᆷ으로셔 우리나라해 나아와 환치기로써 싱업 을 ᄒ니 내가 듯기에 민망ᄒ니 나와 동ᄉᆞᄒᆷ이 엇더ᄒ뇨 ᄒ즉 내가 그 말 을 듯고 ᄆᆨᄆᆨ히 잇서 싱각ᄒᄃᆡ 밋쳔 ᄒ 푼도 업ᄂᆫ 놈이 엇지 대샹으로 더 브러 동ᄉᆞ를 ᄒᆯ 수 잇소 빈돈이 나를 ᄇᆞ라보다 나의 속ᄆᄋᆷ을 짐쟉ᄒ고 ᄒᄂᆫ 말이 동ᄉᆞᄒ기로 쳥ᄒᄂᆫ 것이 다름이 아니라 밋쳔은 내가 당ᄒᆯ 것 이니 다른 념려 말고 셔역과 각 항 일을 ᄌᆡ조대로 쥬션ᄒ면 리익을 분식 ᄒᆯ 것이니 조곰도 어렵게 싱각지 말고 허락ᄒ시오 ᄒ거늘 즉시 허락ᄒ야 이에 동ᄉᆞ가 된지라

빈돈이 본ᄃᆡ 가난ᄒ나 ᄌᆡ조 헌졀ᄒ야 산슐에 익어 은ᄒᆡᆼ소의 슈단을 익슝ᄒ야 ᄌᆡᄆᆞᆯ 내ᄂᆫ 리허[貫利]를 알고 크게 취ᄒ야 ᄆᆞᄂᆞ아 모호ᄂᆫ 수직에 ᄀ쟝 묘ᄒ나 욕심이 과ᄒ ᄆᄅᆞ로 비의ᄒ 듯ᄒ 일을 ᄒ여 보니 실물실의심 가온대 밋쳔을 노코 요힝히 거부를 일우니 광고ᄒ야 됴흔 쇼쥬와 동ᄉᆞ 긔계ᄭᆞ지 전매뎐으로써 갈니포니아 금광을 매ᄆᆡᄒ고 파션 ᄒ 륜션을 헐 가로 ᄆᆡ득ᄒ여 무수ᄒ ᄌᆡᄆᆞᆯ을 모화 셰월 지내되 셩픔이 급ᄒ고 불미ᄒ 힝실이 만ᄒ도 내가 무졍ᄒ 사ᄅᆷ이 아니면 은혜를 닙은 싱각으로 엇지 말을 낼 수 잇ᄉ리오

1908년 7월 10일

빈돈이 나와 곳히 고독흔 ᄋ힌로셔 스승이 업서 ᄆ음을 기ᄅ고 셩졍을 슬펴 착ᄒ게 돌녀 주ᄂ 어룬이 업ᄂᄃ 이러 뎌리 옴겨 굿은 ᄆ음을 노치 아니흠으로 지조를 비호고 ᄂ의 집에 잇다가 ᄌ본을 잡아 이에 ᄌ쥬 쟝ᄒ야 틈을 타셔 ᄎᄎ 치부된 션싱이라

빈돈이 엇더케 나를 알앗던지 동ᄉᄒ기를 허락흔 연후에 깃거히 나ᄃ려 말ᄒ기를

그ᄃ가 나와 셩부동ᄂ이지 일가와 다름이 업고 ᄶᄶ 심지가 날과 흔가지인즉 이제는 원이 업ᄂ이다 ᄒ니 내가 과연이 날브터 힘을 다ᄒ야 곳히 일을 보ᄂᄃ 미우 다ᄉᄒ나 흔 둘 동안에 오륙 일은 오후에 겨를을 엇어 ᄒ변에 가 놀기도 ᄒ고 쳥인의 쥬막에 드러가 쉬기도 ᄒ고 션창에 자조 나가 새로 드러 오ᄂ 비에 션긱을 아모리 슬펴 보아도 우리 죠션 사ᄅ은 ᄒ나도 맛나 보지 못ᄒ엿ᄂᄂ지라 지금 곳ᄒ면 우리 나라 동포 오륙쳔 명이 나라히 망ᄒ고 회복ᄒ 힘이 업서 참아 눈으로 볼 수 업ᄂ 즁에 본국을 리별ᄒ고 샹항에 이거ᄒ야 쟝ᄉᄒ며 먹고 농ᄉ도 짓고 각식 학문도 공부ᄒ여 문명흔 나라헤 유명흔 사ᄅ으로 우리나라에 이쳔만 동포 지인을 ᄀ졀히 싱각ᄒ야 회국흘 ᄎ로 일본 졍부의 압졔 힝악을 긔직ᄒ야 텬하 만국에 신문 공포 ᄒ니 젼 시ᄃ와 달나셔 새로 난 텬ᄃ와 다름이 업고 어ᄂ 곳에로 가든지 샹항 읍ᄂ에 흔시 동안이라도 대한국 사ᄅ을 반갑게 아니 맛날 수 업ᄂ지라

흔로는 션창에 가셔 뎐본국편에로 향ᄒ야 안잣더니 홀연히 륜션 ᄒ나히 입항ᄒ야 다른 륜션들 닷 주고 서ᄂ 곳에 미쳐 드러 오지 못ᄒ고 닷흘

ᄂᆞ려 뎡박홀 즈음에 쌈판션 일 척이 갓가이 대이매 륜션에서 사ᄅᆞᆷ들이 급히 ᄂᆞ려서 힘대로 셜니 로를 져어 션창에 나올 ᄯᅢ에 보니 례ᄉᆞ인이 아니오 소임所任이라 내 압헤로 와셔 무ᄅᆞᆮ디 경찰소가 어ᄃᆡ 잇ᄂᆞ뇨 ᄒᆞ거늘 ᄀᆞᄅᆞ쳐 주니 그제는 찬찬히 것ᄂᆞᆫ지라 나ㅣ가 무ᄅᆞᆮ디 무슴 일이 잇스며 지금 입항ᄒᆞᆫ 뎌 륜션의 일홈이 무어시냐 ᄒᆞᆫ즉 ᄒᆞ나히 ᄃᆡ답ᄒᆞ기를 우리 ᄇᆡ 일홈은 비복션이오 나는 부함쟝으로 잇스며 나의 일홈은 라다마요 뎌 친구의 일홈은 손논이니 ᄉᆞ무관이라 ᄒᆞ더라

1908년 7월 17일

경찰소로 ᄯᅡ라가 본즉 그 사ᄅᆞᆷ들이 ᄇᆡᆨ활ᄒᆞ야 ᄀᆞᆯᄋᆞᄃᆡ 어제 우리 함쟝이 술이 취ᄒᆞ야 악독ᄒᆞᆫ ᄆᆞᄋᆞᆷ으로 무단히 션인 다ᄉᆞᆺ을 륙혈포로 노하 죽일 ᄯᅢ에 내가 당참ᄒᆞ엿스나 말니지 못ᄒᆞ고 왓스니 셔쟝은 쳐분ᄒᆞᆸ쇼셔 ᄒᆞᆫ즉 즉시 슌사 십여 명을 분부ᄒᆞ야 륜션에 올나가셔 죽은 사ᄅᆞᆷ의 시톄는 보앗스나 함쟝을 보지 못ᄒᆞᆷ은 함쟝이 스ᄉᆞ로 제 죄를 알고 물로 헤염ᄒᆞ야 비밀ᄒᆞᆫ 곳에 숨음이라

나ㅣ가 ᄉᆡᆼ각ᄒᆞ니 라다마가 춤아 웃사ᄅᆞᆷ을 걸어 법관의게 잡히게 홀 수 업ᄂᆞᆫ ᄆᆞᄋᆞᆷ으로 도망홀 길을 마련ᄒᆞ고 열어 준 것이러라

그 후에 라다마로 더브러 친근히 지낼 ᄯᅢ에 비복션 리약이를 ᄒᆞ나 모로ᄂᆞᆫ 톄ᄒᆞ더라

그 잇흔 날브터 라다마와 졍다온 벗이 되여 자조 맛나 쳥인 도사바 술막에 ᄒᆞᆫ가지로 안자 슈쟉홀 ᄉᆡ 그 쥬막에 드러오ᄂᆞᆫ 사ᄅᆞᆷ들을 보니 다 션

인으로 싱애ᄒᆞᄂᆞᆫ 쟈ㅣ오 함쟝브터 화쟝까지라 남편 대양에로 갓다 왓ᄂᆞᆫ
듸 그 곳에 이샹ᄒᆞᆫ 풍쇽을 서로 말ᄒᆞ며 롱담도 ᄒᆞ며 혹 그 중에 션비 잇
서 ᄆᆞᄋᆞᆷ을 넓혀 타국 리약이에 묘리를 ᄎᆔᄒᆞ여 론칙ᄒᆞᆯ ᄀᆞᄋᆞᆷ이 잇슬 ᄃᆞᆺᄒᆞ
나 겸손ᄒᆞᆫ ᄆᆞᄋᆞᆷ으로 젼말顚末을 모로ᄂᆞᆫ 쟈 ᄀᆞᆺ히 말을 ᄒᆞᆫ 마듸 ᄒᆞ지 아니ᄒᆞ
고 혹 무식ᄒᆞᆫ 션인이 잇서 각국 항구에 ᄂᆞ려 본 것이 만흠으로 리ㅅ속은
알지 못ᄒᆞ고 리약이 ᄀᆞᄋᆞᆷ으로 삼을 ᄲᆞᆫ일너니 나ㅣ가 그 사ᄅᆞᆷ들과 홈께
잇기를 오래 ᄒᆞ매 ᄌᆞ연히 타국에로 갈 ᄆᆞᄋᆞᆷ이 싱겨 나더라

　ᄒᆞ로는 도ㅅ바 술막 근방에 혼자 안자 심심ᄒᆞ더니 홀듸에 어듸셔 슈션
거리며 ᄎᆞᆺᄎᆞᆺ 크게 들네더니 사ᄅᆞᆷ 삼십 여명이 드러오ᄂᆞᆫ듸 그 중에 사ᄅᆞᆷ
네히 화륜션 션인으로 ᄂᆞ려온 사ᄅᆞᆷ이라 모든 구경ᄒᆞᄂᆞᆫ 사ᄅᆞᆷ이 이샹히 보
며 말을 뭇기도 ᄒᆞ니 쟝터 마당에 이샹ᄒᆞᆫ 놀이 ᄒᆞᄂᆞᆫ 것ᄀᆞᆺ히 서로 보더라
우엔 사ᄅᆞᆷ인고 싱각ᄒᆞᄂᆞᆫ 즈음에 바람결 ᄀᆞᆺ히 소문이 번지ᄂᆞᆫ듸 그 네 사
ᄅᆞᆷ이 미웨도에셔 파션ᄒᆞᆫ 륜션 유물환에셔 겨우 살아 나셔 영국 병함 대
무호를 요힝으로 맛나 ᄐᆞ고 환국ᄒᆞᆫ 사ᄅᆞᆷ인듸 방쟝 하륙ᄒᆞ여 보관ᄒᆞᆫ 연후
에 친구를 맛나 술막에 드러온지라 내가 안자셔 ᄌᆞ셰히 술펴 보니 모도
얼골이 히ㅅ빗헤 쪼이여 싯검어져셔 고싱ᄒᆞᆫ 형젹이 나타나고 손에 술잔
을 들고 말을 ᄒᆞᄂᆞᆫ지라 ᄒᆞ나흔 화쟝으로 잇던 쟈인듸 하와이 사ᄅᆞᆷ이오
ᄒᆞ나흔 ᄆᆞᆨ셔기 사ᄅᆞᆷ인듸 손에 쇠쇼리쟝을 들엇고 ᄒᆞ나흔 형샹이 약ᄒᆞ고
인물이 고은 사ᄅᆞᆷ인듸 폴쭉을 슈건으로 쓰ᄆᆡ여 가슴에 엇메고 크게 놀난
사ᄅᆞᆷ ᄀᆞᆺᄒᆞ며 넷재는 함쟝 가다나ㅣ니 나히 근 오십이나 되고 킈가 중픔
이나 되고 얼골이 붉고 눈이 푸르고 올혼손을 슈건으로 싼지라

1908년 7월 24일

내가 그 동정을 보고 이샹이 넉여 싱각ᄒᆞ디 큰 륜션 함쟝과 화쟝이 큰 읍닉에 ᄒᆞᆫ가지로 동힝ᄒᆞ여 ᄒᆞᆫ가지로 술막에 드러가 등분 업시 안자 슈쟉ᄒᆞᄂᆞᆫ 것은 이샹ᄒᆞᆫ 일이오 풍속에 업ᄂᆞᆫ 일이로다 내가 싱각 업시 손에 익은 대로 연필을 가지고 그 네 사름을 ᄌᆞ셰히 그렷ᄂᆞ니라

함쟝이 독ᄒᆞᆫ 쇼쥬를 마시여 만취ᄒᆞ엿ᄂᆞᆫ디 뭇ᄂᆞᆫ 사름 딕ᄒᆞ야 유물환 파션ᄒᆞᆫ 소이연을 쪽쪽히 말ᄒᆞ나 나는 멀니 안잣슴으로 ᄌᆞ셰히 들니지 아니ᄒᆞ고 대개 들니ᄂᆞᆫ 말이 홀연이 셔북간에셔 쑥뿡이 니러나매 비를 돌닐 적에 엿흔 물에 언치여 모래 싸혀셔 파션이 되엿다 ᄒᆞ니 션인이 일졔히 말ᄒᆞ기를 참 그럿습ᄂᆞ이다 ᄒᆞ니 함쟝도 글ᄋᆞ디 히군부에셔 그린 히도 셔로 밋고셔 망ᄒᆞ엿다 텬하 무용지물이오 디하 쟝군님이 가져가 업시 ᄒᆞ면 싀훤ᄒᆞ겟다 ᄒᆞᆫ즉 모든 이 말이 참 그러ᄒᆞ외다 ᄒᆞ며 이에 함쟝을 즁히 넉여 문명ᄒᆞ고 바다헤 익은 쟝군으로 공경ᄒᆞᄂᆞᆫ지라 째에 네 사름의 그림을 다 그리고 밧게로 나아 오니라

나ㅣ가 그 일을 간셥ᄒᆞ야 나죵에 크게 ᄆᆞ음이 걸녀 지낼 줄을 도모지 무망ᄒᆞ더니 그러나 가다나의 얼골이 얼마 동안에 내 눈 압헤 잇서 업서지지 아닌지라 내가 션지先知라 말을 ᄒᆞᆯ 수는 업스나 실샹 짐쟉ᄒᆞᆫ 사름으로 유물환 함쟝이 크게 놀난 사름의 형적이 업ᄂᆞᆫ 바ㅣ 아니라 거동이 비록 졈잔으나 목소ᄅᆡ는 이샹ᄒᆞ게 썰녀 나고 눈 쓰는 것도 속에셔 겁나ᄂᆞᆫ 모양이 드러나 보이더라

그 이튼날 조죠에 희ᄉᆞ에 가니 빈돈이 칙샹 압헤 안자 일일 신문을 보더니 나를 보고 깃버ᄒᆞ며 닐ᄋᆞ디 말이 여보 무근이 됴흔 일이 싱겨낫소

앗가 황금 흔 가리를 알아 내엿스니 됴흔 일이 아니오 그 황금이 태평양 쇼셤 변에 잇서 나ㅣ가 가셔 취ᄒᆞ기를 기ᄃᆞ린다 ᄒᆞ며 이에 손에 신문을 펴 크게 외오ᄃᆡ 본항 샹선회샤 보관ᄂᆡ기에 유물환 함쟝의 말을 거흔즉 영국 병션 대무호가 어제 우리 항구에 도박ᄒᆞ엿ᄂᆞᄃᆡ 유물환의 함쟝 가다나와 네 션인을 실어 왓고 그 불샹흔 사름들이 금월 십이일 미웨도 가헤셔 파션되여 그 이튼날에 다힝히 구원을 닙은 쟈ㅣ라 유물환은 이 빅돈 되ᄂᆞᆫ 비인ᄃᆡ 론돈 항에 미인 비며 이년 젼브터 렬국에 왕ᄅᆡᄒᆞ엿ᄂᆞᆫ지라

1908년 7월 31일

가다나가 작년 십이월 초팔일에 향항에셔 ᄽᅥ날 ᄽᅢ에 빅미 칠빅셤과 차ㅅ가음 수쳔 근과 비단 수빅 필과 쳥국 소산에 귀흔 물픔을 시럿ᄂᆞᄃᆡ 도합 가젼은 이만 환이 된지라 ᄽᅥ난 후ㅅ 오일은 일긔가 됴터니 그 엿ᄉᆡ ㅅ날브터는 왜풍이 나셔 비에 시른 먹을 물이 맛이 변ᄒᆞ야 비린내가 나ᄂᆞᆫ지라 함쟝이 디도칙을 보니 미웨도라 ᄒᆞᄂᆞᆫ ᄃᆡᄂᆞᆫ 셕탄을 류치흔 곳이라 ᄒᆞ엿스니 그 곳에 가셔 셕탄과 물을 시ᄅᆞ 량으로 힝션ᄒᆞ여 도즁에 드러가니 초목이 업고 다만 바희 ᄲᅮᆫ이여늘 그 바희 틈을 파 보니 ᄶᅡᆫ물만 나ᄂᆞᆫ지라

칠일 동안을 그곳에셔 머무르ᄂᆞᄃᆡ 먹을 물이 임의 샹흔 고로 션인들이 크게 고생을 당ᄒᆞᄂᆞᆫ 즁이라 그 ᄽᅢ는 십이일이라 북풍이 불고 날이 져물엇스나 함쟝이 분부ᄒᆞ야 비질을 ᄒᆞ다가 암초 가온대 ᄲᅡ져셔 너른 바다를 ᄎᆞ쟈 향ᄒᆞᆯ 즘음에 홀연히 셔북간에셔 바람이 크게 니러나ᄂᆞᆫ 고로 빅

를 돌닐 적에 바람의 힘을 이긔지 못ᄒ야 모래 싸헤로 드러가 뭇쳣ᄂᆞᆯ딘 째는 오후 ᄉᆞ십분일너라

션인들이 종션에 ᄂᆞ리려 ᄒ다가 바람에 치여 물에 쌔지ᄂᆞᆫ 것을 보앗ᄉᆞ나 다른 션인들이 풍파가 대단흔 고로 구졔치 못ᄒ야 죽으니 ᄒ나희 일홈은 노도션인딘 파란국 사름이오 ᄒ나희 일홈은 우히량인딘 희랍국 사름이오 그듬아 살아 잇ᄂᆞᆫ 다슷 션인 중 ᄒ나희 일홈은 부론이니 돗딘 부러진 토막에 마자셔 폴ᄉ둑이 부러진지라

함쟝의 말을 드른 즉 유물환이 몬져 산호 바회에 부듸쳐 넘어 가셔 모래ᄉ속에 걸녓ᄉᆞ니 바회에 부듸칠 적에 필경 샹ᄒ여 물구멍이 난 것을 막앗ᄉᆞ나 빅미는 짠물에 져져셔 아조 일흔 것이 되엿ᄉᆞ나 늠은 물건을 반듯시 샹흠이 업ᄉᆞ리라 함쟝이 종션에 ᄂᆞ려 써나려ᄒᆞᆯ 즈음에 영국 병함 대무호가 그곳에 니ᄅᆞᆫᄂᆞᆫ딘 그 용밍흔 함쟝이 구원ᄒ야 주엇ᄂᆞᆫ지라 병함의 함쟝과 히군들이 가다나와 션인들을 후딘ᄒᆞ엿ᄉᆞ니 칭찬흠이 한량 업ᄂᆞᆫ지라

1908년 8월 7일

유물환에셔 살아 나아온 쟈의 일홈을 이 아래 긔록ᄒᆞ엿ᄉᆞ니 함쟝은 가다나니 영국인이오 부함쟝은 구다리니 노로웨국인이오 ᄒ나혼 아위노이니 청국이니오 ᄒ나혼 부론이니 스고시아국인이오 ᄒ나혼 하돈이니 론돈에 틱싱이라 유물환은 십년 젼에 지은 빅인딘 릭일 오젼 열시에 대샹 회샤로 매믹홀 터이라 우리 통신원이 료리관에 가셔 대무호 함쟝

셔무리를 맛나니 가다나의 말과 ᄀᆞᆺ흔지라 유물환과 션흔 말을 무른되 부함쟝의 말이 비는 파션되엿스나 금년 농졀ᄭᅵ지는 탈 업시 샹ᄒᆞ지 아니리라 ᄒᆞ거늘 내가 말ᄒᆞ되 이 말을 드른즉 ᄌᆞ샹ᄒᆞ고 명빅한 말이라 그러나 말 흔 마되 그릇된 것이 잇서 유물환에 화쟝은 쳥국인이 아니오 곳 하와이 본토시인이라 ᄒᆞ니 빈돈이 이샹히 넉여 무른되 그되는 엇지 그 일을 아ᄂᆞᆸ

　나ㅣ ᄀᆞᆯ으되 어젹게 쳥인 도사바의 술막에 드러가 안잣슬 새에 유물환 션인들을 친히 보앗노라 빈돈이 ᄯᅩ흔 ᄀᆞᆯ으되 그러나 더러나 그는 샹관홀 것 업고 오직 그 파션된 비에 실녀잇ᄂᆞ 지물을 ᄎᆞ자 쓰기만 마련홀 일이라 ᄒᆞ거늘 나ㅣ ᄀᆞᆯ으되 그 곳에 가려면 부비가 젹지 아닐 지니 셜ᄉᆞ 물건이 내 손에 온다 ᄒᆞ여도 리익이 될ᄂᆞᆫ지 알 수 잇ᄂᆞᆫ가 흔즉 빈돈이 ᄒᆞᄂᆞ 말이 이는 의심 업ᄂᆞᆫ 일이오 대무호 부함쟝의 말을 드른즉 물건갑은 도합이 이만여 원이 덕실ᄒᆞ되 독션을 잡아 ᄐᆞ고 미웨도에 리왕ᄒᆞ기에 삼ᄉᆞ 삭이면 넉넉ᄒᆞ고 션가는 이쳔 원 안헤 될지니 아모리나 큰 리익이 반ᄃᆞ시 잇스리라 ᄒᆞ거늘 나ㅣ ᄀᆞᆯ으되 그럴 수 잇나 빅미는 ᄶᅡᆫ물에 드러셔 ᄇᆞ렷단 말은 함쟝의 입에셔 난 말이니 그 엇지 큰 해가 되지 아니리오 흔즉 빈돈이 곳 셩내여 ᄀᆞᆯ으되 그는 그러커니와 빅미는 빗싼 물건이 아니오 ᄯᅩ흔 돈이 아니오 ᄎᆞ가음과 비단은 돈이 싱길 일이나 그러나 얼마나 될ᄂᆞᆫ지 아직 모로겟스니 조곰 잇다가 함쟝을 맛날 터이니 각항 일을 알아보면 ᄌᆞ샹히 알 것이오 파션의 물건은 다 쓸 되가 만하 쇠도 만코 동텰도 만코 셰간ᄭᅵ지 취ᄒᆞ야 풀면 리익이 만흐리라 ᄒᆞ거늘

1908년 8월 14일

나ㅣ 글ㅇ되 그되의 말은 올타 ᄒ거니와 그러나 파션을 미득ᄒ기로 경영ᄒ 터이면 희샹 표물이라 그 갑슬 미리 알 수 잇는가 빈돈이 왈 이 비갑슨 오빅원에 지나지 못ᄒ리라 나ㅣ 글ㅇ되 엇더케 알겟소 빈돈이 왈 조곰도 의심마오 이삼 년 젼브터 파션 수십 쳑을 사 보앗ᄂ되 샹션회샤에 광고ᄒ 후에 회샤에 가셔 졀가ᄒ고 일홈을 몬져 쓴 사름은 령략업시 쟉뎡ᄒ 갑스로 미득ᄒᄂ니 쟉년에 윤실환을 삼빅원에 삿더니 그 비에 들닌 죵션만 ᄒ여도 삽슬 의논ᄒ면 쳔여 원이 된지라 금번에도 부ᄌ런히 ᄒ야 내 일홈을 그 회샤에 몬져 걸엇스니 두 말 업시 유물환은 내 집에 비라 ᄒ거늘 나ㅣ 글ㅇ되 말슴을 드른즉 미우 이샹ᄒ 일이오 경미ᄒᄂ 것이 본되 여러 사름이 갑슬 다토아 물건을 사ᄂ 법인되 이 곳에는 두어 사름이 깁은 굴에 드러 가셔 아모 사름을 의론치 말고 풀 물건을 경미ᄒ 젹에 물건을 미득ᄒ ᄆᄋᆷ이 잇셔도 임의대로 드러가기를 엄금ᄒᄂ 풍쇽이 잇ᄂ뇨 ᄒ즉 빈돈이 왈 그러치 아닐 일이니 여긔는 경미ᄒ 째에 만국공법을 의지ᄒ야 시힝ᄒᄂ 것이오 회샤 근방에셔 ᄎᆺ에 ᄒᄂ 일이오 누구를 의론치 말고 드러갈 ᄯᅳᆺ이 잇스면 누가 길흘 막을 리치도 업스나 그러나 누구ᄂ 몬져 졍가ᄒ 사름보다 고가로 낼 디경이면 헛되이 힘을 써도 일우지 못ᄒ 것이오 ᄒ번에 일은 다 마련ᄒ야 연비가 튼튼ᄒ니 다 된 일이라 ᄒ 후에 시표를 내여 보고 유물환 함쟝을 맛나 보기로 나가ᄂ지라 빈돈이 써난 후에 혼자 싱각ᄒ되 빈돈의 힝ᄉ가 ᄀ쟝 이샹ᄒ도다 대뎌 사름이 직물을 엇을 욕심을 길너 치부ᄒ려 ᄒ나 파션ᄒ 일을 엿보고 치우ᄂ 거슨 측량치 못ᄒ ᄆᄋᆷ이라 ᄒ고 이에 찬찬히 거러 샹션회샤에 니ᄅ

니 맞츰 빈돈이 함쟝을 맛나 보고 이제 오거늘 빈돈을 보고 무릭디 반가
온 쇼식을 드럿는가 빈돈이 굴으디 과히 ᄌ미잇슬 것도 업고 과히 셥셥
ᄒᆞᆯ 것도 업닉 아ᄉ가 함쟝을 맛나 보니 사름이 근실ᄒᆞ야 만인 중에 투쳘
ᄒᆞᆫ디 내가 뎌의 파션ᄒᆞᆫ 비를 살 쯧이 잇다 흐즉 함쟝의 디답이 아는 대로
낫낫히 실졍으로 말ᄒᆞ리니 듯기에 ᄆᆞ음이 풀니겟소 빅미는 다 샹ᄒᆞ야 그
즁에 삼십 셕만 셩ᄒᆞ고 차ᄉ가음과 비단과 다른 물건ᄭᅵ지도 샹치 아니ᄒᆞ
엿ᄂᆞᆫ디 갑슨 일만원이 되ᄂᆞ이다 ᄒᆞ거늘

1908년 8월 21일

나ㅣ ᄯᅩ 굴으디 사 볼만ᄒᆞᆫ 일이니 경미ᄒᆞᆯ 째 참여ᄒᆞ야 샹관ᄒᆞ겟소 ᄒᆞ
고 이에 열뎜칠 째에 빈돈과 ᄒᆞᆫ가지로 샹션회샤로 드러 가니 경미 ᄎᆞ로
나아와 기드리는 사름이 별노 업ᄂᆞᆫ디 둘너 보니 함쟝 가다나가 발셔 왓
ᄂᆞᆫ지라 ᄌᆞ셰히 면샹을 슬펴 본즉 졍직ᄒᆞᆫ 긔샹이 업고 도로혀 음큼ᄒᆞᆫ ᄆᆞ
음이 잇는 모양이며 젼날과 ᄀᆞᆺ히 얼골에 쵹샹ᄒᆞᆫ 빗히 잇서 여긔 뎌긔 안
잣다 섯다 ᄒᆞ야 바늘 방셕에 안즘 ᄀᆞᆺᄒᆞ며 눈은 ᄂᆞ리 써서 헤박힌 것ᄀᆞᆺ히
ᄒᆞ며 손은 쥐나고 눈셥은 씽그리니 나ㅣ가 환슐노써 잡힌 사름 ᄀᆞᆺᄒᆞ야
ᄒᆞᆯ 수 업시 함쟝을 ᄇᆞ라 보니라
째에 회샤 위원이 나아와 방울을 쳐 닐으디 쌍 디윤션 일홈은 유물환
이니 셰간은 샹품의 물건이오 죵션은 세 쳑이며 실닌 지물은 무수ᄒᆞ고
귀ᄒᆞᆫ 물건이 만흐니 당쟝에 경매ᄒᆞᆯ 터히니 누가 살 쯧이 잇스면 말을 ᄒᆞ
시오 ᄒᆞ거늘 빈돈이 왈 오빅원이오 흐즉 쇼경에 엇던 사름 ᄒᆞ나히 나아

오는디 일홈은 부도리라 크게 소리ᄒᆞ야 글ᄋᆞ디 류빅원이오 ᄒᆞ는지라 나ㅣ가 그 말낸 사람을 쳐다보니 모양이 늣고 얼골에 부스럼 나고 옷시 졈잔치 안코 걸식ᄒᆞ는 사람 ᄀᆞᆺᄒᆞᆫ지라 빈돈이 위원을 쳐다보면셔 닐ᄋᆞ디 칠빅원이오 ᄒᆞᆫ즉 뎌 사람이 ᄯᅩ 급히 말ᄒᆞ디 팔빅원이오 ᄒᆞ는지라

째에 함쟝을 ᄇᆞ라 보니 얼골이 젼보다 붉고 수건으로 늣헤 쏩흘닌 것을 씨스며 눈에는 ᄆᆡ우 걱정ᄒᆞ는 모양이며 이젼에 실망ᄒᆞᆫ ᄆᆞ음을 ᄇᆞ리는 동졍이라 이에 빈돈이 나ᄃᆞ려 글ᄋᆞ디 가다나를 보시오 부도리와 부동ᄒᆞ는 모양이 아니오 ᄒᆞ니

이윽고 빈돈이 ᄯᅩᄒᆞᆫ 위원을 향ᄒᆞ야 글ᄋᆞ디 구빅원이오 째에 샹션회샤쟝이 드러와 위원을 보고 눈ㅅ즛ᄒᆞᆫ 후에 빈돈이 ᄃᆞ려 닐ᄋᆞ디 이제 엇더케 되엿는고 빈돈이 왈 이제ᄭᅵ지 구빅원을 노코 잇느니라 ᄒᆞᆫ즉 샤쟝이 말ᄒᆞ기를 싱각 잘ᄒᆞ엿소 ᄒᆞ니 째에 ᄯᅩ 부도리가 쳔원이오 ᄒᆞ는지라 이졔는 나ㅣ가 젼보다 더 이샹히 넉여 샤쟝ᄃᆞ려 무ᄅᆞ디 부도리는 웬 사람이오 샤쟝이 ᄃᆡ답ᄒᆞ야 글ᄋᆞ디 아ᄉᆞ가 사람을 보내여 알아 본즉 부도리가 본ᄃᆡ 듸언인代言ㅅ이니 힝실이 불호홈으로 듸언인회에셔 두 번 츅츌을 당ᄒᆞ엿스니 이졔 거간군으로 근근히 싱애ᄒᆞ는 쟈ㅣ라 ᄒᆞ거늘

빈돈이 그 말을 듯고 샤쟝을 향ᄒᆞ야 닐ᄋᆞ디 이런 무리를 부리는 사람은 반ᄃᆞ시 부쟈 사람이 아니라 ᄒᆞᆫ 후에 위원을 도라 보고 크게 닐ᄋᆞ디 쳔원이오 ᄒᆞ니

부도리 ᄯᅩᄒᆞᆫ 글ᄋᆞ디 이쳔오원이오 째에 샤쟝이 내게 갓가이 ᄒᆞ야 수인ᄉ ᄒᆞ고 물너 간지라

1908년 8월 28일

　빈돈과 부도리가 서로 파션의 갑슬 다토아 오래지 아니ᄒ야 만원ᄭ지 부매에 부도리가 이만원으로 말을 내거늘 함쟝 가다나가 듯고 깃거운 얼골이 나타나 뵈니 이제 ᄌ셰히 본즉 부도리와 가다나 두 사름은 ᄒ가지 ᄆᆞ음을 먹고 잇스나 서로 몰낫스며 부도리가 이에 삼만원에 니ᄅ매 내가 함쟝을 ᄇ라 보니 그 눈은 번기 빗ᄀᆺ히 불이 나고 ᄯ 죄인 ᄀᆺᄒ야 나의 눈을 당치 못ᄒ야 눈을 에둘너 이리 뎌리 ᄇ라 보니

　ᄶ는 유물환 파션ᄒ 일노 반ᄃ시 은밀ᄒ ᄉ건이 잇기로 함쟝이 그리 ᄒᄂ지라

　이에 빈돈이 졍신 업시 ᄀᆯᄋᄃᆡ 쳥국빈니 아편이라 ᄯ ᄀᆯᄋᄃᆡ ᄉ만원이오 ᄒ즉 부도리가 그제야 의혹ᄒ야 ᄒ참 묵묵ᄒ더니 ᄯᄒ ᄀᆯᄋᄃᆡ ᄉ만오원이오 ᄒ 후에 내가 ᄯᄒ 즉시 소ᄅᆡ를 급히 ᄒ야 ᄀᆯᄋᄃᆡ ᄉ만오쳔원이오 ᄒᆯ ᄶ에 부도리가 이리 뎌리 것닐며 근심스러이 아모 말을 못ᄒ더니 위원이 그 ᄉᆡ이에 두 번재 칙샹을 치니 부도리가 ᄯ ᄉ만오쳔오원이오 ᄒ즉 빈돈이 즉시 ᄉ만오쳔구빅원이오 ᄒ니 ᄶ에 부도리가 하인을 불너 무슴 죠회ᄉ쟝을 주어 어ᄃᆡ로 보낸 후에 경매 ᄭᆺ치 나지 아니ᄒ야 빈돈의 말이 오만원ᄭ지 니ᄅ니 부도리가 위원ᄃ려 ᄀᆯᄋᄃᆡ 조곰 춤으시오 내가 거간인으로 말ᄒ 것인즉 아ᄉ가 하인을 쥬인의게로 보내엿스니 곳 도라 오거든 그 말을 의지ᄒ야 ᄒ겟노라 ᄒ즉

　위원의 말이 그러케 지쳬ᄒᄂ 법이 업스니 만일 칙샹 세 번 치기 젼에 말이 업스면 반ᄃ시 빈돈 씨의게 졀가허급ᄒᆯ 것이라 ᄒ고 말을 그친 후에 칙샹 세 번을 찬찬히 치ᄃᆡ 부도리와 다른 사름이 아모 말을 아니 ᄒᄂ

고로 빈돈이가 유물환의 임쟈가 된 지라

째에 내가 꿈을 ᄭ다가 씬 사름 ᄀᆞ히 말을 못하고 잇다가 정신을 ᄎᆞ려 빈돈ᄃᆞ려 닐ᄋᆞ딕 어딕셔 돈을 구ᄒᆞ여 오만원을 갑겟ᄂᆞ뇨 빈돈이 왈 알 수 업ᄉᆞ나 그러나 위션 우리 회샤의 동ᄉᆞ표를 써 주면 가지고 돈을 구ᄒᆞ려 가겟노라 ᄒᆞ즉 즉시 허락ᄒᆞ야 써 주니 빈돈이 밧게로 나가나니라

함쟝은 발셔 나가고 업ᄂᆞᆫ딕 부도리는 회샤 위원을 딕ᄒᆞ야 크게 시비 ᄒᆞᄂᆞᆫ딕 회샤 압헤셔 부도리의 하인이 답쟝을 가지고 오ᄂᆞᆫ 것을 맞나 보앗ᄂᆞ니라

이에 셔양 료리관에로 향ᄒᆞ야 가면셔 혼자 싱각ᄒᆞ딕 그 파션 매미는 ᄆᆡ우 이샹ᄒᆞ기로 상항에 사ᄂᆞᆫ 사름은 누구를 의론치 말고 ᄒᆞ나토 부도리 의게 돈을 맛길 리치가 업슬 터힌딕 반ᄃᆞ시 부도리의 젼일 ᄒᆡᆼ위를 모로고 타쳐 사름이 아니면 그 망ᄒᆞᆫ 딕언인을 싱각ᄒᆞ지 아니ᄒᆞᆯ 거시오 ᄯᅩ 싱각ᄒᆞ딕 함쟝이 부도리를 알온 톄 아니 ᄒᆞ나 반ᄃᆞ시 부도리의 쥬인인 줄 분명이 알너라

1908년 9월 4일

그러나 그 밀ᄉᆞ 리허를 ᄏᆡ여보ᄂᆞᆫ 것이 미급ᄒᆞ고 ᄯᅩᄒᆞᆫ 무익ᄒᆞᆫ 것이며 부도리와 가다나 등이 밧비 미웨도에 가셔 파션의 ᄭᅵ친 직물을 암취ᄒᆞ야 가질 싱각이 잇슬 듯ᄒᆞ기로 우리가 그 곳에 진즉 나아가는 것이 뎨일 긴급홈이라 ᄒᆞ고 료리관에 드러가 큰 방 모퉁이에 안자 신문을 볼 즈음에 부도리가 드러와셔 나를 미쳐 보지 못ᄒᆞ고 젼어통에 방울을 치고 삼빅오

십 호에 통긔를 쳥ᄒᆞ니 쌔에 갓가이 나아가 뎐화 슈쟉ᄒᆞᄂᆞᆫ 말을 드른즉 곳 부도리 쥬인이 유물환 매미ᄒᆞᆫ ᄉᆞ단을 뭇ᄂᆞᆫ 말이라 말을 그친 후에 부도리가 눈을 둘너 나를 보고 깜쟉 놀나 ᄀᆞᆯ으ᄃᆡ 당신이 오셧습ᄂᆞᆫ이가 빈돈의 동ᄉᆞ님이 아니오닛가 다힝이 당신을 맛나 아ᄉᆞ가 유물환을 미득ᄒᆞᆫ 일을 근결히 하례ᄒᆞᅌᆞᆸᄂᆡ다 ᄒᆞ고 써나니

내가 즉시 젼어통에 가셔 다시 삼빅오십 호로 통긔ᄒᆞ기를 쳥ᄒᆞ매 즉시 삼빅오십 호에 사름이 뎐화로 ᄀᆞᆯ으ᄃᆡ 부도리 씨오닛가 내가 곳 무르ᄃᆡ 당신이 무ᄉᆞᆷ 뜻으로 유물환을 사려고 ᄒᆞ셧습ᄂᆞᆫ닛가 흔즉 아모리 기ᄃᆞ려 지츳 무러도 ᄃᆡ답ᄒᆞᄂᆞᆫ 말이 업ᄉᆞ니 내가 싱각ᄒᆞᄃᆡ 필경 그 사름이 ᄆᆞᄋᆞᆷ에 걸니ᄂᆞᆫ 일이 잇기로 ᄃᆡ답이 업ᄂᆞᆫ가보다 ᄒᆞ고 뎐화국에 가셔 알아보며 삼빅오십 호를 쓰ᄂᆞᆫ 사름이 누구요 ᄒᆞ니 샤쟝이 ᄀᆞᆯ으ᄃᆡ 사로보 부인ᄃᆡ 론돈 대로 팔호통이라 흔즉 샤례ᄒᆞ고 이에 물너가니 이윽고 싱각ᄒᆞᄃᆡ 사로보 부인ᄃᆡ을 츳자볼가 말가 ᄒᆞ다가 빈돈이 나아오ᄂᆞᆫᄃᆡ 안ᄉᆡᆨ이 변ᄒᆞ야 곤곤ᄒᆞ고 흔시 동안에 십 년을 늙은 것 ᄀᆞᆺᄒᆞᆫ지라 이에 뎜심 먹기를 권ᄒᆞ니 양ᄉᆞᄒᆞ고 다만 차 흔 잔을 마시고 ᄀᆞᆯ으ᄃᆡ 돈을 구ᄒᆞ려 가셔 ᄉᆞ면에 두루 ᄃᆞ니며 대단이 힘이 들 ᄲᆞᆫ 아니라 삼 삭만에 갑기로 표를 써 주엇ᄉᆞ니 곳 미웨도에 가셔 지물을 츳자 풀아야 표를 츳즈리라 ᄒᆞ고 쏘 ᄀᆞᆯ으ᄃᆡ 그ᄃᆡ는 불가블 미웨도에 가야ᄒᆞ겟고 쏘 모든 일을 근신히 ᄒᆞ야 한뎡 안헤 도라오지 아니면 우리들이 망흘지라 당초에 아편을 각 셤에 매미ᄒᆞ기로 싱각ᄒᆞ엿더니 이제는 혜아려보니 지체가 과히 될 터히니 하와이에 가셔 방매ᄒᆞ여야 흘 것이오 내가 여긔셔 쥬션ᄒᆞ야 그 곳에 진실흔 사름을 엇으면 해업시 매미되리라 ᄒᆞ거늘

내가 그 말을 듯고 심란ᄒᆞ여 싱각ᄒᆞᄃᆡ 각국 통상계에 금ᄒᆞᄂᆞᆫ 물건을

매미ᄒᆞᄂᆞᆫ 것이 됴횬 사름이라 홀 수 업스나 그러나 엇지 홀 수 업서 허락
ᄒᆞ야 이에 빈돈이ᄃᆞ려 글ᄋᆞ되 미웨도에 가셔 그 파션을 곳곳이 ᄌᆞ셰히
탐지ᄒᆞ야 아편을 ᄎᆞ자 엇지 못ᄒᆞ면 엇더케 ᄒᆞ여야 됴흘고

1908년 9월 11일

　빈돈 왈 파션은 부셔질 지라도 각 들ㅅ보와 각 널판과 각 나무토막을
독기로 퓌어 술펴보면 불기불 아편이 그 속에 잇스리니 ᄎᆞ즐 깃이오 이
왕에 쌍딋풍범션셕치환을 잡아 션가를 션급ᄒᆞ엿스니 당쟝에 빙질ᄒᆞ기
로 연쟝을 예비홀 터이니 그러나 풍편에 드른즉 부도리가 유물환을 노친
것을 셥셥히 알고 우리게 나아와 믹득홀 ᄯᅳᆺ이 잇다ᄒᆞ니 만약 부도리나
누가 와셔 맛당흔 갑슬 낼 디경이면 걱정이 될 ᄃᆞᆺᄒᆞ다 ᄒᆞ니 내가 속으로
싱각ᄒᆞ되 아ㅅ가 뎐어통으로 말을 무른즉 부도리의 쥬인이 딕답ᄒᆞ지 아
니ᄒᆞ엿스니 놀나 도주ᄒᆞ엿ᄂᆞᆫ가보다 이에 ᄌᆞ연 ᄆᆞᄋᆞᆷ이 고로와도 ᄎᆞᆷ아 그
ᄉᆞ단을 빈돈의게 닐너 줄 수 업ᄂᆞᆫ지라 이에 빈돈이와 ᄒᆞᆫ가지로 가셔 부
도리의 집에 드러가 쳥ᄒᆞ니 조곰 잇다가 쥬인이 경겁ᄒᆞᄂᆞᆫ 모양으로 나오
거늘 내가 즉시 글ᄋᆞ되 오날 아ᄎᆞᆷ에 욕심을 ᄎᆞᆷ지 못ᄒᆞ야 유물환 파션을
마련 업시 과흔 갑스로 ᄎᆞ지ᄒᆞ엿노라 ᄒᆞ매 부도리 말이 만일 그되가 그
일을 원통ᄒᆞ여 ᄒᆞ면 우리 쥬인의게 긔별ᄒᆞ야 본갑스로 환매홀 ᄃᆞᆺᄒᆞ다 ᄒᆞ
니 빈돈이 눈을 부릇 쓰고 닐ᄋᆞ되 무가ᄂᆡ하요 그되는 말ᄉᆞᆷ을 그리 ᄒᆞ나
환매ᄒᆞ기는 영영 파의로다 그러나 이 일노 인ᄒᆞ야 알아 볼 ᄉᆞ졍이 잇스
니 닐녀주면 미웨도에 든녀온 후에 샹급을 주되 눈으로 보기 젼에 미리

돈을 줄 수 잇는가 쇽담에 닐으되 주머니 속에 금초인 산삼을 매미홀 수 업느니라 혼즉 부도리 왈 내가 그 파션 스단을 즈셰히 모로고 다만 엇던 사롬이 부탁ㅎ기로 사려고 ㅎ엿다 ㅎ니 빈돈 왈 부지다언이니 부탁혼 사롬이 어듸 사느뇨 부도리 왈 그는 닐너 줄 수 업스나 그듸가 긔별홀 일이 잇스면 암동ㅎ여 주겟노라 ㅎ는지라 내가 빈돈드려 글으되 부도리 쥬인 이 사로보 부인듸에 론돈대로 팔호통에 거혼 쟈ㅣ라 혼즉 쌔에 부도리 빈돈 둘 사롬이 한량 업시 이샹히 넉이는 중 부도리왈 내 주인 사는 곳을 알앗스니 다시 홀 말이 업는지라 이에 혼가지 니러나 서로 쩌나니라 쌔에 빈돈드려 글으되 내가 엇더케 ㅎ여 부도리 쥬인의 사는 곳을 알아 내 엿는지 짐작ㅎ겟느뇨 혼즉 빈돈이왈 그 속은 모로거니와 엇더케 ㅎ엿던 지 긔회를 요힝이 맛나셔 그리 ㅎ엿나보다 ㅎ니 내가 ᄆ음에 틀녀 대단 히 불안ㅎ나 참아 말을 못ㅎ고 이에 힘을 다ㅎ야 임의 시작혼 일인즉 마 지 못ㅎ여 췌리ㅎ기로 ᄆ음을 뎡ㅎ니라

1908년 9월 18일

이에 혼가지 힝ㅎ야 론돈대로 팔호통 압헤 니르러 빈돈이 문직이드려 무르되 사로보 부인 듸 손님을 볼 수 잇느뇨 답왈 볼 수 업습늬다 우에 그러ㅎ뇨 발셔 쩌낫습느이다 어듸로 간 지 아느뇨 모로느이다 어느 쌔에 쩌낫느뇨 닷이나 되여셔 엇던 사름이 뎐어통으로 슈쟉혼 후에 즉시 쩌낫 스니 무슴 연고인지 알 수 업는 것이 오칠팔일이나 머무를 쯧으로 말을 ㅎ여 방셰를 션급ㅎ엿더니 뎐어통 편으로 무슴 걱정시라운 소식을 드럿

눈지 근심이 나셔 곳 힝쟝을 가지고 갓습ᄂᆞ이다 ᄒᆞᄂᆞᆫ지라 나ㅣ가 싱각ᄒᆞ
ᄃᆡ 뎐어통에 롱담을 ᄒᆞᆫ 고로 손님이 필경 놀나셔 써나간 것이라 빈돈이
문직이ᄃᆞ려 ᄯᅩ 무ᄅᆞᄃᆡ 그 량반 모양이 엇어ᄒᆞ뇨 답왈 졈쟌을 션ᄇᆡᆨ오 수
염은 싹갓습데다 ᄒᆞ거늘 ᄒᆞᆫ가지로 ᄐᆡ평양 샹션회샤에 가셔 무ᄅᆞᄃᆡ 어ᄂᆞ
ᄶᅢ에 하와이에 갈 륜션이 잇겟소 ᄒᆞ니 답왈 앗ㅅ가 오후 두 뎜에 챵션환
이 항구에셔 발션ᄒᆞ엿다 ᄒᆞ거늘 그 말을 듯고 빈돈왈 이제는 부도리 쥬
인 챵션환을 ᄐᆞ고 미웨도로 향ᄒᆞᆫ 일이 의심 업시 뎡녕ᄒᆞᆫ지라

　나ㅣ ᄀᆞᆯ으ᄃᆡ 이제는 엇더케 ᄒᆞ면 됴흘고 빈돈이 답왈 셕치환을 ᄐᆞ고
곳 써나고 시부나 몬셔 함쟝 사나나를 맛나셔 유물환의 실은 각 항 물선
이 얼마나 되ᄂᆞᆫ지 무르면 ᄌᆞ셰ᄒᆞ리라 ᄒᆞ고 곳 함쟝을 맛나기로 영국 령
ᄉᆞ관에로 가다가 함쟝 류쥬ᄒᆞ던 료리관에 가셔 무른즉 함쟝과 동션인 ᄉᆞ
명이 션가를 감삭ᄒᆞᆯ 공문을 구ᄒᆞ지 아니ᄒᆞ고 흠ᄭᅦ 당일에 챵션환에 올나
써나 하와이로 향ᄒᆞ야 간지라 이에 그 말을 드른즉 싱각에 직쟉일 ᄆᆡ일
신문에 유물환 파션ᄒᆞᆫ ᄅᆡᆨ력을 보니 영국 병션 대무호에 살아나온 사ᄅᆞᆷ이
다ᄉᆞᆺ인ᄃᆡ 이ᄶᅢ신지 부함쟝 구다리를 뵈이지 아니ᄒᆞ고 즁병 들어 샹항에
하륙ᄒᆞᆫ 후에 도모지 종젹이 업슴으로 ᄆᆡ우 이샹ᄒᆞᆫ 일이라 그러나 그 비
밀ᄒᆞᆫ ᄉᆞ졍을 불고ᄒᆞ고 셕치환을 발션ᄒᆞ기로 함쟝을 가 감지인과 션인을
구ᄒᆞᆯ 터이니 파션에 아편을 은밀히 슈운ᄒᆞ기로 션인을 구ᄒᆞ기 어려운지
라 여러 사ᄅᆞᆷ을 쳥ᄒᆞ여도 다 마다ᄒᆞᄂᆞᆫ 즁에 다힝히 비복션 부함쟝 라다
마를 맛나 미웨도에 가기로 쳥ᄒᆞᄆᆡ 허락ᄒᆞ거늘 이에 셕치환에 올나 연쟝
을 술펴보니 ᄆᆞ음이 ᄌᆞ연히 걸녀 싱각ᄒᆞᄃᆡ 나ㅣ 이제 금ᄒᆞᄂᆞᆫ 물건을 ᄎᆞ
자 엇어 방ᄆᆡᄒᆞ기로 가ᄂᆞᆫ 것은 대단 그른 일이로다 대뎌 통화됴약샹에
금ᄒᆞᄂᆞᆫ 물건을 ᄆᆡᄆᆡᄒᆞᄂᆞᆫ 것이 만국공법에 엄금ᄒᆞ거늘 나ㅣ 법을 무릅써

그 물건을 초지ᄒ고 지물을 구ᄒ면 빙계홈으로 나라의 투도ᄒ 큰 죄를 ᄀ리운 일이라 금번에 파션을 내 돈을 가지고 ᄆᄃ득ᄒᄒ엿스면 그만이려니와 빈돈의 ᄉ졍을 싱각ᄒ고 마지 못ᄒ야 위험을 불계ᄒ고 진력ᄒ야 임의 시작ᄒ 일을 ᄉᆽ홀 내기로 ᄆᆼ셔ᄒ야 작뎡ᄒ니라

그 쑨 아니라 함쟝 가다나와 부도리의 쥬인의 비밀ᄒ 힝ᄉ를 졍탐ᄒ야 알고져ᄒ야 미웨도로 가기를 예비ᄒ니라

1908년 9월 25일

함쟝 나다마는 나히 삼십이니 톄격이 잘 싱기고 눈이 붉고 머리털이 고슬고슬ᄒ고 젼일 힝습은 분명치 못ᄒ야 모호ᄒ고 비복션을 톨 쌔에 함쟝이 다ᄉᆺ 사ᄅᆷ을 살해ᄒ 일노 부동이 되엿ᄂ지 이를 싱각ᄒ면 과연 밋을 사ᄅᆷ이 되지 못ᄒ나 그러나 우리가 아편을 매ᄆ익ᄒ기로 가ᄂ 길인ᄃ 착ᄒ 사ᄅᆷ을 엇어 쓰기 극난ᄒ기에 구즌 일을 당홀 만ᄒ 사ᄅᆷ이 아니면 ᄒ여 볼 수 업ᄂ 것이오 나다마가 실수 업시 모든 일을 착심ᄒ야 ᄆ익스를 의론ᄒ면 실언도 아니 ᄒ고 ᄆ음이 ᄉᆽᄉᆽᄒ야 션인을 엄ᄒ게 다스리니 션인마다 함쟝을 ᄉ랑치 아니ᄒ나 다 무셔워ᄒ니라

부함쟝으로 삼은 사ᄅᆷ이 젼날에 비복션에 ᄉ무쟝으로 잇던 쟈ㅣ오 나ᄂ 즈연이 셕치환에 ᄉ무쟝으로 거힝ᄒ니라

상항에셔 쩌난 후에 홍샹 싱각ᄒᄃ 가나다가 미웨도로 몬져 득달ᄒ야 파션 지물을 암취이거 ᄒ엿ᄂ지 이에 속으로 셕치환을 ᄭ지져 너무 찬찬이 간다ᄒ야 원망ᄒ며 봉황과 ᄀᆺ하야 얼풋 늘아 그 곳에 득달ᄒ기를 ᄇ

라는지라

여슷ㅅ재날 오젼에 압길을 슬피는 션인이 먼 뒤를 ᄀᆞᄅᆞ쳐 희미흔 셤이 잇다 ᄒᆞ매 보고 드론즉 이샹흔 소릭 나거늘 바람 부는 소릭와 다르고 곳 물결이 바다 바회를 치는 큰 소릭라 이에 함쟝이 만리경으로 멀니 슬펴보니 ᄉᆞ오십리 가량에 압호로 륜션 ᄒᆞ나히 잇ᄉᆞ되 왼편이 기우러져 쌍뒤에 붉은 긔호ㅣ 둘녓스며 근쳐에 초목이 업서 륜션은 하늘과 쌍 ᄉᆞ이에 잇고 량편에 큰 여가 섯고 바희 우흐로 물결이 서로 다토는 ᄃᆞ시 부듸쳐 온 바다히 희여졋스며 텬동소릭와 비슷흔지라 쌔에 바다히 풍랑이 놉하 셕쳐환이 물결 가온대 츌넝츌넝 홈으로 ᄲᅨᆯ니 힝치 못ᄒᆞ더니 별안간에 슌풍이 나고 물결이 젹어져 바다히 고요흔지라 션인들이 돗뒤 압혜로 모혀 말ᄒᆞ되 이졔 엿시 만에야 다시 싸흘 보매 노래ᄒᆞ고 용약ᄒᆞ여 손돈이는 졍신을 ᄎᆞ려 키를 보며 함쟝은 지로셔指路書를 ᄌᆞ셰히 보는지라

나는 함쟝 가다나를 싱각ᄒᆞ야 그 곳에 니르러 머무는 종젹이 잇는가 알고져ᄒᆞ야 돗뒤에 올나가 만리경으로 ᄉᆞ면을 브라보니 아모 빅도 도박흔 뒤 업서 다만 바회 ᄉᆞᆺ혜 모래싸혜 잇스니 갈목이와 물가마귀 무수히 ᄂᆞ려 안잣고 ᄯᅩ 륜션 흔 쳑은 모래 마당에 기우러 잇스니 량돗을 지고 긔호는 희여진지라 이에 날이 져물어 질 쌔에 활흔 바탕에 니르러 물을 지여 본즉 다슷 길이 깁흔 고로 닷을 ᄂᆞ려 뎡박ᄒᆞ니 날이 져물엇스나 급흔 ᄆᆞ음을 이긔지 못ᄒᆞ야 종션을 ᄂᆞ려 함쟝과 션인 두 명이 흔가지 파션으로 향ᄒᆞ니 겻혜 니르러 본즉 압편은 바회를 향ᄒᆞ고 뒤흘 슬펴 본즉 큰 글노 셧스되 영국 홀노항 유물환이라 이에 엽혜로 가 본즉 버리 줄이 ᄂᆞ려졋거늘 붓들고 유물환에 오르니라

1908년 10월 2일

웃층을 술펴 보니 쟝광이 엷고 붉은 칠노 새로이 슈리ᄒ여도 믜우 박ᄒ게 흔 모양이오 돗ᄃᆡ 졉헤 루년 젼브터 소곰으로 졀인 소고기 서너 통과 독흔 쇼쥬도 잇ᄂᆞᆫ ᄃᆡ 싱각ᄒ니 파션 후에 션인들이 종션을 ᄐᆞ고 하와이로 가려 홀 졔에 예비흔 것이러라

이에 빗ㅅ쟝안에로 드러가 보니 식텽에 곰팡내암새 견ᄃᆡ기 어렵고 량편 류리창에 썬 뭇엇스니 방안이 어둡고 파리 쎼 늘아 들며 마루ㅅ 바닥에 각 항 옷이 훗터져 잇고 셔칙과 희군 긔계와 향곽 ᄀᆞᆺ은 것이 잇스며 식샹에 음식이 잇서 면보와 포도쥬와 라병이 잇스며 사긔잔 속에 가피차가 놈아 잇고 ᄯᅩ 함쟝 샹좌에 식샹 슈건에 가피차가 뭇은 흔젹이 잇고 식샹 졉헤 연슈와 벼루와 털필이 잇스며 교의가 여긔 뎌긔 ᄎᆞ례 업시 잇스며 ᄯᅩ ᄒᆞ나 혼씌여 져 모퉁이에 너머져 잇ᄂᆞᆫ ᄃᆡ 함쟝이 ᄀᆞᆯ ᄋᆞᄃᆡ 파션 당홀 즈음에 션인들이 시후를 잡기로 도모흔 것이라 나는 그 광경을 보고 싱각에 이 방에서 참혹흔 일이 잇셧나 보다 ᄒ고 이에 나다마ᄃᆞ려 ᄀᆞᆯ ᄋᆞᄃᆡ 이런 것을 보면 ᄆᆞ음이 불안ᄒ니 마루 샹층에로 올나 갑새다 흔 즉 나다마ㅣ 유유ᄒ야 왈 ᄆᆞ음이 격동ᄒ야 머물 ᄌᆞ미가 업스나 긔호를 ᄎᆞ자 싱겨야 홀 것이라 ᄒ야 이에 긔호를 ᄂᆞᆯ 졔에 함쟝이 션을 내다 보니 물통에 물을 써 먹거늘 뎌ᄃᆞ려 ᄀᆞᆯ ᄋᆞᄃᆡ 물은 임의 썩엇스니 먹지 말나 흔 즉 션인 왈 아니 올소이다 이 물이 샹치도 아니 ᄒ고 맛도 믜우 됴ᄉᆞᆸᄂᆞ이다 ᄒ니 함쟝이 괴히 넉여 물을 마셔 보니 과연 먹을 만 흔지라 이에 ᄀᆞᆯ ᄋᆞᄃᆡ 알 수 업ᄂᆞᆫ 일이오 쟝션 회샤 보관ᄂᆞ기에 유물환의 시른 물이 썩은 고로 션인이 과히 고싱이 되엿다 ᄒ엿ᄂᆞᆫᄃᆡ 이제 와 본 즉 믜우 됴ᄒ니 필경 물

이 썩엇다가 다시 졍흔 물이 되엿는가 보다 그러나 미우 이샹흔 일이라

샹층에 올나가 보니 종션 세 쳑이 잇는 딕 보고 이샹히 넉여 굴ㅇ딕 이 빅에 딜닌 종션은 느리다가 종션을 일코 죽엇스니 그 종션이 수대로 잇는 지 알 수 업는 일이며 이에 무자위로 하층에 잇는 물을 자아 올니니 함쟝이 한층에 느려 스면을 ㅈ세히 슬펴 본 즉 물 들어오는 틈이 도모지 업고 빅도 샹흔 딕가 도모지 업는 지라 나ᄃ려 말이 유물환이 아조 완젼ᄒᆞ여 모래ㅅ 속에 걸닐 쑨이지 온젼히 셩흔 빅라 ᄒᆞ거늘 나ㅣ 굴ㅇ딕 그럴 수가 엇지 잇나 그럴 터이면 함쟝 가다나는 엇더흔 사름이뇨 나다마 왈 가다나는 슈젹 괴슈인시 선젹의 실디를 모로는 사름인지 알 수 업스나 유물환이 모래 싸헤 걸닌 시간이 오륙 졈 동아넹 공력만 드렷스면 실수 업시 빅질흘 만 흔 것을 엇지 ᄒᆞ야 가다나가 ㅈ긔의 부리는 빅를 ᄇᆞ리고 경매ᄒᆞ기신지 참예ᄒᆞ엿는 지 알 수 업는 일이오 흔 즉 나다마ᄃ려 굴ㅇ딕 ᄉᆞ졍이 그러커니와 루셜ᄒᆞ지 마르쇼셔 ᄒᆞ니 나다마 왈 나도 이 일을 걱졍ᄒᆞ니 조곰도 념려 마르시오 내가 일을 낼 사름이 아니오 ᄒᆞ고

1908년 10월 9일

이에 셕치환에 드러가 셕반을 먹은 후에 나다마와 흔 가지로 종션을 ᄐᆞ고 미웨도에 느려 가보니 덤불은 만하도 고목은 업스며 일긱 동안에 건니더니 홀연히 나다마가 압흘 ᄀᆞᆮ쳐 굴ㅇ딕 종션을 보시오 ᄒᆞ거늘 본 즉 과연 우리 압헤로 종션 흔 쳑이 미여 앗는딕 엇더흔 사름이 ᄐᆞ고 와슨 지 친구 사름이 ᄐᆞ고 왓는 지 원슈 사름이 ᄐᆞ고 왓는 지 알 수 업스나 ㅈ

연히 우리가 경겁흔 ᄆᆞ음이 나셔 싱각ᄒᆞ디 가다나가 필경 ᄐᆞ고 온 비라 이에 나다마ㅣ 골ᄋᆞ디 우리가 지혜 업ᄂᆞᆫ 사름이지 총도 업고 환도도 업스니 ᄃᆡ덕ᄒᆞᆯ 수 업도다 ᄒᆞ고 이에 호각을 입에 물고 압헤로 가 보니 인적이 업기에 ᄉᆞ면을 ᄇᆞ라 보면셔 비겻헤로 니ᄅᆞ러 본 즉 류션에 ᄯᆡᆯ닌 종션이라 그 비 가쟝은 열다ᄉᆞᆺ 자 요광은 여ᄉᆞᆺ 자요 비 밋흔 평평ᄒᆞ고 비 안헤 져린 고기 두 통이 잇스니 내가 함쟝ᄃᆞ려 골ᄋᆞ디 이는 유물환의 일흔 종션이 아닌가 ᄒᆞ니 나다마ㅣ 골ᄋᆞ디 유물환이 본ᄃᆡ 큰 항구로 왕ᄅᆡᄒᆞᄂᆞᆫ 비니 엿흔 물에 ᄃᆞ니ᄂᆞᆫ 종션을 ᄡᆞᆯ ᄃᆡ 업슴으로 엇지 이런 종션을 들고 발션ᄒᆞ리오 이에 그 종션의 ᄇᆞ리 줄을 잡아 ᄭᆞᆺ흘 본 즉 칼노 베힌 형적이 잇스매 이제는 함쟝 가다나의 보관흔 것이 거즛말이 분명흔 지라 이에 오후 아홉 시에 셕치환에로 도라 오니라

　그 이튼날 식전에 함쟝과 션인 십여 명이 파션에 다시 올나 셰간을 됴사ᄒᆞᆯ 쌔에 나ㅣ 함쟝과 흔 가지로 파션 함쟝 잇던 본 방에 드러가 본 즉 침상 밋헤 담비 서너 곽이 잇서 ᄒᆞ나식 열어 본즉 다만 담비 ᄲᅮᆫ이오 아편은 업ᄂᆞᆫ 지라 이에 나다마가 밀창 속에로 막힌 털함을 ᄀᆞᆯ쳐 열어 보매 지와 오쳔원이 잇ᄂᆞᆫ 지라 나다마가 닐ᄋᆞ디 션인이 각각 ᄂᆞ화 가질 돈이오 ᄒᆞ니 나ㅣ가 골ᄋᆞ디 가다나가 대무호로 오를 적에 엇지 그 돈을 ᄇᆞ렷ᄂᆞᆫ 지 이샹흔 일이라 ᄒᆞ니 나다마ㅣ 왈 그ᄃᆡ는 함쟝이 그 돈을 ᄇᆞ린 일로 대단히 이샹ᄒᆞ다 ᄒᆞ나 나는 그 문부를 두고 간 일을 그보다 더 이샹이 넉이노라

　대뎌 함쟝의 직칙이 류션을 손샹흠이 업시 지로ᵃ指路ᄒᆞᆯ ᄲᅮᆫ 아니라 ᄯᅩ 실은 물건과 션인의 공젼을 맛하 담당ᄒᆞᆯ 것이니 연고로 류션 회샤 ᄆᆡ인 항구에 니ᄅᆞ면 맛흔 문부를 회샤에 셰셰히 샹고ᄒᆞ여 쳔착이 업서야 이에 함쟝이

죄를 면ᄒᆞᄂᆞᆫ 것이오 만일 함쟝이 문부를 일헛스면 홀 일 업시 파직을 당홀
ᄲᅮᆫ더러 슈치가 측량홀 수 업ᄂᆞᆫ 지라 이런 규측이 지중홈으로 이 ᄭᅢᄭᅡ지
샹션 함쟝이 ᄒᆞ나히라도 문부를 ᄇᆞ리고 간 일을 듯지 못ᄒᆞᆼ엿더니 오날 내
눈으로 보지 아낫스면 과연 밋지 못홀너라 이에 뎜심을 먹은 후에 내가
나다마ᄃᆞ려 ᄀᆞ으디 모든 일이 졈졈 더 이샹ᄒᆞ디 속을 ᄏᆡ여 볼 수 업스나
다만 ᄒᆞᆫ 가지 일을 셩탐홀 만 ᄒᆞ니 다름이 아니라 샹항에 신문과 ᄒᆡ관 보
고 ᄂᆡᄀᆡ에 유물환의 화쟝이 쳥국사ᄅᆞᆷ 긔이라 지ᄒᆞᆼ엿거니와

1908년 10월 19일

나ㅣ가 도사바 술막에서 함쟝과 션인을 ᄌᆞ셰히 본 즉 화쟝이라 ᄒᆞᄂᆞᆫ
이가 쳥인이 아니오 곳 하와이에 본토인이라 당쟝 각 방에 드러가 보면
화쟝 거쳐 ᄒᆞ던 방에 쳥젹이 반ᄃᆞ시 잇슬 터이니 츰으로 쳥인인지 아닌
지 분명이 알리라 ᄒᆞ니 나다마 왈 과연 그러 ᄒᆞ지오 ᄒᆞ고 이에 ᄒᆞᆫ 가지로
좁은 방문우홀 쳐다 보니 화쟝실이라 썻기로 드러가 본 즉 괴악ᄒᆞᆫ 내암
새 나고 셰간은 혼잡ᄒᆞ며 ᄒᆞᆫ 모퉁이에 룡뇌 나무로 ᄆᆞᆫ든 함롱이 잇고 잠
을쇠와 쟝식을 보니 다 쳥국 놋쇠로 아롱 아롱 사겻스며 열어 본 즉 단목
과 비단과 갑ᄉᆞ와 거믄고와 아편을 먹ᄂᆞᆫ 골통과 각 항 물건이 만히 잇스
니 의심 업시 화쟝은 쳥인이 분명ᄒᆞᆫ 지라 이에 나다마ᄃᆞ려 ᄀᆞ으디 나ㅣ
가 부함쟝 방에 드러 가셔 신가포항에셔 ᄆᆡ일 신문 몃쟝을 엇어 본 즉 십
이월 초칠일에 발간ᄒᆞᆫ 신문인ᄃᆡ 그 신문이 신가포항에셔 삼일 만에 향항
에 밧아 볼 수 업스니 ᄒᆡ관 보고 ᄂᆡ개에 유물환이 이 십이월 초팔일 향항

에셔 써낫단 말은 온전히 거줏말인 줄이 분명ᄒ다 ᄒ고 이에 슈ᄃᆡ를 열어 보매 환치는 칼과 연필이 잇는 지라 점점 이샹히 넉여 글ᄋᆞᄃᆡ 이 두가지 물건을 보면 샹션 부함쟝이 본ᄃᆡ 샹션의 소임을 맛혼 사름이 아니라 ᄒ고 이에 날이 져물매 셕치환에로 올나 셕반을 먹은 후에 파션에셔 가져온 칙과 신문과 샤진을 보니 각 국 각 항구 지로셔가 잇고 태평양의 각 항구와 각 셤디도가 잇거늘 특히 미웨도 됴목을 ᄎᆞ자 보니 ᄌᆞ샹한 지라 이에 혜아리ᄃᆡ 샹항 보관 너기에 가다나 말이 히부 지로셔를 밋고 위험을 면치 못ᄒ야 파션이 되엿다 말은 핑계의 말인 줄이 분명혼 지라 이에 나다마ㅣ 담비를 퓌면셔 샤진을 보다가 혼 쟝을 내게 주면셔 글ᄋᆞᄃᆡ 다 변변찬코 잘난 사름이 ᄒ나토 업ᄂᆡ 혼 즉 ᄌᆞ셰히 보니 유물환 함쟝과 션인의 샤진인ᄃᆡ 각 스름의 샤진 밋헤 일홈 쓴 글을 본 즉 놀나온 ᄆᆞ음이 나는 지라 대뎌 젼날 도사바 술막에 본 사름에셔 온전히 다르니 환 그린 칙을 가지고 견주어 본 즉 샹항에 유물환 션인으로 본 사름은 ᄒ나토 업는 지라 나다마ㅣ 글ᄋᆞᄃᆡ 이제는 파션 ᄅᆡ력을 절반이나 알앗스니 함쟝 가다나와 부도리 등이 고가로 파션 민득혼 ᄯᅳᆺ을 아직 알 수 업는 지라 그 후 이삼일 동안에 아편을 ᄎᆞ즈려고 힘을 써 각 방문 틈과 마루 널판과 나모궤를 낫낫히 두ᄃᆞ려 안홀 열어 보니 아편이 업슴으로 실망ᄒ야 션인들ᄃᆞ려 닐ᄋᆞᄃᆡ 힘을 다ᄒ야 아편을 ᄎᆞ즈면 몬져 ᄎᆞ자 내는 사름의게 큰 샹급을 주리라 ᄒ니 션인들이 서로 다토와 힘을 써도 아편을 ᄎᆞᆺ지 못ᄒᆞᆫ 지라 그 이튼날은 빅미 담은 셤을 열어 보니 과연 그 속에 네모진 얄털궤 이십 개가 잇는 지라 열어 본 즉 샹픔 아편이 잇거늘 져울에 들아 보니 빅 마흔 근이라 하와이에 가셔 고가로 폴면 일만원이나 될 지라 ᄉᆡᆼ각컨ᄃᆡ 부도리가 오만원을 노코 유물환을 산 ᄯᅳᆺ은 필경 그 파션 속에 잇는 지물이 그 갑세치가 될 만 ᄒ기로 그리ᄒᆞᆫ 것이라 ᄌᆞ셰히 뎍간ᄒᆞ니 아편 ᄒᆞᆫ 삼ᄉᆞ만원에치 가량은 잇슬 터히라 ᄒᆞ고 곳 션인을 시겨 파션을 다 ᄯᅳᆮ어 ᄇᆡ ᄭᅩᆨ대기만 늡겻스나 아편은 그 밧게 도모지 업ᄂᆞᆫ 지라

1908년 10월 23일

이에 혼자 ᄉᆡᆼ각ᄒᆞᄃᆡ 오만원으로 파션을 ᄆᆡ득ᄒᆞ엿스나 다만 일만원의 치만 겨유 ᄎᆞ잣스니 ᄉᆞ만원과 부비는 빗디에 일혼 거시니 엇더케 ᄒᆞ면 빗낸 것을 갑흐리오 본젼에셔 구십 분을 일헛스니 두 말 업시 판헴을 ᄒᆞᆯ 터이오 영영 망ᄒᆞ엿다 ᄒᆞ더니 마츰 나다마가 나아와 미웨도에 가셔 유산 ᄒᆞ자 ᄒᆞ기에 그리 ᄒᆞ자 ᄒᆞ고 그 곳 ᄒᆡ변에로 동힝ᄒᆞ다가 나다마ㅣ 글ᄋᆞ ᄃᆡ 파션에셔 ᄎᆞᆯ즐 것은 이믜 다 엇엇스니 이 곳에셔 머무를 연고가 업슨 즉 명일에 써나 하와이로 향ᄒᆞᆷ이 엇더ᄒᆞᇰ뇨 ᄒᆞ거늘 허락ᄒᆞ니 이에 ᄯᅩ 닐 ᄋᆞᄃᆡ 유물환이 ᄭᅩᆨ대기만 늡앗스니 그대로 두고 가면 못쓸 터히니 션인을 시겨 아죠 다 ᄯᅳᆮ어다가 불에 ᄉᆞᆯ오면 됴홀 ᄯᅳᆮ ᄒᆞ다 ᄒᆞ거늘 내 말이 그러케 ᄒᆞᆯ 일은 무엇이오 나다마 왈 우리가 유물환 문부와 함쟝과 션인의 샤진을 ᄎᆞ잣스니 그것을 가지고 가다나를 걸어 고관ᄒᆞᆯ 만 ᄒᆞ나 그대로 작뎡ᄒᆞ면 불가불 아편은 일홀 지니 일로써 혜아리면 후ᄅᆡ에 벌금은 ᄎᆞᆯ즐 것이나 지금 당쟝에 리해가 젹지 아닐 것이니 숑ᄉᆞ는 고샤ᄒᆞ고 파션을 즁화ᄒᆞ야 아편을 방매ᄒᆞ기로 작뎡ᄒᆞᆸ새다 ᄒᆞᆫ 즉 허락ᄒᆞ거늘 이에 나다마가 셕치환에 드러 가셔 션인을 시겨 파션을 쇼화ᄒᆞᆫ 후에 발션ᄒᆞ기로 예비ᄒᆞᆯ ᄉᆡ 내가 혼자 ᄉᆡᆼ각ᄒᆞᄃᆡ 이제는 ᄒᆞᆯ 수 업시 탕패ᄒᆞᆫ 디경이니 부득이

걸킥이 되겟도다 하 조곰 춤앗스면 무셔운 것이라 ᄒᆞ면셔 언덕 말낭에 니르러 ᄂᆞ려다 보니 나무 틱온 형적이 잇서 큰 돗틱 서너 토막이 절반만 틱고 절반은 늡앗스니 싱각컨대 젼날에 여러 사름이 이 곳에 와셔 불을 노흔 것이라 이에 ᄂᆞ려 셕치환 죵션에 오르니 밤즁 명월에 빗질 ᄒᆞ야 삼 일 후에 하와이 압헤 니르러 멀니 셧다가 돗틱에 불을 켜지 아니 ᄒᆞ고 다만 빅 량편에 붉은 등을 둘아 믹고 기ᄃᆞ리더니 다힝히 밤이 캄캄ᄒᆞ고 물ㅅ결이 업ᄂᆞ 지라 ᄍᆡ에 함쟝과 션인들이 슌힝ᄒᆞ야 젹당을 틱뎍ᄒᆞ기로 군물을 쥰비ᄒᆞᆯ 시 빈돈이 보낸 사름이 쌈판션을 틱고 나아 오거늘 슈인ᄉᆞ 흔 후에 글으틱 반가온 쇼식이 업소 빈돈이가 채쥬의게 몰녀 당ᄒᆞᆯ 길이 업슴으로 판혬을 ᄒᆞ야 채쥬가 각각 본젼 빅의 칠분을 ᄎᆞᆺ고 그만 두엇ᄂᆞ 니라 ᄒᆞ거늘 이에 빈돈의 편지를 보니 내게 긴졀이 부탁ᄒᆞ틱 내가 과연 이 디경이 될 쌴더러 곤뢰ᄒᆞ야 즁병이 드럿스니 아편 방매흔 갑슨 젼쥬 의게 주지 말고 가지고 와셔 나를 돕ᄂᆞ 것이 올타 ᄒᆞ기에 내 ᄆᆞ음이 ᄌᆞ연 히 어ᄌᆞ러워 싱각ᄒᆞ틱 빈돈이 임의 가산을 탕패 디경이니 내가 모든 일을 당ᄒᆞ야 쥬션ᄒᆞᆯ 것이오 빈돈의 ᄉᆞ졍을 싱각ᄒᆞ면 엇지 ᄒᆞᆯ 수 업서 채쥬 의게 투도흠이오 젼쥬를 싱각ᄒᆞ면 빈돈이 굶어 죽을 디방을 면치 못ᄒᆞᆯ 지니 량편 ᄉᆞ졍이 다 어려우나 춤아 채쥬의게 투도ᄒᆞᆯ 쯧을 두지 못ᄒᆞ야 이 아편을 매믹ᄒᆞ야 갑슬 젼쥬의게 ᄒᆞ기로 션인의게 맛겨 두니 ᄉᆞ욕을 이긔여 공변된 일을 ᄒᆞ엿기로 쯧밧게 ᄆᆞ음이 편안ᄒᆞ니라

그 이튼날 조죠에 셕치환이 하와이 항구로 도박흔 후 항구에 ᄂᆞ려가 ᄒᆞ관셰무ᄉᆞ 집을 ᄎᆞ자보니 맛츰 영국 대무호의 쇼틱쟝이 안잣거늘 무러 글으틱 그틱 병함이 미웨도에 유물환 함쟝과 션인을 구완ᄒᆞ엿소 흔 즉 답 왈 그러오 나ㅣ 글으틱 그 파션을 사셔 미웨도로 갓다 오ᄂᆞ 길이오 ᄒᆞ

니 쇼디쟝 왈 히군 대쟝의 쳐분을 인ᄒ야 미워도로 지날 시 그 곳에 쌍딕 션이 모릭 ᄶ해 걸넛는 딕 그 빗사름 다슷이 우리 군함에 오르니 함쟝 가 다나가 올흔 손을 피뭇은 슈건으로 쓰고 그 내음에 부함쟝이 오르니라 ᄒ거늘

1908년 10월 30일

나ㅣ 글으딕 부함쟝의 일홈은 구다리가 아니 오닛가 답 왈 아니 올소 이다 우리 부함쟝 셔부리씨가 그 사름을 친근이 알기에 비에 오를 ᄶ에 슈인ᄉᄒ야 닐으딕 노라수씨 평안ᄒ시오 흔딕 노리수씨가 안싀이 변ᄒ 야 정신 업시 업더지거늘 셔부리가 안아다가 본 방에 누이고 치료ᄒ여 주니라 ᄒ거늘 나ㅣ ᄯ 글으딕 노리수는 엇더흔 사름이닛가 답 왈 영국 ᄉ부집 ᄌ근 아들이라 ᄒ거늘 나ㅣ 글으딕 그는 그러치오마는 그 용모가 엇더ᄒ오 압 왈 별 모양이 업스니 남루흔 옷을 닙엇기로 쳔ᄒ게 뵈이되 하륙흔 후에 다시 못맛나 보앗노라 ᄒ거늘 나ㅣ 글으딕 병함틱고 올 ᄶ 에 중병이 드러셔 상항에 츌입 못ᄒ엿나 보오 ᄒ니 쇼디쟝이 왈 그 량반 이 병이 드럿는 지 자셰히 알 수 업스나 풍편에 드른 즉 상항에 드러 가 던 날에 본딕 뎐보를 밧아 보니 형님이 죽은 지라 산업을 혼자 ᄎ지ᄒ고 한량업는 부쟈가 되엿스니 ᄌ연 조심이 되여 밧게로 츌입ᄒ기 어려오니 라 ᄒ거늘 나ㅣ 무릭딕 그 ᄶ시에 셔부리가 ᄉ무를 거힝ᄒ엿느닛가 흔 즉 답 왈 아니 올소이다 ᄒ고 회츈 요리관으로 느려 가는 지라 그리흔 후 에 서로 ᄶ나니 혼쟈 가면셔 싱각ᄒ딕 이제 두 가지 일을 알앗노라

대뎌 유물환 부함쟝의 일홈은 구다리가 아니오 곳 노리수니 노리수가 또혼 쯧밧게 큰 부쟈ㅣ 되엿슨즉 그 뒤산을 밋음으로 유물환을 고가로 사려고 부도리를 시긴 것이 의심업는 일이라 이에 회츈 요리관에 드르가셔 셔부리를 쳥ㅎ니 나오거늘 나ㅣ 닐으듸 당신을 츳자 온 뜻은 다르이 아니오라 당신의 친구 일홈을 요힝히 알앗스나 사는 곳을 모로느니 당신이 내 말을 듯고 두어 가지 일을 동긔ㅎ여 주면 됴흘 듯 ㅎ외다 ㅎ니 셔부리 왈 나ㅣ가 하와이에 친근히 지내는 사름이 ㅎ나토 업스니 무슴 말슴인지 젼혀 알 수 업느이다 ㅎ거늘 나ㅣ 굴으듸 당신의 친구는 노리수라 나ㅣ가 유물환을 믹득ㅎ야 미워도에 왕릭ㅎ는 일이니 노리수의게 여러 가지 일을 긔별ㅎ기 긴급ㅎ오니 그 량반 사는 곳을 닐너 주시기를 브라읍느이다 혼 즉 셔부리가 써 주기를 노리수는 영국 론돈읍 중 세즈듸로 삼호동이라 혼 후에 밧분 일이 잇기로 써나니 그 잇흔 날은 셔부리가 내게 편지 ㅎ듸 우리 동관들이 그듸를 맞나 본 말을 듯고 반가이 알고 이에 다시 샹봉ㅎ기를 원ㅎ오니 쳥컨대 오날은 나의 싱일인듸 여러 친구 듸졉흘 쯧으로 음식을 약간 굿초앗스니 오후 다슷 뎜에 나아 오시기를 만 번 브라읍느이다 흔지라 즉시 답셔ㅎ야 허락ㅎ니라 이에 듸무호에 오르니 셔부리와 동관들이 나아와 후듸ㅎ기로 즈연을 안혼 므음이나 연회흘 째에 유물환 파션혼 일과 노리수의 힝위를 각각 아는 대로 말을 ㅎ나 의원議員이 묵묵히 안잣스니 나ㅣ가 싱각ㅎ듸 의원이 노리수의 은밀혼 스건을 아는 고로 묵묵ㅎ는 것이라

1908년 11월 6일

이에 뎜심 후에 의원ᄃᆞ려 닐ᄋᆞᄃᆡ 별안간 몸이 고로와 긴히 무러볼 말
이 잇다 ᄒᆞ니 의원이 ᄌᆡ긔 방에로 인도ᄒᆞ매 나ㅣ 의원ᄃᆞ려 ᄀᆞᆯᄋᆞᄃᆡ 실졍
으로 말ᄒᆞ노니 몸이 조곰도 앓흔 ᄃᆡ 업고 다만 노리수의 ᄒᆡᆼ위를 알고져
ᄒᆞ옵ᄂᆞ이다 의원의 말이 알 수 업ᄂᆞ 일이라 ᄒᆞ거늘 나ㅣ ᄀᆞᆯᄋᆞᄃᆡ 유물환
과 ᄒᆞᆫ 갑스로 미득ᄒᆞ여 탕패 디경이니 그 파션에셔 ᄇᆞ라던 직물은 춧지
못ᄒᆞ엿스나 노리수의 중죄의 됴목을 잡앗스니 법관에 호소ᄒᆞ야 벌금을
응낭히 밧을 만 ᄒᆞ나 아직 그대로 잇ᄂᆞ ᄉᆞ연과 그ᄃᆡ의 말을 드ᄅᆞ면 ᄆᆞ음
의 의혹ᄒᆞᆫ 것이 업슬 듯 ᄒᆞ외다 ᄒᆞ니 의원 왈 이제 그ᄃᆡ의 말을 알겟소
그러나 더러나 노리수의 작죄ᄒᆞᆷ이 지중ᄒᆞᄃᆡ 실샹 말ᄒᆞ면 노리수가 범죄
ᄒᆞᆯ ᄯᆡ 중대ᄒᆞᆷ을 감ᄒᆞᆯ 연유가 잇슬 ᄲᅮᆫ 외에 별달니 ᄒᆞᆯ 수 업게 되엿소 우
리도 그런 난경을 당ᄒᆞ엿시면 그와 ᄀᆞᆺ히 ᄒᆡᆼᄒᆞᆯ 것이오 그 ᄉᆞ단의 시말을
ᄌᆞ셰히 알고 잇스나 루셜ᄒᆞᆯ 수 업ᄂᆞ이다 ᄒᆞ거늘 나ㅣ가 샤례ᄒᆞ고 이에
ᄒᆞᆫ 가지로 식텅에로 나아간 즉 의원이 동관ᄃᆞ려 ᄀᆞᆯᄋᆞᄃᆡ 손님이 몸이 평
안치 못ᄒᆞ셔셔 삼판 포도쥬 ᄒᆞᆫ 잔을 약으로 잡수시라 ᄒᆞ엿노라 ᄒᆞ고 ᄒᆞᆫ
가지로 술을 먹고 오래도록 놀다가 날이 져믈 ᄯᆡ에 셕치환에 올나 즉시
발션ᄒᆞ야 칠일 후에 상항에 니ᄅᆞ러 도박ᄒᆞ니라

션챵에서 빈돈이를 맛나 본 즉 얼골이 심히 ᄆᆞ르고 눈은 갓 죽은 사ᄅᆞᆷ
의 눈과 ᄀᆞᆺ히 크고 희여졋스며 속에 심화가 니러나 실망ᄒᆞᆫ 모양이라 통
탄ᄒᆞᄂᆞ ᄆᆞ음이 나셔 이에 친구의 불샹ᄒᆞᆫ 광경을 ᄀᆞᆫ졀이 싱각ᄒᆞ야 졍셩으
로 위로ᄒᆞᄂᆞ 말을 ᄒᆞ고 ᄒᆞᆫ 가지로 동ᄒᆡᆼᄒᆞ야 집에 드러가 빈돈이 안자 유
물환 파션 미득ᄒᆞᆫ 일로 인ᄒᆞ야 젼후 ᄉᆞ단을 셰셰히 말ᄒᆞᄂᆞ 지라 나ㅣ가

상항에셔 셕치환을 트고 써난 후 미웨도에 가셔 과히 지쳬흠으로 채쥬의게 갑흘 흔이 넘고 약됴 어긘 일노 판혬을 빈 돈이 면치 못흐엿는지라 이 디경을 당흐야 혼자 좌단흐야 모든 일을 조쳐 흐야 결단흐엿스니 나ㅣ가 늡이 되어 명예가 조곰도 손샹흠이 업슨 즉 이 말을 드르매 혼미흐야 싱각흐디 내가 무졍흔 사름이오 빈돈이는 진실노 다졍흔 벗이라 이에 은힝소에셔 내게 보낸 편지를 열어 보니 늬 셔즁에 흐엿스디 십여 년 젼에 고등학교 공부흘 째에 미국에 엇던 일홈난 부쟈ㅣ 양즈로 삼앗더니 이에 미웨도 왕 듸흘 시 양부가 병드러 죽을 림시에 후예 업슴으로 유언흐야 산업을 내게 젼혀 끼치여 주엇스니 은힝소에 나아 가셔 맛긴 돈을 츠자 쓰라 흐엿거늘 나ㅣ 뜻밧게 거부 되어 반가온 ㅁ음을 이긔지 못흘 너라

　이에 그 직산을 츠지흐야 구채를 갑흐니 늡은 것을 졀반은 빈돈이의게 주고 졀반은 내가 긴용흐야 쓰니 젼보다 유여흐되 흥샹 싱각흐기를 내가 노리수의 작죄흔 일노 인흐야 직물을 농히 허비흐엿스니 긔어히 흔 번 맛나기를 원흐던 츠에 흔 날은 부도리가 내게 나아와 진노흐야 글ㅇ디 그듸와 빈돈이와 노리수 삼인의 힝위가 불호흐야 부동 작간흔 것을 알앗스니 만약 샹급을 주지 아니면 단쟝에 고관흐겟다 흐며 무수히 후욕흐기로 문밧게 내여 쫏친 후에 뎐보국에 가셔 마츰 대무호 부함쟝 셔부리씨를 맛나 부도리 쇼식을 무른 즉 듸답흐야 글ㅇ디 ㅁ제 맛낫슬 적에 노리수의 거쳐를 알기로 쳥흐기에 써 주엇노라 흐고 써나거늘

1908년 11월 13일

그 잇흔 날 부도리 집에 가셔 보기를 쳥ᄒ니 문직이 글ᄋ디 쥬인 부도리 씨가 아ᄉ가 쩌날 때에 닐ᄋ시디 원로에 가니 두 둘 후에나 환가ᄒ겟다 ᄒ셧슨 즉 어디로 가신 지 알 수 업슙ᄂ이다 ᄒ 즉 나ㅣ가 탄식ᄒ야 글ᄋ디 압술ᄉ 부도리가 노리수를 맛나 모해ᄒᆯ 뜻으로 발졍ᄒ엿고나 이에 부도리를 젼보다 뮈워ᄒ야 노리수를 긴졀히 싱각ᄒᆯ 쑨 더러 법국 파리 경에 가 보기를 졀망ᄒ야 당일에ᄂ 편지를 보낸 후에 뉴역 항에 영국 직힝ᄒᆯ 륜션에 올나 션식을 ᄇ라본 즉 부도리가 그 즁에 잇ᄂ 지라 ᄒᆯ 수 업셔 모로ᄂ 톄 ᄒ고 지낼 수 업기로 ᄆ음을 ᄃᆫᄃᆫ히 먹고 젼날 혐의를 니져 ᄇ리고 외면에 친근히 지내ᄂ 톄ᄒ나 속에로는 조곰도 벗으로 사귈 싱각 업ᄂ 지라 이에 셔로 슬피며 갈 곳을 셔로 ᄀᆫ치지 아니 ᄒ나 눈치로써 알아내며 셔로 슈단으로 길ᄒᆯ 그르치게 힘쓰니 마지 못ᄒ야 론돈읍 즁ᄭ지 동힝이 된 지라 째에 뎡거쟝에셔 ᄂ려 각 길노 ᄂ화가니 그졔야 셔로 쩌나고 다시 맛나 보지 못ᄒ니라

날이 져물매 료리관에 류슉ᄒ고 그 잇흔 날 식후에 뎐긔 챠를 트고 대로 셰ᄌ 팔호통에 ᄂ려 노리수 집 샤랑에 드러 가니 압마당에 공쟉이 여러 마리가 잇고 각식 화초가 잇스며 안치 류리챵이 륙십여 개에 고루 거각이오 노속이다 다ᄒ 지라 이에 쥬인 량반을 쳥ᄒ니 문직이 나와 글ᄋ디 쥬인 량반이 샹년에 도라 가시고 다만 안 쥬인딕이 계시니 친ᄒ 손님이 아니면 못 드러가 뵈인다 ᄒ거늘 나ㅣ 글ᄋ디 나ㅣ 그딕와 ᄒ 가지로 후원에 가 구경을 좀 ᄒᆷ이 엇더ᄒ뇨 ᄒ니 허락ᄒ거늘 이에 화초 밧 가온대 ᄃᆫ니며 런못에 니ᄅ러 보니 곤이와 게우와 오리가 수다히 물에 노ᄂ

지라 그늘을 추자 뎡즈 나모 밋헤 안자 리약이 홀 시 문직이 ㅎ는 말이 오날 아츰에 미국셔 나온 손님이 쥬인을 맛나 보지 못ㅎ고 써나 갓다 ㅎ 즉 나ㅣ 싱각ㅎ디 그 손님이 필경 부도리라 ㅎ는 추에 로부인딕이 화초 밧 가온대 ㄷ니거늘 ㅂ라 보니 용모가 쳥승스럽고 머리는 눈과 ㄱㅌ히 희고 허리는 구부러지며 눈에 근심이 ㄱ득 ㅎ고 손에는 집힝이를 싀을고 살살 힝보ㅎ니 나ㅣ 그 형쟝을 보고 문직이ㄷ려 글ㅇ디 쥬인 딕의 고싱이 즈심ㅎ 모양이라 ㅎ 즉 디답ㅎ야 글ㅇ디 과연 쥬인딕의 고싱이 불가형언이라 작년에 가쟝이 죽고 금츈에 싀슉이 죽고 삼월에 큰 아들이 죽은 후에 자근 아들이 십오년 만에 미국에 잇다가 환가ㅎ야 그 날 져녁브터 밤시도록 대부인의게 말슴 샹달ㅎ고 그 잇흔 날 식젼에 집에셔 써나 갈 졔 어마님의게 영결ㅎ야 글ㅇ디 졔 싱젼에 다시 못 도라 오겟습ㄴ이다 ㅎ고 갓스니 그 날브터 쥬인딕이 근심이 츙만ㅎ야 셰샹을 하직홀 모양이라 ㅎ거늘 나ㅣ 이샹히 넉여 글ㅇ디 과연 참혹ㅎ 일이외다 그러나 쥬인의 자근 아들을 맛나 보랴고 왓더니 못 보고 써나면 셔운홀 쑨더러 그 량반을 모해ㅎ는 사름이 잇서 나ㅣ가 그 스단을 즈셰히 알고 방비홀 권이 잇스니 만일 그 량반의 거쳐를 알게 ㅎ야 주시면 맛나 보고 샹의ㅎ겟노라 ㅎ 즉 문직이 ㅁㅇ에 격동ㅎ야 글ㅇ디 노리수가 법국 쓰골스리시 대촌에 은쟉ㅎ엿다 ㅎ거늘 흔참 슈쟉ㅎ고 써나 륜션을 트고 법국 항구에 ㄴ려 다시 텰로를 트고 마리니읍에 ㄴ려 마챠를 트고 스리시에 당도ㅎ여 료리관에 드러가 보니 식방 스면에 치싁 그림이 걸넛는 디 그 중에 ㅎ나흔 미웨도 바다 그림이라 쥬인ㄷ려 무ㄹ디 이 그림을 누가 그렷ㄴ이스가 답 왈 여긔 우거ㅎㄴ 영국 사름이 그린 것이오 이 사름이 미우 이샹ㅎ여 싱애ㅎㄴ 것이 업서 환을 치며 미국에셔 낸 신문만 보고 한가로이 셰월

을 지낸다 ᄒ거늘

1908년 11월 20일

나ㅣ 글ᄋ디 그 사ᄅ음의 셩명이 무엇이오 답 왈 마디로씨니 조곰 잇다
가 조반을 먹으려 올 터히니 맛나 보시오 ᄒ고 가더니 미구에 방울 소리
에 빈긱이 조반을 먹으려고 나아 오거늘 나도 ᄯᅩ흔 드러가 안즈니 과연
영국인이 그 빈긱 중에 잇ᄂ 지라 ᄌ셰히 술펴 보니 자조 링쇼흠으로 깁
흔 ᄆ음에 근심이 나타나ᄂ 지라 이에 슈인ᄉᄒ고 닐ᄋ디 당신이 마디로
씨 아니오닛가 나는 상항에 사ᄂ 리무근이니 빈돈씨의 동ᄉᄒᄂ 사ᄅ음이
올소이다 흔 즉 믁믁히 디답 아니커늘 나ㅣ ᄯᅩ흔 미웨도 바다 파션의 환
친 것을 ᄀ르쳐 닐ᄋ디 ᄌ샹ᄒ게 그럿습ᄂ이다 흔 즉 마디로 왈 그디가
그 곳을 잘 알앗스니 시비홀 만 ᄒ오 ᄒ며 ᄯᅩ 무ᄅ디 상항에 살아 계시니
부도리를 알겟소 그려 나ㅣ 글ᄋ디 알고 말고요 당신이 그 사ᄅ음의 쇼식
을 드럿소 답 왈 당일에 드럿소 ᄒ거늘 나ㅣ 글ᄋ디 부도리가 왓습디가
답 왈 아니 왓소마는 대무호 부함쟝 셔부리의 손을 인ᄒ야 편지를 ᄒ엿
소 ᄒ니 나ㅣ 글ᄋ디 부도리가 아니 왓스니 홀 말은 잇다가 ᄒ고 술을 먹
읍시다 ᄒ며 ᄯᅩ 닐ᄋ디 당신이 내 음셩을 알으시겟소 흔 즉 답 왈 ᄌ셰히
알 수 업스나 싱각에 오날 초면이 아니오닛가 나ㅣ 글ᄋ디 금시에는 초
면이나 젼날에 서로 보지 못ᄒ고 슈쟉ᄒ엿소 흔 즉 마디로ㅣ 이샹히 녁
여 글ᄋ디 그디가 유물환 경매흔 후에 뎐화통으로 말을 무럿흡더닛가 ᄒ
거늘 나ㅣ가 그리ᄒ엿소 ᄒ니 마디로 왈 그 말을 무른 연고로 크게 걱정

이 되엿소 이제 내 집에 오시오 죵용히 말을 ᄒᆞ읍시다 ᄒᆞ거늘 마ᄃᆡ로를 ᄯᆞ라가 방에 안자 유물환 미득ᄒᆞᆫ 일과 미웨도 왕리ᄒᆞᆫ 일을 낫낫히 말ᄒᆞ니 말을 그칠 ᄲᅢ에 계명셩이 나는 지라 이에 마ᄃᆡ로 왈 내 일홈이 노리수라 내 힝위를 대단히 말ᄒᆞ기 어려워 ᄒᆞᆫ 번 만 우리 대부인의게 말을 ᄒᆞ여 다시 아니 ᄒᆞ기로 밍셰ᄒᆞᆫ지 ᄒᆞ엿스나 그ᄃᆡ는 나를 위ᄒᆞ야 근심이 과히 되엿스니 말을 ᄒᆞ겟소 그러나 내 힝실은 대단히 그르니 그ᄃᆡ가 드르면 나ㅣ가 그런 일을 ᄒᆞᆫ 후에 엇더케 견ᄃᆡ고 ᄌᆞ결 아니ᄒᆞ는 지 필경 싱각ᄒᆞᆯ 것이오 ᄒᆞ며 이에 시작ᄒᆞ니 오래도록 말을 ᄒᆞ야 그칠 적에 하늘에 ᄒᆡ가 놉히 올낫더라

　노리수 ᄀᆞᆯ으ᄃᆡ 나ㅣ가 졂엇슬 ᄲᅢ에 부모의 명을 공순히 밧들지 아니 ᄒᆞ야 ᄌᆞ연히 ᄇᆞ린 ᄌᆞ식이 되여 손지조만 됴하ᄒᆞ야 환 그리는 공부를 ᄒᆞᆯ ᄯᅳᆺ이 잇스니 부모ㅣ 말니시ᄃᆡ 훈계를 듯지 아니홈으로 츅츌ᄒᆞ여 ᄀᆞᆯ으샤ᄃᆡ 불순ᄒᆞᆫ ᄌᆞ식이 ᄆᆞ음을 고치지 아니 ᄒᆞ고 졈졈 방죵히 노니 이제는 다시 내 눈 압혜 뵈지 말나 ᄒᆞ신 후에 이십에 약간 진니고 잇는 돈을 잡기 ᄒᆞ야 온젼히 일허 주려 죽을 디경에 니ᄅᆞ러 못ᄒᆞᆯ 일을 ᄒᆞ야 이에 신갑호 항구에 나아 가셔 하대수를 맛나 리약이를 ᄒᆞ니 하대수 ᄀᆞᆯ으ᄃᆡ 내가 신갑호에 지나가는 길이오 오셰안야셥에 사는 사름이니 그 곳에 사는 ᄌᆞ미를 ᄒᆞᆫ 번 구경ᄒᆞ면 다시 ᄯᅥ날 싱각이 업슬 것이라 ᄒᆞ거늘 ᄒᆞᆫ 가지로 회샤를 ᄭᅮ미고 풍범션을 사셔 쟝ᄉᆞ를 ᄒᆞ기로 작뎡ᄒᆞᆫ 후에 그 항구의 마ᄎᆞᆷ 일 업는 션인 ᄒᆞ나히 잇스니 일홈은 위두도ㅣ라 본ᄃᆡ 륜션 함쟝으로 잇다가 션인을 무단히 죽인 후에 싱애가 ᄭᅳᆫ허져 셰상에 거두치 못ᄒᆞ고 숨어 잇더니 나와 하대수 두 사름이 뎌의 풍범션 함쟝 노릇ᄒᆞ기를 말ᄒᆞ거늘 허락ᄒᆞ야 이에 일홈을 곳쳐 긔면옥이라 이에 이십 여일 만에 물건을 시러

십일월 이십륙일에 신갑호에셔 부리다리도로 향ᄒᆞ야 ᄯᅥ날 ᄶᅢ에 사ᄅᆞᆷ이 다ᄉᆞᆺ이 ᄐᆞ고 잇스니 ᄒᆞ나흔 함쟝 긔먼옥이오 ᄒᆞ나흔 ᄉᆞ무쟝 노리수 나요 ᄒᆞ나흔 화쟝 아마루니 하와이도 본토 지인이오 ᄒᆞ나흔 하대수요 ᄒᆞ나흔 함시환이라 풍범션은 본ᄃᆡ 일홈이 대몽션이러니 일홈을 고쳐 고봉션이라 ᄒᆞ고 밋쳔이 부죡ᄒᆞᆫ 고로 외샹으로 물건 십오만원의치를 사셔 리익을 평균히 ᄂᆞ화 먹을 것이라 ᄒᆞᆫ 지라 고봉션에 다ᄉᆞᆺ 사ᄅᆞᆷ이 셩품이 다 각각 다르나 셔로 화목ᄒᆞ고 셔로 용납ᄒᆞᄂᆞᆫ ᄃᆡ 함쟝만 혼자 ᄇᆡ 속을 아ᄂᆞᆫ 고로 션인마다 공슌히 슌명ᄒᆞ며 조곰도 셔로 틀닐 것이 업ᄂᆞᆫ 지라

1908년 11월 27일

신갑호에셔 ᄯᅥ난 후 이십 팔일에 고봉션이 부리다리도에 니ᄅᆞ러 시른 물건을 방매ᄒᆞ니 일만원이 리익이 되ᄂᆞᆫ 지라 닷ᄉᆡ 동안에 항구에 머믈다가 ᄯᅥ날 ᄶᅢ에 션인 ᄒᆞᆫ 명이 ᄯᅩ ᄇᆡ에 오르니 일홈은 마진로ㅣ라 본ᄃᆡ 영국 사ᄅᆞᆷ으로 큰 륜션에 싱애ᄒᆞᆯ ᄶᅢ에 ᄉᆞ무쟝의게 불슌히 ᄃᆡ답ᄒᆞᆷ으로 츅츌을 당ᄒᆞ야 ᄒᆞᆯ 일업시 노ᄂᆞᆫ 지라 마진로 셩품이 급급ᄒᆞ고 암상시라오나 다졍ᄒᆞᆫ 벗이라 부리다리도에셔 ᄯᅥ난 후 삼일 만에 홀연히 대풍이 니러나 돗ᄃᆡ가 부러져 돗히 바람을 ᄯᆞ라 돗ᄃᆡ와 ᄒᆞᆫ 가지로 물에 ᄯᅥ러지며 물결이 졈졈 놉하지니 ᄇᆡ는 올ᄃᆡ 갈ᄃᆡ 업셔 션인이 ᄒᆞ로밤을 그 풍파에 죽을 고싱을 당ᄒᆞ고 그 잇튼 날 식벽에 다ᄒᆡᆼ히 바람이 잔 후에 본 즉 근방에 ᄶᅡ히 뵈지 아닛ᄂᆞᆫ 지라 함쟝이 ᄒᆡ부도셔를 보매 상위도 항구가 뎨일 갓가오나 오히려 샹거가 일쳔 리나 된 즉 죵션을 ᄐᆞ고는 그 곳에 가기 극난ᄒᆞᆫ

고로 미웨도 쇼셤은 셕탄을 류치흔 곳인디 상거가 수십 리가 되니 그 곳에로 향ᄒᆞ야 가기를 작뎡ᄒᆞ고 이에 션인이 죵션 흔 쳑을 ᄂᆞ려 ᄐᆞ고 서로 웃고 롱담ᄒᆞ며 닐ᄋᆞ디 우리가 쳔신만고 ᄒᆞ다가 오늘은 무변 대ᄒᆞᆡ에 쟝막을 세울 곳이 업스나 조곰도 걱졍홀 것 업고 릭일은 복디에 나갈 터히니 친구의 집에 ᄎᆞ자 가셔 큰 잔치를 빅셜ᄒᆞ리라 ᄒᆞ면셔 서로 돈과 의복과 침식 등 물을 싯고 수향가를 부ᄅᆞ면셔 노를 져어 밤을 지낸 후에 함쟝이 서셔 만리경으로 수면을 ᄇᆞ라 보고 닐ᄋᆞ디 뎌 뵈ᄂᆞᆫ 셤에 놉고 넓은 바희 우희 마른 풀만 잇고 인가는 도모지 업다 ᄒᆞ니 마진로 왈 나ᅵ가 작년에 이 곳을 지낼 째에도 이 모양이라 ᄒᆞᆡ부 지로셔指路書에 셕탄 류치흔 디라 썼스나 이는 무근지셜이라 ᄒᆞ니 모든 이 락심ᄒᆞ야 풀에 힘이 ᄶᅥ러지도록 간신히 노를 져어 미웨도에 죵션을 대이고 이에 언덕에 올나 죵션에 돗과 돗디와 노흘 가져다가 쟝막을 치고 드러 안즈니 화쟝 아마루가 조반을 지을 ᄉᆞ 여러 사름의 의론이 분분ᄒᆞ다가 나죵에 이 곳에 머물기를 결뎡ᄒᆞ고 밤ᄂᆞᆺ에로 언덕 말낭에 나모 불노키를 의론ᄒᆞ고 젼일에 파션ᄒᆞ여 써 오ᄂᆞᆫ 널판이 수다흔 고로 죵일 주워다가 ᄊᆞ하노코 밤이면 불을 노ᄒᆞ니 붉곳히 놉히 치셩ᄒᆞ여 쳥국 ᄒᆞᆡ변에서 볼만 흔 지라 이에 화광 즁에 서로 ᄇᆞ라 보니 얼골에 혈긔가 업셔 죽은 사름과 ᄀᆞᆺ고 쏘 지낸 일을 싱각ᄒᆞ니 더옥 모골이 송연ᄒᆞ야 말 흔 마디도 못ᄒᆞ니라

1908년 12월 4일

그 잇흔 조죠브터 일긔가 불슌ᄒᆞ야 큰 비가 와셔 나흘신지 ᄭᅳᆫ치지 아

니ᄒᆞᆫ 즉 언덕에 노흔 불이 ᄌᆞ연 써지거늘 파션인들이 더옥 실심ᄒᆞ고 ᄯᅩ 이 곳에 잇슨 지 여러 날이 되매 음식이 졈졈 주러져 졀용이 되고 밤ᄂᆞᆽ으로 번갈아 모닥불 엽헤 안자 ᄉᆞ면을 ᄇᆞ라 보고 풍범션이나 륜션 오ᄂᆞᆫ 죵적이 잇ᄂᆞᆫ가 ᄒᆞ야 눈이 ᄲᅡ지게 ᄉᆞᆯ펴 보고 곤난이 ᄌᆞ심ᄒᆞ나 욕심을 금지치 못ᄒᆞ여 일만원을 평균히 분식ᄒᆞᆯ ᄉᆡᆼ각이 나셔 돈궤를 죵션에셔 ᄂᆞ려 쟝막에 갓다 노코 여러 날이 되매 욕심이 ᄯᅩ 졈졈 커지ᄂᆞᆫ 가온대 마진로ㅣ 왈 우리가 이믜 살아 낫스나 갈 곳이 업ᄂᆞᆫ ᄃᆡ ᄌᆡ물이 만하도 쓸 ᄃᆡ 업스니 몃 날을 지내지 못ᄒᆞ야 나모가 써러 지면 이 지젼으로 불을 쪨 터히니 위션 투젼 노름으로 내기나 ᄒᆞᆸ새다 ᄒᆞ니 모든 이 다 됴하 ᄃᆡ답ᄒᆞ고 노름을 시작ᄒᆞ여 밤ᄂᆞᆽ 잇ᄒᆞᆯ을 ᄒᆞᆫ 지라 나와 마진로 두 사ᄅᆞᆷ흔 본ᄃᆡ 노름에 암수를 익슉히 ᄒᆞᄂᆞᆫ 고로 그 돈을 거의 다 ᄎᆞ지ᄒᆞᆫ 후에 ᄆᆞ음이 미안ᄒᆞ야 투젼을 더지면셔 ᄀᆞᆯᄋᆞᄃᆡ 투젼ᄒᆞ기도 슬코 이 돈도 가지지 안켓다 ᄒᆞ고 이에 본젼과 리젼을 함ᄉᆞ속에 도로 쏫아 ᄇᆞ리니 마진로도 ᄯᅩᄒᆞᆫ 그리 ᄒᆞᄂᆞᆫ 지라 ᄯᅢ에 함쟝이 홀연히 서셔 큰 소ᄅᆡ로 닐ᄋᆞᄃᆡ 풍범션이 온다 ᄒᆞ며 즐거움을 이긔지 못ᄒᆞ야 술이 크게 취ᄒᆞᆫ 사ᄅᆞᆷ ᄀᆞᆺ히 졍신 업시 너머 자더니 다시 니러나 션인의게 셔북간을 ᄀᆞᄅᆞ쳐 뵈이며 만리경으로 ᄌᆞ세히 본 즉 과연 풍범션이 슌풍을 맛나 돗ᄎᆞᆯ ᄃᆞᆯ고 이 곳에로 향ᄒᆞ니 이 풍범션은 다른 ᄇᆡ가 아니라 유물환이니 이년 젼에 론돈 항구에셔 써나 아푸리가 남녁에로 돌아 가다가 인도 항구에 니ᄅᆞ러 새로이 셕탄을 싯고 칠팔일 젼에 신가파항에셔 발션ᄒᆞ야 상항에로 직힝ᄒᆞᄂᆞᆫ 길인ᄃᆡ 함쟝은 가다나ㅣ라 영국 사ᄅᆞᆷ이니 본ᄃᆡ 참셔관으로 착실치 못ᄒᆞ야 숑ᄉᆞ 락과ᄒᆞᆫ 후에 본향에 머믈기 슬희여 여간 셰간과 가옥을 매ᄆᆡᄒᆞ야 유물환 함쟝으로 잇ᄂᆞᆫ 쟈요 부함쟝은 구다리니 ᄏᆡ 크고 근력이 장ᄉᆞ라 여러 사ᄅᆞᆷ의 일을 혼

자 당ㅎ고 ᄆᆞ음이 슌량ㅎ야 다른 사ᄅᆞᆷ과 ᄒᆞᆫ 번도 다톤 바ㅣ 업스며 한가
ᄒᆞᆯ ᄲᅢ는 근심시라 온 노래를 부르고 ᄯᅩ 쇠ᄭᆡ리 ᄒᆞᆫ 마리를 쟝ᄉ 속에 기르
며 귀여와 ᄒᆞ는 쟈ㅣ요 그 다음에는 긔간 슈노도션이오 그 다음에는 부
론이니 빈에 화통맛흔 쟈요 얼골이 씩씩ㅎ고 악심이 업는 쟈ㅣ요 그 다
음에는 우희량과 하돈 두 사ᄅᆞᆷ이이니 물건을 직희는 쟈ㅣ요 그 다음에는
화쟝 아워노ㅣ니 쳥국 사ᄅᆞᆷ이러라

1908년 12월 11일

함쟝 긔면옥이 가 뎌 비오는 것을 보고 션인 ᄃᆞ려 분부ㅎ되 쟝막과 돈
과 의복을 거두어 종션에 싯고 언덕에셔 ᄂᆞ려 물로 ᄂᆞ리 밀나 ᄒᆞᆫ 즉 모든
이 다 희락ㅎ야 철업는 ᄋᆞ희들과 ᄀᆞᆺ히 늘치며 미친 ᄃᆞ시 소ᄅᆡ를 지르나
함쟝은 ᄆᆞᆨᄆᆞᆨㅎ야 홀노 정신을 일치 아니 ㅎ고 션인ᄃᆞ려 ᄀᆞᆯᄋᆞ되 ᄌᆞ셰히
드르라 우리가 조곰 잇다가 모로는 비에 모로는 사ᄅᆞᆷ들을 샹면ᄒᆞᆯ 터히니
즉금 지젼은 ᄂᆞᆫ화 ᄀᆞᆷ초고 은젼은 ᄒᆞᆫ 궤가 ᄀᆞ득ㅎ야 ᄀᆞᆷ출 수 업슨 즉 그
빈ᄉ사ᄅᆞᆷ들이 이것을 보면 탐심이 날 듯 ㅎ니 우리가 미리 짐작ㅎ야 적
당을 ᄃᆡ덕ㅎ기로 륙혈포에 약을 지아 둡새다 ㅎ니 모든 이 일제히 함쟝
의 훈계대로 ᄒᆞᆫ 연후에 노흘 져어 그 빈에로 향ㅎ니 ᄲᅢ에 유물환이 셜니
나아 오는 ᄃᆡ 본 즉 함쟝이 손에 만리경을 들고 길흘 다ᄉ리고 화쟝은 식
텽문에 서고 션인 삼 명은 돗흘 ᄂᆞ리려고 함쟝의 명령을 기ᄃᆞ리더니 이
에 도박ㅎ거늘 고봉션에 함쟝이 노ᄭᅳᆫ을 붓들고 유물환에 올나 손에 만리
경 들고 잇는 함쟝을 보고 삽보를 벗고 슈인ᄉ ᄒᆞᆫ 후에 무릅디 당신이 함

쟝이시오니ㅅ가 답 왈 예 나는 함쟝 가다나요 그듸는 누구시오니ㅅ가 나
는 함쟝 긔면옥이오 동힝인은 고봉션의 션인인듸 거월 이십 팔일 풍파에
돗듸가 부러져 간신히 목숨을 보존ㅎ엿ㅅㅂ니다 가다나ㅣ 왈 당신들이 노
흔 불을 보고 왓스니 다힝ㅎ외다 ㅎ며 리약이 홀 적에 고봉션 사름들이
죵션에 머물너 유물환에셔 ㄴ리운 줄을 빗ㅅ쟝에 미여 들아 올니려 ㅎ니
유물환 션인들이 힘이 부죡ㅎ야 동모를 구ㅎ는 것을 보고 함쟝 가다나
말이 그 궤ㅅ속에 무엇을 담아서 그러케 무겁소 흔 즉 면옥이 말이 돈이
올소이다 ㅎ니 가다나ㅣ 더욱 이샹히 넉여 돗드른 톄ㅎ고 다시 무러 글
ㅇ듸 무엇이오 면옥이 또 듸답ㅎ야 글ㅇ듸 파션홀 재에 요힝히 본존흔
돈이라 흔 즉 가다나가 면옥을 노려 보며 부함쟝 구다리드려 말이 돈 궤
를 올니지 말고 죵션을 물니고 사름 ㅎ나도 오르지 못ㅎ게 ㅎ여라 흔 즉
면옥이 가다나다려 글ㅇ듸 우엔 일이오니ㅅ가 ㅎ니 가다나 왈 별일 아니
라 파션흔 사름들이 만흔 직물이 잇고 군긔를 진니고 잇는 것이 과연 비
샹흔 일이니 당신의 말을 ㅈ셰히 듯고 ㅅ단을 알아본 후에 죠쳐ㅎㅂ새다
흔 즉 면옥이 왈 그럴 듯 ㅎ외다 ㅎ고 이에 동션인을 보고 글ㅇ듸 잠간
거긔 기드리라 ㅎ고 함쟝 가다나를 ㅆ라 가니 재에 가다나가 면옥이를
보고 글ㅇ듸 쳥컨대 나를 혐의치 마시오 당신의 ㅁㅇㅁ을 조곰도 샹홀 뜻
이 업스나 쳥국 대양에 발힝홀 재에 별일을 당ㅎ엿시니 이제 지낸 위험
을 싱각ㅎ면 ㅈ연 ㅁㅇㅁ에 조심이 된 즉 당신의 문부를 샹고홀 ㅆ름이니
혹 나ㅣ가 파션이 되여 당신과 ㄱㅊ히 지나가는 빈에 오를 디경이면 당신
이 또흔 나와 ㄱㅊ히 나의 문부를 샹고홀 것이왼다 ㅎ고 면옥이 가져온 문
부를 본 후에 의심을 풀고 술을 마실 재에 손가락으로 샹을 쟝단 치는 듸
긔면옥이 왈 당신이 무슴 불평흔 일이 잇ㄴㅇ잇가 답 왈 미웨도 뒤ㅅ긔에

왕릭ᄒ기가 ᄆ우 어려우니ᄉ가 답 왈 뒤기는 넓고 물이 깁흐며 압산이
바람을 막앗스니 빅를 도박ᄒᆞ야 서기가 평안ᄒᆞ지오 ᄒᆞ니 가다나 왈 거월
에 신가피항에셔 우리 돗듸를 곳쳣스나 일이 실치 못ᄒᆞ야 그 곳에 가셔
ᄒᆞ로 동안에 역ᄉ를 시기면 튼튼ᄒᆞᆯ 것이니

1908년 12월 18일

청컨대 당신이 션인들의 손을 빌어셔 합력 ᄒᆞ겟습ᄂᆞ이ᄉ가 면옥이 왈
아모럼 그러케 ᄒᆞ지오 가다나 왈 그러면 다힝ᄒᆞ오 당초에 홈의로 막을
것을 내ᄇᆞ려 두면 나중에는 가릭로 막ᄂᆞ이다 ᄒᆞ고 함장들이 식방에셔 써
나 웃층에로 오르니 긔면옥이가 동션인을 보고 가다나 함쟝으로 더브러
샹약ᄒᆞᆫ 일을 말ᄒᆞ고 이에 유물환 션인 다ᄉᆞᆺ을 올닌 후에 돗흘 들고 미웨
도 뒤ᄉ개로 직힝ᄒᆞᆫ 째에 고봉션 사ᄅᆞᆷ들이 종션에 머물너 든든ᄒᆞᆫ 버리
줄노 륜션에 들녀 ᄯᆞ라 오ᄂᆞᆫ 듸 미긔에 향방에 니ᄅᆞ러 도박ᄒᆞ니 고봉션
사ᄅᆞᆷ들이 륜션에 올나 ᄒᆞᆫ 가지로 조반을 먹은 후에 일심 동력ᄒᆞ야 ᄒᆡ가
지도록 힘을 다ᄒᆞ야 역ᄉ를 ᄆᆞ치나 함쟝 가다나의 발션ᄒᆞ라ᄂᆞᆫ 분부가 업
ᄉᆞᆫ 즉 ᄆ우 이샹히 넉이니라
조곰 잇다가 가다나가 면옥이ᄃᆞ려 굴ᄋᆞ듸 틱의 말슴을 잘 알아 드럿
소 틱과 션인이 등분 업시 ᄃᆞ니시오 면옥왈 과연 그러외다 가다나 왈 그
러면 나와 ᄀᆞᆺ히 식텽에 ᄂᆞ려 가셔 흠의 차를 먹음이 엇더ᄒᆞ오 ᄒᆞ니 면옥
이 속으로 이샹히 넉이나 외면으로 심샹ᄒᆞᆫ 톄 ᄒᆞ야 그리 ᄒᆞᆸ새다 ᄒᆞ고
고봉션에 션인 륙명과 함쟝 가다나와 부함쟝 구다리와 ᄒᆞᆫ 가지로 안자셔

향차와 가폐와 링병과 면투와 우유를 먹을 식 구다리가 다졍ᄒ게 빈긱을
딕졉ᄒ나 가다나는 믁믁ᄒ야 먹지도 아니 ᄒ고 손님이 홈씌 안진 것을
모로는 것 ᄀᆺ히 안잣더니 조곰 잇다가 가다나 ㅣ 눈을 ᄂᆞ리 쓰고 틀닌 모
양으로 ᄀᆞᆯ으딕 우리 빅가 튼튼ᄒ고 셰간과 음식은 별노 ᄀᆞᆺ초지 아니 ᄒ
엿스나 당신들을 우리 빅에 올녀 상항ᄭᆞ지 건너기는 ᄒ겟고 ᄯᅩ 션인 간
에 서로 도아 주어야 홀 것이나 당신들이 션가는 내여야 ᄒ겟다 ᄒ거늘
면옥이 왈 우리도 그런 줄 아니 맛당ᄒ 갑슬 드리겟슴ᄂᆞ이다 ᄒ매 가다
나 왈 갑세 맛당ᄒ고 맛당치 아님을 나 ㅣ 가 혼자 결단홀 일이라 빅는 나
의 빅니 당신늘이 이 빅로 건너 가게 ᄒ여 달나 ᄒ면 불가불 빅 님쟈의
뎡가ᄒᆫ 대로 내여야 홀 지니 그러치 아니면 빅에 오르지도 말나 ᄒᄂᆞᆫ 지
라 나 ㅣ 가 믁ᄅᆞᆨ딕 그러면 션가는 엇더케 작뎡ᄒᆞᆸᄂᆞ잇가 가다나 오라 당
신들이 시러 노ᄒᆫ 돈 일쳔 오빅근이 잇스니 나 ㅣ 가 그 돈을 ᄎᆞ지ᄒ고 상
항에 ᄂᆞ릴 째에 함쟝의게는 이십오근을 드리고 다른 이의게는 십오근을
드리겟소 ᄒ거늘 면옥이 속으로 분이 나셔 닐ᄋᆞ딕 롱담으로 ᄒᄂᆞᆫ 말슴이
오니ㅅ가 가다나 왈 롱담이 무엇이오 졍말이지오 만일 당신들이 션가 과
ᄒ다 ᄒ면 미웨도는 나의 샹관업ᄂᆞᆫ 싸히니 굿ᄒ야 머무를 ᄯᅳᆺ이 업슨 즉
말니지 못홀 일이외다 ᄒ거늘 내가 ᄀᆞᆯ으딕 지금 션가 말슴 ᄒ신 것은 아
조 가량 업ᄂᆞᆫ 일이오 이 빅를 미매ᄒᆞ더라도 그 갑시 못될 것이오 이다 ᄒ
니 가다나 왈 그러튼 뎌러튼 션가는 ᄒ 푼도 감샥ᄒ지 못ᄒ겟소 ᄒ거늘
하대수 왈 당신의 말대로 션가를 우리가 못 낼 디경이면 이 곳에셔 굶어
죽는 디경에 니ᄅᆞ러도 ᄇᆞ려두고 가겟소 그려

1908년 12월 25일

가다나 왈 아 그럿치 안소 량식을 만히 시럿스니 당신들이 원ᄒᄂ 대로 풀면 내게 해 될 것 업지오 ᄒ거늘 마진노 나아와 ᄀᄅᄋ디 여보 말슴ᄒ읍새다 나는 고봉선의 션인이나 돈은 ᄒ 푼도 업스니 그 은젼 일쳔 오빅 근 ᄂ디에 내게 오ᄂ 목슨 도모지 업슨 즉 나를 과셥ᄒᆞ야 줄ᄂᄂ 지 알고져 ᄒᆞᆷᄂ다 가다나 왈 어려울 것 업소 그디는 상항에로 건너가ᄂ 디 항구에 ᄂ릴 젹에 은젼 ᄒ 푼도 드리지 안켓소 ᄒᄂ 지라 마진노ㅣ 눈을 부릅 ᄯ고 고셩ᄒᆞ야 ᄀᄅᄋ디 이런 무졍ᄒ 사름이 잇단 말인가 이 벼락을 마질 놈아 너ㅣ가 영국 사름으로 이다지 괘ᄉ심ᄒᆞᄂ ᄒ 즉 가다나ㅣ ᄯ호 노ᄒᆞ야 ᄀᄅᄋ디 너는 말을 말아라 말 ᄒ ᄆ디 더 ᄒ면 쪽쇄ᄒᆞ겟다 ᄒ 즉 ᄯ에 마진노ㅣ 주머니 칼을 내여 손에 들고 가다나의게 둘녀 들며 이 무지ᄒ 도젹 놈을 업시 ᄒᆞ겟다 ᄒ 젹에 가다나가 디덕ᄒ 수 업슴으로 피ᄒᆞ려고 ᄂ러날 ᄉ 마진노ㅣ 칼노 목을 씨르니 피가 식샹에 쏫아져 마로 우헤 흐르니 ᄎᆞ마 보기에 미우 어려운 지라 ᄯ에 유물환 부함쟝 구다리가 진노ᄒᆞ야 교의를 손에 들고 마진노를 힘것 치니 풀이 부러져 업더 지매 구다리는 독ᄒ ᄆᆞ음을 이긔지 못ᄒᆞ야 함시관을 ᄯᅩ 힘것 ᄯᅡ리니 두 골이 씌여져 즉ᄉᄒᆞ니라

ᄯ에 나와 면옥 등이 벼락 마진 사름 ᄀᆺᄒᆞ야 말을 못ᄒ고 구다리를 피ᄒᆞ려고 길흘 비켜니 구다리가 함시관의 죽은 송쟝을 악독히 ᄯᅡ리거늘 홀연히 내 ᄆᆞ음에 분긔 복발ᄒᆞ며 보슈홀 싱각이 나셔 이에 륙혈포로 노ᄒᆞ니 구다리가 마져 함시관 시톄 우헤 업더져 죽ᄂ 지라 ᄯ에 웃층 마로에셔 인젹긔가 나며 우하량이가 사다리로 ᄂ려와 식텽문을 열고 들어오거

늘 쏘 노흐니 가슴에 텰환을 마자 폭스흐는 지라 나와 면옥이 흔 가지로 웃층에 오를 째에 날이 저믈어지고 셔人녁 하늘이 피꼿히 붉으케 노을이 쩌셔 무셔운 무음이 나는 지라 량편에 사름 수는 굿흐나 유물환 션인들이 듸뎍흐지도 아니 흐고 다만 피흐기로 도모흐는 중 화쟝 아위노는 드라나다가 머리에 텰환을 마자 죽고 부론이는 물건시른 고人간에 드러가 숨어 잇는 듸 류혈포에 텰환이 다 나갓슴으로 쏘 텰환을 씨을 人 아마루는 늣듸를 직흰 지라

1909년 1월 1일

하돈과 노도션 두 사름이 돗듸 놉흔 듸로 올나 살녀 달나 흐나 우리가 범보다 독흔 무음을 바리지 못흐야 그 무죄흔 두 사름 압혜셔 류혈포에 약을 새로 지아 가지고 이 두 사름을 향흐야 노흐나 밤이라 간음쇠를 분간치 못흐야 짐쟉대로 노흐니 여러 번 노하도 마치지 못흐고 그 두 사름은 더욱 근졀히 살녀 달나 흐되 듯지 아니 흐고 각각이 십삼번 식 노하 그제야 하돈이 마져 죽어 마로에 쑥 써러지고 노도션도 마져 죽은 후에 시톄가 돗줄에 걸넛거늘 보기에 미우 흉흐더라

째에 부론이는 고人간에 숨어 잇슴으로 면人흐엿는 듸 화쟝 아마루가 우리를 말유흐야 용셔흐기를 근졀히 빌어 글오듸 부론은 졈잔코 슌량흐며 혼자 늡아 살더라도 우리의게 모해흘 사름이 아니 오니 용셔흐여 죽이지 마읍쇼셔 흐거늘 나ㅣ가 글오듸 그럴 수 업느니라 유물환 사름 중에 흐나히라도 늡겨 두면 우리는 다 법관에 잡혀 반듸시 목믹는 결안을

밧을 것이니 부론이도 당쟝에 죽여야 ᄒ겟다 홀 ᄯᅢ에 부론이가 이 말을 발셔 드른 지라 나ㅣ가 손에 륙혈포를 들고 물건 시른 간에 ᄂᆞ려가 부론이를 부르니 ᄃᆡ답지 아니커늘 ᄉᆞ방에 두루 ᄃᆞ니면셔 화쟝 아위노 시톄를 보니 ᄌᆞ연히 숑구ᄒᆞᆫ ᄆᆞ음이 나셔 부론이를 그만 둘가 말가 홀 즈음에 ᄉᆡᆼ각업시 다시 부론이를 부르니 ᄯᅢ에 버리 줄 밋헤셔 예 여긔 잇습ᄂᆡ다 ᄒᆞ거늘 나ㅣ가 두 번 죽이려 ᄒᆞ나 풀이 썰녀 ᄎᆞᆷ아 방으쇠를 잡아 ᄃᆞ리지 못ᄒᆞ야 그만 두고 웃층에 올나 오니 ᄆᆞ음이 썰니고 다리가 허젼 허젼 ᄒᆞ며 ᄯᆞᆷ을 흘니고 졍신 업시 안잣더니 ᄯᅢ에 긔면옥이 무슨 말을 무를 모양 ᄀᆞᆺ히 나를 ᄇᆞ라 보거늘 나ㅣ가 아모 말도 못ᄒᆞ고 다만 머리만 혼들어 부론이를 못 죽인 모양을 나타내니 긔면옥이 가 곳 고ᄉ간에로 ᄂᆞ려가는 지라 ᄯᅢ에 부론이가 ᄆᆞ음을 조곰 노코 숨엇던 곳에셔 나아와 잣고 빌며 살녀 주옵쇼셔 ᄒᆞ나 면옥이가 듯지 아니 ᄒᆞ고 륙혈포를 들고 비는 소ᄅᆡ나는 곳을 향ᄒᆞ야 노흐니 곳 마자셔 즁통ᄒᆞᄂᆞᆫ 소ᄅᆡ 나다가 얼마 못ᄒᆞ여 소ᄅᆡ 그치고 죽은 지라 이에 면옥이 졍신 일코 눈에 밍악ᄒᆞᆫ 긔운이 나고 안ᄉᆡᆨ이 변ᄒᆞ여 샹층에 오르니 ᄯᅢ에 나와 아마루와 하ᄃᆡ수 셰히 압 돗ᄃᆡ 밋헤 안자 어린 으히 모양으로 밤에 무셔워 온 몸이 썰니고 하늘에 별이 ᄒᆞ나토 뵈지 아니며 캄캄ᄒᆞ여 밧게 아모 소ᄅᆡ 업고 다만 물결이 바회를 치며 사ᄅᆞᆷ 죽는 소ᄅᆡ ᄲᅮᆫ이니 ᄌᆞ연 ᄆᆞ음이 숑구ᄒᆞᆫ 지라

(미완)

부록_2

쇼셜[小說] 히외고학^{海外苦學}

『경향신문』(1910년 3월 25일~10월 21일)

1910년 3월 25일

십여년 전에 경셩 북부 ᄌ하동 사던 사름 ᄒ나히 잇스니 셩명은 김관
영이오 그 ᄶ에에 나흔 십ᄉ 셰러라 어려셔브터 글 비호기와 글ᄉ시 쓰기
를 됴하ᄒ여 밥먹을 ᄶ에나 잠잘 ᄶ에 외에는 흥샹 칙과 붓을 ᄺ러나지 아니 ᄒ
여 심지어 뒤ㅅ간에 가셔도 칙을 드려다 보고 길에 ᄃ닐 ᄶ에에도 입 안에
로 글을 외와 늘 보기에 마치 실진ᄒᄒ 사름 ᄀᆺ더니 십오 셰에 ᄉ셔를 다
쎼엿는 ᄃᆡ 십오 셰에 니ᄅ러는 그 부형이 학교에 입학을 시기매 학교에
ᄃ니든 ᄃᆡ 흥샹 일 분 시간이라도 어굼이 업시 ᄃ니며 신학문을 ᄶᆞᄒ 열

심으로 공부ᄒ더라

학교에 입학ᄒᆫ 지 구십일 만에 하긔 시험을 보인다 ᄒ매 몃힐 동안은 잠을 자지 아니 ᄒ고 빅혼 것을 닉히ᄂᆫ 고로 그 부친이 렴려ᄒ면 아니 되지마ᄂᆫ 제 힘에 과ᄒ면 병이 날까 ᄒ여 관영의게 닐ᄋᆞᄃᆡ 너ᅵ 공부ᄒᄂᆫ 것을 보니 마ᅵ ᄆᆞ음이 깃브기 한량 업다마ᄂᆫ 힘에 과ᄒ면 몸에 병이 날 터인즉 일뎡ᄒᆫ 시간뎡ᄒ여 시간을 ᄯᅡ라 공부 ᄒᆯ 째에는 공부ᄒ고 놀 째에는 놀되 인왕산 ᄀᆞᆺ혼 ᄃᆡ 가셔 신션ᄒᆫ 공긔를 마시면 몸에 유익ᄒᆯ ᄲᅮᆫ 아니라 ᄯᅩ 운동도 되리라 ᄒ니 관영이 그 부친의 훈계를 드러 그 후로부터 일뎡ᄒᆫ세 시간을 뎡ᄒ여 셔녁 아홉 시면 의례히 자고 아참 네 시면 의례히 니러나 공부ᄒ더라

공부를 이 ᄀᆞᆺ히 ᄒ여 하긔 시험을 지내엿ᄂᆫ ᄃᆡ 방난 것을 보매 뎨 일좌를 ᄎᆞ지ᄒᆞ엿고 열두 과정에만 덤아니 ᄒᆫ 것이 두 과정 밧게는 업더라

이 ᄀᆞᆺ히 공부ᄒ기를 이 년 동안을 ᄒ매 그 부친이 우연히 병드러 셰샹을 리별ᄒ니 슬픈 ᄆᆞ음은 비ᄒᆯ ᄃᆡ 업스나 ᄒᆯ 일 업ᄂᆫ 지라 학교에 삼년 동안을 공부ᄒ여 졸업ᄒ고 난 즉 이전에 부형이 모화 노혼 ᄌᆡ산은 동풍에 녹ᄂᆫ 봄눈 ᄀᆞᆺ히 업서졋ᄂᆫ 지라

1910년 4월 1일

이에 중학교에 입학코져 ᄒ나 그 째 우리 나라혜는 아직 중학교는 업고 불가불 외국에 가야 공부가 될 줄을 ᄭᆡ닷랏스나 외국을 가려ᄒᆫ 즉 ᄌᆡ정이 곤란ᄒ거늘 관영이 이에 붓그러움을 무릅 쓰고 각 대관의 집에로

둔지며 외국에 가 공부ᄒ여 문명ᄒ 학식을 비화와야 쓰겟다는 말노 셜명
ᄒ고 돈 얼마만 취ᄒ여 주면 구변ᄒ여셔는 갑흘 수가 업스나 그 은혜를
싱각ᄒ들 만물 중 ᄀ장 쒸여 나는 사름으로 셔야 엇지 아니 갑흘 리가 잇
스오릿가 ᄒ 즉 그 중에 좀 지각이 잇는 사름은 그 사름의 언어 힝동과
ᄆ음을 아름다이 넉여 돈 원ㅅ식이나 주며 엇지 이 다음에 밧으리오 아
모조록 열심으로 ᄒ여 목적에 도달ᄒ기를 ᄇ라 노라 ᄒ고 학교라 ᄒ면
니를 갈며 욕ᄒᄂ 소위 량반님 네들은 일병 비각ᄒ며 말도 쓰어 내지 못
ᄒ게 ᄒᄂ 지라

그런 즉 그 ᄶᅢ 시졀에 돈을 좀 보조ᄒᄂ 이가 잇스나 얼마나 잇스리오
몃힐 둔니며 모흔 것이 불과 십오 원이라 그 십오 원을 가지고 외국을 가
자 ᄒ니 션비도 못된 즉 싱각다 못ᄒ여 그 십오 원을 가지고 쟝ᄉ를 ᄒ여
돈을 느리기로 작뎡ᄒ엿더라

관영이 그 돈을 가지고 무슨 쟝ᄉ를 ᄒ여야 홀 지 연구ᄒ여 본 즉 별
노히 홀 것이 업스나 이믜 쯧을 뎡ᄒ엿슨 즉 아모 쟝ᄉ나 ᄒ여 보겟다
ᄒ고 일용 ᄉ물에 요긴흔 것만 사다가 노코 풀아 흔 둘 동안에 리익이
셰견ㅅ지 병ᄒ여 오원 삼십 칠젼 오리라

1910년 4월 8일

이ᄀᆺ히 쟝ᄉᄒ기를 반 년을 ᄒ매 리익만 삼십 삼원 오십 칠젼 인ᄃᆡ 그
쟝ᄉᄒᄂ ᄃᆡ 일픈 일ᄉ라도 람용흠이 업시 겨우 싱명만 보존홀 ᄯ름이라
그 후에 ᄯ 련ᄒ여 ᄒ다가 흔 람봉의게 속임을 닙어 돈 십여 원을 일허

홍샹 분홈을 이긔지 못ᄒ다가 이런 일이 다 경난이라 ᄒ고 젼혀 니져 ᄇ
렷더라

몃 돌 후에는 흔 사름이 밤에 와셔 츳거늘 혹 도젹이 와셔 츳짐인가 친
구가 와셔 츳짐인가 의심이 나나 사름이 와 츳진 즉 아니 나아가 볼 수
업셔 나아가 보니 이젼에 ᄌ긔 돈을 람봉낸 친구라 반겨 븟들고 인ᄉᄒ
후 조곰도 내ᄉᆨ이 업시 혼연히 마져 드린 후 엇지 ᄒ야 그간 그리 볼 수
가 업셧ᄂᆞ냐 ᄒ고 말흔 즉 그 사름이 업듸여 샤례ᄒ여 왈 그 ᄎ에 그 돈
이 아니더면 지금 징역을 면치 못ᄒ겟기로 불고 염치ᄒ고 가지고 도망ᄒ
엿다가 이 돈이 되엇기로 ᄯᅩ 염치를 무릅 쓰고 가져 왓슨 즉 십분 용셔ᄒ
기를 ᄇ란다 ᄒ고 그 돈을 내여 놋ᄂᆞᆫ 지라 관영이 ᄯᅳᆺ밧게 그 돈을 츳고
됴흔 말노 듸졉ᄒ여 보내엿더라

쟝ᄉᄒ 지 열두 돌 만에 회계흔 즉 본리 병ᄒ여 먹고 쓴 외에 현금이
칠십 칠원이라 이에 이 돈을 가지고 히외에 나아가 공부ᄒ기로 결심ᄒ니
라 그러나 난쳐흔 일이 여러 가지가 잇도다 뎨 일은 과거흔 모친이의 지
홀 듸가 업슨 즉 난쳐ᄒ고 뎨 이는 과년흔 누이의 츌가를 못 시기고 가겟
슨 즉 난쳐ᄒ고 뎨 삼은 어린 동ᄉᆼ이 능히 먹고 잇슬 지라도 ᄀᆞᄅ쳐야 홀
터인듸 ᄀᆞᄅ칠 사름이 업슨 즉 난쳐흔 지라 그러나 이 어려움 뎌 어려움
을 다 굴회면 목젹을 일우지 못홀 터 인즉 결단코 가기로 결심ᄒ엿더라

1910년 4월 15일

ᄌ긔 모친이 ᄉ졍을 알면 응당 금지홀 터인 즉 ᄌ긔 모친 ᄲᅮᆫ 아니라 늡

신지라도 알아셔는 못 쓰겟는 고로 편지에 주셰흔 말을 다 흔 후 오년 후에 귀국호여 와 뵈올 터이니 외삼촌의게 부탁호샤 누의도 속히 츌가를 시기시고 어린 아오도 공부를 힘써 시겨 놀니지 아니 흠을 부탁호고 돈 십 원을 너허 둔둔히 봉호여 주긔 모친 요기인 속에 넛코 발졍호엿더라

관영의 모친이 그 날은 관영이 져물도록 아니 드러옴을 보고 걱졍호고 잇더니 종로 주졍 소리가 나도록 아니 드러 오매 지리를 펴는 듸 요 속에 편지 흔 쟝이 잇는 듸 낫익은 글시라 그 편지를 급히 쩨혀 보니 관영의 편지라 주셰히 보니 외국에 가 공부호고 오겟다 호엿고 그 누의와 아오의 일을 다 주셰히 말호엿거늘 그 부인 조씨가 깜작 놀나 주긔 오라버니를 불너다가 그 편지를 보이고 이를 엇지 호느냐 그 ᄋᆡ히가 가다가 물에 쌰져 죽으면 엇지 흔단 말이냐 호니 조 진수가 그 미씨를 위로호며 일변으로는 관영을 긔특호고 쟝흔 댱으로 말호미 조 부인이 안심호고 잇더라

관영이 집을 써나매 곳 혈혈 단신으로셔 쇼문 밧 뎡거쟝에 니ᄅᆞ매 째는 열시 ᄉᆞ십오분이라 챠 써나기를 기ᄃᆞ리고 잇다가 힝긱을 직촉호는 요령 소리를 듯고 열흔 시 삼십 분 털거를 투고 써나 인쳔 항에 도챡호니 산도 셜고 물도 셜어 경셩에셔 몃 히를 살앗스나 인쳔 항은 말만 들엇고 비로소 처음이라

그 날은 죵일 듄니며 대강 됴흔 곳을 구경흔 후 흔 려관에 드러 그날 밤을 머므른 후 그 잇흔 날 일본 가는 빅가 잇다 호매 나아가 보니 화륜션을 구경흔다 호고 사람들이 만히 모혀 셧거늘 급히 가본 즉 처음 보는 큰 빅 흔 쳑이 부두에 믹혀 잇는 듸 이는 슌양함이라 그 빅에 올나가 구경호고 ᄂᆞ려 오는 사람과 구경호려 올나가는 사람이 련락 부졀호거늘 이

에 관여이 여러 사름들을 나가는 되 쓰라 올나가 구경ㅎ고 느리려 ㅎ다
가 서서 싱각ㅎ니 이 비도 일본에로 간다 ㅎㄴ 즉 션비 업시 가 보리라 ㅎ
고 즉시 도로 드러가 석탄고에 숨어 잇더니 히가 흔미정 쯤 되여 구경ㅅ
군이 다 느리고 빅가 써나 가더라

1910년 4월 22일

빅가 써난 지 흔 서너 시 가령 되여 긔관슈가 석단을 씌어 내려가 보내
한인 일명이 잇는 지라 즉시 놀나 곳 함쟝의게 가 고ㅎ니 함쟝이 급히 와
보매 과연 한인 일명이 잇는 되 용모가 단정ㅎ거늘 함쟝이 연필과 조희
를 내여 글시 써셔 뭇는 지라

함쟝) 그되가 누구인되 엇지 ㅎ야 이 곳에 잇스며 엇더케 이 곳에를
드러 왓느뇨

관영) 나는 한국 경성 사는 사람으로 이믜 초등 학문은 명쇠이 졸업을
ㅎ엿슴으로 중등 학문을 공부ㅎ고져 ㅎ나 우리 나라헤는 아직 중학교가
업슴으로 일본에 가 공부ㅎ기로 경뎡ㅎ엿는 되 려비가 업서 갈 소망이
업는 중 인쳔항에 왓다가 마춤 귀국 빅가 인쳔 항에 도챡ㅎ을 보고 죽리
를 무릅 쓰고 여러 사름이 올나 구경ㅎ는 즈음에 굿히 올나 여긔 잇다가
일본 디경에 니르면 발각이 될 터인 즉 륙디로 내여 쫏겟기로 여긔 드러
와 잇스니 공은 이 사름을 측은히 넉여 일본 디경에만 갓다가 노화 주면
이런 은혜가 업겟느이다

1910년 4월 29일

함쟝이 붓을 들고 흔참 안져 싱각ᄒ더니 그듸의 셩심은 쟝ᄒ시오 여간 사름 갓흐면 이러케 흘 ᄆᆞᆷ을 감히 내지도 못흘 터이라 그러면 일본 디경에 니르러셔는 엇더케 공부를 흘 싱각이오

관영) 일본 디경에만 갓다가 주시면 걸식이라도 ᄒ며 ᄃᆞ니다가 뉘 집에 가 부치여 잇게 되면 공부를 ᄒ여 볼 경영이외다

함쟝) ᄂᆞᆷ의 집에 가 부치여 잇스면 하가에 공부를 ᄒ겟소

관영) 싱각컨대 ᄂᆞᆷ의게 부치여 잇드라도 밤에는 틈이 잇슬 듯 하외다

함쟝이 방 ᄒ나흘 치여 주며 그러면 여긔셔 편히 잇스시오 ᄒ고 가거늘

관영이 빅빅 샤례ᄒ며 그 방에 드러가 편히 좀 누어 잇더니 함쟝이 벤쏘를 보내며 먹으라 ᄒ거늘 관영이 감격흔 중 더욱 감격ᄒ여 감샤흠을 마지 아니 ᄒ고 그 밥을 먹으니라 그러흔 뒤 그 빅에 잇ᄂᆞᆫ 긔관슈들 중에 심슐궂고 못된 쟈 ᄒ나히 잇서 와셔 조희에 써 보여 왈 나아와셔 신부름이나 좀 ᄒ라 ᄒ거늘 관영이 즉시 듸답ᄒ고 나아가 빅ㅅ속을 치기도 ᄒ고 셕탄도 내여 오라 ᄒ고 그 외에 여러 가지 일을 시기ᄂᆞᆫ 대로 다 ᄒ며 간 지 얼마 후에 일본 문ㅅ에 니르더라

일긔는 ᄯᆞ듯ᄒ고 봄바람을 슬슬 부ᄂᆞᆫ 듸 즈핫골 흔 초가 집 후원에 방셕을 깔고 스름 업시 쌍만 굽어 보고 안졋ᄂᆞᆫ 부인은 나히 흔 ᄉᆞ십이 될낙 말낙흔 듸 안졋다가 별안간 눈물을 흘니며 치마 즈락으로 이리 씻고 뎌리 씻고 ᄒ더니 흔숨을 후유 쉬고 벌쩍 니러 서셔 이리 갓다 뎌리 갓다 ᄒ고 ᄯᆞᆺ을 진정치 못ᄒᄂᆞᆫ 듸 흔 ᄉᆞ오셰 쯤 된 ᄋᆞ희가 어머니를 부르며 챵문 밧게로 쏙 나아온다

1910년 5월 6일

그 ㅇ히는 부인의 둘ㅅ재 아들인 디 일홈은 관덕이라 그 째에 뎨 외삼
촌이 싀골 본가의 급보를 듯고 ㄴ려 갓다가 십여 일만에 올나와 그 ㅅ이
굼굼흠으로 ㅈ긔 ㅁㅅ시의 집에 와 본 즉 ㅁㅅ시는 업고 관덕의 남미만
잇스매 관덕이를 불너 머리를 싀다듬으며 그 ㅅ이 잘 잇더냐 어머니 어
디 게시냐 ㅎ매 어머니 뒤 곗헤 계셔요 엿주어와요 ㅎ고 뒤ㅅ문을 열고
나아간 것이라

관딕) 어머니 아셔ㅅ시 오셧세오

부인) 어디 ㅎ며 곳 압 쓸노 나아와 반기며 그동안에 엇지 ㅎ야 그리
볼 수 업섯더냐 어디를 갓더냐

진ㅅ) 그동안에 싀골졥에셔 아바님 병환 급보를 듯고 누님씌 긔별을
ㅎ려다가 밀어셔 못 ㅎ고 갓다가 어제야 도로 왓ㄴ 디 굼굼ㅎ기도 홀 쑨
아니라 아바님 병환 리약이도 ㅎ자고 오늘은 일즉이 건너왓습니다

부인) 아바님의 친환 급보를 듯고 ㄴ려 갓다가 왓셔 그래서 지금은 엇
더 ㅎ시냐

진ㅅ) 지금은 쾌복은 못 되시나 병환은 다 나셧세요

부인) 무슨 병환으로 별안간 엇더케 알으셧단 말이냐

진ㅅ) 별안간에 슈죡이 붓고 ㅎ로 동안에 비싯지 부어 올나와 대단히
위급 ㅎ시더니 마참 유명흔 의원을 맛나 일쥬일 만에야 그 부긔가 다 ㄴ
려 나으셧세요

부인) 큰일 날 번 ㅎ엿고 어머님이신들 오즉 놀나셧겟ㄴ냐 계집은 츌
가 외인이라고 그러케 즁히 알으신 것을 그러흔 줄도 몰낫고나

진ᄉ) 누님씌셔야 엇지 아실 수 잇소 그러나 관영의게셔 편지나 왓습
더니까

부인) 글세 말이다 그 ᄋᆞ희는 어듸가 죽엇ᄂᆞ 지 살앗ᄂᆞ 지 쇼식이 돈
졀ᄒᆞ니 엇지된 까듥을 몰나서 자나 ᄭᆡ나 근심이구나

진ᄉ) 걱정 마시오 나아간 지는 오래지 마ᄂᆞ 좀 더 기드려 보시오

부인) 엇지 걱정 아니 ᄒᆞᆯ 수가 잇ᄂᆞ냐

진ᄉ) 모ᄌᆞ지쳥리에 걱정을 아니 ᄒᆞᆯ 수가 잇겟소마ᄂᆞ 걱정을 ᄒᆞᆫ 들 쓸
듸가 잇소 속만 샹하지 그 ᄋᆞ희는 좀 눈을 꽉 감고 싱각 마시오

부인) 하 긔가 막혀라 이런 일이 어듸 잇나

진ᄉ) 허 제발 좀 그만 두시고 옥슌의 걱정이나 좀 ᄒᆞ시오 뎌러케 과
년ᄒᆞᆫ ᄋᆞ희를 두고 엇지 ᄒᆞ야 착실ᄒᆞᆫ 사회를 구ᄒᆞᆯ 싱각은 아니 ᄒᆞ시오

1910년 5월 13일

부인) 그도 엇지 걱정이 아니 되겟ᄂᆞ냐 마ᄂᆞ 돈이 잇서야 아니 ᄒᆞ겟ᄂᆞ냐

진ᄉ) 돈은 ᄒᆞ여 무엇을 ᄒᆞ오 사회가 음만 착힐ᄒᆞ면 그만이지오

부인) 아모렴 그러치 사회가 음만 착실ᄒᆞ면 뎨일이지마ᄂᆞ 돈도 잇서야
아니 ᄒᆞ겟ᄂᆞ냐

진ᄉ) 돈은 나종 일이오 사회가 음을 구ᄒᆞᄂᆞ 일이 급ᄒᆞᆫ 즉 나도 구ᄒᆞ
여 보려니와 누님도 널니 구ᄒᆞ여 보시오

부인은 말은 귀ᄉ등으로도 듯지 아니 ᄒᆞ고 방바닥만 굽어 보고 정신
업시 안져 흔슘만 쉬더니 ᄯᅩ 눈물을 흘니고 안졋ᄂᆞ 지라 그 엽헤 안진 ᄭᅩᆺ

곳혼 쳐녀는 나히 십팔구 셰 쯤 되거나 말거나 혼 듸 바느질을 ᄒ다가 그 부인이 우는 셤에 곳히 눈물을 흘니고 안졋는 지라 조진ᄉ는 그 모양을 보고 벌쩍 니러서며 ᄒ는 말이 부인의 ᄆ음이니까 그러ᄒ겟지마는 그리 혼 들 쓸 듸가 잇스리오 ᄒ고 밧게로 나아 가더니 다시 드러와 관덕이를 부르며 구경 가자 ᄒ매 관덕이는 스려요 ᄒ고 뎌의 어머니의 무릅에 올 나 셔며 어머니 우지마오 우에 우르시오 언니를 싱각ᄒ고 그리 ᄒ시오 릭일은 언니가 오신다 ᄒ여요

　부인) 누가 그런 말을 ᄒ더냐

　관덕) 아ᄌᄉ시씌셔 그리 ᄒ십데다

　부인) 진ᄉ듸려 ᄒ는 말이 졈잔ᄒ니 어린 ᄋ히를 쇽이ᄂ냐

　진ᄉ) 아까 그 ᄋ히가 뎌의 형이 어듸 갓ᄂ냐 ᄒ며 언제 오ᄂ냐 ᄒ고 울며 셩이 가시게 홈으로 릭일 온다 ᄒ엿지오 쓸 듸 업는 걱정 그만 두고 아까 ᄒ던 말이나 싱각ᄒ여 아모조록 착실혼 사회를 구ᄒ여 의탁홀 싱각 을 ᄒ시오 바느질 품을 풀아 산다 ᄒ니 바느질인들 일우엇지 ᄒ오

　부인) 글셰 네 말과 곳히 그러케 합당혼 사름이 잇스면 관영이를 맛나 볼 ᄭᅢᄭᅵ지 그러케 의탁ᄒ여 잇는 것이 됴켓다마는 그러홀 사름이 어듸 잇기가 쉬우냐

1910년 5월 20일

　진ᄉ) 걱정 마시오 신랑 지목은 나ㅣ 구ᄒ리다 누님이 친히 보시고 ᄆ 음에 합당ᄒ거든 사회를 삼으시오

옥슌이는 그 말을 듯고 별 싱각을 다 혼다 외삼촌이 과히 샹업슨 사롬
은 아니지마는 혹 엇던 놈의 쇠임에 쌔져 더러틋 쟝담을 ᄒ여 구혼다 ᄒ
는가 과연 ᄌ긔 ᄆ음에 합당혼 자리가 잇서 어머님의게 지삼 권ᄒ다가
쟝담을 ᄒ는가 나를 엇던 못된 놈이나 엇어 맛기지 아니 ᄒ려는가 어이
구 나를 못된 막난이 ᄀ튼 놈이나 엇어 주어 일평싱 고싱을 시기지나 아
니 홀가 누구는 남편을 잘못 맛나 근 십여 년을 흔숨으로 셰월을 보낸다
는 ᄃᆡ 나ㅣ가 그런 경위나 아니 당홀는 지 ᄒ고 여러 가지로 싱각ᄒ다가
뎌의 삼촌이 작별ᄒ고 간 후 뎌의 어머니의게 말ᄒ기를

옥슌) 어머님ᄭᅥ셔 저의 혼쳐를 구ᄒ시거든 어머님 싱각에만 합당ᄒ다
고 허락지 마시고 제 의견도 구ᄒ여 보시ᄋᆸ쇼셔 제가 어머니ᄭᅴ 이런 말
슴을 엿ᄌ오면 응당 걱정을 ᄒ실 터이나 어머님ᄭᅥ셔도 깁히 싱각ᄒ시면
아실 일이 올시다 사롬이 이 셰샹에 나셔 부모의게 은혜 닙기를 태산보
다 놉고 바다보다 깁흔 은혜를 닙으나 ᄌ식의게 계집이 나셔 방을 엇어
맛기는 것은 부부가 서로 빅년 긔약을 밋는 것인 고로 쇽담에 빅년 친구
라 ᄒ나 친구 ᄲᆞᆫ 아니라 두 몸이 혼 몸이 되는 것인 ᄃᆡ 만일 부모가 잘못
ᄒ여 부부간에 사나회가 계집의 ᄆ음에 불합ᄒ든지 계집이 사나회 ᄆᆞ에
밋지 아니 ᄒ면 빅년 친구는 고샤ᄒ고 빅년 원슈를 맛게 ᄒ는 것인 고로
ᄌ식의게 원망을 듯는 것이오니 엇지 두렵고 삼가 홀 일이 아니오릿가
어머님은 깁히 싱각ᄒᄋᆸ셔 제 말슴을 조곰이라도 방ᄌᆞᄒ다 마ᄋᆸ쇼셔

부인이 ᄯᆞᆯ의 말을 듯고 긔가 막히고 어이가 업스나 과연 깁히 싱각ᄒ
매 텰억만 치라도 그른 말이 아닐 ᄲᆞᆫ더러 다시 싱각ᄒ면 탄복홀 말이라
즉시 혼쳐가 잇는 경우이면 너의 의견대로 구ᄒ리라 ᄒ고 허락ᄒ엿더라
관영의 ᄐᆞᆺ던 빅가 문ᄉᆞ에 니ᄅᆞ매 함쟝이 곳 관영의게로 와셔 말ᄒ기

를 이제는 일본 문스라 ᄒᆞᄂᆞᆫ 싸헤 니르릇슨 즉 부디 목적을 일우라 ᄒᆞ고 돈 오 원을 주며 왈 신면목을 디ᄒᆞᄂᆞᆫ 외국에셔 돈 흔 푼도 업시 엇지 ᄒᆞ리오 위션 이 돈으로 싱명을 니어가며 의탁홀 디를 구ᄒᆞ라 ᄒᆞᄂᆞᆫ 지라 관영이 은혜를 무엇으로써 보답홀ᄂᆞᆫ 지 알 수 업스나 입으로써 감샤ᄒᆞᄂᆞᆫ 쑷을 근졀히 표ᄒᆞ매 함쟝이 감샤홀 것 무엇 잇ᄂᆞ냐 ᄒᆞ고 륙디에ᄭᅵ지 인도ᄒᆞ여 주며 젼송을 ᄒᆞᄂᆞᆫ 지라 관영이 무수히 ᄌᆞ빅ᄒᆞ고 작별ᄒᆞ니라

1910년 5월 27일

관영이 위션 그 곳에 인졍 풍쇽이 엇더흠을 보기 위ᄒᆞ야 ᄃᆞ니ᄂᆞᆫ 디 의복과 모양이 비상ᄒᆞ매 집집에 사름들이 문 압헤 나셔셔 무엇이라 지졀거리ᄂᆞᆫ 지라 관영이 붓그러운 ᄆᆞ음도 나고 ᄯᅩᄒᆞᆫ 무셔운 ᄆᆞ음도 나ᄂᆞᆫ 즁 흔 집에는 쟝명등에 우다려관羽多旅館이라 쎠 달앗거늘 아모 말도 아니 ᄒᆞ고 곳 그 집에로 드러 가니라

그 려관 쥬인은 관영을 보고 ᄂᆞᆷ의 집에 통긔도 업시 드러오ᄂᆞᆫ 것을 족히 칙망홀 터이나 모양이 다른 고로 칙망치 아니 ᄒᆞ고 누구냐 ᄒᆞ매 관영이 연필노 쎠셔 보이ᄂᆞᆫ 지라 쥬인이 보니 ᄒᆞ로ㅅ밤 자고 가ᄂᆞᆫ 것이 엇더ᄒᆞ냐 ᄒᆞ엿거늘 쥬인이 즉시 허락ᄒᆞ고 방에로 인도흔 후 필담을 ᄒᆞ니라

쥬인) 그ᄃᆡ는 어ᄃᆡ를 가ᄂᆞᆫ 길이뇨

관영) 귀국에 오기는 뎡쳐가 업시 왓고 온 목적인 즉 귀국 고등학문을 빅호려 옴이로라

쥬인) 학문을 빅호려 ᄒᆞᄂᆞᆫ 디 엇지 뎡쳐가 업시 와 빅호리오

관영이 본국에셔 비에 오르든 리약이와 함쟝의게 은혜 닙은 말과 젼후 ᄉ졍을 ᄌ셰히 말ᄒ매 쥬인이 놀나며 그러ᄒ냐 ᄒ고 칭찬이 대단ᄒ더니 그러면 내 집에 잇는 것이 엇더 ᄒ냐 ᄒ거늘 관영이 즉시 감샤하다 ᄒ고 그러케 잇스라 ᄒ시는 듸 엇지 ᄉ양ᄒ오릿가 ᄒ고 그날브터 그 려관에 잇게 되니라

쥬인이 안에로 드러 가더니 ᄌ긔 닙엇던 옷 ᄒ 벌을 내여다가 주며 닙으라 ᄒ고 곳 리발ᄉ理髮師를 불너다가 머리를 싹가 주니 관영이 싱각ᄒ듸 나의 뎡ᄒ 목젹이 이ᄀᆺ히 순히 되여 사ᄅᆷ을 맛나는 이마다 고맙게 구니 이는 하늘이 나를 도으심이라 ᄒ고 고 깃븜을 이긔지 못ᄒ더라

이에 관영이 곳 뎌의 어머니의게 편지를 써셔 부쳣더라

관영의 모친은 ᄒᆼ샹 근심으로 셰월을 보내는 듸 ᄒ로는 우톄ᄉ령이 편지를 드려 가라 ᄒᄂᆫ 지라 죠ᄉᆞ시 부인이 반겨 쮜여 나아가 보니 편지 ᄒ 쟝이 노혓는 듸 관형의 글ᄉ시라 엇지 급ᄒ든 지 곳 써여 보며 드러 간다

1910년 6월 3일

옥슌이 내여 다르며 그것이 관영의 편지오닛가 부인 왈 그러타 ᄒ고 모녀가 반겨 본다 그 편지를 보매 관영이 집에셔 인쳔에로 가던 말과 비에 오르던 말과 함쟝의게 은혜 닙은 말과 문ᄉ에 가 우다려관에 부치여 잇는 시죵을 다 ᄌ셰히 말ᄒ고 뎌는 모친의게 불효이니 용셔ᄒ시기를 업듸여 ᄇ란다 ᄒ엿는 지라 부인이 편지 보기를 다ᄒ고셔는 첫ᄌᆡ 함쟝과

우다라 ᄒᆞᄂᆞ 사ᄅᆞᆷ의 은혜를 감격히 넉이고 회싴이 만면ᄒᆞ여 안심ᄒᆞᄂᆞᆫ 즁 진ᄉᆞ가 오매 편지를 보이고 깃버 ᄒᆞ며 곳 답쟝ᄒᆞ니라

관영이 그 집에셔 열다ᄉᆞᆺ 돌 동안을 잇섯슴으로 쥬인의게 은혜도 만히 닙엇슬 ᄲᅮᆫ 아니라 관영이가 ᄌᆞ긔 집에 드러간 지 몃힐 아니 되여야 학교에 너허 공부를 시겻슴으로 일어는 ᄌᆞ연히 다 통졍ᄒᆞᆯ 만 ᄒᆞ게 되엿고 공부도 놈의게 ᄲᅡ지지 아니 ᄒᆞ게 되여 ᄒᆞᆫ 달 만 더 지나면 졸업을 ᄒᆞᆯ 터인 ᄃᆡ 사ᄅᆞᆷ이 쳥년 시ᄃᆡ에는 싀게에 ᄲᅡ지기 쉽건마는 오직 관영은 그러치 아니 ᄒᆞ야 쥬인의 십륙 셰 된 ᄯᅡᆯ의 음난ᄒᆞᆫ ᄯᅳᆺ에 응죵치 아니 ᄒᆞ고 감경ᄒᆞᆫ ᄆᆞᄋᆞᆷ으로 거졀ᄒᆞ매 필경에는 그 계집 ᄋᆞ히가 뎌의 부친의게 무함ᄒᆞ여 고ᄒᆞ나 쥬인이 두세 번은 고지 듯지 아니 ᄒᆞ더니 ᄌᆞ긔 ᄯᅡᆯ이 여러 번 말ᄒᆞ매 쥬인이 그러틋 ᄉᆞ랑ᄒᆞ던 관영을을 일시에 ᄆᆞᄋᆞᆷ이 변ᄒᆞ여 박ᄃᆡ가 ᄌᆞ심ᄒᆞ거늘 관영이 여러 가지 빙거로써 변명ᄒᆞᄃᆡ 그 계집 ᄋᆞ히는 그 ᄋᆞ히를 보기 슬혀 내여 ᄶᅩᆺ고져 ᄒᆞ여 엇더케 무함 ᄒᆞ엿든지 쥬인은 듯지 아니 ᄒᆞ고 관영을 ᄌᆞ긔 집에 두엇던 것을 혼 ᄒᆞᄂᆞᆫ 지라

이에 관영이 ᄒᆞᆯ 일 업시 다른 곳에로 가기를 작뎡ᄒᆞ고 쥬인의게 그간 은혜 닙은 것을 무수히 감샤ᄒᆞᆫ 후 ᄌᆞ긔 가루ᄒᆞᆫ 말을 드러 빅은망덕ᄒᆞᆫ 모양으로 나아가ᄂᆞᆫ 것이 ᄒᆞ이나 후일에 변명될 날이 잇스리라 ᄒᆞ고 곳 그 집을 써나 긔슉관에 가 잇ᄂᆞᆫ ᄃᆡ 우다 집에 잇슬 ᄶᅢ에 쥬인이 목욕비와 담비료로 ᄆᆡ 삭 이원ᄉᆞᆨ 주던 것을 오십 젼ᄉᆞ식만 쓰고 져츅ᄒᆞᆫ 돈이 이십 이원 오십젼이라 그 돈으로 ᄒᆞᆫ 둘동안 공부를 더ᄒᆞ여 졸업ᄒᆞ고 나매 다 업서졋ᄂᆞᆫ 지라 우다의게 고용을 ᄒᆞ고 잇슬 ᄶᅢ에도 칙샹을 의지ᄒᆞ거나 죵용ᄒᆞᆫ 틈을 당ᄒᆞ면 집안에 과거ᄒᆞᆫ 모친과 어린 동ᄉᆡᆼ의 졍디를 ᄉᆡᆼ각ᄒᆞ든지 뎌의 고ᄉᆡᆼᄒᆞᄂᆞᆫ 것을 ᄉᆡᆼ각ᄒᆞ면

1910년 6월 10일

정신이 암암ㅎ고 흔숨이 결노 나ᄂ 째가 ㅎ로도 몃번ㅅ식 잇서 슬픈 ᄆ음이 ᄭ날 째가 업스되 흥샹 굿센 ᄆ음으로 진정ㅎ여 왓스나 졸업쟝을 밧혼 그 날은 엇지 그리 더욱 슬픈 심회가 발ㅎ던 지 학교의셔 상품과 졸업 증셔를 밧을 째에 눈물이 압흘 ᄀ리워 보이지 아니ㅎᄂ 것을 본시 결심과 인내는 쟝흔 사룸이라 곳 진정ㅎ고 밧아 가지고 쥬인의 집에로 도라와 안지매 그 비챵흔 ᄆ음이 다시 발ㅎ여 업듸여 소리 업시 울건마는 위로ㅎ여 줄 사룸이 어듸 잇슬 ᄭ닭이 잇스리오 그러나 스스로 뜻을 진정ㅎ고 본집에 부칠 편지를 써 노핫다가 그 잇흔 날 우표 ㅎ쟝 부쳐셔 우톄통에 너흐니라

쟝ㅎ도다 관영의 결심이여 놀납도다 관영의 인내심이여 범인으로셔야 엇지 이러텃 결심ㅎ여 히외에 가 공부훌 ᄆ음을 두엇스리오 그러나 우리 나라 청년들은 이 관영의 결심과 인내를 모법지 못훌가 관영은 별사룸인가 아니라 그 사룸도 이목구비는 우리와 다룸 업고 그 사룸도 ᄉ지 빅톄가 우리에셔 더ㅎ지 안토다 우리도 ᄯ흔 태산을 ᄭ고 북히를 쩔 ᄆ음을 반셕ᄀ흐히 두면 관영에 몃십 빈나 나흘 ᄲᆫ 아니라 지금 공부를 ㅎᄂ 청년들의 째와 관영의 공부ㅎ던 째를 비ㅎ면 지금 시듸는 관영의 공부ㅎ던 시듸 보다 몃 빅빈나 열닌 시듸인고로 범빅식가 관영의 공부훌 째 보다 몃빅 빈나 쉬운 지라 그런 즉 지금 시듸 청년들이 관영의 굿센 ᄆ음과 견디는 힘을 반만 가져도 죡히 목적을 달ㅎ여 나라희 큰 ᄉ업을 훌 만 흔 지목이 되겟도다 관영의 집에셔는 옥슌의 혼쳐를 구ㅎ노라고 분주ㅎ게 지내지 그 분주히 지내는 ᄭ닭은 신부 지목이 됴흔 고로 조진

스가 각쳐로 둔지며 신랑을 구ᄒᆞ여 소문이 난 지라

1910년 6월 17일

듯ᄂᆞ 사름마다 ᄌᆞ긔 아둘이 잇스면 다 엇어 맛기고져 ᄒᆞᄂᆞ 고로 열 설 만 먹은 아둘이 잇ᄂᆞ 이는 쳥혼을 흠으로 스쳐에셔 소위 스쥬단ᄌᆞ를 보내여 ᄒᆞ로도 남녀 하인의 왕ᄅᆡ가 ᅳᆫ치지 아니 ᄒᆞᄂᆞ 듸 가족 주머니를 메힌 사름 ᄒᆞ나히 편지를 준다 관덕이는 이깃을 밧아 가지고 가셔 녀의 어머니의게 주매 부인이 보니 관영의 편지라 즉시 ᅳᆺ어 보니 병은 업시 잘 잇스나 우다 려관에셔는 쏫겨 나아가고 야학을 둔니던 것은 졸업을 ᄒᆞ엿ᄂᆞ 듸 일회에 동경에로 가겟다 ᄒᆞ엿거늘 부인이 미구 일비ᄒᆞ여 곳 답쟝을 ᄒᆞᄂᆞ 듸 옥슌의 혼쳐 구ᄒᆞᄂᆞ 말을 ᄒᆞ엿더라

옥슌의 혼쳐는 석둘 젼브터 구ᄒᆞᄂᆞ 혼쳐가 결혼ᄒᆞ자ᄂᆞ 듸는 만흐나 ᄒᆞ 곤듸도 합의ᄒᆞᆫ 곳은 업스니 부인의 ᄆᆞ음에 합당ᄒᆞ면 진ᄉᆞ가 반듸ᄒᆞ고 진ᄉᆞ와 부인의 ᄆᆞ음에 합ᄒᆞᄒᆞ면 옥슌이가 반듸를 ᄒᆞ여 아직 뎡치 못ᄒᆞ엿ᄂᆞ 듸 옥슌의 혼쳐 구ᄒᆞᄂᆞ 목젹인 즉 일왈 당ᄌᆞ, 이왈 가픔, 삼왈 ᄌᆡ산이나 부인과 진ᄉᆞ는 그와 반듸라 남촌 사ᄂᆞ 리병ᄉᆞ가 ᄌᆞ긔 손ᄌᆞ의 혼쳐를 구ᄒᆞᄂᆞ 듸 ᄒᆞ로는 그 말을 듯고 사름을 보내여 션을 본 즉 졀묘ᄒᆞ다 ᄒᆞ거늘 곳 결혼ᄒᆞ기를 쳥ᄒᆞ매 부인이 진ᄉᆞ를 보내여 그 신랑의 션을 보니 나흔 십오 셰요 인물이 졀묘ᄒᆞᆫ 듸 옥슌이와 남ᄆᆡ라 ᄒᆞ엿스면 마치 됴흘 터이나 그러나 ᄌᆡ산이 엇더ᄒᆞᆫ 지 집을 보면 큰 기와 집에 남녀 죵이 들낙날낙ᄒᆞ고 사ᄂᆞ 것이 관계치 아니 ᄒᆞᆫ 듸 인픔은 엇더ᄒᆞᆫ 지 알수 업셔 여러

날을 두고 그 집의 인픔과 지산을 탐문ᄒᆞ니 다 합의ᄒᆞᆫ 지라 부인과 옥슌이 이 말을 듯고 곳 허락ᄒᆞ니라

관영이 그 ᄯᆡ에 동경에로 갈 묘칙을 싱각ᄒᆞ다가 ᄒᆞᆫ 계교를 싱각ᄒᆞ고 그 곳 사ᄂᆞᆫ 친ᄒᆞᆫ 사름을 가 보고 쳥ᄒᆞ여 왈

관영) 나ㅣ 지금 이 곳에서 ᄃᆞ니던 야학은 졸업을 ᄒᆞ엿ᄂᆞᆫ ᄃᆡ 이제는 동경에로 가 공부를 ᄒᆞ고져 ᄒᆞᄂᆞᆫ ᄆᆞ음이 근졀ᄒᆞ나 동경에 잇슬 것을 싱각ᄒᆞ매 당쟝 직졍은 업고 ᄯᅩᄒᆞᆫ 아ᄂᆞᆫ 사름도 업스니 난쳐ᄒᆞ기로 싱각 다 못ᄒᆞ여 공의게고 옴을 ᄭᅵ칠 수 밧게 업서 왓ᄉᆞ오니 엇지 싱각ᄒᆞ실ᄂᆞᆫ 지 모로겟ᄂᆞ이다

쥬인) 무슨 말인지는 모로겟스나 나의 힘이 밋ᄂᆞᆫ 대로는 힘써 ᄒᆞ여 보겟소

관영) 이 말을 듯고 깃븜을 이긔지 못ᄒᆞ여 동경에 친ᄒᆞᆫ 벗이나 혹 일가 되셔ᄂᆞᆫ 이가 잇습ᄂᆞ잇가

쥬인) 일가는 업스나 친ᄒᆞᆫ 벗은 ᄒᆞ나 잇소

관영) 그러면 그 벗의게 편지 ᄒᆞᆫ 쟝만 ᄒᆞ여 주시면 엇더 ᄒᆞ겟습ᄂᆞ잇가

1910년 6월 24일

쥬인) 그리ᄒᆞ시오 어렵지 아니ᄒᆞᆫ 일이오 그 사름이 나와 대단히 친ᄒᆞᆫ 사름인즉 내 말을 괄듸ᄒᆞᆯ 리가 업고 ᄯᅩᄒᆞᆫ 큰 쟝ᄉᆞ를 ᄒᆞᄂᆞᆫ 사름인즉 그 사름의 집에셔 일을 보아 주고 야학을 ᄃᆞ니면 ᄆᆡ우 됴켓소

관영) 그러면 오즉 됴켓습닛가 슈고를 앗기지 마시고 잘 말슴ᄒᆞ여 주

시기를 ᄇ라ᄂ이다

쥬인) 넘려 마시오 지금 편지 ᄒ리다

관영) 편지로 의론ᄒ여 보시려 ᄒ심닛가

쥬인) 무엇 무러 볼 것도 업스니 지금이라도 써나려 ᄒ거든 편지를 가지고 써나시오

관영) 그러면 지금이라도 써날 터이니 써서 주시ᄋᆸ쇼셔

쥬인이 편지를 곳 써서 주매 밧은 후 감샤ᄒ고 인ᄒ야 작별ᄒ고 나아와 우다의 집에로 가 우다의게 전후 은혜 닙은 것을 못내 샤례ᄒ며 각금 편시로 문후노 ᄒ려니와 귀국ᄒᆯ 째에 와 보겟다 ᄒ고 긔슉관에 도로 와 ᄒᆡᆼ쟝을 슈속ᄒ여 가지고 쥬인의게 그 간폐를 만히 시겻노라 ᄒ고 작별ᄒᆫ 후 뎡거쟝에 나아가 긔챠를 ᄐ고 써나 동경에 도챡ᄒ니라

관영이 그 편지를 가지고 샹야 샹뎜을 ᄎ자 가 쥬인을 보고 슈인ᄉᄒᆫ 후 편지를 보더니 내 집에 잇스시오 ᄒ더라

그 날브터 그 집에 잇서 힘대로 쥬인의 일을 보슬펴 주고 밤이면 야학을 ᄃᆞ니ᄂ 듸 ᄒ로는 쥬인의 심부림을 가다가 길에셔 이젼에 ᄌᆞ긔가 인쳔셔 ᄐ 고문ᄉ에 오던 븨의 함쟝을 맛ᄂᆞᆫ 지라 관영이 반겨 인ᄉᄒ고 젼일 은혜를 무수 샤례ᄒ니 그 함쟝이 그간 공부를 잘 ᄒᆞ엿ᄂᆞ냐 ᄒ며 아모조록 힘써ᄒ라 ᄒ고 대단히 찬셩ᄒᆫ 후 쥬인의 허가를 맛하 가지고 릭일 아모 곳에 로 와 좀 맛나 봄이 엇더 ᄒᆞ냐 ᄒ거늘 관영이 쥬인의 허락을 맛ᄒ면 가 뵈옵다 ᄲᅮᆫ이겟습ᄂᆞ잇가 ᄒ고 신부림 ᄀ는 듸를 ᄃᆞ녀 가매 함쟝과 길에서 리약이를 ᄒ기에 좀 느졋슴으로 쥬인의 안식이 다르거늘 관영이 좀 더 듸온 것을 샤과ᄒ고 그 함쟝을 맛남과 그 사름은 엇지 ᄒᆞ여 안 것과 그 함쟝의게 은혜를 만히 닙음과 릭일은 아모 곳에로 맛나자 ᄒᆫ

말을 일일히 ᄒᆞ고 릭일 함쟝의게 갓다가 올 슈유를 쳥ᄒᆞ매 쥬인이 그 말을 듯고 가샹히 넉여 허락ᄒᆞᄂᆞᆫ 지라

1910년 7월 1일

관영이 그 잇흔 날 여간 볼일을 급히 보고 시간을 보아 뎡ᄒᆞᆫ 시간에 ᄎᆞ자 가보니 그 함쟝이 슈군 몃 명과 문밧게 서셔 리약이를 ᄒᆞ다가 관영을 보고 반겨 영졉ᄒᆞ여 문안에로 인도ᄒᆞᄂᆞᆫ 지라 관영이 드러가 루각에 안즈매 함쟝이 ᄉᆞ이를 불너 료리를 드리라 ᄒᆞ고 리약이를 ᄭᅵ어내ᄂᆞᆫ 듸 함쟝이 관영을 쳥ᄒᆞᆫ ᄯᅳᆺ은 다름 아니라 이전에 빅에셔 볼 ᄯᆡ에는 언어를 서로 통치 못ᄒᆞ여 ᄌᆞ셰ᄒᆞᆫ 말을 듯지 못ᄒᆞ엿더니 이제는 말을 다ᄒᆞᄂᆞᆫ 터인 즉 ᄌᆞ셰ᄒᆞᆫ 리약이도 드러 보고 ᄯᅩᄒᆞᆫ 동경ᄭᅡ지 와셔 ᄂᆞᆷ의 집에 와 부치여 잇셔 공부를 ᄒᆞᆫ다 ᄒᆞᆫ 즉 ᄉᆡᆼ각에 공부가 셩실치 못ᄒᆞ겟ᄂᆞᆫ 고로 관영을 ᄌᆞ긔 친구의게 부탁ᄒᆞ여 편히 잇셔 공부를 ᄒᆞ게 흠이라

함쟝) 그 간에는 어듸셔 엇더케 공부를 ᄒᆞ고 잇셧스며 엇더케 여긔ᄭᅡ지 왓스며 샹야의 집에는 엇더케 와 잇ᄂᆞ뇨

관영) 그 ᄯᆡ에 은혜를 닙어 문ᄉᆞ에 하륙ᄒᆞ여 ᄉᆡᆼ각 다 못ᄒᆞ여 불문곡직ᄒᆞ고 ᄒᆞᆫ 집으로 드러 갓ᄂᆞᆫ 듸 곳 우다 려관이라 마츰 ᄌᆞ비심이 만흔 쥬인을 맛나 근 일년 동안을 우다의게 신셰를 지우고 잇셔 야학을 ᄃᆞ니다가 졸업ᄒᆞᆫ 후에는 동경에 공부홀 ᄆᆞᄋᆞᆷ이 근졀ᄒᆞᆫ 고로 친ᄒᆞᆫ 벗의 쇼개ㅅ쟝을 엇어 샹야게와 ᄯᅩ 신셰를 ᄭᅵ치ᄂᆞ이다

함쟝) 그러면 거긔셔 낫이면 쥬인의 일을 보고 밤이면 야학을 ᄃᆞ닌다

ㅎ니 일신량역 ㅎ기가 심히 어렵지 아니 ㅎ뇨

　관영) 어려운 말이야 감히 엇지 ㅎ오릿가 마는 지금 와서는 큰 일년 반 동안이나 그러케 ㅎ엿슴으로 힝습이 되여 그러케 고로온 줄을 모로ᄂ이다

　함쟝) 그러나 그러케 잇ᄂ 것은 공부ᄒ 목적으로 인ᄒ야 고싱을 ᄒᄂ 것이 아니뇨

　관영) 과연 그러ᄒ외다

　함쟝) 그러면 그러케 잇서 공부ᄒᄂ 것보다 좀 편ᄒ 도리가 잇스면 편히 잇서 공부를 젼보다 ᄆᆞᆷ대로 잘ᄒᄂ 것이 엇더 ᄒ겟ᄂ가

1910년 7월 8일

　관영) 이 말을 드르매 엇지 ᄒ 줄을 몰나 쥬쪄ᄒ다가 그리 ᄒ 도리가 잇스면 됴켓스나 어듸 그럴 듸가 잇슴닛가

　함쟝) 여긔 와서 여러 둘을 잇슨 즉 혹 셔싱書生이라 말을 드럿겟지

　관영) 드려서 아ᄂ이다

　함쟝) 나ㅣ가 작일에 길에셔 그듸를 맛나 보고 일전에 나의 친구의 집에 잇던 셔싱이 나아 갓다ᄂ 말을 드른 것이 싱각나기에 그듸를 청ᄒ 것이오 ᄯᅩ 오늘 아참에는 그 사름의게 그듸의 말을 ᄒ고 문의ᄒ여 보앗스니 의향이 엇더 ᄒ뇨

　관영) 그러ᄒ시오닛가 이쳐럼 제게는 근념ᄒ시니 황송ᄒ고 감격ᄒ오이다

함쟝이 즉시 니러나 즁촌 쇼좌의게 뎐화ᄒᆞ여 왈 오늘 아참에 말ᄒᆞ던
사름이 지금 내게 왓ᄂᆞᆫ 뒤 데게 의향을 무른 즉 됴타 ᄒᆞ니 일간 내 명함
과 안동ᄒᆞ여 보낼 터이니 그리 알나 ᄒᆞ고 관영을 향ᄒᆞ여 왈 그듸가 갈 듸
ᄂᆞᆫ 즁촌 쇼쟝의 집인 뒤 지금 뎐화로 그듸를 보내겟다 흔즉 수히 보내라
ᄒᆞ엿스니 릐일이라도 갈 터이여든 가라 ᄒᆞ고 명함 흔 쟝을 내여 주는 지
라 관영이 명함을 밧으매 쏘이가 드려온 료리를 먹자 ᄒᆞ고 관듸를 ᄒᆞ거
늘 관영이 잘 먹은 후 못내 샤례흔 후 쥬인의게 도라가 말ᄒᆞ여 릐일 가겟
노라 ᄒᆞ고 작별 ᄒᆞ니라

1910년 7월 15일

관영이 쥬인의게 도로와 ᄃᆞ녀 왓노라 인ᄉᆞᄒᆞ고 일을 보나가 날이 져
믈매 학교에 ᄃᆞ녀와나 제 함쟝의게 가 보고 온 리약이를 쥬인ᄃᆞ려 ᄒᆞ고
명일은 불가불 즁촌 쇼쟝의 집에로 가겟노라 ᄒᆞ며 그간 그 집에셔 은혜
만히 닙은 것을 샤례ᄒᆞ니 쥬인이 그러ᄒᆞ겟다 ᄒᆞ고 대단히 고마운 일이라
ᄒᆞ더라

관영이 잇흔 날에 속쟝을 ᄒᆞ여 가지고 쥬인의게 작별흔 후 즁촌의 집
에로 가니 쥬인이 ᄆᆞ참 잇거늘 관영이 함쟝의 명함을 드리고 절ᄒᆞ매 쥬
인 역시 인후흔 사름이라 공부ᄒᆞᄂᆞᆫ 열심과 굿센 ᄆᆞ음을 칭찬ᄒᆞ며 아모조
록 목적을 일우라 ᄒᆞ더라

관영의 모친 죠ᄉᆞ시 부인은 ᄌᆞ긔 ᄯᆞᆯ 옥슌의 혼인을 리병ᄉᆞ의 손ᄌᆞ와
민진 후 퇴일ᄒᆞ기를 기ᄃᆞ리고 잇더니 신랑 집에셔 몃일 후에 퇴일을 ᄒᆞ

여 보내엿거늘 부인은 깃버ᄒ여 혼인 졀ᄎᆞ를 예비ᄒ고 옥슌은 의복 짓기에 골몰이 오진스는 혼슈 홍셩ᄒ기에 분주ᄒ더라

부인이 퇴일 오던 날 밤에 관덕을 다리고 안자 싱각ᄒ매 쓸은 싀집을 보내니 됴흐나 관영의 싱각을 ᄒ니 가슴이 잡답ᄒ고 흔숨이 졀노 나오는지라 관덕을 향ᄒ여 ᄒ는 말이 형보고 십지 아니 ᄒ냐

관덕) 보고 시버요

부인) 형이 엇더케 싱겻던

관덕) 얼골이 나ᄒ고 쪽ᄀ로혼 ᄃᆡ 키가 나보다 세갑졀이나 커요

부인) 이제는 누의도 몃힐 아니 되면 어듸로 간단다

관덕) 나ᄒ고 가오

부인) 나ᄒ고가 무엇이냐 혼쟈 가지

관덕이 이 말을 듯고 엉엉 울며 나도 갈 터이야 ᄒ며 잠을 아니 자고 직희고 잇거늘 옥슌이 그 모양을 보고 쳔방 빅계로 달내여 잠을 내오니라

부인) 옥슌아 나는 너싄지 이제 보내고 엇지 사잔 말이냐 그러나 너ㅣ나 잘가 잇서 싀부모의게 귀염이나 밧고 싀부모의게 걱정시기지 말아라

옥슌) 걱정마ᄋᆸ쇼셔 이제는 전일 소원대로 되엿스니 셜마 어마님 흔 분이야 관덕을 다리고 편히 계시게 못ᄒ오릿가

부인은 그 말을 듯고 아모 말도 업시 누어 잇더니 잠이 드럿고 옥슌은 별노 쥰비홀 거리가 업스되 잠을 아니 자고 싀집갈 쥰비ᄒ기에 골몰ᄒ더라

혼인 날ㅅᄌᆞ를 당ᄒ여 혼인을 ᄒ는 ᄃᆡ 싀악 시집에는 구챠ᄒ기가 싹이 업슴으로 전혀 신랑 집에셔 담당ᄒ여 남부럽지 안케 지내엿는 지라 옥슌이 집에셔 삼 일을 치른 후에 신부례를 ᄒ여 싀집에로 갓는 ᄃᆡ 그 집

에 맞며 느리가 된 고로 옥슌이 모든 일을 다 쥬관ᄒ여 ᄒ기를 싀어머니 보다 빅빈나 낫게 홈으로 싀부모와 조모 부모가 극히 귀히 넉여 ᄉ랑ᄒ더라

1910년 7월 22일

옥슌이 싀집을 간 후로 만단 경륜이 뎌의 모진을 변히 잇노록 ᄒ녀 ᄒ나 용이치 못ᄒ여 모친과 관덕이 단 둘이만 잇는 것을 싱각ᄒ면 긔가 막히고 ᄯᅩ 관영은 외국에 간 류리ᄒ다 싱히 ᄒ고 잇고 관덕의 나히 여듧 설이 되엿스되 교육홀 사름이 업는 지라 그러구로 셰월이 흐르는 것 ᄀᆞᆺᄒ여 싀집온 지가 이믜 ᄉ십여 일이라 ᄒ로 그는 싀아버니를 가 보고 종용히 엿자와 ᄀᆞᆯᄋᆞ디 아버님ᄭᅴ 엿줄 말슴 잇습ᄂ이다

싀) 무슨 말이냐

며) 다른 말슴이 아니오라 친뎡 친뎡 형편을 대강 말슴코져 ᄒᄂ이다 뎌의 어머님만 뎌의 삼남민만 잇고 일가 친척의 집이 ᄒ나토 업슴으로 뎌의 의홋길을 보려 ᄒᆞᆸ시더니 잇히 전에 뎌의 오라비 되는 ᄋᆞ희가 ᄒ로는 늦도록 집에 드러 오지 아니 ᄒᆞᆸᄂ 고로 근심ᄒ고 잇습더니 그 후에 알아본 즉 일본에 공부ᄒ려 가셔 지금 동경이라 ᄒ는 곳에 잇습ᄂ 지라 그러므로 그 ᄋᆞ희가 나아간 후로는 홍샹 근심으로 셰월을 보내시다가 근릭에는 좀 그 ᄋᆞ희 싱각을 니즈시고 게시더니 이제는 뎌ㅣ가 ᄯᅩ 집에 셔 나아 오매 그 근심을 다시 발ᄒ셧다 ᄒ오니 듯기에 황송ᄒ고 민망ᄒ옴으로 이에 당돌이 말슴ᄒᆞᆸ거니와 계집 ᄌᆞ식이라 ᄒᄂ 것은 나 하나

길너 놈의 집에 보내는 것은 샹례인 고로 그 근심ᄒ옵시는 것은 뎌ㅣ가 ᄌ삼 ᄀ절히 간ᄒ면 안심이 되시겟습ᄂ이다 그러나 뎌의 친뎡의 아버님이 도라 가신 후 사ᄂ희의 쥬쟝이 업시 몃 히를 지내여 지극히 어려운 고로 이에 엿자오니 아번님ᄭ셔셔는 십분 ᄉ량ᄒ옵셔 통촉ᄒ시기를 쳔만 ᄇ라읍ᄂ이다

싀) 며ᄂ리의 말을 듯기를 다ᄒ고 그러ᄒ여 그러면 일본 가 잇는 ᄋ히가 나히 몃 설이냐

며) 지금 스무 설 이올시다

싀) 갈 ᄲ에 누구를 ᄯ라 갓ᄂ냐

며) 아니 올시다 혼ᄌ 갓습ᄂ이다

싀) 혼ᄌ 갓셔 그 ᄋ히 일홈이 무엇이냐

며) 일홈은 관영이올시다

싀) 그러면 관영의 일본 간 리약이를 좀 ᄒ여라

옥슌이 관영의 젼후 리약이를 다 ᄌ셰ᄒ니 듯기를 다 ᄒ고 무릅을 치며 탄복ᄒ면 그 ᄋ히가 이 다음에 큰 ᄉ업ᄒ를 사름이라 ᄒ고 편지는 갓금 오ᄂ냐 뭇더니 너희 친뎡에 미삭 시량 얼마ᄉ식 딀일 터이니 그리 알나 ᄒ거늘 옥슌이 이 말을 듯고 감샤히 넉여 곳 물너 나오니라

옥슌이 그 날 일을 다 본 후에 져녁에 안져 뎌의 모친의게 보낼 편지를 썻다가 그 잇흔 날죵으로 ᄒ여곰 곳 보내니라

1910년 7월 29일

부인 조ᄉ시가 그 째에 바ᄂ질을 ᄒ고 잇다가 새 집 하인이 오ᄂ 것을 보매 반갑기 측량 업더니 편지를 드리ᄂ 지라 부인이 밧아 보니 깃분 쇼식이라 ᄆᄋᆷ으로 즐거워 ᄒ고 잇더니 그 잇흔 날 과연 시량을 보내고 멷 힐 후에는 ᄯᆯ이 근친을 왓ᄂ ᄃᆡ 그 부인 잇ᄂ 집을 풀 쥬션을 ᄒ라 ᄒ며 ᄌᄉᆊᄒᆫ 리약이를 ᄒ고 가니라

그 후에 ᄯ 긔별이 왓ᄂ ᄃᆡ 사돈 집 근쳐에 집ᄒ나흘 사노핫스니 속히 이ᄉᆞ를 ᄒ라 ᄒᆷ으로 남촌에로 이ᄉᆞ ᄒᆞᆺ더라

부인이 그리로 이ᄉᆞᄒᆫ 후에는 ᄯᆯ을 자조 볼 ᄲᆜ 아니라 사회도 자조 맛나 보매 즐거움이 한량 업스나 다만 걱정되ᄂ 것은 ᄒᆡ외에 류학ᄒᄂ 관영이라 ᄒ로는 관영의게서 편지가 왓ᄂ ᄃᆡ 일본 무관의 집에 가 무병히 잘 잇다 ᄒᆞᆺ거늘 부인이 보기를 다 ᄒ고 옥슌을 싀집 보냄과 사회를 잘 엇음과 ᄯᄒᆫ 옥슌의 슈단으로 집을 사셔 ᄯᆯ과 갓가이 잇서 여흔이 업스되 다만 관영이 ᄒ나히 걱정됨을 말ᄒ여 회답 ᄒᆞᆺ더라

관영이 모친의 하셔를 밧아 보고 싱각ᄒ되 이제는 모친의 걱정은 업셔졋스나 옥슌은 녀ᄌᆞ로 모친의게 더러툿 호도가 잇거늘 나는 엇지 ᄒ면 모친의 ᄆᄋᆷ을 편안ᄒ게 ᄒ여 드릴고 ᄒ고 무수히 싱각ᄒ더니 다시 싱각 ᄒ기를 내가 모친의 ᄆᄋᆷ 편안케 ᄒᄂ 것은 나ᅵ가 혈심 고독ᄒ여 목적 을 일운 후 귀국ᄒ여 가 뵈ᄋᆸᄂ ᄃᆡ 잇다 ᄒ고 그 날브터 열심으로 더 공부ᄒ더라

관영이 함쟝의 쥬션으로 즁촌 쇼쟝의 집에 가 잇ᄉᆫ 후로는 이젼에 려관에나 샹뎜에 가 잇서 공부ᄒ던 째에 엇지 비ᄒ리오 편ᄒ기로 말ᄒ면

십비나 편ᄒ여 미일 쥬인의게 오는 손이나 거린ᄒ고 혹 신부림ᄒ홀 일이
잇스면 간혹 신부림이나 ᄒ고 그러치 아니 ᄒ면 쥬인의 ᄌ질들을 다리고
소풍이나 ᄃ닐 샨이오 공부ᄒ기에 편리ᄒ기로 말ᄒ면 ᄯᅩᄒᆫ 전에 비ᄒᆯ 것
이 아니라 그러므로 ᄒᆼ샹 손에 칙은 노치 아니 ᄒ고 잇고 잠시라도 한담
셜화ᄒᄂᆫ 법 업스며 불피풍우ᄒ고 미일 학교에는 일분 시간이라도 어김
이 업시 근간히 ᄃ니며 공부를 힘써 ᄒ더라

1910년 8월 5일

관영이 그 쇼쟝의 집에 가던 익년 여름에는 쥬인이 휴가를 주며 글으
ᄃᆡ 금년에는 하긔 휴학 동안에 너희 집에 가 모친과 형뎨 간에 맛나 보고
오라 ᄒ거늘 관영이 쥬인의 이쳐럼 허락ᄒᄂᆫ 말을 듯고 심히 것버 ᄒ여
못내 감샤ᄒ고 집에 갈 ᄆᆞᆷ을 두매 당쟝에 가고 시븐 지라 관영이 이에
다시 싱각ᄒ여 왈 이믜 삼년 동안을 ᄎᆞᆷ앗거던 엇지 몃힐을 못 ᄎᆞᆷ으리오
ᄒ고 몃힐을 기ᄃ려 집을 향ᄒ여 발졍ᄒ니라

관영이 ᄌ긔 집에 ᄃ니려 가ᄂᆫ 길에 이전에 신셰를 만히 ᄭᅵ친 우다 려
관을 닛지 못ᄒ여 그 집을 향ᄒ여 드러 가니 ᄆᆞᆷ에 집만 보아도 반가온
지라 급히 ᄶᅱ여 드러 가니 마춤 쥬인은 업고 ᄌ긔를 싀긔ᄒ여 내여 ᄶᅩᆺ던
계집 ᄋᆞ희만 잇다가 ᄌ긔를 보고 반겨 맛거늘 관영이 혼연히 인ᄉ를 ᄆᆞ
친 후에 ᄯᅩ ᄌ긔를 동경에로 가게 쥬션ᄒ여 주던 친ᄒᆫ 벗의 집에로 가며
어ᄃᆡ 좀 ᄃ녀오겟노라 ᄒ고 나와 곳 그 벗의 집에로 가 서로 맛나 여러
ᄃᆞᆯ 보지 못ᄒᆫ 졍회를 편 후 동경에로 가게 ᄒ여 준 일을 감샤ᄒ고 ᄌ긔의

지낸 일과 하긔 유학에 집에 든니려 가는 리약이를 ᄒ더라

그 쥬인은 그 리약이를 듯고 여러 히 만에 집에를 간 즉 믹우 가기에 밧부겟스나 오늘 밤은 내 집에셔 류슉ᄒ라고 □권ᄒ거늘 관영이 우다에 집의 갓다가 쥬인이 업슴으로 기드리기에 지리ᄒᆯ 듯도 ᄒ고 ᄯᅩᄒᆫ 그듸를 급히 보고 시븐 ᄆᆞ음이 잇서 쥬인을 보지 못ᄒ고 왓슨 즉 다시 가 보아야 ᄒᆯ 터이니 용셔ᄒ라 ᄒ고 우다의 집에로 도로 왓더라

관영이 그 집에셔 나아와 우다 집에 다시 가니 쥬인이 마츰 왓거늘 곳 슬어 절ᄒ매 우다가 얼골에 희쉭이 만면ᄒ여 반겨 맞더니 일변에로 ᄌᆞ긔 ᄯᆯ을 명ᄒ여 음식을 갓다가 극진히 듸졉ᄒᄂᆫ 지라 관영이 싱각ᄒ듸 나ㅣ 작년에 이 집에서 뎌 계집 ᄋᆞ히로 인ᄒ야 내여 쏫길 ᄯᆡ 쥬인이 심히 뮈워 ᄒᆞ엿스나 이 집 압흘 지나며 그져 지나면 빅은망덕ᄒᄂᆫ 것이니 쥬인의게 ᄯᅩ 뮈움을 밧을 지라도 아니 드러와 보고 가는 것은 나ㅣ가 그른 고로 드러 오기는 왓스나 이러틋 우듸ᄒᆯ 줄은 과연 ᄯᅳᆺ 밧기라 ᄒ고 다시 싱각ᄒ기를 쥬인은 본시 도덕이 좀 잇ᄂᆫ 사름인고로 혹 나를 용셔ᄒ여 이러케 ᄒᄂᆫ가 ᄒ고 여러 가지로 싱각ᄒ다가 ᄆᆞ춤내 히셕치 못ᄒ고 감샤히 넉일 ᄲᅮᆫ이라

쥬인과 그럭 뎌럭 리약이를 ᄒᆞᆫ 즉 날이 어두려 ᄒ매 관영이 물너 나아 가려고 작별을 고ᄒ니 쥬인이 ᄭᅡᆷ짝 놀나 닐ᄋᆞ듸 너ㅣ가 내 집에 몃 히를 잇다가 내 집을 ᄯᅥ난 지 거의 일년 만에 내 집에 와셔 ᄒᆞ로도 아니 자고 간단 말이냐 ᄒ며 대단히 칙망을 ᄒᄂᆫ 지라 관영이 긔가 막혀 잘못ᄒ엿 노라 ᄒ고 그 집에셔 저녁을 먹으니라

우다가 ᄌᆞ긔도 져녁을 먹은 후 관영의 잇ᄂᆫ 방에로 와 다시 리약이를 ᄭᅥ어내여 서로 ᄌᆞ미잇게 ᄒ더라

1910년 8월 12일

우다가 잠시 안자 무슨 싱각을 ᄒ더니 관영의게 말ᄒ여 왈

우다) 너ㅣ가 작년에 내 집에셔 나갈 ᄯᅢ에 익의흔 일노써 내여 쏫김을 밧은 줄을 나ㅣ 벌셔 알앗스며 그러케 된 일은 전혀 내가 경력이 업ᄂᆫ 까닭인 즉 왕ᄉᆞ는 물론 ᄒ고 조곰도 혐의치 말나 나ㅣ가 그 ᄋᆞ희의 의향이 이믜 그러흔 고로 너와 ᄇᆡᆨ년동혈百年同穴의 약을 밋게 ᄒ기로 이믜 뜻을 뎡흔 지 오래니 네 의향이 엇더ᄒ뇨

관영이 이 말을 드르니 이 일은 셩시 의외라 아모 ᄃᆡ답 업시 흔춤 안자 싱각ᄒ다가 거절ᄒ여 왈

관영) 션싱님ᄭᅴ셔 이런 말슴을 ᄒ시ᄂᆫ 것은 과연 망녕이시외다 나의 일을 다 아시ᄂᆫ 바ㅣ여니와 공부ᄒ기 위ᄒᆞ야 집을 ᄯᅥ나 나아와 홀노 계신 모친을 리별ᄒ고 희외에 와 잇슨 지 거의 ᄉᆞ년 만에 이제 모친을 뵈오러 가되 목적을 일우고 가는 것도 아니오 쥬인을 잘 맛나 그 은덕으로 잠시 모친을 뵈오려 갈 ᄲᅮᆫ 아니라 그 싱각을 ᄆᆞ음에 두면 너ㅣ가 내 ᄆᆞ음이라도 알 수 업ᄂᆫ 것일 즉 목적을 일우기가 도뎌히 어려울 터이오 목적을 일우지 못ᄒᄂᆫ 날이면 몃 희와 고싱ᄒ던 일이 전공이 가셕될 터인 즉 만만코 못될 일이니 쳥컨대 다시 거론치 마읍쇼셔

우다) 네 말인 즉 춤 올흔 말이나 ᄎᆔ쳐ᄒ기로 무슨 목적에 해 될 일 업슨 즉 고칠 수 업다

관영) 션싱님ᄭᅴ셔 암만 뜻을 굿게 ᄒ셧슬 지라도 나는 집을 ᄯᅥ나 일본에로 올 ᄯᅢ브터 작뎡ᄒ기를 내 목적을 일운 후에라야 결혼 ᄒ기로 ᄒ엿슨 즉 결단코 허락홀 수 업ᄂᆡ이다

우다가 흔참 안자 또 싱각ᄒ더니

우다) 그러면 나의 ᄯᅩᆯ도 이믜 타인과 결혼치 아니 ᄒ기로 결뎡ᄒ엿고 나역 다른 쟈로 ᄉ위를 삼지 아니 ᄒ기로 ᄯᅳᆺ을 뎡ᄒ엿스니 지금 허락만 ᄒ엿다가 네 목적을 일운 후에 셩취ᄒᆷ이 엇더 ᄒ겟ᄂ뇨

관영) 그도 ᄉ셰가 난쳐ᄒᆫ 일인 즉 못ᄒ겟ᄂ이다

우다) 허락도 못 ᄒ겟다 ᄒ니 내 ᄯᅩᆯ이 네 ᄆᆞᄋᆷ에 합당치 아니 ᄒ여 그리 ᄒᄂ뇨

관영) 그러ᄒᆫ 바도 아니라 지금 응락지 아니 ᄒᄂᆫ 것은 첫재 내 목적을 일우지 못ᄒᆯ가 ᄒᆷ이오 둘재 허락도 못ᄒ겟다ᄂᆫ 것은 허락ᄒᆫ 후도 몇ᄒᆡ를 잇서야 ᄒᆯ 터이오 쳐ᄌᆞ의 나ᄒᆡ 이믜 십팔 세라 심히 난쳐ᄒᆫ 일이니 거론치 마시고 ᄯᅳᆺ을 고치ᄋᆸ쇼셔

우다가 이 말을 듯고 곳 안에로 드러가 잇다가 다시 나오더니

1910년 8월 19일

우다) 몇 ᄒᆡ 기ᄃ리ᄂᆫ 것은 조곰도 샹관치 말고 곳 허락ᄒ라 만일 그러치 아니 ᄒ면 다시 너ᄒ고 샹면치 아니 ᄒᆯ 터이다

쥬인이 잠시 안에 ᄃ녀 나아온 것은 ᄯᅩᆯ의게 몇 ᄒᆡ 동안 기ᄃ리ᄂᆫ ᄃᆡ 의향을 뭇고져 ᄒᆷ이러라

관영) 그러ᄒ면 집에 ᄃ녀셔 도로 오ᄂᆫ 길에 와 허락ᄒ겟ᄂ이다

우다) 집에 ᄃ녀와 허락ᄒᆯ 것 무엇 잇ᄂ뇨 당쟝에 허락ᄒ면 됴켓다

관영) 지금 나ㅣ가 허락지 못ᄒᆯ 것은 업스나 어머님ᄭᅴ 엿줍지 아니 ᄒ

고 허락ᄒ면 불가 ᄒ외다

쥬인의 ᄯᅩᆯ이 모로게 밧게 잇다가 그 말을 듯고 ᄒᄂᆫ 말이 나의 ᄯᅳᆺ은 이믜 이ᄀᆞᆺ흔 즉 도로 오시ᄂᆫ 길이라도 밧불 것이 업스니 ᄃᆞ녀 오시ᄃᆡ 만일 그대로 바로 가시면 그 날은 곳 나의 셰샹을 리별ᄒᄂᆫ 날이라 ᄒ고 관영은 방에셔 그 말을 듯고 아모 말도 아니 ᄒ거늘 쥬인이 니러셔며 ᄒᄂᆫ 말이 이제 더 말홀 것 업스니 일즉이 자라 ᄒ고 나아가더라 관영이 그날 밤을 지내고 그 잇흔 날에 일즉히 ᄯᅥ나 인쳔 항에 하륙ᄒᆫ 후 ᄀᆞ챠로 입셩ᄒ여 ᄌᆞᄀᆡ 모친의 집에로 드러가니 조ᄉᆞ시 부인은 관영을 ᄯᅳᆺ밧게 맛나매 ᄭᅮᆷ인지 싱시인지 분별을 못ᄒ고 깃버ᄒ며 관덕은 삼년 만에 제 형을 보매 제 형인지 ᄌᆞ셰히 아지 못ᄒ더라

부인이 ᄌᆞᄀᆡ 아들의 용모를 보니 집에 잇슬 ᄶᅢ 보다 몸이 건쟝ᄒ며 얼골이 쥰슈ᄒ엿고 관영은 ᄌᆞᄀᆡ 모친의 얼골을 보니 그간에 심히 늙엇ᄂᆫ지라 ᄌᆞ연히 비챵ᄒ 싱각이 발ᄒ여 눈물이 흐르나 ᄌᆞᄀᆡ 모친을 위로ᄒ기 위ᄒ야 억졔ᄒ고 혼연ᄒᆫ 안ᄉᆡᆨ으로 효도치 못ᄒᆫ 것을 샤죄ᄒ니 부인은 그간에 무ᄉᆞ히 잇슨 것을 다힝ᄒ다 ᄒᆫ 후 관영은 ᄌᆞᄀᆡ의 지내던 일을 대강 말ᄒ매 부인은 집 안에서 지낸 리약이를 셰셰히 ᄒ더라

관영이 ᄒᆫ 이삼일 후 리병ᄉᆞ의 집을 가니 큰 샤랑에는 반빅 로인이 쟝죽을 물고 안자 여러 손으로 더브러 바둑을 두는 ᄃᆡ 싱각에 옥슌의 시조부인듯 ᄒ고 젹은 샤랑에는 ᄉᆞ십이 될락 말락ᄒᆫ 사ᄅᆞᆷ이 벗으로 더브러 쟝긔를 두는 ᄃᆡ 싱각에 옥슌의 시아버니인 듯 ᄒ며 ᄯᅳᆯ 아래 셔당에셔 소위 뎡ᄌᆞ관을 쓰고 글을 닑ᄂᆫ 쇼년은 ᄌᆞᄀᆡ의 ᄆᆡ부인 듯 ᄒᆫ 지라

1910년 8월 26일

관영이 곳 그 관쓴 쇼년의게 가셔 인스를 흔 후 그 바독 두는 로인을 가 뵈이니 반겨 마즈며 나ㅣ 이왕 즈네의 말을 드럿닉 ㅎ고 몃 마디 슈쟉을 ㅎ더니 즈긔 손즈를 명ㅎ여 네 아비의게 곳히 가 보라 홈으로 관영이 곳 니러나 또 쟝긔 두는 이의게로 가셔 보고 슈쟉ㅎ고 잇는 디 옥순이는 안에셔 관영이가 밧게 왓다는 말을 듯고 즐거워 급히 보고져 ㅎ여 중문 압혜가 기드리고 잇더니 즈긔 남편이 인도ㅎ여 드러 오거늘 옥순이 반겨 붓들고 즈긔 방에로 드러 가더라

관영이 누의를 오래간 만에 맛나 쟝황히 안져 리약이를 ㅎ다가 집에 도로 와 모친씌 누의를 보고 온 말과 관덕이를 힘써 ㄹㄹ치는 것을 스돈의게 감샤흔 말을 엿줍더라

관영이 흐로는 즈긔가 집에 도로 오다가 우다의 집에 들너셔 그 쥬인의게 당ㅎ던 리약이를 모친의게 즈셰히 ㅎ고 또 니어 말ㅎ기를 우다가 당쟝에 허락ㅎ라 ㅎ나 나ㅣ가 허락지 못홀 것은 나의 공부에 방해 될 터인 고로 못ㅎ겟다 흔 즉 우다가 네 쓸의게 몃 히 동안 기드릴 일신지 무러 본 후 다시 와 몃 치 기드려도 관계치 아니 ㅎ니 허락만 ㅎ라 ㅎ는 고로 홀 수 업셔 다시 싱각도 ㅎ여 볼 겸 ㅎ여 어마님씌 엿줍고 도로 오는 길에 허락ㅎ겟노라 ㅎ엿는 디 이번 동경에로 가는 길에 만일 허락지 안코 바로 가면 그 계집 으히가 즈쳐 ㅎ겟다고 싱지 흔 즉 이것이 첫재 어려운 일이오 둘재는 그 사름의게 은혜를 만히 닙엇스니 허락지 아니 홀 수 업는 일이올시다

부인) 그러면 김히 싱각홀 일이다

관영) 과연 난쳐흔 일이여요

부인) 그 ᄋᆞ히는 위인이 엇더 ᄒᆞ더냐

관영) 위인은 관계치 아니 ᄒᆞ여요

부인) 그러나 우리 나라 음식과 의복을 흘 줄 모로니 난쳐ᄒᆞ고나

관영) 그도 그러ᄒᆞ여요

부인) 그것은 집에 다려 오기로 작뎡흔 후 허락ᄒᆞ여 다려다가 ᄀᆞᄅ치지

관영) 그것은 엇지 ᄒᆞ든지 그것으로 샹관이 아니여요

부인) 그러나 너ㅣ가 만일 허락지 아니ᄒᆞ여 그 계집 ᄋᆞ히가 죽고 보면 우다가 너를 해흘 쯧을 두지 아니 ᄒᆞ겟ᄂᆞ냐

관영) ……

부인) 이 ᄋᆞ히야 조심ᄒᆞ여 ᄒᆞ여라 엇지 흘 수 업ᄂᆞ 일이니 허락ᄒᆞ여 두어라

1910년 9월 9일

관영) 나ㅣ가 일본 계집은 아니 엇어 살기로 쏙 작뎡을 ᄒᆞ엿ᄂᆞ 딕 이 일이 이러케 될 줄은 쯧밧기여요

부인) 그러면 엇지 ᄒᆞᄂᆞ냐 ᄉᆞ세 이곳히 되엿슨 즉 흘 수 업지

관영) 외국 계집을 다리고 살면 불편흔 일이 업지 아니 ᄒᆞ여요

부인) 불편흘 것 무엇 잇ᄂᆞ냐

관영) 집안 흉나기는 쏙 됴치요

부인) 우리 나라 계집은 그러치 아니 ᄒᆞ냐 저 되기에 들녓지

관영) 암만 싱각ᄒ여도 우다의 은혜를 싱각ᄒ즉 허락 아니 ᄒ을 수 업서요

부인) 그러치 잘 싱각ᄒ엿다

관영이 집에 몃힐을 더 잇다가 집을 써날 날이 갓가오매 갈 힝쟝을 슈습ᄒ고 ᄉ돈의 집에 가다가 작별ᄒ 후 다시 모친 슬하를 써나 문ᄉ를 향ᄒ엿ᄂ 디

어언간 관영의 탄 비가 문ᄉ에 니ᄅ매 우다의 부부와 그 ᄯᆯ이 하륙ᄒᄂ 디ᄭ지 나아와 음식을 쥰비ᄒ여 노코 영접ᄒᄂ 지라 관영이 그 거동을 보매 긔가 막히나 흔연히 인ᄉᄒ 후 이ᄀᆺ히 흄을 감샤ᄒ고 우다의 집에로 드러 갓더라

쥬인이 관영을 됴ᄒ 음식으로 잘 디졉ᄒ 후 날이 어두우매 다시 관영의 방에로 와 슈쟉을 ᄒ다

우다) 비에 오기에 과히 피곤치나 아니 ᄒ냐

관영) 어머님을 뵈옵고 오니까 ᄆ음이 쾌락ᄒ여 피곤ᄒ 줄 모로겟ᄂ이다

우다) 그러ᄒ겟지 그러ᄒ 디 그 말슴은 어머님ᄭ 히니까 무엇이라 ᄒ시더냐

관영) 어머님ᄭᅴ셔는 네 싱각대로 ᄒ라 ᄒ십데다

우다) 그러면 엇지 ᄒ을 터이냐

　관영) 허락은 흡니다마는 심히 난쳐ᄒ여요

　우다) 난쳐홀 것 무엇 잇나 그러면 쉬히 셩례를 ᄒ여야 홀 터인ᄃ 이번에 아조 ᄒ고 가지

　관영) 허락ᄒ 이샹에야 셩례가 그리 밧붐니까 이 다음에 ᄒ지오

　우다) 그러면 지금 셩례를 아니 ᄒ면 언제나 ᄒ려는가

　관영) 나의 목젹을 일운 후에 ᄒ여도 무방ᄒ지오

　우다) 셩례는 언제 ᄒ든지 계약셔나 쓰자

　관영이 곳 계약셔 ᄒ 쟝을 써셔 우다의게 주니 우다는 희ᄉ이 만면ᄒ여 그 계약셔를 갓다가 ᄌᄀ 마누라의게 뵈이고 쌸을 주매 쌸이 밧아 가지고 ᄒᄂ 말이 이제는 나ㅣ가 김관영의 사름이 되엿슨 즉 집에 잇슬 ᄭ닭이 업스니 곳 관영의게 나아가 의론 ᄒ여 죠션에 잇ᄂ 싀어마님ᄭ로 가셔 싀어머님을 밧들게 ᄒ라 ᄒᄂ 지라 우다가 이 말을 듯고 싱각ᄒ매 ᄌᄀ 쌸의 말이 올키는 ᄒ나 힘써 관영으로 더브로 작비를 시기려 ᄒ 것이 나죵에는 쌸을 일허 ᄇ리게 되거늘 우다가 죵용히 닐ᄋᄃ 너ㅣ가 죠션 말도 모로며 엇지 가셔 싀어머니를 밧들겟ᄂ냐 ᄒ라ᄂ 대로 ᄒ고 ᄀ만히 잇스라 ᄒ니라

　그러나 그 쳐녀는 제 부친의게 ᄀ졀히 권ᄒ며 관영과 의론ᄒ여 보기를 원ᄒ매 우다가 관영의게 그 말을 ᄒ 즉 관영이 역시 아직 친뎡 슬하에 더 잇다가 됴혼 긔회를 보아 가는 것이 됴홀 ᄲᆫ 아니라 아직 셩례를 일우지 아니 ᄒ엿슨 즉 일운 후에 가는 것이 됴켓다 ᄒ더라

　이러므로 우다가 그 말을 ᄌᄀ 쌸의게 말ᄒ고 집에 아직 잇스라 ᄒ매

그 쳐즈가 관영의 말대로 흐기로 작뎡흐고 관영은 붉는 날 동경에 향흐 기로 작뎡흔 후 곳 각기 헤여 졋더라

관영이 날이 붉으니 다 작별을 흔 후 동경을 향흐여 즁촌 쇼쟝의 집에 로 가 젼과 굿히 학교에 둔니며 혈셩으로 비호는 듸 관영이 이굿히 니어 공부흐기를 잇히를 흐여 야학에 졸업을 마치고 쥬인의 관후흔 덕으로 대 학교에 드러가 쥬학을 둔니든 듸

1910년 9월 23일

그 학교 강스와 굿히 공부흐는 동모들이 감동치 아니 흐는 이 업서 비 록 남의 집에 부치여 잇서 공부흐나 그 듸졉흐는 것이 특별히 다르고 그 남즈의 결심과 학업의 열심을 다 본밧기를 원흐더라

관영이 이굿히 니어 학문에 힘을 쓰는 동안에 관영과 결혼흔 우다의 쌀은 즈긔 남편이 학업을 마치고 도로 오기만 기두리고 잇는 듸 일긔가 더운 째를 당흐야 뎌의 부모는 다 출입을 흐엿는 고로 계집 하인의게 집 을 보라 흐고 목욕홀 츠로 후원으로 가니 째는 칠월 이십일 셕양이라 그 째에 마춤 리웃 사는 쇼년이 잇서 흥샹 그 쳐즈를 흠모흐는 즁 우다의 집 계집 죵은 그 쳥년과 친흠으로 긔믹을 샹통흐여 쇼년의게 그 긔회를 통 긔흔 지라 그 쳐즈가 목욕을 흐고 마춤 나오는 듸 그 쇼년이 담을 넘어 돌입흐여 겁탈흐려 흐매 그 쳐즈는 졸디에 그 경광을 당흔 즉 이 변을 엇 지 흘고 흐며 쥬져흐다가 죽기로써 결단흐고 소릭를 지르나 그 죵년은 텽이불문이늘 쳐즈가 분흠을 이긔지 못흐야 쳥년과 힐난흐다가 그 쳥년

을 물에 더지고 급히 도망ᄒ여 후원에셔 나아가니 죵년은 망을 보고 잇다가 그 광경을 보고 급히 마루에 가 누어 자ᄂᆞ 톄 ᄒ더라

그 쳐녀가 죵년의 그 힝동을 보고 더욱 분히 녁여 나아가며 몽동이로 보기 됴케 ᄲᅵᆯ 즈음에 우다가 드러와 그 모양을 보고 ᄭᅡᄃᆞᆰ을 무르니 그 젼후 ᄉᆞ연을 말ᄒ거늘 우다가 역시 분홈을 이긔지 못ᄒ여 곳 후원에로 ᄶᅩ차 드러간 즉 그 쇼년은 물 밧게 나아와 옷에 물을 털다가 우다를 보고 다시 월쟝을 ᄒ여 도주ᄒᆫ 지라 우다가 ᄶᅩ차가 되잡지 못ᄒᆯ 줄을 알고 나아가 죵년을 문죠ᄒ니 그 근쳐 알만ᄒᆫ 집 ᄌᆞ식이라 그 집을 급히 ᄎᆞ자가ᄂᆞ 뒤 길헤셔 힝슌 슌사를 맛낫슴으로 그 ᄉᆞ실을 고ᄒ니 슌사가 홈ᄭᅴ 가자 ᄒ여 ᄀᆞᆺ히 그 집에 니른 즉 그 쇼년은 이믜 도망ᄒ고 그 아비는 아참에 나아가 아직 드러 오지 아니 ᄒ엿다 ᄒ거늘

1910년 9월 30일

우다가 ᄒᆞᆯ일 업서 슌사의게 부탁ᄒ고 집에로 도라 와셔 그 죵년을 경찰셔로 잡아 보내엿더라

관영은 대학교에셔 ᄉᆞ년을 공부ᄒ여 거의 졸업 긔한이 갓가온뒤 그 째브터 집 ᄉᆡᆼ각이 근졀ᄒ고 뎡ᄒ여 노혼 쳐가ᄉᆞ집 ᄉᆡᆼ각도 자조 나셔 공부에 방해가 젹지 아니 ᄒ더니 졸업을 겨우 ᄆᆞ친 후에는 즉시 즁촌쇼쟝을 하직ᄒ고 써나 집을 향ᄒ엿ᄂᆞ 뒤 귀국ᄒᄂᆞ 길에 쳐가 집에 드러가 셩례를 ᄒᆞᆫ 후 집에 편지를 부치고 몃힐 류련ᄒ더라

관영 모친 죠ᄉᆞ시 부인은 ᄒᆞᆼ샹 관덕을 힘써 ᄀᆞᄅᆞ치기로 죵ᄉᆞᄒ고 ᄯᅩᆯ

과 사외의 락을 보고 지내나 멋 들 동안은 관영의 쇼식을 못 드러 궁금히 지내던 ᄎ 관영의게서 편지가 왓스매 밧아 보니 관영은 졸업을 ᄒ엿고 또 일녀 며ᄂ리를 보앗는 듸 멋힐 후면 그 며ᄂ리의 얼골을 보겟는 지라 심중에 엇지 깃븐 지 모로겟셔 오기만 고듸ᄒ는 듸 대문 밧게셔 바람에 대문 소ᄅ만 나도 내여다 보더라

관영은 처가에서 멋힐을 류ᄒ는 듸 쟝인 쟝모의 스랑홈이 비홀 듸 업고 또흔 처가가 거부의 일홈은 듯지 못ᄒ나 ᄀ음열다는 말은 듯는 집이라 쟝인이 쌀을 위ᄒ야 싸혼 배혀 주는 것이요 긴치 아니ᄒ매 천 원 임치흔 은ᄒ횡표 흔 쟝을 쌀의게 주엇더라

관영이 이에 귀국홀 싱각이 ᄀ절ᄒ여 일ᄀ이 여삼츄라 부인과 서로 의론ᄒ고 속히 쩌나기로 쟉뎡이 되여 쩌늘 날이 니ᄅ매 관영의 부인 국지는 부모의게 졀ᄒ고 나아와 그 쟝부를 ᄯ라가는 듸 조곰도 슬희여 ᄒ는 긔ᄉ이 업고 다만 부모의게 하ᄒ갓혼 은덕을 감샤홀 쑌이라 관영이 그 집에셔 흠ᄭ 나아와 본국을 향ᄒ여 가며 싱각ᄒ는 모양인 듸 이는 아마 멀고 먼 외국에 가셔 근 십년이나 쳔신만고를 격거 이에 목적을 일우고 귀국ᄒ는 길에 올낫스니 ᄆ음이 심히 샹쾌ᄒ여 희ᄉ이 만면ᄒ더라 관영의 부부가 비를 ᄐ고 쩌나 인쳔항에 도박ᄒ엿는 듸 즉시 샹경ᄒ여 집에 드러가니

1910년 10월 21일

ᄌ긔 어머니가 홀노 잇거늘 국지 부인이 드러가 남편이 ᄌ긔 어머니

를 구루치며 보이라 흐니 싀어머니인 줄을 짐쟉흐고 절흐고 뵈이나 서로 말을 모로매 싀어머니와 며느리가 서로 브라보고만 잇거늘 관영이 그 모양을 보고 즉시 통변을 흐엿더라 이에 관영에 왔다는 말을 드를 쁜 아니라 일녀와 결혼흐여 흠쯰 왔다는 말을 듯고 옥슌의 늬외와 동리 녀인들 싄지 와셔 여러 잣말을 흠으로 그날 밤은 잠시 고로히 지내엿더라

멷힐 후에는 관영이 돈 십오원을 가지고 이젼에 각 대관의 구걸흔 돈을 갑고져 흐여 츳자 가는 듸 흔 집에는 츳자 가니 슈텹에 젹어 둔 통호수는 굿흐나 셩명이 다른 지라 여러 날을 두고 슈탐흐여 츳자가 보니 다 알아보지 못흐고 쏘흔 그 쌔에 졂엇던 사름은 즁로인이 되엿고 즁로인은 아조 늙엇는 지라 관영이 그 사름들을 보고 이젼에 즈긔의게 돈을 얼마 ᄉ식 주어 학업을 일우게 흔 일을 감샤흐면 혹 씌닷는 사름도 잇고 젼혀 니져 브린 사름도 잇는 듸 관영이 그 돈을 주며 이왕에 주실 쌔에는 도로 밧자고 주신 것은 아니나 이에 즈션흐신 여러분의 ᄆ음으로써 오늘 날 나의 목젹을 일우엇고 쏘흔 도로 드릴 만 한 형셰인즉 밧아주시기를 브라노라 흐고 이굿히 흐여 다 갑흐매 사름 사름이 다 찬용 아니 흐는 이 업고 그 쯧의 졍직흔 것을 다 칭찬흐더라

부록_3
근대 초기 서사자료 총목록(1895~1919)

· 일러두기 ·

1. 이 목록은 1895년부터 1919년 3·1운동까지 신문과 잡지에 게재된 서사물을 모두 모은 것으로, 해당 시기에 발간된 원 자료를 직접 확인하여 작성했다.
2. 표기는 원문을 그대로 따르되 띄어쓰기만 현대 어문규정에 맞게 고쳤다.
3. 목록에 기입된 사항은 다음과 같다.
   1) 저자가 표기되어 있는 경우는 먼저 저자 이름을 표기했다. 필명이나 호만 표기되어 있는 경우는 따로 이름을 표기하지 않고 원문을 그대로 따랐다.
   2) 원 자료에 제목이 있는 경우는 원문을 그대로 따라 표기했으며, 제목이 없는 경우는 본문의 첫 2~3어절을 인용하여 작품명으로 삼고 *로 표시했다.
   3) 제목 뒤에는 게재된 날짜를 기입했다.
4. 이 목록에 사용된 부호와 기호는 다음과 같다.
   1) 해독 곤란한 글자 : □
   2) 원문에서 명백한 인쇄상의 오류인 글자 : 오류글자 뒤에 [ ]로 복원.

「拿破崙傳(나보례언)」, 『한성신보』, 1895.11.7~1896.1.26.

「閣龍(고령부스)이 亞美利加에 發見흔 記라」, 『한성신보』, 1895.11.17~19.

「先哲叢談」, 『한성신보』, 1896.2.14~5.19.

「日本名士福富臨淵逸事」, 『한성신보』, 1896.3.9~4.11.

「趙婦人傳」, 『한성신보』, 1897.5.19~7.10.

「種痘之祖先醫 씨옌ㄴ氏傳」, 『한성신보』, 1896.6.6.

「英國皇帝陛下御略傳」, 『한성신보』, 1896.6.8~10.

「申進士問答記」, 『한성신보』, 1896.7.12~8.27.

「紀文傳」, 『한성신보』, 1896.8.29~9.4.

「郭御史傳」, 『한성신보』, 1896.9.6~10.28.

「報恩以讐」, 『한성신보』, 1896.9.12~16.

「以智脫窮」, 『한성신보』, 1896.9.18~26.

「男蠢女傑」, 『한성신보』, 1896.9.28~10.22.

「別有所歎」, 『한성신보』, 1896.10.4.

「夢遊歷代帝王宴」, 『한성신보』, 1896.10.24~12.24.

「李小姐傳」, 『한성신보』, 1896.10.30~11.3.

「醒世奇夢」, 『한성신보』, 1896.11.6~18.

「米國新大統領傳」, 『한성신보』, 1896.11.14~18.

「李正言傳」, 『한성신보』, 1896.11.22~30.

「金氏傳」, 『한성신보』, 1896.12.4~14.

「蟾報飯德」, 『한성신보』, 1896.12.12.

「佳緣中斷」, 『한성신보』, 1896.12.16~26.

「李氏傳」, 『한성신보』, 1896.12.28~1897.1.10.

「冤魂報仇」, 『한성신보』, 1896.12.28~1897.1.8.

「孀婦冤死害貞男」, 『한성신보』, 1897.1.12~16.

「邦伯優游忘同㞦」, 『한성신보』, 1897.1.18.

「婢子貞節」, 『한성신보』, 1897.1.20.

「無何翁問答」, 『한성신보』, 1897.1.22~2.15.

「콘으라드가 환가ᄒ 일」, 『죠션크리스도인회보』, 1897.3.31.

「汽機師瓦特傳」, 『대한조선독립협회회보』, 1897.3~4.

「코기리와 원숭이의 니야기」, 『그리스도신문』, 1897.5.7.

「됴와문답」, 『죠션크리스도인회보』, 1897.5.26.

「악ᄒ 나무에 됴흔 가지를 졉븟치는 비유라」, 『죠션그리스도회보』, 1897.6.16.

「거믜 니야기라」, 『죠션크리스도인회보』, 1897.6.23.

「羅馬傳說」, 『대한조선독립협회회보』, 1897.7.

「古克傳」, 『대한조선독립협회회보』, 1897.8.

「麥折倫傳」, 『대한조선독립협회회보』, 1897.8.

「富蘭克令傳」, 『대한조선독립협회회보』, 1897.8.

「蒙哥巴克傳」, 『대한조선독립협회회보』, 1897.8.

「立恒士敦傳」, 『대한조선독립협회회보』, 1897.8.

「쳔음을 잇김이라」, 『죠션크리스도인회보』, 1897.9.29~10.6.

「구습을 맛당히 ᄇ릴 것」, 『죠션크리스도인회보』, 1897.10.6.

「고륜포」, 『죠션크리스도인회보』, 1897.11.10.

「셩심긔도」, 『죠션크리스도인회보』, 1897.11.17.

「일젼에 엇더ᄒ 대한 신ᄉ ᄒ나이」*, 『독립신문』, 1898.1.8.

「엇던 유지각ᄒ 친구에 글을」*, 『독립신문』, 1898.2.5.

「ᄒ로는 ᄒ 늙은 사름이」*, 『협셩회회보』, 1898.2.19.

「일빅륙십륙년 전 이월 이십이일에」*, 『독립신문』, 1898.2.22.

「ᄒ 스지[쟈]가 잇ᄂᄃᆡ」*, 『협셩회회보』, 1898.2.26.

「아셰아 셔편에」*, 『대한크리스도인회보』, 1898.3.9.

「고금에 드문 일」, 『대한크리스도인회보』, 1898.3.23.

「남촌 사ᄂ 최여몽이라 ᄒᄂ 사름이」*, 『협셩회회보』, 1898.3.26.

「엇던 유지각ᄒ 친구가」*, 『독립신문』, 1898.3.29.

「부ᄌ문답」, 『대한크리스도인회보』, 1898.3.30.

김만식, 「대뎌 사름마다 무론」*, 『협셩회회보』, 1898.4.2.

「도를 위ᄒ야 군츅밧은 일」, 『대한크리스도인회보』, 1898.4.13.

「동도 산협 등에」*, 『매일신문』, 1898.4.20.

「직물이 ᄆᆞᄋᆞᆷ을 슈란케 홈」, 『대한크리스도인회보』, 1898.4.27.

「모로는 사름을 구원홈」, 『대한크리스도인회보』, 1898.5.4.

「놈을 참소ᄒᆞᄂᆞᆫ 이는 제 몸이 몬져 망홈」, 『대한크리스도인회보』, 1898.5.18.

「ᄉᆞ랑ᄒᆞᄂᆞᆫ 거시 사름을 감복게 홈」, 『대한크리스도인회보』, 1898.5.25.

「어늬 고을 원 ᄒᆞ나히」*, 『매일신문』, 1898.6.13.

「비암이야기」, 『대한크리스도인회보』, 1898.7.20.

「쟝ᄉᆞ와 난쟁이」, 『독립신문』, 1898.7.20.

「이젼에 혼 노인이」*, 『매일신문』, 1898.7.21.

「근릭에 긔우당이라 ᄒᆞᄂᆞᆫ 사름이」*, 『매일신문』, 1898.7.22.

「근일에 돈암란화(遯菴爛話)라 ᄒᆞᄂᆞᆫ」*, 『매일신문』, 1898.7.23.

「심산 궁곡에 나무가」*, 『매일신문』, 1898.7.25.

「양주 ᄯᆞ헤 혼 사름이」*, 『매일신문』, 1898.7.27.

「엇더혼 친구의 문답을」*, 『매일신문』, 1898.7.28.

「신진학이라 ᄒᆞᄂᆞᆫ 사름은」*, 『매일신문』, 1898.7.29.

「창히가 망망ᄒᆞ야」*, 『매일신문』, 1898.8.15.

「동츈 락산 밋히」*, 『매일신문』, 1898.8.31.

「漢北木犀山下에 一窮措大가 有ᄒᆞ니」*, 『황성신문』, 1898.9.13.

「북촌 사는 사름 ᄒᆞᄂᆞ이」*, 『매일신문』, 1898.9.20.

「호토상탄 여우와 토끼가 셔로 싱키다」, 『매일신문』, 1898.9.23.

「客이 余다려 問ᄒᆞ여」*, 『황성신문』, 1898.9.23.

「中樞院議官中에 品秩이 高한 一人과」*, 『황성신문』, 1898.9.27.

「웃더혼 사름 ᄒᆞᄂᆞ히」*, 『매일신문』, 1898.9.29.

「이젼 파사국에」*, 『제국신문』, 1898.9.30.

「近日에 某少年이 西郊省墓回路에」*, 『황성신문』, 1898.9.30.

「客이 問於稷下生曰請論當世之事ᄒᆞ노라」*, 『황성신문』, 1898.10.6.

「余四十平生에 所夢이 無有ᄒᆞ야」*, 『황성신문』, 1898.10.14.

「局外論」, 『황성신문』, 1898.10.17.

「시ᄉᆞ문답」, 『독립신문』, 1898.10.28~29.

「南隣北社兩豪客이 秋興으로 相逢이라」*, 『황성신문』, 1898.10.29.

「鄕客이 訪余ᄒᆞ야 新聞紙를 閱覽ᄒᆞ다가」*, 『황성신문』, 1898.11.3.

「남산 아릭 어느 친구를」*, 『매일신문』, 1898.11.9.

「병뎡의리」, 『독립신문』, 1898.11.23.

「엇던 친구의 편지」, 『독립신문』, 1898.11.24.

「어리석은 사름들의 문답」, 『제국신문』, 1898.11.26.

「友人이 有自東來者ᄒᆞ고 有自西來者ᄒᆞ야」*, 『황성신문』, 1898.11.26.

「누옥싱이 상두에 골한 잠이」*, 『매일신문』, 1898.11.29.

「엇던 지상 흔 분이」*,『제국신문』, 1898.11.29.

「是歲十月之望에文章風流有如蘇子瞻者ㅣ」*,『황성신문』, 1898.11.29.

「무른 무슴 일을 영위ㅎ던지」*,『매일신문』, 1898.12.1.

「상목지 문답」,『독립신문』, 1898.12.2.

「샹목ᄌ란 사름이」*,『매일신문』, 1898.12.13.

「광안싱이라는 사름이」*,『매일신문』, 1898.12.14.

「이전에 흔 사름이」*,『매일신문』, 1898.12.15.

「동방에 흔 오괴흔 션비가」*,『제국신문』, 1898.12.16~17.

「어옹과 초부 두 사름이」*,『매일신문』, 1898.12.22.

「향일에 엇더흔 션빅」*,『제국신문』, 1898.12.22.

「일전에 엇더흔 친구가」*,『제국신문』, 1898.12.24.

「공동회에 디흔 문답」,『독립신문』, 1898.12.28.

「이전에 무슈웅이라 ᄒᆞᄂᆞ 사름」*,『매일신문』, 1898.12.29.

「청국 청편 문답」,『독립신문』, 1899.1.11.

「관물웅이라 ᄒᆞᄂᆞ 사름이」*,『매일신문』, 1899.1.11.

「昨夜의 寒風이 吹雪에」*,『황성신문』, 1899.1.16.

「힝세 문답」,『독립신문』, 1899.1.23.

「녯적에 셔양 어느 나라에」*,『매일신문』, 1899.1.26~27.

「외국 사름과 문답」,『독립신문』, 1899.1.31.

「긱이 말ᄒᆞ야 굴ᄋ디」*,『매일신문』, 1899.2.8.

「淸國志士가 俚語一篇을 誦ᄒᆞ기로」*,『황성신문』, 1899.2.8.

「探芝山人奇書」,『황성신문』, 1899.2.20.

「엇더흔 사름 ᄒᆞ나히」*,『매일신문』, 1899.2.21~25.

「근일에 엇더흔 친구 ᄒᆞ나히」*,『매일신문』, 1899.3.1.

「惺惺夢記」,『황성신문』, 1899.3.6~7.

「寓言」,『황성신문』, 1899.3.8.

「신구 문답」,『독립신문』, 1899.3.10.

「淸國北京近處에 一富人이 有하니」*,『황성신문』, 1899.3.10.

「엿던 크[큰] 동리 둘이」*,『제국신문』, 1899.3.13.

「녯적에 소년 남ᄌ 두 샤름이」*,『매일신문』, 1899.3.15.

「반가군 샹인촌이라 ᄒᆞᄂᆞ 짜에」*,『제국신문』, 1899.3.15.

「남편 동리에 흔 귀먹은 사름이」*,『매일신문』, 1899.3.16.

「봄바람이 긱창을 부니」*,『매일신문』, 1899.3.20.

「三角山下에 一老人이 有ᄒᆞ니」*,『황성신문』, 1899.3.22.

「한 긱이 잇셔 령남으로」*,『매일신문』, 1899.3.26~27.

「녯적에 졔나라 사름이」*,『매일신문』, 1899.3.28.

「최샹샤 산일 션싱은」*,『제국신문』, 1899.4.12.

「지미잇ᄂ 문답」,『독립신문』, 1899.4.15~17.

「一善談者가 有ᄒ야 曰호ᄃᆡ」*,『황성신문』, 1899.4.15.

「엇던 학쟈님 ᄒ 분이」*,『제국신문』, 1899.4.26.

「텬하의 유명ᄒ 의원이」*,『제국신문』, 1899.5.1.

「엇던 친구가 편지 ᄒ 쟝을」*,『제국신문』, 1899.5.5.

「경향문답」,『독립신문』, 1899.5.10.

「昨日에 엇던 有志二人이」*,『황성신문』, 1899.5.15.

「당파」,『제국신문』, 1899.5.20.

「大韓에 엇던 有志한 一人이」*,『황성신문』, 1899.5.20.

「西人이 有問於韓人曰 貴國이」*,『황성신문』, 1899.5.30.

「외양 죠혼 은궤」,『독립신문』, 1899.6.9.

「개고리도 잇쇼」,『독립신문』, 1899.6.12.

「ᄌ미잇ᄂ 문답」,『독립신문』, 1899.6.20.

「京城紫霞洞 居ᄒ던 一士人이」*,『황성신문』, 1899.6.21.

「夫實事를 是求ᄒᄂ 者ᄂ」*,『황성신문』, 1899.6.26.

「此時ᄂ 仲夏天氣라」*,『황성신문』, 1899.6.30.

「량인 문답」,『독립신문』, 1899.7.6.

「일쟝춘몽」,『독립신문』, 1899.7.7.

「西湖釣徒란 者ᄂ 大氣에」*,『황성신문』, 1899.7.19.

「太華山農이 硯田을 設ᄒ고」*,『황성신문』, 1899.8.10.

「모긔쟝군의 ᄉ격」,『독립신문』, 1899.8.11.

「余ㅣ 昨夕에 酒를 大被ᄒ고」*,『황성신문』, 1899.8.19.

「木覓山山下에 一個男子가 有ᄒ니」*,『황성신문』, 1899.9.5.

「北村에 一措大가 有ᄒ니」*,『황성신문』, 1899.9.11.

「漁樵問答」,『황성신문』, 1899.9.20~22.

「션악 두 길」,『대한크리스도인회보』, 1899.9.27.

「杞憂生小傳」,『황성신문』, 1899.9.28.

「囊球子ㅣ 湖海에 周遊ᄒ다가」*,『황성신문』, 1899.9.29.

「부모가 ᄌ식 ᄉ랑ᄒ 니야기」,『대한크리스도인회보』, 1899.10.11.

「외국 학문에 고명ᄒ 션비 ᄒ나이」*,『독립신문』, 1899.10.12.

「아라ᄉ 젼 님군 피득황뎨의 ᄉ격」,『제국신문』, 1899.10.12.

「대한에 유디ᄒ 션비 ᄒ나이」*,『독립신문』, 1899.10.16. ♠

「客이 楓林을 愛賞ᄒ야」*,『황성신문』, 1899.10.16.

「엇더ᄒ 션비가」*,『제국신문』, 1899.10.23.

「지셩으로 허물을 곤치면」*,『제국신문』, 1899.10.24.

「붉은 거울을 보시오」,『대한크리스도인회보』, 1899.10.25.

「뎍국 사름 득뇌사의 ᄉ격」,『제국신문』, 1899.10.25.

「대한 엇던 관인이」*,『독립신문』, 1899.10.26.

「엇더흔 션비가 자칭」*,『제국신문』, 1899.10.27.

「녯젹에 엇던 사름이」*,『제국신문』, 1899.10.28.

「덕국 지샹 비스막씨는」*,『독립신문』, 1899.10.31.

「사름이 허흔즉 쇰이 만코」*,『독립신문』, 1899.11.1.

「청국에 한 션비가」*,『제국신문』, 1899.11.1.

「어느 시골 구친[친구] 흐나이」*,『독립신문』, 1899.11.2.

「엇던 유지흔 션비가」*,『제국신문』, 1899.11.15.

「남양에 유지흔 션비가」*,『제국신문』, 1899.11.22.

「부ᄌ문답」,『대한크리스도인회보』, 1899.11.23.

「일견에 셔양 어느 친구가」*,『독립신문』, 1899.11.24.

「서울 북촌 사는 엇던 친구 흐나이」*,『독립신문』, 1899.11.27.

「샤회 상에 이상흔 친구가 잇스니」*,『제국신문』, 1899.11.29.

「녯젹 은나라 탕군님 째에」*,『제국신문』, 1899.12.7.

「泰西에 一有名學士] 萬國을 遊覽하고」*,『황성신문』, 1899.12.9.

「二客이 月興을 乘하야」*,『황성신문』, 1899.12.13.

「得過且過」,『황성신문』, 1899.12.23.

「어느 낭긱 흔 분이 텬하 강산을」*,『제국신문』, 1900.1.6.

少梅生,「常平傳」,『황성신문』, 1900.1.17.

「愛子心出於愛國心」,『황성신문』, 1900.1.20.

吏生尹柱瓚,「上醫醫國」,『황성신문』, 1900.2.7.

「長歌甚於痛哭」,『황성신문』, 1900.2.9.

「엇던 사름 둘이」*,『제국신문』, 1900.2.16.

「녯젹에 우리나라에」*,『제국신문』, 1900.2.20.

「우리나라 사름 은」*,『제국신문』, 1900.2.24〜26.

「엇든 친구들이 모여 안ᄌ」*,『제국신문』, 1900.3.2.

「학식이 유명흔 모모인들이」*,『제국신문』, 1900.3.16.

「구라파와 아세아 지경에」*,『제국신문』, 1900.3.20.

「暗室欺心神目如電」,『황성신문』, 1900.3.20.

「녯젹 륙국 시졀에」*,『제국신문』, 1900.3.22.

「신라국 츙신 박졔샹의」*,『제국신문』, 1900.3.23.

「願學從地理」,『황성신문』, 1900.3.29.

「가긱의 흥다반흐는 토끼타령은」*,『제국신문』, 1900.3.30.

「유명흔 실과 동산 흐나히」*,『제국신문』, 1900.3.31.

「長策何不用」,『황성신문』, 1900.4.4.

「京仁間韓人景況」,『황성신문』, 1900.4.7.

「春睡山人解嘲」,『황성신문』, 1900.4.18.

「賞花采風謠」, 『황성신문』, 1900.4.20.

「神異之工在乎推廣智力」, 『황성신문』, 1900.4.23.

「어느 친구 혼 분이」*, 『제국신문』, 1900.5.7.

「세상에 긔이흔 일도」*, 『제국신문』, 1900.5.9.

「莫受猴公覇莫作猴公舞」, 『황성신문』, 1900.5.12.

「堪笑人作鷄人戲」, 『황성신문』, 1900.5.19.

「子弟之浮浪咎在父兄」, 『황성신문』, 1900.5.21.

「石佛點頭」, 『황성신문』, 1900.6.5.

「農夫問答」, 『황성신문』, 1900.6.7.

「龜胸龜背」, 『황성신문』, 1900.6.9.

「旅窓話病」, 『제국신문』, 1900.6.11~13.

關西酒徒, 「一日架上鸚鵡連呼」*, 『황성신문』, 1900.6.14.

「有眼者ㅁㅁ盲魚」, 『황성신문』, 1900.6.16.

「일젼에 슈삼 친구가」*, 『제국신문』, 1900.6.19.

「근일 일긔는 틱한흔되」*, 『제국신문』, 1900.6.28.

「擧世蝎毒」, 『황성신문』, 1900.6.28.

「鼓瑟客問答」, 『황성신문』, 1900.6.30.

「근일 한긔가 틱심흐야」*, 『제국신문』, 1900.7.11.

「翁言三害」, 『황성신문』, 1900.7.13.

「天熱非難心熱最難」, 『황성신문』, 1900.7.30.

「桃源問津記」, 『황성신문』, 1900.7.31.

「근일에 무료긱 슈삼 인이」*, 『제국신문』, 1900.9.13.

「雲淵子虎尾說」, 『황성신문』, 1900.9.22.

蜜啞生, 「生이 獨宿秋齋러니 夢見無何先生ᄒ고」*, 『황성신문』, 1900.10.17.

「쳥국 강유위란 사름의」*, 『제국신문』, 1900.10.27.

「猩兮莫貪酒人兮莫貪禍」, 『황성신문』, 1900.10.27.

「近世之富貴者甚愚駁」, 『황성신문』, 1900.11.21.

「田舍問答」, 『황성신문』, 1900.11.22.

「兩相論恥」, 『황성신문』, 1900.11.23.

「觸邪先生列傳」, 『황성신문』, 1900.12.1.

「巫者切不可信」, 『황성신문』, 1900.12.10.

「客難譜學先生」, 『황성신문』, 1900.12.14.

「醫治錢疳法」, 『황성신문』, 1900.12.15.

「엇던 시골 친구와」*, 『제국신문』, 1900.12.17~19.

「酌酒送舊」, 『황성신문』, 1900.12.29.

「아모조록 예수룰 놋치마라」, 『신학월보』, 1900.12.

「賞雪評詩」, 『황성신문』, 1901.1.11.

「이젼에 셔양 사람 ᄒᆞ나히」*, 『제국신문』, 1901.1.14.

「老繹偈言」, 『황성신문』, 1901.1.15.

「아셰아 대륙에 ᄒᆞᆫ 병든 사람이 잇시니」*, 『제국신문』, 1901.1.17.

「쇽담에 닐ᄋᆞ기를」*, 『제국신문』, 1901.1.23.

「향일에 셔양 친구 ᄒᆞ나을」*, 『제국신문』, 1901.1.31.

「예수씨 출입이라」, 『신학월보』, 1901.1.

「만약 누구던지 뭇기를」*, 『제국신문』, 1901.2.2.

「九九銷寒」, 『황성신문』, 1901.2.2.

「희졈은 찬 하늘에」*, 『제국신문』, 1901.2.4.

「녯글에 ᄀᆞᆯᄋᆞ되」*, 『제국신문』, 1901.2.6.

「밍ᄌᆞㅣ ᄀᆞᆯᄋᆞ샤되」*, 『제국신문』, 1901.2.9.

「遠視嘲近視」, 『황성신문』, 1901.2.9.

「대개 사람의 이목구비와」*, 『제국신문』, 1901.2.12~13.

「녯글에 ᄀᆞᆯᄋᆞ되 군ᄌᆞᄂᆞ」*, 『제국신문』, 1901.2.14.

「신라국 ᄌᆞ비왕 시졀에」*, 『제국신문』, 1901.2.16.

「不敢愛其身而忘其國」, 『황성신문』, 1901.2.26.

「사람이 셰상에 나매」*, 『제국신문』, 1901.2.28.

「귀신질머짐」, 『신학월보』, 1901.2.

「客言切當」, 『황성신문』, 1901.3.4.

「혹이 말ᄒᆞ기를 근일」*, 『제국신문』, 1901.3.6.

「南廓子記夢」, 『황성신문』, 1901.3.9.

「셔양 사람 녯말에 ᄀᆞᆯᄋᆞ되」*, 『제국신문』, 1901.3.12.

「동셔양을 물론ᄒᆞ고 이 셰계의」*, 『제국신문』, 1901.3.13.

「셔울 친구 ᄒᆞ나이」*, 『제국신문』, 1901.3.22.

「광대ᄒᆞᆫ 우휴간에」*, 『제국신문』, 1901.3.23.

「텬디지간 만물지즁에」*, 『제국신문』, 1901.3.26.

「무듸 ᄉᆞ격」, 『그리스도신문』, 1901.3.28~4.4.

「녯글에 ᄀᆞᆯᄋᆞ되」*, 『제국신문』, 1901.3.29.

「되경ᄌᆞ런」, 『신학월보』, 1901.3.

목사긔일씨, 「영국녀황 빅도리아의 승하ᄒᆞ심」, 『신학월보』, 1903.3.

「밍ᄌᆞㅣ ᄀᆞᆯᄋᆞ샤되」*, 『제국신문』, 1901.4.1.

「금화봉 아래에 ᄒᆞᆫ 션비가」*, 『제국신문』, 1901.4.5.

「余ㅣ 適出於南郊ᄒᆞ야 歇脚于野店이러니」*, 『황성신문』, 1901.4.6.

「우리 셰샹 사람 들이」*, 『제국신문』, 1901.4.11.

「엇던 션비 ᄒᆞ나히」*, 『제국신문』, 1901.4.16.

「物貴之徵賤之兆」, 『황성신문』, 1901.4.18.

「窮人謀酒」, 『황성신문』, 1901.4.27.

「漁父辭」,『황성신문』, 1901.5.11.

무듸션싱, 「늙은 흑인」,『그리스도신문』, 1901.5.16.

「알푸레드 님군」,『그리스도신문』1901.5.16.

「라파륜 ᄉ격」,『그리스도신문』, 1901.5.16~30.

「聲從靜中生老從聲中至」,『황성신문』, 1901.5.18.

「녯젹 셔양 어ᄂ 나라」*,『제국신문』, 1901.5.23.

「二臾問答」,『황성신문』, 1901.5.23.

「南華攪太華睡」,『황성신문』, 1901.5.28.

「조곰 어그러지ᄂ 밋음」,『그리스도신문』, 1901.5.30.

「이젼에 혼 로인이」*,『제국신문』, 1901.6.11.

빈의원, 「이ᄉ도의 ᄉ격」,『그리스도신문』, 1901.6.27.

김샹림, 「죽ᄂ 사룸이 산 사룸을 회기식힘」,『신학월보』, 1901.6.

「三老劇談」,『황성신문』, 1901.7.25.

「사룸의 힝실 즁에」*,『제국신문』, 1901.7.26.

「活我下民其唯皇天」,『황성신문』, 1901.7.26.

「근일에 늬포 소문을」*,『제국신문』, 1901.7.27.

「民之解體可懼可憂」,『황성신문』, 1901.8.3.

「夢遊動物園」,『황성신문』, 1901.8.10.

「을지문덕」,『그리스도신문』, 1901.8.22.

「禽鳥樂」,『황성신문』, 1901.8.24.

「원텬셕」,『그리스도신문』, 1901.8.29.

「머사현몽」,『그리스도신문』, 1901 8.29~9.5.

「길직(吉再)」,『그리스도신문』, 1901.9.5.

「中秋賞月會」,『황성신문』, 1901.9.27.

안녕수, 「리동고 밋ᄂ ᄋ히 힝격」,『신학월보』, 1901.9.

「農家悲況」,『황성신문』, 1901.10.21.

「김유신」,『그리스도신문』, 1901.10.31~11.7.

김챵식, 「식견이 부죡이면 시여미시라」,『신학월보』, 1901.10.

「有無憂而有有憂」,『황성신문』, 1901.11.6.

「酒徒滑稽」,『황성신문』, 1901.11.8.

「醉與夢亦必諫之覺之」,『황성신문』, 1901.11.30.

「不請不知無事無故」,『황성신문』, 1901.12.18.

「로인의 부부지락」,『그리스도신문』, 1901.12.19.

「新舊學問總歸烏有」,『황성신문』, 1901.12.19.

「關東峽客問答」,『황성신문』, 1902.1.9.

「知慎而後刻厲雪滌」,『황성신문』, 1902.1.13.

「嘲甕生員」,『황성신문』, 1902.1.18.

「嘲啞器」,『황성신문』, 1902.3.29.

「鄕眼□怳」,『황성신문』, 1902.4.26.

「싱각홀일이라」,『신학월보』, 1902.4.

「그루소의 흑인을 엇어 동모홈」,『그리스도신문』, 1902.5.8.

「모듸거져(象名)가 그 쥬인의게 복종홈」,『그리스도신문』, 1902.5.15.

「措大談論」,『황성신문』, 1902.5.17.

「盲笑笑盲」,『황성신문』, 1902.5.24.

「是月也反舌無聲」,『황성신문』, 1902.6.7.

최병원,「병쟈회기」,『신학월보』, 1902.6.

리경직,「눈을 곳치미 밋지안턴 즈손이 회기홈」,『신학월보』, 1902.6.

「醉客高談」,『황성신문』, 1902.7.26.

「영국왕 요한과 대쥬교를 시험」,『신학월보』, 1902.7.

「答苦蝎者言」,『황성신문』, 1902.8.30.

「부싱리치로 어린 이들 을 위로함」,『신학월보』, 1902.8.

「귀와 눈이 지조롤 다톰」,『신학월보』, 1902.10.

「措大嘲諧」,『황성신문』, 1902.11.8.

「倉鼠厠鼠之嘲」,『황성신문』, 1902.11.15.

「웻실네의 리력」,『신학월보』, 1902.11~1903.1.

「記友人之言」,『황성신문』, 1902.12.6.

「木東崖傳」,『한성신보』, 1902.12.7~1903.2.3.

「述客聞」,『황성신문』, 1903.1.17.

「乞客問答」,『한성신보』, 1903.4.18

「근일 일긔는 침침ᄒ고」*,『제국신문』, 1903.6.3.

「街談巷說」,『황성신문』, 1903.6.22.

「其渠是何物也」,『황성신문』, 1903.8.15.

「十年工夫阿彌陀佛」,『황성신문』, 1903.8.17.

「經國美談」,『한성신보』, 1904.10.4~11.2.

「忙中閒調」,『황성신문』, 1903.10.10.

「독신자」,『신학월보』, 1903.10.

「盲說」,『황성신문』, 1903.12.26.

「甲乙爭辨」,『황성신문』, 1904.1.14.

윤늬쓰김,「병든 부인의 밋음」,『신학월보』, 1904.3.

구츈경,「분원부인의 밋음」,『신학월보』, 1904.3.

「亞寰先生問答」,『황성신문』, 1904.5.6.

구츈경,「양지 개나리 부인의 긔도와 열심」,『신학월보』, 1904.6.

장낙도,「젼익호씨의 회개함」,『신학월보』, 1904.6.

「農談野說」,『황성신문』, 1904.7.23.

박세창, 「인내로 이김」, 『신학월보』, 1904.8.

박용만, 「고마은 말」, 『신학월보』, 1904.9.

한창섭, 「쳥쥬 박씨부인의 밋음」, 『신학월보』, 1904.10.

「량인문답」, 『제국신문』, 1904.11.24~25.

리회춘, 「밋음과 힝흄에 열미」, 『신학월보』, 1904.12.

「격션여경녹」, 『대한매일신보』, 1905.8.11~8.29.

朱希眞, 「西江月」, 『대한매일신보』, 1905.9.1~9.9.

「甲乙耦談」, 『대한매일신보』, 1905.10.27.

우시싱, 「향곡담화」, 『대한매일신보』, 1905.10.29~11.7.

「山人說夢」, 『대한매일신보』, 1905.11.5.

「소경과 안즘방이 문답」, 『대한매일신보』, 1905.11.17~12.13.

「의틱리국아마치젼」, 『대한매일신보』, 1905.12.14~21.

「鄕향老로訪방問문醫의生싱이라」, 『대한매일신보』, 1905.12.21~1906.2.2.

「됴혼 일 모본ㅎ는 거시 복이 됨이라」, 『제국신문』, 1906.1.5.

「나라에 고용 노릇ㅎ는 쟈의 본밧을 일」, 『제국신문』, 1906.1.20.

「淵齋송先生傳」, 『대한매일신보』, 1906.2.3.

「靑쳥樓루義의女녀傳젼」, 『대한매일신보』, 1906.2.6~18.

「車거夫부誤오解히」, 『대한매일신보』, 1906.2.20~3.7.

「時시事사問문答답」, 『대한매일신보』, 1906.3.8~4.12.

「神斷公案」, 『황성신문』, 1906.5.19~12.31.

吘噓子, 「夢登天門」, 『대한매일신보』, 1906.5.27~29.

「半島夜話」, 『조양보』, 1906.6~7.

菊初, 「短篇」, 『만세보』, 1906.7.3~4.

「금일은 비 축츅오니」*, 『제국신문』, 1906.7.12~16.

「엇던 시골 호반」*, 『제국신문』, 1906.7.17~23.

菊初, 「血의 淚」, 『만세보』, 1906.7.22~10.10.

「아라스 혁명당의 공교흔 계교」, 『제국신문』, 1906.7.24~25.

「평양 감영에 한 사룸이 잇스니」*, 『제국신문』, 1906.7.28~8.7.

李沂, 「安峽郡에 有金姓子ㅎ야」*, 『대한자강회월보』, 1906.7~1907.1.

「波蘭革命黨의 奇謀詭計」, 『조양보』, 1906.7.

「비스마룩구 淸話」, 『조양보』, 1906.7~12(미완).

「한 사룸이 잇스니」*, 『제국신문』, 1906.8.9~11.

젼덕긔, 「닉외간 화목한 일」, 『가정잡지』, 1906.8.

류일션, 「사내가 녀인된 일」, 『가정잡지』, 1906.8.

류일션, 「용밍스러운 어머니」, 『가정잡지』, 1906.8.

김병현, 「집사람에게 화평히 흔 일」, 『가정잡지』, 1906.8.

김병현, 「싀어므니 젖먹여 봉양흔 일」, 『가정잡지』, 1906.8.

김병현, 「어린 아히 잘 위로흔 일」, 『가정잡지』, 1906.8.

김병현, 「ᄋ희이야기—학도의 의견」, 『가정잡지』, 1906.8.

쥬시경, 「력ᄉ(歷史)—무당멸흔 일」, 『가정잡지』, 1906.8.

「웃음거리」, 『가정잡지』, 1906.8.

「野蠻人의 奇術」, 『조양보』, 1906.8.

「三不知問答」, 『대한매일신보』, 1906.9.11.

「령남 안동 짜에」*, 『제국신문』, 1906.9.18.

「평양 외셩 짜에」*, 『제국신문』, 1906.9.19~21.

「경상남도 문경군에」*, 『제국신문』, 1906.9.22~10.6.

「世界奇聞」, 『조양보』, 1906.9.

「正己及人」, 『제국신문』, 1906.10.9~12.

「至冤莫伸」, 『대한매일신보』, 1906.10.10~11.

菊初, 「鬼의 聲」, 『만세보』, 1906.10.14~1907.5.31.

「報應昭昭」, 『세국신문』, 1906.10.1/~18.

「犬馬忠義」, 『제국신문』, 1906.10.19~20.

竹軒生, 「甲乙問答」, 『대한매일신보』, 1906.10.20~23.

「殺身成仁」, 『제국신문』, 1906.10.22~11.3.

安天江, 「부ᄌ런흘 일」, 『가정잡지』, 1906.10.

쥬시경, 「어리석은 결용」, 『가정잡지』, 1906.10.

김병현, 「공부못ᄒ면 죽는게 맛당흠」, 『가정잡지』, 1906.10.

「인직를 귀히 여김」, 『가정잡지』, 1906.10.

쥬시경, 「일가의 진졍」, 『가정잡지』, 1906.10.

류일션, 「ᄋ희이야이」, 『가정잡지』, 1906.10.

「웃음거리」, 『가정잡지』, 1906.10.

梁啓超, 「動物談」, 『조양보』, 1906.10.

朴容喜, 「歷史譚—클럼버스傳」, 『태극학보』, 1906.10~11.

北郭居士, 「狐假人形談」, 『대한매일신보』, 1906.11.2.

「智能保家」, 『제국신문』, 1906.11.17.

「動物論」, 『제국신문』, 1906.11.20~21.

「졍소의 불긴[고담]」, 『경향신문』, 1906.11.30~12.7.

洪弼周, 「小說 續」, 『대한자강회월보』, 1906.11.

「朝寢者 아참잠ᄉ루레이」, 『소년한반도』, 1906.11.

「吝嗇家 인쇠흔 스룸」, 『소년한반도』, 1906.11.

「鄕客叅詣觀音 시굴사롬의 졀 구경」, 『소년한반도』, 1906.11.

「父子之聾 부ᄌ 귀먹어리」, 『소년한반도』, 1906.11.

李海朝, 「岑上苔」, 『소년한반도』, 1906.11~1907.4.

梁啓超, 「噶蘇士傳」, 『조양보』, 1906.11~12(미완).

法人 愛彌兒拉, 「愛國精神談」, 『조양보』, 1906.11~1907.1.

崔錫夏, 「無何鄕漫筆」, 『태극학보』, 1906.11.

「讀意大利建國三傑傳」, 『황성신문』, 1906.12.18~28.

「一國에 不當用兩曆」, 『황성신문』, 1906.12.31.

「豈渼는 檀君이 擧以爲相ᄒ샤」*, 『서우』, 1906.12.

「澁酒 신술」, 『소년한반도』, 1906.12.

「小僕의 意思 소복의 의ᄉ」, 『소년한반도』, 1906.12.

「無廉恥者 염치업는 ᄉ름」, 『소년한반도』, 1906.12.

朴容喜, 「歷史譚―비스마―ㄱ(比斯麥)傳」, 『태극학보』, 1906.12~1907.5.

「白屋新年」, 『만세보』, 1907.1.1.

「직물이 근심거리」, 『경향신문』, 1907.1.11.

「몽중 유람」, 『제국신문』, 1907.1.26.

「乙支文德傳」, 『서우』, 1907.1.

「世界叢詰」, 『조양보』, 1907.1.

「七十八歲老婦人의 時局感念」, 『조양보』, 1907.1.

「世界著名ᄒ 暗殺奇術」, 『조양보』, 1907.1.

「外交時談」, 『조양보』, 1907.1.

白岳春史, 「多情多恨(寫實小說)」, 『태극학보』, 1907.1~2.

「미얌이와 기얌이라[고담]」, 『경향신문』, 1907.2.1.

出 燕巖集, 洪弼周 述, 「虎叱」, 『대한자강회월보』, 1907.2~4.

朴趾源 撰, 李鍾濬·李晚茂 譯, 「許生傳」, 『대한자강회월보』, 1907.2~4

「梁萬春傳」, 『서우』, 1907.2.

支那 哀時客 稿, 「動物談」, 『서우』, 1907.2.

尹泰榮, 「滑稽小說 六盲撫象」, 『야뢰』, 1907.2.

「許生傳」, 『제국신문』, 1907.3.20~4.19.

崔生, 「華盛頓傳」, 『대한유학생학보』, 1907.3.

蒼蒼生 李亨雨, 「(이솝스)寓話抄譯」, 『대한유학생학보』, 1907.3~4.

朴恩植, 「金庾信傳」, 『서우』, 1907.3~7.

玄公廉, 「孟的斯鳩傳」, 『야뢰』, 1907.3.

白岳春史, 「春夢」, 『태극학보』, 1907.3.

슐스펜 저, 朴容喜 역, 「海底旅行(寄譚)」, 『태극학보』, 1907.3~1908.5.

夢遊生, 「時事問答」, 『대한매일신보』, 1907.4.24.

李奎濚, 「搏虎者의 說」, 『대한유학생학보』, 1907.4.

李承喬, 「山齊夜話」, 『야뢰』, 1907.4.

「血의 淚(下篇)」, 『제국신문』, 1907.5.17~6.1.

「라란부인젼 근세 뎨일 녀즁 영웅」, 『대한매일신보』(국문본), 1907.5.23~7.6(미완).

夢夢, 「쓰러져가는 딥」, 『대한유학생학보』, 1907.5.

韓基準,「外交談」,『대한자강회월보』, 1907.5~미완.

「枯木花」,『제국신문』, 1907.6.5~10.4.

오泉,「甘夢」,『공립신보』, 1907.6.7~14.

「大夢誰각」,『공립신보』, 1907.6.14.

「衆老人의 聽蛙劇談」,『황성신문』, 1907.6.15.

「惡世上인가 好世上인가」,『황성신문』, 1907.6.22.

日强子 金思說,「童子問」,『대동보』, 1907.6.

鶴山子 尹聖善,「夢入蜂國說」,『대동보』, 1907.6.

法人 愛彌兒拉,「愛國精神談」,『서우』, 1907.6~9.

李承喬,「小說 爭道不恭說」,『야뢰』, 1907.6.

朴容喜,「歷史譚─시싸─(該撤)傳」,『태극학보』, 1907.6~10.

「鄭在洪君略傳」,『황성신문』, 1907.7.4.

「奇人奇話」,『황성신문』, 1907.7.6.

「국치젼」,『대한매일신보』(국문본), 1907.7.9~1908.6.9.

索隱子,「滑稽談」,『대동보』, 1907.7.

南嵩山人 張志淵,「釜山狗」,『대한자강회월보』, 1907.7.

安暎洙,「夢中의 所聞」,『동인학보』, 1907.7.

碧蘿生,「勿貪小利」,『동인학보』, 1907.7.

「蝙蝠의 中立」,『동인학보』, 1907.7.

「韓日人問答」,『대한매일신보』(국한문본), 1907.7.10.

槃阿,「夢潮」,『황성신문』, 1907.8.12~9.17.

「晝思夜夢」,『공립신보』, 1907.8.23.

「溫達傳」,『서우』, 1907.8.

「老嫗解」,『대한매일신보』(국한문본), 1907.9.7.

東京留學生(述),「讀美國實業家로─씨傳」,『대한매일신보』(국한문본), 1907.9.7~17.

日本留夢遊生,「晨夕이 乍凉에 秋ㅁ가」*,『대한매일신보』(국한문본), 1907.9.26.

「흑룡강의 녀쟝군」,『대한매일신보』(국문본), 1907.9.27.

「張保皐와 鄭年傳」,『서우』, 1907.9.

白岳春史,「月下의 自白」,『태극학보』, 1907.9.

「鬢上雪」,『제국신문』, 1907.10.5~미확인.

동경류학싱,「범잡는 말」,『대한매일신보』(국문본), 1907.10.6~8.

「믿은 나무에 곰이 퓌다」,『경향신문』, 1907.10.18~11.1.

「姜邯瓚」,『서우』, 1907.10.

박일삼,「조선의 단군 쎠 스긔라」,『자신보』, 1907.10.

椒海生,「恨」,『태극학보』, 1907.10.

「님금의 ᄆᆞ음을 용케 돌님」,『경향신문』, 1907.11.8.

「쇠가 무거우냐 새 깃이 무거우냐」,『경향신문』, 1907.11.15.

友殊山人 □□, 「梢工說」, 『대한매일신보』(국한문본), 1907.11.16.

「동견 셔 픈에 쇼쥬가 흔 통」, 『경향신문』, 1907.11.22~12.6.

「金富軾」, 『서우』, 1907.11~12.

崇古生·椒海, 「歷史譚—크롬웰傳」, 『태극학보』, 1907.11.

「버슬 구흐는 쟈여」, 『대한매일신보』(국문본), 1907.12.12.

「쇼년에 빅발」, 『경향신문』, 1907.12.13.

「旗亭甲乙」, 『대한매일신보』(국한문본), 1907.12.15~17.

「친구 심방흐다가 물을 일헛네」, 『경향신문』, 1907.12.20~1908.1.3.

「頑固點考」, 『대한매일신보』(국한문본), 1907.12.29.

白岳春史, 「魔窟」, 『태극학보』, 1907.12.

「어려운 숑스를 결안흠」, 『경향신문』, 1908.1.10.

新韓子, 「新年에 新報」, 『공립신보』, 1908.1.15.

「對酒問答」, 『황성신문』, 1908.1.16.

「법은 멀고 주먹은 갓갑지」, 『경향신문』, 1908.1.17.

「지간 만흔 도적놈」, 『경향신문』, 1908.1.24~2.21.

「六畜爭功」, 『대한매일신보』(국한문본), 1908.1.29.

「李舜臣」, 『서우』, 1908.1~2.

盧麟奎, 「農家子」, 『獎學月報』, 1908.1.

「西隣富翁傳」, 『황성신문』, 1908.2.7.

易感生, 「觀歐美各國山水人物圖有感」, 『황성신문』, 1908.2.8.

김시언, 「로쇼문답」, 『대한매일신보』(국문본), 1908.2.13~14.

「活版所의觀念」, 『황성신문』, 1908.2.19.

「온 텬하에 무어시 뎨일 강흐랴」, 『경향신문』, 1908.2.28~3.13.

鄭錫鎔, 「哥崙布傳」, 『대한학회월보』, 1908.2~3.

沈相直, 「만오(晩悟)」, 『장학월보』, 1908.2.

陸定洙, 「혈의 영(血의 影)」, 『장학월보』, 1908.2.

李揆昌, 「英雄의 魂(영웅의 혼)」, 『장학월보』, 1908.2.

閔天植, 「蠅笑蜜蜂」, 『獎學月報』, 1908.2.

「老少問答」, 『대한매일신보』(국한문본), 1908.3.3.

「북촌에 로인들이 모혀안져」*, 『대한매일신보』(국문본), 1908.3.3.

西湖子, 「西湖問答」, 『대한매일신보』(국한문본), 1908.3.5~18.

쥭스싱, 「몽즁스」, 『대한매일신보』(국문본), 1908.3.8.

「군스련습 시에 살인릭력」, 『경향신문』, 1908.3.20~4.24.

「街談一束」, 『대한매일신보』(국한문본), 1908.3.22.

觀物生, 「狐와 猫의 問答」, 『대한매일신보』(국한문본), 1908.3.24.

「여호와 고양이의 문답」, 『대한매일신보』(국문본), 1908.3.27.

冬靑山人 (譯), 「第一章 俄皇官中의 人鬼」, 『대한매일신보』(국한문본), 1908.3.29~4.5.

逍遙子, 「夢見滄海力士」, 『황성신문』, 1908.3.29.

吘然子, 「挙山靈夢」, 『대한학회월보』, 1908.3.

「趙冲傳」, 『서우』, 1908.3.

「滄海力士 黎君傳」, 『서우』, 1908.3.

劉秉徽, 「教子說」, 『장학월보』, 1908.3.

李元伯, 「見松悔悟」, 『장학월보』, 1908.3.

二喜堂主人 (譯), 「第二章 俾斯麥의 狼狽」, 『대한매일신보』(국한문본), 1908.4.7~16.

東離子 譯, 「第三章 白絲線」, 『대한매일신보』(국한문본), 1908.4.17~28.

「喝破頑夢」, 『대한매일신보』(국한문본), 1908.4.17.

「老人酬酌」, 『대한매일신보』(국한문본), 1908.4.22.

「箝啞生傳」, 『황성신문』, 1908.4.24.

心靑生 (譯), 「第四章 美利堅의 愛國幼年會」, 『대한매일신보』(국한문본), 1908.4.29~5.1.

「죠뎡암과 김모의 부인」, 『가정잡지』, 1908.4.

히이셔解頤書 번역, 「무명방벅의 부인」, 『가정잡지』, 1908.4.

「가리발디의 부인 마리타」, 『가정잡지』, 1908.4.

「아비가 아들에게 훈계ᄒᆞᄂᆞ 절담」, 『가정잡지』, 1908.4.

「익모초(益母草)」, 『가정잡지』, 1908.4~미확인

金湖主人, 「正當防衛의 問答」, 『대한학회월보』, 1908.4.

梁啓超, 「動物談」, 『대한협회회보』, 1908.4.

元容晉, 「婦人勸學」, 『장학월보』, 1908.4.

陸定洙, 「蜾蠃(과라)의 子」, 『장학월보』, 1908.4.

李昇煥, 「夢의 形」, 『장학월보』, 1908.4.

李奎澈, 「無何鄕」, 『태극학보』, 1908.4.

「꿩과 톡기의 깃분 슈쟉」, 『경향신문』, 1908.5.1~8.

錦頰산人, 「水軍弟一偉人 李舜臣」, 『대한매일신보』(국한문본), 1908.5.2~8.18.

「틱우근신 擇友謹愼」, 『경향신문』, 1908.5.15.

「ᄆᆞ음을 곳게 가질 일」, 『경향신문』, 1908.5.22.

「쟝고통혈에 산소를 썻다」, 『경향신문』, 1908.5.29.

玩市生, 「彼得大帝傳」, 『대한학회월보』, 1908.5~7, 미완

「金將軍德齡小傳」, 『대한학회월보』, 1908.5~6.

「遯庵鮮于浹先生傳」, 『서우』, 1908.5.

陸定洙, 「水輪의 聲」, 『장학월보』, 1908.5.

沈友燮, 「몽각(夢覺)」, 『장학월보』, 1908.5.

李源聖, 「決斷巖」, 『장학월보』, 1908.5.

「ᄌᆞ긔의 덕힝을 시험ᄒᆞ야 눔을 ᄀᆞᄅ침」, 『경향신문』, 1908.6.5~12.

「記南州之一頑固生」, 『대한매일신보』(국한문본), 1908.6.9.

「남방의 ᄒᆞᆫ 완고싱의 일을 긔록홈」, 『대한매일신보』(국문본), 1908.6.9.

금협산인, 「슈군의 뎨일 거룩흔 인물 리슌신젼」, 『대한매일신보』(국문본), 1908.6.11~10.24.

「회기흐는 쟈는 방셕홈을 엇느니라」, 『대한매일신보』(국문본), 1908.6.18.

「어려운 일을 공론하던 쟈는 만터니 셩수홀 때에는 흐나도 업다」, 『경향신문』, 1908.6.26.

「단군죠션(檀君朝鮮)」, 『교육월보』, 1908.6.

「기ᄌ죠션(箕子朝鮮)」, 『교육월보』, 1908.6.

「고디ᄉ古代史~애급국(埃及)」, 『교육월보』, 1908.6.

「鄭評事文字小史」, 『대한학회월보』, 1908.6.

附惟政 靈圭, 「休靜大師傳」, 『서북학회월보』, 1908.6.

朴徠均, 「俚語」, 『태극학보』, 1908.6.

「乙支文德」, 『호남학보』, 1908.6.

「楊萬春」, 『호남학보』, 1908.6.

「파션밀ᄉ破船密事」, 『경향신문』, 1908.7.3~1909.1.1(미완).

「동창에 둘이 빗쳐」*, 『대한매일신보』(국문본), 1908.7.21.

「雨天所思」, 『황성신문』, 1908.7.22.

「城上舌戰」, 『대한매일신보』(국한문본), 1908.7.29.

「완고와 신진의 문답」, 『대한매일신보』(국문본), 1908.7.29.

「위만죠션」, 『교육월보』, 1908.7.

「삼한(三韓)」, 『교육월보』, 1908.7.

「삼국(三國)」, 『교육월보』, 1908.7~10.

「고디ᄉ古代史—비니시아국」, 『교육월보』, 1908.7.

「유태국(猶太)」, 『교육월보』, 1908.7.

「아시리아 파비륜」, 『교육월보』, 1908.7.

李哲載, 「亞里斯多德」, 『대한학회월보』, 1908.7.

「牛頓」, 『대한학회월보』, 1908.7.

謙谷散人, 「對客問」, 『서북학회월보』, 1908.7.

「李之蘭傳」, 『서북학회월보』, 1908.7.

金瓚永, 「老而不死」, 『태극학보』, 1908.7.

耳長子, 「苞說」, 『태극학보』, 1908.7.

朴海昌, 「反古之災」, 『호남학보』, 1908.7.

李採, 「以鬼禦鬼」, 『호남학보』, 1908.7.

「金庾信」, 『호남학보』, 1908.7.

「姜邯贊」, 『호남학보』, 1908.7.

「許多古人之罪惡審判」, 『대한매일신보』(국한문본), 1908.8.8.

「허다흔 녯 사름의 죄악을 심판홈」, 『대한매일신보』(국문본), 1908.8.8.

「留學生談話」, 『황성신문』, 1908.8.11.

「단군됴션」, 『공립신보』, 1908.8.12.

「乙支文德薩水大捷」, 『공립신보』, 1908.8.19.

「王仁授學日本太子」, 『공립신보』, 1908.8.19.

「楊萬春擊退唐軍」, 『공립신보』, 1908.8.26.

「兩少年問答」, 『대한매일신보』(국한문본), 1908.8.26.

「고딕ᄉ―인도국(印度)」, 『교육월보』, 1908.8.

「어리석은 ᄋ희의 기다림」, 『교육월보』, 1908.8.

「가마귀가 슈리인 체」, 『교육월보』, 1908.8.

「당나귀가 ᄉᄌ될 수 잇나」, 『교육월보』, 1908.8.

栩然子, 「對童子論史」, 『서북학회월보』, 1908.8.

「鄭鳳壽傳」, 『서북학회월보』, 1908.8.

심농싱, 「약노금」, 『자선부인회잡지』, 1908.8.

신현ᄌ, 「못싱긴 놈 한ᄉ람은 항상」*, 『자선부인회잡지』, 1908.8.

靑坡 尹柱臣, 「採藥人荅問」, 『호남학보』, 1908.8.

「成忠」, 『호남학보』, 1908.8.

「金陽」, 『호남학보』, 1908.8.

「夢踏花亭」, 『대한매일신보』(국한문본), 1908.9.4.

「오동츄야 ᄃᆯ 밝은듸」*, 『대한매일신보』(국문본), 1908.9.4.

「甲乙問答」, 『대한매일신보』(국한문본), 1908.9.10.

「夢拜白頭山靈」, 『황성신문』, 1908.9.12.

「湖南老小問答」, 『황성신문』, 1908.9.13.

「위만됴션」, 『공립신보』, 1908.9.16.

「삼한 三韓」, 『공립신보』, 1908.9.16.

山雲子, 「未來韓半島問答」, 『대한매일신보』(국한문본), 1908.9.18.

산운ᄌ, 「한국의 쟝ᄅᆡ」, 『대한매일신보』(국문본), 1908.9.18.

「삼국 三國」, 『공립신보』, 1908.9.23~12.23.

「大監과 進賜」, 『대한매일신보』(국한문본), 1908.9.24.

「황국단풍 됴흔 집에」*, 『대한매일신보』(국문본), 1908.9.24.

「아라비아」, 『교육월보』, 1908.9.

「지나(청국)」, 『교육월보』, 1908.9~10.

「약ᄒ고 의리업ᄂᆞᆫ 사람을 밋지 말일」, 『교육월보』, 1908.9.

「검의 줄을 보고 감동홈」, 『교육월보』, 1908.9.

「朴大德傳」, 『서북학회월보』, 1908.9.

知言子, 「談叢」, 『태극학보』, 1908.9.

「李齊賢」, 『호남학보』, 1908.9.

「徐」, 『호남학보』, 1908.9.

「催沆」, 『호남학보』, 1908.9.

「催冲」, 『호남학보』, 1908.9.

「金富軾」, 『호남학보』, 1908.9.

「文克謙」, 『호남학보』, 1908.9.

「鐵椎子傳」, 『황성신문』, 1908.10.8.

덕국 소덕몽, 「매국노(나라프는 놈)」, 『대한매일신보』(국문본), 1908.10.25~1909.7.14(미완).

「韓禹臣傳」, 『서북학회월보』, 1908.10.

「趙冲」, 『호남학보』, 1908.10.

「金就礪」, 『호남학보』, 1908.10.

「朴犀」, 『호남학보』, 1908.10.

「崔椿命」, 『호남학보』, 1908.10.

「金慶孫」, 『호남학보』, 1908.10.

「金允候」, 『호남학보』, 1908.10.

「元冲甲」, 『호남학보』, 1908.10.

「安祐」, 『호남학보』, 1908.10.

「李芳實」, 『호남학보』, 1908.10.

「實業界失敗者의 可憐話」, 『대한매일신보』(국한문본), 1908.11.5.

「실업계에 실패훈 쟈의 가련훈 담화」, 『대한매일신보』(국문본), 1908.11.5.

「圓覺社觀光의鄕客談話」, 『황성신문』, 1908.11.6.

嘗世子, 「勸讀貨殖傳」, 『황성신문』, 1908.11.15.

「答客問」, 『대한매일신보』(국한문본), 1908.11.18.

「긱창문답」, 『대한매일신보』(국문본), 1908.11.18.

「執庵黃順承傳」, 『서북학회월보』, 1908.11.

「가마귀의 空望」, 『소년』, 1908.11.

「甲童伊와 乙童伊의 相從」, 『소년』, 1908.11.

「바람과 볏」, 『소년』, 1908.11.

「主人할미와 下人」, 『소년』, 1908.11.

「孔雀과 鶴」, 『소년』, 1908.11.

스위프트, 「巨人國漂流記」, 『소년』, 1908.11~12.

「페터大帝傳」, 『소년』, 1908.11~1909.2.

「星辰」, 『소년』, 1908.11~1909.1(미완).

「崔瑩」, 『호남학보』, 1908.11.

「鄭襲明」, 『호남학보』, 1908.11.

「禹倬」, 『호남학보』, 1908.11.

「李存吾」, 『호남학보』, 1908.11.

「申崇謙」, 『호남학보』, 1908.11.

「河拱辰」, 『호남학보』, 1908.11.

「庾應圭」, 『호남학보』, 1908.11.

「庾碩」, 『호남학보』, 1908.11.

「徐稜」, 『호남학보』, 1908.11.

「黃守」, 『호남학보』, 1908.11.

「鄭承雨」, 『호남학보』, 1908.11.

「李資玄」, 『호남학보』, 1908.11.

「郭興」, 『호남학보』, 1908.11.

「제 직책 못하는 자를 칙망」, 『공립신보』, 1908.12.2.

「망상을 두지말 일」, 『공립신보』, 1908.12.2.

「그쟈ㅣ 중부 엇던 방곡을」*, 『대한매일신보』(국문본), 1908.12.10~11.

鳳所生 成樂允, 「滑稽小說 (短篇)」, 『기호흥학회월보』, 1908.12.

「金方慶傳」, 『서북학회월보』, 1908.12.

「나폴네온大帝傳」, 『소년』, 1908.12~1910.3(미완).

「李穡」, 『호남학보』, 1908.12.

「吉再」, 『호남학보』, 1908.12.

「禮山來人의 言을 記홈」, 『대한매일신보』(국한문본), 1909.1.6.

「빈디도 량빈은 무셔워흐다ᆞᆫ」, 『경향신문』, 1909.1.8.

「巫瞽의呼冤」, 『황성신문』, 1909.1.8.

「俗談으로 京鄉兩客의 語를 撮錄홈」, 『대한매일신보』(국한문본), 1909.1.12.

「무식흐면 그러치」, 『경향신문』, 1909.1.15.

「山僧談話」, 『황성신문』, 1909.1.17.

「學界의 悲觀的 談話를 記홈」, 『대한매일신보』(국한문본), 1909.1.21.

「학계에 비참흔 말을 긔록홈」, 『대한매일신보』(국문본), 1909.1.21.

「분수에 넘는 일을 말나」, 『경향신문』, 1909.1.22.

「이인 스외를 엇어」, 『경향신문』, 1909.1.29.

「閔忠正公小傳」, 『소년』, 1909.1.

「六朔一望間搭冰漂流談」, 『소년』, 1909.1~4.

「헤딘博士의 略歷」, 『소년』, 1909.1.

「孟思誠」, 『호남학보』, 1909.1.

「黃喜」, 『호남학보』, 1909.1.

「죠션은 량반이 됴하」, 『경향신문』, 1909.2.5.

「술에 미쳣고나」, 『경향신문』, 1909.2.12.

「ᄃ람쥐와 호랑이」, 『경향신문』, 1909.2.19.

「讀美國女傑批茶小史」, 『황성신문』, 1909.2.20.

「게우가 죽엇나 살앗나」, 『경향신문』, 1909.2.26~3.12.

嵩陽山人, 「讀無名氏英雄傳」, 『대한협회회보』, 1909.2.

金川人, 「羅彦述傳」, 『서북학회월보』, 1909.2.

「로빈손無人絶島漂流記」, 『소년』, 1909.2~9.

「電氣王애듸손의 少年時節」, 『소년』, 1909.2.

「곤쟝 맛고 벼슬 떠러졋ᄂᆡ」, 『경향신문』, 1909.3.19~26.

「酒後妄言」,『황성신문』, 1909.3.19.

창히ᄌ,「皇室非滅國之利器」,『신한민보』, 1909.3.31.

震庵山人 述兼評,「小說 壯元禮」,『기호흥학회월보』, 1909.3.

「閣龍」,『대한흥학보』, 1909.3~미완.

朴允喆,「江之島玩景記」,『대한흥학보』, 1909.3.

「讀美國女傑批茶小史」,『서북학회월보』, 1909.3.

「金景瑞將軍傳」,『서북학회월보』, 1909.3.

「老人得年之喜」,『호남학보』, 1909.3.

「許穭」,『호남학보』, 1909.3.

「녀즁군ᄌ」,『경향신문』, 1909.4.2~9.

창히ᄌ 우ᄃ손,「량의사합뎐」,『신한민보』, 1909.4.7.

「장관의 놀음 끗헤 큰 격션이 싱겨」,『경향신문』, 1909.4.16~23.

「柴商談話」,『황성신문』, 1909.4.28.

「금의환향」,『경향신문』, 1909.4.30~5.7.

編輯人,「尹定夏, 寓言」,『대한흥학보』, 1909.4.

斗山人,「觀日光山記」,『대한흥학보』, 1909.4.

「崔孝一傳」,『서북학회월보』, 1909.4.

「ᄭᅡ리발씌傳」,『소년』, 1909.4~11.

「금슈의 말」,『대한매일신보』(국문본), 1909.5.2.

「裴說公의 畧傳」,『대한매일신보』(국한문본), 1909.5.7~8.

「禽獸說」,『대한매일신보』(국한문본), 1909.5.9.

「용밍흔 장ᄉ 김쟝군」,『경향신문』, 1909.5.14.

「뛰ᄂᆞ 즁에 ᄂᆞᄂᆞ 이도 잇다」,『경향신문』, 1909.5.21.

「兩戒同盟」,『대한매일신보』(국한문본), 1909.5.25.

「우ᄂᆞ 눈물은 죄악을 씻ᄂᆞ다」,『경향신문』, 1909.5.28~6.11.

北嶽山人,「小說 春秋夢」,『교남교육회잡지』, 1909.5.

一笑生,「폐수다롯지傳」,『대한흥학보』, 1909.5.

「丁卯義士史略」,『서북학회월보』, 1909.5.

하우쏘온,「何故로 꽃이 通一年 퓌지안나뇨」,『소년』, 1909.5.

陶淵明,「挑花源記」,『소년』, 1909.5.

桃花洞隱,「花愁」,『대한민보』, 1909.6.2~13.

대시싱,「슈은광니야기」,『신한민보』, 1909.6.2.

神眼子,「顯微鏡」,『대한민보』, 1909.6.15~7.11.

譯自由書,「無名之英雄(일홈업ᄂᆞ 영웅)」,『신한민보』, 1909.6.16.

「사름은 몬져 그 눈을 볼 것이라」,『경향신문』, 1909.6.18.

「담대한 이 춤 호반」,『경향신문』, 1909.6.25.

「뎌 셔산에 히 걸치고」*,『대한매일신보』(국문본), 1909.6.26.

「西南遊客의 談」, 『대한매일신보』(국한문본), 1909.6.29.

岳裔, 「마제란傳」, 『대한흥학보』, 1909.6~7(미완).

「林仲樑傳」, 『서북학회월보』, 1909.6.

少年子, 「電氣大王애듸손의 少年歷史」, 『서북학회월보』, 1909.6.

「휘황찬란흔 일」, 『경향신문』, 1909.7.2~9.

리항우, 「同友人遊公家花園」, 『신한민보』, 1909.7.7.

白鶴山人, 「萬人傘」, 『大韓民報』, 1909.7.13~8.18.

「디구셩 미리몽」, 『대한매일신보』(국문본), 1909.7.15~8.10.

「젹은 나라헤는 이인이나 명쟝이 업나」, 『경향신문』, 1909.7.16~23.

「寶鏡照妖」, 『대한매일신보』(국한문본), 1909.7.20.

「동방에 위인도라 ᄒᆞᄂᆞ」*, 『대한매일신보』(국문본), 1909.7.20.

「蚊虻驅除」, 『대한매일신보』(국한문본), 1909.7.22~24.

「記客言」, 『대한매일신보』(국한문본), 1909.7.25.

「兩狗壹蟒」, 『대헌매일신보』(국한문본), 1909.7.25.

「긱의 말을 긔록흠」, 『대한매일신보』(국문본), 1909.7.25.

「화긔동에 엇던 개 ᄒᆞ나가」*, 『대한매일신보』(국문본), 1909.7.25.

「의긔남ᄌ」, 『경향신문』, 1909.7.30~8.6.

「朱之瑜小史」, 『서북학회월보』, 1909.7.

「金時習先生傳」, 『서북학회월보』, 1909.7.

톨쓰토이, 「사랑(愛)의 勝戰」, 『소년』, 1909.7.

「보응」, 『대한매일신보』(국문본), 1909.8.11~9.7.

「밍랑흔 말」, 『경향신문』, 1909.8.13.

轟笑生, 「病人懇親會錄」, 『대한민보』, 1909.8.19~10.12.

「규즁호걸」, 『경향신문』, 1909.8.20~9.3.

「老農談」, 『황성신문』, 1909.8.27.

「李膺擧傳」, 『서북학회월보』, 1909.8.

톨쓰토이, 「祖孫三代」, 『소년』, 1909.8.

「漢江舟中談話」, 『황성신문』, 1909.9.1.

「가을ㅅ비ᄂᆞ 긔이고」*, 『대한매일신보』(국문본), 1909.9.8.

「瑣言」, 『대한매일신보』(국한문본), 1909.9.8.

「격션지가에 필유여경」, 『경향신문』, 1909.9.10~17.

「미국독립ㅅ」, 『대한매일신보』(국문본), 1909.9.11~1910.3.5.

「샹쾌흔 일」, 『경향신문』, 1909.9.24.

「頑人頑夢」, 『대한매일신보』(국한문본), 1909.9.25.

「졀개잇ᄂᆞ 녀인」, 『경향신문』, 1909.10.1~15.

白痴生, 「絕纓新話」, 『대한민보』, 1909.10.14~11.23.

「굴을 ᄎ자 드러가다가 난감흔 일을 당흠」, 『경향신문』, 1909.10.22~29.

啞俗生, 「蠅鼠相詰」, 『대한매일신보』(국한문본), 1909.10.23.

아쇽싱, 「인쳔항구 쥐무리들 졔 죄조울」*, 『대한매일신보』(국문본), 1909.10.23.

「金良彦傳」, 『서북학회월보』, 1909.10.

滑稽生, 「狡猾흔 猿猩」, 『서북학회월보』, 1909.10.

耳長子, 「談叢—甲乙問答」, 『서북학회월보』, 1909.10.

「도량 넓은 쳐녀」, 『경향신문』, 1909.11.5~19.

「屛門技戲」, 『대한매일신보』(국한문본), 1909.11.12.

「샹풍은 쇼슬ᄒᆞ고」*, 『대한매일신보』(국문본), 1909.11.12.

「西道沿海의 漁場」, 『대한매일신보』(국한문본), 1909.11.14.

「山林測量에 對흔 一嘆」, 『대한매일신보』(국한문본), 1909.11.16.

劍心, 「옛젹에 一小兒가 有ᄒᆞ니」*, 『대한매일신보』(국한문본), 1909.11.21.

劍心, 「喪服篤 / 再盲兒」, 『대한매일신보』(국한문본), 1909.11.23.

劍心, 「헌 누더기 감발흔 소곰장사」*, 『대한매일신보』(국한문본), 1909.11.24.

劍心, 「西人이 澳洲를 쳐음 發現흘」*, 『대한매일신보』(국한문본), 1909.11.25.

一吁生, 「五更月」, 『대한민보』, 1909.11.25~12.28.

「쟝흔 일」, 『경향신문』, 1909.11.26~12.24.

劍心, 「柳슈雲 / 韓石峰」, 『대한매일신보』(국한문본), 1909.11.26.

劍心, 「支那古說부에 云ᄒᆞ엿스되」*, 『대한매일신보』(국한문본), 1909.11.27.

劍心, 「偉人의 頭角」, 『대한매일신보』(국한문본), 1909.11.28.

劍心, 「哲人의 面目」, 『대한매일신보』(국한문본), 1909.11.30.

吳憙泳, 「大統領 쎄아스氏의 鐵血的 生涯」, 『대한흥학보』, 1909.11~1910.1.

浩歎, 「質問隨意」, 『서북학회월보』, 1909.11.

耳長子, 「街談」, 『서북학회월보』, 1909.11.

「승냥이와 羊」, 『소년』, 1909.11.

「술이와 여호」, 『소년』, 1909.11.

「羊의 가죽을 쓴 승냥이」, 『소년』, 1909.11.

「여호와 獅子」, 『소년』, 1909.11.

「李忠武公軼事」, 『소년』, 1909.11.

「페터大帝軼事」, 『소년』, 1909.11.

톨쓰토이, 「어룬과 아해」, 『소년』, 1909.11.

「甲童伊와 乙童伊의 相從」, 『소년』, 1909.11.

劍心, 「奴隷工夫 / 挾雜敎育」, 『대한매일신보』(국한문본), 1909.12.3.

劍心, 「古談」, 『대한매일신보』(국한문본), 1909.12.4.

劍心, 「一深深山村에 一頑固學究가 잇다」, 『대한매일신보』(국한문본), 1909.12.5.

錦煩山人, 「東國巨傑 崔都統」, 『대한매일신보』(국한문본), 1909.12.5~1910.5.27.

劍心, 「姜邯贊과 加富爾」, 『대한매일신보』(국한문본), 1909.12.14.

「屛門軍과 大統領」, 『대한매일신보』(국한문본), 1909.12.16.

「巴립西가 年이十八에」*,『대한매일신보』(국한문본), 1909.12.23.

「어리셕은 쟈의 락」,『경향신문』, 1909.12.31.

夢夢,「오죠오한(五鼉半)」,『대한흥학보』, 1909.12.

知言子,「一日에 南山洞生員임댁 門下로」*,『서북학회월보』, 1909.12.

「街談―인력거군 수작」,『서북학회월보』, 1909.12.

「ᄒ로밤에 엇은 신익(神益)」,『신학월보』, 1909.

舞蹈生,「花世界」,『대한민보』, 1910.1.1.

憑虛子,「小金剛」,『대한민보』, 1910.1.5~3.6.

「假粧券弄神判」,『경남일보』, 1910.1.7~9.

「모로ᄂ 것이 곳 소경」,『경향신문』, 1910.1.7~2.25.

「瀑布今年猪喫盡 寒松何日虎將歸」,『경남일보』, 1910.1.11.

「道遇喪에 脫膠贈與」,『경남일보』, 1910.1.13.

「太守眞是素餐 狀元亦甚ㅁㅁ」,『경남일보』, 1910.1.15.

「僞遺書戱幕僚」,『경남일보』, 1910.1.17.

「社會燈」,『대한매일신보』(국한문본), 1910.1.18.

「밤은 드러 삼경되여」*,『대한매일신보』(국문본), 1910.1.18.

「防砲神法」,『대한매일신보』(국한문본), 1910.1.23.

「동창이 밝가오ᄆ 보관문을」*,『대한매일신보』(국문본), 1910.1.25.

金洛泳,「丹心一片」,『대한흥학보』, 1910.1.

耳長子,「街談―甲乙問答」,『서북학회월보』, 1910.1.

「今方搜出」,『소년』, 1910.1.

「燭불켜서」,『소년』, 1910.1.

「그 ᄲ가 와」,『소년』, 1910.1.

「써러져 본 뒤에」,『소년』, 1910.1.

「그것도 쎄앗기게」,『소년』, 1910.1.

「盜賊질한 標」,『소년』, 1910.1.

「見樣만 잇스면」,『소년』, 1910.1.

「녯날 사람은 못된 놈」,『소년』, 1910.1.

「여덟하고 여든」,『소년』, 1910.1.

「地獄에서 기다려」,『소년』, 1910.1.

「十六年前에」,『소년』, 1910.1.

「녜 여긔 안젓소」,『소년』, 1910.1.

「少侍從偸新香 老參領泣舊緣」,『황성신문』, 1910.2.20~25.

「죽엿소 살녓소」,『소년』, 1910.2.

「맛치 한가지」,『소년』, 1910.2.

「알아볼 수 업난 글시」,『소년』, 1910.2.

「精神으로」,『소년』, 1910.2.

「두 가지 다」, 『소년』, 1910.2.

「부도쇠」, 『소년』, 1910.2.

孤舟 譯, 「어린 犧牲」, 『소년』, 1910.2~5.

「쿠루이로프 譬喩談」, 『소년』, 1910.2.

「묘혼 계교」, 『경향신문』, 1910.3.4~18.

금협산인, 「동국에 뎨일 영걸 최도통전」, 『대한매일신보』(국문본), 1910.3.6~5.26.

「隱儿聽五學生談夢」, 『대한매일신보』(국한문본), 1910.3.8.

「안셕을 의지ᄒᆞ여 다셧 학싱의 쑴니약이 ᄒᆞᄂᆞᆫ 말을 듯는다」, 『대한매일신보』(국문본), 1910.3.8.

正冠生, 「李下才談」, 『대한매일신보』(국한문본), 1910.3.9.

「지난 겨울 밍렬ᄒᆞᆫ 바름에」*, 『대한매일신보』(국문본), 1910.3.9.

隨聞生, 「薄情花」, 『대한민보』, 1910.3.10~5.31.

「히외고학海外苦學」, 『경향신문』, 1910.3.25~10.21.

孤舟, 「無情」, 『대한흥학보』, 1910.3~4.

「배ㅅ심들 좃타」, 『소년』, 1910.3.

「소경이 더 쪽쪽」, 『소년』, 1910.3.

「凶한 奇別의 살외난 法」, 『소년』, 1910.3.

「寬大한 判決」, 『소년』, 1910.3.

「盜賊이 氣막혀」, 『소년』, 1910.3.

「질에 쇠여진 下人」, 『소년』, 1910.4.

「洋버선을 뒤집어 신어」, 『소년』, 1910.4.

「노새에 兩班一家」, 『소년』, 1910.4.

「고지식한 자식」, 『소년』, 1910.4.

「몸을 쓰어내」, 『소년』, 1910.4.

「질에 짐작」, 『소년』, 1910.4.

「바다 위와 房안」, 『소년』, 1910.4.

「헬넨켈너 女史의 『나의 將來』」, 『소년』, 1910.5.

「스코틀낸드人의 머리」, 『소년』, 1910.5.

「精神조혼 賞」, 『소년』, 1910.5.

「票업시 車타」, 『소년』, 1910.5.

「다리에 창칼을 곳난 사람」, 『소년』, 1910.5.

「붓꼿 잘못」, 『소년』, 1910.5.

「돌몽이 선물」, 『소년』, 1910.5.

「祥麟瑞鳳」, 『대한민보』, 1910.6.2.

欽欽子, 「禽獸裁判」, 『대한민보』, 1910.6.5~8.18.

吳明根, 「魂, 髮具失」, 『보중친목회보』, 1910.6.

「옥랑젼」, 『대한매일신보』(국문본), 1910.8.16~8.28.

伐柯生, 「鏡中美人」, 『대한민보』, 1910.8.27~미완.

孤舟, 「獻身者」, 『소년』, 1910.8.

鳳凰山人, 「모란봉」, 『천도교회월보』, 1910.8.

鳳山子, 「海棠花下夢天翁」, 『천도교회월보』, 1910.9.

善飮子, 「화세계(花世界)」, 『매일신보』, 1910.10.12~1911.1.17.

「츰 유졍ㅎ군」, 『경향신문』, 1910.10.28~11.11.

「악한 셔모」, 『경향신문』, 1910.11.18~25.

鳳凰山人, 「가련홍(可憐紅)」, 『천도교회보』, 1910.11.

「십구형제 도적 회기」, 『경향신문』, 1910.12.2~16.

「몽중형(夢中刑)」, 『경향신문』, 1910.12.23.

「게와 원숭이」, 『경향신문』, 1910.12.30.

鳳凰山人, 「감츄풍별졍우(感秋風別情友)」, 『천도교회월보』, 1910.12.

舞蹈生, 「再逢春」, 『매일신보』, 1911.1.1.

遐觀生, 「月下佳人」, 『매일신보』, 1911.1.18~4.5.

「하ᄂ님의 뜻과 믿ᄂ쟈의 긔도」, 『그리스도회보』, 1911.2.15.

「공파심즁셕(攻破心中石)」, 『그리스도회보』, 1911.2.15.

玉泉子, 「북악산 상상봉에 검은 구름이」*, 『천도교회월보』, 1911.2.

傍觀者(엽혜셔 본 사름), 「短篇小說 一聲鍾(단편소설 혼 소리 쇠북)」, 『시천교월보』, 1911.3.

玉泉散人, 「화악산(華嶽山)」, 『천도교회월보』, 1911.3~10.

惜春子, 「花의血」, 『매일신보』, 1911.4.6~6.21.

고종철, 「종씨의 문답」, 『그리스도회보』, 1911.4.15.

「어리석은 ᄋ희의 기ᄃ림」, 『그리스도회보』, 1911.4.30.

神眼生, 「九疑山」, 『매일신보』, 1911.6.22~9.28.

박영석, 「인내는 신쟈의 요소」, 『그리스도회보』, 1911.6.30.

「인도국에셔 엇던 션빅가」*, 『그리스도회보』, 1911.6.30.

鏡菴 吳膺善, 「소원셩취」, 『시천교월보』, 1911.6.

류게샹, 「감언리셜노 사름을 복죵케ᄒᄂ 것보다 도덕으로 감동케ᄒᄂ 것이 귀홈」, 『그리스도회
　　보』, 1911.8.15.

牛山居士, 「昭陽亭」, 『매일신보』, 1911.9.30~12.17.

「ᄌ긔몸을 죽여 ᄂᆷ을 구원홈」, 『그리스도회보』, 1911.10.15.

「뢰(腦)업는 고리」, 『그리스도회보』, 1911.10.15.

「혼 사름이 여러 사름을 인도홈」, 『그리스도회보』, 1911.10.30.

「단편소설 경침문(警枕文)」, 『시천교월보』, 1911.10.

「두 가지 모를 일」, 『그리스도회보』, 1911.11.15.

「우슈운 일」, 『경남일보』, 1911.12.7~11.

「희란혼 일」, 『경남일보』, 1911.12.13~15.

「님군이 빅셩을 ᄉ랑홈」, 『그리스도회보』, 1911.12.15.

「원통혼 ᄉ졍」, 『경남일보』, 1911.12.29.

「검의플 보고 감동홈」, 『그리스도회보』, 1911.12.30.

月虛生, 「금슈문답」, 『시천교월보』, 1911.12.

怡悅生, 「春外春」, 『매일신보』, 1912.1.1~3.14.

解觀子, 「獄中花(春香歌講演)」, 『매일신보』, 1912.1.1~3.16.

「解夢先生」, 『매일신보』, 1912.1.1.

「巧奇寃(교기원)」, 『경남일보』, 1912.1.16~2.9.

琴汕居士, 「小說」, 『경남일보』, 1912.1.28~2.5.

「마벨의 ㅈ션심」, 『그리스도회보』, 1912.1.30.

「약ᄒ고 의리업ᄂᆞᆫ 사름을 밋지 말 것」, 『그리스도회보』, 1912.1.30.

鳳凰山人, 「일셩텬계(一聲天鷄)」, 『천도교회월보』, 1912.1.

「編餘一笑」, 『매일신보』, 1912.2.2.

「債戶滑稽」, 『매일신보』, 1912.2.3.

琴汕生, 「無情花」, 『경남일보』, 1912.2. 미확인~2.11.

朴永運, 「玉蓮堂」, 『경남일보』, 1912.2.11~미확인

류계샹, 「셰샹에 뎨ㅡ 고명ᄒᆞᆫ 의원」, 『그리스도회보』, 1912.2.15.

「ᄒᆞᆫ 쇼년 병뎡의 굿센 ᄆᆞ음」, 『그리스도회보』, 1912.2.15.

「어려셔 총명홈」, 『그리스도회보』, 1912.2.29.

「어려셔 진실홈」, 『그리스도회보』, 1912.2.29.

「셰샹 사름의 미신(迷信)」, 『그리스도회보』, 1912.2.29.

츈음싱, 「단편소셜(지극ᄒᆞᆫ 정성은 하날이 감동 음흉ᄒᆞᆫ 마음이 졔 몸을 망ᄒᆡ)」, 『시천교월보』,
        1912.2.

無心道人, 「尋春, 조선불교월보, 1912.2.

菊初生, 「貧鮮郎의 日美人」, 『매일신보』, 1912.3.1.

「어린 ᄋᆞ히의 공덕심(公德心)」, 『그리스도회보』, 1912.3.15.

「피득의 견고ᄒᆞᆫ 뜻」, 『그리스도회보』, 1912.3.15.

「彈琴臺」, 『매일신보』, 1912.3.15~5.1.

解觀子, 「江上蓮(沈淸歌講演)」, 『매일신보』, 1912.3.17~4.26.

金成鎭, 「破落戶(파락호)」, 『매일신보』, 1912.3.20.

「견도ᄉᆞ와 목ᄉᆞ의 문답」, 『그리스도회보』, 1912.3.30.

「아버지들(月)를 ᄆᆞᆫ 드러」, 『그리스도회보』, 1912.3.30.

「어린 ᄋᆞ히말노 인ᄒᆞ야 그 허믈을 뉘웃침」, 『그리스도회보』, 1912.3.30.

「코룬포의 ᄉᆞ업」, 『그리스도회보』, 1912.3.30.

南史居士, 「一宿覺, 조선불교월보, 1912.3~4.

金成鎭, 「虛榮心(허영심)」, 『매일신보』, 1912.4.5.

金成鎭, 「守錢奴(슈견로)」, 『매일신보』, 1912.4.14.

「희와 달과 디구」, 『그리스도회보』, 1912.4.15.

「싱션 ᄒᆞᆫ 머리가 항샹 그 ᄆᆞ음 속에 잇슴」, 『그리스도회보』, 1912.4.15.

吳寅善, 「山人의 感秋」, 『매일신보』, 1912.4.27.

解觀子, 「燕의却」, 『매일신보』, 1912.4.29~6.7.

「목ᄉ니의 담화」, 『그리스도회보』, 1912.4.30.

「네 얼골은 네게 쇽혼 것이 아니니라」, 『그리스도회보』, 1912.4.30.

「만히 주는 데로 쏠녀」, 『그리스도회보』, 1912.4.30.

김녀사, 「인싱의 한(人生의 恨)!!」, 『학계보』, 1912.4.

金鎭憲, 「허욕심(虛慾心)」, 『매일신보』, 1912.5.2.

「巢鶴嶺」, 『매일신보』, 1912.5.2~7.6.

金成鎭, 「雜技者의 藥良」, 『매일신보』, 1912.5.3.

「긔독교회가 이 셰샹풍교(風敎)에 유죠혼 것이 무엇이뇨」, 『그리스도회보』, 1912.5.15.

「셔양 엇던 ᄋ희가」*, 『그리스도회보』, 1912.5.15.

「하ᄂ님을 항거홀 쟈―업ᄂ니라」, 『그리스도회보』, 1912.5.30.

「八세 여ᄋ의 용밍스러온 ᄆ음」, 『그리스도회보』, 1912.5.30.

無心道人, 「楊柳絲 양류ᄉ」, 『조선불교월보』, 1912.5~7.

解觀子, 「兎의肝」, 『매일신보』, 1912.6.9~7.11.

「독갑이불(鬼火)의 허망홈」, 『그리스도회보』, 1912.6.15.

「지인지감(知人之鑑)」, 『그리스도회보』, 1912.6.15.

漱石靑年, 「乞食女의 自歎(걸식녀의 ᄌ탄)」, 『매일신보』, 1912.6.23.

「알터의 ᄌ션심」, 『그리스도회보』, 1912.6.30.

解觀子, 「鳳仙花」, 『매일신보』, 1912.7.7~11.29.

「短篇小說」, 『매일신보』, 1912.7.12~16.

「어려셔 총명홈」, 『그리스도회보』, 1912.7.15.

一齋, 「雙玉淚 前篇」, 『매일신보』, 1912.7.17~9.25.

趙相基, 「진남ᄋ(眞男兒)」, 『매일신보』, 1912.7.18.

李哲鐘, 「應募短篇小說 제목없음」, 『매일신보』, 1912.7.20.

「셩경구졀이 능히 사름을 도아줌」, 『그리스도회보』, 1912.7.30.

北岸生, 「단편소셜 쇽아(俗娥)」, 『시천교월보』, 1912.7~1912.10.

金光淳, 「쳥년의 거울(靑年鑑)」, 『매일신보』, 1912.8.10~11.

「등유의 효셩」, 『그리스도회보』, 1912.8.15.

「어네스트의 진실홈」, 『그리스도회보』, 1912.8.15.

千鍾煥, 「六盲悔改」, 『매일신보』, 1912.8.16~17.

李壽麟, 「應募短篇小說 제목없음」, 『매일신보』, 1912.8.18.

金秀坤, 「應募短篇小說 제목없음」, 『매일신보』, 1912.8.25.

朴容浹, 「셤진요마(殲盡妖魔)」, 『매일신보』, 1912.8.29.

리은영, 「고명혼 션싱을 고빙ᄒ여 가시오」, 『그리스도회보』, 1912.8.30~9.15.

「차손이라는 ᄋ희가 하로는」*, 『그리스도회보』, 1912.8.30.

金東薰, 「고학싱의 셩공(苦學生의 成功)」, 『매일신보』, 1912.9.3~4.

「원혼(怨魂)」, 『매일신보』, 1912.9.5~7.

리화츈, 「신도와 학쟈 스이에 문답흔 것」, 『그리스도회보』, 1912.9.15.

씌피싱, 「ᄆᆞ음 속에 도적」, 『그리스도회보』, 1912.9.15.

辛驥夏, 「픠ᄌᆞ의 회감(悖子의 回感)」, 『매일신보』, 1912.9.25.

趙一齋, 「雙玉淚 (中篇)」, 『매일신보』, 1912.9.26~11.27.

「을봉이란 ᄋᆞ희가 거즛말흠」*, 『그리스도회보』, 1912.9.30.

「당나귀가 ᄉᆞᄌᆞ될 수 잇나」, 『그리스도회보』, 1912.9.30.

車元淳, 「應募短篇小說 제목없음」, 『매일신보』, 1912.10.1.

「하ᄂᆞ님의 공덕 찬숑시(긔셔)」, 『예수교회보』, 1912.10.1.

길션쥬, 「양이 나물밧츨 지듸김」, 『예수교회보』, 1912.10.1.

李鎭石, 「應募短篇小說 제목없음」, 『매일신보』, 1912.10.2~6.

「츄풍셕음가(秋風惜陰歌)」, 『예수교회보』, 1912.10.8.

「젼젼호에 흑인이 하ᄂᆞ님」*, 『예수교회보』, 1912.10.8.

「누가복음 十八쟝을 슯혀보면」*, 『예수교회보』, 1912.10.8.

崔鶴基, 「應募短篇小說 제목없음」, 『매일신보』, 1912.10.9.

「두 ᄋᆞ희의 진위(眞僞)」, 『그리스도회보』, 1912.10.15.

「원아메커씨의 쥬일학교 감독법」, 『예수교회보』, 1912.10.15.

「제동싱을 강ᄋᆞ지와 밧곰」, 『예수교회보』, 1912.10.15.

「예수씌셔는 구쥬로 셰샹에」*, 『예수교회보』, 1912.10.15.

李重燮, 「應募短篇小說 제목없음」, 『매일신보』, 1912.10.16.

「무듸션싱의 모친이 난봉 아들을 용셔흔 일」, 『예수교회보』, 1912.10.22.

남쥬원, 「슈학 교ᄉ와 그 아들」, 『예수교회보』, 1912.10.22.

「병ᄋᆞ리가 글을 지음」, 『예수교회보』, 1912.10.22.

金太熙, 「韓氏家餘慶(한씨가여경)」, 『매일신보』, 1912.10.24~27.

金鼎鎭, 「회기(悔改)」, 『매일신보』, 1912.10.29~30.

「무듸션싱 힝슐」, 『예수교회보』, 1912.10.29.

「나는 몰나」, 『그리스도회보』, 1912.10.30.

「가마귀가 수리의 일을 흘 수 잇나」, 『그리스도회보』, 1912.10.30.

高辰昊, 「대몽각비(大夢覺非)」, 『매일신보』, 1912.10.31.

李興孫, 「應募短篇小說 제목없음」, 『매일신보』, 1912.11.1.

朴容元, 「손쌔룻ᄒᆞ다픠가망신을히」, 『매일신보』, 1912.11.2.

趙鏞國, 「應募短篇小說 제목없음」, 『매일신보』, 1912.11.3.

金秀坤, 「應募短篇小說 제목없음」, 『매일신보』, 1912.11.5.

김필슈, 「가마귀와 거의(계산)」, 『예수교회보』, 1912.11.5.

「應募短篇小說」, 『매일신보』, 1912.11.6.

朴致連, 「應募短篇小說 제목없음」, 『매일신보』, 1912.11.7~8.

李鎭石, 「應募短篇小說 제목없음」, 『매일신보』, 1912.11.9~10.

金鎭淑, 「련의 말로(戀의 末路)」, 『매일신보』, 1912.11.12~14.

「구원의 사다리」, 『예수교회보』, 1912.11.12.

김필슈, 「도적의 어미라」, 『예수교회보』, 1912.11.12.

「미월당(梅月堂) 김시습씨는 어려서브터」*, 『그리스도회보』, 1912.11.15.

쳐란, 「應募短篇小說 제목없음」, 『매일신보』, 1912.11.15~16.

趙一齋, 「病者三人」, 『매일신보』, 1912.11.17~12.25.

「고양이의 교육」, 『예수교회보』, 1912.11.19.

「목쟈ᄋ희와 이리」, 『예수교회보』, 1912.11.26.

趙一齋, 「雙玉淚 下篇」, 『매일신보』, 1912.11.28~1913.2.4.

解觀子, 「琵琶聲」, 『매일신보』, 1912.11.30~1913.2.23.

月虛生, 「금슈문답(속)」, 『시천교월보』, 1912.11.

「목샹을 싯고 가ᄂᆞ 라귀」, 『예수교회보』, 1912.12.3.

「슈젼노(守錢奴)」, 『예수교회보』, 1912.12.10.

「녯날 츈츄시대에 초(楚)나라 징승」*, 『그리스도회보』, 1912.12.15.

「여호와 염소」, 『예수교회보』, 1912.12.17.

「목ᄆᆞ른 비듥이」, 『예수교회보』, 1912.12.24.

「도야지와 양과 염소」, 『예수교회보』, 1912.12.24.

金鼎鎭, 「고진감내(苦盡甘來)」, 『매일신보』, 1912.12.26~27.

李興孫, 「悔改(회기)」, 『매일신보』, 1912.12.28~29.

朴容奐, 「新年의 問數」, 『매일신보』, 1913.1.1.

徐圭鱗, 「아편장이에 말로(鴉引末路)」, 『매일신보』, 1913.1.7.

宋冀憲, 「壯元禮」, 『매일신보』, 1913.1.8.

桂東彬, 「應募短篇小說 제목없음」, 『매일신보』, 1913.1.9.

「今日의 家庭(요ᄉᆞ이 집안)」, 『매일신보』, 1913.1.10~16.

「동양 속담에 왕쟝군지고쟈(王將軍之庫子)라」*, 『예수교회보』, 1913.1.14.

「꼿과 돈을 다주어」, 『그리스도회보』, 1913.1.15.

「황뎨와 농부의 문답」, 『그리스도회보』, 1913.1.15.

「學生(학싱)」, 『매일신보』, 1913.1.18~24.

「미국에 흔 동리에」*, 『예수교회보』, 1913.1.21.

「女學生(녀학싱)」, 『매일신보』, 1913.1.25~2.1.

「뎨일 무셔온 것」, 『예수교회보』, 1913.1.28.

「두 개」, 『예수교회보』, 1913.1.28.

「담대흔 十一셰학싱」, 『그리스도회보』, 1913.1.30.

츈음싱, 「단편소셜 졍긔다일원과」, 『시천교월보』, 1913.1~1913.2.

「靑春(청춘)」, 『매일신보』, 1913.2.4~11.

「스퍼젼 목ᄉ의 지낸 일」, 『예수교회보』, 1913.2.4.

李人稙, 「牧丹峰 모란봉」, 『매일신보』, 1913.2.5~6.3.

李常春, 「情(정)」, 『매일신보』, 1913.2.8~9.

「넷날에 셔국 영길 나파륜이」*, 『예수교회보』, 1913.2.11.

「쿠리스틔나 녀ᄾ의 략ᄉ」, 『그리스도회보』, 1913.2.15.

「아샹흔 의협심(義俠心)」, 『그리스도회보』, 1913.2.15.

「지혜와 이리석음에 분별이라」, 『예수교회보』, 1913.2.18.

「농부와 학」, 『예수교회보』, 1913.2.18.

「花柳巷(화류항)」, 『매일신보』, 1913.2.20~3.13.

「雨中行人」, 『매일신보』, 1913.2.25~5.11.

리챵셥, 「흔 어리석은 쟈의 두 계집」, 『예수교회보』, 1913.2.25.

「지젼의 션악」, 『예수교회보』, 1913.3.4.

「본밧을 만흔 허부인의 셔거(逝去)」, 『그리스도회보』, 1913.3.8.

「심즁유언(心中有言)」, 『그리스도회보』, 1913.3.8.

「지혜잇ᄂᆞ 으희와 어리셕은 으희의 구별」, 『그리스도회보』, 1913.3.13.

「놈을 도아주ᄂᆞ 가온ᄃᆡ ᄌᄀᆡ도 유익홈」, 『그리스도회보』, 1913.3.13.

「迷信家(미신가)」, 『매일신보』, 1913.3.14~4.12.

리유응, 「쥐의 공의회」, 『예수교회보』, 1913.3.25.

「자원젼(紫園傳)」, 『예수교회보』, 1913.3.25~4.1.

崔亨植, 「허황흔 풍슈」, 『매일신보』, 1913.3.27.

「투금강(投金江)」, 『그리스도회보』, 1913.4.5.

「늙은 녀인과 의ᄉ라」, 『예수교회보』, 1913.4.8.

「님군씌 허믈을 감초지 아니흔 지샹」, 『그리스도회보』, 1913.4.14.

「慇懃者(은근자)」, 『매일신보』, 1913.4.15~5.29.

김닉범, 「월급은 적어도 대션싱이라」, 『예수교회보』, 1913.4.20.

「영국 군함 함쟝 스닉취씨가」*, 『예수교회보』, 1913.4.20.

「효ᄌ의 셕별가(石鼈歌)」, 『그리스도회보』, 1913.4.21.

「효부(孝婦)의 졀힝」, 『그리스도회보』, 1913.4.28.

「신을 일치 아니ᄒᆞᄂᆞ 쇼년」, 『그리스도회보』, 1913.4.28.

리린셥, 「속ᄊᆞ히 보시오」, 『예수교회보』, 1913.4.29.

무이싱, 「단편소셜 고락이 유슈(苦樂有數)」, 『시천교월보』, 1913.4.

然然子, 「황갑호黃甲虎 초립시졀에 어ᄃᆡ를」*, 『천도교회월보』, 1913.4.

「어진 어머니의 교훈」, 『그리스도회보』, 1913.5.5.

「평싱에 거짓말을 아니홈」, 『그리스도회보』, 1913.5.12.

趙一齋, 「長恨夢」, 『매일신보』, 1913.5.13~10.1.

「一동一졍을 가히 죠심치 아니치 못할 일」, 『그리스도회보』, 1913.5.19.

하오원, 「일헛던 싱명나무를 다시 엇음」, 『예수교회보』, 1913.5.20.

夢古生, 「沈一松과 一朵紅」, 『매일신보』, 1913.5.29~6.4.

然ᄊ子, 「착흔쟈ᄂᆞ 한우님의 복을 바ᄂᆞ 증험」, 『천도교회월보』, 1913.5.

「쥬인을 속이지 안는 ᄋ희」,『그리스도회보』, 1913.6.2.

「ᄋ졍으로써 훈계홈」,『그리스도회보』, 1913.6.2.

夢外生, 「途中雜觀」,『매일신보』, 1913.6.5.

夢古生, 「蒸豚과 神父」,『매일신보』, 1913.6.6~7.

「어려셔 총혜홈」,『그리스도회보』, 1913.6.9.

夢古生, 「再逢春奇話」,『매일신보』, 1913.6.10~19.

최원셕, 「면류관에 별이 업네」,『그리스도회보』, 1913.6.16.

안셕쥰, 「엘니의 부ᄌ」,『그리스도회보』, 1913.6.16.

「젹은 염소가 큰 황소 흔필을 통으로 먹은 일」,『예수교회보』, 1913.6.17.

夢古生, 「救夫自盡의 烈婦」,『매일신보』, 1913.6.21.

여메례황, 「고(故) 변돈 스크란톤 부인의 략ᄉ」,『그리스도회보』, 1913.6.23.

「원숭의 작란이 곳 ᄋ희들의 작란」,『그리스도회보』, 1913.6.23.

「도젹도 회기ᄒ면 됴혼 사롬」,『그리스도회보』, 1913.6.23.

山巖, 「힘쓰면 될 것시라」,『신한민보』, 1913.6.23 - 1914.1.8(미완).

夢古生, 「模範忠婢의 完節」,『매일신보』, 1913.6.24.

夢古生, 「至誠의 感猛獸」,『매일신보』, 1913.6.25~26.

「참 어진 어머니」,『그리스도회보』, 1913.6.30.

夢古生, 「得夫獲寶의 慧婦」,『매일신보』, 1913.7.3~8.

「ᄉ랑의 표딕」,『예수교회보』, 1913.7.8.

「모든 일을 쥬관ᄒ는 거시 하ᄂ님의 잇슴」,『예수교회보』, 1913.7.8.

夢古生, 「野鼠求婚의 奇談」,『매일신보』, 1913.7.9.

夢古生, 「生員臀汝何知 河東의義狗塚」,『매일신보』, 1913.7.10.

「고보긔일(塙保己一)의 향학심(向學心)」,『그리스도회보』, 1913.7.14.

李相協, 「눈물」,『매일신보』, 1913.7.16~1914.1.21.

夢古生, 「成功에 不忘遭糖」,『매일신보』, 1913.7.17~20.

夢古生, 「不忘舊思의 忠婢」,『매일신보』, 1913.7.23~24.

빅형련, 「그리스도교는 모든 종교 우에 쮜여남」,『그리스도회보』, 1913.7.28~8.11.

「남의 말을 엿드지 말 것」,『그리스도회보』, 1913.7.28.

「은혜를 밧는 쇼ᄋ를」*,『예수교회보』, 1913.7.29.

夢古生, 「未亡人의 內行」,『매일신보』, 1913.7.30.

夢古生, 「小僧의 惡戲」,『매일신보』, 1913.8.2.

「토기와 자라의 경쥬(競走)」,『그리스도회보』, 1913.8.4.

ㄱㅈㅅ생, 「단이엘의 춤말」,『예수교회보』, 1913.8.5.

「셔ᄉ국 사롬 ᄒ나히」*,『예수교회보』, 1913.8.5.

朴永運, 「雲外雲 (上卷)」,『경남일보』, 1913.8.9~(미확인)

「ᄌ긔쥬견(主見)이 업는 쟈는 반다시 패홈」,『그리스도회보』, 1913.8.11.

긔쟈 역슐, 「之蘭李(퉁두란)」,『신한민보』, 1913.8.15~22.

「ᄌᆞ긔의 쥬견(主見)으로 성경을 히셕지 말 것」, 『그리스도회보』, 1913.8.18.

「어려셔 영오(穎悟) 홈」, 『그리스도회보』, 1913.8.18.

「리빙스돈의 니야기」, 『그리스도회보』, 1913.8.25.

「탐심(貪心)을 경계 홈」, 『그리스도회보』, 1913.8.25.

「좌우에 죄를 더히」, 『그리스도회보』, 1913.9.1.

李相協 重譯, 「驚天泣神 萬古奇談」, 『매일신보』, 1913.9.6~1914.6.7.

「셔로 다토지 말 것」, 『그리스도회보』, 1913.9.8.

「녯날 엇던 성인이」*, 『그리스도회보』, 1913.9.15.

「어린 학도의 인내심(忍耐心)」, 『그리스도회보』, 1913.9.22.

「정직홈은 립신(立身)ᄒᆞᄂᆞᆫ 경략」, 『그리스도회보』, 1913.9.29.

「남생이 줄다리기」, 『아이들보이』, 1913.9.

「어엿비 녁이ᄂᆞᆫ 마음」, 『아이들보이』, 1913.9.

「외동구지」, 『아이들보이』, 1913.9.

「범의 뒤다리 붓들고 六十리」, 『아이들보이』, 1913.9.

趙一齋, 「菊의香」, 『매일신보』, 1913.10.2~12.28.

「너머 쇠를 쓰지 말 것」, 『그리스도회보』, 1913.10.6.

「효ᄌᆞᄂᆞᆫ 반ᄃᆞ시 션보(善報)를 밧음」, 『그리스도회보』, 1913.10.13.

「량단의 루(兩端之淚)」, 『그리스도회보』, 1913.10.13~12.29.

「루터션싱의 략ᄉᆞ」, 『그리스도회보』, 1913.10.20~11.3.

「어린 누의(妹) 말이 쟝셩혼 오라비를 경셩(警醒) 홈」, 『그리스도회보』, 1913.10.20.

「어린 ᄋᆞ희의 ᄌᆞ션심이 그 모친을 회기식힘」, 『그리스도회보』, 1913.10.27.

「셔양 엇던 어리셕은 사롬이」*, 『그리스도회보』, 1913.10.27.

대시싱, 「쇼셜 희한흔 사롬」, 『신한민보』, 1913.10.31.

「계집아이 슬긔」, 『아이들보이』, 1913.10.

「부친의 훈계를 슌종ᄒᆞᄂᆞᆫ ᄋᆞ희」, 『그리스도회보』, 1913.11.3.

「엇던 리발쟝(理髮匠)이가」*, 『그리스도회보』, 1913.11.3.

뎐영퇵, 「리벵스톤의 략ᄉᆞ를 소고(溯考) 홈」, 『그리스도회보』, 1913.11.10~12.1.

「셔반아 풍속은 소싸홈(牛鬪)」*, 『그리스도회보』, 1913.11.10.

역슐, 「부례더릭 알버리와 그의 미(鷹)」, 『신한민보』, 1913.11.21~28.

빅형련, 「쇼ᄋᆞ의 지혜」, 『그리스도회보』, 1913.11.24~12.1.

「그럴듯흔 일」, 『그리스도회보』, 1913.11.24.

「望遠鏡」, 『매일신보』, 1913.11.26.

「날낸이 여섯」, 『아이들보이』, 1913.11.

「스스로 도읍ᄂᆞᆫ 十년」, 『아이들보이』, 1913.11.

「모래펄에 왕사람」, 『아이들보이』, 1913.11.

「심ᄉᆞ고혼 ᄋᆞ희」, 『그리스도회보』, 1913.12.1.

「단편쇼셜 신문긔쟈의 파티」, 『신한민보』, 1913.12.5~1914.1.1(미완).

趙一齋,「妾첩의 허물」,『매일신보』, 1913.12.6.

「아조 편리ᄒ게 찻는 법」,『그리스도회보』, 1913.12.8.

「어머니 훈계를 잘 들어」,『그리스도회보』, 1913.12.15.

「낫(面) 씻기 미우 슬혀」,『그리스도회보』, 1913.12.15.

「어려셔 총명홈」,『그리스도회보』, 1913.12.15.

덕문뎌슐쟈 엘 미울박 / 영문번역쟈 에푸 조단 / 국문번역쟈 리대위,「나폴륜과 푸로시아 왕후」,
　　　　『신한민보』, 1913.12.19~1914.1.1(미완).

공쥬 대목수,「등불이 쩌짐」,『그리스도회보』, 1913.12.22.

「어려셔 총명홈」,『그리스도회보』, 1913.12.29.

「령혼 거울 셋」,『아이들보이』, 1913.12.

「늙은이 보람」,『아이들보이』, 1913.12.

「나ᄂ 호랑이오」,『매일신보』, 1914.1.1.

「動物園寒雪에 訪虎僉知問答」,『매일신보』, 1914.1.1.

「新年會의 虎大將」,『매일신보』, 1914.1.1.

「됴혼아히삼형데」,『매일신보』, 1914.1.1.

「숨남이와고양이」,『매일신보』, 1914.1.1.

「효녀슉희와횐말」,『매일신보』, 1914.1.1.

「썩잘먹는 우리 너외」,『매일신보』, 1914.1.1.

夢外生,「虎의夢」,『매일신보』, 1914.1.1.

趙一齋,「斷腸錄」,『매일신보』, 1914.1.1~6.10.

東海水夫,「美미人인心심」,『신한민보』, 1914.1.15~6.18.

「拍掌大笑」,『매일신보』, 1914.1.24.

「프레드의 쌍짱이」,『아이들보이』, 1914.1.

「니를 쎄어 어버이를 다수케 ᄒ려던 효녀」,『아이들보이』, 1914.1~3.

徐圭璘,「탕ᄌ의 감츈(蕩子感春)」,『매일신보』, 1914.2.7.

「나무군의 쌀」,『아이들보이』, 1914.2.

「가장 큰 갑흔 김쟝군의 날냄」,『아이들보이』, 1914.2.

「환쟝이 벤자민 웨쓰트 이약이」,『아이들보이』, 1914.2.

「세 선비」,『아이들보이』, 1914.2.

海東樵人,「海岸」,『우리의 가뎡』, 1914.2~11.

최영ᄌ,「예수를 ᄉ랑ᄒᄂ 녀ᄌ」,『그리스도회보』, 1914.3.2.

「黃황進진小쇼傳뎐」,『신한민보』, 1914.3.19.

「짓걸이 아씨」,『아이들보이』, 1914.3.

「아버지 병환」,『아이들보이』, 1914.3.

「최씨의 뎡렬이 호랑이를 감동혼 것」,『우리의 가뎡』, 1914.3.

「거짓 아드님 참 아드님」,『아이들보이』, 1914.4.

「양이며 소를 먹이면서 거륵혼 사람된 이약이」,『아이들보이』, 1914.4.

「졍위 새」, 『아이들보이』, 1914.4.

호의즈, 「수풀 아래 문답」, 『해동불보』, 1914.4.

긔쟈 역슐, 「임진왜란ᄾ」, 『신한민보』, 1914.5.14~6.11(미완).

「닐곱 동생」, 『아이들보이』, 1914.5.

「ᄊ거온 졍셩으로 완악ᄒ 도적놈을 도인 졍셔방」, 『아이들보이』, 1914.5.

「시골 계집애로 나라에 어진 어미된 흑불이 색시」, 『아이들보이』, 1914.5.

「가막이와 물 항아리」, 『아이들보이』, 1914.5.

「과부와 암탉」, 『아이들보이』, 1914.5.

「오누의 사랑」, 『아이들보이』, 1914.5.

「피ᄒ는 것이 웃듬」, 『아이들보이』, 1914.5.

「각기 졔 생각」, 『아이들보이』, 1914.5.

「김싱원과 리씨 마님」, 『아이들보이』, 1914.5.

우당산인, 「예ᄉ이야기올시다」, 『해동불보』, 1914.5.

「텬디 ᄉ이에 도모지 밋을 것 업서 폐일언ᄒ고 마암이나 밋을 밧게」, 『해동불보』, 1914.5.

綠東生, 「金太子傳」, 『매일신보』, 1914.6.10~11.14.

沈天風, 「兄弟(형뎨)」, 『매일신보』, 1914.6.11~7.19.

「수탉의 알」, 『아이들보이』, 1914.6.

「먹적골 가난방이로 한셰샹을 들먹들먹ᄒ 허싱원」, 『아이들보이』, 1914.6.

「실 뽑이 색시」, 『아이들보이』, 1914.6~8.

「네 결긔 이약이」, 『아이들보이』, 1914.6.

趙一齋, 「飛鳳潭」, 『매일신보』, 1914.7.21~10.28.

「滑稽奇談 兎의 賊」, 『매일신보』, 1914.7.23.

「初發程 쳐음 ᄯᅥᄂᆞ는 길」, 『구악종보』, 1914.7.

完史生, 「短篇小說 碧雲天(소셜 벽운텬)」, 『구악종보』, 1914.7.

「병 부쟈」, 『아이들보이』, 1914.7.

「올흔 일홈 압헤 날넘을 바림」, 『아이들보이』, 1914.7.

「락타와 돗」, 『아이들보이』, 1914.7~8.

「歐洲列國誌」, 『매일신보』, 1914.8.14~1915.3.11.

「馬上의女天使」, 『매일신보』, 1914.8.22~29.

「통궁이」, 『아이들보이』, 1914.8.

「거졍자루」, 『우리의 가뎡』, 1914.8.

沈天風, 「酒(술)」, 『매일신보』, 1914.9.9~16.

朴靑農, 「春夢(봄쑴)」, 『매일신보』, 1914.9.17~23.

영문보 번역, 「영국의 용감ᄒ 여자」, 『신한민보』, 1914.9.17~10.1.

「혼인의 폐히 니아기」, 『우리의 가뎡』, 1914.9.

何夢, 「貞婦怨」, 『매일신보』, 1914.10.29~1915.5.19.

「빅셜과 홍월계」, 『우리의 가뎡』, 1914.10.

「마호멘 小傳」, 『청춘』, 1914.10.

「泰西三大奇人」, 『청춘』, 1914.10.

튜르게네프, 「문 어구」, 『청춘』, 1914.10.

燕巖 朴趾源, 「燕巖外傳」, 『청춘』, 1914.10~11.

「柳器匠의 判書婿」, 『청춘』, 1914.10.

빅토르 유고, 「너 참 불상타」, 『청춘』, 1914.10.

「통졍과 화목」, 『공도』, 1914.11.

「세계 젼징으로 더브러 젼징하든 부인(번역)」, 『공도』, 1914.11.

톨쓰토이, 「更生」, 『청춘』, 1914.11.

小星, 「恨의 一生」, 『청춘』, 1914.11.

漱石靑年, 「後悔(후회)」, 『매일신보』, 1914.12.29.

썬 밀톤, 「失樂園」, 『청춘』, 1914.12.

白湖 林悌, 「愁城誌」, 『청춘』, 1914.12.

小星, 「薄命」, 『청춘』, 1914.12.

ＫＹ生, 「犧牲」, 『학지광』, 1914.12.

「世界童話」, 『매일신보』, 1915.1.7~2.10.

無名氏, 「苦樂」, 『매일신보』, 1915.1.14.

「滋味있는 利藥이」, 『신문계』, 1915.1.

「우슴거리」, 『신문계』, 1915.1.

太華山人, 「友誼」, 『신문계』, 1915.1.

세르반테쓰, 「頓基浩傳奇」, 『청춘』, 1915.1.

小星, 「再逢春」, 『청춘』, 1915.1.

됴일지, 「인연(因緣)」, 『공도』, 1915.1.

「동물원 구경긔」, 『구악종보』, 1915.2.

믹카운, 「兒童의 行ㅎ는 路」, 『중앙청년회보』, 1915.3~5.

초서, 「캔더베리記(上)」, 『청춘』, 1915.3.

孤舟, 「金鏡」, 『청춘』, 1915.3.

蕉兩堂主人, 「참맛(社會에 眞味)」, 『공도』, 1915.3.

菊如, 「石獅子像」, 『불교진흥회월보』, 1915.3.

金漱石, 「리약이 됴화ㅎ다가 랑픽」, 『매일신보』, 1915.4.10.

尙玄, 「虎喫煙時話」, 『불교진흥회월보』, 1915.4~5.

菊如, 「迷의 夢」, 『불교진흥회월보』, 1915.4~5.

趙一齋, 「續編 長恨夢」, 『매일신보』, 1915.5.25~12.26.

菊如, 「佛說譬喩」, 『불교진흥회월보』, 1915.6.

梁菊如 譯演, 「講談 續黃粱」, 『불교진흥회월보』, 1915.6~7.

「션인과 악인」, 『신한민보』, 1915.7.22.

完史生, 「소셜 몽외몽」, 『구악종보』, 1915.7.

松禾郡信夫人, 「내 몸의 모셔스니 사근취원ㅎ단 말가」, 『구악종보』, 1915.7.

林元敎, 「쏨가온딕 쏨」, 『구악종보』, 1915.7.

尙玄居士, 「一錢의 話」, 『불교진흥회월보』, 1915.7.

「이국열혈」, 『신한민보』, 1915.8.5~10.28.

樂天子, 「嗚呼薄命」, 『신문계』, 1915.8.

菊如, 「實地描寫 歸去來」, 『불교진흥회월보』, 1915.8.

樂天子, 「愛兒의 出發」, 『신문계』, 1915.9.

今來, 「破鏡歎」, 『불교진흥회월보』, 1915.9.

연연홍, 「졍셩이 지극ㅎ면 한울이 감동」, 『천도교회월보』, 1915.10.

蘆下散人 譯演, 「新派講談 反乎爾」, 『불교진흥회월보』, 1915.10~11.

白樂天子, 「因果」, 『신문계』, 1915.11.

「디구에 덥힌 포연은(砲煙)」*, 『기독신보』, 1915.12.15.

학인, 「싼린씨」, 『기독신보』, 1915.12.15~1916.5.10.

박린죵, 「리션싱토졍(李先生土亭)이 어렷슬 째」*, 『기독신보』, 1915.12.22.

白樂天子, 「黃金?」, 『신문계』, 1915.12.

「龍夢」, 『매일신보』, 1916.1.1.

「龍의 試驗」, 『매일신보』, 1916.1.1.

匿名子, 「沙下村」, 『매일신보』, 1916.1.1~2.2.

「둘너딕는 거시 도격에 지나침이라」, 『기독신보』, 1916.1.26.

「강으지 가질 사람」, 『기독신보』, 1916.1.26.

白樂天子, 「愛! 愛!」, 『신문계』, 1916.1.

何夢, 「海王星」, 『매일신보』, 1916.2.10~1917.3.31.

홍병션, 「ㅈㄴ가진 쟈의 근심」, 『기독신보』, 1916.2.16.

쪼빈니 쯧카씨오 原作·白樂天子 譯, 「自然의 刑罰」, 『신문계』, 1916.2.

「生員과 處女」, 『매일신보』, 1916.3.5.

「自由翁과 無事翁」, 『매일신보』, 1916.3.5.

「평론ㅎ면 폄론을 밧지」, 『기독신보』, 1916.3.22.

씌밍부인, 「ㅇ희들의게 ㅎㄴ 두 능금 니야기」, 『기독신보』, 1916.3.22.

씌밍부인, 「리부인과 그의 륙십명 친구」, 『기독신보』, 1916.3.22.

씌밍부인, 「복순이 쟉란ㅎ기 됴와ㅎ든 니야기」, 『기독신보』, 1916.3.22.

トルストイ 原作, 白樂天子 譯, 「人生!」, 『신문계』, 1916.3.

林元敎, 「夢의 夢(續)」, 『구악종보』, 1916.3.

「죄악에 중독」, 『기독신보』, 1916.4.5.

「텬당에 직업(職業)」, 『기독신보』, 1916.4.5.

「소곰」, 『기독신보』, 1916.4.5.

P·P·生, 「어머니의 돌비」, 『기독신보』, 1916.4.5~12.

씌밍부인, 「션ㅎ 일을 ㅎ 악한 바람」, 『기독신보』, 1916.4.12.

「공평흔 말(斗)」, 『기독신보』, 1916.4.12.

「흔 려막(旅幕)」, 『기독신보』, 1916.4.12.

「충셩치 못흔 목ᄉ」, 『기독신보』, 1916.4.12.

씌밍부인, 「웨 복동이가 퇴ᄒ여졋나」, 『기독신보』, 1916.4.19.

피피 生, 「셰 쳐녀의 ᄌ션가」, 『기독신보』, 1916.4.19~26.

오챵졍, 「일쟝츈몽」, 『기독신보』, 1916.4.26.

漢菴 黃潤九, 「부인계에 아라 힝할 일」, 『구악죵보』, 1916.4.

白華, 「閑日月」, 『조선불교계』, 1916.4~5.

씌밍부인, 「네나무」, 『기독신보』, 1916.5.3.

「누가 효녀일가」, 『기독신보』, 1916.5.3.

동희슈부, 「단편 텰혈원앙」, 『신한민보』, 1916.5.4~1917.4.19.

「나는 어듸 갓나」, 『기독신보』, 1916.5.17.

「동싱을 보아주고 꼿분에 물을 주며」, 『기독신보』, 1916.5.17.

「긔셩학도가 경셩에 리왕」, 『기독신보』, 1916.5.24.

「미련흔 친구」, 『기독신보』, 1916.5.24.

「농가셩진(農家成眞)」, 『기독신보』, 1916.5.24.

「게잡이」, 『신한민보』, 1916.5.25.

「그 ᄋ들을 ᄀᆞᄅ침」, 『기독신보』, 1916.5.31.

「도적의 연셜」, 『기독신보』, 1916.5.31.

「윤희의 편지」, 『기독신보』, 1916.5.31~6.7.

尙玄居士, 「水月緣」, 『조선불교계』, 1916.5.

「미로의 인싱(人生)」, 『기독신보』, 1916.6.7.

셈밍부인, 「일ᄒ기 됴화ᄒ는 조고마흔 녀ᄌ」, 『기독신보』, 1916.6.7.

「식몰이」, 『신한민보』, 1916.6.8~8.17.

셈밍박사 부인, 「슈복이가 ᄌ긔먹는 밥에」*, 『기독신보』, 1916.6.14.

셈밍부인, 「새션싱님」, 『기독신보』, 1916.6.21.

씌밍부인, 「히빗오는 듸로브터」, 『기독신보』, 1916.6.28.

白樂天子, 「나의 日記로브터」, 『신문계』, 1916.6.

씨엥키 윗치 作·白樂天子 譯, 「夜半의 警鐘」, 『신문계』, 1916.6.

耕花, 「엷고 힘업고 懇切흔 同情」, 『조선불교계』, 1916.6.

白華, 「我의 宗教」, 『조선불교계』, 1916.6.

셈밍부인, 「그의 말슴ᄒ신 것을 긔억흠」, 『기독신보』, 1916.7.19.

고영복, 「이쑌이의 회긔」, 『기독신보』, 1916.7.26.

걱정업슬이, 「絶交의 書翰」, 『신문계』, 1916.7.

露 안드례-ᄋ, 夢夢 역, 「外國人」, 『학지광』, 1916.7.

「쥬일학교 동산」, 『기독신보』, 1916.8.9.

피피 生, 「하늘에 계신 하ᄂ님」, 『기독신보』, 1916.8.23~30.

樂天子 譯, 「臨終의 自白」, 『신문계』, 1916.8~9.

「낙시질」, 『신한민보』, 1916.8.24~11.1.

쌤잉부인, 「교훈의 구별」, 『기독신보』, 1916.9.6.

씌밍부인, 「실픠흔 싱듥」, 『기독신보』, 1916.9.13.

씌밍부인, 「무숨 연고인지」, 『기독신보』, 1916.9.13.

「이 사름을 맛ㄴ봄」, 『기독신보』, 1916.9.20.

씌밍부인, 「부릴 사름이 만흠」, 『기독신보』, 1916.9.20.

피 피 生, 「인내(忍耐)」, 『기독신보』, 1916.9.20~27.

김학인, 「황금왕」, 『기독신보』, 1916.9.27~11.8.

露 체―호역, 瞬星 譯, 「寫眞帖」, 『학지광』, 1916.9.

小星, 「淸流壁」, 『학지광』, 1916.9.

피피 生, 「죠션이란 것은?」, 『기독신보』, 1916.10.11.

고영복, 「유년학교 졸업식에 권면흠」, 『기독신보』, 1916.10.18.

피피 生, 「동모를 위ᄒ야 긔도흠」, 『기독신보』, 1916.10.18~25.

빙위량, 「이젼 인도국에셔 크고」*, 『기독신보』, 1916.11.1.

피피 生, 「이샹흔 두루마리」, 『기독신보』, 1916.11.1~15.

빙위량, 「나이가라 폭포 우에 독수리가 어름 조각을 톰」, 『기독신보』, 1916.11.8.

동희슈부, 「림피로인」, 『신한민보』, 1916.11.9.

「밋음의 ᄌ미」, 『기독신보』, 1916.11.15.

빙위량, 「쥬를 밋은 자」, 『기독신보』, 1916.11.15.

동희슈부, 「대구셔로인」, 『신한민보』, 1916.11.16~30.

쌤잉부인, 「굴과 그 긔싱(寄生)ᄒ는 게」, 『기독신보』, 1916.11.20.

피피 生, 「어머니를 ᄉ모흠」, 『기독신보』, 1916.11.20.

春園生, 「農村啓發」, 『매일신보』, 1916.11.26~1917.2.18.

「맬닉개씨 녀ᄋ의 치명흠」, 『기독신보』, 1916.11.29.

「빅년젼과 빅년후」, 『기독신보』, 1916.11.29.

「일본에 처음 젼도」, 『기독신보』, 1916.11.29.

빙위량, 「요긴흔 문뎨를 ᄒ답흠」, 『기독신보』, 1916.11.29.

텬연ᄌ, 「힝복과 지앙에 관흔 문답」, 『천도교회월보』, 1916.11.

빙위량, 「본분을 직힘」, 『기독신보』, 1916.12.6.

쌤잉부인, 「빈침과 바눌」, 『기독신보』, 1916.12.6.

피피 生, 「텬ᄉ의 시험」, 『기독신보』, 1916.12.6~20.

동희슈부, 「궁녀김씨항아」, 『신한민보』, 1916.12.7~1917.5.10.

빙위량, 「반셕 우에 교회를 셰움」, 『기독신보』, 1916.12.13.

빙위량, 「고통ᄒ는 가온디 잇는 ᄋ히의 찬숑」, 『기독신보』, 1916.12.20.

쌤잉박사 부인, 「방의 몬지」, 『기독신보』, 1916.12.20.

쌤잉박사 부인, 「기름병」, 『기독신보』, 1916.12.27.

비위량, 「하느님끠셔 당신 빅셩을 보호ㅎ심」, 『기독신보』, 1916.12.27.

春園, 「無情」, 『매일신보』, 1917.1.1~6.14.

비위량, 「락심을 피홀 것」, 『기독신보』, 1917.1.3.

와이에쓰, 「狗不友終(구부유종)」, 『기독신보』, 1917.1.3.

「락심혼 사름의 꿈」, 『기독신보』, 1917.1.17.

피피 생, 「세가지 약」, 『기독신보』, 1917.1.17.

柳永模, 「貴男과 壽男」, 『매일신보』, 1917.1.23.

金永偶, 「神聖혼 犧牲」, 『매일신보』, 1917.1.24.

비위량, 「우샹을 앗기지 말고 페홀 것」, 『기독신보』, 1917.1.24.

「황소와 라귀의 니야기」, 『기독신보』, 1917.1.24.

「셩푸린시쓰」, 『기독신보』, 1917.1.24.

피피 생, 「악을 션으로 갑흐라」, 『기독신보』, 1917.1.24.

「이삭의 활히(滑稽)」, 『기독신보』, 1917.1.24.

「독셔의 필요」, 『기독신보』, 1917.1.31~2.14.

비위량, 「왕의 긔」, 『기독신보』, 1917.1.31.

崔瓚植, 「机上의 夢」, 『신문계』, 1917.1~3.

李應洛, 「金不換 和平과 子女」, 『매일신보』, 1917.2.2.

KY 生, 「墮落學生의 末路」, 『매일신보』, 1917.2.2.

비위량, 「황데의 황옥을 차짐」, 『기독신보』, 1917.2.7.

피피 생, 「놈의 일이 내일이라」, 『기독신보』, 1917.2.7~3.21.

비위량, 「부모가 죽은 후에 신령혼 형세가 놈아 잇슴」, 『기독신보』, 1917.2.14.

쎔잉박사 부인, 「흉악혼 젹은 사름」, 『기독신보』, 1917.2.14.

不知憂生, 「三十萬圓」, 『신문계』, 1917.2.

碧鍾居士, 「京城遊覽記」, 『신문계』, 1917.2.

太華山人, 「甕頭의 春歌」, 『신문계』, 1917.2.

西湖漁子·白岳山人, 「娘의 墓」, 『신문계』, 1917.2.

博聞者, 「東稗奇談(百絶百倒)」, 『신문계』, 1917.2.

비위량, 「평안흠의 근본」, 『기독신보』, 1917.3.7.

비위량, 「올모에 걸닌 독슈리」, 『기독신보』, 1917.3.14.

쎔잉부인, 「과부와 등불」, 『기독신보』, 1917.3.28.

ㄹㅅㅂ, 「슈족의 서로 다톰 무익흠」, 『기독신보』, 1917.3.28.

李弼右, 「憂樂悲喜의 問答」, 『천도교회월보』, 1917.3.

尙玄, 「牧牛歌」, 『조선불교총보』, 1917.3.

沈天風, 「山中花」, 『매일신보』, 1917.4.3~9.19.

비위량, 「미련혼 쟈가 미련치 아니흠」, 『기독신보』, 1917.4.4.

쎔잉부인, 「닭의 털과 비방ㅎ는 말」, 『기독신보』, 1917.4.4.

피 피 싱, 「예수─맛느 보기를」, 『기독신보』, 1917.4.4~18.

비위량, 「셩공의 뎡의(定義)」, 『기독신보』, 1917.4.11.

쎔잉박사 부인, 「션물」, 『기독신보』, 1917.4.18.

瞬星, 「부르지짐(cry)」, 『학지광』, 1917.4.

竹兮山人, 「春華苑大宴記」, 『조선문예』, 1917.4.

竹兮山人, 「뎡씨 고부의 이이기」, 『조선문예』, 1917.4.

비위량, 「즈위(自衛)의 지능」, 『기독신보』, 1917.5.2.

에ㅅ스싱, 「남강의 가을」, 『신한민보』, 1917.5.3~7.26.

쎔잉부인, 「열난장이」, 『기독신보』, 1917.5.9.

피피 生, 「스랑을 가지고 인도ㅎ라」, 『기독신보』, 1917.5.9~16.

비위량, 「즈긔의 친척을 찻는 법」, 『기독신보』, 1917.5.9.

쎔잉부인, 「큰 의원」, 『기독신보』, 1917.5.16.

슝양산인, 「부랑」, 『신한민보』, 1917.5.17~6.28.

쎔잉박사 부인, 「동산」, 『기독신보』, 1917.5.23.

小星, 「向上」, 『청춘』, 1917.5.

초서, 「캔더베리記(中)」, 『청춘』, 1917.5.

小星, 「曠野」, 『청춘』, 1917.5.

海東樵人, 「종소릭」, 『반도시론』, 1917.5.

쎔잉부인, 「벌네와 화권(火圈)」, 『기독신보』, 1917.6.6.

비위량, 「밋분 ᄋ희」, 『기독신보』, 1917.6.6.

벙어리, 「지식문답」, 『기독신보』, 1917.6.13~27.

초서, 「캔더베리記(下之上)」, 『청춘』, 1917.6.

모팟산, 瞬星 譯, 「더러운 麵包」, 『청춘』, 1917.6.

小星, 「逼迫」, 『청춘』, 1917.6.

春園, 「少年의 悲哀」, 『청춘』, 1917.6.

白樂天子, 「老處女」, 『반도시론』, 1917.6~1917.7.

비위량, 「밋는 사람은 스욕을 이김」, 『기독신보』, 1917.7.4.

김도식 역술, 「永영 樂락 城셩」, 『기독신보』, 1917.7.4~12.5.

쎔잉부인, 「붉은 류리」, 『기독신보』, 1917.7.4.

리병도, 「허씨란셜」, 『신한민보』, 1917.7.5~26.

비위량, 「예수의 피를 의지흠」, 『기독신보』, 1917.7.18.

초서, 「캔더베리記(下之下)」, 『청춘』, 1917.7.

廣蓄室主人, 「近世로빈손奇談」, 『청춘』, 1917.7.

挹淸生, 「工業家 메손」, 『청춘』, 1917.7.

외배, 「어린 벗에게」, 『청춘』, 1917.7~11.

쎔잉부인, 「잠 잘자는 녀야」, 『기독신보』, 1917.8.1.

비위량, 「스랑으로 일ㅎ여야 셩공됨」, 『기독신보』, 1917.8.8.

류형기, 「우리 半島少年諸君끠」, 『기독신보』, 1917.8.15.

슝양 원저, 「리씨 ᄆᆡ환」, 『신한민보』, 1917.8.16.
동ᄒᆡ슈부, 「황진」, 『신한민보』, 1917.8.23~9.6.
쎔잉부인, 「어머니의 림죵시의 교훈」, 『기독신보』, 1917.8.29.
병아리, 「ᄋᆡ급려ᄒᆡᆼ」, 『기독신보』, 1917.8.29~11.28.
ᄇᆡ위량, 「ᄉᆞ욕이 위태ᄒᆞᆷ」, 『기독신보』, 1917.9.5.
ᄇᆡ위량, 「각기 ᄌᆞ긔 짐을 질 것」, 『기독신보』, 1917.9.12.
쎔잉부인, 「ᄋᆞ희의 유희」, 『기독신보』, 1917.9.12.
동ᄒᆡ슈부, 「츄뎡리갑」, 『신한민보』, 1917.9.13~1918.3.21.
「룡아원의 신사」, 『기독신보』, 1917.9.19.
秦舜星, 「紅淚」, 『매일신보』, 1917.9.21~1918.1.16.
「우스운 니ᄋᆡ기」, 『천도교회월보』, 1917.9.
柳鍾石, 「冷麪한그릇」, 『청춘』, 1917.9.
裵在晃, 「샛색라그늘」, 『청춘』, 1917.9.
白樂天子, 「良人의 祈禱」, 『반노시론』, 1917.9.
동ᄒᆡ슈부, 「동포」, 『신한민보』, 1917.10.11~12.20.
「향량」, 『신한민보』, 1917.10.18.
春園, 「開拓者」, 『매일신보』, 1917.11.10~1918.3.15.
쎔 잉부인, 「하인」, 『기독신보』, 1917.11.21.
「리원 옥봉」, 『신한민보』, 1917.11.22.
「허물이 잇스나 회ᄀᆡᄒᆞ면 구원 엇음」, 『기독신보』, 1917.11.28.
김인식, 「ᄅᆡ일 어머님 맛나러 가랍니다」, 『기독신보』, 1917.11.28.
Henry Ward Beecher, 「ᄋᆞ동의 친구」, 『기독신보』, 1917.11.28.
李常春, 「岐路」, 『청춘』, 1917.11.
朱落陽, 「마을집」, 『청춘』, 1917.11.
金明淳, 「疑心의 소녀」, 『청춘』, 1917.11.
金泳恷, 「有情無情」, 『청춘』, 1917.11.
無憂生, 「金剛의 夢」, 『반도시론』, 1917.11.
피피生, 「오날 하로」, 『기독신보』, 1917.12.5.
남궁벽 역, 「아브라함, 링컨이 처음 번 돈」, 『기독신보』, 1917.12.5.
남궁벽 역, 「장미ᄭᅩᆺ」, 『기독신보』, 1917.12.12.
「어머니의 긔도」, 『기독신보』, 1917.12.12.
「량부인」, 『신한민보』, 1917.12.13.
남궁벽, 「능금나무」, 『기독신보』, 1917.12.19.
남궁벽, 「세가지 의심」, 『기독신보』, 1917.12.26.
樂天子, 「옥동츈玉洞春」, 『천도교회월보』, 1917.12~1918.3.
쎔잉부인, 「젹은 비방울」, 『기독신보』, 1918.1.2.
남궁벽, 「영철이의 ᄭᅮᆷ」, 『기독신보』, 1918.1.2.

「여호와 포도」, 『기독신보』, 1918.1.9.

「개와 여물통」, 『기독신보』, 1918.1.9.

「숫장ᄉ와 쌜내장이」, 『기독신보』, 1918.1.9.

「나의 ᄉ랑ᄒ는 어린 동무」*, 『기독신보』, 1918.1.16.

남궁벽 역, 「산국화(山菊花)」, 『기독신보』, 1918.1.23~30.

何夢, 「無窮花」, 『매일신보』, 1918.1.25~7.27.

쎔잉부인, 「왕의 ᄋ달」, 『기독신보』, 1918.1.30.

「밍견이 그 쥬인을 구원홈」, 『신학세계』, 1918.1.

白樂天人, 「寡母의 淚」, 『반도시론』, 1918.1.

남궁벽, 「밈둘네의 젼셜(蒲公英의 傳說)」, 『기독신보』, 1918.2.13.

쎔잉부인, 「보셕과 과ᄌ」, 『기독신보』, 1918.2.13.

白南爽 譯述, 「히아왓하의 긔갈」, 『기독신보』, 1918.2.20.

쎔잉부인, 「이기와 독수리」, 『기독신보』, 1918.2.20.

원뎌쟈 금협산인, 역슐자 량화츄션, 「텬하슈군 뎨一 위인 리슌신」, 『신한민보』, 1918.2.21~
    4.18.

쎔잉부인, 「젹은 ᄋ이와 썩은 실과」, 『기독신보』, 1918.2.27.

한영ᄌ, 「신호」, 『기독신보』, 1918.2.27.

남궁벽 역, 「눈꽃」, 『기독신보』, 1918.2.27.

「청년 염세가(厭世家)가 쥬씌와셔 깃븜을 얻음」, 『신학세계』, 1918.2.

梁建植, 「슘혼 矛盾」, 『반도시론』, 1918.2.

쎔잉부인, 「나븨와 촉불」, 『기독신보』, 1918.3.13.

菊如, 「紅樓夢」, 『매일신보』, 1918.3.23~10.4.

「부활니야기」, 『기독신보』, 1918.3.27~4.10.

春園, 「彷徨」, 『청춘』, 1918.3.

「산중 긕뎜의 부억 하녀」, 『신학세계』, 1918.3.

裵緯良, 「요한 번연傳」, 『신학지남』, 1918.3.

쎔잉부인, 「쟝인과 잠을쇠」, 『기독신보』, 1918.4.10.

안튁슌, 「少女의 淚(쇼녀의 눈물)」, 『기독신보』, 1918.4.17~24.

남궁벽 역, 「보기 실흔 오리 ᄉ기」, 『기독신보』, 1918.4.17~8.21.

쎔잉부인, 「야곱과 그 네죵」, 『기독신보』, 1918.4.24.

「텰혈산셩」, 『신한민보』, 1918.4.25.

春園, 「尹光浩」, 『청춘』, 1918.4.

柳鍾石, 「母子의 情」, 『청춘』, 1918.4.

金允經, 「戰場奇譚」, 『청춘』, 1918.4.

ㅅㅎ生, 「牛乳配達夫」, 『청춘』, 1918.4.

「개와 ᄉᄌ(The Dog and The Lion)」, 『신학세계』, 1918.4.

白樂天子, 「生?」, 『반도시론』, 1918.4.

동히슈부, 「옥란향」, 『신한민보』, 1918.5.16~7.4.

남궁벽, 「언덕 우회 잔디밧혜」, 『기독신보』, 1918.5.22.

金斗植, 「異域의 春夢(이역의 춘몽)」, 『기독신보』, 1918.5.29~8.14.

쎔잉부인, 「이러바린 돈」, 『기독신보』, 1918.5.29.

ㅂ.ㅇ.ㄱ, 「개ㅅ똥이와 복녀」, 『신한민보』, 1918.5.30.

樂天子, 「농고자평聾瞽自評」, 『천도교회월보』, 1918.5.

쎔잉부인, 「어머니의 보비」, 『기독신보』, 1918.6.5.

약산, 「거울 가동뒤 싀씨」, 『신한민보』, 1918.6.6.

안틱슌 역, 「네듸의 의심」, 『기독신보』, 1918.6.12~26.

「써러진 꼿」, 『기독신보』, 1918.6.19.

何夢生, 「陽報」, 『매일신보』, 1918.6.25.

「무혼흔의 귀쥬긔담(無魂漢의 歸主奇談)」, 『신학세계』, 1918.6~1919.1.

「小說의 小說」, 『반도시론』, 1918.6.

한영주, 「더 크게 지읍세다」, 『기독신보』, 1918.7.3~17.

쎔잉부인, 「픠역흔 주식」, 『기독신보』, 1918.7.3.

쎔잉부인, 「어늬 목ᄉ」, 『기독신보』, 1918.7.10.

金道湜, 「열심」, 『기독신보』, 1918.7.10.

「청춘」을 죠동, 「최봉쥰」, 『신한민보』, 1918.7.11~25.

미국 와싱톤 어빙 원져, 「와쉬ㅇ톤의 림종시」, 『신한민보』, 1918.7.25.

閔牛步, 「哀史」, 『매일신보』, 1918.7.28~1919.2.8.

信天翁, 「졔비」, 『천도교회월보』, 1918.7.

裵緯良, 「윌렴 캐리傳」, 『신학지남』, 1918.7.

「홍도」, 『신한민보』, 1918.8.1.

쎔잉부인, 「사오나운 개」, 『기독신보』, 1918.8.7.

동히슈부, 「동국렴향록」, 『신한민보』, 1918.8.8.

쎔잉부인, 「신션흔 의복」, 『기독신보』, 1918.8.14.

박연암 열하일긔에셔, 「허싱」, 『신한민보』, 1918.8.15~25.

쎔잉부인, 「엇던 날 흔 ᄋ희가」*, 『기독신보』, 1918.8.21.

李應洛, 「金不換」, 『매일신보』, 1918.8.22.

不老生, 「酌水成禮」, 『반도시론』, 1918.8.

大痴先生·海東樵人, 「自由의 嫁」, 『반도시론』, 1918.8.

김도식, 「영복」, 『기독신보』, 1918.9.11.

어빙 원져, 동화슈부 역슐, 「알함부라 월계화」, 『신한민보』, 1918.9.19~10.3.

海夢生, 「愛(ᄉ랑)」, 『태서문예신보』, 1918.9.28~(미확인)

信天翁, 「흔소리쇠북(一聲鍾)」, 『천도교회월보』, 1918.9.

菊如, 「悟!」, 『유심』, 1918.9~10.

李知鐸, 「幼女의 悲哀談」, 『기독신보』, 1918.10.2~16.

어빙 원져, 동화슈부 역슐, 「그리나다 아메드 태자」, 『신한민보』, 1918.10.10~12.12.

「落花(락화)」, 『태서문예신보』, 1918.10.19.

에이, 「코난 또일氏 충복」, 『태서문예신보』, 1918.10.19~1918.11.16.

尹白南, 「含淚戱謔」, 『매일신보』, 1918.10.25~11.21.

H, M, 生, 「사상츙돌」, 『태서문예신보』, 1918.10.26~11.2.

쎔잉부인, 「엇더흔 셩에 아쥬」*, 『기독신보』, 1918.10.30.

한영즉, 「인력거에 뒤를 써미는 녀학싱」, 『기독신보』, 1918.10.30.

韓炳淳, 「월ㅎ에쳥슈(月下清水)」, 『천도교회월보』, 1918.10~11.

竹兮山人, 「一線香」, 『조선문예』, 1918.10.

權相老, 「彼此一般」, 『유심』, 1918.10.

리진구, 「정신 일흔 호랑이」, 『기독신보』, 1918.11.6.

李碩庭, 「誘惑」, 『매일신보』, 1918.11.11.

불상흔동포, 「먹방울」, 『기독신보』, 1918.11.13.

죠시한, 「겸손흔 왕」, 『기독신보』, 1918.11.13.

李一, 「후회」, 『태서문예신보』, 1918.11.16~1919.2.17.

裵緯良, 「요한 엘리옷傳」, 『신학지남』, 1918.11.

한영즉, 「듸화 예수의 피로만」, 『기독신보』, 1918.12.11.

원더쟈 우루미니아·녀왕 미리 / 역슐자ㅂ.ㅇ.ㄱ, 「활극덕우루메니아」, 『신한민보』, 1918.12.19~26.

信天翁, 「동텬명월(東天明月)」, 『천도교회월보』, 1918.12~1919.2.

ㅈㅎ生, 「學生小說 苦學生」, 『유심』, 1918.12.

尹白南, 「夢金」, 『매일신보』, 1919.1.1.

「녯날이약이 眞珠小姐」, 『매일신보』, 1919.1.1.

이쌘튜르개네푸, 「密會」, 『태서문예신보』, 1919.1.13~2.17.

菊如, 「奇獄긔옥」, 『매일신보』, 1919.1.15~3.1.

桂麟常, 「金古筠 小傳」, 『학지광』, 1919.1.

樓下洞人, 「薄情의 눈물」, 『선민』, 1919.1.

「金時計」, 『신쳥년』, 1919.1.

李常春, 「運命」, 『신쳥년』, 1919.1.

「育兒의 夢」, 『매일신보』, 1919.2.9~10.

蕉雨堂主人, 「玉利魂」, 『매일신보』, 1919.2.15~5.3.

김메레, 「클라이틱가 히바라기 됨」, 『기독신보』, 1919.2.26.

李一, 「黃昏」, 『반도시론』, 1919.2.

「어린 ㅇ희가 그 부친을 회기식힘」, 『기독신보』, 1919.3.16.

로즈영, 「새 령혼의 츌현」, 『기독신보』, 1919.3.26.

朴達成, 「同情의 淚」, 『천도교회월보』, 1919.3.

韓炳淳, 「동원춘풍(東園春風)」, 『천도교회월보』, 1919.3~4.

근대 초기 서사자료 관련 연구서지 목록

김동인, 『춘원 연구』, 영창서관, 1948.

백 철, 『조선 신문학 사조사』, 수선사, 1948.

조연현, 「『무정』—일소설 감상」, 『협동』 28, 1948.6.

김하명, 「신소설과 「혈의루」와 이인직」, 『문학』 5-3, 1950.

전광용, 「신소설 「소양정」고」, 『국어국문학』 10, 1954.

송민호, 「신소설 「혈의 루」소고」, 『국어국문학』 14, 1955.

전광용, 「「설중매」—신소설 연구」, 『사상계』 3-10, 1955.

_____, 「「치악산」—신소설 연구」, 『사상계』 3-11, 1955.

이정기, 「개화사조와 신소설의 성격」, 『성대 성균』 7-1, 1956.

전광용, 「「귀의성」—신소설 연구」, 『사상계』 4-1, 1956.

_____, 「「목단봉」—신소설 연구」, 『사상계』 4-4, 1956.

_____, 「「속, 자유종」—신소설 연구」, 『사상계』 4-9, 1956.

_____, 「「은세계」—신소설 연구」, 『사상계』 4-2, 1956.

_____, 「「자유종」—신소설 연구」, 『사상계』 4-8, 1956.

_____, 「「추월색」—신소설 연구」, 『사상계』 4-11, 1956.

_____, 「「춘외춘」—신소설 연구」, 『사상계』 4-7, 1956.

_____, 「「혈의루」—신소설 연구」, 『사상계』 4-3, 1956.

_____, 「「화의 혈」—신소설 연구」, 『사상계』 4-6, 1957.

_____, 「이인직 연구」, 『서울대 논문집』 6, 1957.

조연현, 「춘원 이광수론」, 『새벽』 4-3, 1957.3.

홍효민, 「소설이론의 신전개—춘원의 시대적 음미」, 『평화일보』 1957.11.30·12.3.

김택규, 「신소설에 대하여」, 『청구문학』 1, 1958.

김팔봉, 「작가로서의 춘원」, 『사상계』 6-2, 1958.2.

이은상, 「육당·춘원의 시대적 배경」, 『사상계』, 6-2, 1958.2.

정상구, 「설교의 광장—춘원 이광수론」, 『신조문학』 1, 1958.5.

주요한, 「춘원의 인간과 생애」, 『사상계』 6-2, 1958.2.

구인환, 「춘원의 처녀작—문학사의 재검토와 시정을 위하여」, 『조선일보』, 1959.3.3.

백 철, 「춘원의 문학과 그 배경」, 『자유문학』 4-11, 1959.11.

정태용, 「작가와 생활 방식—춘원과 금동과 이상」, 『한국일보』, 1959.10.9.

홍효민, 「국초이인직론」, 『현대문학』 5-5, 1959.5.

_____, 「춘원 이광수론」, 『현대문학』 5-7, 1959.7.

박말례, 「춘원 초기 소설의 형식고」, 이화여대 석사논문, 1960.

유기룡, 「춘원 소설 연구」, 경북대 석사논문, 1960.

장덕순, 『국문학통론』, 신구문화사, 1960.

전광용, 「신소설과 최찬식」, 『국어국문학』 22, 1960.

정태용, 「한국적 동키호테상—이광수론의 하나로써」, 『현대문학』 6-6, 1960.6.

송민호, 「춘원의 초기 작품고」, 『현대문학』 7-9, 1961.9.

현창하, 「이인직소설의 배경과 성격」, 한국자유문학자협회, 『자유문학』 6-6, 1961.

구인환, 「춘원의 처녀작」, 『국어교육』 3, 1962.1.

두창구, 「이인직 작품 소고」, 『어문론집』 2, 1962.

박노춘, 「한국신연극오십년사」, 『자유문학』 5-2, 1962.

송민호, 「국초 이인직의 신소설 연구」, 『고려대 문리대 문리논집』 5, 1962.

_____, 「춘원의 습작기 작품과 단편 「무정」」, 『국어국문학』 25, 1962.

전광용, 「「안의성」고」, 『국어국문학』 25, 1962.

하재철, 「춘원 이광수론」, 『동아』 2, 1962.5.

김우종, 「구성 및 문체에 관한 고대소설과 신소설의 비교 연구」, 『충남대학교 논문집』 3, 1963.

두창구, 「이인직 소고」, 중대 문리대 『문경』 14, 1963.

박종화, 「개화사상과 신문화운동」, 『20세기 강좌』 5, 박문사, 1963.

송민호, 「개화기의 근대문학적 성격」, 고려대 『문리논집』 7, 1963.

주영자, 「「귀의성」 소고」, 『숙대학보』 3, 1963.

최병국, 「춘원 문학의 기독교적 사상 분석」, 단국대 석사논문, 1963.

백 철, 「춘원 문학과 기독교」, 『기독교 사상』 75, 1964.3.

정동석, 「신소설의 사상적 계보고」, 전남대 석사논문, 1964.

조석래, 「이인직의 문학과 그의 작가적 위치」, 『어문학』 11, 한국어문학회, 1964.

한상준, 「이광수—신문학 운동의 선봉」, 『20세기 강좌』 7, 박문사, 1964.

김영덕, 「춘원의 기독교 입문과 그 사상과의 관계 연구」, 『한국문화 연구』 5, 1965.

두창구, 「목단봉과 사씨남정기」, 『중앙대 문과대학보』, 1965.8.31.

송민호, 「춘원 초기 작품의 문학사적 연구」, 『고려대학교 60주년 기념 논문집』, 1965.5.

이두현, 「유일단과 그 밖의 신파극단」, 『사상계』 13-3, 1965.

_____, 「한국 신연극사 연구」, 『사상계』 13-3, 1965.

이선영, 「춘원의 비교문학적 고찰」, 『새교육』, 1965.12.

조연현, 「한국 신문학사방법론서설」, 『문학춘추』 8, 1965.

김기현, 「「소양정기」 연구」, 고려대 『고대문화』 7, 1966.

김우종, 「춘원 문학 연구」, 『충남대학교 논문집』 5, 1966.11.

정태용, 「「무정」의 근대성」, 『한양』 54, 1966.8.

조연현, 「신소설형성과정고」, 『현대문학』 136, 1966.

_____, 『한국신문학고』, 문화당, 1966.

_____, 「개화기문학형성과정고」, 『예술원논문집』 5, 예술원, 1966.

하동호, 「신소설 연구초」, 『세대』 9~12, 1966.

구인환, 「춘원의 문체론적 연구」, 『국어국문학』 34~35합집, 1967.1.

김영기, 「이인직·이광수·손창섭·최인훈」, 『현대문학』 13-12, 1967.

이승환, 「이인직의 생애와 작품고」, 『성대문학』 13, 1967.

전광용, 「한국소설발달사·하」, 『한국문화사대계』 5, 1967.

구인환, 「춘원론 서설」, 『국어교육』 14, 1968.

김붕구, 「신문학 초기의 계몽사상과 근대적 자아」, 『한국인과 문학사상』, 일조각, 1968.

서연호, 「한국 신파극에로의 접근」, 『고대문화』 9, 1968.

송백현, 「춘원의 「소년의 비애」 연구」, 『대전공업전문대학 논문집』 3, 1968.

전광용, 「개화기 문학의 진통과 시대상」, 『새교육』 20-2, 1968.

김 현, 「한국 개화기 문학인—육당과 춘원의 경우」, 『아세아』 1-2, 1969.

김열규, 「이광수 문학론의 전개」, 『한국 근대문학 연구』, 서강대 인문과학연구소, 1969.

박희자, 「신소설 「설중화」고」, 계명대, 『계명』 3, 1969.

서연호, 「한국신파극 연구—1908~1922년까지를 중심으로」, 고려대 석사논문, 1969.

신동한, 「이광수론」, 『월간문학』, 1969.7.

이광린, 『한국 개화사 연구』, 일조각, 1969.

이동희, 「개화기소설의 문체양상」, 『안동교대 논문집』 2, 1969.

이미옥, 「한국신극과 문화이식」, 이화여대 석사논문, 1969.

이선영, 「도덕과 미학—이광수와 김동인을 중심으로」, 『현대문학』, 1969.9.

이성주, 「신소설의 작품사상분석 연구」, 고려대 석사논문, 1969.

이재선, 「개화기 소설관의 형성과정과 양계초」, 『영남대 논문집』 2, 1969.

_____, 「개화기의 수사론」, 『인문 연구논집』, 1969.

전광용, 「이인직론」, 『월간문학』 2-7, 1969.

전광용, 『한국신소설전집』, 을유문화사, 1969.

김기현, 「신문학 초기의 소설고」, 『어문논집』 12, 고려대 국어국문학연구회, 1970.

김병철, 『한국 근대 번역문학사 연구』, 을유문화사, 1970.

박명숙, 「춘원 수필의 성격과 그의 단편소설에 나타난 수필성」, 『한국어문학연구』 10, 1970.

신동욱, 「신소설에 반영된 신문화수용의 태도」, 『동서문화』 4, 1970.

이재선, 「신소설발생의 요인과 그 명칭성립과정」, 『어문학』 22, 한국어문학회, 1970.

조진기, 「춘원 소설에 나타난 인간상 연구」, 영남대 석사논문, 1970.

_____, 「춘원의 『무정』 연구」, 『국어국문학 연구』 21, 1970.

강윤호, 「개화기의 교과용 도서에 나타난 외래어표기실태에 관한 연구」, 『한국문화연구원논 총』 18, 1971.

김동명, 「춘원 문학의 연구」, 동아대 석사논문, 1971.

김일렬, 「신소설 연구」, 경북대 석사논문, 1971.

유병석, 「소설의 인명에 대하여」, 『김형규박사송수기념논총』, 일조각, 1971.

윤병노, 「문학의 사회적 기능—춘원의 경우」, 『성대문학』 17, 1971.

이상범, 「춘원에의 새관심」, 『독서신문』, 1971.8.8.

진영환, 「춘원 소설의 연구」, 『대전공업전문대학 논문집』 6, 1971.4.

최창록, 「번안소설의 문학사적 위치」, 『어문학』 25, 한국어문학회, 1971.

김기현, 「현상윤 단편소설」, 『문학과 지성』 2-2, 문학과지성사, 1972.

김용직, 「춘원의 문학사적 위치」, 『문학사상』 1, 1972.10.

김학동, 「소성 현상윤론」, 『어문학』 27, 한국어문학회, 1972.

노양환, 「새 자료로 본 이광수」, 『문학사상』 1, 1972.

윤홍로, 「춘원 작품의 재평가」, 『숭전어문학』 1, 1972.

이영숙, 「구조를 통해 본 신소설과 고대소설의 비교 연구」, 고려대 석사논문, 1972.

이재선, 「신소설의 서술구조론 시고」, 『진단학보』, 1972.6.

_____, 『한국개화기소설 연구』, 일소사, 1972.

이형기, 「「춘원 연구」의 재검토」, 『문학사상』 1, 1972.

전광용, 「최찬식 연구」, 『어문학계』 2, 1972.

조용만, 「우리나라 신문학의 초창기에 있어서 일본의 서구문학의 영향」, 『아세아 연구』 15-2, 1972.

천이두, 「춘원 문학의 주체론」, 『문학사상』 1, 1972.

하동호, 「개화기소설 연구」, 단국대 석사논문, 1972.

김근수, 『한국잡지개관 및 호별 목차집』, 한국학연구소, 1973.

김용직·염무웅, 『일제시대의 항일문학』, 신구문화사, 1973.

김원길, 「춘원의 계몽문학과 그 비판」, 건국대 석사논문, 1973.

김윤식, 「개화기문학양식의 문제점」, 『동아문화』 12, 1973.

_____, 「단재소설 및 문학사상의 문제점」, 『서울대 교양과정부 논문집』 5, 1973.

_____, 「이광수론」, 『한국 근대문학의 이해』, 일지사, 1973.

_____, 『한국문학사논고』, 법문사, 1973.

_____, 『한국문학사론』, 법문사, 1973.

윤명구, 「개화기 문학 장르」, 『한국사학』 2, 1973.

_____, 「안국선 연구」, 서울대 석사논문, 1973.

이두현, 『한국 연극사』, 일조각, 1973.

이성재, 「춘원 작품에 나타난 사상적 배경」, 경희대 석사논문, 1973.

전광용, 「신소설 연구」, 서울대 박사논문, 1973.

정명환, 「이광수의 계몽 사상」, 『문학과 지성』, 1973.봄.

조동일, 『신소설의 문학사적 성격』, 서울대 출판부, 1973.

홍일식, 「신소설의 문제점」, 『조선학보』, 1973.10.

김 현, 「한국 개화기의 문학인」, 『현대 한국 문학의 이론』, 민음사, 1974.

민병수 외, 『개화기의 우국문학』, 신구문화사, 1974.

서울교육대학교 철학연구회, 「춘원의 『무정』에 대하여」, 『지향』 5, 1974.

서홍규, 「신소설에 나타난 해학성 연구」, 고려대 석사논문, 1974.

신상용, 「신소설의 서술구조에 관한 연구」, 고려대 석사논문, 1974.

이경세, 「개화기 소설과 이조 소설과의 비교 연구」, 영남대 석사논문, 1974.

이어령, 「초기 춘원의 단편소설의 분석」, 『문학사상』 18, 1974.

정숙희, 「신소설 작가 최찬식 연구」, 경희대 석사논문, 1974.

조진기, 「초창기 문학 이론과 작품의 거리」, 『수련어문론집』 2, 1974.

홍종서, 「신소설의 표제에 관한 연구」, 고려대 석사논문, 1974.

권영민, 「개화기소설의 문체 연구」, 서울대 석사논문, 1975.

근천철세, 「한·일개화기 정치소설의 비교 연구」, 서울대 석사논문, 1975.

김병철, 『한국 근대 번역문학사 연구』, 을유문화사, 1975.

김중하, 「개화기 소설 「일념홍」 연구」, 『부산대 문리과대학논문집』 14, 1975.

_____, 「개화기신문소설 「거부오해」 소고」, 『수련어문논집』 3, 1975.

성현경, 「『무정』과 그 이전 소설」, 『어문학』 32, 1975.

_____, 「이인직소설의 재평가」, 『동양문화』 16, 1975.

_____, 「작가의 현실안과 작품과의 상호관계」, 『영대문화』 8, 1975.

송민호, 『한국개화기소설의 사적 연구』, 일지사, 1975.

신동욱, 「신채호의 민족운동에 입각한 문학관」, 『한국 현대비평사』, 1975.

신춘자, 「신소설에 나타난 자유결혼의식 고찰」, 『새국어교육』 22·23 합병호, 1975.

_____, 「신소설의 개화사상 연구」, 명지대 석사논문, 1975.

윤명구, 「「금수회의록」과 「공진회」」, 『우산』 창간호, 1975.

이선영, 「이광수론」, 『문학과지성』 6-4, 1975.

이재선, 「개화기 서사문학의 두 유형」, 『국어국문학』 68·69 합병호, 1975.

_____, 『한국 단편소설의 연구』, 일조각, 1975.

_____, 『한말의 신문소설』, 한국일보사, 1975.

이형연, 「이해조의 신소설 연구」, 고려대 석사논문, 1975.

조동일, 「개화기문학의 개념과 특성」, 『국어국문학』 68·69 합병호, 국어국문학회, 1975.

최창록, 「당대적 소설의 개념—이광수『무정』」, 『현대문학』 21-4, 1975.

구자균, 『한국신문백년』, 한국신문연구소, 1975.

김우창, 「한국 현대소설의 형성」, 『세계의문학』 창간호, 1976.

서대석, 「신소설 「명월정」의 번안양상」, 『국어국문학』 72·73 합병호, 1976.

양순필, 「신소설에 나타난 신교육문제」, 『제주문학』 5, 1976.

이선영, 「민족사관과 민족문학」, 『세계의 문학』, 1976.겨울.

이원조, 「국초의 개화사상고찰」, 『진주농림전문학교 논문집』 13, 1976.

이재선, 「개화기 서사문학의 세 유형」, 『우촌 강복수 박사 회갑기념 논문집』, 형설출판사, 1976.

_____, 「『무정』과 전환기의 인간상」, 『문학사상』 49, 1976.

전광용, 「「고목화」에 대하여」, 『국어국문학』 71, 1976.

전규태, 「개화기문학의 재검토」, 『인문과학』 35, 연세대 인문과학연구소, 1976.

정창범, 「작중 인물에 대한 정신분석학적 접근―『무정』의 인물을 중심으로」, 건국대 석사논문, 1976.

조연현, 「한국의 신파소설」, 『문학과 그 현장』, 관동출판사, 1976.

권영민, 「안국선의 생애와 작품세계」, 『관악어문연구』 2, 1977.

김춘섭, 「개화기소설의 사회적 연구」, 고려대 석사논문, 1977.

신동욱, 「이광수 문학의 재평가」, 『인문론집』 22, 1977.

우한용, 「개화기소설의 장르론적 연구」, 서울대 석사논문, 1977.

이명재, 「단재소설고」, 『연민 이가원박사 송수 기념논총』, 범학도서, 1977.

이영순, 「최찬식 신소설 연구」, 고려대 석사논문, 1977.

이재선, 「개화기소설 연구의 현황과 방향」, 『한국학보』 6, 1977.

이주형, 「「혈의 루」―「목단봉」의 시대적 성격」, 『이숭녕선생 고희기념 국어국문학논총』, 1977.

인권한, 「「금수회의록」의 재래적 원천에 대하여」, 고려대 『어문논집』 19·20 합집, 1977.

임중빈, 「단재의 상황문학론」, 『한국문학』, 1977.9.

조동일, 「신소설의 표면적 주제와 이면적 주제」, 『한국 현대소설연구』, 민중서관, 1977.

천두현, 「춘원 문학 연구 비망록」, 『한국문학』, 1977.9.

하동호, 「개화기소설의 서지적 정리 및 조사」, 『동양학』 7, 1977.

한무희, 「단재와 임공의 문학과 사상」, 『우리문학 연구』, 예그린출판사, 1977.

구중회, 「개화기문학론 연구」, 한양대 석사논문, 1978.

김현 편, 『이광수』, 문학과지성사, 1978.

이진구, 「개화기 신문이 여론형성에 미친 영향」, 중앙대 석사논문, 1978.

전영태, 「「혈의누」―「모란봉」의 변화양상 고찰」, 『선청어문』 9, 1978.

정숙희, 「최찬식 연구」, 『우리문학 연구』 3, 1978.

조동일, 『한국문학사상사』, 지식산업사, 1978.

최원식, 「「은세계」 연구」, 『창작과비평』 48, 1978.

김일렬, 「신소설 「황금탑」에 대한 고찰」, 『여천서병국박사 회갑기념논문집』, 형설출판사, 1979.

김중하, 「개화기 토론체소설 연구」, 『백사전광용박사 회갑기념논총』, 1979.

민병수·조동일·이재선, 『개화기의 우국문학』, 신구문화사, 1979.

박종철, 「개화기소설의 언어와 문체」, 『개화기문학론』, 형설출판사, 1979.

신경득, 「단재 신채호의 민족주의 문예론」, 『월간문학』, 1979.3.

신명균, 「신소설에 나타난 인물상 연구」, 건국대 석사논문, 1979.

우쾌제, 「구한말 잡지소설 연구」, 『국어국문학』 79·80, 1979.

유양선, 「개화기 서사문학 연구」, 서울대 석사논문, 1979.

이광린, 『한국개화사상 연구』, 일조각, 1979.

이기문, 『개화기의 국문 연구』, 일조각, 1979.

이선영, 「한국 개화기 역사·전기소설의 성격」, 『역사·전기소설』, 아세아문화사, 1979.

정학성, 「몽유담의 우의적 전통과 개화기 몽유록」, 『관학어문연구』 4, 1979

주종연,『한국 근대단편소설 연구』, 형설출판사, 1979.

최문길,「한말 잡지에 나타난 개화기 소설 연구」, 고려대 석사논문, 1979.

하재성,「개화기 소설 연구」, 충북대 석사논문, 1979.

현혜경,「신소설의 주제 및 시대적 성격 연구」, 이화여대 석사논문, 1979.

홍일식,「개화기문학의 사상적 연구」, 고려대 박사논문, 1979.

강수길,「춘원 장편소설에 나타난 인간관계」, 건국대 석사논문, 1980.

권영민,「개화기 소설의 사회적 성격」,『한국학보』19, 1980.여름.

김병철,『한국 근대 서양문학 이입사 연구』, 을유문화사, 1980.

김용직,「개화기 문인들의 시대의식과 행동」,『도남학보』3, 1980.

김윤식,「단재의 문학관에 대하여」,『단재 신채호와 민족사관』, 단재 신채호선생 기념사업회,
      1980.

_____,『한국 근대문학양식론고』, 아세아문화사, 1980.

김춘섭,「이광수의 초기 소설 연구」,『어문논집』21, 한국언문학회, 1980.

박일용,「개화기 서사문학의 일 연구」,『관학어문연구』5, 1980.

서대석,「몽유록의 장르적 성격과 문학사적 의의」,『한국학논집』1~5 합본, 1980.

송민호,『한국 개화기소설의 사적 연구』, 일지사, 1980.

송재소,「민족과 민중」,『단재 신채호와 민족사관』, 단재 신채호선생 기념사업회, 1980.

_____,「민중문학과 노예문학—단재 신채호의 문학에 대하여」,『창작과비평』, 1980.봄.

엽건곤,『양계초와 구한말문학』, 법전출판사, 1980.

윤명구,「개화기 문학 장르」, 한국정신문화 연구원『한국사학』2, 1980.

윤홍로,『한국 근대소설 연구』, 일조각, 1980.

이명자,「새로 밝혀낸 이해조의 얼굴과 생애」,『문학사상』92, 1980.

이선영,「단재의 사상과 문학」,『단재 신채호와 민족사관』, 단재 신채호선생 기념사업회, 1980.

이수호,「개화기소설의 기독교적 요소」, 고려대 석사논문, 1980.

이주형,「이광수의 초기 단편소설 연구」,『어문학』39, 1980.

이혜순,「신소설「행락도」연구」,『국어국문학』84, 1980.

임중빈,「단재문학의 영웅상과 민중상」,『단재 신채호와 민족사관』, 단재 신채호선생 기념사업
      회, 1980.

전광용,「독립신문에 나타난 근대적 의식」,『국어국문학』84, 1980.

조남현,「구한말 신문소설의 양식화 방법」,『건국대학교 학술지』24, 1980.

최원식,「동학소설 연구」,『어문학』40, 1980.

홍일식,『한국개화기 문학사상 연구』열화당, 1980.

강은해,「일제 강점기 망명지 문학과 지하문학」,『서강어문』3, 1981.

강재언,『한국의 개화사상』, 비봉출판사, 1981.

구인환 외,『최남선과 이광수의 문학』, 새문사, 1981.

권두환,「고전문학과 근대문학의 연결—춘원 이광수의 경우」,『목화』9, 1981.

김교봉,「신소설의 불행한 결말작품에 관한 연구」계명대 석사논문, 1981.

김상태, 「『무정』의 문체상의 업적에 대한 방견」, 『한국고전 연구』, 동화문화사, 1981.

김중하, 「개화기 단형소설 연구」, 『인문논총』 20, 부산대, 1981.

김창진, 「신소설 직유고(1)」, 『성심여대논문집』 12, 1981.

김충실, 「신소설에 나타난 혼사장애 양상에 관한 연구」, 이화여대 석사논문, 1981.

박숙혜, 「이해조의 개삭소설 옥중화 연구」, 고려대 석사논문, 1981.

신일철, 『신채호의 역사사상 연구』, 고려대 출판부, 1981.

윤명구, 「개화기 서사문학 장르」, 『신문학과 시대의식』, 새문사, 1981.

_____, 「신소설의 장르의 변이 연구」, 『인하대 인문과학연구소 논문집』 7, 1981.

_____, 「천강 안국선의 생애와 사상」, 『인하』 17, 1981.

이동순, 「단재 신채호의 '천희당시화'에 대하여」, 『개신어문연구』 1, 1981.

이재선, 「춘원의 초기 단편과 서간 형태」, 『최남선과 이광수의 문학』, 새문사, 1981.

이재환, 「개화기 지식인 소설의 양상」, 『한국학보』 24, 1981.

한무희, 「단재와 임공의 문학 사상」, 『한국문학론』, 명서각, 1981.

간복균, 「신소설 작품의 사상고」, 『강남사회복지 대학교 논문집』, 1982.

구인환, 「이광수 소설 연구」, 서울대 박사논문, 1982.

권영민, 「개화기 지식인의 환상」, 『현대소설연구』, 정음사, 1982.

_____, 「신소설 작가의 고대 소설 비판」, 『소설문학』, 8-6, 1982.

김경수, 「한국 개화기 문학과 기독교」, 『기독교사상』, 289, 1982.

김동준, 「조선후기의 문예운동과 그 성격」, 『동국』 18, 1982.

김복순, 「1890년대—1910년대 문학비평 연구」, 연세대 석사논문, 1982.

김중하, 「개화기 소설 연구의 몇 가설」, 『한국문학논총』 5, 1982.

김춘섭, 「개화기의 소설인식 태도」, 전남대 『용봉 논총』 12, 1982.

민 찬, 「여성 영웅 소설의 출현과 후대적 변모」, 서울대 석사논문, 1986.

박태상, 「안국선의 금수회의록 연구」, 『연세』 16, 1982.

백철·이병기, 『국문학전사』, 신구문화사, 1982.

서광운, 「한국신문소설사—신문학」, 월간 『신문과방송』, 1982.8~9.

성현자, 「양계초와 안국선의 관련 양상」, 『인문과학』 48, 1982.

신동욱, 『우리 시대의 작가와 모순의 미학』, 개문사, 1982.

안범란, 「춘원 소설 연구」, 『교육논총』 2, 1982.

안병열, 「개화기 이후의 가전고」, 『안동대논문집』 4, 1982.

안용철, 「개화기의 역사전기 소설 연구」, 경희대 석사논문, 1982.

유우선·김춘섭, 「개화기 소설에 수용된 고대소설의 구조 유형」, 『용봉논총』 12, 1982.

윤용식, 「신재효 판소리 사설과 이해조 판소리계 작품과의 비교 연구」, 서울대 석사논문, 1982.

윤충의, 「신소설의 화자와 인물에 대한 연구」, 고려대 석사논문, 1982.

이동순, 「대립구조를 통해서 본 단재 소설」, 『개신어문연구』 2, 1982.

이동하, 「1910년대 단편 소설 연구」, 서울대 석사논문, 1982.

이래수, 「이광수 소설의 재평가」, 『한국문학 연구』 5, 1982.

이몽희, 「신소설에 나타난 개화기 한국인의 성격고」, 『부산 경상전문 논문집』, 1982.

이상원, 「개화기 동물 우화 소설고」 부산대 『국어국문학』, 18·19, 1982.

이선영, 「한국 근대문학 비평 연구」, 건국대 박사논문, 1982.

이성주, 「이인직 신소설의 사회학적 고찰」, 『관동어문학』 2, 1982.

이용남, 「꿈의 인식과 작품 해석의 실제—신소설 「귀의성」을 중심으로」, 『비교문학』 7, 1982.

이용남, 「이해조 연구」, 서울대 석사논문, 1982.

이인복, 「한국소설문학에 수용된 기독교 사상 연구」, 『숙명여대 논문집』 23, 1982.

이재춘, 「신소설에 나타난 기독교 사상」, 『어문학』 9, 1982.

이정숙, 「몽몽생 연구」, 『국어교육』 41, 1982.

임형택, 「한국문학사의 시각」, 창작과비평사, 1982.

정경수, 「개화기 소설에 나타난 성격 연구」, 조선대 석사논문, 1982.

조동일, 「신채호」, 『한국문학사상사 시론』, 지식산업사, 1982.

조연현, 『한국신문학고』, 을유문화사, 1982.

주종연, 『한국 근대 단편소설 연구』, 형설출판사, 1982.

최승범, 「개화기의 문학」, 『광장』 107, 1982.

최원식, 「신소설 「백련화」 소고」, 『백영 정병욱 선생 환갑기념 논총』, 1982.

_____, 『민족문학의 논리』, 창작과비평사, 1982.

한은실, 「신소설에 나타난 여성관 연구」, 이화여대 석사논문, 1982.

간복균, 「신소설 작품의 구조 사상고」, 『강남사회복지대학교 논문집』 10, 1983.

곽학송, 「춘원 이광수」, 『월간문학』 16-3, 1983.

권정호, 「춘원의 「어린 벗에게」 소고」, 『진주교육대학교 논문집』 27, 1983.

구인환, 「공진회 서사구조고」, 『이응백 박사 회갑기념 논문집』, 1983.

_____, 『근대문학의 형성과 현실인식』, 한샘, 1983.

_____, 『이광수 소설 연구』, 삼영사, 1983.

권영민, 「한국 근대문학과 시대정신」, 문예출판사, 1983.

김광용, 「이해조 소설 연구」 중앙대 석사논문, 1983.

김영민, 「신소설 「귀의성」에 나타난 근대소설적 면모에 관한 연구」, 『원우론집』 10, 1983.

김용구, 「최찬식 소설의 구조」, 『관악어문연구』, 1983.

김윤식, 「이광수와 동학」, 『신인간』 409, 1983.

_____, 「정치소설의 결여 형태로서의 신소설」, 『한국학보』 31, 1983.

김혜리, 「춘원에 대한 비평의 연구」, 효성여대 석사논문, 1983.

성현자, 「신소설 「구마검」 연구」, 『중어중문학』 5, 1983.

송하춘, 「『무정』의 현대소설사적 의의」, 『인문론집』 28, 1983.

신동욱, 「한국 근대 문학의 성립과 그 발전」, 『인문과학 연구』 3, 1983.

신해은, 「개화기 신문소설 연구」 국민대 석사논문, 1983.

안승덕, 「신소설에 나타난 죽음에 대한 고찰」, 영남대 석사논문, 1983.

양문규, 「이광수 초기 단편소설 연구」, 연세대 석사논문, 1981.

오종호, 「신소설의 우연성 고찰」, 영남대 석사논문, 1983.

우남득, 「춘원 소설의 영웅적 일대기 연구」, 『이화어문론집』 6, 1983.

윤홍로, 「한국문학의 수사 변천과 의식변화와의 상관관계」, 『국어학자료논문집』, 대제각, 1983.

이동하, 「「혈의루」와 「무정」의 비교 연구」, 『관악어문연구』 9, 1983.

이동희, 「단재 소설의 문체론적 고찰」, 『국어교육론집』 10, 1983.

이상원, 「단재 신채호의 문학 세계」, 부산대 석사논문, 1983.

이성주, 「신소설의 구성에 관한 소고」, 『관동대 논문집』 11, 1983.

이인제, 「이해조 판소리 산정 연구」, 연세대 석사논문, 1983.

이정숙, 「「치악산」 연구」, 숙명여대 석사논문, 1983.

이종춘, 「단재 신채호의 생애와 사상」, 『청주교대 논문집』 19, 1983.

이태동, 「이광수와 톨스토이」, 『현대문학』 29-5, 1983.

이혜순, 「대한제국의 문학 I」, 『대한제국 연구』, 이화여자대학교 한국문화연구원, 1983.

임순구, 「이인직의 신소설에 있어서 인물의 행동구조에 관한 연구」, 연세대 석사논문, 1983.

임인재, 「신소설 속에 나타난 여성상」, 한국외대 석사논문, 1983.

장석홍, 「개화기 소설 작품론」, 『건대문화』 128, 1983.

전광용, 『한국 근대 소설의 이해』, 민음사, 1983.

정원주, 「이해조 소설 연구」, 경남대 석사논문, 1983.

정인화, 「『무정』 연구」, 충남대 석사논문, 1983.

조신권, 「기독교가 한국 근대 문학에 끼친 영향」, 『총신』 5, 1983.

_____, 『한국문학과 기독교』, 연세대 출판부, 1983.

차용주, 「단재의 한문학」, 『호서문화논총』 2, 1983.

최상희, 「「무정」과 「혈의루」의 대비 연구」, 이화여대 석사논문, 1983.

최시한, 「현상윤의 장르 의식」, 『서강어문』 3, 1983.

최홍규, 『신채호의 민족주의 사상』, 형설출판사, 1983.

표언복, 「「금수회의록」과 「공진회」의 거리」, 『목원어문학』 4, 1983.

관근춘자, 「이광수 장편소설 연구」, 연세대 석사논문, 1983.

홍성대, 「개화기 한문소설고」, 고려대 석사논문, 1983.

강영주, 「개화기의 역사전기 문학」, 『상명여대 논문집』 13, 1984.

권영민, 「애국 계몽시대의 소설 개혁 운동」, 『한국문화』 5, 1984.

_____, 「애국계몽운동과 민족문학의 인식」, 『현대사회』 14, 1984.

_____, 「한국 근대소설론 연구」, 서울대 박사논문, 1984.

김성국, 「개화기의 몽유록 소설 연구」, 계명대 석사논문, 1984.

김원일, 「이광수과 김동인의 단편소설 비교 연구」, 단국대 석사논문, 1984.

김윤식, 「근대문학의 시금석─단재의 경우」, 『한국 근대문학 사상사』, 한길사, 1984.

김중하, 「개화기 소설의 문학사적 연구」 부산대 『인문논총』, 1984.

동국대학교 부설 한국문학연구소, 『이광수 연구』, 태학사, 1984.

문기용, 「개화기소설에 나타난 갈등관계 연구」, 건국대 석사논문, 1984.

민현식, 「개화기 국어의 문체」, 『강릉어문학』 1, 1984.

백천풍, 「한국 근대 문학사의 서술─일본의 문학사 등과 관련하여」, 『한양대 국학론집』 7, 1984.

서영애, 「이광수 단편소설 연구」, 동아대 석사논문, 1984.

성현자, 「신소설에 미친 만청 소설의 영향」, 이화여대 박사논문, 1984.

송재소, 「단재 소설에 있어서 민족과 민중의 인식」, 『한국 근대문학사론』, 한길사, 1984.

신경득, 「일제시대 문학사상에 대하여」, 『배달말』 9, 1984.

신용하, 『신채호의 사회사상 연구』, 한길사, 1984.

우남득, 「한국 근대소설의 인물·서사 유형 연구」, 이화여대 박사논문, 1984.

유려아, 「노신과 춘원의 비교 연구」, 서울대 석사논문, 1984.

유양선, 「박은식의 사상과 문학」, 『국어국문학』 91, 1984.

이경선, 「신채호의 역사전기 소설」, 『한국학 논집』, 1984.

이기열, 「신채호 소설 연구」, 『국어국문학』 19, 1984.

이동길, 「「화의 혈」에 있어서 자아동일성의 추구와 표현수법」, 『여성문제 연구』 13, 1984.

이명신, 「신문학사 재정립의 문제점」, 『어문연구』 42·43, 1984.

이명재, 「이광수 연구 서설」, 『인문학 연구』 12, 1984.

이상원, 「개혁적 자아의 형상화─단재 소설의 일고찰」, 『한국문학논총』 6·7 합본, 1984.

이성주, 「신소설로 본 국초와 열재의 작품 비교」, 『관동대 논문집』 12, 1984.

이혜순, 「대한제국의 문학 II」, 『대한제국 연구』 II, 1984.

＿＿＿, 「신소설 「행락도」 연구」, 『국어국문학』 84, 1984.

전광용 외, 『한국 현대소설사 연구』, 민음사, 1984.

전명수, 「『무정』의 판본 연구」, 고려대 석사논문, 1984.

전문수, 「초기 근대 소설 연구」, 계명대 박사논문, 1984.

전소이삼자, 「「설중매」 소고」, 『전주 우석대 논문집』 6, 1984.

정무용, 「신소설의 미신고」, 『부산 산업대 논문집』 5-1, 1984.

정인화, 「『무정』 연구」, 『어문연구』 41, 1984.

조종환, 「현상윤의 생애와 사상」, 경희대 석사논문, 1984.

조희정, 「이광수 소설 연구」, 숭전대 석사논문, 1984.

지선영, 「개화기 산문의 풍자성 고찰」, 『인천어문학』 1, 1984.

최시한, 「현상윤의 쟝르 의식」, 『서강어문』 3, 1984.

최원식, 「「혈의루」 소고」, 『한국학보』 36, 1984.

＿＿＿, 「신소설과 노동이민」, 『인하대 인문과학 연구론집』, 1984.

한승옥, 『이광수 연구』, 선일문화사, 1984.

＿＿＿, 「이광수 장편소설 연구」, 『숭실어문』 1, 1984.

한용환, 「이광수 소설의 비평적 연구」, 동국대 박사논문, 1984.

한은희, 「이광수 『무정』 연구」, 숙명여대 석사논문, 1984.

허춘일, 「이광수의 역사의식고」, 『한성어문학』 3, 1984.

황선희, 「신소설에 투영된 기독교 윤리의식의 고찰」, 이화여대 석사논문, 1984.

김윤식, 『한국 근대문학과 문학교육』, 을유문화사, 1985.

김일수, 「이광수 소설 연구」, 단국대 석사논문, 1985.

김성자, 『한국 근대소설의 문체론적 연구』, 삼지원, 1985.

김중하, 「개화소설의 문학사회학적 연구」, 경북대 박사논문, 1985.

김현실, 「현상윤의 단편소설 연구」, 『국어국문학』 93, 1985.

김형자, 『한국 근대 소설의 문체론적 연구』, 삼영사, 1985.

김희자, 「개화기 소설에 나타난 노비 연구」, 건국대 석사논문, 1985.

김희철, 「개화기 역사전기 소설 연구」, 계명대 석사논문, 1985.

서종택, 『한국 근대소설의 구조』, 시문학사, 1985.

성현자, 「신소설에 미친 만청소설의 영향」, 정음사, 1985.

송지현, 「단재 신채호의 역사전기소설 연구」, 연세대 석사논문, 1985.

신헌재, 「이광수 소설의 인물관계 연구」, 『성대문학』, 1985.

우쾌재, 「구활자본 소설의 출판 및 연구 현황 검토」, 『고전소설 연구의 방향』, 새문사, 1985.

유양선, 「구한말 사회사상의 소설화 양상」, 『진단학보』 59, 1985.

이성주, 「소설사적으로 본 신소설의 위치」, 『동국어문학』 4, 1985.

이완근, 「『무정』의 문학사회학적 연구」, 조선대 석사논문, 1985.

이희춘, 「춘원 소설의 정신분석적 연구」, 『한국학론집』, 1985.

임형택·최원식 편, 『전환기의 동아시아 문학』, 창작과비평사, 1985.

정덕준, 「개화기 소설의 시간」, 『우석어문연구』 2, 1985.

조남철, 「춘원 이광수 연구」, 『연세어문학』, 1985.

조동일, 「신구소설의 교체 과정」, 『문예중앙』 6, 1985.

_____, 『신소설의 문학사적 성격』, 서울대 출판부, 1985.

최영구, 「이인직 신소설의 서사구조 연구」, 부산대 석사논문, 1985.

최정주, 「순응과 저항」, 『우석어문』 2, 1985.

표언복, 「춘원 초기 단편의 소설사적 의의」, 『호서대학교 논문집』 4, 1985.

한점돌, 「춘원 초기 단편의 소설사적 의의」, 『호서대학교 논문집』 4, 1985.

권일천, 「개화기 전기문학 연구」, 경북대 석사논문, 1986.

김강호, 「개화기 역사전기소설 연구」, 부산대 석사논문, 1986.

김교봉, 「신소설의 서사양식과 주제의식에 관한 연구」, 연세대 박사논문, 1986.

김윤식, 「소설이냐 로만스냐―염상섭 문학과 단재 사상」, 『소설문학』 126, 1986.

_____, 「절대적 세계와 상대적 세계―단재 서거 50주년에 붙여」, 『한국일보』, 1986.2.21.

_____, 『우리 근대소설 논집』, 이우출판사, 1986.

_____, 『이광수와 그의 시대』, 한길사, 1986.

_____, 『한국 근대 소설사 연구』, 을유문화사, 1986.

김재남, 「이해조 작품 연구」, 세종대 『세종어문연구』 1, 1986.

김종건, 「한국 근대초기문학론 연구」, 대구대 석사논문, 1986.

김준오, 「한국 근대문학의 장르론에 대한 연구」, 계명대 박사논문, 1986.

김창진, 「개화기 문학의 문체론적 연구」 경희대 박사논문, 1986.

김현숙, 『무정』의 플롯에 있어서 우연의 기능」, 『한국문학 연구』, 1986.

박승규, 「혈의루」의 사상적 배경과 그 변질」, 『호남대 논문집』 6, 1986.

박창호, 「개화기소설에 나타난 기독교 수용양상고」, 세종대 석사논문, 1986.

서정주, 「이광수론의 전개 양상」, 『영남어문학』, 1986.

신승희, 「최찬식 소설 연구」, 인하대 석사논문, 1986.

신헌재, 『이광수 소설의 분석적 연구』, 삼지원, 1986.

_____, 「이광수 소설의 여주인공고」, 『수선론집』, 1986.

_____, 「이광수 소설의 이원성」, 『국어국문학』 95, 1986.

_____, 「이광수 소설의 인물 연구」, 성균관대 박사논문, 1986.

윤명구, 「개화기소설의 이해」, 인하대 출판부, 1986.

윤홍노, 「개화기 진화론과 분학사상」, 『농양학』 16, 1986.

이경선, 「단재 신채호의 문학」, 『신채호의 사상과 민족 독립 운동』, 1986.

이용남, 「「빈상설」 연구」, 『한신대 논문집』 3, 1986.

_____, 「「화의혈」의 동학난과 서민의식」, 『한신어문연구』 2, 1986.

_____, 「신소설의 갈등양상 연구」, 서울대 박사논문, 1986.

_____, 『이해조와 그의 작품 세계』, 동성사, 1986.

이은숙, 「활자본 신작 구소설에서의 애정 소설 연구」, 한국학대학원, 1986.

임성운, 「「혈의루」의 신문연재소설적 특징」, 순천대 『논문집』 5, 1986.

임형택, 「「담총」의 사상과 그 작자」, 『신채호의 사상과 민족독립운동』, 1986.

장광섭, 「한국 근대단편소설 연구」, 『국어국문학 논문집』 25, 1986.

전광용, 『신소설 연구』, 새문사, 1986.

전기철, 「혈의루에 나타난 유민적 삶의 세계」, 『관악어문연구』 11, 1986.

전연옥, 「춘원 소설에 나타난 전통 의식 연구」, 효성여대 석사논문, 1986.

조경미, 「현상윤 문학 연구」, 숙명여대 석사논문, 1986.

조동숙, 「「혈의루」에 나타난 여인상 연구」, 『수련어문론집』 13, 1986.

조동일, 『한국문학통사』 4, 지식산업사, 1986.

최원식, 「애국계몽기의 친일문학」, 『한국 근대문학사론』, 1986.

_____, 「이해조문학 연구」, 서울대 박사논문, 1986.

_____, 『한국 근대소설사론』, 창작과비평사, 1986.

한점돌, 「매일신보 단편의 작품구조와 인물 유형」, 『호서대논문집』 5, 1986.

홍성암, 「역사소설의 사적 고찰」, 『한양어문학』, 1986.

황정현, 「신소설의 인물 유형 연구」, 연세대 석사논문, 1986.

고재석, 「1910년대 불교 근대화 운동과 그 문학사적 의미」, 『한국문학 연구』 10, 1987.

권영민 외, 『개화기 문학의 재인식』, 지학사, 1987.

_____ 편, 『한국 현대문학사연표』, 서울대 출판부, 1987.

_____, 「개화기 소설의 문체 연구」, 『현대문학 연구』, 1987.

김권호, 「개화기 문학에 미친 기독교 영향」, 부산대 석사논문, 1987.

김복순, 「신소설 「소금강」과 항일의병운동」, 『연세어문학』 20, 1987.

김상태, 「신소설의 시점에 관한 고찰」, 성균관대 인문과학연구소 편저, 『전통문화와 서양문화』 II, 1987.

김용덕, 『한국 전기문학론』, 민족문화사, 1987.

김윤식, 『한국문학의 근대성과 이데올로기 비판』, 서울대 출판부, 1987.

김창진, 「이해조 소설의 웃음」, 『성심어문론집』 10, 1987.

김현실, 「국권 상실과 소설적 변모」, 한국문화연구원, 『일본 식민 지배 초기의 사회분석』 1, 1987.

류민영, 『개화기 연극사회사』, 새문사, 1987.

배미영, 「이인직 소설의 작중 인물의 대립양상」, 외국어대 석사논문, 1987.

석희섭, 「신소설에 나타난 인간상 고찰」, 경남대 석사논문, 1987.

송현호, 「한국 근대 초기 소설론 형성에 관한 연구」, 『아주대 논문집』 10, 1987.

신재훈, 「애국계몽기 문학론의 성격」, 성균관대 석사논문, 1987.

신춘자, 「「귀의성」의 갈등양상 연구」, 『성결교신학교 논문집』 16, 1987.

오현주, 「개화기 소설의 현실 대응 방식 연구」, 연세대 석사논문, 1987.

유종국, 『몽유록소설 연구』, 아세아문화사, 1987.

은찬기, 「개화기 토론체 소설 연구」, 한양대 석사논문, 1987.

이강언, 『한국 근대 단편소설의 이해』, 대구대 출판부, 1987.

임명진, 「단재 문학론의 비평사적 고찰」, 『한국언어문학』 25, 1987.

임중빈, 『단재 신채호 그 생애와 정신』, 명지사, 1987.

장미영, 「개화기의 역사전기소설 연구」, 전북대 석사논문, 1987.

조남현, 「개화기 소설양식의 변이양상」, 『개화기문학의 재인식』, 지학사, 1987.

_____, 『한국 현대소설연구』, 민음사, 1987.

주종연, 『한국소설의 형성』, 집문당, 1987.

한강희, 「애국계몽기 신문연재소설 연구」, 성균관대 석사논문, 1987.

한용환, 「이광수 소설과 주체」, 『부산여대학교 논문집』, 1987.

한점돌, 「초기 근대소설에 나타난 자아와 세계의 관야양상과 그 의미」, 『호맥』, 1987.

홍신선, 「한국 근대문학이론의 형성과정에 관한 연구」, 동국대 박사논문, 1987.

강명관, 「일제초 구지식인의 문예활동과 그 친일적 성격」, 『창작과비평』, 1988.겨울.

김복순, 「근대문학비평의 여명기」, 『현대문학』 104, 1988.

김영민, 「신소설 「귀의성」 연구」, 『매지논총』 4, 1988.

김인환, 『개화기 민족지의 사회사상』, 나남, 1988.

김재남, 「개화기 소설관 연구사 정리」, 『세종어문연구』, 1988.

김종철, 「「은세계」의 성립과정 연구」, 『한국학보』 51, 1988.

_____, 「『무정』의 계보」, 『선청어문』 16, 1988.

박수복, 「이인직소설에 나타난 친일사상에 관한 연구」, 원광대 석사논문, 1988.

박승민, 「이광수 장편소설 고찰」, 연세대 석사논문, 1988.

송민호·김춘섭, 『개화기 문학론』, 한국방송통신대 출판부, 1988.

송지현, 「안국선 소설에 나타난 이상주의의 변모 양상 연구」, 『한국언어문학』 26, 1988.

신춘자, 「여성의 토론과 사회 현실의 수용」, 『여성문제 연구』 16, 1988.

_____, 「혈의루의 현실반영과 그 의미」, 『민족문화 연구』 21, 1988.

오승균, 「개화기 소설에 미친 기독교의 영향」, 단국대 석사논문, 1988.

유기룡, 「이광수 소설에 나타난 꿈 모티프」, 『문학과비평』, 1988.5.

윤병로, 「이광수의 『무정』론」, 『홍익어문』 7, 1988.

윤용식, 「현대소설의 고전소설 계승 문제」, 『한국방송통신대학교 논문집』 8, 1988.

이동길, 「신소설의 서사 구조 연구」, 영남대 박사논문, 1988.

이동하, 『우리문학의 논리』, 정음사, 1988.

이민자, 「개화기문학과 기독교사상 연구」, 중앙대 박사논문, 1988.

이상우, 「이광수의 『무정』 연구」, 한남대 석사논문, 1988.

이선영, 「1910년 전후의 계몽주의 문학사상」, 『문예사조』, 민음사, 1986.

이송희, 「대한제국 말기의 애국계몽학회 연구」, 이화여대 박사논문, 1988.

이재환, 「신소설의 서사 구조와 장르적 특성 연구」, 서울대 석사논문, 1988.

이진호, 『개화기 문학론』, 예지각, 1988.

이현숙, 「개화기 서사문학 연구」, 연세대 석사논문, 1988.

임명진, 「한국 근대소설론의 유형별 사적 연구」, 전북대 박사논문, 1988.

_____, 「확산에서 수렴으로」, 『월간문학』 230, 1988.

전지니, 「재미교포 신문에 나타난 신소설 연구」, 고려대 석사논문, 1988.

최원식, 「이해조문학 연구」, 『한국 근대소설사론』, 창작과비평사, 1986.

이희춘, 「이광수 소설의 정신 분석학적 연구」, 계명대 박사논문, 1988.

황영숙, 「개화기 정치소설에 대한 고찰」, 『비교문학』 13, 1988.

강영희, 「일제 강점기 신파양식에 대한 연구」, 서울대 석사논문, 1989.

고재석, 「백화 양건식 문학 연구 I」, 『한국문학 연구』 12, 1989.

곽　근, 「백화 양건식 소설 연구」, 『동국대 논문집』 8, 1989.

김병민, 『신채호 문학 연구』, 아침, 1989.

김영민, 「신소설 「혈의루」, 「모란봉」 연구」, 『매지논총』 5, 1989.

_____, 「안국선 문학 연구」, 『매지논총』 6, 1989.

김영택, 「한국개화기 풍자소설 연구」, 『운당 구인환 선생 화갑 기념 논문집』, 1989.

김용재, 「「공진회」의 구조적 의미와 서술 특징」, 『국어문학』 27, 1989.

김은희, 「신소설의 페미니즘 연구」, 국민대 석사논문, 1989.

김주현, 「개화기 토론체 양식 연구」, 서울대 석사논문, 1989.

김현실, 「1910년대 단편소설 연구」, 이화여대 박사논문, 1989.

김희자, 「최찬식 소설에서의 가부장적 이데올로기」, 『건국대 논문집』 29, 1989.

류영은, 「개화기 단형서사체 연구」, 서울대 석사논문, 1989.

문재현, 「이광수 초기 단편소설 연구」, 경남대 석사논문, 1989.

박재연, 「양백화의 중국문학 번역 작품에 대한 재평가」, 『중국학 연구』 4, 1989.

송현호, 「한국 근대소설론 연구」, 서울대 박사논문, 1989.

_____, 「한국 근대 초기 소설론 연구」, 『국어국문학』 101, 1989.

신재성, 「근대 역사소설의 선행 형태―단재의 소설」, 『공군사관학교 논문집』 26, 1989.

안용준, 「안국선의 정치학에 관한 연구」, 경남대 석사논문, 1989.

양문규, 「신소설에 나타난 일상성의 문제」, 『연세어문학』, 1989.

이 원, 「이인직의 신소설 연구―사회의 변화와 소설구조의 변화」, 전북대 석사논문, 1989.

이민자, 『개화기문학과 기독교사상 연구』, 집문당, 1989.

이준형, 「이광수의 민족 문학적 특징과 똘스또이즘」, 『어문론집』 5, 1989.

전고호행, 「국초 이인직론」, 연세대 석사논문, 1989.

최영구, 「이인직의 신소설 「귀의성」의 서사구조 분석 연구」, 『국어국문학』 9, 동아대, 1989.

표언복, 「단재의 문학관 형성에 미친 양계초의 영향」, 『목원어문학』, 목원대 , 1989.

한상무, 「이광수의 민족주의와 소설 형식」, 『어문학보』 12, 1989.

한원영, 「「혈의루」의 속편고」, 『국어교육』 67·68 합본, 1989.

고재석, 「한국 근대문학의 불교지성적 배경 연구」, 동국대 박사논문, 1990.

곽 근, 「민간신앙의 국문학적 수용양상」, 동국대 『국문학 연구』 13, 1990.

_____, 「이해조의 「구마검」 연구」, 『동국대 논문집』 9, 1990.

권순긍, 「1910년대 활자본 고소설 연구」, 성균관대 박사논문, 1990.

김기현, 「현상윤의 「청류벽」에 대하여」, 『벽사 이우성 선생 정년퇴직기념 논문집』, 1990.

김동욱·이재선, 『한국소설사』, 현대문학사, 1990.

김복순, 「1910년대 단편소설 연구」, 연세대 박사논문, 1990.

_____, 「양건식의 초기 단편 소설 연구」, 『동방학지』 68, 1990.

김영민, 「신소설 「은세계」 연구」, 『매지논총』 7, 1990.

김윤식, 『한국 근대 문학양식논고』, 아세아문화사, 1990.

김종구, 「혼인 시련 신소설의 서사구조와 인물유형 연구」, 서강대 박사논문, 1990.

김현실, 「근대단편소설의 전통계승에 관한 일고찰」, 『이화어문논집』 11, 1990.

박노준, 「장르 개방 현상의 한 양상―정약용과 안국선의 동물 우화문학을 중심으로」, 『벽사 이우성 선생 정년퇴직기념 논문집』, 1990.

박태상, 「「호질」과 「금수회의록」의 심리적 거리」, 『벽사 이우성 선생 정년퇴직기념 논문집』, 1990.

송현호, 『한국 근대소설론 연구』, 국학자료원, 1990.

신춘자, 「신소설과 관·민간의 갈등」, 『명지어문학』 19, 1990.

_____, 『개화기소설 연구』, 인문당, 1990.

양문규, 「「슬픈 모순」과 1910년대 비판적 사실주의의 문제」, 『창작과비평』, 1990.봄.

_____, 「1910년대 한국 소설 연구」, 연세대 박사논문, 1990.

_____, 「신소설을 통해 본 개화파의 변혁주체로서의 한계」, 『변혁주체와 한국문학』, 역사비평사, 1990.

윤미경, 「개화기 기독교소설 연구」, 숙명여대 석사논문, 1990.

이만열, 『단재 신채호의 역사학 연구』, 문학과지성사, 1990.

이오덕, 「우리소설에 나타난 남의 나라 말과 말법—이인직에서 김동인까지」, 『국어생활』 23, 1990.

이홍숙, 「신소설의 현실 의식에 관한 연구」, 창원대 석사논문, 1990.

임문혁, 「이광수의 엘리트 의식과 계몽주의」, 『한국어문교육』 1, 1990.

장무익, 「절망과 니힐과 래디칼리즘의 문학—신채호론」, 『공군사관학교논문집』 28, 1990.

전기철, 「개화기 논설, 토론의 문학화고」, 『숭의논총』 14, 1990.

정옥자, 『조선후기 문학사상사』, 서울대 출판부, 1990.

조남현, 『한국 소설과 갈등』, 문학비평사, 1990.

최영구, 「이인직의 신소설 『혈의루』의 서사 및 서사기능층위 연구」, 『수련어문논집』 17, 1990.

한길문학 편집 위원회, 『한국 근현대문학 연구 입문』, 한길사, 1990.

한원영, 『한국 개화기 신문연재소설 연구』, 일지사, 1990.

한점돌, 「양백화 소설과 모순의 미학」, 『인문논총』 9, 1990.

허만욱, 「신소설에 나타난 갈등양상 연구」, 중앙대 석사논문, 1990.

김교봉·설성경, 『근대전환기 소설 연구』, 국학자료원, 1991.

김규경, 「개화기소설에 나타난 정치성 연구」, 건국대 석사논문, 1991.

김병민, 「신채호의 문학창작 유고에 대한 자료적 고찰」, 『한길문학』, 1991.여름.

_____, 「심각한 반성과 날카로운 해부」, 『한길문학』, 1991.겨울.

김영민, 「이인직과 안국선 문학 비교 연구」, 『동방학지』 70, 1991.

신요섭, 「신소설에 나타난 인물유형 연구」, 목원대 석사논문, 1991.

신용하, 『신채호의 사회사상 연구』, 국학자료원, 1991.

이재선·김학동 외, 『개화기 문학 연구』, 1991.

장소진, 「이광수의 『무정』 연구」, 서강대 석사논문, 1991.

장윤수, 「한국 근대소설에 나타난 교육양상 연구」, 고려대 박사논문, 1991.

최기영, 「안국선의 생애와 계몽사상」, 『한국학보』 63·64, 1991.

최영구, 「이인직 소설의 개화사상 연구」, 동아대 석사논문, 1991.

홍신선, 『한국 근대 문학 이론 연구』, 문학아카데미사, 1991.

홍일식, 『한국개화기 문학사상 연구』, 열화당, 1991.

황정현, 「신소설의 분석적 연구」, 연세대 박사논문, 1991.

김영민, 「단재 신채호 문학 연구」, 『매지논총』 9, 1992.

김춘섭, 「이광수 민족주의와 인도주의 문학사상 연구」, 고려대 박사논문, 1992.

김태준, 「이광수의 첫번째 유학 시대와 그 저작들」, 『한국문학 연구』 15, 1992.

류승렬, 「개화기소설의 변이양상 연구」, 동아대 박사논문, 1992.

민병덕, 「한국 근대 신문연재소설 연구」, 성균관대 박사논문, 1992.

서영채, 「『무정』 연구」, 서울대 석사논문, 1992.

윤홍로, 『이광수의 문학과 삶』, 한국연구원, 1992.

이동하, 『이광수』, 동아일보사, 1992.

정재균, 「신소설과 춘원소설 연구」, 원광대 석사논문, 1992.

최선욱, 「근대 초기서사문학 유형 연구」, 원광대 박사논문, 1992.

최원식, 「이해조의 계승자 김교제」, 『민족문학사연구』 2, 1992.

최유찬, 『리얼리즘 이론과 실제비평』, 두리, 1992.

김용덕, 『한국전기문학론』, 민족문화사, 1993.

김용재, 『한국소설의 서사론적 탐구』, 평민사, 1993.

김윤규, 「개화기 단형서사문학 연구」, 경북대 박사논문, 1993.

김윤식·정호웅, 『한국 소설사』, 예하, 1993.

김진옥, 「신채호 문학 연구」, 서울대 석사논문, 1993.

원미진, 「토론체 소설 연구」, 연세대 석사논문, 1993.

윤병로, 『한국 근현대문학사』, 명문당, 1993.

이재선 외, 『개화기문학론』, 형설출판사, 1993.

이주엽, 「안국선 문학 연구」, 연세대 석사논문, 1993.

한기형, 「황금탑 연구」, 『민족문학사연구』 3, 1993.

_____, 「한문단편의 서사전통과 신소설」, 『민족문학사연구』 4, 1993.

김원규, 「개화기 토론체의 담론 연구」, 부산대 석사논문, 1994.

김재국, 「애국계몽기 역사전기소설 연구」, 청주대 석사논문, 1994.

문성숙, 『개화기 소설론 연구』, 새문사, 1994.

이상경, 「「은세계」재론」, 『민족문학사연구』 5, 1994.

이상효, 「이해조 신소설의 갈등 해결 구조」, 동국대 석사논문, 1994.

이연희, 「신소설에 나타난 민간 신앙」, 성균관대 석사논문, 1994.

정선태, 「신소설의 서사론적 연구」, 서울대 석사논문, 1994.

최종순, 「신소설에 나타난 신여성 연구」, 목원대 석사논문, 1994.

한용환, 『이광수소설의 비판과 옹호』, 새미, 1994.

고영학, 「개화기 서사문학 구조의 분석적 연구」, 세종대 박사논문, 1995.

구인환, 「근대문학비평의 형성과 그 영향」, 『초강 송백헌 박사 회갑기념논총』, 1995.

김병민, 『한국 근대이행기 문학 연구』, 국학자료원, 1995.

김종철, 「판소리의 근대문학 지향과 「은세계」」, 『민족문학과 근대성』, 문학과지성사, 1995.

설성경, 「이인직 소설의 여성인물 유형」, 『신동익 교수 정년기념논총』, 1995.

_____, 「최초의 신소설에 대한 새로운 접근」, 『문학과 의식』 27, 1995.

신근재, 『한일근대문학의 비교 연구』, 일조각, 1995.

이상경, 「이인직 소설의 근대성 연구」, 『민족문학과 근대성』, 문학과지성사, 1995.

이주형, 『한국 근대소설 연구』, 창작과비평사, 1995.

전고호행, 「신소설 「은세계」와 일본 정치소설」, 『어문연구』 88, 1995.

한기형, 「신소설과 풍자의 문제」, 『민족문학과 근대성』, 문학과지성사, 1995.

권영민, 「개화 계몽시대 서사양식의 장르 분화」, 『한국문화』 17, 1996.

김열규 외, 『한국 문학사의 현실과 이상』, 새문사, 1996.

김영민, 「'역사 · 전기소설' 연구」, 『애산학보』 16, 1996.

_____, 「한말의 '서사적 논설' 연구」, 『작가 연구』 2, 1996.

김현양, 「1910년대 활자본 군담소설의 변모양상」, 『연민학지』, 1996.

윤성중, 「기독교 수용의 신소설 연구」, 성균관대 석사논문, 1996.

임성래, 「신문소설의 입장에서 본 「혈의 루」」, 『신문소설이란 무엇인가』, 국학자료원, 1996.

정명기, 「조선후기 야담과 소설과의 관계」, 『한국 야담문학 연구』, 보고사, 1996.

허만욱, 「신소설의 주제의식과 그 형상화에 관한 연구」, 중앙대 박사논문, 1996.

강상순, 「전기소설의 해체와 17세기 소설사적 전환의 성격」, 『어문논집』 36, 1997.

강진옥, 「야담소재 신소설의 개작양상에 나타난 여성수난과 그 의미」, 『이화어문논집』 15, 1997.

곽인숙, 「1910년대 단편소설 연구」, 서강대 석사논문, 1997.

구인환, 『한국 근대문학의 비평적 탐구』, 삼지원, 1997.

구중서 · 최원식 공편, 『한국 근대문학 연구』, 태학사, 1997.

권순긍, 「신채호의 역사의식과 소설」, 『대전어문학』 14, 1997.

권영민, 「「무정」은 과연 근대소설인가」, 『문학사상』 299, 1997.9.

_____, 「개화기 소설의 국문체와 '―ㄴ 다'형 문장」, 『새국어생활』, 1997.6.

_____, 「신소설 「일념홍(一捻紅)」의 정체」, 『문학사상』 296, 1997.6.

_____, 「『한성신보(漢城新報)』와 최초의 신문 연재소설」, 『문학사상』 295, 1997.5.

김경남, 「개화기 토론체 소설 연구」, 제주대 석사논문, 1997.

김경욱, 「1910년 이후의 후기 신소설 연구」, 연세대 석사논문, 1997.

_____, 「후기 신소설과 전기 신소설의 연계성」, 『외국문학』 50, 1997.2.

김명석, 「현상윤의 「핍박(逼迫)」 연구」, 『연세어문학』 29, 1997.

김문종, 「『독립신문』의 신문매체 인식에 관한 연구」, 청주대 석사논문, 1997.

김수봉, 「고소설 반동인물의 후대적 변화양상 연구」, 『한국문학논총』 21, 1997.

김승종, 「신문학 초기 문예사조 수용의 한 양상과 그 의의」, 『안양전문대논문집』 20, 1997.

김영택, 「개화기 우화체 소설에 나타난 풍자성」, 『어문학 연구』 6, 1997.

김영택 · 최종순, 「개화기 소설의 연구사적 고찰」, 『목원대논문집』 32, 1997.

김용달, 「춘원의 「민족개조론」의 비판적 고찰」, 『도산사상 연구』 4, 1997.

김윤규, 「『독립신문』 소재 서사물의 문학사적 의미」, 『문학과언어』 18, 1997.

김윤재, 「이인직 신소설과 『무정』을 통해 본 근대성의 문제」, 『한국어문학연구』 8, 1997.

김인환, 「신채호의 근대성 인식」, 『민족문화 연구』 30, 고려대학교, 1997.

김창진, 「신소설의 작가의식고」, 『성심어문논집』 18 · 19, 1997.

김하림, 「노신과 신채호에 있어서 사회진화론의 영향 연구」, 『외국문화 연구』 20, 1997.

김혜정, 「계모형 가정소설 연구」, 성균관대 석사논문, 1997.

문학사와 비평 연구회 편, 『한국 근대문학 연구의 반성과 새로운 모색』, 새미, 1997.

문홍구, 「최찬식의 「추월색」 연구」, 『성신어문학』 9, 1997.

박주선, 「몽유록에 나타난 우언의 방식과 의미」, 성균관대 석사논문, 1997.

박희병, 「신채호의 근대민족문학」, 『관악어문연구』 22, 1997.

배용일, 「박은식과 신채호 사상의 비교 연구」, 성신여대 박사논문, 1997.

송현호, 「애국계몽기의 문학개혁운동과 문학론」, 『인문논총』 8, 1997.

신영섭, 「신파극 연구」, 『연극학보』 25, 1997.

신일철, 「신채호의 민족주의적 세계관과 그 극복」, 『사상』 33, 1997.

심윤정, 「독립신문의 계몽활동 연구」, 이화여대 석사논문, 1997.

안종목, 「황성신문의 애국계몽운동에 관한 연구」, 한국외국어대 석사논문, 1997.

양진오, 「개화기 소설 형성 연구」, 서강대 박사논문, 1997.

오종호, 「김교제의 신소설 연구」, 『영진전문대논문집』 19, 1997.

유기룡, 「신문학초기의 소설작품에 나타난 기록문학적 성격」, 『국어국문학 연구』 25, 1997.

윤정원, 「한국 근대 정기간행물에 관한 서지학적 연구—1889~1945」, 이화여대 석사논문, 1997.

이강엽, 『토의문학의 전통과 우리 소설』, 태학사, 1997.

이윤정, 『『대한매일신보』의 논설에 나타난 실업진흥론」, 서울시립대 석사논문, 1997.

이재봉, 「이광수 문학의 세대론적 접근」, 『수련어문논집』 23, 1997.

이진우, 「춘원 이광수의 초기단편소설 연구」, 『인문과학논문집』 24, 1997.

진미선, 「근대 문학의 형성 과정 연구」, 『국어과교육』 17, 1997.

차옥덕, 「「자유종」에 나타난 페미니스트의식 연구」, 『성신어문학』 9, 1997.

최재선, 「『무정』과 『재생』에 나타난 기독교 양상 연구」, 『어문론집』 7, 1997.

탁광혁, 「『마의태자』 연구」, 『한국어문학연구』 8, 1997.

＿＿＿, 「이광수 초기문학 연구」, 한국외국어대 석사논문, 1997.

한기형, 「신소설의 근대문학적 위상」, 성균관대 박사논문, 1997.

한상무, 「이인직의 소설과 이데올로기」, 『선청어문』 25, 1997.

한재천, 「이인직 소설의 종합적 연구」, 연세대 석사논문, 1997.

현 구, 「신채호의 「을지문덕전」 연구」, 『인문논총』 16, 1997.

홍성암, 「이광수 소설의 창작기법 연구」, 『동대논총』 27, 1997.

황정현, 『신소설 연구』, 집문당, 1997.

황종연, 「문학이라는 역어」, 『동악어문논집』 32, 1997.

계 곤, 「한국 개화기소설에 미친 만청소설의 영향」, 경남대 석사논문, 1998.

김경완, 「개화기소설 「다정다한(多情多恨)」에 나타난 기독교정신」, 『인문과학』 28, 1998.

김명인, 「「귀의성」과 한 친일개화파의 세계인식」, 『한국학 연구』 9, 1998.

김병익, 「근대 문단의 형성과 그 이후」, 『문학과사회』 43, 1998.

김생기, 「『독립신문』논설에 나타난 사회교육개혁론의 특징」, 『인문·사회과학』 27, 1998.

김영택·최종순, 「이인직 소설 「은세계」의 담론 특성」, 『국어교육』 98, 1998.

김영택·최종순, 「이인직 소설 연구 Ⅰ」, 『목원대학교논문집』 35, 1998.

김춘식, 「개화기(1876~1910)의 문학적 근대성」, 『동악어문논집』 33, 1998.

김형중, 「개화기 한문소설 연구」, 『한국언어문학』 40, 1998.

노무지, 「구한말 단재 신채호의 역사인식」, 『중앙사론』 10·11, 1998.

박은정, 『옥루몽』 연구」, 영남대 석사논문, 1998.

박헌호, 「한국 근대단편소설 형성의 기반과 양상」, 『대동문화연구』 33, 성균관대학교, 1998.

성현자, 「중국 신문학운동에 관한 연구—양건식의 중국 신문학운동의 수용을 위한 시론(1)」, 『개신어문연구』 15, 1998.

송명옥, 「「장한몽」과 『재생』의 대비 연구」, 강원대 석사논문, 1998.

송선령, 「개화기에 나타난 서사적 산문 연구」, 이화여대 석사논문, 1998.

양문규, 「이인직과 이광수 문학에 나타난 식민지 근대와 민족문제」, 『민족문학사연구』 13, 1998.

양진오, 『한국 소설의 형성—개화기의 소설』, 국학자료원, 1998.

오종호, 「애국계몽기 소설의 대중화 과정 연구」, 『영진전문대학교논문집』 20, 1998.

이건지, 「안국선과 라쿠고(落語)—소설집 『공진회(共進會)』에 나타난 「시바하마(芝浜)」의 영향」, 『비교문학』 별권, 1998.12.

이복규, 「새로 발굴한 신소설 「월하탄금성」의 원문과 주석」, 『국제어문』 19, 1998.

이선희, 「한말 백암 박은식의 현실인식과 대응론」, 『한국사상사학』 11, 1998.

이승재, 「개화기 신문논설의 사회교육적 성격에 관한 연구」, 강원대 석사논문, 1998.

이재봉, 「근대문학의 논리와 소설의 형식」, 『국어국문학』 35, 부산대학교, 1998.

이종욱, 「일제하 시대상을 반영한 언론의 신문연재소설」, 『순국』 93, 1998.

이준만, 「한말 서북학회의 교육운동과 애국계몽사상에 관한 연구」, 한국교원대 석사논문, 1998.

이현식, 「문학의 자율성, 주체의 발견, 근대라는 미망」, 『문학과사회』 43, 1998.

전기철, 「개화기 지식계급 논설의 발달과 근대비평의 형성」, 『어문연구』 97, 1998.

전은영, 「신소설에 나타난 가족갈등 연구」, 제주대 석사논문, 1998.

전지향, 「신파극 성격 연구」, 경성대 석사논문, 1998.

정선아, 「몽자소설과 몽유록 소설에 나타난 환몽구조 연구」, 서강대 석사논문, 1998.

정영미, 「신소설의 탈식민론적 연구」, 중앙대 석사논문, 1998.

정은균, 「신소설의 문체 연구」, 숭실대 석사논문, 1998.

조구호, 「근대소설에 나타난 유학생의 유형」, 『경상어문』 4, 1998.

표영수, 「대한제국 말기 재일본유학생의 애국계몽사상」, 숭실대 석사논문, 1998.

한국신문학협회 편, 『한국신문학』, 문예사조, 1998.

한금윤, 「금수회의록 연구의 허와 실」, 『국어국문학논총』, 박이정, 1998.

한기형, 「신소설의 양식 특질」, 『대동문화연구』 33, 성균관대학교, 1998.

한희수, 「이광수 소설에 나타난 기독교 수용양상」, 『한남어문학』 23, 1998.

강병조, 「신소설과 개화담론의 대응양상 연구」, 서울대 석사논문, 1999.

고영학, 「이인직 소설의 구조 연구」, 『관동어문학』 9·10, 1999.

공임순, 「'환상적' 역사 소설 연구─신채호의 「꿈하늘」과 복거일의 「역사속의 나그네」를 중심
　　　으로」, 『서강어문』 15, 1999.

관광청, 「「설중매」의 번안양상」, 서울대 석사논문, 1999.

권보드래, 「'문학' 범주의 형성 과정」, 『민족문학사연구』 14, 1999.

권영민, 「이인직이 쓴 일본어 소설 「과부의 꿈」 97년 만에 최초 공개」, 『문학사상』 321, 1999.

권혁웅, 「이광수 소설에 내재한 친일의 논리」, 『어문론집』 39, 1999.

김경환, 「한국 개화기 기독교소설 연구」, 숭실대 박사논문, 1999.

김동식, 「한국의 근대적 문학 개념 형성과정 연구」, 서울대 박사논문, 1999.

김봉희, 『한국 개화기 서적문화 연구』, 이화여대 출판부, 1999.

김선풍, 「가사 「이수일가라」와 연극소설 「장한몽」에 대하여」, 『한국극예술 연구』 9, 1999.

김영택, 「「혈의루」 다시 읽기」, 『어문연구』 103, 1999.

김영택·최종순, 「이인직 소설 「귀의성」의 담론 특성」, 『어문학 연구』 8, 1999.

김재석, 「한일 신파극의 형성과 특성에 대한 비교연극학적 연구」, 『어문학』 67, 1999.

김진기, 『한국 근현대 소설 연구』, 박이정, 1999.

김진영, 「「강남홍전」의 연구」, 『어문연구』 32, 어문연구학회, 1999.

김춘식, 「장르의 소멸과 근대적 장르 인식─신소설을 중심으로」, 『한국문학 연구』 21, 1999.

김현양, 「「옥중화」의 계보」, 『동방고전문학 연구』 1, 1999.

김형중, 「한국애국계몽기 신문연재소설 연구」, 한림대 박사논문, 1999.

나병철, 「애국계몽기의 민족인식과 탈식민주의」, 『비평문학』 13, 1999.

남상권, 「『무정』에 나타난 현실관 연구」, 『한민족어문학』 34, 1999.

박수미, 「『대한매일신보』 소재 연재소설 연구」, 성균관대 석사논문, 1999.

박정심, 「박은식의 사상적 전환에 대한 고찰」, 『한국사상사학』 12, 1999.

＿＿＿, 「박은식의 사회진화론 수용과 자연인식」, 『동양철학 연구』 21, 1999.

방경태, 「신채호 소설의 변이양상 연구」, 『대학원논문집』 2, 1999.

백행순, 「박은식의 「유교구신론」 연구」, 성균관대 석사논문, 1999.

성현자, 「백화 양건식의 중국신문학운동 수용 연구」, 『비교문학』 24, 1999.

손병국, 「개화기 신문연재소설에서의 명대백화단편소설 수용 양상」, 『동악어문론집』 35,
　　　1999.

송계숙, 「개화기의 여성관과 여성계몽운동」, 상명대 석사논문, 1999.

송기섭, 「도덕감정의 심연과 근대적 주체─「무정」론」, 『어문연구』 32, 1999.

신아영, 『한국 근대극의 이론과 연극성』, 태학사, 1999.

양승국, 「1910년대 신파극과 전통 연희의 관련 양상」, 『한국극예술 연구』 9, 1999.

오재용, 「이인직의 소설에 나타난 전근대의식」, 『대학원논문집』 2, 대전대학교, 1999.

오종호, 「개화기 소설의 대중화 과정 연구」, 대구효성가톨릭대학교 대학교, 1999.

＿＿＿, 「일제 강점초기 소설의 대중화 과정 연구─이해조와 매일신보를 중심으로」, 『영진전

　　　문대논문집』 21, 1999.

유영운, 「개화기 소설의 이념 지향성과 계몽의 형식」, 『건국어문학』 23·24, 건국대학교, 1999.

윤재민, 「조선후기 전기소설의 향방」, 『민족문학사연구』 15, 1999.

이미향, 「애정갈등형 소설의 구조와 그 의미」, 『한국문학논총』 25, 1999.

이복규 역주, 『신소설 월하탄금성』, 박이정, 1999.

이상신, 「신문연재소설 「화세계」·「화의 혈」에 나타난 이해조의 개화 의식」, 『사회과학 연구』 8, 1999.

이재선, 「『무정』과 가르침의 시학」, 『문학사상』 317, 1999.3.

이재은, 「개화기 역사전기소설 연구」, 안동대 석사논문, 1999.

이종희, 「「은세계」의 담론 연구」, 『대학원논문집』 2, 대전대학교, 1999.

이학구, 「『황성신문』 논설(1898~1904)에 나타난 교육사상 연구」, 인하대 석사논문, 1999.

이희환, 「「자유종」의 문학성과 근대성」, 『한국학 연구』 10, 인하대학교, 1999.

장성남, 「『대한매일신보』 소재 가사의 주제의식 고찰」, 『대학원논문집』 2, 대전대학교, 1999.

장영우, 「이광수의 근대 인식과 민족주의 사상」, 『동악어문논집』 35, 1999.

정선태, 「개화기 신문 논설의 서사 수용 양상에 관한 연구」, 서울대 박사논문, 1999.

_____, 『개화기 신문 논설의 서사 수용 양상』, 소명출판, 1999.

정우택, 「한국 근대자유시 형성과정에 있어서 현상윤의 위치」, 『대원과학대학논문집』 4, 1999.12.

차미라, 「이인직 신소설의 친일문학적 성격」, 동의대 석사논문, 1999.

차승기, 「'생(生)'에의 의지와 전체주의적 형식」, 『연세학술논집』 30, 1999.

최수일, 「「소학령」 연구」, 『반교어문연구』 10, 1999.

최원식, 「1910년대 친일문학과 근대성―최찬식의 경우」, 『민족문학사연구』 14, 1999.

한기형, 「신소설 형성의 양식적 기반」, 『민족문학사연구』 14, 1999.

_____, 『한국 근대소설사의 시각』, 소명출판, 1999.

황치복, 「이광수 소설의 근대성 비판」, 『어문론집』 40, 1999.

강웅식, 「애국계몽기와 근대문학」, 『어문논집』 41, 2000.

고영근, 「개화기의 한국 어문운동」, 『관악어문연구』 25, 2000.

고영학, 「이해조 소설의 공간구조」, 『인천어문학』 16, 2000.

권보드래, 「'정'의 발견과 근대성」, 『문학과교육』 13, 2000.

_____, 「경성유람기(京城遊覽記)」, 『민족문학사연구』 16, 2000.

_____, 「한국 근대의 '소설'범주 형성에 관한 연구」, 서울대 박사논문, 2000.

_____, 『한국 근대소설의 기원』, 소명출판, 2000.

김경완, 「개화기 기독교소설 「금수회의록」 연구」, 『국제어문』 21, 2000.

김복수, 「유길준의 개화운동과 근대신문 창간에 미친 영향」, 『한국언론학보』 44, 2000.

김성진, 「단재 신채호의 문자 행위 연구」, 『선청어문』 28, 2000.

김영택, 「「치악산」의 담론 특성」, 『어문연구』 106, 2000.

김영택·최종순, 「이인직 소설 「치악산」의 담론 특성」, 『목원대논문집』 38, 2000.

김영택·권순부, 「임화의 『신문학사』에 관한 일 연구」, 『목원대논문집』 39, 2000.

김윤재, 「개화기 비평 재고」, 『한국어문학연구』 12, 한국외국어대학교, 2000.

김정애, 「개화기 토론체소설에 관한 연구」, 부경대 석사논문, 2000.

김춘식, 「계몽주의적 세속성과 낭만주의적 내면」, 『불교어문논집』 5, 2000.

박소은, 「1910년대 단편소설 연구」, 동국대 석사논문, 2000.

박종홍, 「이광수 '초기단편'의 이중성 고찰」, 『인문연구』 39, 영남대학교, 2000.

박헌호, 「한국 근대소설사에서 단편양식의 위상」, 『민족문학사연구』 16, 2000.

배주영, 「신소설의 여성담론 구조 연구」, 서울대 석사논문, 2000.

설성경·김현양, 「19세기말~20세기초 『제국신문』의 '론설' 연구」, 『연민학지』 8, 2000.

손문호, 「신채호의 민족주의 정치사상 연구」, 『호서문화논총』 14, 2000.

심상교, 「신파극과 조선후기소설의 관련 양상 연구」, 『어문론집』 41, 안암어문학회, 2000.

안창수, 「개화기 동물우언소설의 변화 양상 연구」, 단국대 석사논문, 2000.

우림걸, 「한국 개화기 문학에 끼친 양계초의 영향 연구」, 성균관대 박사논문, 2000.

유종국, 「몽유록 양식의 구성 원리」, 『한국언어문학』 44, 2000.

이상혁, 「애국계몽기의 국어 의식」, 『어문론집』 41, 2000.

이승순, 「신파극이 근대극에 끼친 영향 연구」, 명지대 석사논문, 2000.

이영아, 「신소설의 개화기 여성상 연구」, 서울대 석사논문, 2000.

이용남 외, 『한국 개화기 소설 연구』, 태학사, 2000.

이익성, 「백대진의 자연주의 문학론 연구」, 『개신어문연구』 17, 2000.

이재용, 「이광수 작품에 나타난 감정의 위상정립 연구」, 군산대 석사논문, 2000.

이준식, 「일제 강점기 친일 지식인의 현실 인식—이광수의 경우」, 『역사와 현실』 37, 2000.

이철호, 「『무정』과 낭만적 자아」, 『한국문학연구』 23, 동국대학교, 2000.

이학주, 「동아시아 전기소설의 예술적 특성 연구」, 성균관대 박사논문, 2000.

임병학, 「유길준과 안국선의 국가관 비교 연구」, 『대학원논문집』 18, 2000.

전고호행, 「이인직 연구」, 고려대 박사논문, 2000.

전상돈, 「「혈의루」와 『무정』의 대비적 고찰」, 강원대 석사논문, 2000.

정길남, 「신소설의 시상 연구」, 『한국초등교육』 42, 2000.

정백수, 『식민지 체험과 이중언어 문학』, 아세아문화사, 2000.

차배근, 『개화기 일본유학생들의 언론출판활동 연구』 I—1884~1898, 서울대 출판부, 2000.

최원식, 「서양과 일본, 이중의 충격 사이에서—단재 신채호가 걸어간 길」, 『민족문학사연구』, 16, 2000.

최일남, 「시대의 개척자 이광수의 변신」, 『현대문학』 550, 2000.

최지순, 「「금색야차」와 「장한몽」의 비교 연구」, 명지대 석사논문, 2000.

최창수, 「신소설 여성의 근대화와 자기정체성」, 『어문논집』 28, 2000.

최택균, 「단재 신채호 소설 연구」, 『어문학교육』 22, 2000.

한기형, 「동아시아 담론과 민족주의—신채호의 논의와 관련하여」, 『민족문학사연구』 17,

2000.

홍혜원, 「이광수 일인칭 소설의 서술상황 연구」, 『개신어문연구』 17, 2000.

강상대, 「개화기 정치소설의 성격」, 『도솔출판사어문』 15, 2001.

강현주, 「이인직 소설의 인물 유형 연구」, 단국대 석사논문, 2001.

권보드래, 「신소설의 근대와 전근대」, 『한국문화』 28, 2001.

_____, 「연애의 형성과 독서」, 『역사문제 연구』 7, 2001.

권혁률, 「춘원과 노신 소설의 계몽적 성격」, 『인하어문연구』 5, 2001.

김경애, 「신소설의 '여인 수난이야기' 연구」, 『여성문학 연구』 6, 2001.

김구중, 「『무정』의 근대성 연구」, 『어문학』 72, 2001.

_____, 「『무정』의 서사구조 연구」, 『한남어문학』 25, 2001.

김동식, 「연애와 근대성」, 『민족문학사연구』 18, 2001.

김면수, 「『혈의루』 소고」, 『인하어문연구』 5, 2001.

김명인, 「『무정』에 관하여」, 『인하어문연구』 5, 2001.

김순선, 「한일개화기소설의 비교문학적 연구」, 『일본문화학보』 11, 2001.

김영민, 「1920년대 소설의 근대적 특성 연구」, 『현대문학이론 연구』 15, 2001.

김윤식, 『한·일 근대문학의 관련양상 신론』, 서울대 출판부, 2001.

김윤재, 「1910년대 현실 인식과 계몽적 지식인의 종말」, 『한국어문학연구』 14, 2001.

김정숙, 「근대소설의 형성에 관한 일 연구」, 『어문연구』 37, 2001.

김정은, 「「황금탑」 연구」, 동국대 석사논문, 2001.

김종회, 「한국문학의 근대성과 근대적 문학제도의 형성」, 『인문학 연구』 5, 2001.

김채수, 『동아시아의 문화와 문학』, 보고사, 2001.

김해응, 「신재호의 문학관과 시가」, 『청계논총』 3, 2001.

김현주, 「서사체 평가절의 전통」, 『시학과언어학』 1, 2001.

나병철, 『근대 서사와 탈식민주의』, 문예출판사, 2001.

려중동, 「『무정』에 관하여」, 『인하어문연구』 5, 2001.

류준필, 「'문명', ·'문화' 관념의 형성과 '국문학'의 발생」, 『민족문학사연구』 18, 2001.

문숙희, 「신소설에 나타난 민족주의와 근대의 이념」, 동국대 석사논문, 2001.

민영대, 「「삼생옥초화전」의 「옥중화」 영향 관계」, 『한남어문학』 25, 2001.

박수연, 「근대 문학 연구의 한 관점」, 『한국언어문학』 46, 2001.

박태규, 「이인직의 연극개량 의지와 「은세계」에 미친 일본연극의 영향에 관한 연구」, 『일본학
　　　보』 47, 2001.

박혜경, 「계몽 소설로서의 「무정」」, 『우리말글』 23, 2001.

배수찬, 「고전 국문소설의 서술 원리 연구」, 서울대 석사논문, 2001.

서준섭, 「근대 소설 형식의 형성」, 『문학사상』 344, 2001.

서형범, 「신소설에 대한 독자반응·비평적 연구」, 서울대 석사논문, 2001.

손정수, 「한국 근대 초기 비평에 나타난 자연주의 개념의 변모양상에 대한 고찰」, 『한국학보』
　　　105, 2001.

_____, 「한국 근대 초기 소설 텍스트의 자율화 과정 연구」, 서울대 박사논문, 2001.

송병삼, 「단재 신채호 문학 사상 연구」, 전남대 석사논문, 2001.

양승국, 「한국 근대문학 형성에 미친 일본 신파극의 영향에 대한 연구」, 『한국극예술 연구』14, 2001.

양현승, 「한국 '설(說)' 문학의 성립과 개념」, 『국민어문연구』9, 2001.

엄호진, 「「학지광」 논설로 본 1910년대 재일유학생의 현실인식」, 한국교원대 석사논문, 2002.

우림걸, 「양계초 역사·전기소설의 한국적 수용」, 『중한인문과학 연구』6, 2001.

윤일수, 「신소설의 희곡 장르 내포에 관한 일고찰」, 『국어국문학』128, 2001.

이 찬, 「이광수의 서사적 논설 『농촌계발』 연구」, 『어문논집』44, 2001.

이경훈, 「『무정』의 패션」, 『민족문학사연구』18, 2001.

이길연, 「근대 기독교문학의 전개와 변모양상」, 고려대 박사논문, 2001.

_____, 「근대전환기 소설의 현실 인식과 대응양상」, 『호원논집』9, 2001.

이병직, 「19세기 한문장편소설의 사회문화적 배경 연구」, 『한국민족문화』17, 2001.

이승원, 「근대계몽기 서사물에 나타난 '신체'인식과 그 형상화에 관한 연구」, 인천대 석사논문, 2001.

이용남, 『신소설 바로 읽기』, 국학자료원, 2001.

이원수, 「한글소설의 개념과 최초의 한글소설」, 『교육이론과 실천』11-1, 2001.

이혜숙, 「「추풍감별곡」의 문체적 특징과 서사기법」, 『혜전대 논문집』19, 2001.

이희환, 「근대소설의 형성과정 연구 1」, 『인하어문연구』5, 2001.

장효현, 「동아시아 한문소설과 자국어소설의 관계」, 『민족문화』, 2001.

전영선, 「고전소설의 현대적 전승과 변용」, 한양대 박사논문, 2001.

정우택, 「1910년대 신지식층의 문학관과 서구문학의 수용 양상」, 『논문집』6, 2001.

조상우, 「『일념홍』 연구」, 『어문논집』44, 2001.

차미라, 「신소설 「오경월」의 현실인식 양상 연구」, 『새얼어문논집』14, 2001.

최원식, 「『화성돈전』 연구」, 『민족문학사연구』18, 2001.

한기형, 「아시아 담론과 민족주의—신채호의 논의와 관련하여」, 『한국사학사학보』3, 2001.

강병용, 「김동인 소설 연구」, 명지대 석사논문, 2002.

강유정, 「기당 현상윤론」, 『어문논집』45, 2002.

강준철, 「「몽배금태조」 연구」, 『어문학교육』25, 2002.

강진구, 「한국 근대초기 소설론 연구」, 중앙대 박사논문, 2002.

권보드래, 「1910년대 '新文'의 구상과 『경성유람기』」, 『서울학 연구』18, 2002.

_____, 「신여성과 구여성」, 『오늘의문예비평』46, 2002.

_____, 「신문, 1883~1945」, 『오늘의문예비평』47, 2002.

김경애, 「신소설 「두견성」 연구」, 『시학과언어학』3, 2002.

김동식, 「신소설에 등장하는 죽음의 양상」, 『한국현대문학연구』11, 2002.

김무경, 「신채호의 이야기문학 연구」, 숙명여대 석사논문, 2002.

김병길, 「근대의 예원에서—『창조』에 나타난 김동인의 초기 예술론」, 『현대문학의 연구』18,

한국문학연구학회, 2002.

김보은, 「한국과 일본의 언문일치운동」, 『일본학보』 50, 2002.

김소은, 「한국 근대 연극과 희곡의 형성과정 및 배경 연구」, 숙명여대 박사논문, 2002.

김수남, 「안국선의 '금수회의록' 연구」, 『교과교육연구』 23-1, 2002.

김영민, 「근대계몽기 단형 서사 문학 자료 연구」, 『현대소설연구』 17, 2002.

김재환, 「신채호 문학 연구」, 연세대 석사논문, 2002.

김주현, 「단재 신채호 문학의 연구 현황 및 전망」, 『안동어문학』 7, 2002.

김철 외, 「『무정』의 계보」, 『민족문학사연구』 20, 2002.

김해덕, 「김동인의 순수예술론 연구」, 동국대 석사논문, 2002.

김현숙, 「20세기초 한국 서사문학의 두 가지 양식」, 『상허학보』 8, 2002.

김현주, 「식민지 시대와 '문명'·'문화'의 이념」, 『민족문학사연구』 20, 2002.

김현지, 「단재 신채호의 문학관」, 『성균어문연구』 37, 2002.

노범관, 「대한제국기 박은식 저작목록의 재검토」, 『한국문화』 30, 2002.

문영진, 「근대 초기 소설의 근대상」, 『한국언어문학』 48, 2002.

민 찬, 「단재 소설의 경로와 전통의 자장」, 『인문과학논문집』 34, 2002.

박노현, 「한국 근대 희곡 개념의 발생」, 동국대 석사논문, 2002.

박민자, 「신소설에 나타난 혼인」, 『사회과학 연구』 8, 2002.

박종렬, 「한국 초기 근대소설의 근대성 연구」, 대구대 박사논문, 2002.

서준섭, 「근대 계몽기 한문 세대의 근대 충격 경험과 그 문학적 대응의 몇 가지 양상」, 『중한인
　　　　문과학 연구』 8, 2002.

서형범, 「이해조 신소설의 '흥미 요소'에 관한 시론」, 『한국학보』 108, 2002.

소영현, 「역동적 근대의 구체―이해조의 초기작 검토」, 『국제어문』 25, 2002.

신영덕, 「이인직의 일본관 연구」, 『국어국문학』 130, 2002.

양문규, 「개화기 문학 담당층의 사회·역사적 성격」, 『국제어문』 25, 2002.

＿＿＿, 『한국 근대소설과 현실 인식의 역사』, 소명출판, 2002.

오선민, 「20세기 초 역사·전기 소설 연구」, 이화여대 석사논문, 2002.

유상철, 『한국 근대소설의 분석과 해석』, 월인, 2002.

이경돈, 「기록서사와 근대소설」, 『상허학보』 9, 2002.

이상신, 「이인직, 최찬식 소설속의 여성인물 연구」, 『사회과학 연구』 11, 2002.

이은해, 「신채호와 양계초의 '소설개혁론' 비교 연구」, 『한중인문학 연구』 9, 2002.

임상석, 「근대계몽기 신채호의 글쓰기방식」, 고려대 석사논문, 2002.

임형택, 『한국문학사의 논리와 체계』, 창작과비평사, 2002.

정길남, 『신소설의 우리말 연구』, 한국문화사, 2002.

정여울, 「20세기 몽유양식의 담론적 특성 연구」, 서울대 석사논문, 2002.

정연희, 「김동인 소설의 서술자 연구」, 고려대 박사논문, 2002.

조은숙, 「근대계몽담론과 '소년'의 표상」, 『어문논집』 46, 2002.

조희진, 「백화 양건식 단편소설 연구」, 『어문연구』 116, 2002.

중천명부, 「『장한몽』의 번안 형태에 대한 재검토」, 『광장』 216, 2002.

차혜영, 「1920년대 한국소설의 형성과정 연구」, 한양대 박사논문, 2002.

최원식, 『한국 계몽주의문학사론』, 소명출판, 2002.

최현주, 「신소설 「장한몽」 연구」, 『국어교육』 107, 2002.

최형욱, 「양계초의 소설계혁명이 구한말 소설계에 미친 영향」, 『중국어문학논집』 20, 2002.

한원영, 『한국신문 한 세기』, 푸른사상, 2002.

허재영, 「근대 계몽기의 어문 정책」, 『국어교육 연구』 10, 2002.

홍혜원, 「이광수 소설의 이야기와 담론」, 이화여대 출판부, 2002.

황호덕, 「한국 근대 형성기의 문장 배치와 국문 담론」, 성균관대 박사논문, 2002.

간호옥, 「신소설에 나타난 가족갈등과 노비의 역할 연구」, 『한국어문학연구』 17, 2003.

_____, 「한국개화기소설에 나타난 고부갈등의 사회심리학적 연구」, 한국외국어대 박사논문, 2003.

권보드래, 「신소설의 여성성과 광기의 수사학」, 『한국문학 연구』 4, 2003.

권영기, 「한·일 근대 역사소설 비교 연구」, 동덕여대 박사논문, 2003.

김경연, 「『장한몽』의 대중성 고찰」, 『문창어문논집』 40, 2003.

김석봉, 「신소설의 대중적 성격 연구」, 서울대 박사논문, 2003.

_____, 「신소설의 망탈리테 연구를 위한 시론」, 『한국학보』 111, 2003.

김영금, 「양건식의 중국문학 번역과 소개에 대한 연구」, 『한중언어문화연구』 5, 2003.

김영민, 「동서양 근대소설의 발생과 그 특질 비교 연구」, 『현대문학의 연구』 21, 한국문학연구학회, 2003.

김영민·구장률·이유미, 『근대계몽기 단형 서사문학 자료전집』, 소명출판, 2003.

김영옥, 「『무정』과 「광인일기」의 근대성 연구」, 『한국어문교육』 12, 2003.

김영택, 「「은세계」의 대화적 양상 연구」, 『비평문학』 17, 2003.

김지영, 「신소설을 둘러싼 담론적 논쟁들」, 『한국소설연구』 5, 2003.

김찬기, 「근대 계몽기 전(傳) 양식의 향방」, 『현대문학이론 연구』 19, 2003.

_____, 「근대계몽기 전(傳) 양식의 근대적 성격」, 『상허학보』 10, 2003.

_____, 「근대계몽기 전(傳)에 관한 연구」, 고려대 박사논문, 2003.

김현정, 「신소설에 나타난 근대적 여성인식 형성에 관한 연구」, 동덕여대 석사논문, 2003.

김형태, 「천강 안국선의 저작 세계」, 『동양고전연구』 19, 2003.

남기홍, 「이광수의 생애 검토」, 『한국학연구』 12, 2003.

남상권, 「한국 근대 장편소설 연구」, 영남대 박사논문, 2003.

노종상, 「동아시아 초기 근대소설의 민족주의 양상」, 고려대 박사논문, 2003.

류양선, 「1910년대 후반기 소설에 나타난 계몽적 목소리」, 『한국문화』 32, 2003.

류준필, 「근대 계몽기 신문 및 소설의 구어 재현 방식과 그 성격」, 『대동문화연구』 44, 2003.

박은경, 「춘원 이광수의 민족개조론과 1920년대 식민지 조선」, 서강대 석사논문, 2003.

박진수, 「한일 근대 소설과 언문일치체」, 『아세아문화연구』 7, 2003.

박현규·권혁태, 「박은식 『이순신전』의 전문 발굴과 분석」, 『이순신연구』 1, 2003.

백지혜, 「1910년대 이광수 소설에 나타난 과학의 의미」, 『한국현대문학연구』 14, 2003.

벽대윤, 「근대소설에서 일원묘사와 대화체의 독서전략 고찰」, 『한국문학이론과 비평』 19, 2003.

손정수, 「개화기 서사의 장르적 성격」, 『상허학보』 10, 2003.

송기섭, 「감성적 자아와 관념적 타자—「슬픈 모순」론」, 『한국언어문학』 50, 2003.

송은영, 「근대 소설의 역사성과 허구성」, 『상허학보』 10, 2003.

신근재, 「한일번안소설의 실제」, 『세계문학비교연구』 9, 2003.

신수정, 「한국 근대소설의 형성과 여성의 재현 양상 연구」, 서울대 박사논문, 2003.

신정숙, 「이광수 소설에 나타난 민족개조사상과 몸의 관계양상에 관한 연구」, 연세대 석사논문, 2003.

신지영, 「『대한민보』 연재소설의 담론적 특징과 수사학적 배치」, 연세대 석사논문, 2003.

양문규, 「신소설에 나타난 전대소설의 계승 양상」, 『현대문학의 연구』 20, 한국문학연구학회, 2003.

엄혜자, 「신채호 문학 연구」, 『경원어문논집』 7, 2003.

이 방, 「한중 양국의 개화기 문학론 연구」, 단국대 석사논문, 2003.

이수형, 「「은세계」에서의 공적인 역사와 사적인 경험」, 『한국학보』 112, 2003.

이윤석·정명기, 「개항기 소설과 야담에 나타난 서구 인식」, 『열상고전연구』 17, 2003.

임영봉, 「이광수 문학과 식민지 근대 체험」, 『어문연구』 119, 2003.

정선태, 「근대계몽기의 번역론과 번역의 사상」, 『배달말』 33, 2003.

_____, 『심연을 탐사하는 고래의 눈』, 소명출판, 2003.

정승철, 「주시경과 언문일치」, 『한국학 연구』 12, 2003.

정연희, 「근대소설의 형성과 『무정』의 과도기적 성격」, 『현대문학이론 연구』 19, 2003.

정종현, 「사랑의 삼각형과 계몽 서사의 결합—『금색야차』와 식민지 조선의 근대 소설의 관련 양상 연구」, 『한국문학연구』 26, 2003.

정혜영, 「신소설과 외국유학의 문제」, 『현대소설연구』 20, 2003.

조남현, 「애국계몽운동가에서 이야기꾼으로—이해조 편」, 『문학사상』 365, 2003.

조현일, 「안국선의 계몽·민족주의와 문학관」, 『국제어문』 27, 2003.

채진홍, 「근대 전환기 소설에 나타난 반제국주의사상과 정치이념 연구」, 『현대소설연구』 18, 2003.

천정환, 『근대의 책읽기』, 푸른역사, 2003.

최성민, 「토론의 서사화와 근대의 형성」, 『한국소설연구』 5, 2003.

최수정, 「신채호 서사문학 연구」, 한양대 박사논문, 2003.

최옥산, 「문학자 단재 신채호론」, 인하대 박사논문, 2003.

최종순, 「이인직 소설 연구」, 인하대 박사논문, 2003.

최현주, 「신채호 문학의 탈식민성 고찰」, 『한국문학이론과 비평』 20, 2003.

한진일, 「근대 단편소설의 형성과정 연구」, 성균관대 박사논문, 2003.

홍경표, 「단재(丹齋) 소설의 우의」, 『배달말』 32, 2003.

황종연, 「서양 노블과 한국 소설」, 『한국소설연구』 5, 2003.

신곡미수, 「이해조의 「자유종」 연구」, 한국외국어대 석사논문, 2004.

고정일, 「신문관 최남선·강담사 야간청치 연구」, 성균관대 석사논문, 2004.

곽원석, 「이광수 장편소설 「재생」 연구」, 『숭실어문』 20, 2004.

구모룡, 「한국 근대문학과 미적 근대성의 관련 양상」, 『한국 근대문학의 형성과 발전』, 보고사, 2004.

구장률, 「『제국신문』의 서사적 논설 연구」, 『현대문학의 연구』 22, 한국문학연구학회, 2004.

김 향, 「근대계몽기 단형 서사물에서의 희곡적 글쓰기 연구」, 『한민족문화연구』 14, 2004.

김기란, 「근대계몽기 스펙터클의 사회·문화적 기능 고찰」, 『현대문학의 연구』 23, 한국문학연구학회, 2004.

김미형, 「한국어 언문일치의 정체는 무엇인가」, 『한글』 265, 2004.

김영민, 「근대계몽기 신문의 문체와 한글 소설의 정차과정」, 『현대문하이 연구』 22, 한국문학연구학회, 2004.

김재관, 「1910년대 한국 근대소설 연구」, 단국대 박사논문, 2004.

김재석, 「「금색야차」와 「장한몽」의 변이에 나타난 한일 신파극의 대중성 비교 연구」, 『어문학』 84, 2004.

김재영, 「근대계몽기 소설 개념의 변화」, 『현대문학의 연구』 22, 한국문학연구학회, 2004.

김종현, 「신소설의 상품화 전략 연구」, 『현대소설연구』 23, 2004.

김찬기, 「근대계몽기 '역사위인전' 연구」, 『국제어문』 30, 2004.

_____, 「근대계몽기 신문 잡지 소재 인물 기사 연구」, 『어문논집』 50, 2004.

_____, 『한국 근대소설의 형성과 전(傳)』, 소명출판, 2004.

남석순, 「한국 근대소설 형성과정의 출판 수용 연구」, 단국대 박사논문, 2004.

박진영, 「이수일과 심순애 이야기의 대중문예적 성격과 계보」, 『현대문학의 연구』 23, 한국문학연구학회, 2004.

_____, 「일재 조중환 번안소설의 시대」, 『민족문학사연구』 26, 2004.

박헌호, 「초기 근대소설에 나타난 내면의 서사」, 『대동문화연구』 45, 2004.

배정상, 「『독립신문』의 '독자투고' 연구」, 연세대 석사논문, 2004.

서은경, 「『대한매일신보』를 통해서 본 개화기 서사의 특질과 의미」, 『현대문학의 연구』 24, 한국문학연구학회, 2004.

송기섭, 「근대 역사소설의 서사적 조건」, 『어문학』 85, 2004.

양문규, 「1900년대 신문·잡지 미디어와 근대 소설의 탄생」, 『현대문학의 연구』 23, 한국문학연구학회, 2004.

양세라, 「개화기 서사양식에 내재된 연극적 유희성 연구 1」, 『현대문학의 연구』 22, 한국문학연구학회, 2004.

양진오, 『한국소설의 시학과 해석』, 새미, 2004.

전춘상수, 「최남선 문학 연구」, 충남대 석사논문, 2004

이경돈, 「근대문학의 이념과 문학의 관습」, 『민족문학사연구』 26, 2004.

이유미, 「근대계몽기 '단편소설'의 위상」, 『현대문학의 연구』 22, 한국문학연구학회, 2004.

이은주, 「한국 근대 단편소설의 '양식' 연구」, 이화여대 박사논문, 2004

이종호, 「이광수의 『무정』론」, 『어문연구』 121, 2004.

이혜진, 「이인직의 『도신문』 기사와 「혈의루」에 나타난 식민주의적 성격」, 『한국어문학연구』 19, 2004.

이화여대 한국문화연구원 편, 『근대계몽기 지식 개념의 수용과 그 변용』, 소명출판, 2004.

이희정, 「『매일신보』에 연재된 이해조 신소설의 근대성 연구」, 『현대소설연구』 22, 2004.

임규찬, 「3·1운동 전후의 작가와 문학적 근대성」, 『민족문학사연구』 24, 2004.

임상선, 「박은식의 『발해태조건국지』의 검토」, 『한국사학사학보』 10, 2004.

장혜정, 「신소설의 형성과정과 전개양상」, 부산대 석사논문, 2004.

전고호행, 「이인직과 부전화민의 윤리적 제국주의」, 『어문연구』 121, 2004.

전은경, 「번안 과정에 나타나는 『장한몽』의 양가성 연구」, 『어문학』 85, 2004.

정병호, 「한일근대문예론에 있어서 정(情)의 위치」, 『아세아문화연구』 8, 2004.

정선태, 「번역과 근대 소설 문체의 발견」, 『대동문화연구』. 48, 2004.

정연희, 「김동인의 시점론과 언문일치」, 『현대소설연구』 23, 2004.

정환국, 「근대계몽기 역사전기물 번역에 대하여」, 『대동문화연구』 48, 2004.

조은과, 「이광수와 염상섭의 초기 장편소설 연구」, 한양대 박사논문, 2004.

주민재, 「식민지적 근대와 분열의 서사」, 연세대 석사논문, 2004.

최현식, 「근대계몽기 서사문학에서 민족국가의 상상력과 매체의 상관성」, 『현대문학의 연구』 23, 한국문학연구학회, 2004.

최현주, 「신소설의 범죄 서사 연구」, 서강대 박사논문, 2004.

한기형, 「근대잡지와 근대문학 형성의 제도적 연관」, 『대동문화연구』 48, 2004.

_____, 「최남선의 잡지 발간과 초기 근대문학의 재편」, 『대동문화연구』 45, 2004.

김영민, 「1910년대 신문의 역할과 근대소설의 정착 과정」, 『현대문학의 연구』 25, 한국문학연구학회, 2005.

김현주, 「신소설의 갈등구조와 근대성 연구」, 숙명여대 박사논문, 2005.

배정상, 「『독립신문』의 독자투고와 서사적 논설 연구」, 『현대문학의 연구』 25, 한국문학연구학회, 2005.

설성경, 『신소설연구』, 새문사, 2005.

연세대학교 근대한국학연구소 편, 『근대계몽기 단형서사문학 연구』, 소명출판, 2005.

정가람, 「근대계몽기 『경향신문』 소재 소설 「해외고학」의 근대적 특성 연구」, 『현대문학의 연구』 25, 한국문학연구학회, 2005.